HARALD BRAEM

Der Löwe von Uruk

SERIE PIPER

Zu diesem Buch

Dieser Roman ist ein farbenprächtiges Bild der ersten Hochkultur der Menschheit. Das Gilgamesch-Epos gilt als das älteste literarische Zeugnis der Welt und ist eine exemplarische Darstellung archaischer Gefühlsweisen und Sehnsüchte, der Einheit zwischen Mensch und Göttern, der Harmonie von Welt und Kosmos, Natur und Kultur. Erzählt wird die Geschichte von Gilgamesch, dem sagenhaften König von Uruk, einem Halbgott, und seiner Freundschaft mit dem »Wildmenschen« Enkidu, von seinem Kampf gegen mythische Mächte und seinem vergeblichen Streben nach Unsterblichkeit. Bestechend an diesem Roman ist unter anderem die genaue Darstellung der magischen und astrologischen Geheimlehren der Sumerer und die verblüffende Aktualität, die der Autor diesem Epos abzugewinnen weiß.

Harald Braem, geboren 1944 in Berlin, ist Professor für Kommunikation und Design an der Fachhochschule Wiesbaden. Bei Piper erschienen seine Romane »Hem-On, der Ägypter«, »Der Herr des Feuers«, »Tanausu – der letzte König der Kanaren« und der Erzählungsband »Das Hotel zum Schwarzen Prinzen«.

HARALD BRAEM

Der Löwe von Uruk

Ein Gilgamesch-Roman

Piper München Zürich

Die zur Kapitelunterteilung benutzten Abbildungen
sind Abdrücke von Rollsiegeln aus dem 3. Jahrtausend v. Chr.,
die in Mesopotamien gefunden wurden.

Von Harald Braem liegen in der Serie Piper außerdem vor:
Hem-On, der Ägypter (1581)
Tanausu – der letzte König der Kanaren (1784)
Das Hotel zum Schwarzen Prinzen (2129)

Unveränderte Taschenbuchausgabe
1. Auflage April 1990 (SP 1282)
4. Auflage November 1996

Umschlag: Büro Hamburg
Simone Leitenberger, Susanne Schmitt, Andrea Lühr
Umschlagabbildung: Hirmer Fotoarchiv
Foto Umschlagrückseite: Monika Werneke
Satz: Mühlberger, Gersthofen
Druck und Bindung: Clausen & Bosse, Leck
Printed in Germany
ISBN 3-492-22383-4

Der alles schaute bis zum Erdenrande,
Jed' Ding erkannte und vor allem wußte,
Verschleiertes enthüllte gleichermaßen,
Der reich an aller Weisheit und Erfahrung,
Geheimes sah, Verborgenes entdeckte,
Verkündete, was vor der Flut geschah,
Der ferne Wege ging bis zur Erschöpfung,
All seine Müh' auf einen Stein gemeißelt –
Er baute des umwallten Uruk Mauer
Rings um Eanna, den geweihten Tempel.

Vorspruch zur assyrischen Version des Gilgamesch-Epos, in einer Übersetzung von Hartmut Schmökel

Weißt du nicht, daß die Bäume der Reichtum eines Landes sind?

Alter babylonischer Sinnspruch

Je mehr der Glanz der Dinge blendet, desto blinder wird das innere Auge des Menschen.

Ausspruch Enkidus nach einer freien Übersetzung der 3. Tafel des Gilgamesch-Epos

Das Land, das weite, zerbrach wie ein Topf. Einen Tag lang wehte der Südsturm, eilte dreinzublasen, die Berge ins Wasser zu tauchen, wie ein Kampf zu überkommen die Menschheit. Nicht sieht einer den anderen, nicht sind die Menschen erkennbar im Himmel. Vor dieser Sintflut erschraken die Götter . . .

Aus der 11. Tafel des Gilgamesch-Epos, aus dem Akkadischen übersetzt von Albert Schott

Erstes Buch

Die grosse Mauer

Drei Fußstunden nördlich von Uruk erst hielt er atemlos inne. Obgleich Vormittag war, brannte die Sonne schon herab. Schweiß stand auf seiner Stirn, rann in dünnen Strähnen aus seinem Haar, es ging kein Wind, es zu trocknen. Er war gelaufen, die ganze Strecke über gelaufen, als gelte es, einen Wettkampf zu gewinnen. Vielleicht war es auch ein Wettkampf, ein äußerst einsamer Wettkampf: Gilgamesch allein gegen die Welt. Jedenfalls hatte er sich keinen Moment lang umgewandt, um zu überprüfen, ob ihm jemand folgte. Das holte er jetzt nach. Er sah die Wüste ausgebreitet wie ein endloses Meer aus gelben, sanft sich kräuselnden Wellenhügeln. Der Sand hatte seine Spur verschluckt und fast auch die Erinnerung an Uruk, die große, die stolze Stadt mit ihren Dächern und Türmen, der er entflohen war. Es gab nur den Sand und die Sonne und dann noch jenes undefinierbare Geräusch, das wie die Stimme eines riesigen, unbekannten Instruments aus den Weiten der Wüste kam, das immer da war, leise und kaum vernehmbar, dicht an der Hörgrenze, so dicht, daß man es für einen Laut des eigenen Körpers halten konnte – das war der Atem der Sonne, Schamachs Gesang, der ewig vernehmbare.

Und dann gab es noch etwas, das unbestreitbar da war: Gilgameschs Schatten, ein schmaler, dunkler Streifen, der beständig schräg vor ihm hergelaufen war, der anfangs größer gewesen war und nun, da der Stand der Sonne sich dem Zenit genähert hatte, deutlich kürzer wurde. Vielleicht war dies sein Gegner bei dem Lauf gewesen. Er war mit seinem eigenen Schatten um die Wette gelaufen, und nun hatte er ihn beinahe eingeholt.

Gilgamesch sog tief die Luft ein. Sie schmeckte warm, zu warm, fast nach Tod, aber dennoch irgendwie verheißungsvoll. Er sah die gelbbraune Düne vor sich, einem aufragenden Hügel gleich, und maß die Distanz. Er kniff die Augen zusammen, um die wabernden Lichtreflexe über dem Sand zu bannen. Aber sie ließen sich nicht auflösen, es war völlig unmöglich. Dies war Schamachs andere Erscheinungsform: der Tanz, zu dem sein Gesang über der Welt Gestalt annahm.

Wie von einer Bogensehne geschnellt lief Gilgamesch los und erreichte gleichzeitig mit seinem Schatten den Scheitel des Hügels.

Von hier aus konnte man weit ins Land hineinsehen, obgleich das unbefriedigend war, denn es gab nach der Senke nur neue, größere Hügel und nirgends, nirgends das geringste Anzeichen von Grün. Gilgamesch war enttäuscht. Das sollte das Paradies sein, von dem in Uruk die Rede war, dieser endlose Sand? Oder lag der große Garten, der um vieles wunderbarer als die fruchtbaren Ufer des Euphrat sein sollte, noch weiter entfernt? Noch jenseits der gelbbraunen Dünen und Senken, die sich bis zum Rand des Horizonts auszudehnen schienen? War alles, was die Mutter Ninsum und die weisen Frauen über den Paradiesgarten berichtet hatten, bloß ein frommes Märchen und seine Suche, sein heimlicher Lauf durch die Wüste lediglich der naive Wunschtraum eines vierzehnjährigen Knaben? Nein, die weisen Frauen mochten vielleicht Gründe dafür haben, etwas von der Wahrheit abzuweichen und dem Volk im Tempel durch Sinnbilder neue Hoffnung zu geben. Ninsum, die große Mutter, würde niemals so handeln. Sie war eine ernste, einfache Frau, die die Gabe besaß, mit ihren Augen ebenso nach innen wie nach außen zu blicken. Wenn sie etwas nicht wußte, blieb sie lieber stumm. Es gab Leute, die behaupteten, gerade dieses Schweigen sei es gewesen, das ihnen zur rechten Zeit Antwort gegeben hätte. Aber auch Ninsum hatte vom Garten Eden gesprochen. Nicht so viel und so blumenreich ausgeschmückt wie die anderen dies üblicherweise taten, aber das Wenige, was sie davon zu erzählen wußte, hatte ausgereicht, Gilgamesch neugierig zu machen. Er wollte, er mußte ihn finden, diesen wunderbaren Garten, der fruchtbarer als die Ufer des Euphrat sein sollte.

Wieder ließ er seinen Blick über das weite Land streichen. Er reckte seine schmächtige Gestalt, um sie größer zu machen, legte die Hand schirmend über die Augen. Er sah Rillen und Schatten im endlosen Gelb, gelegentlich auch einzelne blaßbraune Flecken, vertrocknetes Dornengesträuch und andere Pflanzen, deren fahle Reste in der Sonne verdorrten. Aber diese winzigen Stellen fielen kaum auf; zu groß, zu gewaltig war das Gelb der Wüste, ein erschreckendes, unfaßbares Gelb.

Und dann sah er etwas, das seinen Herzschlag für einen kurzen Moment aussetzen ließ – einen einzelnen grünen Punkt, der, wenn er ihn genauer fixierte, rechts und links zu einer Linie auslief. Ein grüner Streifen, der vielleicht tiefer war, als es von hier aus den Anschein hatte. Das Paradies?

Natürlich das Paradies – was sonst? Eine fieberhafte Unrast ergriff ihn. Er prägte sich die Stelle genau ein. Dann rannte er los, lief mit langen Sprüngen den Hügel hinab, spürte nicht mehr das glühende Brennen des heißen Sandes unter seinen nackten Sohlen, lief leichtfüßig ins Tal, und der kurze Schatten war jetzt seitlich und sehr dicht neben ihm.

Eine gute Stunde oder noch Ewigkeiten mehr lief Gilgamesch, ohne die Hänge und Täler zu zählen, die zwischen ihm und dem grünen Streifen lagen. Er wußte nur: er kam näher, war schon vom letzten Kamm aus greifbar nahe gewesen. Und, ohne Einzelheiten zu erkennen, dachte er, daß es eine Oase sei. Eine so große Oase weitab vom Verlauf bekannter Karawanenwege? Gilgamesch lief, er lief, und sein Herz klopfte im Takt der Musik, die Schamach über die Wüste blies, sein Atem war beinahe dem der Sonne gleich geworden. Er lief und achtete nicht mehr darauf, wie er seine Beine bewegte, sein Körper flog jenem grünen Ort entgegen, der dort irgendwo hinter Sanddünen verborgen lag und ihn lockte.

Er erklomm einen Hügel und prallte beinahe zurück vor dem Anblick, der sich ihm unversehens bot: Eine Insel im Meer des Verderbens lag vor ihm, eine stattliche Oase mit runder Wasserstelle, von Dattelpalmen und saftigem grünen Buschwerk umrandet, ein Platz, so schön, wie ihn nur die Märchenerzähler zu erfinden vermögen. Weiße Stelzvögel standen im Wasser, zwischen den Wedeln der Palmen schwirrte ein Schwarm zwitschernder Vögel, und am Ufer des Wassers ästen schlanke Gazellen. Es war so schön, und doch durchzuckte ihn der schreckliche Zweifel: So klein war der Garten Eden, den alle zu kennen glaubten und priesen, so klein?

Warum nicht, sprach er sich selbst Bestätigung zu. Warum sollte das Paradies nicht so klein sein? Wäre es größer, so würden es wohl kaum alle suchen und die wenigsten finden. Das Paradies war eben klein, ein winziger Platz in der Wüste. Aber es kam auf die Schönheit und Pracht und keineswegs auf die Größe an. Und doch – wenn es nur eine beliebige Wasserstelle wie so viele andere war?

Sein Lauf verlangsamte sich. Er war so lange gerannt, daß er sich nun kurz vor dem Ziel Zeit lassen konnte. Das letzte Stück schritt er gemächlich voran. Die Gazellen hoben nur kurz ihre Köpfe, um zu wittern, und ästen danach ruhig weiter. Auch das war ein Zeichen dafür, daß er am richtigen Ort angelangt war. Die Tiere zeigten keinerlei Scheu, sie schienen nie erfahren zu haben, was ein Jäger ist.

Aber Gilgamesch war kein Jäger. Er war ein schmaler, halb erwachsener Junge, der mit einemmal spürte, wie sehr ihn der stundenlange Lauf angestrengt hatte. Eine grenzenlose Müdigkeit überfiel ihn. Er schleppte sich zum Wasser, ließ sich wie ein Tier auf die Knie fallen, reckte den Hals vor und trank. Das kühle Wasser erfrischte ihn, er tauchte Hände, Arme und Gesicht ein, ließ köstliches Naß über sein Haar rieseln.

Nachdem er noch ein paar Feigen gepflückt und verspeist hatte, zog er sich unter den wohltuenden Schatten einer mächtigen Palme zurück. Er lehnte sich mit dem Rücken an ihren Stamm und schlief kurz darauf ein.

Dort träumte er einen sonderbaren Traum.

Nach und nach füllte sich der schattenspendende Saum der Oase mit allerlei Wildgetier. Antilopen und Hirsche, Onager und Gazellen ästen friedlich am Rande des Wasserlochs, Enten, Flughühner, Wachteln und Reiher tummelten sich einträchtig im Schilf.

Da fuhr mit einemmal der Sonnengott Schamach mit seinem goldenen Wagen vom Himmel herab, lautlos, von einem glühenden, gleißenden Lichtregen umgeben, der ihn umhüllte wie ein strahlender Mantel. So mächtig war seine Erscheinung, so prachtvoll seine Gewandung, daß der ihn begleitende Gibil, der Gott des Feuers, daneben eintönig wirkte in seiner Wolke aus Flammen.

Beide ließen sich zwischen den Feigenbäumen nieder und betrachteten mit sichtlichem Wohlgefallen das Treiben rings umher. Da löste sich aus dem Schilf ein uralter Marabu und schritt auf sie zu. Während er ging, fielen die Federn von seinem Körper ab, verschwanden Schnabel und Flügel, und als er zu Schamach und Gibil trat, war seine ganze Gestalt so vollends verwandelt, daß er aussah wie ein Mensch. Gilgamesch wußte sofort: das konnte nur Marduk sein, der König der Könige, der alte Vater der Götter, der sich stets gern verkleidet in die Welt der Erscheinungen mischt. Nun tauchte auch Nannar, der Mondgott, auf, der oft am hellichten Tag und noch öfter des Nachts mit seiner kalten Silberschale am Himmel wacht. Als Zeichen seiner lebensspendenden Macht trug er einen blauen Mantel aus tausend und abertausend glitzernden Wasserperlen und als Abbild der Wandelbarkeit, nach dem die Menschen den Lauf der Zeiten bestimmen konnten, die gehörnte Sichelkrone auf dem Haupt.

Auch Bel, der waffenklirrende Kriegsgott und Ischtar, die Herrin des Venusgestirns, der Liebe und Fruchtbarkeit traten herbei, sowie Ninurta, der Wächter des Hundssterns Sirius, die Muttergöttin Mach, die ährengekrönte Göttin des Getreides, Nisaba, schließlich der in Felle und Federn gehüllte Tiergott Sumukan und viele andere Götter, die Gilgamesch nicht mit Namen kannte. Sie alle setzten sich im lockeren Kreis um Marduk, den Vater, und taten sich an den reifen Früchten der Bäume gütlich.

Und jetzt wurde Schamachs Stimme zur Musik, die das Schilfgras wie Harfenklang erzittern und die Luft ringsum erbeben ließ, eine Musik, in die sich das Zwitschern der Vögel und die quakenden Rufe der Frösche harmonisch mischten. Diese Harmonie drang in Gilgameschs Bewußtsein, durchtränkte seine Seele und machte ihn leicht wie eine Feder, die im Gaukelspiel eines leichten Windes dahintrieb. Sie vermittelte ihm das Gefühl, auf einem fliegenden Teppich zu schweben, hoch über dem Land, weitab jeglicher Erdenschwere. Klangen so nicht die Berichte der Märchenerzähler, war so nicht das sagenhafte Entrücktsein, von dem sie berichteten?

Plötzlich durchbrach ein anderer Ton diesen Wohlklang, schwoll an zum Gebrüll: Ein tiefes, grollendes Röhren wie brechendes Holz oder Baumstämme, die im Sturm aneinander rieben. Das Leben in der Oase erstarrte und lauschte ängstlich jenem neuen, unerhörten Geräusch. Dann stob es davon, jagende Hufe und Leiber im Sprung. Aus dem Gebüsch aber trat ein riesiger roter Mähnenlöwe hervor, hob majestätisch den Kopf, blickte kurz in die Runde, bevor er sich bedächtig am Wasser herabließ, um zu trinken.

Auch Gilgamesch, den das Erscheinen der himmlischen Schar

wenig geängstigt hatte, erschrak, denn er hatte von solchen Löwen Schlimmes gehört. Sie galten als gefährlich und unberechenbar, weitaus bedrohlicher als Geister und Dämonen. Gebannt starrte er auf die Erscheinung, doch der Löwe schien davon nichts zu bemerken. Endlich hob er wieder den Kopf und Gilgamesch erschrak noch heftiger als das erstemal, denn der Löwe blickte genau in seine Richtung. Gilgamesch wollte sich unsichtbar machen, er preßte den Rücken an den Stamm der Palme, überlegte fieberhaft, ob es nicht irgendwo eine Fluchtmöglichkeit gab. Zu spät, der Löwe hatte ihn wahrgenommen. Er kam näher. Gilgamesch starrte ihn an und war wie gelähmt. Er konnte kein Glied rühren, sein Herz wurde zu Stein.

Jetzt war der Löwe heran und stand riesenhaft vor ihm, ein rotzottiges Ungeheuer, das mit seiner Gestalt den Himmel verdunkelte. Gilgamesch spürte seinen hechelnden Atem, roch den beißenden Moschus der Wildnis und konnte den Blick nicht abwenden. Er sah dem schrecklichen Untier ins Gesicht, er blickte ihm in die Augen und erkannte darin das Abbild der Angst, die tief in ihm gesessen hatte. Erschrocken, angeekelt und doch auf unerklärliche Weise fasziniert blieb er regungslos sitzen und ergab sich diesem Gefühl.

Da passierte etwas ganz und gar Sonderbares: Gelächter zuckte aus dem Antlitz des Tieres, huschte, tanzte um sein schreckliches, reißzahnbewehrtes Maul, Lachen glitzerte in seinen Augen, Lachen, das ansteckte und übersprang. Auch Gilgamesch konnte nicht anders als lachen. Halb aus Spaß und völlig unbedacht streckte er die Hand aus, um in die Mähne des Tieres zu fahren. Da preßte der Löwe ein Schnurren aus sich heraus und stieß mit dem Kopf vor, wie es Katzen tun, wenn sie gestreichelt werden wollen. Und nicht nur das – als Gilgameschs Finger durchs zottige Fell strichen, rieb er die Stirn an ihm und stubste die Schnauze vor, bis seine Nase die Wange des Jungen berührte. Gilgamesch spürte den Kuß des Löwen auf seiner Haut und versank im gleichen Moment in einen tiefen Schlaf.

Als er erwachte, hatte die Nacht ihren schwarzen Mantel über das Himmelsgewölbe gezogen. Schamachs Sonnenwagen war zur Rast

in der unteren Welt verschwunden, von wo aus er gen Morgen wieder strahlend hinter dem östlichen Gebirge aufsteigen würde. Dafür glänzte Nannars halb gefüllte Silberschale am Himmel und der Hundsstern Sirius, und rings um sie herum blinkten und blitzten Millionen von Sternen. Geheimnisvolle Figurationen bildeten sie, deutbare Zeichen einer Flammenschrift aus dem großen Buch des Schicksals, das die Weisen zu lesen imstande waren. Es war nie der gleiche Himmel, jede Nacht lag der Mantel auf andere, besondere Weise der Menschen Lebenswege bestimmend. Welches ist mein Schicksal, was haben die Götter mit meinem Leben wohl vor? dachte Gilgamesch.

Er hatte sich erhoben und die Glieder gestreckt. Nun stand er da, den Kopf in den Nacken gelegt und sein Gesicht den Sternen zugewandt. Wie viele Rätsel barg dieses Meer, wie viele Fragen, wie viele Antworten lagen in ihm versteckt...

Gilgamesch fröstelte. So heiß auch die Tage waren, nachts kühlte die Wüste spürbar aus. Sumer war ein Land, in dem es galt, die erfrischende Kühle der Nacht mittels besonderer Lehmziegel zu fangen und für die Hitze des Tags zu bewahren. So war es jedenfalls in den Häusern. Hier draußen aber war es kalt, einfach nur kalt. Er mußte sich Bewegung verschaffen. Halb hüpfend, halb tänzelnd näherte er sich der Wasserstelle. Als er vor ihr stand, bemerkte er, daß sich der ganze Sternenhimmel in ihrer glatten, unbewegten Oberfläche spiegelte. Und nicht nur das, wie von Zauberhand hingetuscht auch die Wedel der Palmen, die Äste der Feigenbäume und die Blütenblätter der Blumen am Ufer des Wassers. Er beugte sich vor, um genauer zu sehen, und fand in der silbrig glänzenden Schwärze sein eigenes Gesicht auf sich zugleiten. »Gilgamesch...«, sagte er staunend. Und »Gilgamesch...«, flüsterte das Spiegelbild zurück. Er sah zwar das Gesicht eines vierzehnjährigen Jungen, aber er erkannte noch etwas mehr darin: In seinen Augen glitzerte das Lachen des roten Löwen.

Nun, den Garten Eden, das wirkliche Paradies hatte er wohl nicht gefunden. Aber möglicherweise etwas, das für ihn noch viel wichtiger war. Eine ganze Weile hockte er so am Wasser, fasziniert und halb träumend noch. Dann zog er sich wieder unter die Palme zu-

rück, rollte sich zusammen, um sich, so gut es ging, warmzuhalten. Er lauschte auf das Rascheln der trockenen Blätter im Wind, ihr Flattern und prasselndes Klatschen, wenn sie gegeneinanderschlugen. Sanft glitt sein Bewußtsein dahin, er schlief ein ...

Wenn man, aus der nördlichen Wüste kommend, sich dem fruchtbaren Ufer des Euphrat näherte, fielen sofort die zerklüfteten Hügel ins Auge, zu deren Füßen die Schilfhütten und Lehmziegelbauten von Uruk lagen. Riesig war Uruk, die Stadt, die ihresgleichen im Weltenkreis suchte, gewaltig war der Plan, nach dem sie gebaut war. Uruk, der Markt, Uruk, der große Platz – das waren eigentlich falsche Namen für ein Gebiet solcher Ausmaße, aber es gab keine Bezeichnung, die ihr gerecht werden konnte: In unzähligen Hürden fanden hier Herden aus der Umgebung Platz, falls wieder einmal räuberische Stämme aus der Wüste die umliegenden Dörfer bedrohten. Viele tausend Menschen fanden zwischen Uruks Hängen und Hügeln Schutz vor Feinden, während andere wehrhaft und trutzig ihre Häuser aneinanderbauten aus luftgetrockneten Ziegeln, und die Stadt immer noch wuchs – Uruk, die Hauptstadt des Reiches Sumer, die von den Göttern mit mildem Klima Begünstigte.

Was man aber zuerst aus der Ebene sah, wenn man sich näherte, war der Eanna, der heilige Tempelberg. Die weißen Mauern der Tempel des Anu und der Ischtar ragten da wuchtig auf, und noch höher als sie schraubte sich der Turm der Zikkurat wie eine steinerne Spirale in den Himmel hinein. Hier stiegen die Priester die Himmelstreppen hinauf, um mit den Göttern zu sprechen, während im Tempel der Ischtar zu gleicher Zeit ganz andere Rituale zelebriert wurden, so geheim, daß kein Sterblicher darüber zu sprechen wagte.

Dies alles sah Gilgamesch, sah das weiße Glitzern des Eanna, das

braune, bröckelige Erdreich der Hügel und das Tanzen der flimmernden Luft über der weiten Ebene rings um die Berge, in der sich die Häuser und Schilfhütten duckten und zusammenklumpten. Dazwischen lagen die Gärten und Felder, wie Flicken in einem großen, gemusterten Teppich. Oft genug hatte er vom Tempelbezirk aus auf die Stadt hinabgeblickt, jetzt aber, von außen, gelang es ihm, das Ganze zu überschauen. Er zog mit den Augen eine beinahe kreisförmige Linie um den heiligen Berg, weit genug, um alle Hügel und Hänge, Dörfer und Felder mit einzuschließen.

Diese Stadt würde wachsen, das fühlte er sicher in diesem Moment. Wachsen und an Bedeutung gewinnen und ihren Ruf weithin in alle Lande tragen.

Gilgamesch riß sich gewaltsam aus seinen Träumereien los. Er lief über die Ebene auf die Felder zu, erreichte erbärmliche Hütten, die aus Reisig und getrocknetem Dung errichtet waren. Hier hausten die armen Hirten und Fallensteller. Wenig später tauchten fester gefügte Schilfhütten auf, in denen Bauern und einfache Feldarbeiter wohnten. Hunde sprangen ihm kläffend entgegen und folgten ein Stückweit, bis sie das Interesse verloren und zu den Hütten zurückkehrten.

Er sah Handwerker vor ihren Häusern sitzen, hörte das emsige Klappern von Werkzeugen, helles Hämmern und Klopfen, und den Klang ihrer Lieder, die sich damit mischten. Er sah Rauch aufsteigen, dort, wo in runden Erdöfen Ton zu Ziegeln gebrannt wurde, und er roch all die vertrauten Gerüche, die zu Uruk, seiner Heimat, gehörten. Jetzt, da er lange die Weiten der Wüste durchstreift hatte, freute er sich, wieder zu Hause zu sein. Weit war sein Ausflug gewesen, weit auch der Weg selbst durch die Stadt. Gegen Mittag erst erreichte er den Hügel, auf dessen Rücken die Tempelanlagen des Eanna lagen.

Als er die ausgetretenen Stufen zum mittleren Tor hinaufklomm, stellte sich ihm jemand auf halber Höhe in den Weg. Es war Erenda. Ausgerechnet Erenda. Er mochte ihn nicht, diesen breitschultrigen, stiernackigen Kerl, dessen Stimme immer so klang, als übe er Volksreden auf dem Markt. Nur ein Jahr älter als Gilgamesch war Erenda und schon Aufseher der jungen Diener im Tempel des Anu. Wie bei vielen in Uruk war sein tiefschwarzes Haar kurz geschoren und kräuselte sich wie ein Helm dicht am Schädel. Beginnender Bartwuchs kündigte an, daß er in der Entwicklung weiter vorangeschritten war als die übrigen Jungen im Tempel, und er verstand es, diesen körperlichen Vorsprung nach Kräften zu nutzen. Was Gilgamesch am meisten an Erenda störte, war sein leicht schielender Blick, der ihm etwas Verschlagenes verlieh. Mit Erenda war nicht zu spaßen, man mußte sich vorsehen mit dem, was man zu ihm sagte.

Gilgamesch hatte flüchtig gegrüßt und gehofft, vorbeischlüpfen zu können, doch der andere hielt ihn am Arm gepackt.

»Wo kommst du her? Drei Tage und Nächte warst du nirgends zu finden.«

Gilgamesch machte eine vage Andeutung mit der Hand.

»Unten in den Feldern bei den Mädchen?« fragte Erenda lauernd. Gilgamesch schüttelte den Kopf. »Nein, weiter draußen war ich, in der Wüste.«

»Wer, der nicht muß, begibt sich schon freiwillig in die Wüste«, sagte Erenda, »und dann noch zu Fuß?«

»Die große Mutter hat es mir aufgetragen«, log Gilgamesch frech, »aber sie hat auch gesagt, daß ich mit niemandem darüber reden soll, selbst nicht mit dir.«

»So, ein Sonderauftrag von Ninsum«, wiederholte Erenda argwöhnisch. Aber er lockerte keineswegs seinen festen Griff am Arm. Es war ihm anzusehen, daß er Gilgameschs Worten wenig Glauben schenkte. Allerdings ... wenn es tatsächlich Ninsums Befehl gewesen war ... Es stand ihm nicht zu, an den Worten der weisen Mutter zu zweifeln. Aber so leicht sollte ihm der Kleine diesmal nicht entkommen.

»Weißt du eigentlich, was ich deinetwegen für Mühe hatte? Die Öllampen füllen, die Schafe zur Orakelbefragung hinauf zum Eanna treiben ...« Er dachte nach, was er noch alles in Gilgameschs Abwesenheit getan hatte. Alles niedrige Arbeiten, die ihm, Erenda, dem Aufseher, nicht anstanden. »Das Öl im Vorratsraum hast du aufgebraucht, ich mußte eigens hinab in die Stadt, um neues zu besorgen. Alles unnütze Wege ...«

Gilgamesch blieb stumm, er wartete ab, daß der andere sich wieder von selbst beruhigen würde. Ergeben hielt er den Kopf gesenkt. Aber Erenda machte gar keine Anstalten, von ihm abzulassen. Es hatte den Anschein, als sei er froh, endlich jemanden gefunden zu haben, bei dem er sich nach Herzenslust beklagen konnte.

»Das Orakel ...«, fing er wieder an, »... soviel Schafe, soviel Leber, und das alles nur, um sich nach dem Wohlbefinden unseres Königs zu erkundigen.«

»Dumuzi ist ein großer Herr«, sagte Gilgamesch vorsichtig, »was bedeutet schon das Leben eines Schafes gegen das Leben eines so großen Königs?«

»Pah«, stieß Erenda heftig hervor und gab Gilgamesch so unvermittelt einen Stoß, daß dieser beinahe aus dem Gleichgewicht geraten und die steile Treppe hinabgefallen wäre, »ein großer Herr, ja, aber ein noch größerer Dummkopf, mit dessen Weisheit sich getrost die Klugheit eines Schafbocks messen kann. Ich bedauere jedes Tier, das seinetwegen sein Leben hingeben muß.«

Gilgamesch blickte überrascht auf. Das waren harte Worte, ungewöhnlich harte Worte für einen Jungen wie Erenda. Dachte man so im Tempel über den König? Sprach man es offen aus? Was war während seiner Abwesenheit geschehen? Oder trieb der Aufseher nur ein undurchsichtiges Spiel mit ihm, waren das Fangfragen, um zu prüfen, wie er, Gilgamesch, der besondere Schützling Ninsums, darauf reagierte?

»Trotz allem ist Dumuzi unser Herr, der allmächtige König, und nur die Götter wissen im Buch des Schicksals zu lesen. Dumuzi ist König von Uruk, wie es vor ihm Lugalbanda war: Auch er war ein großer König, einer, dessen Ruhm in die Geschichte eingegangen ist, den Freunde und Feinde gleichermaßen ob seines Mutes und seiner Tapferkeit rühmen, heute wie sicher auch in Zeiten, die noch fern vor uns liegen ...«

Er wußte, daß er mit diesen Worten die richtige Seite bei Erenda ansprach. Gleich ihm und einigen anderen war er von der weisen Mutter Ninsum als Kind angenommen worden und besaß so den Vorzug, im Egalmach, dem Großpalast des Eanna, zu wohnen. Ninsum aber war die Witwe von Lugalbanda, dem früheren König, dessen Ruhm seinen Tod überdauert hatte. Genaugenommen waren sie also alle Adoptivsöhne des großen, legendären Königs, während Dumuzi nur ein Emporkömmling, ein mehr schlechter als rechter Nachfolger Lugalbandas war.

Er lag mit dieser Einschätzung richtig. »Setz dich hin, hier neben mich auf die Stufe, Kleiner«, befahl Erenda. Er war zwar nur ein knappes Sonnenjahr älter als Gilgamesch, aber er fühlte sich allen Jungen im Tempel überlegen, denen noch nicht der erste Flaum auf der Oberlippe sproß. Manchmal mußte er einfach Nachhilfeunterricht geben, damit die Kleinen, die Kinder, nicht vergaßen, daß ihr Leben im Eanna kein Spiel, sondern Dienst war. Und zwar gleichermaßen Dienst an den Göttern wie an der Geschichte, die sich wie ein endloses Perlenband aus dem Dunkel der Vorzeit in die Gegenwart flocht.

Erenda deutete mit der ausgestreckten Hand in die Ebene hinein. »Wer hat das alles gebaut und errichtet?« fragte er.

Die Menschen, das Volk von Uruk, wollte Gilgamesch sagen, doch er schluckte die Worte hinunter. Es war ihm klar, was Erenda hören wollte. Darum antwortete er: »Die frühen Herrscher mit Hilfe gnädiger Götter.«

»Richtig«, sagte Erenda und legte bedächtig den Finger an die Nase, was er immer tat, wenn er dozieren und sich den Anschein großer Gelehrsamkeit verleihen wollte. »Die Väter, Großväter und Ahnen, deren Namen geheiligt sind, sie alle haben daran gebaut. Und unter ihnen hat Lugalbanda, gepriesen sei er, den größten Anteil gehabt. Unter seiner Regentschaft kam Frieden auf, ein Frieden, der aus Stärke entsprang, weil er es verstand, die Stämme zu einen und Uruk zum Zentrum des Reiches zu machen. Die Fürsten der fernen Städte Ur, Eridu und Nippur brachten ihm Geschenke und neigten das Haupt vor seinem Thron. Er war es, der die Räuber der Wüste verjagte und die Flüsse sicher und schiffbar machte. Er hat den großen Palast wunderbar aus Stein gehauen und als Zeichen seiner Stärke sichtbar auf dem Eanna errichtet. In seiner Regierungszeit wurde Uruk das, was es heute ist: der Nabel der Welt, der den Göttern wohlgefällige Mittelpunkt der Erde. Schau, wie herrlich sie uns zu Füßen liegt, diese Stadt, wohl über eine Fußstunde breit und ebenso lang und angefüllt von Leben und Glück, wie es prächtiger nirgendwo stattfinden kann. Nirgends sonst gibt es so viele feste Häuser aus Lehmziegeln, nirgends sonst so viele Hütten aus Schilf. Wenn du die Augen schließt und die Ohren öffnest, hörst du, wie diese Stadt von morgens bis abends geschäftig lärmt. Zehntausend mal zehntausend Stimmen – das ist Uruk. Im Orakel, das Anus Priester aufgezeichnet haben, heißt es: Es mag viele Plätze auf der Erde geben, doch keinen, der besser geeignet wäre, eine Stadt zu tragen, als diesen. Mit Uruk ist untrennbar auch der Name von Lugalbanda, seinem größten König, verbunden ...«

Erenda schwieg einen Moment lang und ließ das Gesagte auf seinen Zuhörer wirken. Dann setzte er fort: »Kommen wir nun zu Dumuzi. Was ist er gegen Lugalbanda? Ein schwächlicher Greis, der bereits welkt, bevor er zu bedeutenden Taten gelangt ist, einer, der versprach, alles besser zu machen, und zaghaft am Anbeginn zaudert. Weißt du noch seine Worte, als er nach der Salbung vom Eanna stieg, um sich einen neuen Palast zu bauen, einen, der seinesgleichen suchen würde im Weltkreis? Und was ist daraus geworden? Eine erbärmliche Behausung, durch deren Ritzen im Sommer der Sand und im Winter der Wind vom Gebirge fährt. Weder ist er im Egalmach noch in seiner eigenen Wohnung zu Hause. Nicht einmal auf die Felder geht er, um die Frucht zu prüfen. Er bereist nicht die Lande, um Uruk zu rühmen und den Ruf unserer mächtigen Stadt unter den Völkern zu verbreiten, er empfängt keine Boten aus Ur, Eridu und Nippur, kaum, daß er Steuern von den anderen Fürsten einzieht. Er preist weder Anu im Tempel noch Ischtar, höchstens zu den offiziellen Feierlichkeiten, und auch dann kommt es allen vor, als tue er nur widerwillig seine Pflicht. Weißt du, Gilgamesch, was die Priester und Priesterinnen oben im Eanna und unten in der Stadt sich hinter vorgehaltener Hand erzählen? Er besäße nicht mehr den Glauben, den seine Ahnen so bedeutend und vollkommen machten, er sei von nagendem Zweifel geschüttelt, so daß es nur noch eine Frage der Zeit sei, wann Marduk die schützende Hand von seiner Stirn ziehen würde ...«

Gilgamesch erschauderte. Er dachte an den verzauberten Marabu in seinem Traum, der aus dem Wasser der Oase gestiegen war und den Göttern seine wahre Gestalt enthüllt hatte. Es war schlimm, was Erenda da sagte. Wenn das wahrhaftig stimmte, wenn die Leute wirklich so dachten und vielleicht sogar schon offen aussprachen, dann waren in der Tat die Tage und Nächte Dumuzis gezählt. Vielleicht aber übertrieb Erenda nur. Trotz seines albernen Gehabes als Aufseher war er natürlich ein Träumer, ein Träumer wie alle Kinder, die das Glück damit begünstigt hatte, bei Lugalbandas Witwe im Egalmach zu wohnen und nicht unten in der Stadt, wo das Leben wesentlich härter war. Lag es nicht nahe, daß sich Erenda als echter Nachkomme des großen Königs fühlte, obgleich er nicht dessen leiblicher Sohn war, sondern lediglich, wie alle anderen Diener, in der beschützenden Obhut von Ninsum, der weisen Mutter, lebte? Der Umkreis von Ninsum war ein behüteter Raum, einer, in dem nur das Wirken und die Beschäftigung mit dem verborgenen Willen der Götter zählte, und nicht die Not, sich um das tägliche Brot zu sorgen. In einem solchen Freiraum, hoch über den wirklichen Belangen der Stadt und ihrer Bewohner, wachsen Rebellen heran. Erenda war ein Rebell. Streng in den Regeln des Gottesdienstes und noch strenger in der Beurteilung anderer Menschen.

Erenda hatte eine ganze Zeitlang in die Ebene hineingestarrt, ohne weiter zu reden. Er wirkte außerordentlich ernst, wie er dasaß im strahlenden Glanz der Mittagssonne, die sein Haar blauschwarz glänzen und seine dunklen Augen wie kreisrunde Kohlenstücke glühen ließ. Als er seinen Blick wieder auf Gilgamesch richtete und ihn mit schwer deutbarem Silberblick musterte, war seinem Gesicht nicht zu entnehmen, was wirklich in ihm vorging.

»Gilgamesch«, sagte er, »ich weiß nicht, welcher Skorpion mich gebissen hat, daß ich ausgerechnet dir das alles erzähle . . . Du bist so anders: Du siehst nicht aus wie einer von uns, du redest nicht wie einer von uns und manchmal denke ich, es treibt dich nur in die Wüste hinein, weil du von dort oder anderswo gekommen bist. Es mag sein, was böse Zungen behaupten – daß du der Sohn eines abtrünnigen Priesters bist oder sogar noch schlimmer, nämlich vom Samen eines Dämonen stammst. Ich sage dir nichts Neues, du weißt, daß auch die anderen so denken. Du bist uns fremd und mitunter unheimlich. Und dennoch rede ich mit dir, als würdest du verstehen, was ich meine. Kann einer, der nicht aus Uruk stammt, jemals erfassen, was in mir, in uns allen vorgeht?«

»Ich komme aus Uruk wie du«, entgegnete Gilgamesch trotzig, »Ninsum ist meine Mutter und der Tempel mir Heimat wie dir.«

»Ha, was besagt das schon«, gab Erenda zur Antwort, »du kannst erzählen, was du willst, ohne daß du die Zweifel von mir nehmen könntest. Nein, Gilgamesch, da ist noch etwas anderes im Spiel. Ein Geheimnis umgibt dich. Und ich behaupte, daß ich es irgendwann lösen werde. Doch dann, Gilgamesch, hoffe ich für dich und für uns alle, daß das Schicksal dir gnädig sein möge.«

Gilgamesch erwiderte nichts. Er sah auf die Stadt, die Felder und Wege, Häuser und Hütten hinab. Er sah in die weite Ebene hinein, die sich irgendwo in der Unendlichkeit der Wüste verlor. Und er dachte an seinen Traum, seinen beschwerlichen Weg zurück und daran, was er in der Oase erlebt hatte, und ganz entfernt auch daran, daß er für wenige Augenblicke jedenfalls dem Paradies nahe gewesen war, auch wenn er es in der Zukunft, in seinem späteren Leben, nie wiederfinden würde.

»Es ist gut, Gilgamesch«, sagte Erende, »trödle nun nicht mehr länger herum, steh auf und spute dich. Ninsum erwartet dich im Egalmach, geh und mach deine Arbeit.«

Nachdenklich sah Erenda aus, so, als wolle er noch etwas sagen. Aber er biß sich auf die Lippen. Zuviel schon hatte er von seinen Gedanken preisgegeben, vielleicht mehr, als dieser kleine, seltsame Kerl vertragen und für sich behalten konnte. Aber nein, er beruhigte sich, Gilgamesch besaß einen viel zu schweigsamen Charakter. Der würde nicht leichtfertig Gespräche ausplaudern. Aller Andersartigkeit zum Trotz fühlte er sich zu dem Jungen hingezogen, mehr noch als zu allen anderen im Tempel.

»Los jetzt, sitz nicht so herum und starr Löcher in die Luft«, sagte er und stieß ihn freundschaftlich in die Seite.

Gilgamesch nickte stumm, er erhob sich und lief leichtfüßig, immer zwei Stufen zugleich nehmend, zum Eanna hinauf. Es war ein schöner Tag, wirklich ein schöner Tag. Nicht einmal das düstere Gespräch mit Erenda konnte daran etwas ändern. Kannte der denn seinen Vater? Schwarzes Kraushaar allein war noch kein Beweis, ein echter Abkömmling Uruks zu sein. Er aber, Gilgamesch, war es, das spürte er genau. Er passierte das Tor, überquerte den großen Platz und lief hinüber zum Egalmach. Er war fröhlich und guter Dinge, er sang sogar vor sich hin. Als er an der Tür zum Großpalast angekommen war, blieb er einen Moment stehen, um sich zu sammeln. Erst dann klopfte er an.

Die weise Ninsum saß auf ihrem gepolsterten Sitz dicht neben dem Fenster. Ein Lächeln lag auf ihrem Gesicht und machte es jung, obgleich sie doch eine alte Frau war. Eine uralte sogar: viel hatte sie erlebt und erfahren in ihrem Leben, das schon um so vieles länger währte als bei anderen Menschen. Weißhaarig war sie, wie silbrige Spinnfäden floß ihr Haar um ihr Haupt und rahmte ihr Gesicht ein. Und doch – mit diesem ewig jungen Lächeln hätte man sie für ein Mädchen halten können. Sie saß unbeweglich da, leicht in sich zusammengesunken, als ob sie schliefe. Aber sie schlief nicht. Ihre Augen waren geöffnet und blickten aus dem Fenster in die Ebene. Es war schwer zu ergründen, was sie da sah und ob sie überhaupt etwas beobachtete. Wahrscheinlich sah sie einfach mehr oder zumindest gänzlich anderes als gewöhnliche Sterbliche.

Gilgamesch blieb scheu am Eingang stehen und betrachtete sie. Wie schön sie war, welche Ruhe ihre Gestalt ausstrahlte! Er wartete auf ein Zeichen von ihr, um näherzukommen. Ninsum rührte sich nicht.

Endlich hob sie die Hand und winkte ihm, ohne den Kopf vom Fenster zu wenden. Schüchtern trat Gilgamesch vor.

»Du bist zurück, Sohn«, sagte sie, und ihre Stimme war mehr Feststellung als Frage, »zurück aus der Wüste, wohin es dich trieb?«

»Ja, weise Mutter.«

»Komm näher, Gilgamesch, setz dich hierher ans Fenster, wo das Licht unbeschwert tanzt. Die Sonne hat viel zu erzählen.«

Gehorsam ließ er sich zu ihren Füßen nieder. In gleicher Höhe zu seinem Gesicht ruhten ihre Hände auf dem Schoß, weiße Hände mit langgliedrigen Fingern, von denen einer den Türkisring mit den geheimen Zeichen trug, während ein anderer mit einem schwarzen Stein, umgeben von funkelnden Karneolperlen, geschmückt war. Es war dies der Hochzeitsstein, der, den Lugalbanda einst aus den fernen Bergen bringen ließ und seiner Gemahlin zur Hochzeit schenkte. In ihm brach sich jetzt die Sonne und ließ regenbogene Reflexe um Ninsums Hände entstehen.

»Du hast Schamachs goldenen Wagen gesehen und Nannars silberne Schale?«

»Ja, Mutter«, antwortete Gilgamesch, wobei ihm nicht klar war, ob sie seinen Traum oder die Abbilder oben am Himmel meinte.

»Und du weißt auch um ihre wahre Bedeutung?«

Gilgamesch schwieg. Er fühlte, daß sie ihm etwas Wichtiges mitzuteilen hatte. Und richtig, Ninsum sprach weiter, ohne seine Erwiderung abzuwarten: »Schamach bringt uns das Licht und die Wärme, damit alles wachsen und sich zur Reife verwandeln kann. Sein Erscheinen trennt unser Leben in zwei gleiche Hälften. Den einen Teil nennen wir Tag und füllen ihn mit Treiben an, den anderen, an dem er mit seinem Sonnenwagen unter der Erde weilt, nennen wir Nacht und nutzen ihn zum ruhespendenden Schlaf. So schlafen wir die eine Hälfte unseres Lebens und lassen geschehen, während wir die andere Hälfte selbst gestalten, damit alles so werde, wie es geschehen soll. So sind die Männer: ja und nein, arbeiten und ausruhen, ausruhen und arbeiten. Die meisten Männer, auch du, sind im Zeichen der Sonne geboren. Während die Sonne immer gleich rund ist, wechselt Nannars Mondschale beständig seine Gestalt. Von der schmalen Sichel zum Kreis, vom Kreis wieder zur Sichel geht sein Zyklus, den vor allem die Frauen sehr gut verstehen, weil er mit den Säften ihrer Körper zusammenfließt. Darum messen wir auch nach seinem Wandel die Zeit und richten alles so, daß es übereinstimmt mit der Kraft, die er uns sendet.

Dies, Gilgamesch, sind zwei völlig verschiedene Arten, das Leben zu leben und zu verstehen: die Weise der Männer und die Weise der Frauen. Darüber hinaus zeigt uns der Himmel noch mehr außer Sonne und Mond. Und auch dies läßt sich auf unterschiedliche Weise betrachten und deuten.«

Gilgamesch schwieg. Er hatte die Augen geschlossen, um sich besser auf ihre Worte konzentrieren zu können. Er trank ihre Stimme. Wie Wind war sie, wie Wind, der durchs Blattwerk streicht.

»Nimm zum Beispiel die Priester im Tempel des Anu«, sprach Ninsum weiter, »Nacht für Nacht beobachten sie den Himmel, alle Gestirne und ihre Stellung zueinander, die sich verändert. Sie verzeichnen alles, sie berechnen das ganze Himmelsgewölbe und glauben, danach Vorhersagen machen zu können, wie etwas sein wird in der darauffolgenden Nacht, im nächsten Jahr, und wie das alles mit dem zu tun hat und Einfluß gewinnt auf das, was auf der Erde mit Leben erfüllt ist. Auch das ist so ein männlicher Weg: Tagsüber halten sie sich vom Treiben der Menschen fern, um ungestört in Zeichen festzuhalten, was sie des Nachts gesehen und vermessen haben. In Wirklichkeit aber träumen sie nur.«

»So hältst du wenig von ihrem Treiben?« fragte Gilgamesch überrascht.

»So meine ich das nicht«, sagte Ninsum, »Träume sind stets wichtig, und manche sogar von außergewöhnlicher Bedeutung. Ich meine nur, daß sie von selbst kommen und nicht erst durch Berechnungen angeregt werden müssen. Grundsätzlich ist es schon recht, den Lauf der Gestirne zu beobachten und danach Aussagen zu machen, zum Beispiel, um den günstigsten Zeitpunkt für Saat und Ernte zu berechnen. Allerdings gelingt das nicht immer – auch die Priester des Anu haben sich schon geirrt und den Bauern falsche Ratschläge erteilt, die zu Mißernten und Hunger führten. Die Anupriester erklären solche Irrtümer dann damit, daß die Götter vergessen haben, sich um die Menschen zu kümmern und erst wieder durch Gebete und Opfer besänftigt werden müssen.

Die Priesterinnen der Ischtar beschreiten da einen ganz anderen Weg. Sie richten ihr Augenmerk ausschließlich auf ein einziges Himmelsgestirn – die Venus – und dienen ihr Leben lang der Göttin der Liebe und dem, was ihr untertan ist – alles Sinnliche nämlich, die Gefühle, der Körper, Wohlbefinden und Lust, Freude am Dasein, Sehnsucht, Verschmelzen und Fruchtbarkeit. Aus diesem Grunde feiern sie ihre Dienste an der Göttin auch stets wie ein Fest. Nicht lange mehr, dann wirst du am eigenen Leib erfahren, was ich dir jetzt nur mit Worten vermitteln kann.«

Gilgamesch wollte gern mehr wissen, da ihm bisher der Zugang zum Tempel Ischtars verschlossen gewesen war, doch Ninsum winkte ab.

»Alles zu seiner Zeit, Sohn, kein Baum, der Blüten treibt, bevor nicht der Frühling mit seinem Atem ihn ganz und gar durchdrungen und vorbereitet hat.«

Ein schwacher Trost für einen, der zu dürsten beginnt und sich dicht vor der Quelle wähnt.

Doch Ninsum fuhr lächelnd fort: »Jeder Mensch, auch du, gelangt eines Tages an eine Stelle, wo sich diese beiden Wege deutlich sichtbar vor ihm auftun, und einen davon muß er sich aussuchen. Welchen Weg würdest du wählen, Sohn?«

Gilgamesch dachte angestrengt nach. In Anus Diensten stand er, soweit er denken konnte. Dieser Weg hatte ihm viel Anstrengung gekostet. Erfahrung ja, Erfahrung hatte er ihm auch gebracht, Neugier und Wissen und erneute Neugier, um noch mehr Wissenswertes zu sammeln. Und doch erschien es ihm wie ein Faß ohne Boden. Man mochte soviel Wissen wie möglich, vielleicht alles Wissen der Welt hineinschütten, ohne es jemals füllen zu können. Oder lag es daran, daß er einfach noch nicht genug gelernt hatte?

Den anderen Weg, Ischtars Weg, kannte er noch nicht. Wie sollte er sich dafür entscheiden? Er hatte lediglich gemerkt, daß zwar Männer wie Frauen den Tempel besuchten – Männer vor allem, um sich von der Freizügigkeit der liebreizenden Dirnen verwöhnen zu lassen –, daß die Sache an sich aber wohl mehr eine Angelegenheit der Frauen war: Kein Mann konnte Priester der Ischtar werden, keiner hatte Zugang zum Allerheiligsten, und es gab keinen, der, vor die Wahl zwischen Anu und Ischtar gestellt, sich gegen Anu und ausschließlich für Ischtar entschieden hätte.

»Ich weiß es nicht, Mutter«, gab er kleinlaut zu.

Ninsum lächelte und schwieg. Es war gut, daß sie schwieg, so konnte sich die Verwirrung allmählich wieder legen, die Gilgamesch erfaßt hatte.

Endlich sprach sie ihn wieder an, und diesmal wurde er gewahr, daß ihre Augen wohlwollend auf ihm ruhten.

»Natürlich mußt du erst den anderen Weg, den Ischtars, kennenlernen, um dich wirklich zwischen beiden entscheiden zu können. Nur...«, hier zögerte sie und setzte ihre Worte mit Bedacht, »... vielleicht gibt es ja mehr als Ja und Nein, als Entweder–Oder, vielleicht gibt es da noch eine dritte Möglichkeit für dich, einen dritten Weg...«

»Und welcher Weg ist das?« fragte Gilgamesch gespannt. Er spürte instinktiv, daß das Gespräch an einem entscheidenden Punkt angekommen war.

»Dein eigener«, sagte Ninsum und lachte, als sie Gilgameschs verdutztes Gesicht sah. »Der, den dich dein Innerstes führt«, fügte sie ernsthafter hinzu, »und möglicherweise ist das sogar der einzige, den du gehen kannst. Wie du ihn findest? Du darfst dabei auf niemanden hören, außer auf dein Innerstes.«

»Mein Innerstes... was meinst du damit?«

»Etwas, was tief in dir sitzt, Gilgamesch, ein Stück von dem großen Instrument, das die ganze Welt mit Klängen belebt. Achte stets, ob dieses innere Instrument bei dir in Schwingung gerät. Nur das kann Auskunft darüber geben, ob etwas für dein Leben von Wichtigkeit ist.

»Ich glaube, daß du recht hast mit allem, was du mir sagst, Mutter. Es erscheint mir klar, und doch erfasse ich nicht alles von dem wirklich.«

»Das macht nichts, Gilgamesch. Es ist nicht von Belang, daß du jetzt im Moment alles begreifst. Wichtig ist nur, daß du es aufnimmst und mit dir trägst, damit es dir im entscheidenden Moment wieder einfallen kann.«

Ninsum hatte mit solchem Ernst gesprochen, daß Gilgamesch fühlte, wie unmöglich es war, ihre Worte jemals wieder zu vergessen. Aber eine Frage, die lange in ihm herangewachsen war, drängte sich auf. »Wie soll ich meinen Weg erkennen, wenn ich nie erfahren werde, wo er begann? Über meinen Anfang weiß ich nur das Wenige, was du mir erzählt hast und was die Leute darüber sagen. Stimmt es, Mutter, daß ich von einem Dämon abstamme?«

Jetzt lachte Ninsum schallend.

»Und ein Priester?« fragte Gilgamesch hastig weiter, »war ein Anupriester mein Vater, einer der abtrünnig wurde und aus Uruk verschwand?«

Ninsum ließ sich Zeit mit der Antwort. »Warum drängt es dich so, das zu wissen?« sagte sie endlich. »Glaube mir, daß es so sogar besser ist, denn ein jeder, der seinen Vater kennt, versucht, ihm nachzueifern oder ihn zu bekämpfen, um ihn schließlich am Ende zu überwinden. Dir aber bleibt dieser sinnlose Irrweg erspart, du brauchst dich weder nach etwas auszurichten, noch gegen etwas zu kämpfen, du hast die Chance, dich so zu entwickeln, wie es einzig und allein dein Innerstes als richtig erkennt und gutheißt. Diese Möglichkeit hat nicht jeder, Gilgamesch, nimm sie als ein Geschenk und nutze sie gut.«

Gilgamesch war zwar nicht zufrieden mit dieser Antwort, daß die weise Mutter aber so sprach, drückte aus, daß auch sie seine wahre Herkunft nicht kannte oder aber nicht preisgeben wollte. Wenn es aber so war, dann wußten alle anderen noch viel weniger, dann war all das Gerede von Dämon und Priester nicht mehr wert als Fliegengesumm.

Ninsum vollführte eine Bewegung mit der Hand, so als streiche sie durch unsichtbare Schleier und Gilgamesch verstand sofort, was sie meinte. Er eilte zu einer Wandnische und entnahm ihr die Harfe. Es war ein kostbares Stück, vollständig aus Edelhölzern gefertigt, die mit gewalztem Blattgold, Elfenbein, gebranntem, gesticheltem und bemaltem Holz verziert waren. Wunderbare Intarsien schmückten die Seiten, das Schönste an der Harfe aber war ihre Stirnseite, an der ein goldener Stierkopf mit rotem Halsband prangte, der einen Bart aus blauen, glitzernden Lapislazuliperlen trug. Unterhalb des Stieres wies der Klangkasten der Harfe eine Folge sorgsam geschnitzter Reliefbilder auf, seltsame mythologische Darstellungen, die Gilgamesch schon immer fasziniert hatten, wenn er zu Füßen Ninsums hockte, dem Klang ihres Spieles lauschte und ihre Hände beobachtete, die geschickt über das Holz an den schwingenden Saiten vorbeistrichen. Heroen gab es da zu sehen, Mischwesen der Vorzeit, halb Fisch, halb Mensch, so wie die Ahnen der sieben Weisen, die einst dem Meer entstiegen sein sollten, um die Menschen in allen Fertigkeiten und Künsten zu unterrichten.

Obgleich niemand mehr wußte, wie es sich damals wirklich zugetragen hatte, waren Abbilder von ihnen noch immer beliebt. Es gab sie aus Stein und aus Ton, manche legten sie abergläubisch in kleinen hölzernen Kästen unter die Türschwellen der Häuser oder vergruben sie in einer Ecke des Zimmers, manchmal wurden sie auch in der Nähe des Bettes eines Kranken aufgestellt. Die Inschrift auf dem Rücken der Figuren lautete stets: ›Steige herab, Reichtum des Gebirges! Tritt ein, Überfluß!‹ Auch Gilgamesch besaß so ein Tonfigürchen, aber er hatte es nicht in der Ecke seines Schlafzimmers vergraben, sondern trug es an einer Haarkette als Talisman am Hals.

Außer solchen Darstellungen von Fischmenschen gab es an der Harfe noch andere Figurationen, die merkwürdig anmuteten und zum Träumen anregten: ein aufrecht stehender Skorpion mit menschlichem Oberkörper etwa, der in seinen Händen Siegelrollen trug – das war der Wächter der aufgehenden Sonne, Schamachs Leibdiener, und hinter ihm im Gefolge der Fabelwesen kam sogleich ein auf den Hinterpfoten laufender Ziegenbock, der zwei besondere Trinkgläser hielt und vor einer Amphore mit Wein stand. Dann gab es noch allerlei absonderliches Getier – ein Wildesel, der auf Kornähren Lyra spielte, Bären, Füchse, Löwen, Stiere und Rinder, die Feldarbeit verrichteten oder in Büchern lasen oder den Göttern Opfer brachten.

Gilgamesch wußte nie, was ihn mehr in eine andere Welt versetzte – Ninsums Spiel oder diese Bilder, die sich zu den Klängen der Harfe zu bewegen schienen, obgleich sie doch nur aus Holz geschnitzt waren.

Plötzlich brach die weise Mutter ihr Spiel ab und fuhr Gilgamesch mit der Hand durchs Haar. »Es war gut, dich allein in die Wüste zu lassen«, sagte sie, »es hat etwas verändert, etwas in deinen Augen hat sich verändert. Ich habe es gleich bemerkt, als du kamst, jetzt weiß ich, was es ist: Du hast den Löwen gesehen.«

Woher wußte sie so genau um die Einzelheiten seines Traums? »Er steht in diesen Nächten an einer ganz besonderen Stelle am Himmel«, fuhr Ninsum fort, »und steigt manchmal herab auf die Erde, um sich unter die irdischen Wesen zu mischen. Hast du Angst verspürt?«

Gilgamesch nickte. Die Erinnerung an den Schreck schnürte seine Kehle zusammen, machte seine Stimmbänder stumm.

»Große Angst?«

Wieder nickte er.

»Aber du hast es überstanden, wie man sieht. Es gibt zwei Arten, Angst zu überwinden, Sohn – entweder durch Mut oder durch Freude. Hast du mit dem Löwen gekämpft und ihn bezwungen?«

»Nein, er hat mich ausgelacht, er hat nur gelacht«, gab Gilgamesch kleinlaut zur Antwort.

»Das ist gut«, sagte Ninsum, »sehr gut ist das. Ich habe noch niemanden getroffen, der einem lachenden Löwen begegnet ist. Er war dir wahrscheinlich wohlgesonnen?«

»Er hat mich geküßt«, schlüpfte es Gilgamesch heraus. Er biß sich auf die Lippen. Das hätte er nun doch nicht preisgeben müssen.

Die weise Mutter sah ihn lange nachdenklich an. Dann sagte sie: »Dies ist in der Tat ein Glück, das nur wenigen Sterblichen zuteil wird. Und es gibt dir einen wichtigen Fingerzeig, aus dem du Lehren ziehen kannst. Denk immer daran, wie man mit Angst umgehen kann, Gilgamesch. Angst ist gut, wenn sie nicht lähmt oder wahnsinnig macht. Mit Mut kann man Angst überwinden, aber herzlos werden dabei, weil Mut jedes andere Gefühl beiseite drängen muß, um grenzenlos zu sein. Nur Freude ist noch mehr als Mut. Sie ist die größte Kraft, die wir kennen, sie schließt Mut mit ein, Mut ist ein Teil der Freude. Wo Freude ist, hat Angst keinen Platz. Bewahre sie dir auf, diese Freude, Gilgamesch, und teile sie mit denen, die dir nah sind. Bewahre dir das Lachen des roten Löwen im Auge.«

Eine Stimme rief von fern zum kurzen Gebet, dem das Abendessen folgen würde. Die alte Ninsum mühte sich, aus ihren Polstern aufzustehen. Gilgamesch sprang sofort hinzu, um ihr behilflich zu sein. Doch die weise Mutter wehrte ab. Mit einem rätselhaften Lächeln im Gesicht war sie auf den Beinen und am Eingang, bevor Gilgamesch richtig zu sich kam. Es war unerklärlich, aus welchen

Quellen sie ihre Kraft schöpfte. Zögernd folgte er ihr. Draußen auf dem Rundgang des Palastes bestätigte ein schneller Seitenblick, daß die Nacht herannahte und mit ihr das Sternbild des Löwen. Wie würde es diesmal am Himmel stehen?

»Zwing mich nicht, mit dem da zu gehen«, rief Abebe außer sich vor Erregung, »nicht mit dem da, mit dem Braunkopf!« Er deutete angeekelt mit dem Finger auf Gilgamesch.

»Du kennst die Vorschriften, Abebe«, sagte Erenda streng, »wenn du meinen Anweisungen nicht folgst, muß ich dich bestrafen.«

»Dann bestrafe mich, sperr mich in den Keller zu Ratten und Mäusen. Das ist mir immer noch lieber, als mit dem da gehen zu müssen!« rief Abebe.

Die Jungen hatten einen Kreis um Erenda und Abebe gebildet. Gilgamesch stand teilnahmslos dabei und blickte zur Seite. Es ging um ihn, natürlich ging es wieder einmal um ihn. Was hatte er ihnen nur getan, daß sie ihn so heftig ablehnten? »Und warum«, fragte Erenda, »warum willst du lieber in den Keller, als mit Gilgamesch die Tontafeln zu den Weisen zu bringen?«

»Weil ...«, erwiderte Abebe, »... weil der da Unglück bringt. Sieh nur auf seine braunen Haare: Sie sind kein bißchen gekräuselt wie bei uns! Und dann ist er immer so ruhig, so unheimlich ruhig. Man kann nicht reden mit ihm. Er lacht nie über unsere Späße. In allem tut er so, als sei er bereits erwachsen ... dabei ist er kleiner als ich. Ich fürchte mich, wenn ich allein mit ihm bin.«

Erenda betrachtete aufmerksam den aufsässigen Schüler. Dann sagte er: »Du warst selbst dabei, Abebe, wie wir das Los geworfen haben. Das Los fiel auf dich. Wenn du nicht gehst, werde ich dem Oberpriester melden müssen, daß du das Urteil der Götter anzweifelst. Und warum tut er das? wird er fragen. Ich werde antworten: weil er sich vor einem fürchtet, der kleiner ist als er. Kannst du dir denken, was der Oberpriester davon halten wird?«

Abebe schluckte heftig. Aus seinem Gesicht war die Farbe gewichen. »Ich gehe«, sagte er schnell, »ich gehorche, du kannst dem Oberpriester sagen, daß ich gehorche.«

»Dann ist es gut«, sagte Erenda und wandte sich zum Gehen. Im Tempel wartete Arbeit auf ihn. Es galt, die Berechnungen des Sternenhimmels der vergangenen Nacht zu vergleichen und säuberlich abzuschreiben. Auch die übrigen Jungen mußten sich sputen. Erenda hatte die Aufgaben genannt und jedem einzelnen zugeteilt. Geschäftig stoben sie auseinander. Nur Gilgamesch und Abebe blieben auf dem Platz vor der Zikkurat, der geschraubten Himmelssäule aus Stein, zurück.

Gilgamesch blickte hinauf. Seine Augen folgten der großen Spirale, deren Spitze sich im Himmel verlor. Zu gern hätte er einmal eine Nacht dort oben verbracht und die Sternbilder, besonders das des Löwen, aus der Nähe betrachtet. Aber dafür war er noch zu jung, solche Aufgaben waren allein den Priestern vorbehalten. Höchstens Aufseher wie Erenda durften hinauf, um die Tabellen der Sterndeuter in Empfang zu nehmen. Er war neidisch auf Erenda.

»Was machen wir jetzt?« fragte Abebe, ohne ihn anzusehen.

»Das weißt du doch«, antwortete Gilgamesch, »wir nehmen die Tafeln und tragen sie hinunter in die Stadt. Am Fuße des zerklüfteten Tells, dort wo die Ruinen des alten Tempels sind, haben die Weisen ihre Behausungen errichtet. Wir geben die Tafeln ab und warten, ob sie uns etwas auftragen. Dann kehren wir zum Eanna zurück.«

Das Leben war einfach, wenn man es so wie Gilgamesch sah: Aufgaben, Pflichten und Abenteuer. Schwierig waren allein die Menschen, die anderen Kinder. Woher kam nur ihre unerklärliche Scheu und Abneigung vor ihm und seinem Aussehen? Er hatte Abebe nie etwas getan, er war ihm weder besonders zugetan, noch haßte er ihn. Und dennoch hätte es dieser vorgezogen, freiwillig zu den Ratten und Mäusen in den Keller zu gehen, als mit ihm eine so einfache Arbeit zu verrichten. Ach was, Abebe war ein Feigling und

Schwätzer. Sicher hätte der sich auch im Keller gefürchtet und die ganze Zeit über irrsinniges Zeug vor sich hin gebrabbelt.

»Komm jetzt«, sagte er barsch und hob eine der Tafeln auf. Sie war erstaunlich schwer, kein einfaches Rollsiegel, sondern eine richtige große Tafel mit Schrift. Es war nicht einfach, vier von ihnen gleichzeitig zu tragen. Er klemmte sich zwei unter den linken Arm, nahm die übrigen zwei unter den rechten und lief los. Hinter sich hörte er Abebe keuchen. Und schon ging wieder sein Gejammer los: »Lauf nicht so schnell, ich komme nicht nach. Wenn ich stolpere und die Tafeln zu Bruch gehen dabei, bist du allein schuld.«

Gilgamesch drehte sich um und sandte einen wütenden Blick in Abebes Richtung. Der schrie auf und machte einen erschrockenen Schritt zurück.

»Ich denke, du bist größer als ich?« höhnte Gilgamesch. »Dann hast du doch auch längere Beine und müßtest längst vor mir sein. Los also, du Großmaul. Ich trage meine vier Tafeln sicher. Sieh zu, daß du deine nicht vor lauter Dummheit verlierst.« Damit wandte er sich wieder um und lief, ungeachtet des hinter ihm hechelnden und unterdrückte Flüche ausstoßenden Abebe, seinen Weg die Treppen hinab, hinunter in die mit Leben erfüllte Stadt.

Bauern und Kaufleute aus dem ganzen Umkreis waren heute am Saum des Hügels versammelt, um ihre Waren feilzubieten. Da verkaufte einer Gemüse, ein anderer die goldenen Äpfel der Sonne, wieder ein anderer pries hinter seinem Stand Melonen, Feigen und Kürbisse an. Es gab Stände mit gebrannter Keramik, Zierkacheln und allerlei Schmuck für die Damen, verzierte Öllampen, Amphoren und Gläser, Schalen aus Granit und Terrakotta, Elfenbeinsplitter, die zu Amuletten geschnitzt waren, bedruckte Stoffe und Tücher, Schminkpasten und Gewürze. An anderer Stelle hatten Viehhirten Areale abgesteckt, in denen zum Verkauf angepflockt Ziegen und Schafe warteten, Hühner, Tauben, selbst zwei gezähmte Onager. Und daneben das übliche Haushaltsgeschirr: Teller und Schüsseln, Krüge und Vasen, Löffel, Nadeln und Messer aus angeschärftem Gebein.

Normalerweise hätte Gilgamesch gern hier eine Weile zugebracht, sich durch die Menge gezwängt und wohl auch eine Weile den Gauklern, Akrobaten, Taschenspielern zugesehen, den Sängern und Märchenerzählern gelauscht. So aber gab es einen Auftrag, der keinen Aufschub erlaubte. Er achtete nicht auf die Bettler, wich Kranken, zerlumpten Gestalten aus und wäre beinahe mit einer dicken Frau zusammengestoßen, die Wäsche in einem Korb auf ihrem Kopf zum Färbeplatz balancierte. Er schlängelte sich mit seinen Tontafeln unter dem Arm so geschickt durch die Menge, daß der andere bald zurückblieb und irgendwo zwischen Getreidebergen und Tüchern mit frisch gebackenen, dampfenden Broten verschwand.

Erst am Rande des Marktes hielt er inne, setzte die Tafeln ab und wartete auf Abebe. Als der endlich kam, sich schnaufend und stöhnend näherte, die Tafeln in den Sand rutschen ließ und sich erschöpft hinwarf, als habe er soeben die Berge zum Euphrat versetzt, war Gilgamesch bereits ausgeruht und hätte erneut loslaufen können. Aber er wartete, bis Abebe neue Kräfte gesammelt hatte. Solange konnte er das wogende Marktvolk beobachten.

»Was ist, wollen wir ewig hier sitzen und ausruhen?« fragte Gilgamesch. »Der Tag neigt sich gegen Mittag. Wenn wir heute noch etwas zu essen bekommen wollen, müssen wir uns beeilen.« Abebe sagte nichts. Statt einer Antwort griff er in seine Gürteltasche und förderte ein Stück Naschwerk zutage, das ihm irgendwo auf dem Marktplatz zugesteckt worden sein mußte. Genüßlich begann er zu kauen. Ohne Gilgamesch anzusehen, registrierte er mit sichtlichem Behagen, daß der andere jeden Bissen in seinem Munde zählte. Als er fertig war, leckte er sich die Finger ab. Gilgamesch sagte nichts dazu. Er fragte sich im stillen, ob er wohl anders gehandelt hätte. Nein, nicht anders, er hätte nichts abgegeben, nicht diesem Kerl, diesem widerlichen Abebe, der es verstand, aus jedem Wort, aus jeder Gebärde eine Provokation zu machen.

»Fertig?« fragte er noch einmal. Abebe nickte und grinste hinterhältig. Sie nahmen erneut die Tontafeln auf und liefen los in Richtung des zerklüfteten Tells. Dort lagen die Reste des uralten Tempels, von dem niemand mehr sagen konnte, wann er erbaut und wann er zerstört worden war. Man konnte die Ruinen eigentlich erst erkennen, wenn man unmittelbar davorstand. Ein paar zerbröckelte, vom Wind verformte Säulenreste, behauene Steinquader, die halb aus dem Sand ragten, hier und da eine seltsame Unregelmäßigkeit im Boden – das war alles, was vom einstigen Tempel erhalten war.

In unmittelbarer Nähe zum Gelände begannen die Begräbnisfelder der Stadt; ein unheimlicher Ort, den man tunlichst, vor allem bei Nacht, zu betreten vermied. Konnte nicht sein, daß hier Lilith, die geflügelte Todesgöttin, aus und ein ging, begleitet von lautlosen Eulen, um verirrte Wanderer mit ihren Krallen zu reißen? An einer Säule des alten Tempels gab es ein Abbild von ihr, das anziehend und schrecklich zugleich war. Da stand die nackte Göttin auf zwei kauernden Löwen, hielt die Flügel abgespreizt und die Hände mit den Lebenssymbolen erhoben, während riesige Eulenvögel rechts und links von ihr wachten. Gleich ihnen waren Liliths Füße hornig und krallenbewehrt und ihr augenloser Blick glich entsetzlich dem der furchtbaren Vögel. Niemand, nicht einmal die Weisen, die ihre eigene Herkunft von den Fischwesen der Vorzeit ableiteten, vermochten zu sagen, welche Bewandtnis es mit der Göttin hatte. Ja, sie sollte die Frau von Adam, dem ersten Menschen, gewesen sein, als die Götter beide aus Ton erschufen und ihnen Leben einhauchten. Es hieß aber auch, daß Lilith mächtiger als Adam gewesen sein soll, Dinge wußte, die dieser nicht verstand, und als sie merkte, daß sie sich zwar verständigen konnten, nie aber über die gleiche Sache sprachen, da habe sie im Zorn den unaussprechlichen Namen genannt und sich in Luft aufgelöst.

Gewiß, auch Ischtars Bildnis am Eingang des Venustempels war nackt, nackt und verführerisch, aber anmutig dabei und in keinster Weise so von schrecklichem Zauber behaftet wie Lilith an der Säule des alten Tempels. Und noch immer ging eine unbeschreibliche Anziehungskraft von ihrem Körper aus.

Sie mußten daran vorbei und Abebe, der stehengeblieben war, starrte gebannt auf ihre Brüste, die sich wie reife Äpfel aus dem Stein herauswölbten. Sein Blick wurde glasig, stoßweise ging sein Atem, und das konnte keineswegs allein von den vier Tontafeln kommen.

»Komm weg hier«, sagte Gilgamesch, »dies ist ein verfluchter Ort, nicht gut zum Verweilen. Sein Anblick wirkt wie Fieber und verwirrt das Denken.«

Nur zögernd löste sich Abebe vom Bildnis der nackten Göttin. Gilgamesch drängte weiter, und so erreichten sie kurz danach die

Höhen am Fuße des Tells. Es waren mehrere Höhlen, verschiedene Eingänge führten nebeneinander in den Berg. Welcher davon war der richtige? Sie wußten es nicht, und so setzten sie sich in den Sand, legten die Tafeln sorgfältig ab und warteten, daß jemand nach draußen kam.

Als sich eine geraume Zeitlang nichts tat, begann Gilgamesch laut zu rufen. Kurz darauf trat ein bärtiger Greis ins Licht des Tages, der trug eine verzierte Haube und ein Gewand, das unterhalb des Gürtels wie ein Fischschwanz wirkte. Dort war der Stoff über und über mit glänzenden Schuppen belegt. Gilgamesch sah aufmerksam hin, ob er auf diesem außergewöhnlichen Fischschwanz lief oder echte Beine besaß. Er war richtig erleichtert, als er bemerkte, daß unter dem Rocksaum nackte Zehen hervorschauten. Der Greis, dessen Barthaare zu langen Locken gedreht waren, blickte sie prüfend an und erhob danach seine Stimme.

»Bringt ihr die Tafeln vom Eanna, auf die wir warten?« fragte er.

Gilgamesch und Abebe bestätigten lebhaft wie aus einem Munde.

»Dann nehmt sie und tragt sie in meine Behausung«, sagte der Greis und verschwand wieder in der Höhle. Die beiden Jungen hoben die Tontafeln auf und schleppten sie ins Innere des Hügels. Dort sah es verwirrend und unaufgeräumt aus. Berge von Tontafeln türmten sich an den Wänden, dazwischen lagen Felle und Tierschädel, Utensilien ohne jeden erkennbaren Sinn, Holzkisten und Krüge, und in einer Ecke kauerte zwischen Kissen und Polstern ein weiterer Greis, der noch älter und gebrechlicher schien als der erste. Der schlief und schnarchte mit offenem Mund und offenen Augen.

Als sie sich an das nur unzureichend von flackernden Öllämpchen erhellte Halbdunkel gewöhnt hatten, entdeckten sie weitere Einzelheiten in der Höhle, die außerordentlich befremdlich wirkten. Da saßen in unzähligen Nischen Eulen und Käuze jeglicher Größe, aber keineswegs aus Lehm geformte Figuren, sondern echte Tiere, die mit weitaufgerissenen Augen den Neuankömmlingen entgegenstarrten.

»Die Totenvögel der Lilith«, flüsterte Abebe und erbleichte vor Schreck.

»Keine Totenvögel, sondern Tiere der Weisheit«, sagte der Greis, der sie in die Höhle beordert hatte, »das sind meine Mitarbeiter und Ratgeber. Ihr braucht keine Furcht vor ihnen zu haben.«

Abebe ließ sich durch diese Auskunft keineswegs beruhigen. Ängstlich sah er sich nach dem Eingang um. Gilgamesch aber hatte etwas anderes entdeckt, das seine Neugier entfachte. Dort hing eine auf Tuch gemalte Karte, die das Erdenrund darstellte. Flüsse waren darin vermerkt, Berge und Städte, Meer auch und Länder und Inseln, von denen er niemals zuvor gehört hatte.

»Tritt ruhig näher und schau sie dir an«, brummte der Greis lächelnd, »das ist interessant, nicht wahr? Es ist eine sehr alte Karte, die der Vater meines Großvaters zeichnete, als die Götter ihm die Hand dabei führten. Sie bildet alles ab, was es gibt auf der Welt, auch die Reiche, die so weit entfernt liegen, daß sie niemand im Leben zu Fuß zu erreichen vermag.«

»Aber der Vater deines Großvaters hat sie gesehen?« fragte Gilgamesch andächtig.

»Nein, auch er nicht«, sagte der Greis, »nur die Götter und ganz wenige Auserwählte wissen um die wirkliche Form der Erde. Das beeindruckt dich, nicht wahr? Ich sehe, wie dich die Zeichnung gefangennimmt. Würdest du selbst gern einmal die wirkliche Form der Erde sehen, die Weiten des Weltkreises entdecken und vom Aufgang bis zum Untergang der Sonne wandeln?«

»Ja, das möchte ich«, sagte Gilgamesch und seufzte aus tiefstem Herzen, »es muß wunderbar sein, die Erde so zu erleben, wie ihre wirkliche Form ist, all die fernen Länder und Städte . . .«

»Du bist noch sehr jung, du hast Zeit dazu, dies Wagnis zu beginnen. Mir ist das leider nicht mehr vergönnt. Mein Weltkreis beginnt hier am Eingang der Höhle und endet dort beim schnarchenden Vater. Und doch bin ich felsenfest davon überzeugt, daß dies der Mittelpunkt der Erde ist, von wo aus sich alles erkennen läßt«, sagte der Greis bedächtig. »Doch genug nun des Geschwätzes. Weder du noch ich sind berechtigt, die Zeit für solche Gedanken zu stehlen, wenn noch andere Aufgaben, die es zu bewältigen gilt, vor uns liegen. Nimm dieses Rollsiegel hier als Zeichen dafür, daß die Tafeln wohlbehalten bei den sieben Weisen angelangt sind und trag es zum Eanna. Die Priester des Anu werden es wohl zu lesen und zu verwenden wissen.«

Mit diesen Worten reichte er Gilgamesch einen winzigen schwarzen Streifen aus Stein, in den geometrische Figuren und menschenähnliche Halbwesen eingekerbt waren. Diese Wesen trugen allesamt Hörnerkronen und lange, faltenreiche Gewänder. In der Mitte saß Schamach auf seinem Strahlenthron und empfing die Geschenke der niedrigeren Götter. Rechts und links davon aber standen stilisierte Bäume und aufrechtstehende Hirsche, die ebenfalls den Sonnengott anzubeten schienen. Gilgamesch barg das Siegel in seinem Gürtel und verneigte sich demutsvoll vor dem Weisen. Der entließ sie mit einer Handbewegung.

Unterwegs wollte Abebe unbedingt den schwarzen Stein näher betrachten. Gilgamesch gab ihn zögernd aus der Hand und er hatte recht damit. Kaum, daß Abebe das Siegel in den Händen spürte, griff er zu und riß es an sich.

»Nicht du sollst es zum Tempel tragen«, kreischte er, »nicht ein Brauner mit glatten Haaren wie du.«

Gilgamesch zuckte die Achseln. Es war ihm gleichgültig, wie der Kerl sich anstellte. Der begriff sowieso nicht, was es mit dem Siegel auf sich hatte. Er aber hatte genau hingesehen: Einer der Götter trug einen Löwenkopf auf den Schultern. Also war das Sternbild ein zweites Mal binnen weniger Tage herabgestiegen. Diese Tatsache mußte von Bedeutung für alle sein.

Sie nahmen nicht den Weg über den Markt zurück, sondern kletterten eine steile Abkürzung über die Hügel. So erreichten sie früher als erwartet den Eanna und konnten sich, nachdem sie die Botschaft der Weisen im Tempel überbracht hatten, noch eine Weile im Umkreis der Zikkurat tummeln. Gilgamesch hatte aber keine Lust, den prahlenden Worten Abebes zu lauschen, der vor den anderen Kindern aufschnitt und sein Abenteuer mit den Eulen und Käuzen der Lilith in düsteren Farben malte. Er schlich sich beiseite und blickte über den Rand des Wehrgangs nahe dem Egalmach sehnsuchtsvoll in die Ebene. Ungeheuerlich groß und weiträumig mußte die Welt sein, daß selbst die Weisen sie nicht mit eigenen Augen durchmessen hatten. Irgendwann würde er sich aufmachen, um selbst alles zu entdecken, was auf der Karte mit Strichen, Punkten und Kreisen bloß angedeutet war. Es war klar, daß er dabei allein gehen mußte. Keines der anderen Kinder würde ihn begleiten. Er würde laufen, wie er die Wüste durchlaufen hatte und Abenteuer dabei erleben, von denen die anderen nicht einmal zu träumen wagten.

Der Ort, an dem sich Gilgamesch am wohlsten fühlte, lag mit Sicherheit in der näheren Umgebung von Ninsum, der weisen Mutter. Auch wenn er nicht in ihrem Zimmer weilen durfte, gab es im Egalmach doch Plätze und Winkel, in denen er sich zurückziehen konnte. Bis hierher reichte weder die Macht der Anupriester noch der Priesterinnen Ischtars und selbst König Dumuzi hielt sich fern und respektierte den Freiraum der weisen Mutter. Hier konnte Gilgamesch Schriften der Bibliothek studieren, dem Harfenspiel Ninsums oder sich einfach der Flut der Gedanken überlassen, die in diesen Tagen und Wochen auf ihn einstürmte. Da erkannte er plötzlich viel von dem wieder, was im Tempel des Anu auf unverständliche, oft verschlüsselte Weise gelehrt und in Rituale umgesetzt wurde, wenn er durch die Felder der Bauern strich, sich zu ihnen an die Feuer setzte und ihren einfachen Erzählungen lauschte. Warum die Schafe zum Beispiel nicht im Winter Lämmer warfen, sondern erst im Frühling, was die Menschen zu gewissen Zeiten zum Fasten veranlaßte und danach zu Schlacht- und Freudenfesten, die mit dem Erstarken von Schamach in Beziehung gesetzt wurden. Dies alles hatte mit dem Wandel in der Natur, mit ihrem inneren Rhythmus zu tun: Nach der kargen Zeit, in der sich die Erde vom Winter erholen und ausruhen mußte, kam die Aussaat und das erste Grün, das die Schafe stark und gebärfreudig machte. Oder dieses: kein Vogel konnte sich ewig in den Lüften bewegen, höchstens aufsteigen und einen Tag lang von den Winden treiben lassen, bis Hunger und Ermattung ihn wieder zum Boden trieben, wo er weilte und schlief wie es die Menschen tun, wenn der Abend herannaht. Andere aber, so die Eulen der Lilith, Käuze und andere Nachtvögel, kehrten ihr Treiben um und schliefen tagsüber in dunklen Höhlen und Erdlöchern, um des Nachts dann auf Beute zu gehen. Auch sie unterlagen dem großen Gesetz, das weise eingerichtet alles an seinen Platz stellte und jedem eine besondere Aufgabe bot, die es zu erfüllen galt.

Zu anderen Zeiten indes wurde Gilgamesch von einer schier grenzenlosen Traurigkeit überwältigt, ein Schmerz, der ihn packte und niederwarf, daß er an keinem dieser Tage zum Lachen gelangte. Er brachte diese Zustände mit seiner Einsamkeit in Verbindung. Keines der anderen Kinder war ihm wirklicher Freund, mit keinem von ihnen konnte er Rätsel lösen, Erkanntes besprechen oder Geheimnisse teilen. Sie machten einen großen Bogen um ihn, als sei er vom Aussatz befallen oder als habe Ura, der Bote der Pest, ihn mit seinem tödlichen Atem gestreift oder als säße Pazuzu, der böse Geist und widrige Luftdämon, der geflügelte Schwarzfürst des Windes in seinem Nacken. Niemand, außer Erenda, der stets nur Arbeit auf ihn ablud, sprach ihn an oder forderte ihn zum Spiel auf, wenn er zu Füßen von Anus Hochterrasse schweigend entlangschlich, tief in den Schatten der Wand mit den hundert Nischen geduckt, oder im Mosaikhof den Wandschmuck betrachtete. Tonschriften gab es hier als Verzierung mit schwarzen, weißen und rot eingefärbten Köpfen, Zickzackrändern und Rautenmustern und dann wieder Bildnisse, die in einfachster Form Dattelrispen, Getreideähren und Mähnenschafe darstellten.

Wenn Musik erklang, Harfen, Flöten und Zimbeln und die Mädchen zu Ehren der Venusgöttin tanzten, saß er weitab von allem in einem Winkel, schaute mit brennenden Augen den grazilen Schritten und Körperbewegungen zu. Oder nicht einmal das – dann saß er, allem lauten Treiben entzogen, auf den Stufen der Hochterrasse und beobachtete den Himmel, dieses ewige Rätsel.

Ninsum bemerkte seine allmähliche Veränderung mit Sorge und Unbehagen. Aber sie schwieg und mischte sich nicht ein, weil auch sie, die weise Mutter, nicht wußte, wie ihm zu helfen war.

Einmal aber träumte er einen Traum und ging zu Ninsum, um ihn sich deuten zu lassen. Er sprach: »Dies, Mutter, träumte ich in der letzten Nacht: Ich saß wieder einmal wie schon so oft auf der Terrasse und betrachtete den Sternenhimmel, den fernen. Da fiel einer wie aus Anus Himmelsfeste zu mir nieder. Da lag er und glühte und es kam mir vor, als riefe es aus seinem Inneren heraus zu mir. Ich stand auf, ging näher heran und betrachtete ihn. Fremd und geheimnisvoll sah er aus und doch auch wie etwas mir sehr Bekanntes. Als ich versuchte, ihn aufzuheben, da war er zu schwer. Ich konnte ihn nicht bewegen. Da traten die Leute, alles Volk von Uruk ringsum zu mir, das ganze Land sammelte sich, um zu schauen, was geschehen war. Von weit und breit drängten die Menschen heran, von überall her lief das Volk und Männer kamen, um mir die Füße zu küssen. Endlich gelang es mir, den Stern, der mich so unbeschreiblich lockte und anzog, zu heben. Ich brachte ihn dir und legte ihn dir zu Füßen. Du aber sagtest nur, er sei meiner ebenbürtig.«

Die weise Ninsum, die viel erlebt und gesehen hatte und wie keine andere der Traumdeutung mächtig war, antwortete ihm darauf: »Höre, Sohn, der Himmelsstern, von dem du träumtest – das war dein Gegenpart, der Teil von dir, den du am meisten herbeisehnst und am wenigsten kennst. Darum konntest du ihn auch nicht sogleich heben. Als es dir aber endlich gelang und du ihn zu mir trugst, da mußte ich ihn als dir ebenbürtig erkennen, denn er ist die andere, verborgene Hälfte von dir, die dich ganz macht und vollendet. Suche ihn, Gilgamesch, und wenn du ihn findest, dann nimm ihn auf. Ein starker Freund wird er sein, ein Helfer in Gefahr, der Gewaltigste im Lande, von Kraft erfüllt, Anus Himmelsfeste gleich ist seine Stärke! Daß du dich so zu ihm hingezogen fühlst, bedeutet: nie wird er dich im Stich lassen, außer du wirst ihn eines Tages nicht mehr brauchen und aus eigenem Antrieb fallenlassen. Das ist der Inhalt deines Traumgesichts!«

Tage und Wochen vergingen wie im Flug, und Gilgamesch dachte nach. Überall suchte er nach einem solchen Freund, doch wo er sich auch umschaute, stieß er auf Unverständnis und Ablehnung. So saß er zumeist wieder allein im Schatten des Tempels, während andere entdeckten, was das Leben an Freuden zu bieten hat.

Da träumte Gilgamesch eines Nachts erneut einen Traum, der sich so plastisch und eindringlich vollzog, daß er davon erwachte und zuallererst glaubte, er habe das Geträumte soeben wirklich erlebt. Wieder ging er zu Ninsum und bat sie um eine Deutung.

»Diesmal, Mutter, habe ich mitten auf dem Marktplatz von Uruk ein gewaltiges Beil gefunden. Keines, wie es die Handwerker benutzen und auch keins, wie es im Notfall von Kriegern getragen wird. Viel größer als alle, die ich bisher sah, war es, das Beil eines Riesen und ebenso schwer. Nur mit äußerster Mühe gelang es mir, dieses Beil zu heben. Ich legte es auf meine Schulter und es drückte mich fast bis in den Boden hinab. Aber ich schaffte es, das Beil über den ganzen Marktplatz zu tragen, wo sich inzwischen viel staunendes Volk angesammelt hatte. Die Treppe hinauf zum Eanna trug ich es, bis hin zu dir und legte es dir zu Füßen. Du aber sagtest, wie schon einmal beim herabgefallenen Himmelsstern, es sei mir ebenbürtig.«

Die weise Mutter sann den Worten eine Zeitlang nach und gab dann zur Antwort: »Fast hast du die Frage in deinem Traum dir selber beantwortet, denn in der Tat gibt es zwischen dem schweren Gestirn und dem Beil eine Parallele. Das Beil, das du schautest, ist ein Mann, aber keiner, wie es ihn gewöhnlich gibt. Noch ist er fern, aber wenn du ihn findest, so denke daran: Ein starker Freund ist er, ein Helfer in Gefahr, der Gewaltigste im Lande, von unbändiger Kraft erfüllt, in seiner Stärke gleich dem Himmelsgewölbe des Anu. Laß dich erinnern, Sohn, es ist dies nicht nur der zweite Traum, der in diese Richtung deutet – es ist bereits der dritte. Im ersten, der länger zurückliegt und den du mir im großen und ganzen verschwiegst, kam der gesamte Götterhimmel herab, und aus seiner Mitte heraus sprang ein roter Löwe, der lachte, sich über das Treffen freute und dich küßte. Ich erzählte dir danach vom Sternbild des Löwen und sicher hast du dein Augenmerk öfter als sonst darauf gerichtet. Folglich träumtest du im zweiten Traum von einem Gestirn, das vom Himmel fiel. Schon hier deutete sich an, daß es keine gewöhnliche Sternschnuppe und ein kleiner Wunsch, sondern eine große, gewaltige Sehnsucht war, die du kaum allein fassen und ertragen kannst. Jetzt aber, im dritten Traum, zeigt sich, daß der Freund, der zu dir kommt, ein großer und zuverlässiger Kampfgefährte ist. Du weißt, Sohn, daß ich kein Freund von Kampfeslärm bin und dem Krieg ablehnend gegenüberstehe. Ich weiß aber auch, daß das Leben eines Menschen im Buch des Schicksals vorgeschrieben ist und wenig vermag Wille allein, daran etwas zu ändern. So lebe dein Leben, Sohn, wie es die Götter dir zugeteilt haben. Höre auf, traurig zu sein, weil du jetzt noch entfernt bist von dem, was du so sehnlich wünschst. Der Tag wird mit Gewißheit kommen, an dem du deinen starken, mächtigen Freund und Berater findest, den du so brauchst, obgleich er nur ein Teil von dir ist. Dann ziehe mit ihm, Gilgamesch, kämpfe, wenn es sein muß und finde Frieden, wenn es soweit ist. Aber bei allem, was du machst, achte darauf, daß du es richtig und überlegt tust. Das wünscht sich Ninsum von dir, deine Mutter.«

Tief betroffen von dieser Deutung ging Gilgamesch, aber nicht, um weiterhin zu trauern, sondern in der Gewißheit, daß die Tage seiner quälenden Einsamkeit gezählt waren und vorübergehen würden. Ninsums Traumdeutung hatte die Tür in der magischen Wand zwischen ihm und den übrigen Menschen einen Spalt weit geöffnet, ein hoffnungsvoller Streifen Licht floß in sein Dunkel und erfüllte ihn mit froher Erwartung. Er nahm sich vor, einen Fuß in diesen Spalt zu setzen, damit sich die Tür niemals wieder gänzlich schließen würde.

Hatte das Auswirkung auf seinen Umgang mit den anderen Kinder? Zuerst noch nicht. Nach wie vor machten sie einen Bogen um ihn und brandmarkten ihn als versponnenen Einzelgänger, über den man beliebig herziehen und sich lustig machen konnte. Lediglich Erenda merkte, daß sich etwas im Wesen Gilgameschs verändert hatte. Das war die Art, wie er ging und den Kopf hielt: nicht mehr so geduckt und nach allen Seiten spähend wie früher, sondern stolzer und aufrechter. Auch schien er in letzter Zeit größer geworden zu sein, und er wuchs noch immer. Wenn man ihn ansprach und Aufträge erteilte, hörte er ruhig zu, die Augen aufmerksam auf den Sprecher gerichtet, er nahm die Worte ernster als früher und dachte beim Zuhören zugleich über den Sinn des Gesagten nach. So gab sich Erenda, weil er ein guter Aufseher war, noch mehr Mühe als bisher, die Arbeit gerecht zu verteilen, und übertrug Gilgamesch Dinge, von denen er dachte, daß sie mit äußerster Zuverlässigkeit und Verschwiegenheit zu geschehen hatten.

Daher wurde Gilgamesch immer häufiger als Kurier zu den sieben Weisen eingesetzt, jedenfalls solange es sich um Gegenstände handelte, die er allein tragen konnte. Oft lief er den Eanna hinab in die Stadt, um Besorgungen auf dem Markt zu machen, die für die gebrechlichen Greise in den Höhlen von Wichtigkeit waren. Immer kam er dann an den sandverwehten Ruinen des alten Tempels vorbei, wo Liliths betörendes Abbild auf ihn wartete, bevor er zu den Weisen in den Höhlen eintrat. Und jedesmal warf er ihr einen scheuen Gruß zu, ihr, deren Blick aus fernen Zeiten zu kommen schien und in noch fernere wies. Was hatte sie gesehen, was sah sie? Was war das überhaupt für ein Tempel gewesen, den die Menschen der Wüste und dem fortschreitenden Verfall überließen? Er wagte nicht einmal die Weisen danach zu befragen. Aber einmal, als er mit einem Krug frischer Milch vom Markt kam, war es ihm, als habe sie sich flüchtig bewegt und ganz leicht die Flügel entspannt. Da näherte er sich vorsichtig der Säule und goß einen Schluck Milch in die Steinmulde zu ihren Füßen, dorthin wo die Eulen und Löwen wachten.

Von nun an tat er das immer, wenn sich Gelegenheit bot. Und jedesmal war danach, wenn er aus den Höhlen zurückkam, die Gabe verschwunden. Vielleicht, daß Tiere der Wüste davon tranken. Oder die Seelen der Verstorbenen vom nahegelegenen Totenfeld. Oder sogar die steinernen Löwen und Eulen, vielleicht sogar sie selbst.

In den Höhlen der sieben Weisen wurde er gern gesehen. Sein Aufenthalt dort zog sich jedesmal in die Länge, denn die alten Männer entließen ihn nicht sogleich, wenn er die Tontafeln, Botschaften vom Tempel oder die Waren vom Markt abgesetzt hatte, sondern freuten sich, daß er da war und verwickelten ihn in Gespräche. Auf diese Weise, durch Frage und Antwort, erneute Frage und weitergehende Antwort, erfuhr er mehr, als er bisher im Tempel des Anu gelernt hatte.

Allmählich merkte er dabei, daß es nebeneinander drei Ebenen gab, in der Zeit zu leben. Da war einmal die Ebene der Menschen von Uruk. Ihre Welt wurde von kleinen Dingen und Ereignissen bestimmt, die für jeden einzelnen ebenso wichtig waren, wie die großen Fragen für die Priester oben im Tempel, die den Sternenhimmel als ihre Äcker betrachteten, die es mit Geist, Verstand und Intuition zu durchpflügen galt. Die Priester des Anu und wohl auch die Dienerinnen Ischtars im Venustempel kümmerten sich wenig um die täglichen Arbeitsabläufe der Menschen von Uruk. Ihre Zeit war eine andere, eine, die sich in Mondwechseln, Sonnendurchläufen und Verschiebungen der Sternbilder zueinander maß. Damit hatten sie zu tun, dies war ihnen wichtiger, als sich in die Belange und Probleme der einfachen Menschen zu mischen.

Zu diesen beiden, gleichzeitig nebeneinander existierenden, Ebenen gab es aber noch eine dritte. Dies war die Welt, in der die sieben Weisen lebten. Keiner von ihnen rechnete mehr, weder zählten sie die Stunden des Tages, noch die Wanderungen von Venus und Sirius während des Sonnenjahres am Himmel. Sie sprachen von ›den Kindern‹, wenn sie die Bewohner des Eanna meinten und von ›den Enkeln‹, wenn es sich auf das Volk von Uruk bezog. Ihre Antworten und Botschaften an sie waren niemals einfacher Art und damit sofort umsetzbar, sondern beruhten auf einem tieferen Sinn, der wie das kostbare Samenkorn einer seltenen Pflanze im Kern ihrer Worte verborgen war und behutsam, nachdenklich und mit Geduld erst aus fremdartig anmutenden Blütenblättern gelöst werden mußte.

Viel Ähnlichkeit haben sie mit Ninsum, der weisen Mutter, dachte Gilgamesch. Eigentlich gibt es nur einen einzigen Unterschied zwischen ihnen und ihr: Was sie sich mühsam, mit großer Gelehrsamkeit aus vergangenem Wissensschatz holen, es vom Moos des Verfalls, vom Rost der Zeiten in ihren Köpfen befreien, es abwägen und prüfen, polieren, feilen und endlich, wenn sie es zur Weitergabe wert befinden, in neue Worte verpacken – all dies fließt Ninsum zu, ohne daß sie sich anstrengen muß, ja ohne – und bei diesem kühnen Gedanken lief Gilgamesch ein Schauer des Glücks über den Rücken – ohne daß sie vielleicht selber weiß, was sie da sagt, woher ihr Wissen kommt und übervoll über ihre Lippen fließt.

Ninsum war nicht seine leibliche Mutter, dazu war sie zu alt. Er wußte nicht, wer ihn geboren, noch wer ihn gezeugt hatte. Um so mehr ehrte er sie. Sie, wie die Weisen in ihren Höhlen oder das fremdartige Abbild der Lilith am verfallenen Tempel; jeden auf eine besondere Weise, die sich nicht miteinander vergleichen ließ. Ninsum aber liebte er. Er liebte sie, wie kein Sohn Uruks seine Mutter zu lieben verstand. Und doch ahnte er, daß es noch eine andere Form von Liebe gab, eine die Körper, Seele und Geist gleichermaßen in Aufruhr versetzte. Immer stärker, von Tag zu Tag mehr, spürte er das. Und es machte ihn neugierig.

Wenn er auch vorher noch nicht den Zugang zum Venustempel der Ischtar gefunden hatte, so zog ihn doch das Geheimnis, das dort im Verborgenen aufbewahrt wurde, immer mehr an. Häufig schlich er sich im Kreis um den Tempel, verbarg sich beobachtend zwischen Mauervorsprüngen, um herauszufinden, was dort eigentlich vor sich ging und was so viele Männer und Frauen zum Heiligtum lockte. Auf den Stufen rings um die Tempelanlage saßen, besonders bei mildem Sonnenwetter, die Mädchen der Ischtar. Schöne junge Frauen waren das, die in Ischtars Dienst getreten waren. Sie trugen Kleider aus durchschimmernden Stoffen, die mehr mit ihren Formen spielten, als sie verhüllten, Brüste, Beine und Schenkel den Blicken der Männer preisgaben, die tagtäglich zum Eanna kamen, um in ihrer Nähe zu weilen und zu warten. Und es kamen viele Männer, Männer von überall her, manche sogar von weit, durch die Wüste gereist, was an ihrer Kleidung zu erkennen war, die in anderer Weise als der in Uruk üblichen verarbeitet war. Meist saßen sie auf den Stufen des Tempels gegenüber den Mädchen und sahen sich satt, lauschten ihrem Gesang und dem Spiel ihrer Flöten, Zimbeln und Saiteninstrumente. Dann ging einer oder zwei zu den Mädchen hinüber, warf ihnen eine Münze oder ein kleines Geschenk in den Schoß, worauf die Erwählte auflachte, sich erhob, ihre Kleider glattstrich und mit dem Mann im Inneren des Tempels verschwand.

Gilgamesch wußte, daß dies Geld und die Gaben niemals für die Mädchen bestimmt waren, sondern in die Schatzkammer der Göttin Ischtar wanderten. Diese Mädchen ließen sich nicht für die Lust bezahlen, sie boten sich freiwillig an und faßten ihr Tun als Gottesdienst auf. So war nichts Schlechtes daran. Ein jeder nahm, was er wollte und gab dafür, was er als richtig empfand. Natürlich war das nicht der einzige Grund für die Existenz und die Beliebtheit des Tempels. Andere kamen, um sich weissagen oder ein Orakel stellen zu lassen, wieder andere schliefen über Nacht in den Kammern des heiligen Saals, um sich am darauffolgenden Morgen von besonders dafür geeigneten Priesterinnen ihre Traumgesichte deuten zu lassen.

Die Frauen kamen aus vielerlei Gründen zu Ischtar. Manche, die schwanger waren, wollten ergründen, ob sie einen Jungen oder ein Mädchen zur Welt bringen würden. Andere, die nicht schwanger waren, aber sich Fruchtbarkeit wünschten, gingen zu Ischtars Altar, um die Erfüllung ihrer Wünsche zu erbitten.

Dann gab es die Feste, die sich beim Volk besonderer Beliebtheit erfreuten. An diesen Tagen und Nächten strömten jung und alt auf den Eanna, um die Sorgen des täglichen Lebens schon beim Besteigen der Treppen von sich abzustreifen und im Kreis der Venusdienerinnen unbeschwert zu tanzen, zu singen und zu musizieren und sich an den Darbietungen der Mädchen zu erfreuen, die zu solchen Gelegenheiten in kostbare Gewänder gekleidet erschienen und wie Sternenkinder wirkten, die vom Himmel zu den Menschen herabgestiegen waren. Unter Anleitung der Hohepriesterin wurden dann Szenen aufgeführt, die den Alltag der Götter symbolisierten und in Einweihungsritualen mündeten, zu denen Jugendliche, die noch nicht von Ischtar gesegnet waren, keinen Zugang hatten.

Oft saß Gilgamesch also in seinem schützenden Mauervorsprung und sah dem Treiben der Mädchen zu. Wunderschöne Blumen waren sie, ein Meer junger, knospender Blüten, die sich bewegten wie zarte Schilfrispen im Wind und auch so rochen. Aber noch immer hatte Gilgamesch keine von ihnen berührt, er war noch keinem weiblichen Wesen wirklich nahegekommen. Ansehen, betrachten, ja, aber von weitem, aus sicherem Abstand, wo er nichts zu sagen brauchte und keineswegs in die Verlegenheit kam, etwas zu tun, das ihm unbekannt war. Er sah ihre geschmeidigen Bewegungen, die grazile Art, beim Tanz die Füße zu setzen, er sah das, was Lilith und Ischtar aus Stein geformt verkörperten, lebendig vor sich, runde Formen, schwellende Brüste wie Äpfel, Melonen oder Birnen, die ihrer Reife zuwuchsen. Er hörte ihr Lachen, ihre hellen Stimmen wie Gezwitscher eines fröhlichen Vogelvolkes, ihr Necken und Gurren, wenn sie den wartenden Männern zuriefen oder sich lustig über sie machten. Er sah ihre schönen Gebärden, ihr Haar, ihre glänzenden Augen und glaubte von fern, die Wärme ihrer Körper zu ahnen, die er gern gespürt hätte, und manche von ihnen hielt er des Nachts im Traum heimlich umfangen. Nie, aber nie, tat er einen Schritt auf sie zu, denn es fehlte die Segnung Ischtars dazu, die kommen würde, wenn es an der Zeit war, so wie sie bei Erenda bereits erfolgt war, mit dem seit jenem Ereignis eine erstaunliche Wandlung passiert war.

Hatte zwischen ihm und Erenda bisher seine Rolle als Aufseher als unüberwindbare Grenze gelegen, so hatte sich dieser Abstand inzwischen vergrößert, war so gewaltig geworden, daß es ihm vorkam, als sei Erenda in einer anderen Welt, in einer, von der er vorerst nur die Mauer, nicht aber das Eingangstor fand.

Eines Nachts schlich sich Gilgamesch wieder zum Venustempel, um die Liebespaare zu belauschen, die dort im Mondschein ihre merkwürdigen Spiele trieben. Ganz dicht kam er im Schutz der Dunkelheit heran, so dicht, daß er, hinter einem kleinen Steinblock verborgen, jedes heimlich gewechselte Wort verstehen konnte. Er sah nicht, um wen es sich handelte, aber den Stimmen zufolge mußte es eines der Mädchen und ein junger Priester des Anu sein. Sie saßen umschlungen am Fuße der Treppe, küßten sich und tuschelten dabei. So wurde Gilgamesch Zeuge einer ganz und gar überraschenden Unterhaltung.

»Und ihr seid im Palast des Königs, bei Dumuzi gewesen?« fragte der junge Mann.

»Ja«, antwortete das Mädchen leichthin, »in letzter Zeit sind oft Dienerinnen des Tempels bei ihm, um sein Herz zu erfreuen. Manchmal zwanzig und mehr.«

»Allesamt um dem Herrscher Lust zu bereiten?«

»Nein, natürlich nicht. Dumuzi ist ein alter, gebrechlicher Mann. Aber es kommt vor, daß fremde Gesandte bei ihm weilen, Kaufleute aus Uruk auch, mit denen er sich bespricht.«

»Gesandte?« fragte der junge Mann, »ich dachte, er pflegt keinen Umgang mehr mit den Fürsten der anderen Städte?«

»Nun, es sind auch keine Gesandten aus Ur, Eridu und Nippur. Sie kommen von weiter her. Ein paar von ihnen sollen schwarz wie Holzkohle am ganzen Körper gewesen sein.«

»Und was treibt ihr da so?« wollte der junge Mann wissen.

»Oh«, rief das Mädchen, »zuerst gibt es zumeist ein üppiges Gastmahl, das von Gesprächen begleitet wird. Da halten wir uns zurück, denn Politik ist eine Sache für Männer, die Frauen leicht auf den Magen schlagen kann. Auch sind wir dafür nicht eingeladen. Nach dem Essen aber tanzen und musizieren wir und zaubern auf diese Weise alle Mißstimmungen fort, die bei den Gesprächen des Mahls entstanden sein können.«

»Und dann?«

»Dann fordert der König zumeist die Gäste auf, unter uns ihre Wahl zu treffen, damit wir sie für den Rest der Nacht im Spiel der Liebe verwöhnen können.«

»Warst auch du schon dabei?«

Jetzt lachte das Mädchen hell auf und stieß den jungen Mann neckisch in die Seite. »Bist du eifersüchtig, Unnuki, eifersüchtig auf das, was wir tun?«

»Vielleicht, ich weiß es nicht«, brummte der Priester, »aber beantworte mir erst meine Frage: Warst du auch schon dabei? Oft schon sogar?«

»Nein«, antwortete das Mädchen, »erst einmal durfte ich mit, ich bin noch zu jung. Aber die Hohepriesterin sagt, daß ich es gut gemacht habe und jetzt öfter mit den anderen gehen darf.«

Der junge Mann schwieg. Wahrscheinlich dachte er nach. Dann fragte er: »Und es macht dir Spaß, ich meine, du tust es gerne?«

»Ja, ebenso wie im Tempel«, sagte das Mädchen, »es gefällt Ischtar, ihr zu Ehren tue ich es und gebe mein Bestes, damit sie mir gut gesinnt bleibt und mich ein Leben lang beschirmt und beschützt.«

»Ich könnte dich auch beschützen«, sagte der junge Mann.

»Aber nicht so gut wie Ischtar«, antwortete das Mädchen schnell, »und dann kommt noch hinzu, daß wir beide, du und ich, keine gewöhnlichen Menschen sind. Wir haben beide die Weihe empfangen, du im Tempel des Anu und ich in dem der Venus. Du weißt, daß eine Heirat zwischen Priestern und Priesterinnen unmöglich ist.«

»Ich spreche auch nicht von Heirat«, gab der junge Mann von sich. Eine Zeitlang schwiegen beide, und es war schwer auszumachen, was sie taten. Vielleicht saßen sie einfach nur nebeneinander und betrachteten den Himmel, der sternenübersät seine Pracht vor dem Mantel der Nacht ausbreitete. Aber nach einer Weile verrieten raschelnde Geräusche und hastiges Atmen, daß sie erneut den Weg ihrer Körper gefunden hatten.

Gilgamesch schloß die Augen und stellte sich vor, was er anstelle des Priesters tun würde, wenn er statt ihm auf den Stufen sitzen und die weiche Haut des Mädchens spüren würde. Denn eine weiche Haut mußte sie haben, eine, die zur Sanftheit ihrer Stimme paßte.

Die Stimme dessen, den sie Unnuki genannt hatte, riß ihn aus seinen Gedanken heraus. »Ich hätte nie gedacht, daß der alte Dumuzi, der sich doch ansonsten völlig von allem zurückgezogen hat, solche Feste und Gastmähler feiert.«

»Das ist auch erst in jüngster Zeit so«, gab das Mädchen zur Antwort. »Iluna, die unsere Hohepriesterin und die letzte Verkörperung Ischtars auf Erden ist, sagt, der Bart Dumuzis werde langsam so weiß, daß der Anblick eines einzigen dunklen Haares darin ihn in Verzückung bringen würde. Und sie sagt auch, daß dies das sichere Anzeichen des nahenden Todes sei. Dumuzi lebt auf der Schwelle zwischen dem Hier und dem Jenseits. Er spürt es selbst und versucht, den sicheren Zeitlauf aufzuhalten, indem er sich nun verstärkt den irdischen Freuden widmet. Iluna sagt, es sei unsere heilige Pflicht, das zu verstärken und ihm jeden Wunsch von den Lippen abzulesen. Ein einziges Wort des Königs genügt, um uns zu ihm eilen zu lassen. Und ist er es auch nicht mehr selbst, der zu Venus Wonnen Eingang findet, so soll er wenigstens mit den Augen und Ohren in glücklichen Gefühlen baden. Schnell ist sein Anteil im Buch des Schicksals zu Ende gelesen und noch schneller versäumt, was sich als unaufschiebbar erweist.«

»Deine Iluna scheint eine besonders kluge Frau zu sein.«

»Das ist sie«, rief das Mädchen von den Worten geschmeichelt aus, »hätte sie Ischtar sonst zu ihrer Verkörperung auf Erden erwählt? Aber nicht nur klug und einsichtig ist sie, sondern zudem auch von einer Schönheit, die jeden bisher, der sich ihr näherte, geblendet hat. Sie ist der strahlende Abglanz der Venus und gleich ihr ein glutvoller Stern, an dem sich Unvorsichtige leicht verbrennen können.«

»Wie meinst du das?« fragte der junge Mann irritiert.

»Nun, sie sagt zwar, daß Politik eine Sache der Männer sei und wir uns nicht in die Streitigkeiten der Männer einmischen sollen. Aber sie sagt auch, daß wahre Herrschaft ohne die wärmende Aura der Venus sinnlos und leichtfertig ist.«

»Sinnlos und leichtfertig? ...«

»Ja, das sind ihre Worte. Aber sie redet nicht nur davon, sie versteht sich auch im Handeln äußerst geschickt.«

»Auf welche Weise?«

»Indem sie selbst mit uns zu Dumuzi geht, um ihn auf seiner eingeschlagenen Bahn zu berichtigen und zu verbessern.«

»Berichtigen und verbessern ... das klingt, als würde sie versuchen, Einfluß auf den Herrscher zu gewinnen.«

»Das tut sie auch«, sagte das Mädchen fröhlich, »ich selbst habe sie am Tische Dumuzis gesehen, dicht an seiner Seite saß sie und zog ihn allein mit ihren Blicken in Bann. Wie keine andere versteht sie, das Spiel aus Locken, Zurückstoßen und erneutem Locken zu spielen. Ich sage dir, wenn du den Alten beobachtet hättest – kein Auge ließ er von ihr und tat verliebt und kirre wie ein Junge, der sich nach der Segnung das erste Mal dem Tempel nähert. Wenn du mich fragst: Es kommt noch so weit, daß er ihr völlig erliegt und sie zur Frau nimmt.«

»Das würde bedeuten, daß sie Herrscherin über Uruk wird und die Macht des Tempels der Ischtar grenzenlos wächst.«

»Du bist schon wieder eifersüchtig«, rief das Mädchen und gab ihm ärgerlich einen Klaps, »erst wachst du eifersüchtig über mich und gönnst mir nicht, wozu ich berufen bin, nämlich jedem, der es wünscht, Einlaß zum Tempel der Lust zu gewähren und dies bewußt und mit Freuden zu tun, und dann nimmst du es Iluna übel, ihrer Vorstellung gemäß zu handeln und Ischtar zur Macht zu verhelfen. Was willst du eigentlich, du unzufriedener Kerl?«

»Dich«, flüsterte der junge Priester, »dich will ich, und zwar sofort und mehr und öfter als alle Gesandten des Königs zusammen.«

»Dann laß uns in den Tempel gehen«, antwortete das Mädchen, »die Nacht ist zwar dunkel und mild, wärmer aber ist es in meiner Kammer, wo uns niemand hört und beobachten kann.«

Damit erhoben sie sich und strebten umschlungen dem Eingang des Tempels entgegen. Ihre Schritte verloren sich in der Ferne.

Viel hatte Gilgamesch mitbekommen, zuviel eigentlich, um damit zurechtzukommen. Einerseits hatte ihn das belauschte Gespräch aufgeregt und seine Sinne zum Trudeln gebracht, andererseits wühlte aber auch das sein Inneres auf, was das Venusmädchen über Ischtar und Iluna beziehungsweise König Dumuzi preisgegeben hatte. Es war ihm schlagartig klar, daß weitaus mehr auf dem Spiel stand, als das Paar in seiner verliebten Tändelei zu bemerken schien. Wie, wenn dem Oberpriester des Anu davon etwas zu Ohren käme? Und wer konnte garantieren, daß der junge Unnuki nicht einmal darüber sprach, wenn dies bereits der Unterhaltungsstoff der Venuspriesterinnen war? Wie würde er reagieren, er und die gesamte Priesterschaft, wo doch sowieso schon jedem klar war, daß Anu und Ischtar in Konkurrenz um die Gunst des Volkes standen und sich neben Dumuzi um die Macht im Staate bewarben?

Ging Iluna nicht einen Schritt zu weit, wenn sie den König umbuhlte und einen Weg einschlug, der möglicherweise zu Thron und höchstem Ansehen führte? So wie Erenda dachten viele über Dumuzi, aber nur, um den Einfluß Anus an seine Stelle zu setzen. Wenn jetzt Iluna dies für ihren Glauben tat, würde der Ruhm der Venus alles überstrahlen und den Dienst an Anu in den Schatten stellen.

Daran mußte Gilgamesch denken. Nicht weil er ein Mann war,

ein Schüler im Tempel Anus, sondern weil er von der weisen Mutter gelernt hatte, daß nur das Gleichgewicht der Kräfte auf dem Eanna für den Fortbestand Uruks zu sorgen vermochte. Eine Verschiebung der Kräfte indes würde Aufregung und Unruhe bringen, vielleicht sogar gewaltsames Ringen, an dessen Ende womöglich Rebellion und Chaos standen.

Und dann das Andere, jenes Unausgesprochene, das stets mitschwang, wenn Liebende beieinander waren. Dieser kaum verhüllte Ausdruck von Begehren und Leidenschaft. Zwei Mondwechsel noch, dann würde er die letzte Prüfung Anus bestehen und klopfenden Herzens zur Segnung und Einweihung in den Tempel Ischtars hinübergehen. Wie würde das sein, was lag da vor ihm, würde auch er sich wie ein balzender Täuberich benehmen, die Venusmädchen begierig umlagern, mit ihnen hemmungslos buhlen?

Schwindelig war ihm, Gilgamesch, schwindelig vor Erwartung und Zweifel, vor Hoffnung, Warten, Sorge und Fantasie. Er schlich zurück zum Egalmach, warf sich auf seine Matte und fand keinen Schlaf. Unruhig wälzte er sich von einer Seite zur anderen. Nicht einmal ein Lieblingsmädchen hatte er im Tempel sich erwählt. Er würde sie alle nehmen und kennenlernen, alle und alles, alles, alles . . .

Südlich von Uruk, dem Ufer des Euphrat zu gelegen, gab es einen Ort, von dem es hieß, es ginge an ihm nicht mit rechten Dingen zu. Dort stand eine uralte, völlig ausgehöhlte, abgestorbene Eiche, die nur noch dadurch am Zusammenbrechen gehindert wurde, weil eine böse, verzauberte Schlange ihr Wurzelwerk hielt. Dahin zog es die Jugendlichen zu Wettkampf und Spiel. Ringkämpfe fanden statt, Weitsprung wurde geübt, und sehr beliebt war das Werfen mit kleinen, gewölbten Steinen, die vom Besitzer eingefärbt oder mit Zeichen versehen wurden. Beim Werfen kam es darauf an, den Wurf der anderen nach Möglichkeit um Weite zu übertreffen, wobei es als außergewöhnlich mutig galt, das Spiel bis zum Stamm der alten Eiche zu treiben, in deren Wurzelwerk ja der unberechenbar böse Geist jener Schlange hauste. Oft kam es daher vor, daß die Spieler bei einem besonders weiten Wurf lieber aufgaben und auf das Aufsammeln der Steine verzichteten, als sich zu leichtfertig der Stelle zu nähern.

Eines Tages geschah dies dennoch, als sich Gilgamesch nämlich ungefragt ins Geschehen gemischt hatte und die stärksten Spieler zum Wetteifern herausforderte. Das waren drei junge Männer aus den südlichen Bezirken Uruks, zwei von ihnen Priester Anus, der dritte ein Soldat aus der Leibgarde des Königs. Unerhört war das, was Gilgamesch tat, unerhört kühn seine Worte und der erste Wurf, den er seiner Ansprache folgen ließ, schreckte die Versammelten auf. Der schmächtige Gilgamesch, wer hätte das gedacht?

Die von Rufen aus der Menge aufgestachelten Teilnehmer schleuderten ihre Steine so weit es ging, und zwei von ihnen kamen tatsächlich weiter als Gilgamesch. Jetzt war aber der zweite Durchgang dran, und Gilgamesch nahm Anlauf bis zur Linie im Sand und schleuderte den Stein noch weiter als alle bisher. Der Menge entfuhr ein staunender Schrei, der noch einmal gesteigert wurde, als der Soldat mit seinem roten Wurfstein vorschnellte und noch ein ganzes Stück weiter kam. Eigentlich ging es nun nur noch um Gilgameschs dritten Versuch und den des Soldaten, die beiden anderen waren bereits ausgeschieden. Als Herausforderer durfte Gilgamesch zuerst werfen. Er sammelte all seine Kraft, sein Körper wurde zur Gazelle, als er anlief und den Stein in den Himmel schoß, hoch genug, daß ein jeder die Flugbahn verfolgen konnte, aber so weit, daß niemand den Aufprall mehr sah. Er mußte dicht am Eichenstamm, wenn nicht noch dahinter, aufgekommen sein.

Der Soldat, der sich bereits einen guten Namen als Schleuderer gemacht und viele Duelle gewonnen hatte, nahm seinerseits seinen letzten Stein auf und schickte sich an, es Gilgamesch gleichzutun. Er ging weiter zurück als jemals zuvor und nahm gewaltigen Anlauf.

Auch sein Wurf war gut, einem Habicht gleich schoß sein Stein durch die Luft und flog weit. Aber nicht weit genug.

»Ich habe gewonnen«, sagte er zuversichtlich.

»Gehen wir hin und vergleichen wir, welcher Stein weiter gekommen ist«, antwortete Gilgamesch mit fester Stimme, denn er hatte gemerkt, daß der Stein des Soldaten keineswegs bis zum Baum gekommen war. Jetzt brachen alle auf, um der Sache auf den Grund zu gehen. Unterwegs lasen sie Steine auf, bis auf die beiden letzten, die nirgends zu finden waren.

»Gehen wir noch weiter, bis zur Eiche«, forderte Gilgamesch auf. Doch die ersten blieben stehen. Bis so dicht an den verzauberten Baum wagten sich die wenigsten heran. Auch der Soldat schien sich nicht schlüssig zu sein, was nun zu tun sei.

»Dann bin ich Sieger«, erklärte Gilgamesch und beobachtete die Wirkung seiner Worte im Gesicht des Rivalen.

»Nie und nimmer«, antwortete der Soldat, »ich habe weiter als du geworfen.«

»Das glaube ich nur, wenn wir es wirklich an Ort und Stelle überprüft haben«, sagte Gilgamesch

Die Menge murrte. Nie zuvor hatte jemand verlangt, so dicht zur Eiche sich vorzuwagen. Der Soldat zog eine mißmutige Grimasse. Aber da er vor den anderen keine Schwäche eingestehen wollte, ging er neben Gilgamesch ein paar Schritte.

»Hier«, rief er, »hier liegt er, ich habe es doch gewußt!« und hob triumphierend den roten Wurfstein empor, damit ihn alle sehen konnten. Die Menge zollte seiner Gebärde Beifall.

»Und wo ist deiner?« fragte der Soldat, zu Gilgamesch gewandt.

»Noch weiter, vielleicht ganz dicht am Stamm der Eiche.«

»Dann geh hin und heb ihn mit eigenen Händen auf. Ich glaube nur, was ich unwiderlegbar vor mir sehe.«

Gilgamesch ging einen Schritt vor. Das war unerhört, unerhört war das. »Er ist nicht bei Sinnen, er weiß nicht, was er da tut«, flüsterten die einen, »jetzt stellt sich heraus, daß er doch der Sohn eines Dämon ist«, tuschelten die anderen. Gilgamesch hörte nicht auf sie. Ohne zu zögern näherte er sich Schritt für Schritt der alten Eiche, bis seine Füße den Stamm berührten. Da aber sein Wurfstein immer noch nicht zu sehen war, beugte er sich nieder, um ihn zu suchen. Ringsum war es still, die Menge hielt den Atem an.

Als Gilgameschs Kopf in gleicher Höhe mit dem großen Astloch an der Wurzel war, fiel sein Blick in das Innere des Baumes. Dort lag, zunächst kaum erkennbar, dann aber sich mit schrecklicher Deutlichkeit aus dem Dämmerlicht schälend, eine riesige schwarze, zusammengerollte Schlange. Auge in Auge mit der Schlange war Gilgamesch, hing wie gelähmt in ihrem Bannblick fest. Es dauerte Minuten, bis er sich fing, dann aber erkannte er den Charakter der Schlange und zugleich die einzigartige, nie wiederholbare Chance, die sich ihm bot. Es war, das hatte er von den Weisen gehört, eine ungiftige Ringelschlange, wie sie in den Sümpfen oder am Flußufer vorkommt, wo sie zwischen Schlamm und Schilf lauert, um ihre Beute zu umklammern und zu würgen. Groß genug, ein Lamm zu packen und mit sich ins Wasser zu ziehen, aber kleiner als der Mut, der plötzlich Gilgamesch überkam und sein klares Denken verdrängte. Blitzschnell griff er ins Astloch, griff zu an der einzigen Stelle, die dafür geeignet war, dicht hinter dem Kopf, griff zu und ließ nicht mehr los, riß die Schlange aus ihrem Versteck heraus, hielt sie hoch über seinen Kopf, drehte sich um zur aufkreischenden Menge, wirbelte seine Beute durch die Luft, ließ sie kreisen und schleuderte sie seitwärts ins Gebüsch. Dem Aufschrei folgte eine Phase tiefen, betroffenen Schweigens. Einigen stand der Mund offen vor Entsetzen und Staunen. Auch der Soldat, der sonst gewiß nicht auf den Mund gefallen war, stierte Gilgamesch ungläubig an und wischte sich mit dem Handrücken mehrmals über die Augen, um sich zu vergewissern, daß er das alles tatsächlich gesehen hatte und nicht einem Trugbild aufgesessen war.

Gilgamesch bückte sich ein zweites Mal, faßte erneut ins Astloch und förderte seinen Wurfstein zutage. Wieder hob er die Hand und ließ den siegreichen Stein auf der Handfläche hüpfen.

»So«, rief er, daß es weithin ein jeder verstand, »ist das Beweis genug, daß ich diesmal als Sieger hervorgegangen bin? Reicht euch das oder wollt ihr noch ein weiteres Zeichen, ein Signal, das endlich in eure dummen Schädel hineinpaßt, um zu verstehen, daß ihr nicht Gilgamesch den Schwächling, Gilgamesch, den ewigen Verlierer vor euch habt, sondern Gilgamesch den Sieger, der, dem das Lachen des roten Löwen im Auge leuchtet...«

»Ein Zeichen«, stammelte Abebe mit blutleeren Lippen, »gib uns ein Zeichen.«

»Gut, dann sollt ihr es haben«, rief Gilgamesch, »und zwar eines, von dem niemand mehr später behaupten kann, er habe es nicht gesehen oder alles sei nur ein fauler Trick gewesen, um die Leute zu narren. Ihr sollt ein sichtbares Zeichen haben, eines, das immer bleibt und immer dasein wird, sobald ihr zu diesem Platz hier kommt!«

Mit diesen Worten drehte er sich zur Eiche, umspannte mit beiden Armen den morschen Stamm. Er warf sich auf den Baum, als gelte es, einen wilden Stier niederzuzwingen. Es krachte und splitterte im Holz. So groß der Baum auch war, so morsch und hinfällig war seine Gestalt, die vielleicht sogar der nächste Sturm niedergestreckt hätte. Nur an wenigen Fasern hing er noch, dann brach die Eiche und stürzte in der Umarmung Gilgameschs zu Boden.

Jetzt schrien die jungen Männer vor Schreck, Überraschung und Begeisterung, und auch Gilgamesch schrie auf, denn er hatte sich beim Sturz an mehreren Stellen die Haut aufgeschürft und war höchst unsanft zu Boden gekommen. Aber er schrie auch vor Stolz. Er schrie den ganzen Schmerz und das Unrecht aus sich heraus, das er so viele Jahre lang mit sich getragen hatte. Er schrie, daß Schamachs Sonnenwagen am Himmel zu hüpfen begann. Dabei war das nur die Auswirkung der großen Schwäche, die ihn schlagartig überkommen hatte. Kreise und Blitze zuckten vor seinen Augen, einen Moment lang lag er wie tot. Dann fühlte er sich umringt, von vielen Armen aufgehoben und auf Schultern getragen. Lärmend und brüllend führte ihn die Menge heim, quer durch die Stadt, hinauf zum Eanna, um allen, die sie unterwegs trafen, auch den Priestern auf dem Platz vor der Zikkurat, zu berichten, was sich zugetragen hatte.

Gilgamesch war glücklich. Zum ersten Mal, so lange er denken konnte, fühlte er sich in der Gemeinschaft aufgehoben – auch wenn es ihn beinahe das Leben gekostet hätte. Er kostete seinen Triumph bis zur Neige aus.

Später aber, als sich der Jubel gelegt hatte und er sich unbemerkt davonschleichen konnte, ging er noch einmal zu jener Stelle zurück, wo noch immer der entwurzelte Baum lag und betrachtete ihn so lange, bis die Dunkelheit seine Konturen verwischte. Baum, dachte er, du bist kein gewöhnlicher Baum, du bist die Verwandlung für mich. Ein Zauberbaum warst du und hast die Leute erschreckt. Ich aber habe deinen Zauber gebrochen, mit eigener Hand habe ich die Verwandlung bewirkt. Ich möchte den treffen, der jetzt noch lacht, wenn er mich sieht...

In der Folge ging er viele Male zum Baum, dann aber mit allerlei Werkzeug bewaffnet, mit dem er dem Stamm zu Leibe rückte. In tagelanger Arbeit schnitt er ein festes, rundes Hohlstück heraus, über das er das gegerbte Fell einer Ziege spannte. Aus anderen Teilen des Baumes schnitzte er zwei längliche Hölzer, die er abrundete, glättete und mit allerlei Zierkerben versah. Als das Werk vollendet war, zog er damit zum Tempel des Anu und zeigte dem Oberpriester, was sich damit anfangen ließ.

Die Trommel war nämlich keine gewöhnliche Trommel, so wie die Eiche kein gewöhnlicher Baum, sondern eine Zaubereiche gewesen war. Wenn man die Schlegel im Rhythmus auf das Ziegenfell trieb, Tempo, Stärke und Haltung der Trommelstöcke veränderte, begann ihr Bauch zu sprechen. Alle Tonlagen der Welt schlummerten in ihr, die Gilgamesch nur zu wecken brauchte. Er konnte nach Belieben die donnernden Hufe der Onager ertönen lassen oder zierliches Trippeln von Stelzvögeln über dem Sand, es gelang ihm, den nächtlichen Ruf der Unken nachzuahmen, ebenso wie das Klopfen der Handwerker, wenn sie geschäftig vor ihren Hütten saßen, und mitunter hatte die Trommel die Stimmen von prasselnden Sandkörnern, wenn der Wüstenwind roten Staub über die Wüste blies, der wie eine Wolke die Zikkurat umhüllte und sich als Mantel über Uruk legte.

Der Oberpriester und auch viele andere hörten zu, was die Trommel zu sagen hatte, und sie merkten auch, daß es an Gilgameschs Fertigkeit lag, wie sie sprach. Und als er sein Spiel geendet hatte, stand einer der älteren Priester auf und legte ihm die Hand auf die Stirn. Auch der Oberpriester erhob sich und legte ihm die Hand auf die Stirn und nahm ihn auf im Kreis der Männer. Er hatte die Probe bestanden.

Eine Auflage aber machte man ihm. Sie baten, damit er nicht ihre und Anus Ruhe störte, möge er zum Üben seines Instruments hinunter an den Rand der Stadt, vielleicht dahin, wo die Zaubereiche gestanden hatte oder noch weiter gehen. Solche Musik war zu laut für sie. Schlimm genug, daß so oft Musik und Lachen vom Tempel der Ischtar herüberwehte. Aber man konnte der Göttin schließlich ja nicht verbieten, daß sie die Mädchen ihr zu Ehren tanzen ließ.

Gilgamesch ging, halb aufgenommen im Kreis der Erwachsenen. Die andere, wesentlichere Hälfte stand in den Armen der Venus bevor. Dazu bedurfte es aber noch abzuwarten, bis Nannars Schale erneut zur Sichel geschrumpft war, denn nur in einer solchen Nacht, zeitgleich mit den zunehmenden Kräften des Mondes, durfte die Einweihung im Ischtartempel stattfinden.

Gilgamesch überbrückte die Zeit damit, daß er hinunter in die Ebene zog und den Tieren des Feldes seine Künste vorführte, so lange der Trommel Stimmen entlockte, bis auch sie sich daran gewöhnt hatten und nicht mehr verängstigt aufstoben oder davonjagten, wenn er anhub, das Rundholz mit Stockschlägen in Schwingung zu versetzen.

Am Rande des Wettkampfplatzes saß er, den Rücken zur Stadt gekehrt und vor sich das Ufer des Euphrat. So schaute er über die Wasserfläche dahin zum jenseitigen Rand, sah das schnelle Wasser dahinströmen und manchmal das Segel einer Barke, beobachtete die Fischer bei ihrer Tätigkeit oder die Reiher im Flug. Wind spürte er über die Ebene streifen und mit unsichtbaren Händen den Flugsand aufgreifen. Ringsum lebte und atmete die Natur, formte und veränderte im Detail, ohne das große Gesamtbild zu zerstören. Und ihr versuchte er es gleichzutun: den Grundrhythmus dem Atem des Windes anzugleichen, einen vibrierenden Dauerton mit den Schlägern zu erzeugen, in den die kleinen, kaum wahrnehmbaren Veränderungen sich einpaßten und mit dem Thema spielten. Manchmal warf er auch die Hölzer beiseite und bearbeitete das Ziegenfell ausschließlich mit seinen Händen. Flache Handflächen klatschten ganz anders auf dem Fell, die Fäuste besaßen eine andere Sprache als der schnelle Wirbel der Finger oder der harte, bestimmte Schlag der Handkanten. Er spielte träumerisch, fast in Trance, lächelnd in

Träume und halbwache Betrachtung versunken. Er spielte und verschmolz mehr und mehr mit der Trommel.

Fünfzehn Jünglinge Uruks durchschritten Ischtars Tor, über dem der siebenstrahlige Venusstern prangte. Schweigend, mit ernsten Gesichtern empfingen sie von einer Priesterin den Begrüßungstrank, dann wurden sie von Dienerinnen zum Bade geführt. Ein jeder von ihnen fühlte, daß er beim Eintauchen ins warme Wasser nicht nur den Staub der Wüste, sondern zugleich auch seine Herkunft, seine Vergangenheit, seine Gedanken von gestern abwusch. Danach kamen andere Dienerinnen mit allerlei Amphoren, Vasen und Utensilien herbei und begannen, die Adepten zu salben und zu ölen. Nach erfolgreicher Prozedur führte man sie in eine Art Warteraum, wo ihre Gewänder bereitlagen, kurze, rockartige Schürzen, die von den Hüften bis kurz oberhalb der Knie reichten. Hier lagen auch die Opfergaben gestapelt, die sie zum Fest der Verwandlung mitgebracht hatten.

Gilgamesch zum Beispiel hatte eine kleine Figur aus weißem Alabaster geschnitten, die die Urmutter darstellte. Blank hatte er den Stein geschliffen und geglättet, besondere Sorgfalt auf die Rundungen ihrer Arme, Brüste und Hüften verwendet und anstelle der Augen in die Bohrlöcher winzige schwarze Steinsplitter gesetzt. Das Haar hatte er mit Bitumen geschwärzt und um den Hals der Figur eine doppelreihige Kette gelegt, die zwar aus gebrannten Lehmkugeln bestand, aber die Form von echten Perlen besaß. Auch besaß die Figur eine Öse, daß sie als Amulett tragbar war und zwei Bohrungen in den Händen, in die man Blumen stecken konnte.

Gilgamesch war stolz auf sein Werk, er fand das Abbild gelungen und wunderte sich, daß dagegen die Figuren der anderen plump und irgendwie unförmig wirkten. Abebe zum Beispiel hatte Wert darauf gelegt, seiner Urmutter gekräuselte Haare zu schaffen, was ihm zu grob geraten war und der Figur den Anschein verlieh, als ringelten sich Schlangen um ihren Kopf. Dennoch fanden es alle schön, und auch Gilgamesch lobte die Arbeit des anderen.

Nach einer Weile, die sie mit aufgeregten Gesprächen verbrachten, näherte sich ihrem Raum der Klang eines Tamburins, in dessen Takt sich bald Flöten und Zimbeln fügten. Die Tür ging auf und eine Schar geschmückter Mädchen strömte herein, die umtanzten die Jungen, machten neckische Sprünge und mancherlei unartiges Zeug, bis drei seltsam gewandete Wesen auftauchten und Ruhe einkehrte. Die Wesen, offenbar Ischtarpriesterinnen des oberen Grades, trugen bodenlange, geschlitzte Faltenröcke aus zottigem Schaffell, das sie wie ein Vlies umgab, dazu Gürtel und durchsichtige Tücher über den Brüsten. Auf ihren Köpfen türmten sich kunstvoll hochgesteckte Frisuren, ihre Gesichter waren bedeckt von grellbunt geschminkten Masken. Eine von ihnen trug eine Doppelkeule, die zweite einen Rohrwedel, die dritte ein Modell des Sonnenwagens, das andeuten sollte, daß Ischtar im Himmel Schamachs Schwester war.

Sofort setzte das Tamburin wieder ein, und die ganze Prozession kam in Bewegung. Vorn schritten die drei maskierten Wesen, dahinter die jungen Männer, jeweils zu dritt nebeneinander, und dahinter folgte der Schwarm der Mädchen. Der Zug durchquerte den Vorraum zum Tempel, ein weiteres Tor und erreichte schließlich das eigentliche Heiligtum, das im Halbdunkel lag. Wenige Öllämpchen am Boden kennzeichenten ihren Weg, einige schwach glimmende Fackeln verliehen dem Raum magische, unerforschliche Tiefe, und Rauch stieg aus runden Gefäßen beiderseits des Ganges auf. Düfte von Myrte und anderen Kräutern erfüllten die Luft, ein leiser Gesang wie Wind, der durch die Saiten der Lyra fährt, schwebte im Saal. Obgleich die jungen Männer scheu geradeaus blickten und im dämmrigen Halbdunkel ohnehin nur wenig erkannten, gab ihnen Stimmengemurmel die absolute Gewißheit, von vielen Menschen umgeben zu sein. Jetzt hatten sie die Säulen des inneren Zirkels erreicht und legten dort auf Anweisung der maskengeschmückten

Wesen ihre Opfergaben vor den Altar. Noch immer befanden sie sich außerhalb des Allerheiligsten, ein weiteres Mal nahmen sie einen sonderbar in der Kehle brennenden Trank zu sich, dann glitten die maskierten Wesen beiseite und ließen die Adepten allein.

Eine Zeitlang kniete Gilgamesch neben den anderen, tief in sich versunken. Alles mögliche schoß ihm durch den Kopf, nur kein klarer Gedanke. Es war, als spüle der leise Singsang aus dem Tempel, verstärkt durch den betäubenden Rauch der Kräuter, alles Wissen und Ahnen fort.

Dann unterbrach ein halblautes Geräusch seine Andacht. Als er den Kopf hob, sah er, daß sich der Vorhang zum Allerheiligsten bewegte und nun einen Spalt weit offenstand. In diesem Spalt aus türkisblauem Licht schwebte eine Gestalt, noch unwirklicher und sonderbarer gewandet als alle zuvor. Einen Mantel aus Sternenstaub trug sie, der nicht von oben nach unten, sondern umgekehrt, von ihren Füßen zu den Schultern zu treiben schien. Anstelle des Kopfes aber trug sie einen siebenstrahligen Stern, aus dessen Innerem heraus eine Glut leuchtete, die nicht brannte, sondern eher wie Kristall oder tausend Tautropfen am frühen Morgen leuchtete.

Die Gestalt winkte sanft mit der Hand, und Gilgamesch, der in der ersten Reihe kniete, sah sich vorsichtig um, ob die Geste ihm galt, und da sich niemand der anderen zu bewegen wagte, stand er auf und folgte dem Wink des überirdischen Wesens. Durch den geöffneten Vorhang schritt er, erreichte die verzierten Säulen des Allerheiligsten und die Umrandung aus Ziegelsockeln, auf denen rechts und links des Eingangs steinerne Löwen ruhten.

Schon wieder Löwen, schoß es ihm durch den Kopf. Aber dann fiel ihm ein, daß sie heilige Tiere der Ischtar waren. Anders als jene der Lilith, die furchterregend ihre Mäuler aufrissen, lagen diese Löwen bewegungslos da, die Köpfe auf die ausgestreckten Pfoten gelegt, schlummernde Wächter, aber mächtig und eindrucksvoll, jederzeit durchaus in der Lage, Eindringlingen den Zutritt zu verwehren und sie in Stücke zu zerreißen.

Bedächtigen Schrittes näherte sich Gilgamesch dem Allerheiligsten. Der Raum war leer, auch das Sternenwesen hatte sich in Nichts aufgelöst. Nur in der Mitte stand ein schlicht gemauerter

Steinsockel, auf dem ein seltsamer Gegenstand lag. Er sah aus wie zwei aneinandergebundene Augen. Dieses leere Augenpaar starrte ihn an. Gilgamesch war verblüfft. Alles andere hatte er sich vorgestellt, nur nicht diesen, in sich ruhenden Gegenstand, der so kühl wirkte und ihn ansah. Obwohl es nur ein Stück aus Stein war, wagte er sich nicht zu nähern, seine Beine versagten ihm den Dienst. Gelähmt stand er da und starrte gebannt auf das Ding. Und die Augen, die nur aus Stein waren und sonst nichts, blickten ihn an, blickten durch ihn hindurch, unbeweglich, fragend und fordernd.

Ein leises Klirren ließ ihn den Kopf seitwärts wenden. Da stand plötzlich Ischtar, die Göttin, vor ihm. Sie trug einen weit fallenden blauen Umhang, der aus tausend und abertausend Facettenaugen glänzte, auf dem Kopf die gehörnte Sichel, Ohrringe dazu und unzählige Ketten an Hals, Armen und Fußgelenken. Sie sah ihn an, und in diesem Blick vereinte sich alles, was Gilgamesch wußte: Sie war Ischtar und Inanna, Iluna und Lilith, die große Urmutter und die schönste Frau der Welt zugleich. So schön war sie, daß es Gilgamesch den Atem verschlug. Er wollte vor der Göttererscheinung auf die Knie sinken, aber sie hinderte ihn mit einem Zucken der rechten Augenbraue daran, dies zu tun. Statt dessen hob sie beide Hände zum Hals und öffnete ihren Mantel.

Da sah Gilgamesch ihren nackten alabasterfarbenen Körper. Er sah, daß die Höfe ihrer Brüste geschminkt und und in ihre Nabelmulde ein glänzender Karneol eingelegt war. Ihre Beine wuchsen anmutig wie schlanke Schilfbinsen zu den Hüften empor. Und dann zeigte sie ihm das Delta der Venus.

Als er alles gesehen hatte und die Augen vor der Überfülle schloß, nahm er nach einer Zeit der Stille wieder das klirrende Geräusch von vorhin wahr. Als er erneut die Augen öffnete, war die Göttin verschwunden und statt ihrer stand das Wesen mit dem siebenstrahligen Stern vor ihm, ergriff ihn an der Schulter und führte ihn weg. Er kam durch einen langen dunklen Gang in ein Seitengemach, wo ihn ein blumengeschmücktes Mädchen erwartete. Die hob einen Kranz aus Blüten von ihrer Stirn und legte ihn sanft auf seinen Kopf. Ohne ein weiteres Wort zu verlieren, zog sie ihn mit sich. Sie durchschritten weitere Gänge, stiegen eine Treppe hinauf und erreichten endlich einen dunklen Raum, der mit den Fellen von Schafen und anderen Tieren ausgestattet war. Hier zog sie ihn hinab auf weiche Matten.

Gilgamesch war sich bewußt, daß auch dieser Teil zum Ritual der Einweihung gehörte. Willig ließ er sich anleiten, wurde gewahr, daß seine Hände bald sich eigene Wege bahnten über der warmen Haut des Mädchens und die Wunder ihres jungen Leibes entdeckten. Immer heftiger wurde sein Werben, die aufgestaute leidenschaftliche Kraft in ihm suchte sich Bahn, bis sie sich öffnete und ihn aufnahm. Mit jeder Faser seines Körpers spürte er erwachende Männlichkeit in sich wachsen, freudig nahm er ihre Zärtlichkeiten wie Geschenke, die sie ihm anbot, gab überreichlich davon zurück und sank erst nach endlosen Stunden ermattet zurück.

Ein schmaler Silberstreifen des Himmelslichtes fiel in den Raum, verband in dieser Nacht die Herrlichkeit der Venus mit ihrem Lager. Schemenhaft ahnte er, mehr als er sah, ihr Gesicht, große dunkle Augen, fließendes Seidenhaar, ihre halbgeöffneten Lippen. Sie wechselten kein Wort, er spürte, daß jedes Wort sie trennen würde und ernüchtert wegführen aus dem Zauberreich der Gefühle. Andächtig und überglücklich nahm er ihre Bewegungen wahr, das Heben und Senken ihrer Brüste beim Atmen, den Hauch ihres weichen Mundes, das Schmetterlingsbeben ihrer Wimpern.

Erneut fanden sie den Weg zueinander, liebkosten sich wie von Sinnen, ein Fieber ergriff Gilgamesch, schüttelte ihn, bis ihre Hände die aufschäumenden Wogen seiner Seele zu glätten begannen. Sanft glitten ihre Finger über seine Schultern, spielten mit seinen Muskeln, streichelten sein Haar.

Kurz vor Beginn des Morgens erhob sie sich und schickte sich an, ihn zum Aufbruch zu ermuntern. Er verstand. Einmal noch berührte er mit den Fingerkuppen ihren Mund, strich die Konturen ihrer Lippen entlang. Das Mädchen lächelte, lächelte wie es die Göttin Ischtar getan hatte, und dieses Lächeln erfüllte Gilgamesch mit einer Wärme, die kraftvoller als die Sonne, kühlender als der Mond und strahlender als der Glanz des Venusgestirns war.

Er stand auf und ging, verließ den Tempel und überquerte als Mann den großen Platz vor der Zikkurat. Er sprang leichtfüßig die

Treppen des Eanna zur Stadt hinab, die aus dem Nachtschlummer erwachte. Die Ebene war nicht mehr schwarz, sondern grau und durchströmt von den ersten Strahlen der wachsenden Sonne. Vögel stiegen auf, begrüßten mit ihren Stimmen den Tag, ein Paar Fischreiher zog südlich dahin, dem nahrungsspendenden Ufer des Euphrat entgegen. Gilgamesch schaute weit über Uruk, auch er begrüßte die Stadt. Sie war nicht mehr fremd, ein Gebilde aus sinnlos verschachtelten Bauten, in denen sich fremde Menschen zum Tagwerk erhoben. Sie war die äußere Hülle seines Gefühls, das über Nacht zur Reife gelangt war. Gilgamesch hatte Frieden mit Uruk geschlossen.

Er sah das Mädchen seltsamerweise nicht wieder. Statt ihrer aber nahmen ihn andere im Tempel auf. Häufig durchschritt er jetzt Ischtars Tor oder saß wie das übrige Volk auf den Stufen, um sich an der Anmut der Venusdienerinnen zu entzücken, bis ihm eine von ihnen so gut gefiel, daß er zu ihr ging, um ihr ein kleines Geschenk in den Schoß zu werfen. Die Mädchen waren nicht wählerisch, sie nahmen mit der gleichen Freude und Dankbarkeit das wertvolle Geldstück eines Fremden entgegen, wie sie seine kleinen, oft selbstgefertigten Geschenke fröhlich in Empfang nahmen. Figürchen aus Stein oder Ton formte er, oft verwandte er Kalk, aus dem er Stierkörper schliff. Mit Ehrgeiz machte er sich zur Aufgabe, jede Figur so naturgetreu wie möglich zu gestalten, die Hufe, der muskelgewölbte Nacken, Ohren und Schwanz, und gelegentlich gab er der Plastik einen zusätzlichen reizvollen Effekt, indem er den Kopf des Stieres im rechten Winkel kehrte, was den Eindruck erweckte, als habe das Tier sich soeben zum Betrachter gewendet.

Schön waren die Mädchen im Tempel und einige von ihnen so

schön, daß er sie wiederholt besuchte. Einmal in einer solchen Nacht lag er bei Tehiptilla, der Geschmeidigen, auf dem Lager und flüsterte mit ihr in einer Pause des Liebesspiels, als von draußen Geräusche in ihre Kammer drangen. Lärm erhob sich von Rufen und eilenden Schritten. Das war ungewöhnlich, denn normalerweise war es still im Tempel, bis auf die Male, wo zu Feierlichkeiten und Festen Harfenspiel und Zimbeln, Tanz und Gesang bis zum frühen Morgen erklangen. Diese Geräusche aber, das hastige Klatschen vieler nackter Füße und Stimmen, die nach Aufregung und Besorgnis klangen, waren neu, sie störten die Harmonie in Ischtars Räumen.

»Was ist los?« fragte Gilgamesch und setzte sich auf. Auch Tehiptilla hatte den Kopf gehoben und lauschte nach draußen. »Ich weiß es nicht«, antwortete sie, »aber es klingt so, als sei nichts Gutes geschehen. Schnell, laß uns aufstehen und vor der Tür nach dem Rechten sehen.«

Hastig kleideten sie sich an. Als sie die Kammer verlassen hatten und durch den Gang zum Vorhof geeilt waren, stießen sie dort auf andere Mädchen und Männer, die gleich Gilgamesch im Tempel geweilt hatten.

»Was ist los?« fragte Tehiptilla.

»Was ist geschehen?«, fragten die anderen Mädchen. Niemand wußte Bescheid. So eilten sie weiter, hinaus auf den Platz vor der Zikurrat, wo bereits die Priester des Anu und viel anderes Volk zusammengeströmt waren. Es gab ein Rufen und Durcheinander, daß man glauben konnte, ein Feind wäre in der Deckung der Nacht aus der Wüste herangekommen und hätte begonnen, die Stadt zu berennen. Endlich kam Kunde vom Palast des Königs herüber.

Ninsum, die Mutter, war es, die als erste die Botschaft überbrachte. Notdürftig in einen Umhang gehüllt, mit offenem wehenden Haar, schritt sie heran und klagte mit schreckensbleichen Wangen.

»Dumuzi ist tot. Der Herrscher ist von uns gegangen. Lilith hat ihn geholt, ihre Nachtvögel trugen seine Seele davon. Weh uns, was nun kommen wird!«

Ein Raunen durchfuhr die Menge. »Dumuzi ist tot!« ging es wie ein Lauffeuer von Mund zu Mund.

Jetzt waren auch Soldaten der Leibwache des Königs erschienen, die trugen griffbereit ihre Waffen und deuteten mit grimmigen Gesichtern an, daß sie bereit waren, diese notfalls auch zu benutzen.

»Wie ist das gekommen, wie konnte so etwas geschehen?« fragte eine Stimme aus dem Volk.

»Wie ist das gekommen, wie ist das gekommen?« wiederholte dicht neben Gilgamesch und Tehiptilla ein Anupriester flüsternd die Frage. »Wenn jemand so alt und gebrechlich war wie der König, eine schwankende Kornähre, dann darf es nicht wundern, wenn der erste Windstoß sie bricht.« Aber er hatte so leise gesprochen, daß kaum einer der Umstehenden seine Worte verstand.

»Beim Gelage ist er verschieden«, verkündete ein Sprecher der Garde, »mitten aus aller Macht ist er wie morsches Holz von der Tafel gesunken.«

Das war kühn, daß ein Offizier der Leibwache so sprach und den König mit einem Stück nutzlosen Holzes verglich. Aber noch kühner und beunruhigender wurden seine Worte, als er nun weitersprach: »Viele sind Zeuge gewesen, auch ich in Person, daß es ohne fremde Einwirkung geschah. Marduk hat seine schützende Hand von ihm genommen, so daß er fiel. Und er fiel tief – bis in den Grund der Erde hinab.«

Ohne fremde Einwirkung – was sollte das heißen? Hielten die Soldaten, die Offiziere einen Mord für möglich? Hatten sie selber daran gedacht, den König zu stürzen? War es in dieser Nacht an der königlichen Tafel etwa nicht mit rechten Dingen zugegangen?

Das Volk murmelte und sprach wild durcheinander. Immer mehr schwoll der Lärm an, Fackeln tauchten auf und erhellten verzerrte Gesichter. Aus der Ecke der Hochterrasse, wo sich ein Großteil der Anupriester versammelt hatte, drangen erregte Rufe. Da gellte ein greller Aufschrei über die Menge. Alle Köpfe wandten sich Ninsum, der weisen Mutter, zu.

»So wiederholt sich das Schicksal von Lugalbanda, dem letzten König!« schrie sie außer sich vor Empörung. »Auch er starb bei seinem Becher, einem Becher, den Dumuzi ihm mischte!«

Unglaublich war, was die Alte da rief. Sie mußte von Sinnen sein, solche Dinge zu äußern. Hatte der überraschende Tod des Herrschers sie schmerzhaft an ihre eigene Witwenschaft erinnert? Allerdings, das spürten alle sofort, war etwas Wahres an ihren Worten. Auch nach Lugalbandas Hinscheiden hatte man gemunkelt, er sei nicht eines natürlichen Todes gestorben, und diese Meinung hatte sich lange versteckt in den Köpfen derer gehalten, die mehr wußten als das einfache Volk... Aber Dumuzi? Er war ein Greis geworden, klapprig und fast ohne Leben. Es hätte keines Giftbechers bedurft, ihm den Weg ins Jenseits zu erleichtern. Unerhört war es, daß jemand solche Anklage erhob. War es nicht besser, Dumuzi tot, den ungeliebten König im Jenseits zu wissen, ohne darüber nachzudenken, wie es geschehen war?

Mehrere Frauen kümmerten sich um Ninsum und führten die schluchzende Alte beiseite.

»Er ist in Würden eines Todes gestorben, der einem Herrscher, wie er es war, gebührt!« rief der Sprecher der Garde, ohne zu merken, daß seine unbedachten Worte auf zweifache Weise aufgefaßt werden konnten. Wohl wollte er Weiteres sagen, aber seine Stimme ging in der allgemeinen Unruhe, die nun einsetzte, verloren. Besonders die Priester Anus taten sich dabei hervor. Fühlten sie jetzt ihre Stunde gekommen, die Hand nach dem Thron auszustrekken?

Gilgamesch sah, daß Erenda heftig auf Abebe einsprach und auch andere sich in den größer und größer werdenden Kreis drängten. Die Priester an der ersten Stufe der Treppe steckten die Köpfe zusammen. Unruhig bewegten sich die Soldaten der Leibwache in der Menge, als warteten sie auf Anweisungen, und zogen sich langsam in Richtung des Egalmach zurück; treibendes Strandgut, das aufkommender Sturm an den Ufern der einstigen Macht zu Klumpen zusammentreibt. Es gärte in der Versammlung, die nicht einmal das Volk von Uruk darstellte, sondern lediglich die Begünstigten der ersten Stunde.

»Schau«, zischte Tehiptilla und stieß Gilgamesch aufgeregt in die Seite, »dort ist Ischtar mit ihrem Gefolge.«

Vom Palast Dumuzis, nicht aus dem Tempel der Venus, kam es heran: Ein langer Zug in weiße Gewänder gehüllter Frauen. Eine davon, die vorderste, trug in ihren Händen das Zepter des Königs.

Vor ihr, die sicheren Schrittes voranging, teilte sich die Menge. Die Menschen gaben eine Bahn frei für Ischtar. Als der feierliche Zug in der Mitte des Platzes angekommen war, öffnete die Frau, die das Zepter trug, den Mund, und ihre Worte, die leise wie flüsternder Wind waren, fielen über die Fläche. Jedes einzelne ihrer Worte war zu verstehen, denn alles schwieg und hielt lauschend den Atem an.

»Der König ist von uns gegangen«, sagte sie, »Marduk hat seine schützende Hand von ihm gezogen. Aber er hat uns einen letzten Willen hinterlassen, den ich euch mitteilen soll. Er, der in den letzten Tagen seines Lebens zum Glauben der Ahnen zurückfand, hat entschieden, Versäumtes nachzuholen, Vergessenes wiedergutzumachen. Hinfort soll nicht ein gewöhnlicher Sterblicher, sondern sollen die Götter selbst Uruks Regierung lenken. Das Orakel, das wir aus der Leber geweihter Schafe befragten, sagt dasselbe in anderen Worten. Und so soll es zum Glück und zur Zufriedenheit aller geschehen. Wer aber anderes könnte herrschen über den Eanna, die Stadt und das Land, als die höchste Göttin selbst, als Ischtar, die Schwester Schamachs, die vom Liebesgestirn der Venus zu uns Herabgestiegene?«

Mit diesen Worten wandte sie sich um und reichte der hinter ihr Stehenden das Zepter. Iluna, die Hohepriesterin des Tempels und jüngste Verkörperung Ischtars auf Erden, erhob das Zeichen der Macht und reckte es hoch über ihr Haupt.

Mit dieser überraschenden Wende der Ereignisse hatte wohl niemand gerechnet. Oder doch? Das Volk jedenfalls brach in überraschte Rufe aus, denen sich bald Jubel anschloß. Der Kult des Venustempels erfreute sich großer Beliebtheit. Nur die Priester des Anu schwiegen betreten. Es war ihnen anzusehen, daß sie über die Entwicklung nicht sonderlich begeistert waren. Vorerst blieben sie stumm. Und so fiel es in der allgemeinen Aufregung auch niemandem auf, daß der Oberpriester des Tempels mit seinen engsten Vertrauten wortlos in der Dunkelheit verschwand.

Iluna schritt unterdes auf das Ischtartor zu, um gemeinsam mit dem anwesenden Volk zu opfern und den Göttern im Gebet die umherirrende Seele des verstorbenen Königs anzuempfehlen. Auch die kleine Tehiptilla riß sich von Gilgameschs Seite los, um ihrer

Herrin zu folgen. Gilgamesch blieb unschlüssig zurück. Wohin sollte er sich in diesem verwirrenden Augenblick wenden? Zum Tempel des Anu? Nein, er hatte lediglich die Anerkennung als Erwachsener erfahren, nicht aber die Weihe zum Priester, und er hatte keineswegs vor, sich darum zu bemühen. Sollte er gehen, um Ninsum zu suchen? Nein, auch der Egalmach war jetzt nicht der richtige Ort, um seine durcheinanderwirbelnden Gedanken zu beruhigen.

Unwillkürlich hatte Gilgamesch den Weg zum Fuße des Tells eingeschlagen, in dem die sieben Weisen ihre Wohnhöhlen besaßen. Liliths Löwen am Säulenstumpf grinsten ihn an und bleckten die Mäuler. Ihr selbst widmete er keinen Blick und keine Gabe wie sonst. Er beeilte sich, am Standbild vorbeizukommen. Dunkel und unheimlich lagen die Begräbnisfelder da. Sicher kreisten Eulen über ihnen, lautlose Boten auf der Suche nach Dumuzis Seele.

Ohne anzuhalten, eilte er zur Höhle des Greises, an dessen Wand die Weltkarte hing. Er rief und bekam keine Antwort. Er rief ein zweites und drittes Mal und wiederholte das vor den Türen der anderen alten Männer. Alles blieb stumm. Die Weisen verweigerten ihre Antwort.

Da ging er die Trommel zu holen, die in einem Versteck nahe des Wettkampfplatzes verborgen lag. Nachdenklich strich er mit der Handfläche über das gespannte Ziegenfell. Es fühlte sich rauhhaarig an und war doch schon an manchen Stellen blank und abgegriffen vom Spiel. Langsam begann der Morgen zu grauen. Es war angenehm kühl und roch frisch vom Fluß her. Um diese Stunde besaß der Euphrat einen ganz eigenen, besonderen Geruch.

Er begann, die Stöcke im Rhythmus zu treiben. Dumpf gab die Trommel Antwort. Dröhnte und dröhnte so laut, daß sie das Pochen seines Blutes in den Schläfen zu übertönen begann. Er trommelte und setzte nicht eher ab, als bis ihn die Müdigkeit übermannte. Die Stöcke entglitten seinen schlaftrunkenen Händen. Ein letztes Mal schnalzte die Trommel nach, als sie beiseite fiel und bäuchlings in den Sand rollte.

Gilgamesch kümmerte sich nicht mehr um das, was oben auf dem Eanna geschah. Er bekam nicht mehr mit, was sich in Uruk abspielte, fing höchstens, wenn er zum Markt ging, um sich mit Eßbarem zu versorgen, flüchtige Gesprächsfetzen auf. Auch den Weg zu den Mädchen mied er. Er saß am Rande des Feldes, dort, wo er die Eiche aus dem morschen Wurzelwerk gerissen hatte, an den bröckeligen Stamm des Baumes gelehnt und gab sich gänzlich dem Spiel der Trommel hin. Von morgens bis abends ging das, bis er das Gefühl bekam, selbst ein Resonanzkörper zu sein, über den sich die Haut wie ein Trommelfell spannte. Sein Herz schlug den Grundrhythmus, sein Puls war das schwächere Echo in den Handgelenken, und sein Fleisch, seine Muskeln vibrierten im Takt der hölzernen Schlegel. So saß er und trommelte, trommelte die widerstreitenden Gefühle in sich zur Ordnung, trommelte den Rhythmus von Wüste, Feldern und Berghängen nach, bis der Windatem zu einem Teil seines Spiels wurde, nicht mehr störte, sondern sich einfand in die große zwingende Musik.

Einmal unterbrach ihn ein schräg vor seine Füße fallender Schatten in seinem versunkenen Spiel. Zuerst erkannte er nicht, wer es war, denn der andere stand im gleißenden Licht der Sonne. Als er dann Erenda erkannte, winkte er ihn heran, sich neben ihn zu setzen.

»Du trommelst gut«, sagte der Aufseher, »weithin ist dein Spiel zu vernehmen. Fast könnte man glauben, es sei ein Geräusch, das aus der Wüste kommt und immer schon dagewesen ist.«

Gilgamesch erwiderte nichts. Er empfand weder Ablehnung noch Zuneigung für Erenda.

»Erinnerst du dich noch an unser Gespräch damals auf der Treppe?« begann Erenda erneut. »Damals habe ich Dumuzi mit bösen Worten bedacht, die meiner Unkenntnis entsprangen. Einiges davon aber muß ich immer noch aufrecht halten. Dumuzis Verstand muß kleiner als der eines Schafbocks gewesen sein, die Götter mögen mir meine Direktheit verzeihen. Dumm muß Dumuzi gewesen sein, daß er kurz vor seinem Hinscheiden den Tempel der Ischtar bevorzugte, um ihm die Regierungsgewalt anzuvertrauen ...«

Gilgamesch antwortete nicht. Er wußte, daß Erenda nun alsbald das Ansehen und die Wichtigkeit Anus preisen würde. Er mußte das tun, schließlich war er inzwischen Eleve im Tempel. Und richtig setzte Erenda zu einer langausholenden Rede an, die bei der Weltenschöpfung begann und bei der grenzenlosen Geduld und Würde des Himmelsgottes endete. Für Gilgamesch wenig Neues, all dies hatte er bereits unzählige Male gehört. Die Aussagen Erendas glichen den Liedern mit den sich endlos wiederholenden Reimen, die er im Tempeldienst gelernt und allzuoft selbst hatte singen müssen. Erendas Geschwätz langweilte ihn. Was wollte er hier? Auch auf seine Nachfrage hin wurde das nicht deutlicher.

Schließlich, nach langen Minuten peinlichen Schweigens, stand Erenda auf und wandte sich zum Gehen. »Schade«, sagte er, »ich dachte, ich hätte mich klar genug ausgedrückt. Ich dachte, ich hätte in dir einen Verbündeten gefunden ...«

»Einen Verbündeten?« fragte Gilgamesch zurück. »Das sagst du, ein Aufseher, einer, der Befehle gibt, zu mir, deinem ehemaligen Diener, der Befehle empfing und gehorchen mußte?«

»Das ist lange her«, sagte Erenda verlegen, »du bist inzwischen ein freier Mann geworden und tust, was dir gefällt. Ich bin noch immer im Tempel und habe meinerseits zu gehorchen. Doch es ist nicht mehr der Oberpriester, der mir sagt, was zu tun ist. In Uruk gilt nur noch ein Befehl: Ischtar ist es, die über alle das Sagen hat.«

»Und? Ist es so schlimm, einer Frau zu Diensten zu sein?«

Erenda starrte Gilgamesch fassungslos an.

»Du warst in ihrem Tempel und hast dich danach für ein freies Leben entschieden«, sagte er dann. »Du kannst jederzeit zu ihr gehen oder zu Anu oder irgendeiner kleineren Gottheit opfern, wie es die meisten Menschen machen, die sich ihren Himmel zusammenstellen, wie sie ihn brauchen. Mir aber, der Anu zu folgen gelobt hat und der den ersten Weihegrad empfing, ist das Tor zur freien Wahl für immer verschlossen. Ich habe mich Anu verschrieben und muß dennoch Ischtars Befehlen gehorchen, die oft genug im Widerspruch zu dem stehen, was Anu uns lehrt. Kannst du ermessen, was das für mich bedeutet?«

Gilgamesch dachte nach. Nie hatte er die Dinge so gesehen, und es wurde ihm deutlich, worin Erendas Seelenqual lag. Aber konnte er ihm zu etwas raten?

Noch einmal sprach Erenda: »Du warst bei ihr, du hast ihre Segnung empfangen. Sag mir eins, Gilgamesch: Glaubst du daran, daß Iluna tatsächlich die Wiederverkörperung Ischtars auf Erden ist?«

»Was soll ich auf eine solche Frage sagen?« gab er zögernd zur Antwort. »Ob dein Oberpriester die Wiedergeburt Anus verkörpert oder Iluna die der Ischtar, diese Frage haben allein die Götter zu entscheiden. Wichtiger als menschlicher Zweifel erscheint mir indes die Einhaltung von Gesetz und Ordnung, ohne die keine Gemeinschaft auskommen kann. Verweigern die Menschen sich dem, so verliert das Zusammenleben seinen Sinn, stürzt jede Stadt, auch Uruk, der Gunst des Schicksals entzogen, ins Chaos hinab. Ist es das, was dir Antwort gibt auf deine Frage?«

»Das ist es«, sagte Erenda mit grollendem Unterton in der Stimme. »Wenn Gesetze so schnell gemacht und noch schneller verändert werden, ist das Chaos viel näher, als wir ahnen.«

Mit dieser ebenso vagen wie düsteren Drohung machte er sich davon.

Gilgamesch war durch die unfreiwillige Unterhaltung die Lust an seinem Spiel vergangen. Er nahm die Trommel, stand auf und wanderte zum Tell der Weisen hinüber. Diesmal mußte er nicht erst rufen. Der Greis stand vor dem Eingang seiner Höhle und blinzelte in die Sonne. Als er Gilgamesch sah, hellten sich seine Züge auf.

»Nun«, rief er, »noch immer hier und nicht auf dem Weg, den Erdenkreis zu durchmessen?«

»Ja, noch immer hier, obwohl ich sicherlich eines Tages aufbrechen werde, um alles mit eigenen Sinnen selbst zu erfahren.«

Die Antwort gefiel dem Greis. »Komm mit in die Höhle«, sagte er, »hier draußen blendet das Licht so stark meine Augen, daß ich nur noch Schamach erblicke und nichts mehr sonst. Außerdem sitzt man in meinem Alter lieber bequem, anstatt sich wie ein Storch die Beine im Sand auszustehen.«

Gilgamesch mußte lachen, denn der Alte sah mehr wie ein Fisch aus als wie ein Storch. Ein Fisch allerdings, der an Land gegangen war und nun in der Wüste lebte.

Sie gingen ins Innere der Höhle, in der zu Gilgameschs Überraschung sechs weitere Alte versammelt waren. In ihren silbrig schimmernden Röcken wirkten sie wie ein Schwarm Fische, den eine kräftige Woge ins äußerste Ende der Höhle getragen hatte. Die Anwesenheit so vieler gelehrter Personen machte ihn zu Anfang befangen, doch als die Alten sich weiter unterhielten, faßte er Zuversicht. Er rückte sogar näher heran, um das seltsame Spiel zu betrachten, das auf einem niedrigen Holztisch zwischen ihnen stand.

Das hölzerne Spielbrett bestand aus zwanzig verschiedenen kleineren Flächen, die unterschiedliche Muster aufwiesen. Aus Muscheln, Knochen, Lapislazuli und farbigen Steinchen waren da Bilder zusammengesetzt zu geometrischen Formen: Sterne, Augen oder auch Grundrisse von Tempeln oder Palästen. Jede Fläche wurde durch Ränder aus Bitumen gefaßt, in die noch weitere Unterteilungen eingelassen waren. Auf diesen Etappenbahnen bewegten die Greise runde fünfpunktige Figurensteine hin und her; und zwar jeweils sieben weiße und sieben schwarze Figuren. Sie folgten dabei irgendwelchen Regeln und Gesetzmäßigkeiten, die allerdings für den neugierigen Gilgamesch schwer zu erkennen waren. So sah es aus, als strichen die Greisenhände scheinbar ziel- und sinnlos zittrig über das Spielbrett, keiner schien zu gewinnen und keiner zu verlieren. Aber wahrscheinlich war dies auch gar nicht der eigentliche Zweck der Übung, sondern viel eher, daß alles beständig im Fluß blieb, genauso wie die Gedanken und das Gespräch, das die Spielzüge begleitete. Hinter all dem mußte noch ein anderer Sinn liegen, der das eigentliche Spiel ausmachte.

»Schamach«, brummte der eine Greis, »Schamach, du leuchtest mir zu stark. Verzeih mir meine Ungeduld, aber wenn du hier länger verweilst, wird die Saat der Felder verdörren und den Ort in Wüste verwandeln. Das willst du doch bestimmt nicht, wie ich dich kenne.«

Daraufhin zog er einen weißen Stein vor, was sein Gegenüber zu der Bemerkung veranlaßte: »Wo Schamach geht, muß Nannar augenblicklich folgen. So sind beide ständig unterwegs und ziehen dahin wie ein Bruderpaar. Wer aber von beiden ist es, der den anderen antreibt in seinem Tun? Was drückt, läßt weichen, was flieht, zieht an. Man könnte meinen, wenn beides zum Rad sich zusammenfindet, muß es auch eine Nabe und eine Achse geben und einen zudem, dem die Lenkung des Wagens obliegt.«

Worauf sich ein dritter einmischte, seinen schwarzen Spielstein dem seines Vorgängers nachschob und kommentierte: »Nannar ruft und Enki, der noch im Wasser steckt, weiß, daß es ihm gilt. Er reckt seinen Kopf aus der Flut und führt die Wellen Nannars Schale entgegen. So atmet das Meer zur Freude der Menschen. Selbst die, die fern der Küste wohnen, spüren den Rest des Meeres in sich und danken Enki dafür.«

So ging es eine Weile Zug um Zug, bis es Gilgamesch schwindelig im Kopf wurde von dem Gebrabbel der Alten. Manchmal glaubte er, alles zu verstehen, was da gesprochen wurde. Umschreibungen für Vorgänge in der Natur waren das, in eine blumenreiche Sprache gehüllt. Er hatte das unbestimmte Gefühl, es sei einzig und allein für ihn bestimmt, was die Weisen da sagten. Dann aber gerieten ihre Aussprüche wieder dermaßen zweideutig, daß er nicht wußte, was nun ernst gemeint war und was nur dazu diente, sich über ihn lustig zu machen.

Plötzlich ließ einer der Weisen seinen Spielstein fallen. Es wirkte zufällig, so als sei der Stein seinem unsicheren Zugriff entglitten. Oder lag Absicht dahinter?

Sein Nachbar bückte sich ächzend und hob die weiße runde Scheibe auf. »Oh«, sagte er und lächelte dabei verschmitzt über das ganze Gesicht, »Ischtar, die ewig Verliebte, ist selbstvergessen gelaufen und hat sich dabei im Weg geirrt. Ein einziger Schritt zuviel am Abgrund und tief stürzt sie hinab. Aber ...« – er hob die Figur vor seinen Mund und pustete unsichtbaren Staub von ihr ab – »sie hat sich nichts getan dabei. Ein Paradiesvogel versteht die Flügel zu gebrauchen, fliegt bald hierhin, bald dorthin und findet immer Plätze zu landen und Futter im Feld. Setzen wir sie hier, nein lieber dorthin, damit sie wieder im Spiel bleiben kann.«

Mit diesen Worten warf er die Scheibe scheinbar wahllos aufs Brett. Sie landete genau auf dem Feld mit den sieben Strahlen des Venusgestirns.

»Aha«, riefen drei der übrigen Greise, beugten die Köpfe vor und begannen, in hastiger Folge Steine von ihren bisherigen Positionen zu rücken und neu zu verteilen.

»Das verändert die Sache natürlich erheblich«, sagte der Greis, dessen Urgroßvater die Weltkarte gezeichnet hatte, mit einem raschen Seitenblick auf Gilgamesch, als verstände der genau, was vor sich ging. Wie Verschworene trafen sich ihre Blicke.

»Die Qualität eines wirklich guten Spiels besteht darin, daß sich immer alles bewegt und verändert, ohne daß die Waagschale zu sehr nach der einen oder anderen Seite hin ausschlägt. Nur Narren wollen gewinnen und verlieren die Harmonie dabei. Siehst du, wie auch die Spielsteine selbst diese Weisheit für den, der zu lesen versteht, einfach und weise vermitteln: Fünf Punkte, die ein Kreuzzeichen bilden – oben der König, der als Kopf über allem erhaben steht, rechts und links von ihm wie Arme eines Körpers der Hohepriester und die Hohepriesterin. Sie repräsentieren das männliche und das weibliche Wirkungsprinzip Marduks durch Anu und Ischtar. Unten ist das Volk, das mit den Füßen fest auf dem Boden steht. In der Mitte aber befindet sich der Leib und das Herz der Figur – das ist das eigentliche Wesen des Menschen. Der Mensch hat die Tendenz, sich nie richtig zu entscheiden, und er kann doch in alle Richtungen gehen. Er kann am Einfachen, Handwerklichen bleiben, er kann Priester oder Priesterin werden oder gar aufstreben zur Macht. Meist aber glaubt er, außerhalb von allem zu stehen, und ist dabei doch im Zentrum. Er sieht die vielfältigen Möglichkeiten wie unerreichbare Sterne um sich kreisen und ist oft nicht mutig genug, mit einem davon zu verschmelzen.

Der König als Sinnbild der Macht, die Hohepriesterin als das weibliche, der Hohepriester als das männliche Prinzip und das Volk – das sind vier Stationen im Kreis um die Seele des Menschen herum, der von allem einen Funken, eine Ahnung in sich trägt. So ist es, wenn man es flach und als Zeichnung sieht. Aber es gibt noch eine andere Möglichkeit, es zu betrachten: Das ist die Kreisbewegung, die zur Form der aufwärtsstrebenden Spirale wird. Du kennst sie ... es ist die Zikkurat, so steigt sie in den Himmel hinein und stellt damit den Weg dar, den der Mensch gehen kann, um zur Vollendung zu gelangen.

Die runde Form des Steins indes ist ein Sinnbild der Ordnung, oder wenn du so willst – des Lebens. Viele Leben gibt es und viele Völker, und sie alle unterliegen den gleichen Regeln des Spiels. Nichts, das auf Dauer so bleibt, nichts, das auf Dauer verschwindet. Was wir hier tun, ist folgendes: Wir spielen das große Spiel des Lebens ...«

Gilgamesch starrte gebannt auf das Spielfeld. Für einen winzigen Bruchteil lüftete sich der Vorhang vor seinem Denken und gab einen Blick in das Buch des Schicksals preis. Er sah Dinge, die ihn schwindelig werden ließen, Dinge, die ausreichten, mehr als ein einziges Leben zu füllen. Er sah Abenteuer voller Lust, Gefahren und Schrecken. Er sah Freuden und Leiden, Tiefe und Erfahrung sich wie ein endloses Band winden bis zum Rand des Weltkreises und darüber hinaus. Und die Erkenntnis, die ihn am meisten berührte, war die Gewißheit, daß es sich bei alledem um ihn und sein eigenes Leben handelte. Milde, bevor ihn das übervolle Bild völlig verwirren konnte, zog sich der Vorhang wieder vor ihm zusammen.

Eine Frage aber war wie ein Funke in seine Seele gefahren, begann dort zu glimmen.

»Und jeder Mensch ... kann aufstreben zum König?« fragte er mit trockener Kehle.

»Jeder«, nickte der Greis. »Aufstreben ja. Und es gibt viele Stationen auf diesem Weg. Aber König sein kann immer nur einer zur richtigen Zeit.«

»Und die heilige Ordnung der Fünf ... müßte nicht Ischtar sich endlich entscheiden zwischen dem einen oder dem anderen Weg?«

»Ein jeder muß sich entscheiden«, lächelte der Greis vieldeutig. »Auch ich muß mich jetzt gleich entscheiden. Welchen Zug ich als nächstes mache. Aber keine Sorge, das finden wir schon heraus. Du jedoch solltest jetzt lieber gehen und uns allein spielen lassen. Deine Ohren könnten taub werden vom vielen Zuhören, ähnlich, wie es meinen Augen draußen in der Sonne ergeht. Leb wohl, Gilgamesch, ich denke, wir sehen uns wieder, vielleicht schon sehr bald, wie mir scheint.«

Gilgamesch verließ nachdenklich die Höhle und schlenderte in Gedanken versunken in die Ebene hinein. Als er am Wettkampfplatz angekommen war, holte er wieder die Trommel, die aus dem Holz der Zaubereiche geschnitzt war, hervor und begann, ihr Fell mit den Händen zu befragen. Um-ta-dumm sprach die Trommel und ließ ihre dröhnende Stimme weit über die Felder schallen. Um-ta-dumm kam der Nachhall vom Rücken des Tells und aus den Schluchten der Berge zurück. Er nahm sich vor, zu trommeln und nicht vor dem Einsetzen des Mondwechsels aufzuhören damit. Sieben Tage würde er trommeln. Und sieben Nächte, um Uruk den Schlaf zu rauben.

Ganz und gar versunken ins Spiel war Gilgamesch, nahm nicht mehr die Stimmen von Uruk wahr, nicht den Gesang der Vögel und nicht die Rufe und Schreie des Viehs. Er achtete weder auf das Aufsteigen des Sonnenwagens hinter dem östlichen Gebirge, noch auf Nannars sich langsam füllende Silberschale am Himmel. Er vergaß Hunger und Durst, versäumte die Stunden zum Gebet, wurde frei von aller Notdurft, die andere zur Mahlzeit, zum Schlaf, zum Tempel trieben. Er trommelte und trommelte, wurde eins mit der Trommel, ließ sie unermüdlich dröhnen, bis die Götter in Anus Feste aufmerksam auf ihn wurden und innehielten, um zu lauschen, was dieses Wesen da unten am Rande der Wüste ihnen zu sagen hatte. Sie hielten Rat und sandten ihre Antwort in die Herzen und Köpfe der Menschen.

Kurz nach Ablauf des sechsten Tages stieg eine Delegation vom Eanna herab, der sich viele junge Männer aus Uruk anschlossen. Der Zug wurde angeführt von Erenda, dem Aufseher, und von jenem Soldaten der Garde, dessen Wurfstein an der Zaubereiche nicht so weit geflogen war wie der Gilgameschs. Sie kamen über das Wettkampffeld und blieben eine Ruflänge vor dem Trommelnden stehen. Gilgamesch sah sie nicht, zu sehr war er mit dem Instrument verschmolzen, er wirbelte die Stöcke, ließ das Ziegenfell tanzen und den Bauch der großen Trommel erzählen.

Es war ein schrecklicher Rhythmus, den er da erzeugte, einer, dem man nicht widerstehen konnte, der durch alle Poren der Haut, über alle Nerven- und Blutbahnen direkt ins Zentrum des Denkens strömte. Nicht still vermochten die Leute zu stehen, die ersten begannen zu tanzen, ihre Körper im Takt der großen Trommel zu wiegen.

Da hielt es Erenda und eine Gruppe von jungen Anupriestern, die ihn begleiteten, nicht länger. Sie gingen auf Gilgamesch zu und richteten Fragen an ihn. Gilgamesch hörte sie nicht und gab keine Antwort. Endlich packte einer der Priester den in Trance Versunkenen am Arm und entwand ihm den Schlagstock. Erst da blickte Gilgamesch auf und bemerkte die Menge.

Er sah die vierzehn Jünglinge, die am gleichen Tag wie er die Segnung Ischtars empfangen hatten, er sah Soldaten im Kampfrock, Bauern, die von den Feldern herbeigeeilt waren, Handwerker und Händler vom Markt, er sah Erenda und eine große Schar Priester vom Tempel des Anu, er sah Frauen, die vom Waschplatz kamen, Kinder und Alte, er sah die Wurfspieler, Ringer und Wettkämpfer, und zwischen ihnen allen entdeckte er auch eine Gruppe klappriger, sich gegenseitig stützender Greise, in Röcke gehüllt, die wie Fischschwänze beschuppt in der Sonne glänzten: Die sieben Weisen, die ihr Brettspiel beendet und aus den Höhlen hervorgekommen waren, um das Resultat zu verkünden.

Der, dessen Urgroßvater die Weltkarte gezeichnet hatte, trat vor und gab Gilgamesch den Holzschlegel zurück.

»Spiel weiter«, sagte er, »spiel, weil es Zeit zum Trommeln ist. Gib nicht auf, bevor der Mondwechsel vollzogen ist. Aber achte genau auf die Melodie, die du spielst. Laß sie in alle Ohren und in die Seelen der Menschen dringen. Sie warten auf das, was die Trommel ihnen zu sagen hat.«

Dann deutete er mit der Hand auf Gilgameschs Brust und zog mit dem Arm einen weiten Bogen über die Berge der Stadt bis hin zum Eanna. Sein ausgestreckter Finger zeigte nun auf den Egalmach, die Zikkurat und den verwaisten Palast des Königs. In der Luft blieb er stehen und wies allen die Richtung. Da brüllte das Volk im Sprechchor los, und ihr Gebrüll wollte nicht enden: »Gil-ga-mensch, Gil-ga-mesch! Führe uns, göttlicher Trommler, Held von Uruk, führe uns, Gilgamesch!«

Wankend erhob sich Gilgamesch, legte das Band der Trommel um seinen Hals, packte die Stöcke und ließ wieder das Ziegenfell sprechen. Wild schrie und gestikulierte das Volk durcheinander, und als er auf sie zuschritt, gaben die Leute eine Gasse frei für ihn und die Trommel. Hinter ihm aber schloß sich die Gasse sofort. Die Menschen wandten sich um und folgten ihm nach. Ruhigen Schrittes ging Gilgamesch auf die Stadt zu, erreichte den Markt. Aus allen Häusern und Hütten strömten die Menschen, die schlossen sich dem Zug an, der bald zu gewaltiger Größe anwuchs.

Aber Gilgamesch schlug nicht den direkten Weg zum Eanna ein, vielmehr zog er durch alle Viertel Uruks. Er lockte Männer, Frauen und Kinder aus ihren Häusern, holte sie von den Feldern und Gärten, er ließ die Tafeln der Schreiber in den Staub sinken und die Beamten ihre Pflichten vergessen. Alte, Gebrechliche und Kranke ließ er neue Kraft spüren, und die Kinder eine, die sie nie zuvor wahrgenommen hatten. Der Ruf der großen Trommel erreichte sie alle, kam in jeden Winkel und stöberte selbst die Ängstlichen und Unsicheren auf. Es war, als würden alle Schleusen geöffnet, als käme mitten im Sommer die Schneeschmelze aus den Bergen den Fluß hinab und trüge ihn über die Ufer. Ein Strom aus Leibern, Stimmen, pochenden Herzen war es, der sich durch Uruk ergoß.

Einmal rings um den heiligen Berg ging der Zug, und dann die Treppen zum Eanna hinauf. Auch hier standen bereits rechts und links des Weges wartende Menschen und staunten dem Wunder entgegen. Nie hatten sie solche Einigkeit, solche spürbare Entschlossenheit beim Volke von Uruk gesehen.

Der Platz vor der Zikkurat war ringsum von Priestern und Priesterinnen umsäumt, die Stufen und Mauern waren schwarz von

Menschen, und immer noch drängten die Massen aus der Stadt nach, um sich einen Anblick des Schauspiels zu sichern. Auf der Mitte des Platzes, im Schnittpunkt der gefliesten Wege, die zum Egalmach, zum Palast, den Tempeln des Anu und der Ischtar und der großen Himmelsspirale führten, hielt Gilgamesch an, ohne mit dem Trommeln aufzuhören. Er sah den Abend kommen, die Nacht herannahen und setzte sich, um den Ruf der Trommel weit hinauf zu den Sternen zu senden. Leise und leicht war sein Spiel inzwischen geworden, kaum brauchte er noch die Arme zu heben, die Handgelenke zu bewegen. Wie von selbst fanden die Trommelstöcke zum Fell. Und was er spielte, fand zu dem Rhythmus, der allen Volksliedern und Tänzen zugrunde lag. So war es gar nichts Besonderes, daß Gesang aufkam, die Hände sich rührten, um den Takt mitzuklatschen und dort, wo ein wenig Platz war, die Leute zu tanzen begannen.

Nie zuvor hatte der Eanna so etwas erlebt, der Platz, der viele Feste kannte und sich rühmte, das lebendige Herz Uruks zu sein. Nie zuvor hatten so viele Menschen voller Harmonie zueinandergefunden. Gilgamesch spielte, und bald folgten die Mädchen Ischtars ebenso wie die jungen Priester des Anu im Tanzschritt dem Takt der großen, verzauberten Trommel.

Die Herzen aller flogen Gilgamesch zu, seinem nicht mehr endenwollenden Spiel. Doch als sich der siebente Tag dem Ende zuneigte und Nannars Schale rund und voll am Himmelszelt prangte, erlahmte sein Trommeln, wurde immer langsamer, bis zur Mitternacht endlich der letzte Schlag verklang.

Erschreckend still war es plötzlich auf dem heiligen Berg. Jeder konnte den Atem seines Nachbarn hören. Ruhig stand das Volk und wartete darauf, was nun folgen würde. Als nichts geschah, fing es leise und kaum vernehmbar an, zu murren. Alle warteten auf ein Ereignis. Dieses Trommeln, dieses so ganz und gar nicht alltägliche und ungewöhnliche Geschehen mußte zu etwas führen. Aber wozu? Es wurde getuschelt. Wie ein Meer aus Schilfhalmen wogte das Volk. Füße scharrten unruhig.

Da löste sich eine Gruppe von gebeugten Gestalten aus der Menge und stieg mühsam über die Treppenstufen zum Tor der Ischtar hinauf. Silbern glänzten ihre Fischschwänze im Mondlicht. Fünfmal zehntausend Augenpaare verfolgten jeden ihrer Schritte, sahen, wie sie den Eingang des Venustempels erreichten und einer nach dem anderen darin verschwanden. Lang dauerte es, bis wieder etwas von dort zu sehen und zu hören war. Aber als dann die fackeltragenden Dienerinnen herauskamen und beiseite traten, um den zurückkehrenden sieben Weisen den Weg auszuleuchten, kam ein Raunen auf, schwoll zum Jubel an, denn neben dem vordersten der Fischmänner schritt Ischtar, die das Zepter des Königs trug.

Ihnen kam Eschnunna, der Oberpriester des Anutempels, mit seinen höchsten Würdenträgern entgegen. Es sah aus, als strömten zwei Flüsse mit ihren Wassern zusammen und vereinigten sich kurz vor der Mitte des Platzes.

Dann geschah etwas Sonderbares: Ischtar gab das Zeichen ihres Königtums freiwillig aus der Hand und überreichte es dem Weisen. Der aber winkte Gilgamesch zu sich herauf: »Erhebe dich, Sohn von Uruk, den man Gilgamesch nennt. Gepriesen sei dein Name, möge er ruhmreich leuchten über unserem Volk und zu Marduks und aller Götter Ehren in die Geschichte eingehen«, sagte der Alte voll Würde.

Gilgamesch stand auf und trat vor. Da hob der Greis das Zepter, das vor Ischtar Dumuzi und vor ihm Lugalbanda und Enmerkar und all die anderen Herrscher getragen hatten, die die Königsrolle verzeichnet.

»Achtundzwanzigster König nach der großen Flut«, rief der Greis, »nimm dies Signum der Macht in Besitz aus den Händen eines, der noch von Zeitaltern weiß, die der Vergessenheit anheimgefallen sind. Empfange es in Demut, trage es mit Stolz und führe es so, daß Uruk Blüte erlangt.«

Zu einem einzigen Schrei verbanden sich die Kehlen der Menschen, als Gilgamesch mit beiden Händen das Zepter nahm. Iluna beugte ihr schönes, stolzes Haupt, ebenso wie Eschnunna, der Oberpriester des Anu, während ein weißhaariges altes Weib sich durch die Menge drängte, vor Gilgamesch auf den Boden stürzte und seine Füße küßte.

Gilgamesch bückte sich und hob Ninsum auf. »Das sollst du nicht tun, weise Mutter«, sprach er, »niemand soll das tun. Schon gar nicht du, der ich so vieles verdanke.«

Ninsum weinte vor Glück, als sie sah, daß ihre Befragung der Götter, ihre Träume, Hoffnungen und Wünsche in Erfüllung gegangen waren. Und sie weinte auch ein wenig, weil sie mehr aus dem Buch des Lebens wußte und um Gilgameschs Schicksal bangte, das dort so gefahrenreich vorgezeichnet war.

Gilgamesch aber hatte im Moment ganz andere Sorgen. So erschöpft von der Anstrengung, so ausgezehrt und betäubt er auch war, so spürte er doch, daß nun jeder Schritt, jede Geste, jedes Wort, das er sprach, von außerordentlicher Bedeutung war. Er blickte in Eschnunnas Gesicht – unter dem kahlen Schädel des Oberpriesters glänzte es vor Erwartung. Er sah prüfend zu Iluna hinüber – Ischtars jüngste Verkörperung auf Erden lächelte rätselhaft und unnahbar jenes Lächeln, das er schon einmal, am Tag seiner Einweihung, auf sich gespürt hatte.

Er mußte an das denken, was Ninsum, Erenda und ihre unbekannte Dienerin in jener Nacht von sich gegeben hatten, ohne es direkt auszusprechen – den Verdacht nämlich, daß Iluna Dumuzi ein ähnliches Schicksal bereitet hatte, wie das, dem einst Lugalbanda erlegen war.

Er sah nicht die Weisen, nicht das Volk, nicht die glühenden Gesichter der jungen rebellischen Männer Uruks. Er sah nur Iluna und Eschnunna, blickte von der einen zum anderen und mußte an das Spiel der Greise, an die heilige Ordnung der Fünfheit auf den Spielsteinen denken, die jedem, auch ihm nun, seinen Platz zuwies. So verneigte er sich tief und ehrfurchtsvoll vor ihnen, hob erneut den Kopf, sah zum sternenübersäten Himmel auf und schickte von dem Ort, an dem er stand, ein Dankgebet zu Marduk hinauf.

Er spürte, daß ihn langsam die Kräfte verließen, er fühlte sich gestützt und aufgehoben und hinübergetragen zum Palast, den Dumuzi als Leichnam verlassen hatte. Ich werde auch für ihn ein Brandopfer entzünden, damit seine Seele zufrieden ist und nie mehr zurückkehren muß, dachte er schläfrig. Und vor allem werde ich die Mauern verstärken, die Wände abdichten, damit nicht der

Staub der Wüste und der kalte Wind des Winters zu mir hereinweht. Ich werde . . .

Weiter kam er in seinen dahinjagenden Gedanken nicht mehr, da hatte ihn der Schlaf überrascht, der kleine Bruder des Todes, und in seinen Armen ins schwerelose Reich hinabgetragen, in jene Dunkelheit hinein, in der es nicht einmal Träume mehr gibt.

Draußen aber zerstreute sich langsam das Volk, ging wie nach einer langen Benommenheit schwankend und nachsinnend auseinander. Und noch immer lag ihnen der Nachhall von Gilgameschs Trommel im Ohr. Großes hatte sich ereignet, viel, über das es zu reden gab. Es mochte sein, daß sie noch ihren Kindern und Enkelkindern von jenem denkwürdigen Tag erzählen würden, der sie mit Trommelklang mitten aus ihrem Tagwerk gerissen hatte, und von jener erstaunlichen Nacht auf dem Eanna, in der sie Zeuge gewesen waren, wie Gilgamesch König wurde. Eigentlich war jeder zufrieden. Die Priester des Anu über die glücksversprechende Wende, die jungen Männer darüber, daß ihr mutiges Handeln zum Erfolg geführt hatte, die Weisen, weil es dem Verlauf ihres Spieles entsprach, das Volk, weil Gilgamesch kein fremder Usurpator und auch kein Vertreter des Tempels, sondern einer von ihnen war. Ninsum, weil die Entwicklung ihren Wünschen entsprach, und, wenn nicht gar Lugalbandas Tod aufwog, so doch wenigstens ein klein bißchen Rache bedeutete. Und natürlich waren auch die Dienerinnen der Venus zufrieden, von denen viele Gilgamesch kannten und schätzten.

Nur Iluna ging nachdenklich in ihre Gemächer zurück. Sie hatte einen entscheidenden Zug im großen Spiel verloren, einen, den sie verfrüht und vielleicht unüberlegt gemacht hatte. Aber die Sache war halbwegs ins Lot geraten, ohne daß es zu direkten Auseinandersetzungen mit den Anhängern Anus gekommen war. Gilgamesch war eine unbekannte Größe, ein Volksheld, ein seltsamer junger Mann, der trommeln konnte und die Menschen aufzuwiegeln verstand. Aber er war auch ein unbeschriebenes Blatt, eines, an dessen Geschichte sie unter Umständen, wenn sie es geschickt anfing, mitschreiben konnte.

Bevor sie sich endgültig für heute zur Ruhe begab, rief sie Tehiptilla, das geschmeidige Kätzchen, zu sich.

»Du weißt, daß du zu den Wenigen gehörst, die sich zum Kreis meiner engsten Vertrauten zählen können«, begann sie.

Tehiptilla nickte. Ihr ovales Gesicht mit den dunklen Gazellenaugen glühte. Sie lag auf dem Schaffell, dicht vor die Füße der Göttin gekauert und war glücklich, ihr so nahe sein zu dürfen.

»Darum bitte ich dich auch, mir, deiner Freundin, gegenüber ganz offen zu sein und mir auf jede Frage zu antworten.«

»Das will ich sehr gern tun«, sagte Tehiptilla, »ich wüßte nicht, was ich lieber im Leben täte, als dir zu dienen.«

Iluna streichelte zärtlich ihr Haar. »Du hast mehr als einmal mit ihm geschlafen. Du weißt, wen ich meine: Den, der jetzt das Zepter von Uruk trägt. Glaubst du, es wird dir leicht fallen, ihn weiterhin an dein Lager zu fesseln?«

»Möglich ist es«, antwortete die Dienerin, »allerdings war er lange nicht mehr bei mir. Weder bei mir noch bei den anderen Mädchen. Es heißt, er soll sich immer mehr abgesondert haben, um am Rand der Wüste Trommeln zu üben.«

»Ein merkwürdiger junger Mann«, sagte Iluna, »fast ein Kind noch und doch schon ein König, und zudem so sonderbar ...«

»Ja, sonderbar ist er manchmal. Aber verzeiht, Herrin, wenn ich widerspreche, ein Kind ist er keineswegs mehr. Er hat mir im Bett viel Freude bereitet.«

Iluna sah ihre Dienerin lange prüfend an. »Dann versuche, daß es wieder so wird, wie es einmal war«, sagte sie, »gib ihm dein Bestes und mir das Wissen davon, berichte mir jede Einzelheit, jede, verstehst du?«

Tehiptilla nickte. »Wenn er kommt«, gab sie kleinlaut als Einwand, »ich weiß ja nicht, ob er überhaupt noch einmal kommt. Jetzt, wo er König geworden ist ...«

»Dann werden wir ihm offiziell einen Besuch abstatten«, wischte die jüngste Verkörperung Ischtars auf Erden ihre Bedenken hinweg. »Du und ich und eine kleine Auswahl von Mädchen. Daran ist nichts Auffallendes oder Ungewöhnliches. Schließlich haben wir leichtfertig verkündet, Dumuzis Nachfolger zu sein und müssen nun unseren Irrtum eingestehen. Wir haben viel wieder gut zu machen, Tehiptilla. Laß uns mit allem, was uns zur Verfügung steht, mit der Macht, mit der uns der Liebesplanet ausgestattet hat, seine Bedenken zerstreuen. Bist du dazu bereit?«

»Mit jeder Faser meines Herzens«, antwortete Tehiptilla. Und es war die Wahrheit.

»Gut«, sagte Iluna und lächelte ihre Vertraute strahlend an, dann ist es gut. Versprich mir aber auch, daß du mit niemandem darüber redest, was wir heute nacht besprochen haben. Auch die anderen Mädchen sollen nichts davon erfahren. Versprichst du es?«

»Ich verspreche es«, schwor Tehiptilla.

Eine Weile unterhielten sie sich noch über andere Dinge, dann schickte Iluna die Dienerin aus dem Zimmer. »Geh nun«, sagte sie, »und behalte die Worte, die ich zu dir sprach, im Herzen. Es scheint, daß der Himmel für dich und mich ganz besondere Wege vorgezeichnet hat. Gute Nacht, Tehiptilla.«

»Gute Nacht, Herrin«, flüsterte Tehiptilla und schlüpfte aus der Kammer.

Auf dem Weg zu ihrer Schlafstätte kam sie an einem Fenster vorbei und lehnte sich über die Brüstung. Es war sehr hell draußen, der Mond stand voll über dem großen Platz und spendete soviel Licht, daß man selbst die Konturen der Figuren drüben an der Mauer erkennen konnte. Tehiptilla atmete tief die frische Nachtluft ein. Sie dachte an Gilgamesch, und ihr Herz klopfte dabei.

»Was befiehlst du, zu tun?« fragte Urnigingar. Es war der gleiche junge Schleuderer, der Gilgamesch beim Wettstreit an der Zaubereiche unterlegen, und nun von der Garde zum persönlichen Boten aufgestiegen war. Er hatte lange im Sand gesessen und gewartet, daß Gilgamesch aus der Höhle der Weisen zurückkommen würde.

»Zuerst rufst du alle Handwerker zusammen, Ziegelbrenner und

Maurer vor allem und Leute, die denken und zeichnen können.«
»Davon gibt es aber eine Menge in Uruk«, stöhnte Urnigingar.
»Fein, dann hole sie alle, ich will jeden sehen. Und bring Steinmetzen mit und Männer, die mit der Axt umzugehen wissen, vielleicht auch Seiler und Schilfbinder. Auf alle Fälle aber jeden Beamten, dessen du habhaft wirst.«

»Sonst noch etwas?« Urnigingar zog die Stirn kummervoll in Falten.

»Ja«, sagte Gilgamesch, »die Trommel hole auch. Aber keine Angst, es wird noch eine Weile dauern, bevor ich ihr Fell zu schlagen beginne. Und wenn, dann wird es eine ganz andere Musik sein, als die, die du kanntest. Große Dinge stehen bevor. Eile dich, Urnigingar, und laß Soldaten ausschwärmen, um die erforderlichen Leute zusammenzubringen. Einen Tag hast du Zeit. Morgen in aller Frühe will ich alle sehen, die ich gerufen habe.«

Ohne Begleitung ging Gilgamesch zum Eanna zurück. Er wollte allein sein und über vieles nachdenken, was bislang noch ungeordnet in seinem Kopf um Klarheit rang. Er hatte mit den Weisen gesprochen, aber sie waren ihm keine allzu große Hilfe gewesen. Sie hatten ihm aufmerksam zugehört und immer wieder zu Einzelheiten Fragen gestellt, die Gilgamesch selber noch nicht klar waren. Der Plan im großen und ganzen aber hatte ihre uneingeschränkte Zustimmung gefunden.

»Ich will eine Mauer errichten«, hatte er gesagt, »eine gewaltige Mauer, die ihresgleichen im ganzen Weltenkreis sucht. Sie soll rings um den Eanna gehen als unbezwingbarer Gürtel. Ein Sar soll die Stadt mit ihren Wohnvierteln umfassen, ein Sar die Palmgärten, Äcker und Weiden, ein weiteres Sar die Flußniederung mit ihrem fruchtbaren Ufer. Drei Sar aber soll die Hügel mit dem heiligen Berg, seinen Palästen und Tempeln umfassen.«

Die Weisen hatten genickt. Sie wußten, daß dies ein gutes und wichtiges Werk war, denn sie hatten Kunde erhalten von feindlichen Wüstenstämmen im Norden, die begierig auf den Wohlstand Uruks starrten und seit langem eine Möglichkeit suchten, über die Stadt herzufallen. Noch waren sie nicht stark genug dazu, waren sich uneinig über den Zeitpunkt, und ihre Anführer stritten sich mißgünstig miteinander darum, wem beim geplanten Kriegszug der Oberbefehl zufallen sollte. Noch war Zeit, dieser Bedrohung aus der Wüste zuvorzukommen. Und es bedurfte eines starken, nicht nachlassenden Führers, um das Volk von Uruk für eine so gewaltige Arbeit zu begeistern. Gilgamesch würde ein solcher Führer sein, darin waren sich die Weisen einig. Einer, der besessen war von seinem Traum, die Menschen anzuleiten und zu großen Taten zu führen.

Als sie merkten, wie ernst es dem jungen König um seinen Plan war, erhielten sie die Gewißheit, daß sie sich nicht in ihm getäuscht hatten. Gilgameschs Absichten entsprachen genau dem Verlauf ihres göttlichen Brettspiels. Nun war alles nur noch eine Frage der Zeit. Eines würde sich genau zum anderen finden. Darum brauchten sie sich nicht mehr zu kümmern. Aber zum Setzen des ersten Steines der Mauer, das versprachen sie, würden sie dabei sein. Und eine mit einem festen Bronzeschloß verriegelte Urkundenkapsel aus Kupfer wollten sie im Boden versenken, in der auf einer Tafel aus Lapislazuli all ihre Weisheits- und Segenssprüche geritzt waren und dem Werk ihre Zustimmung verleihen würden. Das konnten sie zum Vorhaben beitragen; alles Weitere oblag dem Geschick des mutigen jungen Königs.

Nachdenklich klomm Gilgamesch zum Eanna hinauf, um sich mit Eschnunna zu besprechen. Es stimmte ihn freudig, daß ihm dieser anbot, die Zikkurat zu besteigen. Das hatte er sich schon immer gewünscht und manchmal daran gedacht, es heimlich zu tun. Nun ging er offiziell Seite an Seite mit dem Oberpriester des Anu die schier endlosen Treppenstufen der heiligen Himmelsspirale hinauf.

Als sie an ihrer Spitze angelangt waren, mußte sich Gilgamesch am Geländer festhalten, so sehr blies hier der Wind, und so hoch über der Erde waren sie, daß es ihn schwindelte, hinabzuschauen. Aber er tat es dennoch und wurde reichlich belohnt dafür. Wie ein Meer aus weißer Gischt lag ihm die Stadt zu Füßen, um sie herum der Flickenteppich aus Gärten und Feldern, und der Euphrat wand sich als kraftvolles Band von Nordwesten kommend durch die Niederungen an Uruk vorbei nach Süden, jenem fernen Meer zu, von dem die Seeleute und Kauffahrer berichteten.

Noch einmal sah er den gedachten Kreis um die Stadt, den er sich schon einmal, als Kind, vorgestellt hatte, sah den doppelten Mauerring mit den Wehrgängen und Bastionen, ein befestigtes Tor im Norden und eines im Süden, dort, wo die Straße nach Ur begann. Und plötzlich, ohne zu ahnen, woher dieses Wissen kam, erkannte er die Gesamtheit und die Einzelheiten seines Plans: Er sah die Mauern Tag und Nacht mit Wachen besetzt und im Kern der Stadt richtige, wohlangelegte Straßen. Er sah den Markt größer als jemals zuvor, mit einer eigenen schattenspendenden Mauer umgeben, und viel Platz noch für Bauern aus der Umgebung, die mit ihren Familien zukünftig innerhalb des befestigten Gebietes leben konnten. Er sah ganze Züge von Fremden herbeiziehen, mit Hab und Gut beladen und ihr Vieh mit sich treibend, sah hoffnungsvolle Augen auf Uruk gerichtet, auf die blühende Stadt. Menschen, die hier am Euphrat eine neue Heimat zu finden gedachten. Er sah Delegationen von Fürsten anderer Städte, mit Geschenken und Tauschwaren beladen. Niemand konnte künftig mehr an Uruk vorbeigehen. Uruk war groß und wichtig, das Herzstück eines weiten Landes, Zentrum von Kunst und Handwerk, von Religion, Politik und Handel.

Die Stimme Eschnunnas riß ihn aus seinen Gedanken. »Ist es nicht eine wundervolle Stadt, ein erstaunliches Land, ein Fluß, wie er schöner und kraftvoller nicht sein könnte? Anu wußte, warum er hier auf dem Berg seinen Tempel errichten ließ und das Volk in Glauben um sich scharte.«

»Ja«, gab Gilgamesch zur Anwort, »du hast recht, es ist so, wie du sagst. Und ihm zu Ehren werde ich ein Werk beginnen, das noch die Menschen zu späteren Zeiten rühmen werden, eines, das überdauert, wenn ich nicht mehr sein werde: Ein Schutzwall um Uruk, der der Wüste und allen Feinden trotzen wird.«

»Nur zu Anus Ehren – nicht auch zum Ruhme Ischtars?« fragte der Oberpriester mit lauerndem Unterton.

»Marduk hat die Menschen, als er sie schuf, in zwei Hälften geteilt, eine männliche und eine weibliche«, sagte Gilgamesch diplomatisch, »aber nicht, damit sich beide bekämpfen, sondern sich gegenseitig ergänzen, um zur Vollendung zu gelangen, wie es die heilige Ordnung der Fünfheit andeutet.«

»Man hört aus deinen Worten, daß du viel auf den Ratschlag der sieben Weisen gibst«, sagte Eschnunna lächelnd.

»Ja, sie sind meine Berater. Ein guter König sollte immer ein offenes Ohr haben für die, die es verstehen, Rat zu geben, der allen nützlich sein kann.«

»Dann werde auch ich mich bemühen, dir ein zuverlässiger Berater zu sein«, sagte Eschnunna. »Die jungen Priester im Tempel halten große Stücke auf dich und loben deinen Mut über die Maßen. Ich glaube, sie tun recht daran. Laß dir beweisen, daß auch ein alter Priester für solches Sinn hat und jung im Herzen geblieben ist.«

»Ich danke dir«, sprach Gilgamesch und drückte beide dargebotenen Hände Eschnunnas, »ich danke dir für dein Vertrauen und zähle auf deine Hilfe, wenn es darum geht, das Volk zu dem zu ermuntern, was als gewaltige Aufgabe vor uns liegt.«

Der Oberpriester nickte sehr ernst.

Ähnliches sprach Gilgamesch auch zu Iluna, als sie zu einer vertraulichen Unterredung in ihrem Wohnsitz zusammenfanden. Die jüngste Verkörperung Ischtars auf Erden hörte aufmerksam zu, als ihr Gilgamesch mit beredten Worten von seinem Vorhaben erzählte. Sie betrachtete ihn genau. Ein gutaussehender junger Mann war Gilgamesch, groß und stattlich, von schlanker, wohlgeformter Gestalt. Sein Haar war braun zwar und mehr glatt als gelockt, aber seine Augen brannten wie die eines echten Sprosses von Uruk. Wie habe ich diesen da nur übersehen können und vergessen, ihn in mein Spiel mit einzukalkulieren, dachte sie. Zur Einsegnung war er bloß einer von vielen gewesen, aber in der Nacht seines unaufhörlichen Trommelns hatte er ausgesehen wie ein wilder Stier. Sie beneidete insgeheim ihre Mädchen, die mit ihm schon ihr Lager geteilt hatten. Dabei war Iluna nicht wesentlich älter als sie, und ihr Ruhm, die schönste Frau Uruks zu sein, war weithin in Sumer bekannt. Und dennoch reagierte er nicht darauf und schien nur Gedanken für seine hochfliegenden Pläne zu haben. Wie konnte sie es nur anstellen, ihn für sich zu gewinnen? Sie seufzte.

Gilgamesch, der ihre Äußerung anders aufgefaßt hatte, nämlich als Zeichen dafür, daß sie seine begeisterten Reden anstrengten und wohl auch ein wenig traurig stimmten, weil so wenig Platz für

Ischtars Wirken darin war, versuchte, seinen vermeintlichen Fehler wieder wettzumachen.

»Und für deinen Tempel, zu Ehren der Venus, lasse ich eine besondere Treppe von der Stadt hinauf zum Eanna errichten, eine, die des Nachts wie von tausend Sternen geschmückt leuchtet, damit du, wann immer es dir beliebt, aus dem Himmel strahlend nach Uruk hinabsteigen kannst.«

Iluna lächelte. Das war es nicht, was sie wollte. Von der Venus herabgestiegen war sie bereits. Früh schon hatte man sie durch das Orakel zur Göttin bestimmt, dabei war sie im Herzen immer noch ein Mädchen der Sinne geblieben. Wonach sie viel eher begehrte, war, aufzusteigen hinauf zur weltlichen Macht, zum Thron womöglich, und wenn dies offensichtlich nicht möglich war, dann wenigstens an die Seite eines so erfolgversprechenden jungen Königs, dessen Herrschaftsstern gerade erst anfing, zu strahlen.

Sie unterdrückte einen erneuten Seufzer. Es war nicht leicht, als Göttin zu leben. Immer noch lächelnd streifte sie eine Kette von ihrem Hals, an der in Form eines durchbohrten Zylinders ein winziges Rollsiegel hing. Es war ein Amulett, das als Schutz gegen böse Geister und mancherlei Gefahren galt und das einen sich aufbäumenden Stier darstellte, der von zwei menschenähnlichen Wesen mit Löwenköpfen flankiert wurde. Der Legende nach stammte dies Siegel von der sagenhaften Königin Puabi, deren Name zwar in der Königsliste nicht verzeichnet war, die aber einst in grauer Vorzeit geherrscht haben sollte. Nun gab sie das Siegel weiter, hängte es Gilgamesch um den Hals, der seinen stolzen Nacken vor ihr beugte und die Gunst aus ihren Händen in Empfang nahm.

Iluna wäre überrascht gewesen, wenn sie in diesem Moment in die Seele ihres Gegenübers hätte blicken können. Der dachte immer noch in scheuer Erinnerung an die Sekunde, in dem sie im Allerheiligsten vor ihm ihren alabasterfarbenen Leib enthüllt hatte. Aber als Göttin war sie für ihn unberührbar. Weitaus weniger fremd zwar als etwa die steinerne Lilith am zerfallenen Tempel, aber dennoch eine überirdische Blume, die welken würde unter den Händen eines gewöhnlichen Sterblichen.

So gingen sie auseinander, ohne erfahren zu haben, was sie wirklich voneinander dachten; Iluna zu Gesang und Spiel im Kreise ihrer Mädchen, Gilgamesch, um sich mit den Baumeistern zu besprechen, die mittlerweile im Palast auf ihn warteten.

Auch ihnen erzählte er von seinen Plänen und pflanzte seine Begeisterung tief in ihre Herzen. Und die Baumeister, denen Entwickeln und Konstruieren, Entwerfen und Überprüfen von Kindesbeinen an zur zweiten Natur geworden war, begannen sofort mit ihren Berechnungen.

»Ich brauche tausend mal tausend kräftige Männer, um den südlichen Tell abtragen zu lassen, damit wir feste Steine für die Fundamente gewinnen«, sagte einer.

»Und ich mindestens ebenso viele, um die Wälle zu schanzen.«

»Vor allem ist wichtig, sofort neue Öfen zu setzen«, fügte ein Dritter hinzu, »die bisherige Anzahl reicht bei weitem nicht aus, um all die erforderlichen Ziegel zu brennen. Es müssen größere, bessere Öfen sein, die sich Tag und Nacht bedienen lassen, ohne vor Hitze zu bersten.«

»Ich denke, fünf Meter stark müßte die Mauer mindestens sein«, ließ sich Warka vernehmen, der ein erfahrener Häuserbauer und zugleich Vorsteher der städtischen Handwerkskammer war. »Sie sollte feindwärts in zehn bis zwanzig Metern Abstand jeweils geböschte, halbrund vorspringende Bastionen aufweisen, die vier bis fünf Meter oder mehr Durchmesser haben. Wenn wir die ganze Mauer rings um Uruk so bestücken, dann werden das etwa tausend Bastionen ...«

»Sehr gut«, sagte Gilgamesch, »tausend ist eine gute Zahl und Uruk durchaus angemessen.«

»Auch die Tore, die die Umwallung durchbrechen, müssen zu uneinnehmbaren Bollwerken ausgebaut werden«, fuhr Warka fort. »Gerade die Tore sind die Schwachpunkte einer jeden Festung. Ich denke, wir machen sie etwa sieben Meter hoch und so breit, daß zwei Fuhrwerke nebeneinander hindurchfahren können. Selbstverständlich müssen sie bewacht und im Notfall schnell verschließbar sein.«

»Ausgezeichnet«, lobte Gilgamesch. »So soll es sein. Veranlasse sofort alles Notwendige!«

Der Vorsteher der städtischen Handwerkskammer kratzte sich nachdenklich am Kopf. »Ein gewaltiger Plan, fürwahr... Allerdings kann ich schon jetzt sagen, daß wir dafür nicht genug Leute haben, selbst wenn ich alle arbeitsfähigen Männer in Uruk einsetze...«

»Dann werben wir eben freiwillige Arbeitskräfte aus Ur oder von den Stämmen des jenseitigen Euphratufers an«, antwortete ihm Gilgamesch. »Brot gibt es genug für alle in diesem Jahr und Arbeit dazu für jeden, der bereit ist.«

Die versammelten Baumeister hoben staunend die Köpfe. Aber Gilgamesch war bereits schon bei einem anderen Thema, nämlich dem Problem einer besseren Bewässerung der Gärten und Felder, indem man Kanäle vom Ufer des Euphrat ableitete. Die Baumeister verneigten sich anerkennend. Bei diesem jungen stürmischen König wurde wahrhaftig einem jeden klar, daß eine neue Zeit begonnen hatte.

Am nächsten Morgen hielt Gilgamesch vor den versammelten Handwerkern und Arbeitern auf dem Marktplatz eine Ansprache, und jeder, der sie hörte, rühmte danach, daß Gilgamesch nicht nur ein großer König, sondern auch ein überzeugender Redner war, der seine Zuhörer mitzureißen verstand.

»Männer von Uruk«, begann er, »Bewohner einer herrlichen Stadt, auf die wir voll Freude blicken können und Stolz. Begünstigt vom fruchtbaren Ufer des Euphrat und geschützt vor dem heißen Atem der Wüste genießen wir hier ein nahezu sorgenfreies Leben, auf das viele unserer Nachbarn mit Mißgunst und Eifersucht blikken. Besonders die feindlichen Stämme im Norden bereiten sich vor, unsere Sattheit, Zufriedenheit und Bequemlichkeit, die einem langanhaltenden Frieden erwuchs, zu ihren Zwecken zu nutzen und schicken sich an, uns heimlich zu überfallen, wenn niemand es ahnt, wie es unlängst geschah...«

Er spielte damit auf einen Zwischenfall an, der allen bekannt war und großes Aufsehen erregt hatte: Eine Karawane auf dem Weg nach Uruk war in der nördlichen Wüste überfallen worden, und dabei waren nicht nur mehrere Männer, sondern – was besondere Empörung ausgelöst hatte – auch zwei Frauen getötet worden. Gilgamesch traf mit diesem Hinweis auf einen wunden Punkt, denn noch immer hatte sich der Zorn über den feigen Überfall nicht gelegt.

»Aber was im Kleinen geschah, kann sich jederzeit im Großen wiederholen und unvorstellbar schlimmere Folgen haben«, fuhr er fort. »Die Früchte unserer Felder wollen sie, unser Vieh und unsere Frauen, die zu den schönsten des Erdkreises zählen. Eine tödliche Gefahr wächst uns heran, wenn wir weiterhin Augen und Ohren vor dieser Bedrohung verschließen und warten, bis ihre Horden vor dem Eanna stehen, um die heiligen Tempel zu schänden. Anu und Ischtar verlachen sie frech, verleugnen die Werke von Marduk und Mach, Dummköpfe nennen sie uns, Narren, denen nicht mehr das Recht zustehen soll, eine so herrliche Stadt wie diese zu besitzen ...«

Die Männer murrten empört und einige ballten die Fäuste. Gilgamesch las die Wirkung seiner Worte in ihren Gesichtern und fuhr fort: »Wenn wir all dies nicht bedenken und den warnenden Rat der sieben Weisen mißachten, so steht uns das Ende bevor, dann wird Uruk in Schutt und Asche zerfallen und der Flugsand des Vergessens über uns und unsere Seelen fallen, so wie die große Flut, von der die heiligen Bücher sprechen, einst das Reich unserer Ahnen zerstörte ...

Aber es gibt eine Möglichkeit, diesem allen zu entkommen. Eine Chance, die der Beginn sein kann zu unvorstellbarem Reichtum und Wohlstand ...«

Und damit begann er, das goldene Zeitalter in glühenden Farben auszumalen und zu preisen, was alles eintreten würde, wenn sein Vorhaben, der Bau einer gewaltigen Mauer um Uruk herum, Wirklichkeit würde.

Gilgamesch verstand es geschickt, die Phantasie seiner Zuhörer anzuregen. Er stachelte sie an, wenn es um die Gefahren und Nöte ging, die ein Überfall der lauernden Feinde für sie alle mit sich bringen würde. Er malte das Bild einer glücklichen Zukunft vor ihnen so aus, daß sie hungrig und durstig danach wurden. Er pflanzte ihnen die Sehnsucht in die Herzen, all dies mit eigenen Augen zu sehen, mit eigenen Händen zu erschaffen.

Als er seine Rede beendet hatte, war es eine Zeitlang still auf dem großen Platz. Dann aber brach unbeschreiblicher Jubel los. Die Menschen brüllten vor Begeisterung, schrien sich heiser, fielen einander in die Arme. Immer wieder brandeten Sprechchöre auf: »Gil-ga-mesch, Gil-ga-mesch! Großer König, Löwe von Uruk, führe uns in die glücklichen Zeiten! Elluri, Elluri!« Und ihr Gebrüll pflanzte sich fort, brandete durch die Ebene, hallte am Eanna wider und riß alle mit.

Während die ersten Männer bereits tatendurstig nach Hause strebten, um ihre Arbeitsgeräte zu holen, zog Gilgamesch, von einer vielhundertköpfigen begeisterten Menge begleitet, durch die Viertel der Stadt, von Hütte zu Hütte, wie er es zuvor schon einmal mit seiner Trommel getan hatte. Aber was damals die Trommel ausgelöst hatte, das bewirkte nun seine eigene Stimme. Er sprach zu Beamten und Soldaten, zu Lastenträgern und Händlern, zu Bauern und Viehtreibern, zu Weibern, Alten und Kindern, und jeder, der Gilgamesch hörte, wurde von seinen Worten berauscht. Gilgameschs Visionen leuchteten ein. Sie leuchteten ein, weil sie richtig waren. Und sie waren richtig, weil sein Vorhaben jedem einzelnen einen Nutzen versprach.

Gilgamesch war unermüdlich im Reden. Er gebrauchte immer wieder die gleichen Bilder und Sätze, bis sie jeder Zuhörer so plastisch vor sich sah, daß er sie auswendig wiederholen konnte.

Das war der unübersehbare Umbruch: Binnen weniger Tage war Uruk so von Lärm und emsiger Geschäftigkeit erfüllt, wie nie zuvor in seiner Geschichte. Jeder wollte teilhaben am großen Werk der Gemeinschaft.

Am Tag der Grundsteinlegung zur Mauer kamen auch die sieben Weisen aus ihren Höhlen herbei. Gilgamesch sah sofort: Der, dessen Urgroßvater die Weltkarte gezeichnet hatte, trug den Urkundenkasten aus Kupfer. Ein wuchtiges Bronzeschloß sicherte ihn, und niemand, außer Gilgamesch, der einen Blick hineinwerfen durfte, wußte, daß darin die geheimnisvolle Tafel aus Lapislazuli lag, auf die die Weisen Sprüche mit dunkler Bedeutung geritzt hatten.

Gilgameschs Hände wurden vor Aufregung feucht, als er den kostbaren Kasten in Empfang nahm. Fest hielt er dem Blick der weisen Alten stand und spürte dennoch, daß sie ihn ein letztes Mal prüften. Würde er dem Anspruch gewachsen sein, würde er all die Wünsche, Träume und Sehnsüchte, die das Volk mit seinem Namen verband, erfüllen können?

Er war nun Träger der Hoffnung für Uruk geworden – eine ungeheure, eine übermenschliche Aufgabe fast.

Noch immer blickten ihn die Weisen an, und der Kupferkasten in seinen Händen wurde schwerer und schwerer, so schwer schließlich, daß er all seine Kräfte aufbieten mußte, um ihn sicher zum vorgeschriebenen Platz zu tragen. Behutsam ließ er ihn in das bereits ausgehobene Erdloch gleiten und füllte danach die Grube wieder eigenhändig mit Erde. Wachse, Uruk, dachte er dabei. Stein auf Stein, Mauer um Mauer zu einem gewaltigen Werk. Meinen Namen binde ich ein in diese Arbeit. Gelingt sie, so wird er wachsen wie Uruk, und sein Ruhm wird weit über das Land strahlen. Gelingt es nicht, so werden wir untergehen, wir beide, diese Stadt und ich, und der Wind über der Wüste wird unsere Spuren verwehen . . .

»Hier ist der Schlüssel zum Kasten«, vernahm er die Stimme eines der weisen Alten. »Du mußt – so will es das Gesetz der heiligen Ordnung – ihn an der tiefsten Stelle des Euphrats in den Fluten versenken. Bist du bereit, diesen Schwur vor allem Volk auszusprechen?«

»Ich schwöre es«, antwortete Gilgamesch mit belegter Stimme.

»Und mit diesem Schwur dem Volk von Uruk dienend zu herrschen und herrschend zu dienen?«

»Ich schwöre es: dienend zu herrschen und herrschend zu dienen«, sagte Gilgamesch. »Im Namen Marduks, des himmlischen Vaters, im Namen von Anu und Ischtar, im Namen aller Götter von Uruk!«

»Elluri, elluri!«, intonierte die Menge.

Gilgamesch hob den Schlüssel auf und hielt ihn zur Sonne empor, daß er gleißte wie pures Gold, wie die Deichsel von Schamachs himmlischem Wagen. Er sah sich um und prägte sich all das ein, um es nie mehr zu vergessen: diese Geste und ihre Wirkung, die vielen tausend Augen, die auf ihn gerichtet waren, diese erwartungsvolle Unruhe in der versammelten Menge. Deutlich wie nie zuvor wurde ihm bewußt, daß er von nun an, was er auch immer tat, immer im

Mittelpunkt stehen würde – ein Gefühl, das ihn schwindelig werden ließ.

Dann stimmte ein Chor von Mädchen der Ischtar eine Hymne an, andere begannen zu musizieren und zu tanzen. Mit Gilgameschs erstem Schritt setzte sich die Prozession in Bewegung. Hinter ihm schritten die Oberpriester des Anutempels und Iluna, die jüngste Verkörperung Ischtars auf Erden, es folgten die höchsten Beamten und Würdenträger. Ganz Uruk nahm an dem Geschehen teil. Wo sie vorbeikamen, hoben Frauen ihre Kinder empor, um sie der Venusgöttin zur Segnung entgegenzustrecken. Kranke warfen sich in den Staub, erflehten Heilung von ihr. Die Männer aber jubelten Gilgamesch zu, schwenkten ihr Werkzeug oder hielten es geschultert wie die Soldaten ihre Waffen.

Er genoß diese Begeisterung und merkte, daß seine Überlegung richtig gewesen war, sich bewußt nicht prunkvoll wie ein König zu kleiden. Mantel und Haube, Schwert und Zepter hatte er am Morgen achtlos liegengelassen und statt dessen den schlichten derben Rock der einfachen Leute gewählt. Darin sah er aus wie einer von ihnen, wie ein Handwerker auf dem Weg zur Arbeit. Vor der Brust aber trug er die Trommel am Gurt, die alle bereits kannten, und in den Händen die Schlegel aus dem Wurzelholz der Zaubereiche. Noch zwang er sich zur Geduld, ließ den Bauch der Trommel schweigen, obgleich es ihm in den Fingern juckte, seinen eigenen Rhythmus entgegen dem der musizierenden Mädchen über das Ziegenfell zu treiben. Und als der offizielle Teil der Prozession abgeschlossen war und die Mädchen Ischtars und die Anupriester wieder zurück zum Eanna zogen, da hielt er es nicht mehr länger aus, den bedächtig dahinschreitenden Herrscher zu spielen. Er bahnte sich ungestüm einen Weg durch die Menge, lief, sprang, kletterte eine kleine Anhöhe hinauf, die ausreichend Überblick bot und begann, die Trommel rufen zu lassen.

Zur Arbeit rief ihre Stimme weithin über die Ebene, und die Menschen drängten sich, ihrer Aufforderung Folge zu leisten. So geschah es bis spät in den Abend hinein. Als die Dämmerung kam, schwieg die Trommel. Dafür wurde das Dunkel vom Schein vieler Fackeln und Lagerfeuer erhellt. Rauch stieg auf aus den Öfen der Ziegelbrenner und setzte die ganze Nacht hindurch nicht aus.

Als die ersten Strahlen der Morgensonne aus der östlichen Wüste fielen, sprach auch die große Trommel wieder. Gilgamesch, der sein Zelt dicht neben der Baustelle aufgeschlagen hatte, weilte Tag und Nacht unter den Leuten. Erst als die Umwallung anfing, zu wachsen, zog er mit seinem Instrument die Mauer entlang und trommelte den Männern Mut zu.

Es war seltsam: Wer die Trommel hörte, packte in ihrem Takt fester zu, leichter fiel ihm die Arbeit, der Klang der Trommel schien alle Schwere hinwegzujagen. So kam es, daß kaum jemand ihren Ton als bedrückend empfand, eher als anregend und mitreißend. Nur wenige murrten, weil sie tagelang nicht zu ihren Hütten zurückfanden – das waren die Baumeister, deren Rat und Aufsicht jederzeit und an vielen Stellen gebraucht wurde. An Hilfskräften mangelte es indes nicht. Wie Gilgamesch richtig vorhergesehen hatte, strömten viele Arbeitswillige aus den südlichen Landesteilen und selbst aus Ur und Nippur herbei. Die Kunde von Gilgameschs Vorhaben und Uruks Aufbruch in eine neue Zeit sprach sich schnell herum. Vor allem junge Leute waren es, die von Zuhause aufbrachen, Leute mit Phantasie und rascher Auffassungsgabe, die sich ausrechneten, in Uruk schneller als anderswo zu Wohlstand und Ansehen zu kommen. Aber es reichte nicht aus, mit schönen Worten allein nach Uruk zu kommen. Jeder, der am Bau mittun wollte, mußte sich in eine Arbeitsrolle eintragen lassen und zuvor den Aufsehern eine Probe seines Könnens vorweisen.

Mögen die Götter mir beistehen, flehte der junge Herrscher, und die feindlichen Stämme im Norden mit Blindheit schlagen, damit sie nicht merken, daß gerade jetzt, wo nichts richtig geschützt und alles im Umbruch ist, ihre einzige Chance besteht, Uruk im Handstreich zu nehmen.

Zwei Menschen – außer Gilgamesch selbst vielleicht – machten sich, unabhängig von der Euphorie, die alle wie ein Rausch erfaßt hatte, Sorgen um sein Seelenheil: Zum einen war das Ninsum und zum anderen überraschenderweise Tehiptilla, die Liebesdienerin im Tempel der Venus. Die weise Mutter kannte ihren Lieblingssohn sehr genau. Er war ein Mensch, der zwischen Gefühlspolen schwankte und nur nach außen hin so fest und ausdauernd wirkte, wie ihn die anderen einschätzten. Er stand mitten im Volk, wurde von allen geliebt und geachtet und genoß es, durch seine Position mit allen Fasern des Gemeinwesens verbunden zu sein. Aber war er deswegen wirklich glücklich? Nein, noch immer fehlte ihm das Wichtigste im Leben – eine wirkliche Freundschaft, etwas wie das, von dem sein Traum ihm gekündet hatte. Solange er das nicht fand, würde er inmitten aller Geschäftigkeit der ihn umgebenden Menschen einsam und unglücklich bleiben.

Was er jetzt tat, seine große verantwortungsvolle Aufgabe, überbrückte lediglich die qualvolle Sehnsucht in ihm. Rastlos wie ein suchender Vogel war er, flog bald hierhin, bald dorthin, nur um festzustellen, daß er nirgendwo einen Platz zum Ausruhen fand. Ninsum machte sich Sorgen um ihn. Er hatte lange nicht mehr den Weg zu ihr und ihrer harmonischen Stille gefunden. Dabei hätte sie ihm soviel erzählen können – von den Taten Lugalbandas, von seinen Irrtümern und Erkenntnissen, seinem ruhmreichen Wirken und seinem beklagenswerten Hinscheiden, und nicht zuletzt von der langandauernden, treuen und wunderbaren Gemeinschaft, die sie mit ihm bis zuletzt erlebt hatte. Aber sie dachte auch, daß er davon vielleicht gar nichts hören wollte, nicht jetzt jedenfalls, zu diesem Zeitpunkt, da er begann, sein Leben selbst in die Hand zu nehmen und eigene Erfahrungen zu machen.

So saß sie still im Egalmach in ihrer Kammer und spähte in die

Ebene hinaus. Selten, daß sie noch die Harfe in die Hand nahm, und wenn, dann wurden es wehmütige Lieder. Immer einsamer wurde Ninsum, die nur einmal, zu Gilgameschs Krönung, ihr schwarzes Witwengewand gegen ein prachtvolles Kleid eingetauscht hatte und nun wieder die Farbe der Trauer trug.

Die zweite Person, die sich um Gilgamesch sorgte, war die schöne geschmeidige Tehiptilla. Es war ihr, die sie so oft und voll Freude mit Gilgamesch das Lager geteilt hatte, nicht ungelegen gekommen, daß Ischtar von ihr verlangte, sie solle die unterbrochene Beziehung zum König wieder aufleben lassen. Wie gern wäre sie der Anweisung nachgekommen, hätte sich in seine Umarmung begeben, um mit ihm die tausend kleinen Wunder der Zärtlichkeit zu erleben. Aber wie sie schon vermutet hatte, war Gilgameschs Sinn auf anderes ausgerichtet. Nicht ein einziges Mal mehr war er seit seinem Aufstieg zum Herrscher in den Tempel gekommen, um sich der Lust zu ergeben. Er kam zu offiziellen Zeiten, um zu opfern, wie es das Gesetz vorschrieb, tat es mit Sorgfalt und Ernst, aber jedesmal von soviel Gefolge umgeben, daß es unmöglich war, an ihn heranzukommen, und schon gar nicht – was sie sich am meisten gewünscht hätte – mit ihm allein unter vier Augen zu sprechen.

Auch der Besuch Ischtars mit einer Delegation in seinem Palast war ergebnislos verlaufen. Gilgamesch war freundlich und zuvorkommend gewesen, hatte gelacht und ihre Darbietungen bewundert, aber es war nicht zu der von allen erwarteten Orgie gekommen, wie es im letzten Lebensabschnitt Dumuzis üblich gewesen war. Der junge König hatte angeregt mit Iluna geplaudert, über Staat und Gesellschaft, über Feste und Feierlichkeiten und alle möglichen anderen Themen, doch dabei eine unsichtbare Wand um sich herum aufgebaut, die niemand zu durchdringen vermochte, nicht einmal die schönste aller Frauen, die wunderbare unvergleichliche Göttin.

Tehiptilla hatte genau beobachtet, wie ihn Iluna vergeblich mit ihren weiblichen Reizen, mit ihren Augen, ihrer Stimme, mit Gesten und klugen Worten zu betören versuchte, und Eifersucht stieg in ihr auf. Ja, Eifersucht empfand die kleine Tempeldienerin gegenüber ihrer Herrin.

Sie erschrak heftig, als sie dieses neue unerlaubte Gefühl bemerkte. Eifersucht war ein Frevel, aus vielen Gründen, weil sie ein Gefühl war, das dem Egoismus und der Besitzgier entsprang. Nie zuvor, bei keinem Mann, hatte sie solches gespürt. Wie kam das nur, was war in ihr vorgegangen?

Sie erschrak noch einmal, noch heftiger, als sie die Wurzel dieses Gefühls in ihrem Denken entdeckte. Egoismus war es, ja, ihr Ich meldete sich unüberhörbar und stark zu Wort. Sie wollte, sie mußte in Gilgameschs Nähe sein. Nicht, um ihn zu besitzen – das ging nicht, einen freien Mann wie ihn würde nie jemand besitzen – aber Gier war es schon. Sie war begierig darauf, von ihm angesehen, angefaßt zu werden, und womöglich noch mehr. Ihre Seele brannte, ihr Herz schlug schneller, wenn sie an ihn dachte, und sie dachte in letzter Zeit nur noch an ihn. All das waren Anzeichen dafür, daß aus ihr wohl nie eine richtige Venuspriesterin werden würde. Sie fühlte und benahm sich wie ein einfaches Mädchen aus dem Volk, eins, das verliebt war und mühsam ihre leidenschaftlichen Gefühle vor den anderen, die es nicht wissen durften, zu verbergen suchte.

Noch nicht einmal mit Iluna, der sonst so klugen und einfühlsamen Ratgeberin, konnte sie über ihren Zustand sprechen. Schon gar nicht mit ihr, die in ihrer Vorstellung mehr und mehr zur Rivalin wurde. Tehiptilla litt Qualen, von denen niemand etwas wissen durfte. Sie täuschte Unpäßlichkeiten vor, um nicht mehr draußen auf den Treppen sitzen zu müssen, wo sie vielleicht einer sah und zur Gespielin erwählte. Und wenn es doch einmal sein mußte, dann tat sie es leidenschaftslos, ohne innerlich wirklich beteiligt zu sein. In der Umarmung fremder Männer wurde sie leblos und ihr Herz wie Eis. Wenn sie bedrängt wurde und einem zu Gefallen sein mußte, dachte sie heimlich an Gilgamesch. Und in den dunklen einsamen Nächten in ihrer Kammer träumte sie von ihm, spürte immer und immer wieder seine zärtlichen Berührungen auf ihrer Haut, seine besondere eigenwillige Art, sie zu liebkosen, die er wahrscheinlich schon längst vergessen hatte inmitten all dieser Betriebsamkeit.

Ja, das mußte Liebe sein, eine andere Form, als sie im Tempel üblich war, dachte Tehiptilla. Eine unpassende, unerlaubte, eine ganz und gar private. Hatte sie, eine kleine, unbedeutende Tempeldirne, eigentlich ein Recht darauf? Sie versuchte, das Gefühl, das schreckliche, das herrliche Gefühl in sich zu verdrängen. Es gelang ihr nur zeitweise. Sie überlegte, ob es nicht besser werden würde, wenn sie ihn überhaupt nicht mehr sah. Aber sein Bild war in ihr. Um sich von ihrem eigenen Schicksal abzulenken, begann sie sich vorzustellen, wie es ihm draußen auf der Baustelle erging. Sie malte sich aus, wie er dort die Trommel schlug und Befehle erteilte, ein Fels in der Brandung, der zwar das Beben ringsum entfacht hatte, selbst aber standhaft blieb. Sie dachte daran, daß es für ihn keine freie Minute, keinen Augenblick stillen Verweilens mehr gab, den ganzen Tag über, bis er sich abends müde in sein Zelt zurückzog, um dort in den Schlaf der Erschöpfung zu sinken. Sie weinte, wenn sie daran dachte, sie litt mit ihm und wurde krank an seiner Einsamkeit. Sie nahm sich vor, Ninsum aufzusuchen. Vielleicht wußte die Rat. Nur hatte sie Angst, den ersten Schritt zum Egalmach zu wagen und der weisen Mutter ihr Geheimnis zu enthüllen.

Was Gilgamesch anging, so war er besessen von seinem Werk. Es erfüllte ihn mit grenzenloser Befriedigung, sein Werk rings um Uruk wachsen zu sehen. Längst trommelte er nicht mehr selbst den ganzen Tag, sondern hatte jemanden angelernt, einen jungen begabten Musiker, der nun zeitweise die Trommel im gleichen Rhythmus für ihn schlug. Das machte ihn frei für andere Aufgaben, die es zu bewältigen galt.

Da mußten die Steinbrucharbeiten am Tell besser organisiert werden, an anderen Stellen gab der Sand nach und erschwerte die Schanzarbeiten. Die Baumeister hatten alle Hände voll zu tun, um das unübersehbare Heer der Arbeiter mit größtmöglichem Nutzen einzusetzen. Täglich zur Stunde des ersten Hahnenschreis gab es eine Lagebesprechung mit ihnen. Auch galt es, Kompetenzstreitigkeiten unter den Leuten selbst zu schlichten und jeden so an seinem Platz einzusetzen, daß er die besten Erfolge mit seiner Tätigkeit erzielen konnte. Mit Warka, dem Vorsteher der Handwerksgilde, verstand er sich gut. Warka war ein erfahrener umsichtiger Mann. Schwieriger gestalteten sich die Gespräche mit den Baumeistern, die der Ehrgeiz gepackt hatte und die dazu neigten, ständig neue, oft unausführbare Entwürfe zu machen. Warka brachte das Gerangel manchmal zur Verzweiflung, aber er blieb immer ruhig und war Gilgamesch ein zuverlässiger Berater und Partner.

Und dann gab es noch die Staatsgeschäfte, die sein Vorgänger Dumuzi so sträflich vernachlässigt hatte. Gilgamesch sandte Boten nach Ur, Eridu und Nippur mit Nachrichten, die die dortigen Fürsten aufhorchen ließen. Es galt, die alten Verträge mit diesen Städten zu erneuern und verstärkt mit Leben zu erfüllen. Die Fürsten verstanden den Wink, den Gilgamesch ihnen gab und kamen nach Uruk, um den jungen erstaunlichen Mann, von dem sie bereits soviel gehört hatten, mit eigenen Augen zu sehen.

Gilgamesch empfing sie mit allen erdenklichen Ehren und senkte die Steuern, die sie an ihn zu entrichten hatten. Zugleich aber warb er um Arbeitskräfte für seinen Bau. Die Fürsten erkannten den Nutzen von Gilgameschs Vorschlägen, und sie stimmten seinen Vorschlägen bereitwillig zu.

Dumuzi hatte sich zuletzt nur noch nach fremden Ländern orientiert und die Elfenbeinschnitzereien in großem Umfang nach Uruk gebracht. Elfenbein war ein seltenes, bei wenigen Reichen begehrtes Gut. Aber es gab wesentlich mehr Waren auf der Welt, mit denen sich Handel lohnte. Und Gilgamesch, der jeden Schritt zuvor ausgiebig mit den sieben Weisen beriet, zeigte auch in diesen Geschäften eine glückliche Hand.

Zweitausend Handwerker sandte der Stadtfürst von Nippur nach Uruk und erhielt als Gegenleistung dafür die Zusage, Uruks ausgebauten und befestigten Hafen am Euphrat benutzen zu dürfen. Schon jetzt, vor Vollendung des Baus, gingen täglich Warenkarawanen am Ufer des Flusses hinauf nach Norden in die Gegend von Nippur. Längst hatten die Nomaden der Wüste ihre karge Heimat verlassen und sich im Schutz der Wallanlagen angesiedelt, wo ihnen Gilgamesch Hürden für ihr Vieh zuwies und sie feste Lehmhütten bauen ließ. Uruk erwachte aus dem Schlaf der Geschichte und wuchs zu ungeahnter Blüte heran.

Aber Gilgamesch blieb einsam. Er hatte seine Tage und selbst die Nächte so mit Arbeit gefüllt, daß seine Einsamkeit ihn nicht mehr erreichen konnte. Es ist richtig so, dachte er nur. Jetzt, zu diesem

Zeitpunkt, ist es richtig so, es stimmt mit dem überein, was ich bei jenem Blick in das Buch des Schicksals sah. Darin stand nichts von Ausruhen und Zweifel. Es war darin niedergelegt, daß Uruk seine Mauer bekommen sollte. Sonst nichts, nichts von Freuden des Daseins, vom Genießen des Lebens und den vielen kleinen, Glück versprechenden Dingen.

Es stand darin auch nichts von Tehiptilla oder einem anderen Mädchen. Jedenfalls nicht in diesem Kapitel. Die Mauer mußte errichtet werden. Und er, Gilgamesch, baute sie.

Nach Ablauf des ersten Jahres war der Bau der Mauer so weit fortgeschritten, daß sie ein jeder weithin sehen konnte. Unpassierbar war der Weg aus der wüsten Ebene zur Stadt geworden; man mußte nach Norden oder Süden ausweichen, wo die beiden wuchtigen Tore Einlaß boten. Das Arbeitstempo hatte keineswegs nachgelassen, denn jetzt galt es, die weiteren Befestigungsanlagen und die eintausend Bastionen zu bauen, ganz zu schweigen von der Treppe, die Ischtars Tempel versprochen war, und auch Gilgameschs Palast bedurfte dringend einer Renovierung. Schiffe kamen vom Meer den Euphrat herauf und legten am befestigten Hafen an, um Baumaterial und Werkzeug zu bringen, das es in Uruk nicht gab. Auch die anderen Städte des Landes Sumer, so kam Kunde, hatte nach Gilgameschs Vorbild der Ehrgeiz gepackt. Sie begannen, wenn auch nicht so eindrucksvoll wie in Uruk, ihre Befestigungen zu erneuern, und ihre Einwohnerzahl nahm gleichfalls zu.

Längst schon stellten die wilden Völker des Nordens keine Bedrohung mehr dar, denn sie hatten erkannt, wie sinnlos es sein würde, solche wohlumwehrten Orte anzugreifen. Doch davon sprach Gilgamesch auch nicht mehr. Das Vorhaben verlangte, zu Ende geführt zu werden, richtig und wohlüberlegt, auch wenn einigen Leuten bereits die Zeit zu lang dafür wurde und sie heimlich zu fluchen begannen.

Zum Beispiel der Schreiber und Dichter Sinnunni, der folgende Verse verfaßte:

»Keiner auf Erden, der mit ihm vergleichbar wäre
in seinem Königtum, keiner auf Erden,
der wie Gilgamesch sprechen könnte:
Ich bin der König!

Großer Gilgamesch, leuchtendes Vorbild,
seit den Tagen deiner Geburt an ist dein Name herrlich und groß.
Zwei Drittel an ihm sind göttlich
und nur zu einem Drittel ist er Mensch.
Die Form seines Leibes hat ihm Mach,
die himmlische Mutter, verliehen,
hat seine Gestalt prächtig geformt.
In den Hürden von Uruk wandelt er einher erhabenen Schritts,
wilde Kraft ist ihm eigen gleich dem Wildstier.
Kein Nebenbuhler weit und breit,
der es wagte, gegen ihn die Waffe zu heben.

Durch den Ruf seiner Trommel sind dauernd in Gang seine Gesellen.
Ihr Schlag erschreckt sie, läßt sie nicht ruhen und rasten.
Am hellen Tag und auch bei Nacht trotzt er wild,
Gilgamesch, der Hirte von Hürden-Uruk,
übermächtig, stattlich, kundig und klug.
So erregen sich bereits die Bürger in Uruks Häusern:
Er läßt nicht den Sohn zum Vater,
zum Geliebten die Jungfrau, zur Gemahlin den Mann.
Ist das der Hirte des umwallten Uruk?
Das unser Hirte, edel, stattlich, kundig und weise?
Er läßt nicht zum Geliebten die Jungfrau, zur Gemahlin den Mann!

O Mach, himmlische Mutter,
die du gemeinsam mit Marduk Menschen und Tiere
und auch diesen Helden geschaffen hast,
erbarme dich unser.
Sieh, die Finger deines Schreibers sind wund.
Aber nicht vom Verfassen schöner Verse,
die die Herzen der Menschen erfreuen,
sondern vom Berechnen der Waren,
vom Schreiben der Rechnungen in Ton.
Hundert Tafeln wohl schrieb ich allein,
um die Befehle des Königs zu verbreiten.
Hundert werden es noch und nicht,
daß ein Ende abzusehen wäre...

Schaff uns ein Bild, allwissende Mach,
das dem Gilgamesch gleich ist, ein Wesen,
so stark wie er, doch kein Ungeheuer,
sondern ein Mensch. Wenn es Zeit ist,
soll der Gewaltige kommen nach Uruk
und wetteifern mit Gilgamesch.
Ruhe habe dann Uruk wieder!«

Doch die Verse Sinnunnis erreichten niemals die Öffentlichkeit, er las sie nicht einmal im Kreise seiner Dichterfreunde und Anhänger vor, so sehr hatte er Angst, beim König in Ungnade zu fallen. Und da er niemanden fand, dem er das Geschriebene vortragen konnte, ging er an den Rand der Wüste, um seine Klage an die Sterne zu richten. Denn ein Dichter schreibt nicht, bloß damit es in Ton geritzt wird, nein, ein Dichter braucht auch ein Ohr, dem er seine Worte gebührend vorlesen kann – und wenn es auch nur das eigene ist.

Zweites Buch

Der Barbar

In dieser Nacht aber – so behauptete jedenfalls später Sinnunni, der Dichter – hatte der Himmel Ohren und lauschte dem, was er vortrug. Anu in seiner Feste war es, der die Klage Sinnunnis vernahm.

Er beriet sich mit Mach, der himmlischen Mutter: »Stimmt es nicht, was der Dichter da sagt, hast du nicht alles Leben auf Erden gemeinsam mit Marduk erschaffen? Wie kommt es nun, daß da einer allein ist und die Welt an seinem Leiden mitleiden läßt? Kannst du nicht ein Wesen machen, das dem Helden Gilgamesch gleich ist und endlich seine durstende Seele stillt, damit Uruk zur Ruhe findet?«

Mach, die Himmelsgöttin, dachte nach und erschuf aus ihren Gedanken heraus ein Wesen, wie es Anu verlangte. Sie wusch sich sorgfältig die Hände, griff zur Erde, um Lehm aus dem Boden zu lösen, benetzte ihn mit ihrem Speichel und formte so einen Mann. Dem hauchte sie Leben ein und versah ihn zu gleichen Teilen mit dem untrügerischen Instinkt der Wildnis und mit dem wallenden Blut von Bel, dem streitbaren Kriegsgott. Dann setzte sie ihn allein in die Steppe und lenkte die Augen der Menschen auf ihn.

Da stand er, Enkidu, der Starke genannt, stand verwundert in der Wildnis und bestaunte die vorhandene Welt. Groß war er, kräftig gebaut, ein Hüne mit schwellenden Muskeln. Sein langes Haar floß in der Farbe reifen Weizens über die Schultern, üppig wucherte der Bart um sein Kinn. Er war in Tierfelle gehüllt und sah in seiner barbarischen Wildheit selbst aus wie ein Tier. Weder Land noch Leute kannte er, weder Ordnung noch Gesetze der Menschen.

Die Gesetze der Natur aber lernte er schnell. Er bewegte sich sicher zwischen den Tieren, war ihnen Freund und sie ihm, denn sie wußten, daß von ihm nichts zu befürchten war. Er jagte sie nicht, aß kein Fleisch, sondern ernährte sich wie die meisten von ihnen von Gras und Wurzeln, von Flechten, Beeren und Pilzen. Wenn ihm danach war, trieb er seine Späße mit den Tieren, rannte mit ihnen ein Stück weit um die Wette, warf sie nieder, maß seine Kräfte an ihnen, aber ließ sie bereitwillig laufen, wenn sie darum flehten.

Er schlief unter freiem Himmel im Gebüsch der Steppe, wanderte gleich den Onagern zur Tränke. Er kannte den Boden, das Wachstum der Pflanzen, jeden Geruch, jede Spur und die Stimmen des Windes. Nie verirrte er sich, denn der Himmel war ihm Wegzeichen, und wenn es zu dunkel zum Wandern wurde, legte er sich dort einfach zur Ruhe, wo er sich gerade befand. Sorgen machte er sich nie. Er hätte auch gar nicht sagen können, worüber. Er lebte von einem Tag in den anderen hinein und freute sich von Herzen über die Schönheit der Welt.

Wenn er Lust dazu hatte, ging er hinunter zum Fluß und tummelte sich in der erfrischenden Flut. Wenn ihm nach Laufen zumute war, lief er in der Steppe den Gazellen nach. Wenn er Kühle wollte, wandte er sich den Ausläufern des Gebirges zu, wo er im Schatten der Berge hockte und zufrieden den Flugkünsten der Vögel zusah, die hier ihre Horste besaßen und lebten wie er: frei, unabhängig und spielerisch die Kräfte gebrauchend, die ihnen allen Mach mitgegeben hatte. Er kannte keine Regeln außer denen, die die Natur selbst vorgab, er kannte kein Ziel für sein Wandern, denn der Weg selber war sein Ziel.

Eines Tages, im zweiten Jahr des Mauerbaus, wagte sich ein junger Jäger und Fallensteller weit in das Gebiet hinein, in dem der wilde Enkidu lebte. Es war ein besonders günstiger Ort, den er da entdeckt hatte: Eine Wasserstelle, die für viele Tiere Tränke war und zahlreiche Fußabdrücke im lehmigen Rande aufwies.

Er legte Fallen aus, grub eine Fanggrube, die er mit Grasnarben abdeckte und hielt seine Netze bereit, weil ihm die späte Nachmittagsstunde Beute versprach. Auch einen hölzernen Käfig mit einem bereits gefangenen Wildhuhn stellte er auf und gab dem Tier nichts zu fressen, damit es kräftig scharrte und schrie. Dann legte er sich im Dickicht auf die Lauer und harrte dessen, was da kommen mochte.

Zur Stunde, in der normalerweise das Wild sich der Tränke naht, hörte er Traben und Schnauben. Als er den Kopf aus dem Dickicht reckte, sah er zu seiner Verblüffung neben allerlei Getier auch einen Unhold herannahen, der mit den Tieren zum Wasser kam und dort zwischen Onagern und Gazellen niederkniete und trank.

Der Jäger erstarrte, denn so etwas hatte er noch niemals gesehen. Als der Unhold getrunken hatte, blickte er in die Runde und bemerkte die ausgelegten Fallen und Netze. Da zogen Wolken über sein sonst so friedfertiges Gesicht. Mit einem zornigen Aufschrei zertrat er die Fallen und riß die Netze in Stücke. Desgleichen tat er mit der Fanggrube, er zerstörte sie. Sodann füllte er das frischausgehobene Loch wieder mit Erde an.

Als er damit fertig war, sah er sich weiter um, entdeckte den hölzernen Käfig und schritt entschlossen darauf zu. Mit ein paar geschickten Handgriffen hatte er das Wildhuhn befreit und ließ das verängstigte Tier ins Gebüsch flattern. Den Käfig aber zerbrach er und zertrat ihn, wie er es auch mit der Fanggrube gemacht hatte.

Da packte den Jäger die Wut. Er griff seine Keule und trat aus dem Dickicht hervor. »Was machst du Unseliger da«, rief er, »was tust du mit meinen Geräten?«

Der Angesprochene blickte den Jäger an und reckte seine hünenhafte Gestalt. Obgleich er waffenlos war, wirkte seine Erscheinung so bedrohlich, daß sich der Jäger trotz seiner Keule keinen Schritt vorwärts wagte. Ihre Blicke hatten sich gekreuzt und maßen einander. Der Jäger, ein draufgängerischer, grober Kerl, packte seine Keule fester. Der Unhold aus der Steppe aber hob die riesige geballte Faust und drohte damit. Sein Knurren zwischen den gefletschten Zähnen wurde grollender und formte sich schließlich zu einem Schrei, der den Jäger traf wie der Donnerschlag eines Gewitters. Taumelnd floh er einen Schritt zurück.

So standen sie sich abwartend gegenüber, der Jäger diesseits und der blonde Riese jenseits der Tränke. Wenn er nur einen einzigen Schritt auf mich zu macht, schlage ich ihm ohne Warnung den Schädel ein, dachte der Jäger. Der Riese aber machte keine Anstalten, sich zu bewegen. Bis die Dunkelheit herabfiel, versperrte er dem Jäger den Zutritt zur Wasserstelle.

Am nächsten Morgen stand er immer noch unbeweglich da und ließ in seinem Schutze die Tiere der Wildnis trinken. Zu Stein gewordener Zorn war das Gesicht des Riesen, die gewaltige Faust hielt er geballt, bereit, wann immer es sein sollte, zuzuschlagen. Der Jäger stand bebend vor Empörung und Wut am Ufer und wartete auf das Erlahmen des Riesen. Doch keine Bewegung verriet die geringste Schwäche. Den ganzen zweiten Tag und auch den dritten stand er da und ließ nicht zu, daß der Jäger näherkam.

Da heulte der junge Kerl auf vor Beschämung und Wut und floh den weiten Weg zurück ins Gehöft seines Vaters.

Der Vater, der ebenso jähzornig wie sein Sohn geraten war, schrie ihn bereits auf der Schwelle des Hauses an: »Was kommst du ohne Fleisch und Beute zurück, du Nichtsnutz von einem Sohn, wo hast du die Netze und Fallen gelassen?«

Der junge Jäger begann, unterbrochen von Klagen und Flüchen, sein Mißgeschick zu berichten: »Vater, ein Mann wie ein Unhold ist aus der Steppe gekommen. Der sieht zwar aus wie ein richtiger Mensch, zugleich aber auch wie ein abscheuliches Tier. Sein Körper ist riesig und seine Kraft grenzenlos, es schien, als sei er imstande, meine Keule wie Reisig zu behandeln. Er ist am ganzen Körper behaart wie ein Löwe, überall wachsen ihm Haare, seine Mähne sieht aus, als wäre sie nie geschnitten. Blond ist er, wie ein Barbar. Vielleicht ist er ein Berggeborener, der sich zu uns verirrt hat, einer von den Amurru-Leuten, die in den Einöden hausen und dem Gesetz der Götter nicht folgen.

Mit den wilden Tieren zusammen kam er zur Tränke und bewegte sich wie eines von ihnen. Furchtbar und schreckenseinflößend ist seine Gestalt, schlimm seine Augen und noch schlimmer sein Gebrüll, das wie Donnerhall klingt. Ich wagte mich ihm nicht zu nahen, auch nicht, als er die Fanggrube zerstörte, die Fallen zertrat und die Netze zerriß. Alles Getier, das mir schon sichere Beute war, ließ er entkommen und schützte sie wie Sumukan, der häßliche Gott der Tiere. Drei Tage stand er mir gegenüber an der Wasserstelle und bannte mich allein durch seinen Blick, der so wild war, daß mich die Furcht übermannte.«

So jammerte der Sohn und malte in allen Farben das Erlebnis aus, um den unheimlichen Gesellen noch unheimlicher werden zu lassen und für sich selbst etwas von seinem verlorenen Ansehen zurückzugewinnen.

Der Vater, der trotz allen Jähzorns ein flinker und schneller Denker war, dachte nach, wie man am besten den verlorenen Besitz wiedererlangen und vielleicht sogar noch etwas Kapital aus der Sache herausschlagen konnte. Endlich hatte er es:

»Schnell, lauf zu König Gilgamesch«, riet er, »und berichte ihm, was vorgefallen ist. Schildere ihm alles genau, vor allem aber den Verlust, der uns ohne Verschulden getroffen hat. Es heißt, er sei ein kluger Herrscher, begierig auf jede Neuigkeit, die sich in seinem Land ereignet, und er habe zudem ein offenes Ohr für die Sorgen und Nöte der Armen.«

»Das will ich gerne tun«, versprach der Sohn und machte sich auf, um nach Uruk, der Hauptstadt, zu eilen.

Der junge Jäger staunte nicht schlecht, als er, nach über einer Woche Fußwanderung durch die östliche Ebene, sich der Hauptstadt näherte. Wie hatte sich Uruk verändert! Kein Zugang war da mehr am Ostrand der Stadt, statt dessen eine riesige unüberwindbare Mauer, die sich hinzog, so weit das Auge reichte. Ein Heer von Arbeitern und Handwerkern war damit beschäftigt, an dieser Mauer Bastionen, Türme und Wehrgänge zu bauen. Als er einige von ihnen anrief, wiesen sie auf den Weg nach Süden, denn er befand sich näher an der Straße nach Ur als der nach Nippur.

So wanderte er, immer dem Laufe der unglaublichen Mauer folgend, bis er das große Tor erreichte. Hier herrschte lebhafter Verkehr. Eine Karawane hatte gerade die Stadt erreicht und wurde von der Torwache kontrolliert. Während er stand und wartete, bis er vorgelassen wurde, betrachtete er das emsige Treiben im Tor. Ochsenkarren rollten stadteinwärts, zwei stolze Streitwagen mit je einem Doppelgespann Onager und Soldaten als Lenkern glitten vorbei, ein Trupp staubiger Männer, Hilfskräfte aus den nahegelegenen Steinbrüchen, zog müde und abgearbeitet zu ihren Behausungen zurück.

Nun war der Jäger an der Reihe. Nach kurzem Wortwechsel mit der Wache über sein Woher und Wohin passierte er das Tor. Auch das Innere der Stadt zeigte deutliche Veränderungen. Überall waren neue Häuser und Straßen entstanden, so daß der Jäger, der lange Zeit nicht mehr hier gewesen war, sich kaum noch zurechtfand. Aber den Wettkampfplatz erkannte er wieder, und nach dem weithin sichtbaren Eanna konnte er sich orientieren. Als er endlich dort angelangt und die Treppen hinaufgestiegen war, fragte er nach dem Palast des Königs.

Eine alte Frau wies auf das Gebäude, aber sagte sofort, daß Gilgamesch nicht da sei, sondern irgendwo unten an der Mauer. Und richtig, als er am Palast angekommen war, an dessen Außenfassade sich eine Vielzahl Handwerker auf den Gerüsten tummelte, gab ihm die Wache an der Pforte die Auskunft: »Hier suchst du falsch. Unten in seinem Zelt, mitten auf der Baustelle, ist Gilgamesch. Aber du mußt nach ihm suchen. Wie ein Geist taucht er bald hier, bald dort auf, und er scheint überall gleichzeitig zu sein. Frage nach Urnigingar, seinem Herold, der meistens in seiner Nähe ist, vielleicht hat den jemand gesehen.«

Der Tag ging zur Neige, langsam wurde der Himmel grau. Der junge Jäger beeilte sich, um wieder in die Stadt hinabzukommen. Er folgte der Richtung, die ihm die Leute unterwegs wiesen, und schließlich erreichte er einen erleuchteten Platz, auf dem an vielen Feuern Maurer und andere Handwerker saßen, um sich zu stärken, bevor die Nachtschicht ihrer Arbeit begann.

Soldaten hielten den Jäger auf. »Wo willst du hin? Willst du zu Organno, dem Baumeister?«

»Nein«, antwortete der Jäger, »ich suche Urnigingar, den Herold, aber eigentlich mehr noch Gilgamesch, dem ich eine wichtige Botschaft zu überbringen habe.«

»Dann folge«, sagten die Soldaten und führten ihn zu einem Feuer, an dem Urnigingar im Kreise von Freunden saß.

»Was willst du von Gilgamesch?« fragte er barsch. »Der König ruht nach einem anstrengenden Tag. Ich glaube kaum, daß deine Botschaft so wichtig ist, daß man ihretwegen seine kostbare Ruhe stören darf.«

»Doch«, beharrte der Jäger, »mein Vater, der ein erfahrener Jäger und Fährtenleser ist und sich auskennt, schärfte mir ein, sie sei von großer, ganz außerordentlicher Wichtigkeit, sie müsse sofort übermittelt werden und erlaube keinen Aufschub.«

»Dann sag sie mir«, brummte Urnigingar, »ich bin sein Herold und für alles zuständig, was Botschaften betrifft.«

»Das geht nicht«, widersprach der Jäger, »auch das hat mir mein Vater aufgetragen: Ich soll zu niemand anderem als dem König persönlich sprechen.«

»Du bist ein verdammt hartnäckiger Geselle«, knurrte Urnigingar ungehalten. Aber er stand auf, ließ sich eine Fackel reichen und führte den Jäger zu einem schlichten Zelt, das zwischen vielen anderen stand und sich kaum von diesen unterschied.

»Warte hier«, befahl Urnigingar, ging zum Zelt, hob die Plane und steckte vorsichtig seinen Kopf hinein. Der Jäger hörte Geflüster. Nach einer kurzen Unterredung wandte sich Urnigingar zu ihm um.

»Du hast Glück«, sagte er, »der König ist noch wach und bereit, dich zu empfangen. Aber wehe dir, wenn es nichts von Bedeutung ist, und du dich nur wichtig machen wolltest! Ich bleibe nahe beim Zelt – ein Wort von Gilgamesch, und ich kürze dich um eine Kopflänge.«

Der Jäger trat ins Zelt, fiel vor Gilgamesch, der ausgestreckt unter einer Decke auf seinem Lager ruhte, auf die Knie und wartete, bis er angesprochen wurde.

»Mach es kurz«, sagte der König schläfrig, »sag, was du weißt, und geh dann wieder, damit ich endlich zum Schlafen komme.«

Der Jäger hob die Hand und sprach: »Von weither aus dem Gebirge ist ein Mann herabgestiegen und durch die Steppe gewandert, der ist anders als jeder, den ich bisher zu Gesicht bekam. Stark wie einer aus den himmlischen Heerscharen ist er, groß und gewalttätig wie ein Riese. Er führt sich auf wie eine Bestie und hat mich gehindert, meine Arbeit zu tun, obgleich ich mit einer Keule bewaffnet war. Er hat mir absichtlich die Tiere verjagt, mein Lockhuhn aus dem Käfig gelassen, alle Netze, Fallen und Schlingen zerrissen, meine Fanggrube zertrampelt und mit Erde aufgefüllt. Großen Verlust hat er mir und meinem armen alten Vater zugefügt, indem er all unsere Geräte zerstörte. Sie waren unser ganzer Besitz. Noch größere Angst aber hat er meiner Seele bereitet, denn er ist ganz und gar ungebärdig und tobt wie ein wütender Stier. Hell wie ein Weizenfeld im Sommer ist sein Haar, als habe Schamachs Sonnenwagen es gebleicht, lang ist sein Schopf und sein Bart ...«

Der König hatte aufmerksam zugehört und sich bei den letzten Worten des Jägers von seinem Lager aufgerichtet.

»Setz dich und erzähle mir mehr von diesem Fremdling, der dich so erschreckt hat«, sagte er. »Berichte mir alles über ihn, schildere mir jede Einzelheit und vergiß ja nichts, was es wert wäre, erzählt zu werden.«

Da setzte der Jäger zu einer langen Erzählung an, die vieles unnötig ausschmückte. Aber Gilgamesch ließ ihn reden und unterbrach ihn an keiner Stelle.

»Hast du auch wirklich alles erwähnt und nichts vergessen dabei?« fragte er endlich.

Der Jäger dachte nach. Er zählte noch einmal, wie es der Vater ihm aufgetragen hatte, einzeln die Verluste an den Gerätschaften auf. Und dann fiel ihm noch ein, wie der Riese die geballte Faust geschüttelt hatte beim Schrei, der wie der Donner eines Gewitters klang.

»Er hielt den Arm wie ein mächtiges Beil erhoben«, ergänzte er, »ein Beil, das in der Lage gewesen wäre, mich trotz meiner Keule mit einem einzigen Hieb zu fällen.«

»Und seine Augen?« fragte Gilgamesch mit kaum unterdrückter Erregung, »sag mir, wie seine Augen aussahen dabei.«

»Sie schienen wie funkelnde Sterne«, sagte der Jäger, »hellblau, aber doch von solcher Glut, daß ich befürchtete, sie würden ihm gleich aus dem Kopf springen und mich wie sengende Geschoße verbrennen.«

Gilgamesch seufzte auf und lehnte sich in die Polster zurück. Das war der Kern seiner Träume, die ihm Ninsum, die weise Mutter, gedeutet hatte: das Himmelsgestirn, das Beil, das so schwer wog, daß er sie nur mit äußerster Willensanstrengung zu heben vermochte... Kein Zweifel, die Prophezeiung wurde Wirklichkeit.

Endlich, endlich war der ersehnte Freund aufgetaucht. Sein Herz begann schneller zu schlagen. Er dachte nach, was nun zu tun sei und sprach dann:

»Ich danke dir für deinen Bericht, der in der Tat wichtige Neuigkeiten für mich enthält. Gern will ich dir deshalb deine Verluste ersetzen und dich obendrein reichlich belohnen, wenn du tust, was ich jetzt von dir verlange.«

»Alles, alles was du willst, edler Herrscher, werde ich tun...«

»Gut, dann höre genau zu und präge dir die Worte ein, damit du es richtig machst«, fuhr Gilgamesch fort. »Gehe sofort zum Venustempel der Ischtar und bitte Iluna, die Hohepriesterin, sie möge ein besonders geeignetes Mädchen aus ihren Reihen wählen. Dieses soll mit dir zu jener Stelle ziehen, von der du mir berichtet hast. Doch nicht für dich ist das Mädchen bestimmt, sondern einzig und allein für den fremden Barbaren. Drum wage nicht, es unterwegs anzurühren, wenn ihr mit den besten und schnellsten Maultieren zu jener Wasserstelle reitet. Das Mädchen soll sich in schöne Gewänder kleiden und herausputzen wie für ein Fest. Dann führe sie hin zu ihm und lasse ihre Schönheit auf ihn wirken. Sie soll unbefangen tun und ihr Kleid ablegen und unter seinen Blicken zum Bade gehen. Nimmt er sie an und nähert sich ihr, dann mußt du sofort verschwinden. Sie aber soll ihn reizen und um ihn werben, bis ihn die Lust übermannt und er sie besitzen will. Dann soll sie sich ihm ganz und gar hingeben, sich ihm schenken und alle Freude bereiten, bis er genug von ihr hat. Nachher wird alles anders sein für ihn. Er wird die Welt neu sehen und Uruk als einen Ort, den kennenzulernen es ihn gelüstet.

Du aber kommst nach erfülltem Auftrag sofort zu mir zurück, um zu berichten und deine Belohnung abzuholen.«

Der Jäger wunderte sich sehr über das, was der König von ihm verlangte. Aber da er auf dessen Klugheit vertraute und eine gute Belohnung winkte, machte er sich, ungeachtet seiner Erschöpfung, augenblicklich auf und erklomm taumelnd und strauchelnd die Treppen des Eanna. In seinem Gürtel trug er das Siegel des Königs, um sich auszuweisen und seinen Worten Nachdruck zu verleihen.

Er gelangte ans Tor des Tempels und begehrte Einlaß. Zuerst

kicherten die Mädchen und neckten ihn wegen seiner späten Ankunft, aber als sie Gilgameschs Siegel sahen, führten sie ihn schnell zum Gemach der Göttin.

Iluna hörte sich an, was der Jäger zu sagen hatte. Es freute sie über die Maßen, daß Gilgamesch in solche Erregung geraten war und sie in einem solchen Augenblick mit ins Vertrauen gezogen hatte. Aber sie gab sich Mühe, ihre Freude nicht sichtbar werden zu lassen. Vielmehr tat sie so, als handele es sich um das Selbstverständlichste von der Welt.

»Du bist müde vom Laufen, junger Jäger«, sagte sie, »deine Füße sind staubig, und deine Augen sehen aus, als würden sie jeden Moment zufallen. Nimm ein Bad, laß dir Speisen geben im Tempel und schlaf dich aus bis zum Morgen. Derweil werde ich meine Wahl unter den Mädchen treffen, wie es Gilgamesch, unser König, befiehlt. Morgen, wenn ihr aufbrecht, werden frische Maultiere bereitstehen, um euch sicher und schnell an euer Ziel zu bringen. Auch ich weiß nicht, was Gilgamesch will, aber es wird klug und richtig sein. Für dich und dafür, daß du alles ausführst, wie es dir aufgetragen wurde, gebe ich ein kleines Geschenk mit.«

Nicht ahnend, was sie da aus der Schatzkammer des Tempels genommen hatte, reichte sie ihm ein kleines Amulett. Es war eine Figur aus weißem Alabaster, die die Urmutter darstellte. Schön blankgeschliffen war sie, das Haar mit Bitumen geschwärzt, und die Augen waren winzige schwarze Steinsplitter. Um den Hals der Figur lag eine doppelreihige Kette aus gebrannten Lehmkugeln in der Form echter Perlen. An der Rückseite befand sich eine Öse für die Kette und in den Händen zwei Bohrungen, in die man Blumen einstecken konnte. Es war die Figur, die Gilgamesch am Tag seiner Segnung im Tempel vor dem Altar geopfert hatte.

Überglücklich bedankte sich der Jäger und verstaute den kostbaren Gegenstand in seinem Gürtel. Er würde eine Kette aus Leder dazu machen und das Geschenk der Göttin stolz am Halse tragen, das gelobte er.

Iluna klatschte zweimal in die Hände. Dienerinnen eilten herbei und führten den Jäger zu Bad, Nachtmahl und Lager. Iluna, die jüngste Verkörperung Ischtars auf Erden, war allein.

Sie dachte nach. Was hatte das alles zu bedeuten? Warum hatte die Nachricht über einen Barbaren Gilgamesch dermaßen in Aufregung versetzt? Welches der Mädchen sollte sie für diese heikle Mission wählen?

Nach längerer Überlegung kamen ihr aus dem Kreis ihrer engsten Vertrauten immer wieder drei Namen in den Sinn: Sasa, Unigi und Tehiptilla. Sie würde das kleine Orakel befragen.

Einer Holzschatulle entnahm sie drei pyramidenförmige Elfenbeinwürfel. In jede der Flächen waren Zeichen graviert: ein Auge, eine Doppelspirale, drei Striche, die heilige Fünf, der achtstrahlige Venusstern und andere Planeten. Sie wog die Würfel in ihrer Hand und richtete ihre Gedanken dabei ganz auf die Frage aus. Sechsmal warf sie und ließ das Elfenbein über die Fliesen des Fußbodens springen. Nach jedem Wurf beugte sie sich über das Ergebnis und deutete die Kombination der Bilder aus. Das war nicht einfach, aber sie besaß einige Übung darin. Schließlich übertrug sie ihre Berechnungen mit einer spitzen Knochennadel auf ein Tontäfelchen, in das sie sorgfältig Punkte und Striche gravierte. Das sich daraus ergebende Bild stellte einen Brunnen dar, den heiligen Brunnen im Tempel der Ischtar. Nur eines der Mädchen tat heute nacht Dienst am Brunnen . . .

»Oh . . . Tehiptilla!« rief sie erfreut. Das Orakel fand ihre Zustimmung. Erneut klatschte sie in die Hände und schickte nach ihrer Dienerin.

Natürlich würde das Kätzchen nicht gerade begeistert über die ihr zugewiesene Aufgabe sein, das war ihr klar. Ein betretenes Gesicht würde sie machen, sich wehren und winden, vielleicht sogar weinen. Aber was half das alles? Schließlich hatte das Orakel gesprochen, und daran durfte niemand zweifeln, es sei denn, er würde es wagen, den Willen der Götter in Frage zu stellen. Nein, das war nicht Tehiptillas Art. Sie würde gehorchen, ganz gewiß würde sie gehorchen und gehen.

Am nächsten Morgen wurde der Jäger in aller Frühe geweckt. »Stärke dich gut für die Reise«, sprach die Venuspriesterin, »draußen vor dem Tempel stehen zwei Maultiere bereit, dazu das Mädchen, außerdem Verpflegung und Wassersäcke. Wenn du deinen Auftrag ausgeführt hast, kehre sofort um und bringe die Reittiere zum Tempel zurück. Erzähle Ischtar, wie es war, und mache dich dann unverzüglich zum König auf, um Bericht zu erstatten.«

Der Jäger sagte zu allem ja und freute sich, daß er vom Schicksal so begünstigt wurde. Als er durchs Tor auf den Platz vor dem Tempel trat, sah er, daß dort zwei Maultiere bereitstanden. Auf einem davon saß eine in schöne Kleider gehüllte Gestalt, die ihr Gesicht hinter einem Schleier verbarg. Schlank war sie, von zierlichem Wuchs und sicher ein liebreizendes Mädchen.

Der Jäger stieg auf das andere Maultier und ritt den Eanna hinab und quer durch die Stadt bis hin zum Tor, durch das er gekommen war. Dort brauchte er nur Gilgameschs Siegel zu zeigen, um unbehindert passieren zu können.

Vor der Stadtmauer wandte sich der Jäger um und fragte das Mädchen: »Bist du gewohnt, zu reiten, kannst du ein zügiges Tempo vertragen?«

Die verschleierte Gestalt nickte stumm.

»Gut, dann nehmen wir die kürzeste Strecke«, sagte der Jäger und spornte sein Tier an.

Sie ritten die Mauer entlang und schwenkten dann ab nach Osten. Gegen Abend erreichten sie einen kleinen Palmenhain und richteten sich ein Nachtlager her. Den Jäger machte es ein wenig verlegen, neben einer so schönen Gestalt zu ruhen. Ihre Verschleierung beflügelte seine Phantasie. Überhaupt – sollten im Venustempel nicht recht lockere Sitten herrschen? Auch in der Ferne hörte man so manches aus Uruk, wahre Wundergeschichten, und die aufregendsten kreisten zumeist um Ischtar und ihre freizügigen Mädchen. Er wälzte sich unruhig auf seinem Lager herum. Als seine Hand der Nachbarin näher kam, wich diese aus und sagte streng: »Weißt du nicht, was dir Gilgamesch, unser Herr, und Ischtar, die Göttin, aufgetragen haben? Willst du dich gegen ihren Befehl versündigen?«

Sofort zog der Jäger die Hand zurück und schämte sich. Nein, niemals würde er es wagen. Man sollte sich auf ihn verlassen können, um so größer würde am Ende die Belohnung für ihn sein. Aber er lauschte noch lange der Stimme nach, die hell und rein und lieblich geklungen hatte.

Am zweiten Tag kamen sie nur langsam voran, weil ihnen ein Sandsturm entgegenblies und die Tiere nur zögernd Schritt faßten. Als der Sturm sich gelegt hatte, schüttelte die verhüllte Gestalt den Staub von ihrem Kleid und lüftete etwas den Schleier. Da erblickte der Jäger das Gesicht eines der schönsten Mädchen, das er jemals gesehen hatte. Und er wurde befangen und stumm.

Auch das Mädchen schwieg während des ganzen Rittes. Tehiptilla sann nach und beklagte ihr Unglück. Ausgerechnet sie, die solange schon eine Krankheit vorgetäuscht und sich damit dem Zugriff der Männer entzogen hatte, mußte es sein, die Iluna erwählte. Gewiß, es war das Orakel gewesen, das sie bestimmt hatte, und eine Göttin hatte die Punkte und Striche mit eigener Hand gezogen – aber warum, warum nur mußte ausgerechnet sie mit dieser Aufgabe betraut werden? Sie dachte an Gilgamesch, und ihr Herz wurde schwer. Er hatte gewollt, daß die Aufgabe jemand aus dem Tempel übernahm, ohne indes zu wissen, daß er indirekt sie, Tehiptilla, dazu bestimmte.

Sie seufzte und nahm sich vor, tapfer zu sein. Ja, sie würde alles tun, wie es von ihr verlangt wurde. Aber nicht für Ischtar tat sie es, nicht für das Orakel, sondern einzig und allein, weil es der Wille Gilgameschs war. Dennoch quälte sie sich. Je weiter der Weg sich hinzog, desto banger wurde ihr in der Seele.

Noch einmal übernachteten sie in einem Waldstück. Der Jäger entfachte ein Feuer und bereitete daran ein einfaches Mahl. Als sie gegessen und getrunken hatten, fragte sie zaghaft: »Wie weit ist es noch, Jäger?«

»Nicht mehr weit. Morgen werden wir die Stelle erreichen. Hast du Angst?«

Tehiptilla antwortete nicht darauf. Dann fragte sie: »Und was ist das für ein wilder Geselle, der dem Gilgamesch so wichtig erscheint?«

»Oh«, lachte der Jäger und begann aufzuschneiden, »ein häßlicher ungeschlachter Riese ist es, ein tückisches Ungeheuer aus den Bergen, mit Pranken, so groß wie Löwentatzen, und über und über behaart. Sein Gesicht kann man eigentlich nicht mehr menschlich nennen, zu sehr gleicht es der Fratze eines Dämons. Seine Augen sind wild, sein Atem ist stinkend, und seine Stimme ähnelt dem des Donners bei schwerem Gewitter. Vielleicht kann er nur diese Laute ausstoßen und nicht einmal sprechen. Zwei Möglichkeiten gibt es, wenn du dich ihm näherst: Entweder gefällst du ihm, und er nimmt dich, oder er zerreißt dich auf der Stelle in Stücke.«

Tehiptilla verlor allen Mut, sie weinte hinter ihrem Schleier still vor sich hin. Nur mühsam konnte sie sich beruhigen. Doch dann faßte sie sich. Sie würde es tun, und wenn es das letzte war, was sie in ihrem jungen Leben erlebte. Hell leuchteten die Sterne am Himmel, und der Mond warf sein Licht durch die Zweige. Sie ruhte auf ihrem Lager und fand keinen Schlaf. Doch alles Hadern mit ihrem Schicksal half ihr nicht weiter. Morgen würde sie entweder die Probe bestehen oder sterben . . .

Am nächsten Vormittag erreichten sie ihr Ziel. Nicht fern von der Tränke band der Jäger die Maultiere an einen Baum und ging mit dem Mädchen zu Fuß weiter. Dicht am Wasserloch verbargen sie sich in einem Gebüsch. Den ganzen Tag über harrten sie aus und warteten darauf, daß der Riese erschien. Statt seiner kam nur das Wild: Onager, Antilopen, Gazellen und wilde Kaninchen. Auch Schwärme von Vögeln ließen sich nieder, um zu trinken und sich in der Flut zu tummeln. Es war ein friedlicher Anblick. Den Jäger lockte es, seinem Handwerk gemäß eine Fanggrube auszuheben, die reichlich Beute versprach. Aber er beherrschte sich und dachte an seinen Auftrag. Die Belohnung, die ihm winkte, war gewiß größer als jede Beute, die er hätte erjagen können.

Der Tag verging, und die Nacht senkte sich über die Steppe, ohne daß der Riese auftauchte, und so war es auch am nächsten Tag. Schließlich, am dritten Tag, erblickten sie ihn: Er kam mit den Gazellen und Antilopen heran, wild und kraftvoll, ständig nach allen Seiten spähend und witternd.

Tehiptilla erschrak, als sie ihn sah. Großbärtig und zottelhaarig war er, kräftig schwollen die Muskeln an seinen Armen. Er war ein richtiger Unhold, ein Wilder aus den Bergen. Er beugte sich vor und trank aus dem Wasserloch wie ein Tier. Dann warf er sein Fell ab und sprang ins Wasser, um sich zu erfrischen. Tehiptilla bemerkte verwundert, daß die Tiere keine Scheu vor ihm hatten. Er schwamm zwischen den Wasservögeln, spritzte übermütig die Onager am Ufer naß und lachte dröhnend, als sie erschrocken aufstoben und ihn empört aus ihren runden Augen anstarrten. Aber als er aus dem Wasser stieg, kamen sie wieder zutraulich näher, und er brummte sie gutmütig an.

»Das ist er, Weib«, wisperte der Jäger, »los, tu so, wie dir gesagt wurde: Streife Schleier und Kleid ab, löse das Tuch von deinem Busen und enthülle den Hügel der Freude. Steig ins Wasser, bade und wiege deinen Körper dabei. Wenn er dich sieht und dir naht, dann wecke die Begierde in ihm. Locke ihn ins Fangnetz des Weibes. Breite dein Gewand als Bett für euch aus, nimm seinen Atemstoß hin, öffne deinen Schoß und laß ihn ohne Scheu zu dir eingehen, damit er deine Fülle erspürt.«

So flüsterte der Jäger und gab Tehiptilla einen aufmunternden Stoß. Ihr wurde schwindelig bei dem Gedanken, diesem Unhold zu Willen sein zu müssen. Aber sie entsann sich der Worte Ischtars, die das gleiche befohlen hatten wie das Flüstern des Jägers.

»Wartest du hier, stehst du mir bei im Falle der Not«? fragte sie.

Der Jäger schüttelte den Kopf. »Nein, ich habe den Auftrag, sofort umzukehren und dich deinem Schicksal zu überlassen. Leb wohl und viel Glück.«

Tränen rannen über das Gesicht der schönen Tehiptilla. Mit einer energischen Handbewegung wischte sie sie fort und stand auf, um aus dem Dickicht an die Wasserstelle zu treten. Am Ufer legte sie ihren Schleier ab, öffnete das Kleid und ließ es über ihre Schultern rutschen. Dann löste sie das Tuch von ihren Brüsten, und als sie splitternackt war, stieg sie zierlich ins Wasser zum Bade.

Der Wilde bemerkte sie sofort. Er stand auf der anderen Seite der Wasserstelle und starrte sie an. Tehiptilla hielt ihren Kopf gesenkt und tat so, als fühlte sie sich völlig unbeobachtet. Sie tauchte im Wasser unter, kam wieder hoch, schüttelte ihr naßes Haar im Nakken aus und wiegte dabei ihren geschmeidigen Körper. Dem Jäger im Dickicht und mehr noch dem wilden Unhold am gegenüberliegenden Ufer stockte der Atem. Wunderschön war Tehiptilla anzusehen, schlank wie eine Gazellenstute, rosig wie eine Blüte im Tau und verführerischer, als es sich die Gedanken von Männern ausmalen könnten. Sie drehte sich, beugte sich vor und schöpfte mit der hohlen Hand Wasser, das sie, scheinbar ins tändelnde Spiel versunken, über ihren Körper hinabperlen ließ.

Enkidu, der Barbar, der mit Bergziegen und Steinböcken aufgewachsen war, die Milch wilder Esel getrunken und gemeinsam mit den Gazellen Gras gefressen hatte, der wüste Wilde, der Sproß der weiten Steppe, wurde erregt bei ihrem Anblick. Er sprang auf sie zu.

Tehiptilla floh aus dem Wasser, doch nur zum Schein, eher um ihn durch ihr Fliehen zu reizen. Sie hätte, wenn sie wirklich hätte flüchten wollen, auch keine Chance gehabt, denn schnell war der Sohn der Steppe. Mit wenigen Sätzen hatte er sie erreicht und packte sie. Tehiptilla wand sich in seinen Armen und trommelte mit ihren Fäusten gegen seine Brust. Dies aber erregte ihn noch mehr. Er warf sie nieder und kam gewaltsam über sie. Da wurde es dem Mädchen wirklich angst. Sie spürte seinen Atem in ihrem Gesicht, sein Keuchen und seine Begierde. Nicht mehr an Gilgamesch dachte sie, nur noch an ihr eigenes Leben. Der Barbar bestürmte sie, wie es die wilden Tiere der Steppe tun. Da öffnete Tehiptilla ihren Schoß und ließ ihn ungestüm eindringen. Zügellos frönte er seiner Leidenschaft, daß Tehiptilla beinahe die Sinne schwanden.

Der Jäger, der im Gebüsch alles miterlebt und genug gesehen hatte, löste sich schweren Herzens von dem Anblick, wandte sich um und ging, die Maultiere zu holen. Kurz darauf war er bereits eilig unterwegs, nach Uruk zurück, um sich die Belohnung abzuholen.

Der Barbar aber hatte für nichts mehr anderes Augen als für das schöne Mädchen. Wieder und wieder beschlief er sie und ließ sechs

Tage und sieben Nächte nicht mehr ab von ihr. Von einer Ewigkeit zur anderen führte er Tehiptilla, die gedacht hatte, schon viel im Tempel gelernt zu haben, aber doch wenig wußte im Vergleich zu dem da, diesem unbändigen Kerl, der ihr zeigte, wie es die Wildtiere machen, und immer und immer wieder seine Lust an ihr fand.

Wie im Rausch verging die Zeit, ohne Essen und Trinken, nur von kurzen Pausen unterbrochen, in denen er ihr wirres Zeug erzählte von Bergen und Sturm, von Wurzeln und Disteln, von glühend heißer, verdörrter Steppe und von Wasserlöchern gleich diesem, an dem sie lagen und sich dem hitzigen Spiel ihrer Körper überließen.

Ja, sprechen konnte er, wie ein Mensch fast, das stellte Tehiptilla erleichtert fest, aber sonst war er ein Tier. Das merkwürdigste an seinem Benehmen aber war, daß er nach und nach zärtlicher in seinen Bewegungen wurde. Seine groben Hände wurden in der Berührung leichter und feiner, ohne daß sie ihn anleiten mußte dazu. Mehr und mehr ließ er auch von der Roheit seiner tierischen Bedürfnisse ab und fand wie von selbst zu einer Sanftheit, die sie überraschte.

Als er nach Ablauf einer ihr schier unermeßlich erscheinenden Zeit endlich gesättigt war, stand er auf und streckte sich wie befreit. Er ging zum Wasser, um zu trinken und sah sich nach seinen Gefährten, den wilden Tieren, um. Doch ihre Reaktion auf ihn erschreckte ihn über die Maßen. Die Gazellen stoben auf und sprangen davon, die Wasservögel erhoben sich keckernd und schnatternd und flohen voller Angst. Vor ihm flüchtete alles Getier, als ob er ein ganz normaler Mensch sei, ein Jäger womöglich, der auf Suche nach Beute in ihre Lebenszonen eingedrungen war.

Enkidu tat wie immer, wollte mit den Antilopen um die Wette laufen, doch seine Knie versagten den Dienst. Er fühlte seine gewohnte Kraft gehemmt, sein Lauf war nicht mehr wie früher. Wo er auch hinging, vor seinem Schritt floh das Getier. Er aber spürte zugleich mit dem Schwinden seiner einstigen Wildheit etwas Seltsames in sich wachsen, das größer und größer wurde, das ihn taumelig machte, als es seinen Kopf erreichte.

Er kehrte jählings ernüchtert um und ging zur Wasserstelle zurück. Dort sank sein Körper in den Lehm, er schlug die Arme vor das Gesicht und tat etwas, das er vorher nicht kannte: Er weinte hemmungslos und wunderte sich dabei, woher dieses neue Gefühl, der Schmerz in seiner Brust und all das viele Wasser in seinen Augen kam. Da saß er, der Barbar, weinte und löste den Schmerz in sich, der aus ihm floß wie Eiter aus einer plötzlich aufbrechenden Wunde.

Dieses absonderliche Verhalten wunderte Tehiptilla am meisten von allem, was ihr bislang widerfahren war. Sie stand auf und näherte sich behutsam dem blonden Riesen, dessen mächtige Schulterblätter zuckten und bebten. Sie schlang ihre Arme um seinen Hals und schmiegte ihren nackten Körper an ihn. Enkidu hob sein tränenüberströmtes Gesicht und blickte sie an. Tiefer Schmerz, ein Erwachen und eine erste Erkenntnis lagen in diesem Blick. Er sah sie an, als betrachtete er sie das erste Mal. Wie ein Kind saß er zu ihren Füßen und lauschte auf das, was sie sagte.

Tehiptilla strich sanft die Tränen aus seinem Gesicht. Zärtlichkeit war ihr Gefühl, und als sie sprach, wußte sie nicht, woher ihr die Worte zuflossen. Sie sprach, ohne nachzudenken, und sagte in diesem Moment doch das richtige: »Weise bist du, Enkidu, fast schon ein Gott geworden. Warum weinst du über das, was vergangen ist, und beklagst den Verlust der Steppe? Lauf nicht mehr den Tieren nach, es sind andere Wesen als du – Tiere eben, und du bist ein Mensch. Komm, ich führe dich hinein in das prächtige Uruk, die schöne, lebendige Stadt, die am fruchtbaren Ufer des Euphrat liegt. Zum heiligen Berg werde ich dich führen, zum Eanna, den die Götter segneten und auf dem die Menschen ihnen zu Ehren Tempel erbauten. Du wirst das strahlende Haus von Iluna sehen, der jüngsten Verkörperung Ischtars auf Erden. Keine Frau kommt an Schönheit ihr gleich. Und ich zeige dir Anus Tempel mit der Zikkurat, die als geschraubte Säule bis hoch in den Himmel reicht. Den Egalmach auch, den Sitz der weisen Mutter von Uruk, und den Palast des Königs, der gerade mit Blendsteinen umkleidet wird, damit er tagsüber leuchtet wie Schamachs Prachtwagen, die Sonne. Dorthin werde ich dich bringen, wo Gilgamesch, der Vollkommene, seinen Wohnsitz hat. Ich kenne ihn gut und weiß, daß er auf dich wartet.

Zu ihm soll ich dich bringen, und du wirst es nicht bereuen, ihn kennenzulernen.«

»Hah«, stieß der Barbar in einer Wallung von Aufsässigkeit heftig hervor. »Der Vollkommene? Der Starke bin ich! Das soll jeder wissen: Wer wie ich in den Bergen geboren und in der Steppe aufgewachsen ist, der ist gewaltiger als jeder andere Mann! Ich will ihn zum Kampf fordern, wenn es soweit ist. Und rühmen werde ich mich in diesem Uruk. Ziehe ich mit dir dort ein, wird sich alles ändern. Denn niemandem gehe ich aus dem Weg, auch diesem Gilgamesch nicht. Wer sich mir in den Weg stellt, den fege ich beiseite.«

Tehiptilla freute sich, daß es so leicht war, ihn aus der Steppe zu locken. Aber sie ließ nicht nach und forderte ihn weiter heraus: »Du wirst staunen, Enkidu, wenn du erst Uruk, die gewaltige Stadt siehst. Tausendmal zehntausend Männer laufen dort gegürtet, mit Werkzeug und Waffen. Täglich wird da ein Fest gefeiert, mit Musik und Tanz und leckerem Essen. Täglich erdröhnt eine große Trommel, die das Blut der Menschen in Wallung versetzt. Und Mädchen gibt es, die eigens nur für die Freude erschaffen sind, eine schöner als die andere. Die lachen und jauchzen den ganzen Tag und sind in kostbare Gewänder gekleidet. Zwischen ihnen kannst du, wenn du Lust hast, jeden Tag wählen und jede Nacht eine andere für dein Liebeslager bestimmen.«

Enkidu schüttelte ungläubig den Kopf. Tehiptilla fuhr fort und lenkte seinen Sinn erneut auf Gilgamesch, auf dessen Namen allein er bereits so heftig reagiert hatte.

»Gilgamesch will ich dir zeigen. Und wenn du erst in sein Angesicht schaust, wirst du mir zustimmen: Keinen Herrscher gibt es gleich ihm im weiten Erdenkreis. Männlich schön ist sein Antlitz und voller Würde, elastisch und wohlgebaut sein Körper. An Kraft aber ist er dir weit voraus, ob du es glauben magst oder nicht, du wirst es selber erkennen. Enkidu, gib deine Unarten auf und laß die verdörrte Steppe zurück! Was hast du hier noch verloren? Das Vieh flieht vor dir, du bist ihm fremd und unheimlich geworden. Selbst wenn du in die Wildnis zurückgehen willst – du findest dich nicht mehr zurecht und wirst ein Leben lang Sehnsucht nach Uruk und Gilgamesch haben. Was zögerst du also noch?«

Enkidu wiegte den Kopf hin und her, er war von Zweifeln geschüttelt. Tehiptilla aber umgarnte ihn weiter, schmeichelte seiner Männlichkeit und näherte sich ihm zärtlich.

Sie sagte: »Nimm mich, Enkidu, ich schenke mich dir, so wie du es magst, denn ich habe Gilgamesch und der schönen Iluna versprochen, alles zu tun, was du verlangst, und dir Lust und Freude zu bereiten.«

Sie begann, seinen Körper zu streicheln und erneut seine Begierde zu wecken. Der Barbar ergab sich der Wollust und nahm an, was Tehiptilla ihm bot. Ungestüm war er, aber seltsamerweise machte es Tehiptilla nun keine Angst mehr. Im Gegenteil, sie genoß es, so leidenschaftlich angenommen zu werden. Im Liebesspiel vereint lagen sie unter dem Sternenhimmel und vergaßen für weitere lange Stunden die Welt.

Vor allem aber, und dies war das Wichtigste, vergaß Enkidu, wo er geboren worden war. Neugier und Sehnsucht hatte sie in sein Herz gepflanzt, eine Sehnsucht, die nicht mehr zu stillen war.

Tehiptilla führte Enkidu an der Hand, wie man ein Kind führt. So zogen sie durch die Steppe – sie in ein kostbares Gewand gekleidet, er struppig und in Tierfellen. Sie hätte viel dafür gegeben, jetzt den Jäger als Führer bei sich zu haben. Er kannte den Weg durch die Einöde recht gut, wußte, wann wieder bewohntes Gebiet begann, wo fern von Stadt und Landbau die Viehhirten hausten. Auf dem Weg zur Wasserstelle hatte sie zwar versucht, sich die Strecke genau einzuprägen, nun aber, nach so langer Zeit und in der flimmernden, die Augen narrenden Hitze, fiel es ihr schwer, sich zu orientieren. Ewig gleich sah die Steppe aus, ein dorniges Ödland mit Disteln, kargem Gestrüpp und mageren Blumen, mit Staub und Steinen, unter denen es von Skorpionen wimmelte. Wie hatte sich der Barbar hier nur wohl fühlen können, weitab von jeglicher menschlicher Siedlung? Sie warf einen flüchtigen Seitenblick auf ihn. Er tappte neben ihr, stets einen halben Schritt zurück, sein Gesicht wirkte ergeben, so als wäre sein Denken unendlich zufrieden oder ganz einfach leer.

Ich bin gespannt, wie er auf alles reagiert, was ich ihm zeigen werde, dachte Tehiptilla. Wenn er es ablehnt, wird er ganz sicher einsam und krank werden vor Sehnsucht nach seiner Wildnis. Wenn er aber begreift, so wird er es weit bringen und ganz Uruk noch in Erstaunen versetzen.

So oder ähnlich kreisten ihre Gedanken, während sie durch die Steppe schritt und verzweifelt versuchte, irgendeinen Anhaltspunkt zu finden, an den sie sich noch erinnern konnte. Da war doch ein kleines Wäldchen gewesen und dahinter Pferche mit Herden von Schafen, Ziegen und Rindern, in deren Nähe die Hirten ihre Hütten errichtet hatten... Wenn sie dafür nur einen Hinweis fand!

Da, war da nicht ein schmaler, dunkelgrünlicher Streifen am Horizont? Sie kniff die Augen zusammen und blinzelte.

»Ist das Wald dort, was meinst du?«

Enkidu nickte teilnahmslos.

»Dann sind wir richtig«, rief Tehiptilla, »ich werde dich zu den Hütten der Hirten führen. Ich bin neugierig, wie du das Leben dort findest.«

Der Barbar gähnte herzhaft und brummte.

Viel weiter, als es zuerst den Anschein hatte, war der Weg bis zum Wald. Die Füße taten ihr weh, und immer noch nicht waren sie dem schattenspendenden grünen Streifen nähergekommen. Endlich, gegen Abend, erreichten sie das Waldstück. Sie erkannte die Stelle wieder – es war der Platz, an dem der Jäger Feuer gemacht und etwas gebraten hatte. Das letzte Mal, bevor sie dem Barbar zugeführt wurde, hatte sie hier unterm Sternenhimmel gelegen und still ihr Schicksal beklagt. Wieviel war seitdem geschehen... Sie kam sich völlig verwandelt vor. Sie war nicht mehr die gleiche Tehiptilla, die von Uruk aufgebrochen war.

Quer durch den Wald ging sie mit Enkidu, an den Viehhürden

vorbei, den Hütten der Hirten zu. Hunde sprangen ihnen entgegen, umkreisten sie und kläfften wie besessen. Doch Enkidu knurrte nur einmal und fletschte die Zähne in ihre Richtung, da zogen sie ängstlich die Schwänze ein und schlichen vorsichtshalber in größeren Kreisen um das Paar. Auch die Hirten staunten, als sie das merkwürdige Paar ankommen sahen. Im allerletzten Schein der untergehenden Sonne zeichneten sich ihre Gestalten ab: Ein Riese, der halb wie ein Tier aussah, ein schrecklicher Unhold, vielleicht aber auch ein Gott, ja, Sumukan vielleicht, der Behüter aller Tiere in Wald, Feld, Bergen und Wüste, man konnte ja nicht wissen ... Und dann, Hand in Hand mit ihm, eine wunderschöne Frau, in so kostbare Gewänder gehüllt, wie sie angeblich Ischtar, die Liebesgöttin tragen sollte im fernen Uruk.

Die schöne Frau hob die Hand zum Gruß der Freundschaft und lächelte. Da luden die Hirten die beiden in ihre Hütte ein, wo in der Herdstelle ein lustiges Feuer flackerte, und darüber drehte sich am Spieß ein saftiger Braten. Die Hirten waren gastfreundliche Leute, sie bekamen selten Besuch und freuten sich, Gäste zu haben, die ihnen von fremden Ländern und Sitten berichten konnten. Und das tat Tehiptilla, die gut zu erzählen wußte. Anmutig und anschaulich beschrieb sie das Leben in Uruk, und obgleich ihre Rede eigentlich mehr für Enkidu bestimmt war, bekamen die Hirten vor Staunen ganz runde Augen. Welch eine wundersame Frau war das! Sicherlich eine Dame aus höchsten Kreisen, vielleicht eine Verwandte des Königs oder am Ende doch eine Göttin ...

Sie wären nie auf den Gedanken gekommen, eine einfache Tempeldirne Ischtars vor sich zu haben, und behandelten sie mit großem Respekt. Enkidu gegenüber aber wußten sie nicht, wie sie sich verhalten sollten. Einerseits jagte ihnen sein schreckliches Äußeres und seine gewaltige, unübersehbare Kraft Angst ein und ließ sie vorsichtig werden. Andererseits benahm er sich dermaßen unbeholfen und täppisch, daß sie in einem fort über ihn hätten lachen können. Da aber auch die schöne Dame ernst blieb, verkniffen sie sich ihr Lachen. Aber sie beobachteten jede Bewegung des Riesen.

Zuerst weigerte er sich, vom Braten zu essen. Beim ersten Bissen nämlich verbrannte er sich Finger und Mund. Er knurrte so unwillig, daß die Hunde erneut die Schwänze einzogen und aus der Hütte flohen. Dann aber entdeckte er den Geschmack des Fleisches, fiel sofort gierig darüber her, und zwar mit solchem Appetit, daß die Hirten schneller essen mußten, um selbst noch etwas vom Braten abzubekommen. Bei den anderen Speisen ging es genauso: Enkidu saß und guckte Becher und Schale an; das Brot wußte er weder zu brechen noch zu essen. Er nahm einen Laib, hielt ihn unter die Nase und roch daran. Da mußten die Hirten aber doch schallend lachen.

Tehiptilla sagte: »Ihr wundert euch und findet es seltsam. Aber dort, wo er herkommt, kennt man kein Getreide. Er graste mit den Gazellen und saugte die Milch der Tiere. Alles, was für euch und mich selbstverständlich ist, hat er noch nie im Leben gesehen. Er weiß nicht, wie man Brot ißt, und Bier zu trinken hat ihn niemand gelehrt.«

»Dann wollen wir ihm Neues zeigen«, sagte der älteste der Hirten, »damit er nicht nur groß und stark bleibt, sondern obendrein noch Weisheit erfährt.«

Und Tehiptilla sprach zu Enkidu: »Iß das Brot, Enkidu, es gehört zum Leben, und trink den Rauschtrank, der daraus gemacht wird, das Bier, wie es Brauch ist in unserem Lande.«

Enkidu aß, da er immer noch nicht ausreichend satt war, drei Brote und trank dazu sechs Krüge mit Bier. Je mehr er trank, desto leichter wurde sein Sinn, sein Herz frohlockte und sein Antlitz begann zu strahlen. Diese Veränderung an seinem Wesen und die enorme Trinkfestigkeit, die er bewies, begeisterte die Hirten. Sie hoben die Becher und ließen ihn hochleben, sie begannen alle Lieder zu singen, die sie kannten, und Enkidu schlug mit seinen mächtigen Pranken den Takt dazu auf Holztisch und Schenkel.

Endlich, als er den siebenten Bierkrug angesetzt und bis auf den letzten Tropfen ausgetrunken hatte, fiel er krachend neben den Tisch und schlief am Boden sofort schnarchend ein. Vier Männer hatten Mühe, ihn aufzuheben und in eine Kammer zu tragen, die die Hirten dem sonderbarn Gast und seiner schönen, hochgestellten Begleiterin angeboten hatten. Enkidu schlief wie ein Stein in dieser Nacht, und auch Tehiptilla fand endlich wieder einmal zu erholsamem Schlummer.

Am nächsten Morgen wusch sich der Barbar von Kopf bis Fuß und salbte seine Haut unter Tehiptillas Anleitung mit Öl. Seine zerlumpten Felle warf er beiseite und zog ein Gewand an, das die Hirten ihm reichten. Dazu einen ledernen Gürtel und eine Axt, mit der man sich gegen Löwen zur Wehr setzen kann. Seine Verwandlung war erstaunlich: Zwar wallten ihm noch immer sein Haar und sein Bart, aber er wirkte jetzt fast schon wie ein normaler Mann.

Enkidu bestand darauf, die Geschenke der Hirten, Essen, Getränke und Unterkunft nicht umsonst anzunehmen, sondern als Gegenleistung etwas dafür zu tun. Er wollte des Nachts für die Hirten auf der Weide wachen, um umherschleichende Raubtiere zu verjagen.

Tehiptilla bat ihn: »Laß uns nach Uruk gehen, Enkidu. Gilgamesch wartet auf uns, er wird alles ersetzen, was die Hirten für uns getan haben, und sie für ihre Gastfreundschaft reichlich entlohnen.»

Doch der Barbar schüttelte störrisch den Kopf. Er kannte den Himmel zur Nachtzeit und die Sprache der Winde, er wußte vor allem, daß sich um diese Zeit Löwen und Wölfe herumtrieben. Schon in der ersten Nacht, in der die alten Hüter sich in ihren Hütten zur Ruhe legten, erstach er einen hungrigen Löwen und in der zweiten erwürgte er mit bloßen Händen mehrere Wölfe, die sich zu weit vorgewagt hatten.

Die Hirten waren hocherfreut, einen solchen Helden unter sich zu wissen und litten ihn gern bei sich. Enkidu entfachte allabendlich am äußersten Rand der Weiden ein Feuer, an das kamen sie mit Speisen und Bier, sangen Lieder und erzählten endlose Geschichten, bis der Barbar ein Zeichen machte, die Hand hob, die sie verstummen ließ, den Kopf in den Wind richtete und witterte. Manchmal stand er auf und ging allein in die Dunkelheit hinaus. Jedesmal dann erklangen Gebrüll, Schnauben und gurgelnde Schreie, und jedesmal kam er zurück mit einem erschlagenen Raubtier als Beute.

Als die Zeit der Löwen und Wölfe vorüber war, der Mond gewechselt hatte und Nannars Schale sich wieder zu füllen begann, verließ Enkidu das Wachfeuer auf der Weide und zog sich nachts in die Schlafkammer zurück. Überall hin folgte ihm die schöne Tehiptilla, sie hatte mit ihm am Feuer gewacht und gab sich nun wieder, wann immer er wollte, voll Inbrunst seiner Wollust hin.

Eines Nachts, als sie so lagen und sich dem Liebesspiel voller Zärtlichkeit und Leidenschaft widmeten, ertönten draußen vor der Hütte ungewohnte Laute. Enkidu hob den Kopf und lauschte.

»Was ist das?« fragte er.

»Ich weiß es nicht«, antwortete Tehiptilla, »aber es klingt nicht nach Gefahr, eher nach eintreffendem Besuch. Möglich, daß Reisende eingetroffen sind und zu Gast bei den Viehhirten bleiben.«

Draußen waren Schritte zu hören, ein Zirpen und Zwitschern, Keckern und Schnalzen, Geräusche von rollenden Rädern und Stimmen von Männern, Frauen und Kindern. Als endlich alles verstummte und seinen Platz für die Nachtzeit gefunden zu haben schien, beruhigte sich auch Enkidu wieder und fand erneut zu den liebreizenden Wonnen seiner kleinen Gespielin.

Am nächsten Morgen, als Enkidu vor die Tür trat, bot sich seinen Augen ein eigenartiges Bild: Auf dem Platz zwischen den Hütten standen mehrere hölzerne Karren mit Maultieren und Onagern im Gespann. Davor turnten ein paar Männer und Frauen, einige darunter mit kohlschwarzer Haut. Einer machte Kunststücke mit fünf Holzkeulen, die er gleichzeitig warf und so schnell, daß es aussah, als wirbele er ein einziges Rad in der Luft herum. Danach nahm er Bälle und Messer und war mit ihnen genauso geschickt. Ein anderer lief auf seinen Händen, eine Frau balancierte auf einem Seil, das zwischen zwei Hütten gespannt war. Schritt für Schritt tastete sie sich vor, mit den Armen rudernd und beinahe in der Luft schwebend.

Dann gab es drei Affen, die vergeblich versuchten, Saiteninstrumente zu zupfen, und einen alten, zahnlosen Bären, der im Rund um den Holzpflock ging, an den er gefesselt war, mit Bewegungen, als wolle er tanzen. Die Menschen waren nicht schön, sondern eher von faszinierender Häßlichkeit. Ohrringe trugen sie, ihre Gesichter waren bemalt, und farbige Tücher waren um die Stirn geknotet. Bekleidet waren sie mit grellbunten Gewändern. Waren aber die Erwachsenen bereits häßlich, so überboten die herumlaufenden Kinder sie darin noch um ein Erhebliches. Krummbeinig waren sie, tapsten auf kurzen Stummelbeinen umher und trugen dazu auf den verwachsenen Schultern Köpfe, die gar nicht zu ihrem Alter paßten. Greise, verwitterte Gesichter waren es, die Enkidu anblickten, und Enkidu erschrak. Er rief Tehiptilla, die soeben mit ihrer Morgentoilette fertiggeworden war und nun strahlend wie eine Frühlingsblume vor die Hütte trat.

»Was sind das für fürchterliche Gestalten?« fragte er, »sind das die schönen Menschen aus Uruk, von denen du mir erzählt hast? Ich mag sie nicht leiden, laß sie fortgehen!«

Tehiptilla erkannte alles auf einen Blick, lachte und klatschte in die Hände dabei. »Ein Wanderzirkus ist es, auf der Durchreise wohl. Gaukler und Artisten sind das, Enkidu, Ausgestoßene aus der Ferne, die mit ihren Kunststücken Geld verdienen. Geh nicht barsch mit ihnen um, sie können nichts für ihr Aussehen. Und doch ist es gerade das, was die Leute in Scharen anzieht. Wer schön ist, erfreut sich daran, wenigstens ab und zu etwas Häßliches zu sehen, Enkidu. Und umgekehrt verhält es sich wohl ebenso.«

Enkidu musterte mißtrauisch das durcheinanderwirbelnde Volk da draußen. Er blickte vom zahnlosen Tanzbären hin zu den unmusikalischen Affen, von den häßlichen Zwergen zum tamburinschlagenden Greis und zu der halbnackten, fülligen Frau, die ihre Blöße mit dünnen Schleiern und Tüchern verdeckte und zum Takt des Instruments ihren fetten Bauch wippen und kreisen ließ. Er sah, wie der Mann, der auf den Händen gelaufen war, mit einem Satz auf die Füße schnellte und dem Bären Süßbrot hinhielt, damit er die Bewegungen der tanzenden Frau nachahmte und brummend hinter ihr herwankte. Er sah, wie die Zwerge Purzelbäume schlugen, gräßliche Fratzen schnitten und unanständige Handbewegungen in Tehiptillas Richtung machten.

Auf Tehiptilla wirkte dies alles mehr wie ein Spaß, sie lachte und klatschte Beifall und rief der fetten, schwitzenden Frau, deren Bauch nun wie ein Faß auf- und niederhüpfte, aufmunternde Worte zu. Da lachte Enkidu auch, weil er nichts Besseres wußte, und er setzte sich auf die Schwelle der Hütte, um dem törichten Treiben zuzusehen.

Auch die Hirten spendeten den Gauklern Beifall, besonders als nun einer auftrat, der gezähmte Skorpione über seine bloßen Arme laufen ließ, sie in den Sand setzte, mit dem Zeigefinger ihre aufgerichteten Stachel glattstrich und sie auf diese Weise zu betäuben schien. Dann gab er ein Kommando und trieb die Skorpione zu einem Wettrennen an, das beinahe bis zu den nackten Füßen der Hirten ging, die aufstoben und schreiend zurückwichen.

Als sich alles wieder beruhigt hatte, holte der Mann einen runden Schilfkorb aus einem der Wagen und stellte ihn vor sich auf den Boden. Er griff eine Rohrflöte und blies pfeifende Töne darauf, eine fremdartige Melodienfolge, die die Hirten, Tehiptilla und Enkidu verstummen ließ. Alle Augen richteten sich nun auf den Korb, wo sich der Deckel ein wenig gehoben hatte und schließlich beiseite fiel.

Aus dem Korb wuchs der Kopf einer Uräusschlange, züngelte vor und blickte mit seinen kalten Pupillen umher, als suche er in den Reihen der Zuschauer sein Opfer. Ganz dicht neigte sich der Spieler heran, bis seine Flöte fast den Körper der Schlange erreichte. Atemlos still war es ringsum, als jetzt ein Wunder geschah: Die Schlange stellte den Leib senkrecht, schien dem Flötenspiel zu lauschen und begann, ihren Körper geschmeidig windend, den Tönen zu folgen. Der Spieler ließ seine Rohrflöte dicht vor der Schlange tanzen, und die Schlange tanzte nach seinem Spiel. Als er mit einem schrillen Pfiff geendet hatte, sackte die Schlange in den Schilfkorb zurück, und der Mann stülpte hastig den Deckel über sie.

Nun war wieder die fette Bauchtänzerin an der Reihe, und die Affen machten allerlei Albernheiten dazu. Enkidu aber fragte seine Begleiterin: »Ich weiß immer noch nicht, was das für Leute sind. Wo kommen sie her, was haben sie vor, wo wollen sie hin?«

Da rief Tehiptilla den Mann, der auf den Händen laufen konnte und den Bären gefüttert hatte, heran.

»Mann, woher kommt ihr, wo treibt es euch hin?«

Der Angerufene kam näher, verneigte sich vor der edlen Dame und sagte: »Von weit jenseits der Flüsse Tigris, Djala und Kercha kommen wir, vom Zagros-Gebirge, und einige von uns noch von weiter her. Unser ganzes Leben lang sind wir gewandert und haben vielerlei Reiche, Städte und Tempel gesehen. Nun sind wir auf dem Weg nach Uruk, der vielgepriesenen Hauptstadt des Landes Sumer, von der die Kunde geht, König Gilgamesch habe sie mit einer unüberwindbaren Mauer umwallt.«

»Wollt ihr dort vor Gilgamesch spielen?« fragte Tehiptilla, und ihr Herz klopfte unmerklich schneller.

»Ja«, antwortete der Mann, »vor ihm, dem ruhmreichen Herrscher und vor Ischtar, der Göttin, die im Tempel hoch über der Stadt thront. Wir sind gerufen worden, zu eilen, um rechtzeitig zum heiligen Hochzeitsfest anzukommen, das dicht bevorsteht.«

»Hochzeitsfest? Weißt du mehr darüber, was hat es damit für eine Bewandtnis?« fragte Tehiptilla, und ihr Herz pochte noch schneller.

»Nun«, hub der Mann zu einer längeren Rede an, denn er fühlte sich durch die Neugier der stolzen Dame geschmeichelt, »viel hört man so unterwegs, und manche Nachricht erreicht das fahrende Volk auf verschlungenen Pfaden, von denen normale Sterbliche nie etwas erfahren. Es heißt, daß dieses Fest zu Ehren von Ischtar, der Venusgöttin, veranstaltet wird. Es ist die heilige Hochzeit, bei der sich für einen Tag und eine Nacht der König mit der Göttin vermählt. So war es früher Brauch und wohl schon fast vergessen, denn der König von Uruk, Gilgamesch, soll vieles geändert haben in seiner kurzen Regierungszeit. Ob er nun die Liebesgöttin selbst oder nur eine Priesterin des Tempels zur Frau nimmt, weiß man nicht so genau. Es gehen ja seltsame Gerüchte aus Uruk durch alle Lande.«

»So, was denn?« fragte Tehiptilla gespannt. Sie hielt sich mit beiden Händen am Türrahmen fest, um nicht vor der in ihr aufsteigenden Schwäche niederzusinken.

»Nun, zum Beispiel, daß die Priester des Anu ihm die Erstwahl zur Brautschaft verliehen haben.«

»Was heißt das?«

»Ich will es dir erklären, denn solches habe ich anderenorts schon erfahren: Wählt einer ein Mädchen zur Frau, so gibt er ein Fest im Hochzeitshaus für alle Freunde und jeden, der kommen will. Dann häufen sich die Festspeisen auf dem Tisch, fließen Bier und andere köstliche Getränke in Strömen. Hernach geht, dem Gesetz der Götter zufolge, Kunde zum König, auf daß er das Recht der ersten Nacht mit der Braut wahrnehmen kann. Für ihn öffnet der Bräutigam dann das Netz der Schlafkammer.«

»Und der König kommt, um sein Recht zu fordern?«

»Manche tun das«, sagte der Mann, der weit herumgekommen war und sich nicht mehr über die unterschiedlichen Sitten der Völker wunderte, »Gilgamesch allerdings, so heißt es jedenfalls, tat dies bislang noch nicht, sehr zum Unwillen der Priester des Anu, die sich davon die Wohlgestimmtheit der Götter und Fruchtbarkeit bei Vieh, Äcker, Feldern und Gärten erhoffen. Überhaupt scheint Gilgamesch ein sonderbarer Herrscher zu sein. Einen eigenen Kopf hat er und kühne Ideen. Nun allerdings haben die Priester durchgesetzt, daß er wenigstens in Ischtars Tempel geht, um dort mit der Göttin oder einer eigens dafür erwählten Dienerin symbolisch die heilige Hochzeit zu feiern.«

Tehiptilla erbleichte, ihre Knie zitterten und ihr ganzer Körper wankte. Auch Enkidu, der alles mit angehört hatte, wurde zornig, allerdings aus einem ganz anderen Grund.

»Schon wieder dieser Gilgamesch«, brummte er, »und was ich da höre, gefällt mir ganz und gar nicht. Das Recht auf alle Frauen – was bildet der sich denn ein? Schnell, laß uns nach Uruk aufbrechen, Tehiptilla, daß ich ihn zur Rede stelle und ihm zeige, wer hier der stärkste Mann im ganzen Lande ist. Ich werde ihn finden und ihm alle Knochen einzeln im Leibe zerbrechen.«

Der Gaukler schnitt eine Grimasse zu Enkidus Worten, aber er willigte ein, als ihn die schöne Dame bat: »Nimm uns mit, wenn du mit deinen Leuten nach Uruk ziehst. Vielleicht habt ihr noch Platz in einem der Wagen.«

»Wir wollen nicht lange verweilen, stolze Herrin, lange genug schon haben wir hier getändelt und müssen uns sputen, um zum Fest noch rechtzeitig zu kommen. Wenn du bereit bist, brechen wir noch zur gleichen Stunde auf, und Platz ist auch noch auf dem letzten Wagen, der unsere Vorräte trägt.«

Enkidu ging, ohne ein Wort zu sagen, in die Hütte zurück, schnallte den Gürtel um und steckte die Löwenaxt hinein. Dann grüßten sie ein letztes Mal die gastfreundlichen Hirten und kletterten unter die Plane des letzten Wagens. Unter viel Lärm, Rufen, Pfiffen und Geschrei setzte sich der Zug in Bewegung.

Unter der Fellplane hockten Tehiptilla und Enkidu zusammen. Sie hatten sich Platz zwischen den Säcken, Kisten und Kästen geschaffen und streckten bequem die Beine aus. Mißtrauisch beäugte Enkidu das Innere des Wagens und versicherte sich genau, ob nicht irgendwo auch der Schilfkorb herumstand, der die furchtbare Uräusschlange barg. Aber er fand nur allerlei Gerätschaften und seltsam geformte Dinge. Er nahm sie prüfend in die Hand und spielte damit. Um sich die Zeit zu vertreiben, begann Tehiptilla ihm alles genau zu erklären:

»Dies ist ein Mörser und dies ein Reibstein, um Korn zu zerstampfen«, sagte sie, »und dieses Ding hier, was von der einen zur anderen Seite schwankt, als könne es sich für keine entscheiden, eine Waage. Hier sind die Schalen und dort die Zunge, die anzeigt, daß sich alles im richtigen Verhältnis zueinander befindet.«

»Und wozu braucht man das?« wollte Enkidu wissen.

»Um alles mögliche nach dem Gewicht zu befragen. Zum Beispiel Getreide, aus dem man dann Brot backen kann. Alles, auch das Getreide, hat seinen Gegenwert in anderen Dingen. Man kann es in Silber eintauschen.«

»Hm«, brummte Enkidu und kratzte sich am Schädel.

Tehiptilla hob aus einer Kiste rundliche, schwarze Steine heraus, die in Form von Tieren geschliffen waren: Enten, Schafe und Stiere. »Das sind Gewichte«, erklärte sie, »jedes hat eine genaue Bedeutung. Die allerkleinste Einheit, nach der man rechnen kann, ist ein Getreidekorn. Hundertachtzig Getreidekörner bedeuten ein Schekel Silber, sechzig Schekel eine Mine, sechzig Minen ein Talent. Man kann auch sagen: eine Kur Korn ist soviel wie ein Schekel Silber. Kannst du dir das merken?«

»Nein«, antwortete Enkidu der Wahrheit entsprechend, »die Leute aus deinem Land müssen entweder sehr klug sein oder verrückt.«

Tehiptilla lachte. Die Art, wie Enkidu mit einfachen Worten alles in Frage stellte, stimmte sie heiter.

»Und was steht hier drauf?« fragte Enkidu und deutete auf den Bauch der schwarzen, steinernen Ente.

»Wer Gewichte fälscht oder eine falsche Waage gebraucht, zieht sich Bann und Krankheiten zu. Er betrügt nicht nur andere, sondern auch sich selbst«, las sie.

Enkidu lachte schallend auf. »Ich habe schon viele Enten gesehen«, gluckste er vor Vergnügen, »aber noch keine, für die man Getreide oder Silber eintauschen konnte, und erst recht nicht eine, der eine solche Drohung auf den Bauch geschrieben war.« Er lachte darüber noch, als der Karren weit, weit über rumplige Wege holperte, der Hauptstadt zu. Sein unbändiges Gelächter steckte Tehiptilla an, so daß auch sie lachen mußte, bis ihr die Tränen kamen. Ein paar der Tränen aber kamen gar nicht vom Lachen, sie kamen von jenem wehen Gefühl, das zunehmend in ihr aufkam, je mehr sie sich Uruk näherten.

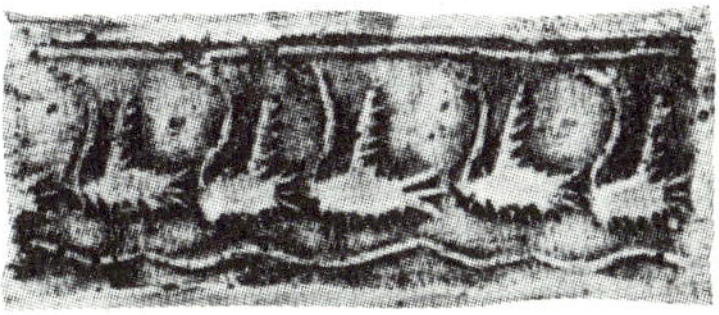

Was war wirklich in Uruk geschehen? Einiges von dem, was der Gaukler erzählt hatte, stimmte, anderes nicht. In der Tat hatten die Priester des Anu vorgeschlagen, dem alten Gesetz, das noch aus den Zeiten des sagenhaften Königs Mesanepada stammte, der in Ur residiert hatte, wieder Bedeutung zu verschaffen. Diesem Gesetz zufolge, das ihrer Auffassung nach der unumstößlichen Ordnung der Götter entsprach, mußte sich der König, ob er wollte oder nicht, zumindest gelegentlich der Pflicht unterziehen, das Vorrecht der ersten Brautnacht in Anspruch zu nehmen.

Jetzt, wo Uruk so viele tausend hungriger Mäuler zu stopfen hatte, war die Stadt mehr denn je auf eine gute, erfolgreiche Ernte angewiesen. Alle Frauen in der Stadt kümmerten sich um das Getreide, bearbeiteten das Korn, buken Brot und sorgten für die Speisen, weil die Männer nicht mehr auf die Felder gehen konnten; sie wurden ständig bei den Bauarbeiten gebraucht. Auch die Priester und all die schreibkundigen Beamten hatten alle Hände voll zu tun, um Aussaat und Ernte zu berechnen, das Einsammeln des Getreides zu kontrollieren und das Brot gerecht zu verteilen.

Fruchtbar war das Ufer des Euphrat, und gut funktionierte das Bewässerungssystem in den Feldern, aber dennoch mußte man Sorge tragen, daß die Ernährung auch ausreichte für die ständig wachsende Bevölkerung der Stadt. Beim Vieh genauso: Ein heißer Sommer, der länger währte als sonst, und das Gras würde fehlen, um all die Tiere zu ernähren und heranwachsen zu lassen, die Uruk benötigte.

Die Beamten gingen mit äußerster Sorgfalt vor, die Priester befragten täglich das Orakel, die Leber von Schafen und beobachteten die Sterne am Himmel, um jeder sich abzeichnenden Veränderung rechtzeitig vorbeugen zu können. Und dennoch konnte es geschehen, daß ein unerklärlicher Ratschluß der Götter allem die Fruchtbarkeit entzog, wenn man nicht täglich um ihre Gunst bat und auch an die alten Gesetze und Vorschriften dachte. Ganz ähnlich ging ja auch Ischtar vor. Ihr Tempel der Venus hatte vor allem die Aufgabe, durch die Verherrlichung der Fruchtbarkeit den Segen der Götter auf Uruk zu lenken. So stimmte Iluna, die Hohepriesterin und jüngste Verkörperung Ischtars auf Erden, sofort zu, als sie vom Ansinnen der Anupriester hörte. Eine symbolische Hochzeit war ganz nach ihrem Geschmack. Sie überlegte sich genau, wie sie es anstellen konnte, daß nur sie und Gilgamesch dafür in Frage kamen. Sie suchte in ihrer Bibliothek nach alten Gesetzestafeln, fand aber keine, die vorschrieb, daß der König sich mit der Hohepriesterin zu vereinigen hatte. Überall stand nur, er habe die freie Wahl, sich eine Partnerin auszusuchen. An einer anderen Stelle stand allerdings auch, dies müsse eine »Ischchara« sein. Das war vertrackt. Eine »Ischchara«, also eine göttliche Schwester der Ischtar als Person gab es schon lange nicht mehr. Es konnte jede Frau aus Uruk eine Ischchara sein.

Darum hatten auch die Anupriester die Wiedereinführung des Rechts der ersten Nacht verlangt. Nach Ilunas Vorstellung war eine halbwegs echte Ischchara aber nur im Venustempel unter ihren Priesterinnen und Dienerinnen zu finden. Wie gern hätte sie jetzt mit ihren Mädchen getauscht! Ob es ihr gelingen könnte, für sich die Rolle der Ischchara zu erlangen? Sie befragte das Orakel und beriet sich sogar mit wohlüberlegten Worten, ohne ihre geheime Absicht zu verraten, mit Eschnunna, dem Oberpriester des Anutempels. Das Orakel gab, so oft sie es auch befragte, keine klare Antwort. Ebensowenig tat dies Eschnunna.

Wieder zog sich Iluna in ihre Gemächer zurück. Es gelang ihr einfach nicht, Gilgameschs Willen vorauszuberechnen. Wie zurückhaltend, beinahe abweisend er ihr gegenüber war! Und dann seine schwer einschätzbaren Ideen. Da war zum Beispiel die Sache mit jenem barbarischen Riesen, der aus den Bergen in die Steppe herabgestiegen und wegen dem die kleine Tehiptilla nun schon so lange in der Wildnis unterwegs war. Ein schwer zu berechnender Faktor! Vielleicht war es überhaupt nicht so gut gewesen, ausgerechnet Tehiptilla zu senden, die Kluge, Geschmeidige, eine ihrer engsten Vertrauten ... Immerhin hatte Gilgamesch sie einmal zur Gespielin erwählt. Wenn sie hier wäre, hätte sie vielleicht Einfluß auf den König ausüben können. Aber nun war sie fort, den Barbaren nach Uruk zu holen ... Iluna wischte diese Gedanken energisch beiseite. Das Orakel hatte gesprochen, ihren Namen gewählt. Das Orakel konnte nicht irren.

Die Hohepriesterin unternahm einen Vorstoß: Sie sandte eine Botschaft an Gilgamesch, in der sie um eine Unterredung bat, um mit ihm die bevorstehenden Feierlichkeiten zu besprechen. Noch am gleichen Abend suchte er sie auf. Er war ihr gegenüber höflich und zurückhaltend wie immer. Interessiert hörte er ihre Vorschläge an, die den äußeren Ablauf betrafen.

Schließlich fragte sie ihn direkt: »Du hüllst dich in Schweigen, Gilgamesch, und gibst nur sehr wenig von deiner Seele preis. Das mag ein Vorzug sein für einen König, und es unterscheidet dich deutlich von dem einfachen Volk, das nur allzuoft sein Herz übervoll auf der Zunge trägt. Aber es macht es auch schwierig, mit dir umzugehen. Gestatte mir daher einmal eine direkte Frage: Bist du überhaupt bereit, dem Wunsch der beiden Tempel zu folgen und die heilige Hochzeit zu feiern?«

»Ich werde tun, was die göttliche Ordnung von mir verlangt«, antwortete Gilgamesch. Eine geschickte, aber untadelige Antwort.

»Du weißt auch, daß es Probleme gibt, eine Ischchara zu finden?« fuhr Iluna fort. »Dem Anspruch der Tradition zu Folge müßte es eine Schwester der Ischtar sein, doch damit kann ich leider nicht dienen. Das Volk allerdings würde am liebsten sehen...« – sie senkte ihre Stimme und beobachtete die Wirkung ihrer Worte auf den jungen Herrscher – »wenn du dich mit der Hohepriesterin verbändest, also mit mir. Davon versprechen sie sich am meisten. Es würde bedeuten, daß Anu, Ischtar und König für alle sichtbar zu einer Einheit werden. Es ist aber außer Frage, daß dir das letzte Wort zusteht, eine eigene Ischchara zu wählen. Was ist deine Meinung dazu?«

Gilgamesch schien nachzudenken, obgleich sie sicher war, daß er diese Frage für sich schon entschieden hatte. Dann antwortete er: »Wenn ich schon der Pflicht gemäß handeln muß und mir dabei die freie Wahl zusteht, dann möchte ich mich für das letzte entscheiden. Ich komme in den Tempel, ich werde die heilige Hochzeit vollziehen. Aber ich werde, wenn es an der Zeit ist, die Ischchara an Ort und Stelle bestimmen.«

»Der Zeitpunkt ist nahe«, sagte Ischtar, »für übermorgen nacht hat der Kalender den Festakt bestimmt.«

»Ich weiß«, lächelte Gilgamesch unergründlich, »ich werde kommen und so handeln, wie es den Göttern und Menschen wohlgefällig ist.«

Mit diesen Worten und der Entschuldigung, daß er nun gehen müsse, um die Fertigstellung eines wichtigen Bauabschnitts der Mauer zu prüfen, verabschiedete er sich.

Iluna begleitete ihn bis zur Vorhalle. Sie lächelte, aber innerlich war sie wütend. Gilgamesch erwies sich doch als ernsterer Gegner, als sie angenommen hatte. Sein Verhalten war korrekt, er bot keinerlei Angriffsmöglichkeiten, aber er nutzte den Spielraum, den ihm seine Macht verlieh, bis zur äußersten Grenze hin aus.

Der folgende Tag verlief im Venustempel mit Warten und allerlei Vorbereitungen auf das Fest. Auch in der Stadt machte sich Vorfreude breit. Die Leute hatten die Straßen und Eingänge ihrer Häuser mit frischem Grün aus den Gärten Uruks geschmückt. Die große, neuerrichtete Treppe von der Stadt zum Eanna war auf beiden Seiten mit Palmwedeln verziert. Hier hinauf würde der Herrscher, von musizierenden, blumenbekränzten Mädchen begleitet, zum Venustempel schreiten, und am Morgen nach der heiligen Hochzeit würde nur das Paar die Stufen hinab nach Uruk schreiten, um Fruchtbarkeit über Stadt und Land zu verbreiten.

Für Gilgamesch verging der Tag wie jeder andere zuvor. Er erschien früh vor seinem Zelt, beriet sich mit dem Stab seiner Baumeister, nahm Nachrichten entgegen, gab Befehle aus, die die zu leistenden Arbeiten betrafen. Dann ließ er die große Trommel schlagen. Während die Scharen von Arbeitern, Handwerkern und Hilfskräften zu ihren Baustellen strömten, um dort die abzulösen, die über Nacht am Werk gewesen waren, schritt Gilgamesch die beinahe vollendete Mauer ab. Überall sah er nach dem Rechten, stieg in Gruben hinein, kletterte auf Gerüste, sprach Ziegelbrenner und Maurer an, um sich nach dem Fortgang der Arbeiten zu erkundigen.

Er kam gegen Mittag zum Euphrat und besichtigte eingehend die Kaianlagen und die Festigkeit der aufgeschütteten Uferböschung, stieg auf ein Schiff, das Holz aus dem Norden herangebracht hatte, unterhielt sich mit dem Kapitän und der Mannschaft und verschwand am Nachmittag in den Gärten unterhalb des Eanna, wo ein zusätzliches, neuartiges Bewässerungssystem in Gang gesetzt war. Bräunliches Wasser rann hier glucksend und schaumig durch Erdrinnen, die mit Ziegeln ausgelegt waren, in die Pflanzungen hinein, brachte in die entferntesten Winkel das lebenswichtige Naß.

Am Abend stieg er noch einmal die geschraubte Treppe hoch zur Spitze der Zikkurat, um Eschnunna zu besuchen, der höchstpersönlich in dieser Nacht die Position der Sterne am Himmel zu beobachten und zu deuten hatte.

»Verläuft alles zufriedenstellend, geht es in deinem Sinne voran?« fragte der kahlschädelige Priester, als Gilgamesch zu ihm in den Ausguck kam.

»Ich hoffe, daß es nicht nur in meinem Sinne geschieht, sondern auch im Sinne der Götter, zum Segen des ganzen Landes«, antwortete Gilgamesch. »Ja, die meisten Bauten sind fest und stabil errichtet, die Arbeiten an den Bastionen neigen sich ihrer Vollendung zu. Auch die große Kornkammer ist fertiggestellt und kann nach der nächsten Ernte bereits soviel Getreide fassen, wie nie zuvor in Uruk gelagert wurde.«

»Dann bleibt nur zu wünschen, daß auch der Ertrag der Felder im gleichen Umfang wächst, kein Unwetter kommt und keine Dürre, die alles vernichtet.«

»Steht solches zu befürchten?«

»Kaum«, sagte Eschnunna, »die Planeten stehen günstig, und die heilige Hochzeit wird ihr übriges tun, Anu freundlich zu stimmen.«

Gilgamesch blickte in den Sternenhimmel der Nacht, wo es aus tiefschwarzem Samt heraus blinkte und glitzerte, als sprühten Funken aus einem Feuer. Alles ist durch unsichtbare Kraftlinien miteinander verwoben, steht in festem Gefüge, dachte er. Wie die Menschen im Staatswesen auch – vom erbärmlichen Bettler, der am Rande des Marktes lungert, um auf Almosen von den Reichen zu warten, bis hin zum König, der sich ebenso den Spielregeln der Gemeinschaft unterwerfen muß, die von ihm ein ganz bestimmtes Verhalten erwartet.

Und doch fallen manchmal Sterne vom Himmel, jagen feuersprühend Kometen dahin. Vielleicht ist es auch so mit dem Buch des Schicksals beschaffen: Das meiste steht dort bereits geschrieben, und doch mag es leere Zeilen geben, die der Mensch selber durch freie Entscheidung ausfüllen kann – vorausgesetzt, er erkennt den richtigen Zeitpunkt für sein Handeln. Seltene Augenblicke im Leben waren das gewiß, daher galt es, stets wach zu sein, um sie erkennen zu können.

Gilgamesch entbot Eschnunna den Gruß, der ihm zustand und schritt hinab: die Zikkurat, den Eanna, die Straßen Uruks bis zu seinem Zelt, vor dem Soldaten der Garde Wache hielten. Lange noch lag er auf seinem Lager wach und dachte nach.

Den nächsten Tag verbrachte er ruhend und sich innerlich sammelnd. Am späten Nachmittag brachte man ihm den Mantel und die Zeichen der Würde. Zwei Priesterinnen salbten und ölten ihn, eine dritte stand mit dem Chor der Mädchen abwartend vor dem Zelt. Als Gilgamesch aufstand und die Plane beiseite schlug, setzten Zimbeln und Lauten ein, Tamburins, Flöten und die hölzerne Schnarre, die das Knattern des Windes in trockenen Palmblättern nachahmte.

Bedächtig ging der Zug durch die Stadt, die in erwartungsvoller Vorfreude lag. Männer und Frauen flankierten die Straßen, Kinder warfen Blüten auf den Boden, so daß der König wie auf einem weichen, duftenden Teppich schritt. Vor den Treppenstufen zum Eanna standen Fackelträger bereit, den Weg der Prozession bis zu Ischtars Tor zu erhellen. Ernst und schweigend, vom jauchzenden Jubel der Mädchen umgeben, erreichte er den Tempel. Noch einmal wandte er sich um, das versammelte Volk zu grüßen. Dann betrat er das Heiligtum.

Das Tempelinnere duftete nach tausend Wohlgerüchen, Öllämpchen flackerten überall und warfen tanzende Schatten auf die Wände, welche die in den Nischen aufgestellten Tonfiguren zur Musik tanzen und zucken ließen. Am Altar wartete Iluna, die jüngste Verkörperung Ischtars auf Erden, von zwölf Priesterinnen in weißen, durchschimmernden Gewändern umgeben, mit Krügen und Schalen. Die kostbarste davon wurde ihm frisch gefüllt gereicht. Er trank das Wasser des Lebens.

Als er getrunken und die Schale abgesetzt hatte, fragte Iluna der Bestimmung gemäß: »Wen, o glücklicher König, hast du als Ischchara zur heiligen Hochzeit gewählt?«

Und Gilgamesch antworete mit fester Stimme: »Eine Dienerin deines Tempels ist es, o göttliche Ischtar. Die, die man Tehiptilla, die Geschmeidige nennt.«

Die Hohepriesterin zuckte zusammen, als habe sie der Stachel eines Skorpions gestochen.

»Tehiptilla«? flüsterte sie mit zitternden Lippen. »Warum ausgerechnet die? Unmöglich ist es, sie zur Ischchara zu wählen, und traurig stimmen mich deine Worte, o König, denn die, die du meinst, ist nicht hier. Weder hier noch in Uruk.«

»Und wo ist sie«? fragte Gilgamesch.

Da mußte Iluna die furchtbare Wahrheit verkünden: »Sie ist es, die das Orakel bestimmte, den Barbaren aus der Steppe dir anzulokken.«

Da erbleichte Gilgamesch. Seine Wangen wurden weiß und sein Körper begann zu beben. »Das stimmt nicht«, flüsterte er, »du sprichst nicht die Wahrheit zu mir.«

»Doch«, erwiderte Iluna und begann, das ganze Ausmaß dessen, was geschehen war, zu ahnen, »warum sollte ich dich belügen? Verlangtest du nicht, daß ein Weib meines Tempels zu diesem Wilden hingeht, ihn mit ihren Reizen betört und zu dir führt? Nichts geschah, ohne daß es nicht dein Wille gewesen wäre.«

Gilgamesch wurde noch blasser und senkte den Kopf. Die Priesterinnen raunten ihm leise zu: »Das Gemach für die heilige Hochzeit ist dir bereitet. Das Volk und die Götter warten, o König. Bestimme du nun die Braut für dein Bett.«

Noch immer schwieg Gilgamesch, stand und hielt den Kopf gesenkt. Als er endlich den Kopf hob und Iluna ansah, glitzerten seine Augen in einem nie zuvor bei ihm wahrgenommenen Glanz.

»Dann will ich die Wahl treffen, Göttin. Eine Wahl, die allen recht ist und alle erfreut: Sei du meine himmlische Braut für diese Nacht, Iluna, sei mir Ischtar und Ischchara zugleich.«

So wie zuvor der König erbleicht war, so flammte nun jäh das Antlitz der Hohepriesterin auf.

»Wenn das dein Wunsch ist, o König, dann will ich mich nicht verweigern, dann soll es auch so geschehen.«

Seite an Seite gingen sie zur inneren Säulenhalle, wo hinter einem Vorhang das blütengeschmückte Lager für sie bereitstand. Bevor sie dort eintraten, legte Iluna ihr kostbares Kleid ab und enthüllte ihren alabasterfarbenen Leib. Betörend nackt stand sie vor Gilgamesch, dem Priesterinnen nun den Mantel abstreiften und ihn entkleideten. Sie stiegen ins Bett der heiligen Hochzeit, dann schloß sich der Vorhang hinter ihnen und hüllte sie in Dunkelheit ein.

Niemand erfuhr später genau, was sich tatsächlich in jener außergewöhnlichen Nacht abspielte. Nur das Volk machte sich einen eigenen Reim darauf, als sie am nächsten Morgen aus dem Tempel traten, um den Weg hinab in die begeisternd jubelnde Stadt anzutreten: leichenblaß, beinahe wie krank, wirkte der König, in tiefen Höhlen irrlichterten seine Augen, während Ischtar schön und strahlend wie das Venusgestirn selbst aussah, als sie Hand in Hand die Treppe hinabgestiegen kamen.

Gerade noch rechtzeitig zu Beginn des Festes erreichte der Zug der Gaukler die Stadt. Die Menschen Uruks waren in Scharen unterwegs, jung und alt hatte sich in die besten Gewänder gehüllt, und die Karren hatten Mühe, sich einen Weg durch die Straßen zu bahnen. Am Rande des Marktplatzes hielt der Wanderzirkus an und begann, mit Seilen, Netzen und bunten Vorhängen seine Wunderwelt aufzubauen.

Tehiptilla und Enkidu stiegen aus und sahen sich das Gewimmel der aus allen Richtungen zusammenströmenden Menschen an. Als sie bei einer Gruppe von Leuten standen, hörten sie eine Frau über die heilige Nacht erzählen.

Tehiptilla sprach sie an: »Verzeiht Frau, wir haben soeben erst Uruk erreicht und wissen wenig über das, was geschah. Was feiert ihr für ein Fest?«

»Die heilige Hochzeit«, plauderte die Frau aufgeregt darauf los. »Gilgamesch, unser stolzer König, hat sich mit der Herrin der Venus vermählt. Ein schönes Paar ist das, kann ich euch sagen. Sie eine strahlende Blume, und er die Kraft in Person. Sie steigen hinab vom Eanna, die Felder zu segnen. Bald müssen sie hier sein. Ihr werdet mit eigenen Augen sehen, daß ich nicht übertreibe, wenn ich sage: Nie gab es in Uruk ein glanzvolleres Paar.«

Tehiptilla erbleichte und sah sich hilfesuchend nach Enkidu um. Der stand in einer Meute staunender Bürger, auf die seine imposante Barbarenstatur sichtlichen Eindruck machte. »Er gleicht an Gestalt dem Gilgamesch«, hörte sie tuscheln, »aber er ist größer an Wuchs und unglaublich stark. Er weiß nicht, wohin mit seiner Stärke. Seht nur seine Muskeln am Arm, sie quellen hervor und scheinen vor Kraft fast zu bersten. Vielleicht ist er ein Atlas, einer, der Berge auf seine Schultern zu heben vermag. Oder ein Zirkusgeselle, der Ketten zersprengt und mit bloßen Händen Steine zertrümmern kann.«

Enkidu vernahm das Geraune und genoß es, im Mittelpunkt aller Augen zu sein. Scherzweise hob er ein schweres hölzernes Wagenrad mit ausgestreckten Armen empor und ließ es hochspringen, als sei es ein zierliches Körbchen aus Binsengeflecht. Schon gab es einen, der Wetten ausgab, wieviel Schekel Gewicht er wohl auf den Fingerspitzen zu balancieren vermochte.

»Komm schnell«, sagte Tehiptilla, »laß uns zur Mitte des Platzes gehen, vielleicht, daß wir dort mehr sehen können als hier.«

Unterwegs traf sie Sasa, ihre Freundin aus dem Tempel, die festlich gewandet unter dem Volk schritt.

»Sasa, Sasa«, rief sie, »Schwester meines Herzens, wie lange haben wir uns nicht mehr gesehen!«

Die beiden jungen Frauen fielen sich in die Arme und küßten sich. »Du bist auch lange fort gewesen«, sagte Sasa, »fast dachte ich, du kommst nicht mehr wieder und bleibst in der Steppe bei diesem Barbaren.« Mit einem scheuen, aber bewundernden Seitenblick betrachtete sie Tehiptillas Begleiter, dessen Schultern sich hoch über die anderen reckten.

»Sasa, liebe Sasa«, sagte Tehiptilla und weinte ein wenig, »was glaubst du, was mir alles in der Zwischenzeit widerfahren ist. Es hätte gut sein können, ich wäre nie mehr nach Uruk zurückgekommen, hätte ich nicht beständig darauf gedrängt. Ich muß dir bei Gelegenheit alles in Ruhe erzählen. Doch dafür sind mir im Augenblick die Sinne zu verwirrt, denn ich mag einfach nicht glauben, was ich soeben gehört habe. Nämlich, daß Gilgamesch dem Werben der Ischtar erlag. Sag du mir, Freundin, wie alles wirklich passiert ist.«

»Nun«, antwortete Sasa und senkte ihre Stimme zu vertraulichem Flüstern, »damit du gleich das Wesentliche erfährst: Nicht Gilgamesch ist es, der dem Werben der Göttin erlag, sondern er hat sie selbst im Tempel zur Ischchara erwählt. Doch bevor er das tat, das solltest du wissen, stand sein Sinn nach einer ganz anderen Braut. Ich stand in der Nähe und hörte seinen Wunsch mit eigenen Ohren. Einen Tag bist du zu spät gekommen, Tehiptilla, denn dich wollte er zu seiner Ischchara machen. Doch du warst unerreichbar fern. So nahm er die Ischtar.«

Tehiptilla erbleichte noch mehr. »Aber . . . er hat mich doch in die

Wildnis geschickt, um Enkidu zu holen. Wußte er nicht mehr davon?«

»Doch«, sagte Sasa, »er hat den Bericht des Jägers gehört und ihn reichlich entlohnt dafür. Er wußte, daß ein Mädchen des Tempels unterwegs war. Was er aber nicht wußte, war, daß das Orakel dich dafür auserkoren hatte. Er wähnte dich hier in Uruk und erschrak, als er die Wahrheit vernahm.«

»Und mich wollte er zur Ischchara machen, ausgerechnet mich?« stammelte Tehiptilla.

»Ja, und die Macht dazu liegt bei ihm, er hat das Recht, jede Frau aus Uruk zu wählen. Du warst der erste Name, den er nannte, ich habe es deutlich gehört. Und ich sah auch, wie die Nachricht von deiner Abwesenheit ihn traf. Fast taumelte er, so wenig war er darauf gefaßt. Wenn du mich fragst, so hat er Iluna nur zur Ischchara genommen, um der Pflicht genüge zu tun und dem Volk das lang erwartete Fest zu gönnen. Iluna nahm er, aber mit dem Herzen wollte er dich. Er sucht auch nach dir, überall läßt er Ausschau halten, ob du nicht endlich zurückkommst.«

»Im Tor saßen wir auf dem Wagen der Gaukler, man hat uns für fahrendes Volk gehalten«, flüsterte Tehiptilla mit bebenden Lippen, »o Sasa, du weißt nicht, wie schwer mir zumute ist. Stütze mich, liebe Schwester, ich sehe Schleier vor den Augen und fürchte, jeden Moment in die Erde zu sinken.«

Enkidu, der dicht bei ihnen gestanden und jedes Wort mitbekommen hatte, ohne indes den Sinn ihrer Rede auch nur annähernd zu verstehen, wurde wütend.

»Gilgamesch, immer nur Gilgamesch!« schrie er, »alle reden von ihm, als ob er ein Gott sei. Dabei wird er vor mir, treffe ich ihn erst, in den Staub sinken, der Wurm. Was nimmt er sich heraus, nach allen Frauen zu greifen, was sucht er nach dir, Tehiptilla, und mit welchem Recht? Hast du nicht mit mir an der Wasserstelle gelegen und mit mir gespielt, daß es uns beiden eine Lust war?«

»Gilgamesch ist der König«, sagte Tehiptilla, »alle Frauen des Landes sind ihm untertan.«

»Du nicht!« brüllte Enkidu so laut, daß die Leute erschrocken die Köpfe wandten. »Du nicht, und ich bin auch nicht sein Diener! Wo ich geboren wurde, war ewiger Frühling. Ich stieg wie ein Adler aus den Bergen herab und saugte die Milch vom Getier. Ich war in der Steppe zu Hause, ein freies Wesen unter freiem Himmel, und ich lache über das Recht eines jeden Königs. Kommen soll er, der brünstige Wildstier, und seinen Mut an mir messen, damit ich ihm zeigen kann, was ein freier Mann davon denkt. Den Arm werde ich ihm brechen, den Brustkorb zerquetschen und seine Stimme zum Winseln bringen. Hier, auf diesem Platz, werde ich den Wurm, der sich König nennt, in den Staub zwingen und die Erde vor mir küssen lassen. Weg da, ihr Leute, glotzt nicht so dumm wie Lämmer, die auf den reißenden Wolf warten. Gebt den Weg frei für Enkidu, den stärksten Mann der Welt!«

Mit diesen wüsten Drohungen stieß er die Menge auseinander und strebte mit weitausholenden Schritten zum Markttor, wo er einen Zug festlich gekleideter Menschen herankommen sah. Sasa wollte ihm nacheilen, um ihn von seinem Wahnsinn abzuhalten, doch sie mußte zurückbleiben, um sich um Tehiptilla zu kümmern, die mit einem leisen Aufschrei zu Boden gestürzt war.

Enkidu gelangte zum Tor und erkannte Gilgamesch, den er nie zuvor gesehen hatte, sofort. Er stellte sich mitten auf die Straße und versperrte dem König den Weg.

»Bist du König Gilgamesch, vor dem die Menschen weit und breit zittern wie verprügelte Hunde?« rief er ihm zu. »Komm näher, versuch ruhig, das Tor zu passieren, so wirst du meine Stärke zu spüren bekommen und eine gehörige Tracht Prügel bekommen, damit du weißt, was es bedeutet, einen Sohn der Steppe zum Gegner zu haben!«

Gilgamesch rührte sich nicht von der Stelle und sah Enkidu aufmerksam an. Das Volk scharte sich ringsum in aufgeregten Haufen, Soldaten der Leibwache traten vor und griffen zu den Waffen. Doch auf einen Wink des Königs hin hielten sie inne und blieben abwartend in Bereitschaft. Oder war es mehr Enkidus drohender Blick, der sie lähmte? Wie ein Unhold sah er aus, ein wild schnaubender Kampfeber, ein Wolf- und Löwenbezwinger.

»Ein Held aus Anus Gebirge kam in unsere Stadt«, flüsterten sie.

»Gilgamesch ist stärker«, flüsterten andere, »unser König wird den Barbaren der Steppe bezwingen.«

Sie standen sich gegenüber und musterten sich mit prüfenden

Blicken. Gilgamesch machte einen Schritt auf das Tor zu, das Enkidu breitbeinig sperrte. Da ging auch Enkidu zum Angriff über. Direkt vor dem Tor trafen sie aufeinander. Mit Urgewalt prallten sie zusammen, packten sich und begannen zu ringen.

Brust an Brust rangen sie und gingen wie Wildstiere in die Knie. Staub wirbelte auf, der Türpfosten ging zertrümmert zu Bruch und die Wand erbebte von der Macht ihres Ringens. So ging es wohl eine halbe Stunde lang, ohne daß der eine dem anderen den geringsten Vorteil abzwingen konnte. Die Knie am Boden und die Füße scharrend ins Erdreich gestemmt kämpften sie ineinander verbissen wie Riesen, die sich vernichten wollen. Schweiß rann über ihre Stirnen, die Adern der Schläfen schwollen hervor und ihr Atem ging keuchend.

Jetzt gelang es dem Barbaren, Gilgamesch seitlich mit einem machtvollen Hebelgriff seiner Beine zu Fall zu bringen. Längst war das kostbare Gewand des Königs zerrissen und hing in Fetzen an ihm herab. Enkidu lag über ihm und hub mit seinen Fäusten wie mit einer Axt auf den Gegner ein. Laut schrie das Volk auf. Es sah aus, als würde ihr König von dem wüsten Barbaren zerschmettert.

Aber Gilgamesch gab keineswegs auf. Er hatte den jähen Ausfall unbeschadet überstanden und fing nun geschickt mit dem Arm die Schläge des anderen ab. Dann aber packte er seinerseits zu. Mit ungeheurer Anstrengung warf er sich herum und kam nun seinerseits oben zu liegen. Noch immer hielt er den Leib des Riesen gepackt.

Jetzt – ein schriller Aufschrei ging durch die dichten Reihen der Zuschauer – hob er ihn sogar hoch, stemmte ihn mit beiden Armen empor und trug ihn taumelnden Schrittes über die Schwelle des Tors. Dort brach er unter seiner Last zusammen.

Da lagen sie beide, vor Erschöpfung keuchend, ineinander verkrallt. Gilgameschs Zorn aber war verraucht, er hatte sein wütendes Feuer verbrannt und erblickte nun im Gesicht des anderen das Bild eines Freundes. Die Träume mit dem schweren Gestirn und dem Beil, die er kaum zu heben vermocht hatte, waren in Erfüllung gegangen. Nun sollte auch der erste Traum, der mit dem Löwen, in Erfüllung gehen. Gilgamesch lachte, lachte lauthals, aber nicht voller Stolz oder Häme, nein, es war das kraftvolle Lachen des roten Löwen, das da aus ihm fuhr. Und auch Enkidus Antlitz zuckte, seine Augen blitzten, Funken überraschter Erkenntnis blinkten daraus hervor, seine Mundwinkel begannen zu beben, und schließlich lachte auch er, saß brüllend vor Lachen vor Gilgamesch im Sand und lachte sich frei. Sie umarmten einander wie Freunde, die sich nach langer Trennung endlich wiedergefunden hatten, küßten sich und schlossen auf ewig unverbrüchliche Freundschaft.

Als sie aufstanden und sich gegenseitig den Staub von den zerfetzten Kleidern klopften, jubelte das Volk auf, denn es spürte instinktiv, daß sich hier etwas wahrhaft Großes abgespielt hatte. Zwei Helden besaß Uruk nun: einen unbezwingbaren König und einen, der an Kraft ihm gleich war.

Gilgamesch aber rief laut über den Platz: »Seht, das ist Enkidu, mein Freund, den ich zum Bruder nehme! Der Stärkste im Lande ist er, gewaltig wie die Feste des Anu. Niemand vermag, ihm standzuhalten, alle Fürsten der Welt überragt seine Kraft. Er ist jener, dessen Erscheinen von drei Träumen angekündigt und von Ninsum, der weisen Mutter, mir prophezeit wurde. Erweist ihm nun alle Ehre!«

Da steigerte sich das Fest zum Gipfel der Freude. Musik kam auf, und zu Ehren der Göttin Ischtar tanzten die Mädchen so lange auf der Straße, bis keiner mehr ruhig beiseite bleiben konnte und sich ins ausgelassene Treiben fallen lassen mußte.

Auch der Zirkus war nun so weit und eröffnete sein Programm. Es gab ein gewaltiges Schieben, Hin- und Herströmen und Gaffen in der Menge. Das Mädchen balancierte auf dem Seil quer über den Marktplatz, der Mann mit dem Tanzbären trat auf und mit ihm all die Gaukler, der Schlangenbeschwörer, der Feuerschlucker, die dickleibige Bauchtänzerin, die Zwerge und die lautespielenden Affen, und zwischen ihnen trat Sinnunni, der Schreiber und Dichter auf, um in den Pausen seine neuen Verse und Hymnen zu rezitieren.

Der Geruch vieler gebratener Hammel hing wie eine fettige Wolke über der Stadt und wetteiferte mit dem Duft der verstreuten Blumen, mit verbrannten Kräutern und dem betörenden Moschus, der aus dem Inneren der Tempel strömte.

Gilgamesch und Enkidu aber, die frische Gewänder umgelegt hatten, schritten Arm in Arm durch die Stadt, das Fest ihrer Begegnung auf besondere Weise zu feiern.

Am Abend trat Gilgamesch im Egalmach vor Ninsum, die weise Mutter.

»Mutter, ich bringe dir Enkidu, von dem die drei Träume mir erzählten und Zeichen gaben, die du mir gedeutet hast. Ein Sohn der Steppe ist er, in den wilden Bergen geboren und so gewaltig an Kraft, daß ich ihm beinahe im Ringkampf erlag. Wie in den Träumen das Himmelsgestirn und das Beil konnte ich ihn auf dem Markt ein kleines Stück heben, aber nicht weiter tragen als bis an die Mauer. Da wir uns erkannt und nun Freundschaft geschlossen haben, bringe ich ihn zu dir, damit du ihn als meinen Bruder annimmst, wie du mich einst angenommen hast.«

Die weise Ninsum, die mit zunehmendem Alter immer sonderlicher geworden war, hob kaum den Kopf. Sie saß am Fenster, schien zu schlafen oder hinaus in die weite Ebene zu starren oder beides zugleich. Das Spinnwebengewirr ihrer weißen Haare hing strähnig herab und rahmte ihren hageren Schädel ein, der aussah wie verwittertes Holz oder Stein. Zu lange hatte sie schon gelebt, war zu lange allein gewesen und brachte allmählich die Zeiten durcheinander. Da kam es vor, daß sie nach Lugalbanda, ihrem verstorbenen Gatten rief und den Dienerinnen gegenüber so tat, als sei sie noch immer Königin von Uruk.

Manchmal glaubte sie, Lugalbanda unten im Garten wandeln zu sehen; dort stand er, wie er es zu Lebzeiten getan, unter den Palmen, beugte sich vor, um an den Kelchen duftender Blumen zu riechen, oder er schritt langsam, gemessenen Ganges die niedrige

Ummauerung ab, um dabei die Stadt zu betrachten. Ja, er war ein großer, weitherziger König, einer, der es verstand, mit dem Herzen zu denken und mit den Sinnen zu sprechen. Frieden, nicht Eroberung war sein oberstes Ziel, und schön waren die Tage und Nächte mit ihm. Wenn er dann am Ende der Mauer angelangt war, hob er manchmal den Kopf und nickte Ninsum zu, winkte ihr kurz mit der Hand herauf. Und jedesmal zuckte Ninsums Hand, um zurückzuwinken. Aber sie zögerte damit und rief ihm statt dessen angstvoll zu: »Geh nicht, Lugalbanda, jetzt noch nicht. Warte, warte bei mir.«

Doch nie erreichten ihn ihre Worte. Dann verschwand seine Gestalt um die Ecke, und Ninsum beugte sich heftig vor, um wenigstens noch seinen Schatten zu sehen, bevor auch der aus ihrem Blickfeld verschwand.

»Trink nicht, Lugalbanda«, flüsterte sie dann, »lehn ihn ab, diesen Becher, den Dumuzi dir reicht. Komm zurück, mein Geliebter.«

Aber der Garten war leer, und lange saß sie, um auf die Ebene zu starren, wo er vielleicht wieder auftauchen konnte. Er oder ein anderer, der etwas von ihm wußte.

»Hah«, sprach sie dann überraschend nach Stunden des Schweigens, »warum hast du selbst nicht gleich diesen ersten Becher getrunken, Dumuzi, und so lange auf den zweiten gewartet? Viel, viel wäre uns allen erspart geblieben.«

»Hörst du, Mutter, was ich sage?« klang Gilgameschs Stimme an ihr Ohr. Gilgamesch, ihr geliebter Sohn. Ein Lächeln floß über ihr Gesicht in die Runzeln und Furchen, die Glück und Schmerz darin eingegraben hatten.

»Gilgamesch ... hast du mir wieder einen Traum zu berichten?«

»Nein, keinen Traum diesmal, sondern Wirklichkeit«, sagte Gilgamesch, »ich bringe Enkidu, meinen Freund und Bruder zu dir.«

Jetzt erst fiel der Blick der Alten auf die Gestalt des Barbaren. Sie zuckte zusammen vor Schreck und starrte mit weit aufgerissenen Augen.

»Was ist dir, Mutter?«

»Das, Sohn ... ist nun die andere, verborgene Hälfte von dir ...?« flüsterte sie mit tonloser Stimme.

»Aber Mutter«, warf Gilgamesch ein, »warum bist du so streng?«

Und bitterlich begann er zu klagen: »Schau, Enkidu hat weder Vater noch Mutter gehabt, sein Haar wurde niemals geschnitten. Er ist in der Steppe aufgewachsen, wo Not und Gefahren herrschen und niemand für seine Erziehung sorgte. Sein Benehmen ist ungestüm und wild, nicht von der Art, wie es bei den feinen Leuten Uruks üblich ist. Aber sein Blick ist standhaft und sein Herz das eines wahrhaften Freundes. Stoße ihn nicht zurück, Mutter. Wie ein Bruder ist er mir. Ich kannte ihn schon, bevor ich ihn sah; seit ich Kind war, träumte ich von so einem Freund und Berater, der mir durch alle Gefahren hilft. Gib ihm den Segen, Mutter.«

Enkidu stand dabei, er hörte Gilgameschs Worte, und seine Augen füllten sich mit Tränen. Es wurde ihm weh zumute, als er sah, wie Gilgamesch beides wichtig war: die Freundschaft zu ihm und die Bindung zur Mutter. Und er, der keinerlei Bildung erfahren hatte und wenig wußte über die Kompliziertzeit der menschlichen Herzen, erfaßte mit einem Blick, daß er in Bereiche eingedrungen war, die er aus eigener Kraft niemals erreicht hätte. Aus dem Nichts war er gekommen, er hatte nichts erwartet und dafür alles gefunden. Und nun, da er so weit war, stand er am Wendepunkt seines Lebens und mit ihm Gilgamesch. Weh war ihm zumute und er bemühte sich, von diesem neuen Gefühl nicht übermannt zu werden.

Da faßte ihn Gilgamesch und zog ihn mit sich zu Boden vor die Füße der weisen Mutter. Er berührte zärtlich die Stirn des Freundes und fragte: »Warum sind deine Augen mit Tränen gefüllt, Enkidu, haben dich meine Worte verletzt?«

Enkidu antwortete: »Deine Worte, Gilgamesch, trafen wie Feuer in meine kalte Seele hinein. Sie berührten mich durch und durch, sie machten meinen Nacken steif, meine Arme sind erschlafft und meine Kraft ist geschwächt.«

Da sagte Gilgamesch: »Nicht lange, mein Freund, dann wird deine Kraft wiederkommen und dir Mut einhauchen und der Kampfeswille wird dir im Auge blitzen. Laß uns zusammen auf Abenteuer gehen, gemeinsam die Welt bereisen, die Lande durchmessen und mancherlei Gefahren bestehen. Du wirst sehen, daß dies die beste Medizin gegen deinen Kummer ist.«

Als die alte Ninsum sie so reden hörte, mußte sie doch lächeln. Gewiß, das absonderliche Äußere des Barbaren hatte sie erschreckt, und zuerst hatte sie geglaubt, statt eines Menschen aus Fleisch und Blut ein Untier aus Bart, Haaren und Muskeln zu sehen. Aber dann wurde auch sie der Tränen in den Augen des Fremden gewahr und spürte das Leid dieses Wesens, das elternlos in der rauhen Steppe aufgewachsen war und sich nun als Wunschbild ihres Lieblingssohnes Gilgamesch entpuppte. Tief blickte sie in die Seelen der beiden und wurde ängstlich und verwirrt von dem, was sie da sah. Da nahm sie sich vor, nur noch Mutter zu sein und über den Dingen zu stehen, über dem, was allzu nah und oberflächlich ist, und dem, was allzu tief und daher unergründbar.

Beide Hände streckte sie aus und legte die Rechte auf Enkidus und die Linke auf Gilgameschs Stirn und sagte, wobei keiner wußte, ob ihre Worte rituell gemeint waren, ob sie ihrer Verwirrung entsprangen oder womöglich der Wahrheit entsprachen: »Gilgamesch, Sohn Lugalbandas und Beherrscher Uruks, und du, Enkidu, du Gegenpart, der unbekannter Wildnis entsprang, linke und rechte Hälfte des gleichen Wesens, seid als Freunde, als Brüder vereint nun, freundet euch an, entdeckt das Wahre in euch, ein jeder im anderen, und teilt es euch mit, lebt so, als wäret ihr Teile eines einzigen Körpers. Nimm den Segen Ninsums entgegen, Enkidu. Du bist mein Sohn, und heute habe ich dich geboren. Deine Mutter bin ich, und dieser da ist dein Bruder. Euer Vater ist tot. Lugalbanda ging, obgleich ich ihn warnte davor, und kehrte niemals zurück. Auch du wirst gehen, Gilgamesch, und du, Enkidu, aber nicht zum Sterben, sondern zum Spiel. Man sieht es euch an, wie es in eurem Innern vor Tatendrang fiebert. Und ihr werdet zurückkommen und viel zu berichten haben, wie einer für den anderen und der andere für den einen stand. Nehmt also den Wunsch von eurer alten Mutter mit auf die Reise, daß ihr alle Abenteuer heil übersteht, nicht wider die Götter frevelt und gut mit den Menschen umgeht, die weniger Macht besitzen als ihr und eures Schutzes bedürfen. Wollt ihr dies tun?«

Gilgamesch gelobte es und Enkidu senkte gleich ihm dem Kopf vor der Mutter.

»Heute im Kampf habe ich meinen Bruder gefunden«, sagte er

feierlich, »und im Frieden danach meine Mutter. Er ist mein Freund, er kann sich auf mich verlassen. Nie werde ich ihn im Stich lassen. Was uns auch begegnen mag – ich bringe ihn sicher heim, Mutter, zu dir.«

Da beugte sich Ninsum vor und küßte dem Barbaren die Stirn. Als sie den Egalmach verließen und durch den dunklen Park schritten, glaubte Ninsum, die ihnen vom Fenster aus nachblickte, an der Mauer einen dritten, flüchtigen Schatten zu erkennen, der den beiden bis zum Mauerwinkel gegenüber der Zikkurat nachschlich. Sie hob die Hand, um zu winken.

»Laß sie gehen, Lugalbanda, laß sie, sie finden schon ihren eigenen Weg«, wollte sie rufen. Doch dann dachte sie daran, daß er es besser wußte als sie. Jetzt, nachdem er den Becher getrunken hatte. Ging er nicht zwischen den Welten spazieren, konnte er nicht nach beiden Seiten blicken?

Zittrig ließ sie die Hand sinken. Dunkelheit kam, erfüllte gänzlich den Garten, als sich eine Wolke vor den Mond schob, und schluckte alle Schatten, die sich noch im Garten befanden. So blieb es eine Zeitlang, wie es die Art solcher Nächte ist, in denen Marduks Mantel tief über der Welt hängt und das Leben geheimnisvoll und unerklärlich macht. Dafür leuchteten jählings schwankende Sterne auf, ein Millionenheer leuchtender Punkte. Es war wie das Flimmern im Auge, wenn man zu lange hinaus in die Ebene starrt.

Enkidu fühlte sich nach diesem Erlebnis bei der Mutter wie neu geboren, und Gilgamesch erging es ganz ähnlich: Abenteuerlust durchflutete ihn, hob seinen Geist zu kühnen Gedanken, berstend voller Energie fühlte er sich. Jetzt, da er einen wirklichen Freund gefunden hatte, vertraute er sich ihm an:

»Im fernen Nordwesten, so sagen die Weisen, gibt es ein Land, das Libanon heißt, und ein Gebirge, das Hermon heißt. Zu seinen Füßen breitet sich Wald aus, unermeßlich in seiner Größe und voll von Zederngehölz. Ich erfuhr es vom Gesandten aus Nippur, die dem Gott Enlil huldigen und ihm einen hölzernen Thron gebaut haben. Er bestätigte mir: aus jenem Wald holen sie das kostbare Holz. Aber nicht genug, um damit Handel zu treiben. Das ist der Grund dafür, warum es in Uruk so wenig hölzerne Gegenstände gibt. Fasriges Palmholz und Stämme vom östlichen Ufer des Tigris oder auch vom Süden her über das Meer, das gibt es. Doch nichts ist vergleichbar mit der Stärke und der feinen Maserung des Zedernbaumes.

Und weißt du, warum der Fürst von Nippur nicht genug davon bekommt, um damit zu handeln? Weil ein schrecklicher Unhold den Wald bewacht, Chumbawa genannt. Alles Böse hat er um sich versammelt und verwehrt den Leuten den Zutritt zum Wald. Laß uns ausziehen, Enkidu, um ihn zu töten, das Böse aus jenem Land zu vertreiben und Zedern zu fällen, soviel wir nur können. Was hältst du davon, Enkidu, mein Bruder?«

Enkidu erschrak, als er den Plan des Freundes vernahm.

»Du weißt nicht, was du da redest, Gilgamesch«, sagte er, »für dich ist es nur ein Ungeheuer, das es zu bezwingen gilt. Aber glaube mir: Chumbawa ist weitaus mehr als das.«

»Woher weißt du das«? wollte Gilgamesch wissen.

Da sagte Enkidu: »Man mag mich für einen Barbaren halten, der wenig versteht von dem, was die Menschen berührt, der keine Bildung hat und bestimmt nicht weise zu nennen ist. Aber dennoch habe ich in der Steppe ein Wissen gesammelt, von dem deine klugen Bücher nicht sprechen, deine Ratgeber nichts ahnen. Ich erfuhr viel, als ich mit dem Getier in der Wildnis lebte und lange, lange bin ich durch die Steppe gewandert. So kam ich auch einmal durch die Wüste bis ganz dicht hin zu jenem Ort, von dem du sprichst, und ich sah jenseits der Dürre ein grünes, fruchtbares Land. So weit das Auge reicht, liegt da ausgebreitet ein unberührter Wald. Aber ich ging nicht hinein, denn vom Wild vernahm ich, daß ein Fluch darüber lastet, der die Sinne vergiftet und jedem Wahnsinn bringt, der sich nähert. Selbst die Adler wagten nicht, dorthin zu fliegen. Sie sagten mir, daß dort der Chumbawa haust, der auf zehntausend Doppelstunden das Rauschen seines Waldes vernimmt und jeden Eindringling hört, der herankommt. Wer würde da unbemerkt ins Innere seines furchtbaren Reiches gelangen? Chumbawa – das ist der Schrecken, für den es keinen Namen mehr gibt. Sein Brüllen ist Zornflut, sein Rachen ewig brennendes Feuer und sein Hauch verbreitet den Tod. Weswegen willst du also ein solch unerhörtes Abenteuer wagen? Niemand hat jemals den Chumbawa erreicht. Man kann nicht den Kampf um seinen Wohnsitz bestehen.«

Gilgamesch lachte leichthin. »Du übertreibst, Enkidu, du machst dir unnötige Sorgen. Sieh, auch die Leute von Nippur schlagen dort Holz, ohne ihr Leben zu verlieren.«

»Ja, das kann sein, daß sie am Rande des Waldes einige Bäume fällen, das schon. Aber nie, nie sage ich dir, haben sie sich tiefer gewagt, und keiner, der mit dem Leben davongekommen ist, ist jemals dem Chumbawa begegnet. Warum willst ausgerechnet du so etwas wagen?«

»Weil ich grundsätzlich keine Märchen glaube«, antwortete Gilgamesch, »und mich nicht schrecken lasse von dem, was sich die Menschen in ihrer Angst erzählen. Es gab hier in Uruk eine verzauberte Eiche, vor der die Leute sich fürchteten und sie nicht anzurühren wagten, weil es hieß, in ihrem morschen Wurzelwerk säße eine dämonische Schlange. Ich habe beides mit eigenen Händen berührt, die Eiche habe ich ausgerissen und daraus eine Trommel geschnitzt, und es war Holz, gutes, sauberes Holz. Die Schlange habe ich beiseite geschleudert, und es war kein Dämon, sondern eine einfache Sumpfschlange, wie sie häufiger vorkommt. Aberglaube, sage ich dir, nichts als Aberglaube ist es, was die Leute davon abhält, wirklich große Taten zu wagen. Auch will ich nicht wie die Feiglinge aus Nippur mich nur heimlich an den Rand des Waldes wagen, um einige dürre, leicht zu fällende Bäume zu schlagen – nein, ich will die besten Zedern, die beste! Ich will den Berg besteigen, der im Herzen des Waldes liegt. Zum Wohnsitz Chumbawas will ich ziehen, mit Äxten und guten Schwertern bewaffnet, und ihn herausfordern, daß es eine Freude ist. Hast du etwa Angst, Enkidu? Du kannst ja hier im umwallten Uruk bleiben, es dir wohlergehen lassen und abwarten, bis ich mit Ruhm und Reichtum beladen zurückkehren werde.«

Enkidu verzog gekränkt das Gesicht. »Du verstehst mich falsch, Gilgamesch«, sagte er. »Nicht ich bin es, der Angst hat – alle Welt hat Angst vor Chumbawa, und davon rede ich. Niemand hat je sein Gesicht gesehen, und doch erzählt sich das Wild Schreckliches davon. Ein Dämon ist er, er soll im Besitz der Ängste sein, die er hütet wie Hirten ihre Schafherde. Wenn er will, läßt er sie frei, und sie springen alles an, was sich nähert, und sie lähmen den Kopf und den Arm. Und wie sollten wir auch jemals in den Wald gelangen? Sein Wächter ist Wer, der Wettergott, der überaus stark ist und sich niemals zur Ruhe begibt. Er schläft nicht, er schlummert nicht, er sieht alles und packt erbarmungslos zu. Und dann gibt es außer ihm noch Adad, das Gespenst, das die große, sprechende Zeder bewacht. Es wurde von Chumbawa zum Schrecken bestimmt für alles, was lebt. Wer in den Wald hinabsteigt, den rührt Adad an und bannt ihn mit Lähmung. Nein, Gilgamesch, du magst mutig sein und ein Held in Uruk unter den Menschen. Aber was weißt du davon, was die Tiere bewegt? Die stärksten von ihnen, Löwe, Adler und Wolf erzittern, wenn sie an Wer und Adad denken, die doch nur kleine Gehilfen von Chumbawa, dem Entsetzlichen, sind.«

»Du machst mich mit deinen Worten nur noch neugieriger«, sagte Gilgamesch. »Dämonen, Geister, Gespenster sind etwas, das alte, gebrechliche Leute ängstigt, die schon vor jedem Schatten erschrecken und einen großen Bogen um die Begräbnisfelder tun, um nicht an ihr eigenes Ende erinnert zu werden. Das aber, Enkidu, sind Dinge, die mich wenig berühren, denn ich bin erst ganz am Anfang meines Weges. Einmal konnte ich kurz einen Blick in das Buch des Schicksals tun, und er verhieß mir, daß mir Großes bevorsteht, wenn ich es nur wage. Wer, mein Freund, könnte zum Himmel aufsteigen gleich einem, der Unsterblichkeit fand? Nur die Götter thronen ewig mit Schamach am Himmel und steigen herab, wann immer es ihnen gefällt. Die Tage der Menschen aber sind gezählt. Nur eitler Windhauch bleibt von dem, was sie tun, und schnell ist ihr Wirken vergessen, wenn sie nicht dazu kommen, etwas wirklich

Großes zu tun, etwas Gewaltiges, das ihre Namen in das Buch der Geschichte einträgt. Du aber lebst schon hier im sicher umwallten Uruk mit der Furcht vor dem Tod! Wo ist deine Kraft, dein Durst nach Heldentaten geblieben? Willst du dich wie ein alter Mann zwischen den wärmenden Marktfeuern verbergen und warten, bis mutige Jünglinge kommen, die von Abenteuern und ruhmreichen Siegen berichten? Willst du zitternd dann an ihren Lippen hängen und sie um Worte anbetteln, damit sie dir etwas aus ihrem übervollen Leben erzählen? Einem Leben aus zweiter Hand, wie es der Dichter Sinnunni erträumt, der beim Kornzählen vergißt, daß Getreide Brot bedeutet und Bier und volle Bäuche und lustigen Sinn für Leute, die anpacken können?

Nein, Enkidu, so ein Schwächling und Narr bin ich nicht. Ganz anders wird es gehen: Ich will dir vorausziehen, mutig und zu allem entschlossen, und du magst mir den Kampfschrei in die Ohren rufen: »Furchtlos vorwärts und drauf auf den Feind!« Und wenn ich selbst dabei fiele, so wirst du überleben und meinen Namen mit Ehre unter die Menschen bringen. Gilgamesch hat gegen Chumbawa, gegen den Inbegriff allen Schreckens, den Kampf gewagt, wird es heißen. Und du, du bist mein Begleiter dabei, mein starker, zuverlässiger Freund. Du wurdest in den Bergen geboren und bist in der Steppe aufgewachsen. Du hast mit Skorpionen und Sandvipern gelebt, kennst Dürre, Hunger und Not. Ein Löwe sprang dich an und du schlitztest ihm die Gedärme heraus, Wölfe hast du mit den bloßen Händen erwürgt, du kennst die Wildnis. Ich aber habe meine Träume und meinen Mut, der wie ein Feuer brennt, das niemand zu löschen versteht. Ich will Hand an die größte Zeder legen und ihren Stamm mit der Axt fällen. Einen Namen will ich mir erschaffen, der ewig dauert.«

Enkidu senkte betrübt seinen Kopf, als er sah, daß sein Freund und Bruder nicht durch Einwände umzustimmen war. Er dachte viel nach. Er hatte, wie Tehiptilla geahnt und gehofft hatte, angefangen zu denken, und er konnte nicht mehr aufhören damit. Noch aber waren viele seiner Gedanken ungeordnet und wirr, daß ihnen Klarheit und Überzeugungskraft fehlte. Das machte ihn verzweifelt und wütend. Er verstand Gilgamesch gut. Auch er hatte das heiße Blut von Bel, dem Kriegsgott, in den Adern und scheute vor nichts zurück. Und doch fühlte er, daß es ein Fehler war, Gilgamesch so unbedacht in sein Schicksal rennen zu lassen.

Noch einmal setzte er an: »Daß du Chumbawa haßt und das Böse mit ihm vernichten willst, begreife ich gut. Dies ist eine Sache, über die man wohl reden kann. Das andere aber verstehe ich nicht: Warum willst du die größte, die sprechende Zeder fällen? Warum willst du überhaupt Stämme aus jenem Wald? Weißt du nicht, daß die Bäume der Reichtum eines Landes sind? Warum willst du ihn schmälern?«

»Jetzt wirst du endlich vernünftig, Enkidu«, antwortete Gilgamesch, »du hast recht, ich weiß, daß die Bäume der Reichtum eines Landes sind. Aber nicht meines, verstehst du? Wenn ich von dort etwas nehme, schmälere ich den Wohlstand Uruks nicht, sondern im Gegenteil: Ich vermehre ihn, was den Menschen hier über die Maßen gefallen wird. Hölzerne Tische und Stühle, Enkidu, ein hölzerner Thron und kostbare Türen aus Holz, zudem noch vom besten. Begreifst du, was dies alles für Uruk bedeutet? Schönheit wird kommen, Enkidu, angenehmes Leben und Dinge, die dem Auge schmeicheln und der Seele guttun. Was kümmert mich jener ferne Wald, wenn er dort steht und niemandem nützlich ist? Holz wächst nach – hier aber brauchen wir es.«

»Schönheit, die dem Auge schmeichelt ...«, wiederholte Enkidu, über Gilgameschs Worte nachsinnend, »alles klingt gut, was du sagst. Und doch ist etwas in mir, das mich warnt, dir begeistert zuzustimmen. Eine Ahnung ... ich weiß nicht, wie ich es nennen soll. Vielleicht ist es dumm, was ich da sage, darum lache nicht über die Gefühle eines Barbaren. Aber eines habe ich in der Steppe erfahren: Man soll nie genau in die Sonne blicken, sondern immer ein bißchen seitlich davon, sonst wird man blind. Hier diese Stadt, Uruk, und das ganze Leben hier, das ist eine einzige Sonne, prachtvoll, strahlend und voller glänzender Dinge. Aber je mehr der Glanz der Dinge blendet, desto blinder wird das innere Auge des Menschen ...«

Gilgamesch sah seinen Freund aufmerksam an. Er staunte über die Worte des Wilden. Wie ein Philosoph sprach er, besser hätte es

Eschnunna nicht ausdrücken können, wenn er vor den Folgen von allzuviel Wohlstand und einem Leben mit leichter, verschwenderischer Hand warnte. Aber das war auch ein Priester, dem die Seele, also der Teil des Menschen, der den Göttern nah ist, wichtiger war, als das gute Befinden des Körpers. Derlei aus dem Munde eines Ungezähmten zu vernehmen, irritierte ihn und machte ihn unsicher. Aber es war auch ein Zeichen dafür, daß Enkidu mehr Wissen besaß, als man annehmen konnte. Ein guter Berater war das, genau der richtige Gefährte für ein solches Unternehmen.

»Enkidu«, sagte er sanft, »ich merke, daß du besorgt um mich bist und dir Gedanken über mein Schicksal machst. Aber noch einmal sage ich dir, daß es unnötig ist. Ich habe einen Blick in das Buch des Schicksals getan und manches geschaut, das mich sicher macht, Dinge zu tun, vor denen andere sich scheuen, sie auch nur zu denken. Ich glaube, daß eine Hand über mir liegt, die mich vor allen Gefahren beschützt und mir ein langes Leben sichert. Ich glaube aber auch, daß ich dich dazu brauche und du eine große Rolle in meinem Leben spielen wirst. Ich brauche dich, Enkidu, um all den Gefahren zu trotzen. Der Mensch hat nur vorne zwei Augen, die vorwärts sehen, und braucht einen Freund, der ihm den Rücken stärkt und nach hinten blickt, wenn es sein muß. Daß du zudem aber auch noch vom inneren Auge sprichst, einen solchen Blick, ähnlich dem von Ninsum, unserer Mutter, besitzt, macht mich glücklich. Denn so weiß ich: Dort, wo ich nichts mehr erkennen kann, siehst du klarer als ich durch den Nebel hindurch. Was kann sich ein Mensch mehr wünschen als einen solchen Freund und Berater? Gehe mit mir, Enkidu, ziehe mit mir und laß uns Abenteuer wagen. Zusammen werden wir sie bestehen und heil und gestärkt danach heimkehren.«

Da gab Enkidu, vom beständigen Drängen des Freundes erschöpft, nach. Es hatte keinen Zweck, ihn von seinem Vorhaben abzubringen. Er würde auch so gehen, möglicherweise sogar ohne ihn ins Verderben rennen. Also war es besser, ihn zu begleiten. Vielleicht konnte er auf diese Weise das Schlimmste verhindern. Schweren Herzens stimmte er zu.

Gilgamesch strahlte. Er schäumte über vor Freude. Er wähnte

sich seinem Ziel nahe und wußte doch zugleich, daß er erst ganz am Anfang stand. Tausend Gedanken zugleich schossen ihm durch den Kopf.

»Am besten werden wir gleich aufbrechen, um uns mit den Waffenschmieden zu besprechen«, rief er fröhlich. »Beile sollen sie uns gießen, wie es keine zuvor gab, Äxte zu drei Talenten groß, kräftig genug, den stärksten Baum mit wenigen Hieben zu fällen. Und große Schwerter brauchen wir, zwei Talente stark, mit Klingen, die Dämonen erzittern lassen, wenn sie nur darauf blicken. Goldene Knäufe sollen sie haben, strahlend wie Schamachs Sonnenwagen zur Mittagszeit. Damit werden wir Chumbawas Knechte blenden und sie wie Hunde winseln lassen. Komm, Enkidu, laß uns zu den Hütten der Meister gehen, um alles genau zu besprechen und in Auftrag zu geben. Unbezwingbare Waffen sollen es werden, in die sie all ihr Wissen und Können legen. Außerdem müssen wir uns noch Anzüge aus Leder machen lassen für die Reise und sie mit Schildpatt und Eisen verstärken, damit sie uns vor jedem Angriff schützen. Komm, steh nicht träumend herum. Laß uns aufbrechen, große Taten stehen bevor!«

Gilgamesch ließ die Trommel in einem neuen, für alle ungewohnten Rhythmus rufen, und die Bürgerschaft Uruks sammelte sich um ihn. Noch wurde das Fest gefeiert, die Menschen waren geschmückt und in ausgelassener Stimmung. Als Uruk versammelt war, hielt er eine Ansprache:

»Nun, da das Werk an der Mauer der Vollendung entgegensieht und die heilige Hochzeit vollzogen ist, die Fruchtbarkeit für die Äcker, die Weiden, das Vieh und die Menschen bringen wird, nun, da dies alles geschehen ist, will ich aufbrechen, um große Heldentaten zu vollbringen. Zum reckenhaften Chumbawa, dem Dämon im Zedernwald, von dem ihr alle sicher schon mit Zittern gehört habt, will ich ziehen und ihn zum Kampf zwingen. Der ferne Gott Enlil und alle, die ihn anbeten, sollen hören und erfahren, wie mächtig Gilgamesch, der Sproß Uruks ist. In allen Ländern soll darüber geredet werden: daß Gilgamesch ohne Furcht auszog und Hand anlegte an die sprechende Zeder. Den größten Baum dort will ich fällen und im Triumph heimwärts bringen, und es soll ein Werkstück daraus werden, das noch größer ist, als die sprechende Trommel, die ich aus der Wurzel der Zaubereiche schnitt. Einige von euch haben gesehen, wie ich die verfluchte Schlange, die im Loch saß und mit ihrem Zauber die Eiche aufrecht hielt, mit bloßen Händen ergriff und in den Staub schleuderte. Und sie haben miterlebt, wie ich den Stamm umschlang und aus der Erde herausriß. Nun will ich als Zeichen eines noch größeren Sieges die Libanon-Zeder fällen und mir dadurch einen Namen setzen, der die Geschichte der Fürsten und Reiche überdauern wird.«

Das Volk, taumelig von Festfreude und von überschwenglicher Stimmung berauscht, jubelte auf, von den Worten ihres Königs entzückt.

Alles richtig und wohlüberlegt wollte Gilgamesch machen. So ging er auch mit Enkidu zu den Höhlen der sieben Weisen und erzählte von seinem Plan.

Sorgenvoll umwölkten sich die Mienen der allwissenden Greise. Und der älteste sprach: »Du weißt nicht, wovon du sprichst, Gilgamesch. Weil du jung bist und berstend vor Ehrgeiz, große Werke zu schaffen, trägt dein Herz dich davon. Höre, was wir von Chumbawa wissen: Er sieht unheimlich aus, eine Mißgeburt der Schöpfung ist er, die alles Böse an ihre Fersen geheftet hat. Früher hieß es in alten Texten: Wenn ein Schaf einen Löwen gebiert und dieser das Gesicht des Chumbawa hat, so wird dieser Fürst keinen ebenbürtigen Gegner finden, das Land seines Feindes wird er verzehren . . .

Dunkel sind diese Worte, und schwer ist ihr verborgener Sinn zu verstehen. Doch nach allem, was wir gehört haben, ist es ein ungeheures Wagnis, sich ausgerechnet diesen Gegner als Feind zu erwählen. Auf tausend Doppelstunden hin liegt unberührt sein Wald und niemand wagte bisher, zu seinem Wohnsitz vorzudringen. Er hört und sieht alles und weiß, wann sich Feinde nähern, noch bevor ihn jemand zu Gesicht bekommt. Sein Brüllen ist Sintflut, sein Rachen ist Feuer, und sein Atem ist der Hauch des Todes. Warum begehrst du also, ihm nahezukommen und das Schicksal so mutwillig herauszufordern? Kein Sterblicher hat bisher den Kampf gegen ihn überlebt.«

Gilgamesch hörte die Worte seiner Ratgeber und blickte lächelnd auf Enkidu, seinen Freund.

»Dieser da, der mein Bruder ist, Beschützer und Freund, hat mit ähnlichen Worten gesprochen. Beinahe könnte man glauben, ihr habt euch abgesprochen, um mir Angst zu machen, mich von meinem Vorhaben abzubringen und zahm in Uruk zu halten.«

»Nein«, entgegnete der, dessen Urgroßvater die Weltkarte gezeichnet hatte, »zahm bist du gewiß nicht, Gilgamesch. Doch wir machen uns Sorgen um dich. Du bist der König dieser Stadt und hast die schwere Aufgabe zu erfüllen, das Gemeinwesen durch dein Vorbild zusammenzuhalten. Bisher ist dir dies auch gut gelungen, du hast die Priester Anus auf deine Seite gebracht und dich mit Ischtar versöhnt. Das Volk sieht es wohl und genießt die Zeiten der Eintracht, die allen von Nutzen sind. Es spürt auch, daß mit dem Mauerbau ein neues Zeitalter für Uruk begonnen hat, das Ackerbau und Viehzucht langsam an Bedeutung überholt, obgleich es diese Dinge mit einschließt. Mit dir wurde die Schwelle zur Stadt überschritten, und das Denken der Menschen ändert sich unaufhaltsam mit diesem Schritt. Wenn du nun gehst, wer garantiert dann dafür, daß alles so weitergeht, wie es anfing und sich günstig entwickelt?«

»Auch darüber habe ich mir Gedanken gemacht«, antwortete Gilgamesch. »Du sprichst von der neuen Zeit, und auch ich fühle sie nahen. Wenn aber Neues wirklich neu sein soll, so bedarf es dazu nicht mehr der ewigen Wiederholung alter Dinge. Die Stadt strebt auf und mit ihr junge Menschen mit Mut und Ideen. So ist mir um Uruk nicht bang während meiner Abwesenheit. Ich will Erenda, den Aufseher im Tempel und Priester Anus, zum Statthalter machen und ihm die Weisung geben, alles so weiter zu betreiben, wie ich es begonnen habe. Sinnunni, der Dichter, soll sein oberster Schreiber werden, und Urnigingar sein Bote und Herold. Sie sind jung allesamt, aber sie brauchen nichts weiter zu tun, als meinem Auftrag gemäß den Bau zu vollenden. In allen Fragen von Belang, in Not und Gefahr, sollen sie euren Rat einholen und ihn unbedingt befolgen. Desweiteren sollen sie alles Handeln mit Eschnunna und Iluna abstimmen, damit sie von beiden Seiten Unterstützung für ihr Tun erhalten. Sagt mir, ob dies nicht richtig und wohlüberlegt ist.«

Einer der fischschuppigen Greise nickte und sprach für alle: »Das ist es, Gilgamesch. Deine Worte sind uns aus dem Herzen gesprochen und finden unsere Zustimmung, denn so, wie du es vorhast, entspricht es genau dem Verlauf unseres Spiels. Du sollst wissen, daß wir inzwischen das Spiel des Lebens gespielt haben und eigentlich nur noch aus deinem Mund vernehmen wollten, daß es dir ernst ist und du bedacht hast, was du da tust. Dein Schutzgott möge dich bewahren auf deinen Wegen voller Gefahr und dich gesund heimkehren lassen zum Markt von Uruk. Du mögest heimkehren zur umwallten Stadt in Frieden zum Frühjahrsfest, wenn das neue Jahr beginnt. Freudengesänge sollen ertönen, wenn du kommst und immer wieder *Elluri! Elluri!* soll vom Volk gerufen werden.«

Und ein anderer sprach: »Aber vertraue nicht auf deine Kraft allein, Gilgamesch. Deine Augen seien erleuchtet, daß sie mehr erkennen als andere Menschen, und deine Ohren feiner als die der Fledermaus. Behüte dich, indem du auf deine Ahnungen und Träume vertraust. Der da, den du deinen Freund und Bruder nennst, er möge dich beschützen und vor dir her gehen, denn du kannst dich auf ihn verlassen. Er hat den Wald wie ein Tier gesehen, und von den verborgenen Zugängen erfahren, von denen nur die sehr kleinen Ameisen oder die sehr großen Adler wissen. Er weiß von dem bösen Wirken Chumbawas und seiner heimtückischen Gesinnung, und er wird dir von unermeßlichem Nutzen sein.«

Und zu Enkidu gewandt, sprach er weiter: »Unsere Versammlung übergibt dir den König, beschütze ihn mit deinem Leben wie mit einem Schild. Sei furchtlos und listig und führe uns den Herrscher unversehrt heim.«

Enkidu antwortete mit großem Ernst: »Ja, das will ich gewiß tun, weiser Vater, du kannst dich auf mich verlassen. Und du Gilgamesch, reise unverdrossen und mit furchtlosem Herzen. Schau nur auf mich, ich werde dich sicher geleiten.«

»Und auch Schamach möge euch beistehen«, ließ sich ein weiterer Greis vernehmen, »er lasse deine Augen das sehen, wovon du uns erzähltest. Er soll dir mit seinen leuchtenden Strahlen den versperrten Weg auftun und die Straße deinem Schritt erschließen. Die Berge soll er dir öffnen, wo sie unpassierbar sind, und den ewigen Schnee vor dir schmelzen und immer in deiner Nähe sein, um die Hand schirmend über dich zu halten. Auch Lugalbandas Schatten stehe dir bei im Kampf gegen Chumbawa. Wasch dir die Füße im tiefgrünen See, bevor du das Reich der bösen Mächte betrittst. Bei deiner Abendrast grabe einen Brunnen, damit du stets reines Wasser im Schlauch hast. Bringe auch Schamach ein Opfer dar und gib ihm vom kühlen Wasser ab, sooft du kannst. Gedenke Lugalbandas, des ruhmreichen Königs, der dir ein stolzer Vorgänger war...«

In dieser Art entboten ihm die redseligen Alten noch weitere endlose Segenswünsche, so daß es Enkidu zu viel wurde und er zum Aufbruch drängte. Doch Gilgamesch hatte viel als König gelernt und wußte, was für Zeremonien bei einem solchen Abschied angemessen waren. Er wußte auch, wieviel er dem Wissen der sieben Weisen zu verdanken hatte. Weder wollte er sie verstimmen, noch auf das verzichten, was sie ihm an Ratschlägen mitzugeben hatten.

Und richtig: Der, dessen Urgroßvater die Weltkarte gezeichnet hatte, kam erst jetzt zum eigentlichen Thema. Er beschrieb in allen Einzelheiten den Weg, und Gilgamesch hörte ihm aufmerksam zu.

»Nimm mit einem guten Schiff den Weg zur Quelle des Euphrat, aber nicht ganz hinauf, sondern nur, bis ihr zu einem befestigten Platz namens Mari kommt, der die zehnte Stadtgründung nach der großen Flut war. Dort könnt ihr Einkehr halten und euch für die weitere Reise stärken. Von da aus verlaßt ihr den grünen Saum des Euphratstroms und wendet euch der Wüste zu. Ein Karawanenweg führt hindurch zur Oase Palmyra, und dann weiter die alte Straße entlang hin zum Purpur-Land. Im Tal des Orontes, in der fruchtbaren Ebene Bukea, südlich vom tiefgrünen Höms-See, in dem ihr eure Füße waschen sollt, liegt Kadesch, eine Festung am Rande der Berge. Von da führt am östlichen Rand des hohen Gebirges ein vergessener Wanderweg entlang zum gewaltigen Berg, den man den Hermon nennt. Wenn ihr ihn seht, dessen Gipfel immer, auch im Sommer, mit Schnee und Eis bedeckt ist, seid ihr bereits am Rande des Zedernwaldes. Weiter weiß ich auch den Weg nicht, denn keiner, auch nicht der Vater meines Großvaters, kam bisher weiter als dorthin. Dann mögen euch die Götter beschützen und eure Kraft und euren Verstand stärken, damit ihr sicher zum Ziel und heil zurück nach Uruk kommen könnt.

Mehr sage ich nicht, Gilgamesch, alles andere überlasse ich deiner

Klugheit, dem Wohlwollen deiner Schutzgötter und dem Geschick deines treuen Freundes Enkidu.«

Dankbar verbeugte sich Gilgamesch vor dem Alten und küßte die dargebotene Hand. Er umarmte die Weisen, und diese erwiderten die Geste und legten die Hand auf seine Stirn, wie es Väter tun, die sich von ihren Söhnen verabschieden.

Als sie wieder draußen vor den Hütten der Weisen standen und auf den verfallenen Tempel blickten, den mehr und mehr der Sand zu überdecken begann, und auch das Abbild Liliths sahen, das rätselhaft wie immer vor der Säule stand, sagte Gilgamesch: »Nun, nachdem wir so viele gute Ratschläge gehört haben, fände ich es richtig, wenn wir zudem noch das Orakel der Schafsleber befragen, um auch ganz und gar sicher zu gehen.«

Enkidu zog die Stirn kraus. »Muß das sein?« fragte er, »ich verlasse mich lieber auf mich selbst. All diese vielen Fragen und Antworten, dieses Getue mit Göttern und Weisen. Ich denke, du suchst das Abenteuer, woher kommen dir plötzlich so viele Zweifel? Wer viel fragt, bekommt mehr Antworten, als ihm nützlich sind.«

»Das Orakel ist eine Sache für sich«, antwortete Gilgamesch, »aus ihm spricht eine Macht, die größer ist als der menschliche Wille. Gut ist es zu wissen, was die Götter mit uns vorhaben.«

»Ich weiß nur, was du mit mir vorhast«, brummte Enkidu, »mich nämlich mit in den Sog der Gefahren zu reißen, aus dem es kein Entrinnen mehr gibt. Dann heißt es schwimmen und nochmals schwimmen. Entweder kommen wir durch, oder wir gehen gemeinsam unter.«

»Ich habe im Wasser des Euphrat schwimmen gelernt«, lachte Gilgamesch, »zwischen Krokodilen und wilden Strudeln. Glaub mir, wer das überlebt hat, kann auch in anderen Flüssen schwimmen. Komm jetzt, wir gehen zu Ninsum, der weisen Mutter, das Orakel befragen. Keiner weiß es zu deuten wie sie, keiner sieht so klar wie sie und kennt das künftige Schicksal. Wenn sie noch zustimmt, dann gehe ich mit freudigem Herzen.«

Dahin folgte ihm Enkidu gern, denn die Nähe der alten Frau hatte ihm eine Wärme geschenkt, nach der er sich immer schon gesehnt hatte.

Sie zogen zum Egalmach und betraten die Kammer der weisen Mutter. »Ninsum«, sprach Gilgamesch, »dein Sohn, der stolze Adler, ist nun flügge geworden, stark sind seine Schwingen und mutig ist sein Sinn. Er ist bereit, aus dem Horst auszufliegen und Abenteuer zu bestehen. Höre, wonach mir der Sinn steht: Ich will eine weite Reise machen, dorthin, wo Chumbawa, der schreckliche Dämon, wohnt. Ich will den Kampf mit ihm wagen und Wege beschreiten, die niemand vor mir ging. Befrage du nun die Leber der Schafe, erflehe Schamachs Hilfe für mich, damit ich wohlbehalten das Abenteuer bestehe, daß ich zum Zedernwald komme und den bösen Chumbawa erschlage, damit alles Böse auf der Erde vernichtet wird. Wenn ich ihn getötet und die größte Zeder gefällt habe, soll Friede herrschen – hier wie dort oben in jenem fernen Lande. Als Zeichen des Sieges will ich das Holz der Zeder bringen und dir daraus einen Stuhl machen, bequemer als der, auf dem du sitzt.«

Ninsum erschrak über die Worte ihres Sohnes. »Möge Schamach dir gnädig sein!« rief sie und senkte die Augen vor Kummer. Aber da sie Gilgamesch wenig abschlagen konnte, raffte sie sich auf, um das Orakel zu befragen.

Sie hieß die beiden warten und schritt zum Bade, um ihren Körper mit Laugenkraut zu reinigen, zu salben und zu ölen. Danach ging sie in die Kammer der Festgewänder. Dort legte sie den kostbaren, heiligen Schmuck an, den sie seit den Tagen Lugalbandas nicht mehr angerührt hatte, und ein weißes Gewand mit goldenen Schildern über der Brust. Auf den Kopf setzte sie die Mütze ihrer königlichen Regentschaft. Sorgfältig strich sie ihr Haar zurecht, schnallte den goldenen Gürtel um und nahm die Schale mit Wasser, um den Weg vor ihren Füßen zu sprengen. Dann mühte sie sich die Stiege hinauf auf das Dach des Egalmach und erklomm den Söller.

Oben, unter freiem Himmel, stellte sie alle erforderlichen Geräte auf, nahm eine frisch geschlachtete Leber aus den Händen ihrer Dienerin in Empfang und brannte Weihrauch in Schalen ab. Danach warf sie Opferkörner in alle vier Himmelsrichtungen, betrachtete lange die Leber, und als sie alles gesehen hatte, was es zu sehen gab, richtete sie sich auf und hob die Arme zu Schamach empor.

»Erhabener Schamach«, sprach sie feierlich, »großer Gott der gütigen Sonne. Warum hast du Gilgamesch, meinem geliebten Sohn, eine so ungestüme Seele verliehen und ein Herz, das keine Ruhe findet? Ein Weh-Freuden-Mensch ist er, immer voll Unrast, von einer Sehnsucht zur anderen getrieben. Und nun hast du ihm einen neuen Drang eingepflanzt, der ihn in die Fremde hinaustreibt. Einen fremden Pfad will er einschlagen, Wege begehen, die er nicht kennt, und den Kampf gegen Chumbawa wagen, den er die Verkörperung des Bösen nennt. Dabei ist er noch so jung und hat die Auswirkungen des wirklichen Bösen noch gar nicht erlebt. Beschütze ihn, Schamach, damit er bei diesem Kampf nicht unterliegt. Nur du allein kennst den Weg, den er zu gehen hat, weißt sein Schicksal, kannst ihn erretten. Zu Chumbawa will er, in den finsteren Zedernwald und das Böse aus dem Land vertreiben. Leuchte am Tag über seinem Weg, Schamach, wenn dein unerfahrener Sohn ihn mit suchendem Fuße betritt. Befiehl den Wächtern der Nacht, den Sternen, daß sie sich seiner annehmen, und laß des Abends Nannar wohlgesinnt auf ihn herabschauen. Und wenn du ihn vergißt, weil anderes zu tun ist, dann möge Aja, deine Gattin, dich an Gilgamesch erinnern. Solage sie dir das Lager zur Liebe verweigert, sollst du wissen, warum sie es tut. Wach magst du dann liegen und an ihn denken, bis er heil zurückgekehrt ist.

Sieh, ich bin eine einfache Frau, eine Mutter nur, die dich anfleht, weil ihr Herz voller Kummer ist über ihren geliebten Sohn. Ich habe die Leber betrachtet und Widersprüchliches darin gesehen. Mag dies mit Gilgamesch zusammenhängen oder mit Enkidu, seinem selbstgewählten Bruder – sie sind ja beide nicht mehr voneinander zu trennen. Es kann auch sein, daß ich alt werde und meine Sinne mir Streiche spielen ... Wie auch immer, ich bin eine alte Frau voller Sorge und bitte dich, Schamach, daß du mich erhörst und ihm beistehst. Nicht mehr und nicht weniger ist es, Schamach, um das ich dich bitte.«

So erflehte sie Schamachs Hilfe und die seiner Gattin. In bläulichen, wohlduftenden Wolken stieg der Weihrauch zum Himmel und erreichte den goldenen Wagen. Der Sonnengott beugte sich nieder und nahm das Opfer an, denn er sah, daß es Ninsum, die weise Mutter war, die da winzig wie ein Staubkorn auf dem Dach ihres

Hauses kniete. Wie alt sie geworden ist, dachte er nachdenklich, und wie schnell doch die Zeit vergeht – war sie nicht eben noch ein junges, strahlendes Weib mit offenem Lachen an der Seite Lugalbandas, des stolzen Königs? Und nun ist ein anderer da, ebenso kühn wie jener, wenn nicht noch kühner. Wie war noch sein Name? Ach ja: Gilgamesch. Ich werde ihn mir merken, Ninsum, dir zuliebe werde ich an ihn denken, wenn es mir auch schwerfällt, mein Augenmerk auf jedes einzelne Staubkörnchen zu richten. Dennoch will ich es versuchen, Ninsum, ich will es versuchen ...

Ein Lichtstrahl verfing sich im Geschmeide der weisen Mutter, brach sich vielfach und glitzerte wie tanzendes Feuer. Er hat mich erhört, dachte Ninsum. Dankbar legte sie ihr Gesicht in die Sonne und ließ es von der wohltuenden Wärme umschmeicheln. Nach einer Weile stand sie auf und stieg Söller und Stiege hinab zur Kammer, wo die beiden jungen Männer auf sie warteten.

»Dir, Gilgamesch, gebe ich keine Ratschläge mit auf den Weg«, sagte sie, »du forderst das Schicksal heraus und mußt dich auf deine eigene Weise damit messen. Dich aber, Enkidu, den ich zum Sohn annahm, bitte ich voll Sorge und Hoffnung: Sei ihm ein guter Gefährte und zögere nicht, wenn es darauf ankommt, ihn zu beschützen. Bring ihn mir heil zurück und achte auch selber auf das, was dir widerfährt. Was du nicht weißt, weiß ich aus der Leber: Du bist nicht einer, den eines Weibes Schoß gebar. Mehr bist du und weniger zugleich. Mehr, weil Mach, die himmlische Mutter, dich schuf, ein Halbgott bist du also und ähnlich dem ersten Menschen. Weniger bist du, weil dir ein Nabel fehlt, der allen Menschenkindern sonst sichtbares Zeichen ist, daß sie ein Glied der großen, nicht abreißenden Kette sind. Jeder nun, ob mit oder ohne Nabel, hat sein Leben zu leben, und es ist gleich, wie er es tut, wenn es nur im Buch des Schicksals geschrieben steht. Auch für dich, Enkidu, trifft das zu, weil dein Geschick mit dem Gilgameschs aufs engste verbunden ist. Was deinem Bruder noch fehlt, ist die Kunst, mit dem inneren Auge zu schauen. So mußt du sein inneres Auge sein, solange es nötig ist.

Das erscheint mir der wichtigste Unterschied zwischen euch beiden: Gilgamesch braucht dich und wird doch, was auch geschieht, heil aus allen Gefahren hervorgehen. Du aber mußt achtgeben, daß du nicht zuviel einbüßt dabei und dich am Ende verlierst. So ist mir mehr um dein Schicksal bang, Enkidu, als um das von Gilgamesch. Versündige dich nicht, himmlischer Sohn ohne Nabel. . .«

Mit diesen Worten löste sie ein goldenes Band von ihrem Hals und legte es um Enkidus Nacken. Weinend fiel der Barbar vor der weisen Mutter nieder und küßte ihre Füße. Sie zog ihn sanft an sich hoch und streichelte sein wildes, struppiges Haar. Und sie, die älteste Frau auf der Erde, lächelte das jüngste Kind aus Machs Schöpfung an. . .

Prächtig hatten die Meister die Waffen gegossen. Zwei Schwerter, jedes zwei Talente schwer und mit goldenem Knauf, und zwei Äxte von je drei Talenten Gewicht, so wuchtig, wie nie zuvor welche gemacht worden waren. Sie ließen sich von den Knechten ihre Anzüge aus Leder bringen, die mit Schildpatt und Eisen verstärkt waren, schnallten die Gürtel um und steckten die Schwerter hinein.

Olugi, der oberste Waffenmeister und Hüter der Kammer, brachte auch noch den Bogen von Anschan mit Pfeilen und Köcher. »Dieser Bogen, der sehr kostbar ist und von jenseits des Zagrosgebirges stammt, hat bereits Lugalbanda zur Löwenjagd gedient. Kurz und hart schwingt seine Sehne und tödlich trifft der Pfeil ins Ziel.«

»Dann will ich ihn nehmen«, sagte Enkidu, »mein Auge ist kühl, meine Hand zittert nie, in der Steppe habe ich Steinschleudern und Speerwurf geübt, und nur selten dabei mein Ziel verfehlt.«

Solchermaßen ausgerüstet, stiegen sie hinunter zum Kai. Es lagen viele Schiffe im Hafen von Uruk: kleine, wendige Schilfboote, wie sie die Fischer und Bewohner des Flußufers gebrauchten, und größere Handelssegler, die Waren aufnahmen oder entluden. Mitten in diesem Gewimmel entdeckte Gilgamesch das, was er suchte – ein Boot mit kräftigem Segel, groß genug, um eine beachtliche Anzahl von Passagieren und dazu reichlich Fracht zu fassen, aber dennoch schlank genug, um in der Lage zu sein, gegen den Strom den Euphrat hinaufzusegeln.

Er winkte den Kapitän heran und fragte ihn: »Wo kommst du her?«

»Aus dem fernen Golf«, antwortete der Mann, dessen Gesichtsfarbe gelbbraun war und wie Safran aussah, »ich bin ein Küstensegler und kenne beide Seiten des Wassers so genau wie die Riemen meiner Sandalen: Auf der einen fallen die Gebirge so steil ab ins Meer, daß man fast nirgends anlanden kann, was den Handel erschwert, wenn man die wenigen versteckten Häfften nicht kennt. Auf der anderen Seite zieht sich die endlose Wüste dahin. Da hausen auf den vorgelagerten Inseln Seeräuber und wüste Gesellen. Und dennoch mache ich mitunter gute Geschäfte in dieser Gegend der Welt.«

»Was tust du hier?«

»Das gleiche, was ich immer tue«, brummte der Kapitän, »handeln, kaufen und tauschen. Auch hier gibt es Dinge, die anderswo selten sind.«

»Und wo willst du hin?« fragte Gilgamesch gespannt, denn die Art des Mannes gefiel ihm recht gut.

»Nach Mari«, antwortete der, »weit oben am Euphrat liegt diese wenig bekannte Stadt, die ich aufsuchen will. Man hat mir von ihr erzählt, und nun will ich hin, um zu prüfen, ob das Gesagte stimmt.«

Da wußte Gilgamesch, daß er den Richtigen gefunden hatte.

»Kannst du diesmal anstelle von Handelswaren fünfzig Soldaten mitnehmen, dazu Verpflegung und Waffen?«

Der Safrangelbe kratzte sich am Schädel. »Das kommt auf den Preis an...«

»Darüber werden wir uns bestimmt einig«, sagte Gilgamesch, »es soll dein Schaden nicht sein. Und da du irgendwann sowieso wieder zurück willst zum Handel in deinem Golf, kommst du ohnehin wieder an Uruk vorbei und kannst Geschäfte machen, soviel es dir beliebt.«

Der Kapitän nickte und rechnete sich im stillen aus, was er verlangen mußte, wenn er sein ganzes Schiff in den Dienst eines einzelnen stellte.

»Wie heißt du?« fragte Gilgamesch.

»Abu el Dschardscha, was soviel heißt wie ›Sohn der felsigen Landspitze‹.«

»Dann höre meinen Namen, Abu el Dschardscha, und merk ihn dir wohl, damit du weißt, wen du zu Abenteuer und Ruhm fährst. Kerbe es in deinen Mast ein, damit es jeder erfährt, der je die Planken deines Schiffes betritt: Gilgamesch, König von Uruk, ist es, und Enkidu, sein Freund und Bruder, ist bei ihm.«

Der Kapitän verneigte sich tief vor den Herren, die stolz gekleidet und ungewöhnlich bewaffnet vor ihm standen. »Es wird mir eine Ehre sein, euch durch die wilden Wasser des Euphrat zu steuern«, sagte er, »wann soll ich bereit sein?«

»Morgen. Morgen in aller Frühe beim ersten Hahnenschrei.«

Es gab noch eine Menge Dinge zu regeln, und es war viel mit Erenda, Sinnunni und Urnigingar zu besprechen. Vor allem aber galt es, geeignete Freiwillige zu finden, die mutig genug waren, mit auf ein solches Abenteuer zu gehen.

Gilgamesch ließ die Garde und alle Männer im wehrfähigen Alter auf dem Wettkampffeld antreten.

»Fünfzig Männer suche ich, die bereit sind, mit mir als Helden in Abenteuer und Kampf zu ziehen. Fünfzig, die Speere nicht nur tragen, sondern sie auch richtig gebrauchen können, und die wohl wissen, wie man mit der Axt umgeht, fünfzig, die sich nicht ängstlich hinter den Schildern verstecken und notfalls bereit sind, auch mit Messer und Keule Mann gegen Mann zu kämpfen. Fünfzig, die keine Familien haben, keine Frauen und Kinder, die in Uruk um sie weinen, wenn wir abreisen. Vor allem aber müssen es Männer sein, die weder Löwen noch Dämonen fürchten und auf Geister und Gespenster verächtlich spucken. Wer von dieser Art ist und bereit, sein Leben auf diese Weise einzusetzen, der soll es sich überlegen und vortreten. Jedem, der mitmacht, das verspreche ich, winkt ein Beutel voll mit kostbarem Purpur aus jenem Land, in das wir ziehen wollen und das reich an Wundern und Gefahren ist. Gibt es solche Männer in Uruk?«

Auf seine Worte hin traten fünfhundert Männer zugleich vor. Voll Genugtuung sah das Gilgamesch.

»Mit Stolz erfüllt mich dieser Anblick«, sagte er, »voller Stolz bin ich über den Mut so vieler entschlossener Krieger, und voller Zuversicht auf Uruks Zukunft gehe ich daher auf meine Reise. Mit solchen Männern auf den Zinnen der Mauer ist mir nicht eine Sekunde lang bang um die Stadt. Für den geplanten Zug aber brauche ich lediglich fünfzig, und zwar solche, die bereit sind, jederzeit ihr Leben zu wagen, denn wir haben keinen Geringen als Gegner. Vielleicht sollte ich nun seinen Namen nennen, und wer dann immer noch bereit ist, mit mir zu ziehen, der trete einen weiteren Schritt vor. Chumbawa ist es, gegen den ich ziehen will, der Beherrscher des Bösen im mächtigen Zedernwald.«

Da erbleichten viele der Männer beim bloßen Hören des Namens, und die meisten verharrten wie erstarrt. Fünfzig von ihnen aber traten entschlossen einen weiteren Schritt vor. Gilgamesch blickte jedem einzelnen ins Gesicht und sah, daß diese Auswahl die richtige war.

»Geht zu Olugi, dem obersten Waffenmeister«, sagte er, »und laßt euch aus der Waffenkammer Speere, Schilde, Keulen und Messer geben. Ein jeder, der einen ledernen Rock hat, lege ihn an und schnalle den Gürtel um. Wer solches nicht besitzt, der gehe sogleich zu den Schneidern und Näherinnen und lasse sich auf meine Kosten von Kopf bis Fuß neu einkleiden. Morgen in aller Frühe aber, beim ersten Hahnenschrei, sollen sich alle unten am Hafen einfinden, wo ein Schiff auf uns wartet, das uns den Euphrat hinaufbringt.«

Es gab noch viel Aufregung in Uruk über den plötzlichen Aufbruch. Die Priester des Anu und die Priesterinnen der Ischtar zündeten Opferfeuer an und sprachen die ganze Nacht über mit den Göttern. Eschnunna versuchte, ihre Zustimmung oder Warnung anhand der Stellung der Gestirne am Himmel abzulesen, entdeckte dort aber wenig, was ihm Aufschluß über den Willen der Götter gab. Und Iluna, die jüngste Verkörperung Ischtars auf Erden, widmete sich im Kreis der Mädchen der Orakelschau, indem sie Schafgarbenstengel warf und allerlei magische Zeichen befragte.

Auch Tehiptilla saß im Tempel und verbrannte Kräuter in einer

Schale, aber sie mied bewußt die Nähe der Hohepriesterin. Zuviel war geschehen, zuviel rang miteinander in ihrer Brust. Seit ihrer Rückkehr nach Uruk, seit sich Gilgamesch und Enkidu bekämpft und als Freunde gefunden hatten, war sie allein und vergessen. Kein Wort mehr darüber, daß sie Gilgamesch zuerst zur Ischchara gewählt und überall hatte suchen lassen, kein Wort mehr davon, daß Enkidu wegen ihr mit dem König gekämpft hatte. Mit ihrer Ankunft in Uruk war nicht nur ihre Aufgabe abgeschlossen, sie hatte auch zwei Männer zugleich verloren. Gilgamesch und Enkidu – wie sie würde kein anderer Mann mehr sein können. Das wußte sie, obgleich solche Gedanken und Gefühle völlig dem widersprachen, was man sie im Tempel der Ischtar gelehrt hatte. Gab es womöglich etwas, von dem Venus nichs wußte? Sah Iluna aus ihrer Sicht die Welt falsch und verzerrt? Oder lag es an ihr, Tehiptilla, daran, daß sie für den Tempeldienst ungeeignet war und nie eine richtige Venuspriesterin werden würde?

Mit besonderer Inbrunst zerbrach Tehiptilla die trockenen Pflanzenstengel über dem Feuer. Sie glaubte, nie den würzigen Rauch so intensiv wahrgenommen zu haben wie heute. Auch alles übrige: den kühlen, dunklen Tempel mit seinen wuchtigen Säulen, die vielen geheimnisvoll tanzenden Zungen aus brennenden Öllämpchen, den leisen Singsang, der wie Wind durch die Gemäuer fuhr. Und sie sah die Mauern, die die Kammern von der Halle abtrennten, die Orakelschlafplätze und Liebeslager, wußte, daß auch heute wieder draußen auf den Treppenstufen Männer saßen mit Münzen und kleinen Gaben in den Händen, bereit, sie der in den Schoß zu werfen, von der sie sich die größte Befriedigung ihrer Lust versprachen. Einige von ihnen würden frische Lederwämse tragen und neue Gürtel, denn sie würden morgen ausziehen mit Gilgamesch und Enkidu, um ebenso Helden zu werden wie diese. Aber sie mochte keinen Kriegern zum Abschied gut sein oder überhaupt an etwas denken, was mit Gilgamesch und Enkidu zusammenhing. Sie wollte ganz einfach allein sein, und dieses Bedürfnis war im Tempel nur schwer, sehr schwer zu stillen.

Wenn sie an Iluna, die Hohepriesterin dachte, wurde Tehiptilla ganz ratlos. Das sollte nun eine Göttin sein – jemand, der so viele allzu menschlichen Schwächen zeigte? Das war die Verkörperung des weiblichen Prinzips – das herrschen wollte wie Männer? Nein, irgend etwas stimmte nicht mehr mit ihrer Herrin oder der Ordnung. Irgend etwas war auf nicht mehr gutzumachende Weise durcheinander geraten. Am meisten war Tehiptilla durcheinander. Ich halte es nicht mehr aus im Tempel, fuhr es ihr durch den Kopf. Ich ersticke in diesen Mauern und am Geruch der vielen Opferfeuer. Vor allem aber ersticke ich an der Lüge hier.

Ohne daß sie recht wußte, was sie da tat, war sie aufgestanden und hatte das restliche Bündel der Kräuter ins Feuer geworfen. Knisternd leckte die Flamme empor. Tehiptilla wandte den Blick von der Schale und ließ ihn über die versammelten Mädchen wandern, in deren Mitte die schöne Iluna saß. Tauben sind es, dachte Tehiptilla, wunderschöne, schlanke, trippelnde Tauben, die den ganzen Tag gurren und gurren zum Balztanz der Ganter und dabei glauben, Engel zu sein. Dabei waren es Tauben, und auch der Tempel war bloß ein Taubenschlag, in dem man aus- und einfliegen konnte, wie es gefiel. Wie es gefiel? Sie neigte den Kopf und ließ ihren letzten Gedanken noch einmal wiederkehren und als Bild in sich wachsen.

Ja, ausfliegen und vielleicht nicht mehr wiederkehren, nie mehr ... Sie fing an zu gehen, immer schneller zu gehen, hastete den Säulengang entlang bis zur Vorhalle, fing im Hof an zu laufen, rannte, als sie Ischtars Tor passiert hatte. Sie rannte, lief weg und doch auf etwas zu, sie lief ihrer Freiheit entgegen.

Quer über den großen Platz vor der Zikkurat lief sie, hinüber zum Egalmach und hörte erst wieder auf zu rennen, als sie bei Ninsum, der weisen Mutter, angelangt war. Dort warf sie sich vor die Füße der alten Frau.

»Ninsum, Ninsum, weise Mutter«, rief sie, »nimmst du eine an, die eine unzuverlässige Dienerin ist, die ihre Heimstatt verließ und vom Dienst weglief, wie es ihr in den Sinn kam?«

Die Alte betrachtete sie lange und mit großem Behagen.

»Ja«, sagte sie, »natürlich tue ich das. Solche wie du sind mir sogar die Liebsten.«

»Und was soll ich tun«? fragte Tehiptilla schüchtern.

»Eine ganze Menge lernen«, sagte Ninsum, »vor allem Geduld

mit dem unsinnigen Geschwätz einer alten Frau, die manchmal die Zeiten durcheinanderbringt. Dann mit mir speisen, mit mir singen, hier am Fenster sitzen und über alles reden, was uns einfällt. Zuvor aber kannst du mir gleich einen Gefallen tun: Reich mir doch bitte die Harfe herüber, lange habe ich nicht mehr gespielt. Jetzt vielleicht, wo ich eine neue Zuhörerin gefunden habe, mag es sich wieder lohnen. Bist du bereit dazu?«

Und ob Tehiptilla dazu bereit war! Ein Wunder war es. Aber ohne Wunder kann nie ein zweites Leben beginnen.

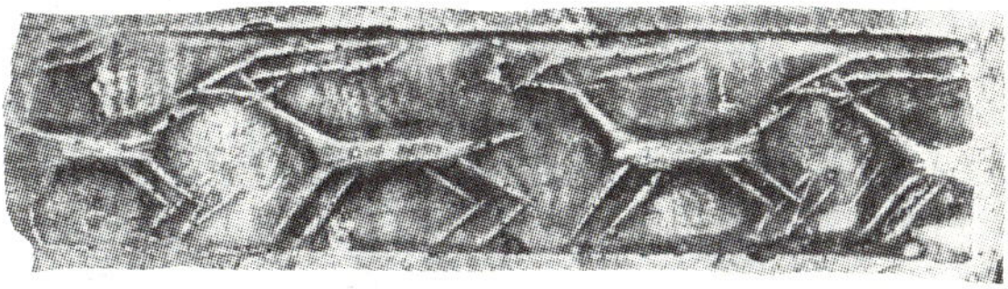

Am Morgen ihres Aufbruchs blies der Wind in günstiger Richtung. Prall füllte sich das Segel von Abu el Dschardschas Schiff und trieb es pfeilschnell dahin. So ließen sie schon bald das bekannte Ufer mit seinen Dörfern und Schilfhütten zurück, der Eanna verschwand aus dem Blick und alles, was vertraut war. Die Männer schauten noch lange zurück, einige aber auch bereits begehrlich vorwärts. In ihren Augen blitzte die Abenteuerlust.

Abu el Dschardscha hielt das Schiff in der Mitte des Stromes, so brauchten sie nicht den vielen kleinen Booten auszuweichen, von denen es auf dem Wasser wimmelte, und sie hatten einen guten Ausblick auf beide Ufer des Euphrat. Besonders der fruchtbare Streifen zur Rechten war stark besiedelt. Hier reihte sich Dorf an Dorf, wie an einer unsichtbaren Perlenschnur aufgefädelt. Die andere Seite indes, wo hinter dem grünen Ufergürtel unmittelbar die Wüste begann, wies weniger Hütten auf, und wenn einmal ein Dorf kam, so war es beträchtlich kleiner als die, die gegenüber lagen. Schnell war das Schiff des safrangelben Mannes, es durchpflügte die Flut, schien über die Wellen zu gleiten, ohne tief einzutauchen, obgleich es doch mit so vielen Menschen und Geräten beladen war.

Immer wieder stoben überraschte Schwärme von Wasservögeln vor ihrem Bug auf, die sie spielend hätten mit Netzen fangen können, wenn sie nur gewollt hätten.

So fuhren sie einen Tag und eine Nacht den Euphrat hinauf, und einen weiteren Tag und eine weitere Nacht, und immer noch nicht rückten die Ufer dichter zusammen. Erst jetzt sahen sie mit eigenen Augen, wie gewaltig der Strom war, an dessen Unterlauf sie wohnten, und wie unglaublich fern seine Quelle lag. Gilgamesch ließ eine Karte auf ein Stück Tuch zeichnen, darin wurde jede Biegung, jede Bucht vermerkt. Das war wenig Arbeit für den Soldaten, der sich zum Zeichnen der Karte gemeldet hatte, denn die Fahrt wurde immer eintöniger. Schnurgerade verlief der Fluß, kaum, daß noch Dörfer oder andere Spuren menschlicher Besiedlung auftauchten. Dann stiegen beiderseits Hügelketten an, manchmal mit hart abfallenden Flanken, durch die sich der Fluß gefressen hatte.

Viele Tage und Nächte fuhren sie so, bis eines Morgens die weißen Dächer und Türme einer Stadt aus dem Horizont wuchsen. Zuerst glaubten sie, ein Abbild von Uruk zu sehen, denn der geschraubte Turm einer Zikkurat wand sich als Spirale zum Himmel, und Tempel gab es, die an die des Anu und der Ischtar erinnerten. Jedoch lag die Stadt am linken Ufer des Euphrat, sie war wesentlich kleiner als Uruk und besaß keine Mauer, und es fehlte auch ein heiliger Berg wie der Eanna.

Es war Mari, von der die sieben Weisen gesprochen hatten, Mari, die zehnte Stadtgründung nach der großen Flut, Knotenpunkt vieler Wander- und Karawanenwege. Hier gingen sie vor Anker und setzten ein kleineres Boot aus, um ans Ufer zu gelangen, denn die Stadt besaß weder Hafen noch befestigte Kaimauer. Neugierig wurden sie vom Volk umringt, als Gilgamesch, Enkidu und ihre Krieger an Land gingen. Die Neuigkeit vom Erscheinen des hohen, fremden Besuchs verbreitete sich schnell in der Stadt. Ein Bote des Königs Lamgi kam herbeigeeilt und bat sie in den Palast.

Gern kamen sie der Aufforderung nach, denn sie waren neugierig; sie wußten wenig über Lamgi und sein Reich, außer vielleicht, daß es entfernt dem alten Staatenbund angehört hatte, der längst schon zerfallen war. Um so überraschter waren sie, als sie dem

Boten folgend das Tor durchschritten und einen riesigen, gekachelten Platz betraten, an dessen Rand viele säulengeschmückte Hallen und Häuser standen, darunter tatsächlich auch ein Anutempel und einer der Ischtar. Der war leicht zu erkennen, denn auf seinen Stufen saßen musizierende Mädchen in der Sonne, lachten und jauchzten, und sie wurden noch lauter und flatterten durcheinander wie ein Vogelschwarm, als es die Soldaten in ihre Nähe trieb.

»Wie naschhafte Kinder sind sie: Noch nichts geleistet, keinen Brotkrümel verdient, und schon vertun sie das wenige, was sie mitgebracht haben«, brummte Abu el Dschardscha tadelnd, der mit Gilgamesch, Enkidu und dem Boten ging.

»Laß sie«, sagte Gilgamesch, »sie sind jung und wollen ihr Leben genießen, solange das noch möglich ist. Vielleicht ahnen sie auch, daß dies die letzte Möglichkeit dazu ist. Danach wird die Reise mit Gewißheit schwerer werden.«

König Lamgi begrüßte sie im Inneren seines Palasts mit aller nur erdenklichen Höflichkeit. Er war äußerst schlicht gekleidet, was sicher nicht von seiner Armut herrührte, sondern von seiner Überzeugung, die jeden übermäßigen Prunk ablehnte. Nur ein einfacher Umhang, der eine Schulter freiließ, bekleidete ihn, dazu ein mit vielen Fransen verzierter Rock. Sein Gesicht wirkte mild und freundlich, kein Hochmut lag in seinen Augen, kein Stolz und keine Verschlagenheit.

»Ich freue mich, den König aus Uruk und sein Gefolge bei mir zu Gast zu haben. Lang ist es her, daß unsere Vorfahren sich gegenseitig besuchten ...«

»Dann ist jetzt eine gute Gelegenheit, diesen Bund zu erneuern«, sagte Gilgamesch, »ich habe beim Gang durch die Stadt bemerkt, daß uns noch mehr als nur die Geschichte verbindet.«

»Du meinst die Tatsache, daß wir der Ischtar und dem Anu huldigen?« fragte Lamgi lächelnd. »Nun ja, wenn du länger hier wärst, würdest du erkennen, daß es bestimmt noch viele andere Dinge gibt, die sind wie in Uruk, von dem ich gehört habe, daß sich dort unter deiner Regierung Erstaunliches entwickelt. Eine Mauer zum Beispiel ...«

Dergleichen Fragen und Antworten gingen hin und her, Lamgi

und Gilgamesch tauschten Artigkeiten aus, und das Einvernehmen beiderseits wuchs. Schließlich versprach Gilgamesch, den Handel mit Mari aufzunehmen – er blickte bei diesen Worten auf Abu el Dschardscha, und da der safranhäutige Kapitän listig lächelte – fuhr er fort, die weiteren Möglichkeiten einer Zusammenarbeit beim Namen zu nennen: Einen Baumeister würde er mit der ersten Warenladung auf die Reise schicken, der Lamgi beraten könne, wie man eine perfekte Ummauerung baut, Karawanen entsenden, um Güter zu tauschen und so weiter. Höflich hörte sich der König von Mari alles an, dachte sich selbst seinen Teil, denn er wähnte sich an der Kreuzung mehrerer Karawanenwege vom Schicksal begünstigt und daher auf besondere Weise zur Neutralität gegenüber allen Seiten verpflichtet. Aber eine Mauer zum Schutz um die Stadt wäre sicher nicht schlecht. Ein wilder, draufgängerischer Kerl war dieser Gilgamesch. Ob er zudem auch gebildet war? Er versuchte, den Verlauf des Gesprächs mehr in diese Richtung zu lenken. Lamgis größter Stolz war nämlich seine Bibliothek, die aus über fünfundzwanzigtausend Schrifttafeln bestand.

Gilgamesch zeigte sich interessiert und stand auf, um Lamgi zu folgen. Enkidu und der Kapitän gingen mehr aus Gefälligkeit mit. Nach dem Audienzsaal folgten die Privatgemächer des Königs, äußerst schlichte Räume, denen deutlich eine weibliche Hand fehlte. König Lamgi war bereits in jungen Jahren Witwer geworden und hatte sich seitdem beharrlich geweigert, eine andere Frau an seine Seite zu nehmen, und da er auch keine Kinder hatte, war es merkwürdig still im Palast. Lamgi war ein in sich gekehrter Denker, ein Träumer und ein zutiefst gläubiger Mensch. Ein Flügel seines Palastes diente allein religiösen Zeremonien. In ihm war auch der Thronsaal gelegen, zu dem eine herrliche Treppe führte. Durch mehrere Säle mit reich geschmückten Wänden, Verzierungen und Gemälden aus früherer Zeit erreichten sie endlich den Tempel des Palastes, wo ein menschengroßes Kultbild der lebensspendenden Göttin Ischtar stand. Verwundert blieb Gilgamesch stehen, denn mit dieser Figur, deren Gesicht übrigens herzlich wenig dem Ilunas ähnelte, hatte es eine besondere Bewandtnis, die den Betrachter in Erstaunen versetzte – dem Gefäß in ihren Händen entquoll unaufhörlich das ewige Lebenswasser.

»Wie ist das möglich?« wagte er Lamgi zu fragen. Doch dieser lächelte nur und zuckte vieldeutig die Schultern. Die Statue war eines der Rätsel von Mari, und ein Rätsel blieb sie nur, wenn man darüber nicht sprach.

Sie gelangten in die Bibliothek, wo ein gutes Dutzend Gelehrter und Beamter damit beschäftigt war, die Tafeln von einer Ecke in die andere zu tragen.

»Es wird gerade neu registriert«, sagte Lamgi ergeben, »eine mühselige Arbeit, die wohl Jahre in Anspruch nehmen wird.«

Die Gelehrten waren so in ihre Tätigkeit vertieft, daß sie regelrecht aufschraken, als sie angesprochen wurden. Vom Zedernwald hatten auch sie gehört, sie kannten in etwa den Weg dorthin, wenn auch nicht so gut wie die sieben Weisen von Uruk.

Lamgi drängte sich wieder in den Vordergrund und zog seine Gäste sanft nach draußen, auf das Dach der Bibliothek, von dem aus man einen guten Blick über Stadt, Gärten, Äcker und den Euphrat hatte.

»Es gibt nur eine einzige Angelegenheit, die wichtiger ist als das Sortieren von Büchern – jedenfalls was weltliche Belange angeht«, seufzte er, »und das ist die Verbesserung des Bewässerungssystems.« Er wies mit der ausgestreckten Hand über das Land. »Seht ihr den großen Strom? Jetzt schlummert er und liegt ruhig in seinem Bett. Aber versucht euch vorzustellen, wie es nach der Regenzeit im Frühjahr ist! Meine Vorfahren haben ein Leben lang dagegen angekämpft, um die Stadt zu erhalten und die Felder zu sichern. Stück für Stück haben sie das Ufer befestigt und Kanäle und Rinnen gezogen, um das Wasser in Gebiete zu führen, wo es bei Überschwemmungen keinen Schaden für Mensch und Tier anrichten kann.«

Und noch immer habt ihr es nicht geschafft, einen richtigen Hafen anzulegen, wollte Gilgamesch sagen, aber er verkniff sich seine voreilige Äußerung. Er wollte es sich mit dem freundlichen Herrn von Mari nicht verscherzen. So lobte er das Werk der fleißigen Leute der Stadt und strich dem König Honig ums Maul.

Bis spät in die Nacht hinein unterhielten sie sich über Ernte und Staatsgeschäfte, über Fragen der Religion, der Kunst und über sportliche Ereignisse, über die zu diskutieren es auch in Mari äußerst beliebt war. Nachher begaben sich Gilgamesch und Enkidu im Gästehaus des Palastes zur Ruhe, während Abu el Dschardscha zurück aufs Schiff ging, um dort die Nacht zu verbringen. Das Schiff würde hierbleiben, und er wollte Handel betreiben. Für das Silber, das er für die Fahrt erhalten hatte, würde er Güter einkaufen, die es in Mari gab, und dann zurück nach Uruk bringen oder weiter noch, jedenfalls so weit, daß ein Tausch oder Verkauf gewinnversprechend für ihn war.

Zwei Tage gab Gilgamesch seinen Soldaten Zeit, Abschied von den schönen Mädchen des Ischtartempels zu nehmen, dann ließ er das Signal zum Aufbruch geben. Auf Maultieren und Eseln, die Lamgi großzügig zur Verfügung gestellt hatte, zogen sie westwärts in die Wüste. Es war staubig und unerträglich heiß, die Luft flimmerte vor den Augen und Schamachs Sonnenatem lag sengend über dem Land.

Nach vielen mühseligen Tagereisen erreichten sie die Oase Palmyra. Dieser Ort trug seinen Namen zu recht. Viele hundert Dattelpalmen standen hier, zu schattenspendenden Hainen vereint, um die Wasserstelle herum und boten vorbeiziehenden Karawanen ein erfrischendes Lager. Mehrere Tage rastete der Zug, um sich auszuruhen, denn nun lag der längere Abschnitt ihres Weges erst vor ihnen: eine endlos erscheinende Wüste, gänzlich ohne Vegetation, und öder von einer Doppelstunde zur anderen.

Unterwegs wollten die Soldaten wissen: »Wo liegt eigentlich das Purpur-Land, was ist das für ein Stoff, der von dort kommt und so kostbar ist, daß man ihn gegen Silber und Gold eintauschen kann?«

»Kommt erst nach Kadesch«, antwortete Gilgamesch, »so werdet ihr mehr erfahren. Das rote Pulver aber, das man Purpur nennt, stammt von der Küste des fernen Meeres, wo man Schnecken einsammelt, sie kocht und zerstampft, bis nur noch der rote Staub von ihnen übrig ist. Tausend Schnecken sind nötig, um eine winzige Prise Farbstoff zu gewinnen, und viele tausend fleißige Hände, um die Schnecken zu sammeln – daher rührt sein erstaunlicher Wert.«

Die Soldaten dachten daran, daß einem jeden von ihnen ein ganzer Beutel des kostbaren Pulvers versprochen war, und trieben ihre

Reittiere an. Nach einer langen, entbehrungsreichen Woche sahen sie in der Ferne eine Bergkette aus der Wüste ragen.

»Sind wir am Ziel? Ist das das Hermon-Gebirge«? riefen sie aufgeregt durcheinander.

Enkidu schüttelte den Kopf, und Gilgamesch klärte sie auf: »Ein Ausläufer ist es, die wirklichen Berge sind noch weit, so weit, daß wir sie von hier aus noch nicht sehen können. Zuerst müssen wir unseren Weg durch jene Hügel da finden und den See suchen, der tiefgrün ist, um in ihm unsere Füße zu waschen.«

So, wie er es beschrieben hatte, geschah es auch: Sie fanden in einem zerklüfteten, felsigen Tal den Weg durch die Hügel, die von nahem gesehen schon richtige Berge waren, und fanden danach im Tal des Orontes die fruchtbare Ebene von Bukea. Mit Blick auf die sinkende Sonne gruben sie einen Brunnen und spendeten Schamach Wasser. Als sie die Gebete beendet und eine ausgiebige Abendrast eingelegt hatten, ritten sie in der Kühle des Abends den Orontes entlang, bis sie an einen tiefgrünen See kamen. Das war der Höms-See, und so tief und schweigend lag er da, daß die Männer befangen anhielten und seine Farbe bestaunten. Schnell kam die Nacht, und sie mußten ein Feuer entfachen, denn es war kühl hier in der Fremde.

Am nächsten Morgen band Gilgamesch seine Sandalen ab und ging barfuß zum Rand des Wassers. Eiskalt war die Flut und ließ ihn nicht lange darin verweilen. Seine Leute aber weigerten sich, es ihm gleich zu tun. Da wurde Gilgamesch zornig: »Habt ihr vergessen, daß die Weisen von Uruk uns auftrugen, uns hier zu reinigen, bevor wir das Reich des Unbekannten betreten? Stellt euch nicht so an, seht: Auch ich war mit den Füßen darin, und nehmt euch ein Beispiel an Enkidu, der sogar darin badet!«

In der Tat hatte sich der Barbar ausgezogen und war ins eiskalte Wasser gesprungen, um mit kräftigen Armbewegungen ein paar Runden zu drehen. Murrend folgten die Soldaten der Anweisung, streiften ihre Sandalen ab und plätscherten ein bißchen am Rand. Aber sie waren froh, als sie am folgenden Tag den wenig anheimelnden See hinter sich ließen und einen Pfad hoch ins Gebirge ritten.

Wie eine Feste lag Kadesch in den Bergen versteckt, eine Bastion, die jeder passieren mußte, der weiter in den Libanon ziehen wollte. Hier, in einer einfachen Herberge, erfuhren sie von anderen rastenden Wanderern tatsächlich mehr über das Purpur-Land. Sie mochten es nicht glauben, daß sie schon so dicht am gewaltigen Meer waren, das seine Gabe, die Schnecken und Muscheln, tagaus, tagein an die Gestade der Küste trug, wo die Menschen warteten, um sie in Körben einzusammeln und daraus das kostbare rote Pulver zu machen.

Niemand der Reisenden hatte Purpur dabei, aber jeder hatte es schon einmal gesehen. Gelegentlich sollten Händler vorbeikommen, die Geschäfte damit machten und hier abstiegen, bevor sie weiter auf den Karawanenwegen nach Osten zogen. Gilgamesch versprach, auf dem Rückweg an die Entlohnung zu denken und bestellte beim Fürsten von Kadesch eine gewisse Menge des roten Pulvers.

Bei ihm erkundigte er sich auch genau, wie der Weg weiter bis zum Berg Hermon verlief.

Die Gesichtszüge des Fürsten verfinsterten sich. »Wie... ihr wollt gar nicht über die normale Straße durchs Gebirge zur Küste?« fragte er. »Zum Berg Hermon, das ist die falsche Richtung.«

»Ich will hin zum Zedernwald, um den Chumbawa zu erschlagen«, sagte Gilgamech leichthin, so als sei dies das Selbstverständlichste der Welt.

»Die Götter stehen mir bei!« rief der Fürst bestürzt. »Weißt du, wovon du da redest?

»Ich weiß es genau, es ist alles wohl durchdacht und geplant.«

»Niemand, der je dorthin zog, ist wiedergekommen!« rief der Fürst.

»Auch die Holzfäller aus Nippur nicht?« fragte Gilgamesch schnell.

»Das sind einige, wenige Ausnahmen. Sie wagen sich nur bis zum Rand des Zedernwaldes, aber nie bis zum Hermon vor.«

»Ich bin noch eine größere Ausnahme und gehe weiter als alle bisher«, sagte Gilgamesch kühn. »Was ist: Willst du mir nun den Weg dorthin beschreiben, oder soll ich dich erst im Zweikampf bezwingen, damit zu merkst, wie ernst es mir ist?«

Der Fürst erbleichte. Er dachte an Gilgameschs Schwert und an den Barbaren und daran, daß unten im Hof fünfzig schwerbewaffnete Männer standen, die entschlossen wirkten und wohl nicht zögern würden, auf Befehl ihres Anführers die Festung in Schutt und Asche zu legen. Warum hatte er sie nur so hereingelassen, ohne sie aufzufordern, am Tor die Waffen abzulegen? Er biß sich auf die Lippen und ärgerte sich über seine Unachtsamkeit. Sonst war er doch immer so vorsichtig und schlau. Warum hatte sein Spürsinn diesmal versagt? Der Fürst war ein hagerer, dunkler Mann von der Art der Bergbewohner des Landes, dem seine tiefliegenden Augen etwas Verschlagenes verliehen. Unstet war sein Blick, beim Sprechen wanderten seine Augen unruhig dahin, schienen nicht einen Moment lang am selben Fleck bleiben zu können. Seine Bewegungen wirkten fahrig. Das harte Leben in den Bergen hatte ihn Vorsicht gelehrt. Er war kein Herrscher, der souverän regierte, mehr ein Marder, der sich in seinem Bau verschanzt und umherhuscht, um jederzeit einen Fluchtweg finden zu können. Es war ein krasser Fehler gewesen, die Fremden in Waffen und Rüstung in seine Festung zu lassen. So besann er sich aufs Taktieren.

»Ein beschwerlicher Weg ist es, steinig und voller Gefahren, die mancher nicht ahnt«, begann er. »Er führt östlich am Gebirge entlang nach Süden. Er ist nicht befestigt, kein Dorf liegt daran, auch keine Herberge mehr, die euch für die Nacht Unterkunft bieten könnte. Vielleicht ist es besser, ihr laßt einen Teil eurer Leute hier auf euch warten, bis ihr zurück seid. Sie könnten dann selbst mit den eintreffenden Händlern sprechen, die Purpur mit sich führen . . .«

Gilgamech schüttelte den Kopf. »Nein, das ist nicht in meinem Sinne und ich glaube kaum, daß du unser Heer durch listiges Reden aufspalten kannst.«

Der Fürst protestierte heftig, daran habe er nicht gedacht, sondern nur einen guten Rat geben wollen. Doch Gilgamesch fuhr unbeirrt fort: »Ich danke für deinen Rat, Fürst, doch ich denke, es wird besser sein, wir ziehen zusammen weiter wie bisher und trennen uns nicht. Ich danke dir auch dafür, daß du mir den Weg beschrieben hast. Hoffentlich stimmt alles, was du sagst, dann sollst du es nicht bereuen.«

Diese Art Gilgameschs, zu reden und mit seinen Worten keine

Rücksicht zu nehmen, beleidigte den Fürsten von Kadesch schwer, aber er ließ sich nichts anmerken. Statt dessen gestikulierte er wild und beteuerte abermals seine guten Absichten. Schließlich versprach er, um seiner Rede Nachdruck zu verleihen, einen erfahrenen Führer mitzugeben, der den Weg kannte und sie sicher bis zum Beginn der schneebedeckten Berge bringen würde.

»Am Rande des großen Waldes aber wird er umkehren und euch allein weitergehen lassen, denn du wirst niemanden finden, der freiwillig sein Leben riskiert und sich mit Chumbawa, dem Furchtbaren im Gehölz, anlegt.«

Gilgamesch nahm das Angebot dankend an und verließ nachdenklich die Gemächer des Fürsten. Wie kam es, daß ihm nicht zu trauen war, warum hatte sein Blick bei der Nennung von Chumbawas Namen geflackert? Stand er bereits unter dem Banne des Bösen? Gilgamesch schritt die Wehrmauer entlang und spähte über das Tal zu den jenseitigen Bergen, die sich wie die zackigen Rückenflossen eines Drachen in den Himmel erhoben. Er sog die kühle, klare Luft ein und stellte fest, daß ein leichter, undefinierbarer Geruch in ihr lag. Es war der Hauch der Grenze zum unheimlichen Land. Er spürte deutlich: Drüben lag bereits Chumbawas Schatten über den Tälern. Und deutlich wahrnehmbar für jeden, der Sinne dafür besaß, stiegen Nebel aus dem Grund herauf, die nicht natürlichen Ursprungs waren.

»Enkidu«, zog er den Freund zu Rate, »was hast du für ein Gefühl, wenn du den Fürsten reden hörst?«

»Daß er nicht sagt, was er denkt«, antwortete Enkidu prompt, »daß er den Vipern gleich eine gespaltene Zunge besitzt, deren eine Hälfte ja sagt und die andere nein. Ich glaube ihm nicht und traue ihm nicht über den Weg.«

»Sag mir alles, Enkidu, was du über den Zedernwald weißt. Du hast einmal gesagt, du wärst bei deinen Wanderungen durch die Steppe bis dicht an den Rand gekommen.«

»Ich war nie dort, wo Menschen leben, in befestigten Plätzen ...« wich Enkidu aus.

»Aber du mußt doch durch die Wüste gekommen sein.«

»Das ist lange her, ich kann mich nicht mehr gut daran erinnern.«

»Versuch es, Enkidu, versuch es bitte, es ist wichtig für uns. Also zuerst war da der Strom, der Euphrat, du mußt ihn überquert haben.«

»Ich bin geschwommen«, brummte der Barbar.

»Und dann... die endlose Wüste...«

»Ja, sie mag endlos sein, nun kam es mir auch so vor. Damals aber... damals war immer ein Tag und dann der nächste... Mit den Gazellen bin ich gezogen...«

»Und du hast den Rand erreicht, die Berge gesehen, den Wald?«

»Ja, mit der Sonne kam ich und ruhte, wenn sie unterging.«

»Du hast den Wald Chumbawas gesehen?«

»Ja, aber nur von fern, ich wagte mich nicht näher heran.«

»Weil du Angst hattest, Enkidu?«

»Die Adler... sie hatten Angst und steckten mich an damit. Stets flogen sie nur bis zum Waldsaum und kehrten dann um. Sie riefen sich in den Lüften zu, daß dort kein Durchkommen sei. Eine unsichtbare Kraft würde wie eine Wand in den Himmel ragen. Und einer, der ihr zu nahe gekommen war, war dagegen geprallt und lahmte am Flügel. Kurze Zeit darauf starb er... er fiel einfach tot vom Himmel.«

»Findest du es richtig, daß wir einem Wegführer vertrauen, den der Fürst für uns ausgesucht hat?«

»Es kommt auf sein Gesicht an«, sagte Enkidu, »auf seine Stimme, seine Augen und vor allem auf seinen Geruch. Wenn er nicht stärker riecht als dieser Ort hier, dann ist es gut.«

»So nimmst du es also auch wahr, was ich die ganze Zeit über spüre – daß etwas in der Luft weht, etwas, das nicht von Bäumen, Blumen und anderen Pflanzen stammt?«

»Ja«, sagte Enkidu zu Gilgameschs Überraschung, »der Nebel trägt es mit sich, es ist eine Kostprobe von dem, woraus Chumbawas Atem besteht. Der Wind hat es von den Bergen da drüben herübergeweht.«

Und dann sagte Enkidu noch etwas, daß ungewöhnlich für ihn war und Gilgamesch staunen ließ: »Von nun an solltest du sorgsam auf deine Träume achten, Bruder. Versprich mir, jeden einzelnen zu erzählen, damit ich ihn deuten kann«, sagte Enkidu.

Seit wann konnte der Barbar Träume deuten? Verlegen nestelte er an dem goldenen Band, das er am Hals trug und von Ninsum empfangen hatte. Sollte die weise Mutter ihre Gabe auf ihn übertragen haben? Gilgamesch nahm sich vor, es bei nächster Gelegenheit zu erproben.

Zuvor aber ließen sie sich den Wegführer zeigen. Es war ein Mann undefinierbaren Alters, mit wettergegerbtem Gesicht, der am Rand der Wehrmauer in einer Hütte hauste. Der Geruch von Ziegen und frischem Mist haftete an seiner Kleidung. Enkidu schnupperte und machte ein zufriedenes Gesicht. »Es riecht nach Stall«, sagte er knapp, »er ist in der Lage, uns sicher zu führen.«

Der Mann, der Anweisung vom Fürsten erhalten hatte, die Fremden entlang des Gebirges zu führen, blickte aufmerksam vom einen zum anderen. Statt zu sprechen, grunzte er nur. Wenigstens ist er nicht geschwätzig, dachte Gilgamesch. Er wunderte sich, daß auch er plötzlich auf kleine Einzelheiten achtete, die er früher gar nicht wahrgenommen oder zumindest nicht wichtig genommen hätte. Zum Beispiel die Gesichter seiner Soldaten: wieviel unterdrückte Spannung lag darin. Das waren keineswegs mehr die Mienen von tatendurstigen Helden. Irgendwie wirkten sie ermattet und von Sorge belastet. Das konnte keinesfalls allein von der anstrengenden Reise kommen. In Mari, am Tempel Ischtars, hatten sie noch gelacht und gejubelt. Hier wirkten sie, als seien inzwischen Jahre vergangen und das Alter begänne, ihre Schultern zu beugen. Spürten auch sie Chumbawas Atem im Nebel? Was würde sein, wenn sie noch dichter an den Wald herangelangten?

Bier verlangte Gilgamesch vom Wirt der Herberge. Nicht allzuviel, nur soviel, daß es die Zungen löste und die Kehlen zum Singen brachte. So saß er am Abend inmitten der Männer und stimmte die alten Lieder aus Uruk an. Die Erinnerung an die Heimat beflügelte die Leute mächtig. Glanz kehrte in ihre trüben Augen zurück. Ihre Kehlen wurden rauh, laut gröhlten sie Uruks Lieder und machten in der Herberge so gewaltigen Lärm, daß der Wirt ängstlich die Schultern einzog und sich im Schankraum hinter den Tonkrügen und Amphoren verschanzte. Besonders der blonde Riese flößte ihm Unbehagen ein. Gar zu schrecklich sang der und schlug den Takt dazu mit den gewaltigen Fäusten gegen den Balken des Hauses, daß das Dach zu beben begann.

»Drauf und dran«, sang er mit Gilgamesch um die Wette, »drauf und dran, furchtlos voran mit *Elluri* und Kriegsgeschrei... Drauf und dran, vor uns bricht jeder Feind entzwei, als ob er ein frischer Brotlaib sei...«

Am nächsten Morgen brachen sie in aller Frühe auf. Eine bedrükkende Stille lastete über Kadesch, als der Reiterzug durch das Tor die Festung verließ. Kein Hahn krähte, nirgends brüllten Kühe zum Melken, denn es gab wenig Vieh in den Bergen. Der Wohlstand des Fürsten rührte einzig und allein aus seinem verschlagenen Handel und daher, daß er eine Herberge an günstiger Stelle besaß, in der viel reisendes Volk absteigen mußte.

Der stand auf der Zinne und blickte den fremden Kriegern nach, die nun in südlicher Richtung weiterzogen – fünfzig Lanzenreiter auf Maultieren und Eseln, von zwei schwerbewaffneten Hünen angeführt, und vor ihnen ritt der Fährtensucher auf einem zahmen, mähnigen Ziegenbock. Langsam ritten sie den sich windenden Pfad ins Tal hinab, bald würden sie aus dem Blickfeld verschwunden sein und niemals wiederkehren. Schade um all die schönen Lanzen, Schilde, Äxte und Messer. Besonders leid tat es ihm um die beiden Schwerter mit den goldenen Knäufen, um den Bogen und die wuchtigen Äxte natürlich auch. Das waren keine Leute aus Nippur, keine Holzfäller, wie sie hin und wieder erschienen, nein, diese da wollten weiter als alle anderen bisher den Weg ohne Wiederkehr gehen. Schade um ihre Maultiere und Esel, das viele Gepäck... Alles würde verlorengehen in Chumbawas Wald. Sollte er nicht lieber doch ein paar Leute nachsenden, um wenigstens etwas zu retten, wenn es so weit war? Er rief seinen Mundschenk, der sich am besten in solchen Dingen auskannte, und der nannte die Namen von fünf verwegenen Kerlen, die gottlos genug waren, so etwas zu wagen.

»Hört ihr«, sagte der Fürst von Kadesch, »haltet euch stets schön zurück, niemand darf euch bemerken und keinesfalls sollt ihr euch mit den Fremden anlegen. Ihr habt gesehen, wie gut bewaffnet sie sind, einen Kampf würdet ihr nicht überleben ... Aber wenn sie die Angst und der Wahnsinn packt oder sonst etwas geschieht, daß sie alles stehen und liegen lassen, um ihr Leben zu retten, dann sammelt blitzschnell ihre Waffen ein und alles, was sie in ihrer Not fallenlassen, und bringt es zu mir. Ich will es euch gut lohnen.«

Die Kerle nickten grimmig und fletschten grinsend die Zähne. Wie Spürhunde, eine wölfische Schattenmeute, glitten sie aus der Festung und schlichen den Reitern nach.

Inzwischen hatte der Trupp die Talsohle erreicht und befand sich nun am äußersten Rand des Gebirges. Ein Saumpfad führte östlich entlang, in gebührendem Abstand zum Wald. Ja, der Wald! Was von Kadesch aus noch wie die grünmoosigen Buckel von Bergrücken ausgesehen hatte, erwies sich nun aus der Nähe als ein schier unendlicher Forst. Dicht an dicht standen die Bäume, Zedern und anderes Nadelgehölz. Nie hatten die Männer eine solche Menge von Bäumen gesehen, nie ein Grün, das dichter und unergründlicher war als dieses hier. Dagegen war der Höms-See lediglich eine Pfütze gewesen – der Wald war viel mehr: eine kaum zu begreifende Unendlichkeit, ein Ozean aus Stämmen, Ästen und Nadelgrün.

Und dann diese Stille, diese seltsam unnatürliche Stille! Kein Tier regte sich seitlich des Weges, keine Vogelstimme erklang aus der Wildnis. Warum schwieg alles nur? Warum wagten auch die Männer kaum noch zu atmen? Und wie dunkel der Forst war ... So sehr sich Schamachs Licht auch bemühte, die Sonne schien abzuprallen an der Grünschwärze des Waldes, die wie eine Wand aus Finsternis zu ihrer Rechten lag. Gut, daß die Herzen der Menschen und auch die von Esel, Maultier und Ziege links schlagen, also auf der dem Wald abgewandten Seite – wahrscheinlich hätte die Finsternis sie gepackt und ebenfalls zum Schweigen gebracht.

Den ganzen Tag über ritt der Kerl auf dem Ziegenbock schweigsam voraus. Gegen Mittag wurden die Berge höher und rückten mit scharfen, nackten Felsrücken aus dem Grün empor zu bizarren Gebilden, zu einer Grenze, die in den Himmel griff und ihn teilte.

Als die Sonne endgültig diese Grenze überschritten hatte und jenseits mit ihrer Wärme verschwand, begannen die Männer zu frieren. Der stumme Reiter auf dem Ziegenbock hielt inne und wies sie an, an einer geschützten Stelle ein Feuer zu entfachen. Sie sammelten Holz dafür, aber vermieden es, nach rechts hinüber zum Wald zu gehen, sondern schwärmten lieber in der geböschten, steinigen Ödnis aus, wo hin und wieder morsches Holz und vom Sturm abgerissenes Astwerk lag. Damit schichteten sie ein Feuer auf und rückten eng aneinander. Auch die Nacht war still, eigentlich noch lautloser als der Tag zuvor. Keine Frösche quakten wie an Uruks Ufern, keine Zikaden, nicht einmal der Wind war zu hören, der sonst immer und allerorts über Steppe und Wüste dahinwehte. Zum erstenmal spürten sie alle die Nähe des Todes.

Am nächsten Tag aber wurde es noch schlimmer. Zwar kamen sie ein gutes Stück auf der Strecke voran, aber immer höher stiegen die Felsen zu ihrer Rechten empor, bis schließlich die ersten schneebedeckten Flächen auftauchten. Eiseskälte hauchte sie von dort an, obgleich noch immer kein Wind ging und der Wald abwartend, wie lauernd dalag. Keiner der Männer spach ein Wort, fester faßten sie ihre Waffen und ritten dahin, den Blick immer auf den Boden vor sich gerichtet. Der Pfad war nun so eng geworden, daß sie nicht mehr nebeneinander reiten konnten. In einer Linie, einer hinter dem anderen, zogen sie dahin, und jeder bemühte sich, immer dicht hinter seinem Vordermann zu bleiben.

Enkidu war jetzt vorn, gleich hinter dem Wegführer auf seinem langmähnigen Ziegenbock. Danach folgte Gilgamesch mit den anderen. Es war so still, daß Enkidu das Schnaufen des Bocks und den Atem des Mannes hören konnte. Unhörbar für die anderen fing er ein Gespräch an, ungefähr in der Art, wie er es früher mit den Tieren getan hatte, als er noch deren Sprache verstand. »He Leithengst«, sprach er zum Bock, »he Führer« zum Manne, »Augen voraus und Nase vorn, was gibt's zu sehen, zu hören, zu riechen?«

»Nicht viel«, knurrte der Fährtensucher zurück, »Steine, Geröll,

Schweigen und Unheil.« Er wandte sich kurz um, weil er selbst überrascht war, auf die Ansprache des Fremden eingegangen zu sein. Ein scheeler Blick aus wölfischen Augen traf Enkidu.

»Schweigen, Unheil? Schlechte Zeiten und schlechte Gegend für Fremde ...«

»Nicht nur für Fremde ... Bin auch froh, bald dort zu sein, wo sich unsere Wege trennen.«

»Wo? Seh nur Steine, Geröll und endlosen Wald.«

»Morgen«, knurrte der Wolfsmann, »morgen kommen wir hin, wo alles zu Ende ist.«

»Hah«, knurrte Enkidu zurück, »Wasser fließt, bricht den Stein, läßt Flechten wachsen und Blumen ... Nichts ist zu Ende.«

»Hier schon. Wirst es selber sehen, Freundchen. Ist schneller zu Ende, als du es dir vorstellen kannst.«

Mit dieser düsteren Vorhersage war das Gespräch zwischen den beiden beendet. Nicht einmal mehr drehte sich der Wolfsmann um zu Enkidu, er ritt auf seinem Ziegenbock voran und sah nicht nach rechts und nach links, hatte bloß Augen für seinen Weg, der immer schwerer zu finden war, weil überall Geröll herumlag. Lange wohl mochten hier keine Menschen mehr entlanggezogen sein, kaum daß überhaupt etwas darauf hinzudeuten schien, daß hier ein Weg war.

Wieder verschwand die Sonne schneller als ihnen lieb war hinter den schneebedeckten Bergrücken, wieder sprang Kälte sie an, kroch durch Kleidung und Haut bis in die Herzen hinein. An einer geschützten Stelle, die der Fährtensucher fand, machten sie halt und richteten sich ein Lager für die Nacht ein. Frierend saßen sie um das Feuer und keiner sprach etwas. In dieser Nacht konnte keiner der Männer richtig schlafen. Zerschlagen und müde wachten sie am Morgen auf und klopften mit den Armen ihren Körper warm.

Ist es noch weit?« wollte Gilgamesch wissen.

Der Wolfsmann, der bereits wieder aufbruchbereit auf dem Ziegenbock saß, schüttelte den Kopf. Dennoch zog sich der Weg endlos hin.

Dieser Tag war der schlimmste. Immer näher rückte das gewaltige Bergmassiv, das wohl das Hermon-Gebirge sein mußte, und kälter und kälter wurde es. Gegen Mittag, als die Sonne fast senkrecht über den Berggipfeln stand und sich anschickte, jenseits hinüberzugleiten, begannen die Männer, in Erwartung einer noch elenderen Nacht als der vorhergehenden, zu murren. Auch Gilgamesch und Enkidu hatten ihre Maultiere angehalten und blickten sorgenvoll zum drohend dunklen Gebirge. Hatte der Wald zu der Tageszeit, in der die Sonne auf ihn schien, bereits ein schwarzgrünes, unheimliches Wesen, so verwandelte er sich mit dem Sinken der Sonne zu etwas kaum noch Erträglichem. Dann krochen langgliedrige, bizarre Schatten herab, verwob sich die Dunkelheit zu drohenden Gebilden, zu wachsenden Inseln des Grauens, die sich auf das Denken legten und alles erstickten.

Der Wolfsmann war vom Bock gestiegen, hielt das Tier am Horn und wandte sich um. Er deutete mit dem Arm unbestimmt zum Gebirge hinüber und schüttelte den Kopf. Zum erstenmal seit Antritt der Reise sprach er mit für alle verständlicher menschlicher Stimme. »Bis hierher und keinen Schritt weiter«, sagte er, »wenn ihr anderes vorhabt, dann ohne mich, ich kehre um.« »Wie weit ist es noch?« fragte Gilgamesch, der sah, daß der Mensch Anstalten machte, wieder aufzusitzen und umzudrehen. »Das kommt darauf an, wo ihr hinwollt...«, knurrte der Wolfsmann, »in etwa einer Stunde erreicht ihr das verlassene Lager der Holzfäller. Wenn ihr weiter hinein wollt...« – er deutete zum Wald – »... dann kann es ewig dauern. Der Weg führt direkt in die Unterwelt.«

Mit diesen Worten trat er dem Bock in die Seiten und jagte im Galopp an den Männern vorbei den Weg zurück, den sie gekommen waren. Unschlüssig standen die Soldaten herum. Einige waren abgestiegen und hielten ihre Tiere am Zaumzeug.

»Wenn du denkst, was ich denke«, sagte Gilgamesch zu Enkidu, »dann heißt es aufsitzen, damit wir vor Einbruch der Dunkelheit das Lager der Holzfäller erreichen.«

Enkidu nickte. Da gab Gilgamesch den Befehl zum Aufsitzen und sprengte an der Spitze des Zuges los. Das war eigentlich leichtsinnig, denn der Weg war äußerst schlecht, mit Geröll übersät und schmal. Aber sie mußten von der Stelle kommen, denn die Schatten der Nacht rückten bedenklich näher. Wie der Wegführer beschrieben hatte, erreichten sie nach einer knappen Stunde einen Platz, an dem Reste von geschlagenem Holz herumlagen. Schemenhaft erkannten sie eine notdürftig gezimmerte Hütte und davor einen Ring aus geschwärzten Steinen mit Spuren von Asche darin. Dies mußte das Lager der Leute von Nippur sein.

Die Männer trieben die Reittiere zusammen, banden sie fest, begannen hastig, Reisig und Astwerk zu sammeln und schichteten ein Lagerfeuer. Nachdem sie gegessen hatten, übernahm Enkidu mit drei Mutigen die erste Wache, während die anderen versuchten, Schlaf zu finden. Aber das war nicht so leicht. Hatte bisher eine bedrückende Stille über dem Weg gelastet, so gab es nun rings um sie herum Stimmen, die raunten und wisperten. »Was ist das?« fragte einer verstört.

»Nichts von Belang«, beruhigte Enkidu, »Wind kommt auf, er streift durch die Wipfel der Bäume und läßt ihre Kronen rauschen.«

»Aber es klingt wie das Stöhnen gequälter Seelen . . .«

»Das sind die Stämme, die aneinanderreiben, knarrendes Holz, ihr seid in Uruk solche Geräusche nicht gewohnt. Ich habe in vielen Wäldern geschlafen und sage euch: Es ist immer so, daß Bäume Lärm machen. Dies allerdings ist der größte Wald, den ich jemals sah, und entsprechend ist sein Lärm.«

Unruhig schliefen sie am Feuer, unruhig waren auch die Tiere. Ängstlich traten sie auf der Stelle.

Am Morgen erwachte Gilgamesch davon, daß er glaubte, die Welt um sich brennen zu sehen. Er fuhr von seinem Lager hoch und sah, daß vom östlichen Tal her ein rötlicher Schimmer drang, der stärker und stärker wurde. Blutrot ging die Sonne auf und beleuchtete die schaurige Stätte: Das Lager befand sich unmittelbar am Rand des riesigen Waldes, durch den die Windstimmen glitten, die in den Kronen der Bäume wie Vögel zu nisten schienen und herunter zum Lager raunten. Undurchdringlich war der Wald, ein schwarzes Meer aus Zedern und Merubäumen, und dazwischen vielerlei Dorngesträuch und Gestrüpp, das bis zum mossigen Boden reichte.

»Was ist dir?« fragte Enkidu besorgt, als er das verstörte Gesicht des Freundes sah.

»Die Götter haben mir den kostbaren Schlaf geraubt«, sagte Gilgamesch. »Ich hatte einen Traum, der war schlecht und wirr, ganz elend sind meine Gedanken davon.«

»Und was hast du geträumt?«

»Im Traum stieg ich hinauf durch den Wald zum Berg, um Ausschau über die Lande zu halten. Es ging auch ganz leicht zuerst. Da war ein breiter Weg, wie von Äxten waldeinwärts geschlagen, und kein Hindernis stellte sich mir entgegen. Als ich oben auf dem Felsen war, sah ich die Steppe unter mir liegen. Allerlei Wildgetier graste darin. Als ich es so betrachtete, packte mich ein jäher Windstoß und hob mich hoch in die Luft. Ich breitete die Arme aus, Enkidu, und flog wie ein Vogel weit in die Steppe hinein. Vor den Füßen eines Wildstiers landete ich und stellte mich dem schnaubenden Tier zum Kampf. Ich packte ihn seitlich, umschlang seinen Hals mit den Armen und drückte ihn langsam zu Boden. Da hörte ich die Stimme Chumbawas dröhnend erschallen, und alles Getier floh in hastigen Sprüngen. Bei seinem Ruf bebte die Erde und eine riesige Staubwolke kam aus dem Berg, die bedeckte den Boden wie Regen. Zugleich schoß eine Feuersäule gen Himmel. Vor diesem Anblick fiel ich vor Schreck auf die Knie. Da griff ein gewaltiger Schatten aus dem Wald heraus nach mir und packte das Schwert, das ich gezogen hatte. Wie glühende Kohlen im Opferbecken, so heiß war der Griff, der mir den Arm versengte und lähmte hinauf bis zur Schulter. Dann tastete der furchtbare Schatten nach meinem Mund, den ich zum Schrei geöffnet hatte und riß mir die Zunge heraus. Meine Schläfe schwoll an und die Sinne schwanden mir, daß ich wie im Fieber zu Boden fiel. Um Hilfe schrie ich und stöhnte. Da spürte ich, wie mich jemand ergriff und mir Wasser aus seinem Schlauch einflößte. Es wurde gleißend hell, und ich sah, daß es ein Mann war, der Herrlichste im ganzen Lande.«

»Hm«, sagte Enkidu und setzte sich nachdenklich an die Seite des Freundes, »dein Traum ist zwar wirr, aber nicht so schlecht, wie du glaubst. Laß ihn dir deuten. Also: Der Weg lag vor dir, und klar konntest du ihn erkennen und weit ins Land sehen. Du hörtest die Stimme Chumbawas, sahst sein gräßliches Wirken und erschrakst. Aber der wilde Stier der Steppe, den du trafst, ist er nicht. Alles an

Chumbawa ist fremd und nicht zu vergleichen mit dem, was man kennt. Der Wildstier, den du sahst, ist Schamach, unser Beschützer. In der Not wird er uns helfen, denn du zwingst ihn mit deinem Willen dazu. Der, der dich mit Wasser aus einem Schlauch tränkte, ist dein Ahnherr Lugalbanda, der unsichtbar bei uns und dir wohlgesonnen ist. Auch er bringt Hilfe, wenn es sein muß. Darum laß uns nicht ängstlich zögern vor diesem Omen, sondern fest zusammenstehen und das Werk vollenden, das wir uns vorgenommen haben.«

Von den Worten Enkidus getröstet machte sich Gilgamesch auf und begrüßte die Sonne. Feurig und glutvoll stieg der rote Ball über dem Tal auf und belebte mit seiner Kraft die Männer zu neuen Taten. Als Gilgamesch mit Schamach gesprochen und einen Schluck Wasser geopfert hatte, wandte er sich an die Soldaten.

»Männer«, sagte er, »wir sind am Ziel unserer Reise. Nehmt die Äxte und schlagt soviel von den Zedern, wie ihr nur könnt. Schlagt nur die besten Bäume, schichtet die Stämme und bereitet sie zum Abtransport vor. Enkidu und ich, wir werden weiter in den Wald eindringen und den bösen Geist aus ihm zwingen. Seid ohne Sorge, wenn es auch dauert, wir kommen als Sieger zurück!«

»Und wenn es lange währt, wenn uns abends die schlimmen Schatten bedrängen?« fragten die Soldaten.

»Schichtet gegen Abend bei Einbruch der Dunkelheit ein Feuer«, sprach Gilgamesch, »stellt doppelte Wachen auf und opfert jeden Morgen, wenn Schamach sich naht, einen Schluck Wasser aus euren Schläuchen. Wenn das Trinkwasser zur Neige geht, so grabt einen Brunnen.«

Als alles vorbereitet war, banden Gilgamesch und Enkidu die beiden schweren Beile, dazu Seile, Netze und Verpflegung auf die Rücken der Maultiere, prüften an einem Haar die Schärfe der Klingen ihrer kostbaren Schwerter und zogen zum Wald. Sie schritten zu Fuß und führten die Tiere am Zaum über den schwierigsten Weg, der voller Geröll und Steine war.

Still standen sie bald am Rand des Waldes und blickten immer wieder staunend zu den Höhen der Zedern empor. Schließlich entdeckten sie einen Eingang: Da war ein angelegter Pfad über Moos und weich federnde Flechten zum Berg hinan, der alles andere als unheimlich wirkte. Im Gegenteil – ein schmaler Sonnenstreifen glitt für Sekunden über die moosbewachsenen Hänge dahin, ließ unglaubliches Grün aufflammen. Es sah aus, als harke ein Kamm aus Licht durch die Matten. In diesem Licht wirkte selbst das dunkle Gehölz schön, ragten die weitausladenden Zedern mit ihren hohen Stämmen mächtig empor, gab es Farnkraut und fremdartige Blumen zu sehen, die nicht zu dieser Welt zu gehören schienen.

Dieser anmutige Ausblick beschleunigte ihre Schritte. Leicht kamen sie auf dem Pfad voran, denn er war von jedem Dickicht und Unterholz befreit. Als sie den Mischwuchsgürtel, der den eigentlichen Zedernwald umgab, durchmessen hatten, bemerkten sie, daß sie sich auf dem Rücken eines Vorgebirges befanden. Jenseits fiel der richtige Zedernwald steil ab ins Tal, und dahinter erst stieg drohend der schnee- und eisbedeckte Gipfel des Hermon empor.

»Laß uns eine Rast machen und einen Imbiß einnehmen«, sagte Gilgamesch, »mir scheint, daß hier ein guter Platz ist, um auszuruhen, bevor wir hinab in den Wald steigen.«

Enkidu nickte. Nachdem sie gegessen und getrunken hatten, befiel sie eine seltsame Müdigkeit. Gilgamesch lehnte sich mit dem Rücken an einen Stamm und schlief kurz darauf ein.

Ihm träumte Eigenartiges: Weiter zogen sie den Pfad ins Tal hinab und erreichten eine tiefe, zerklüftete Schlucht, in der ein Wildbach zwischen weißgefleckten und moosigen Steinen schnell dahinfloß. An einigen Stellen aber stand das Wasser auch schweigend und tief und war mit einem Schleier aus grünlichen Algen bedeckt. Dort sahen sie Fische, unbeweglich im Wasser stehen, die sie aus glasigen Augen anstarrrten. Als aber ihr Schatten sie traf, schossen sie pfeilschnell davon und sprangen durch die Luft über Steine und Felsen hinweg.

Vergeblich suchten Gilgamesch und Enkidu einen Übergang über den Bach. Sooft sie es auch versuchten, vorsichtig einen Fuß aufzusetzen, glitten ihre Sohlen vom glitschigen Moos ab, und fast wären sie gestürzt. Immer weiter liefen sie das Ufer ab und fanden keine Furt. Es war warm unten in der Schlucht, die Sonne stand senkrecht über ihnen und malte die Landschaft mit allen erdenklichen Farben aus. Sie hätten immer weiter so wandern können, wäre nicht ihr selbstgestellter Auftrag gewesen, endlich in den Zedernwald zu gelangen. Der Wildbach war wie ein Zaun, der ihnen den Zugang versperrte. Endlich wurde Gilgamesch das Warten zu lang.

»Was haben wir solche Furcht vor etwas kaltem Wasser?« sagte er zu Enkidu, »unser Leben lang laufen wir nur am Ufer entlang und kommen doch nicht ans Ziel. Und weißt du, woran das liegt?«

»Nein«, sagte der Freund.

»Weil wir den Bach als Grenze empfinden und sie hinnehmen!«

»Was willst du damit sagen?« fragte Enkidu.

»Ich mach es dir vor«, sagte Gilgamesch und sprang in den Bach, genauer: über ihn hinweg. Behende wie ein Steinbock von einem Felsstück zum nächsten sprang er, kaum daß seine Füße den Boden berührten. Da stand er, ehe er es sich versah, am anderen Ufer und wandte sich um.

»Tu es mir nach«, forderte er den Freund auf. Und Enkidu nahm Anlauf und stürmte im Fluge über das Bachbett. Gilgamesch sah es genau: Nicht einmal hatte Enkidus Fuß auf den Steinen aufgesetzt – er war einfach geflogen.

»Wenn wir schon fliegen können«, sagte Gilgamesch, »warum tun wir es nicht auch weiterhin, statt auf der Erde herumzukriechen wie Ameisen. Sieh, da oben ist der Gipfel des Hermon. Mir nach, Enkidu, wir fliegen im Sturmflug zu ihm!«

In diesem Augenblick aber, da er zum Berggipfel deutete und noch lachend mit dem Freund sprach, geschah etwas Schreckliches: Von der Spitze des Gipfels hob sich ein Stück, sprang deutlich in die Luft und stieß eine gewaltige Rauchwolke aus. Zugleich stürzte ein großes Stück Felsen auf sie herab, wurde größer und größer, verfinsterte die Sonne und kam rasend schnell auf sie zu. Vor diesem gräßlichen Schwarz, das da heranjagte, waren sie winzig klein wie Fliegen im Röhricht. Kurz bevor ihn der Stein traf und sein Bewußtsein auslöschte, wachte Gilgamesch mit einem Schrei auf und schrak hoch.

»Ich weiß nicht, was ist nur mit meinen Schläfen ...«, murmelte er verstört und rieb sich den Kopf, »... fast ist mir, als hätte ich zuviel Bier getrunken ...« Benommen stand er auf und ging ein paar Schritte.

»Wo willst du hin?« fragte Enkidu, der auch wach geworden war und seltsam verschlafen aussah.

»Ich weiß es nicht«, antwortete Gilgamesch, »ob es am Duft liegt, den die Bäume aussenden oder am Geruch fremdartiger Blumen . . . ich habe am hellichten Tag geschlafen, habe geträumt und bin dennoch müde wie zuvor . . .«

»Hast du etwas geträumt?« fragte Enkidu, gähnte und streckte die starren Glieder.

Gilgamesch kam zurück, setzte sich zu ihm ins Moos und erzählte seinen Traum. Als er geendet hatte, deutete Enkidu das Gesehene so: »Richtig ist, daß wir dicht an der Grenze zu Chumbawas Wohnsitz sind. Vielleicht gibt es dort unten in der Schlucht tatsächlich einen Wildbach, der den Zutritt verhindert oder es ist etwas anderes, ein Zaun vielleicht, den wir überwinden müssen. Und wir werden es ja auch schaffen, wie uns dein Traumgesicht verheißt. Schön und kostbar ist dieser Traum, denn der Berg, den du sahst, ist Chumbawa. Wir werden Chumbawa packen, ihn töten und seinen Leichnam hinaus ins Tal werfen, wo er vergehen kann. Daß wir klein wie Röhrichtfliegen sind, ist ein Vorteil für uns. So sieht man uns nicht. Wenn du mich fragst, Gilgamesch, so sollten wir vorgehen wie sie, ausschwirren, umherstreifen und zustechen, bevor Chumbawa eigentlich merkt, was geschieht.«

Sie machten sich erneut auf, führten die Tiere am Zügel und stiegen langsam und vorsichtig zum Tal hinab. Tatsächlich schoß unten pfeilschnell ein Wildbach dahin, der an keiner Stelle einen Übergang bot. Auch dämmerte es bereits. So waren sie froh, an einer von Buschwerk geschützten Stelle ein Lager für die Nacht einrichten zu können. Enkidu übernahm die erste Wache. Bevor er sich zur Ruhe legte, sprach Gilgamesch leise für sich: »Berg, bringe mir heute nacht einen Traum, eine gute Botschaft!«

Aber zuerst zog nur ein gewaltiger Regensturm über sie hin, der erbarmungslos seine Wasser auf sie herabgoß und sie peitschte, daß sie tiefer ins Dickicht hinein fliehen mußten. Aus Ästen, Zweigen und Buschwerk machte Enkidu notdürftig ein Dach, um sich und Gilgamesch darunter zu schützen. Unerbittlich trommelte der Regen herab und erschöpfte sich erst nach Stunden. Naß und frierend saß Gilgamesch da, hatte die Knie angezogen und sein Kinn darauf gelegt. Zwar war er nun daran, Wache zu halten, aber nach kurzer Zeit befiel ihn der Schlaf und hüllte ihn ein. Plötzlich fuhr er auf und fragte Enkidu: »Freund, hast du mich eben gerufen? Warum bin ich so entsetzt und mein Herz klopft wie eine rasende Trommel? Ging hier eben ein Gott vorbei? Schau, Enkidu, mir beben die Glieder, aber es ist mehr als nur Nässe und Kälte. Weißt du, was ich soeben geträumt habe?«

Enkidu richtete sich hellwach auf, denn auch ihm war, als habe er ein Geräusch oder eine Stimme gehört. Strich ein Tier um ihr Gebüsch? Hatte ihn irgend etwas im Schlaf berührt?

»Erzähle deinen Traum, Gilgamesch, schnell, sag ihn, damit ich mich wieder beruhigen kann.«

»Es war ganz entsetzlich, Enkidu, ich zittere noch am ganzen Leib, und kalte Spinnenfinger laufen mir den Rücken hinauf, wenn ich nur daran denke ... Der Himmel schrie auf mit einer einzigen Stimme, Enkidu. Das gesamte Erdreich dröhnte und schwankte mir unter den Füßen. Der Tag erstarrte und gebar aus sich heraus die Finsternis. Dann durchbrach ein Blitz das Dunkel, ein Feuer loderte auf. Beißender Rauch quoll auf und wurde immer dichter, es regnete den Tod. Das weißglühende Feuer wurde rot und verlosch. Alles aber, was vom Himmel herabfiel, wurde zu Asche und deckte die Welt mit einem grauen Leichentuch zu. Ausgestreckt lagen wir da, du und ich, Enkidu, so wie alle Menschen und alles Getier, und wurden mit einem einzigen Atemzug zu staubigen Puppen ...«

»Hör auf«, flüsterte Enkidu, »das ist zu schlimm, was du da erzählst. Einen solchen Traum kann ich dir nicht zum Guten deuten. Außerdem zittere ich schneller als ich denken kann. Laß uns gehen, Gilgamesch, gleich jetzt, zu dieser Stunde, zurück zum Holzfällerlager und dann davon.«

»Nein«, sagte Gilgamesch, »jetzt sind wir schon so weit vorgedrungen, viel weiter als alle Menschen bisher, wir haben gemeinsam viele Berge überwunden und Strapazen ausgestanden, wir wollen doch jetzt nicht aufgeben, so kurz vor dem Ziel?«

»Was willst du noch mehr erreichen?« haderte Enkidu. »Deine

Männer fällen Zedern, mehr als genug, wahrscheinlich mehr, als wir transportieren können. Was sollen wir also noch im Wald?«

»Das, was wir uns vorgenommen haben: Chumbawa töten.«

In diesem Moment ertönte ein schrecklicher Schrei durch den Wald und ließ die Erde erzittern. Wie in Gilgameschs Traum war es der Berg, der aus seinem Inneren brüllte und dröhnte.

»Das ist er!« rief Enkidu und sprang auf. »Chumbawas Stimme! Er hat uns entdeckt!«

Gilgamesch hatte es auch gehört, aber zugleich noch etwas anderes. Neben der Stimme des Berges gab es noch eine andere, wie ein Alarmsignal aus dem Himmel drang sie an sein Ohr. Nein, es war ein feines, kaum hörbares Wispern, als stehe jemand direkt hinter ihm und flüsterte ihm ins Ohr. »Beeil dich, daß er nicht in den Wald hinabsteigt, um sich zu verbergen. Der Zeitpunkt ist günstig, denn er hat noch nicht seine sieben Panzermäntel angelegt, die ihn unverwundbar machen. Nur einen hat er an, die anderen sechs liegen noch beiseite.«

Wer war die Stimme, woher kam sie, waren es Lugalbandas Worte? Gilgameschs Hand griff zum Schwert.

»Fürchte dich nicht, Enkidu, das Schicksal ist uns wohl gesonnen«, sagte er, »schnell, laß uns ihm nachgehen, damit er uns nicht in den Wald entkommt...«

»Wer?«

»Ich weiß nicht, wer es ist. Ein Wächter des Chumbawa vielleicht. Normalerweise trägt er sieben Panzermäntel, doch diesmal nur einen, die anderen sechs hat er abgelegt...«

»Woher weißt du das alles?« wollte Enkidu wissen.

»Rede nicht so viel«, antwortete Gilgamesch barsch, »los, laß uns eilen, jede Sekunde ist kostbar.«

Er zog sein Schwert, nahm das Maultier am Zügel und stürmte in die Dunkelheit.

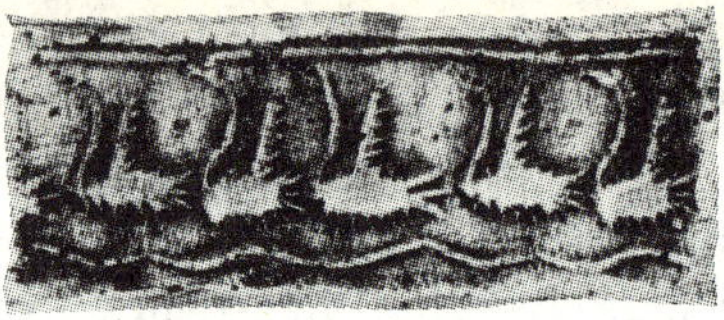

Enkidu, der bei Nacht besser sehen konnte als Gilgamesch, entdeckte als erster den Zaun. Dort, wo der Bach schmaler wurde und bald kein unüberwindbares Hindernis mehr darstellte, begann er und setzte die Grenze fort. Es war eine mannshohe Mauer aus dichtem, wildrankendem Dornengestrüpp, an dessen Rand ein schmaler Fußweg entlanglief. Zum Glück spendete der Mond reichlich Licht, sonst wären sie mehr als einmal gestolpert und in die messerscharfen Dornen der Hecke gestürzt.

Unterwegs flüsterte Enkidu zwischen zusammengepreßten Lippen: »Wenn das nur gutgeht, ich spüre es, ich spüre es, es ist ein Geist, der schreckliche Adad wahrscheinlich.«

»Ruhig«, zischte Gilgamesch, dem selbst der sachte Hufschlag der Maultiere im Moos noch zu laut war. »Ob Geist oder nicht, wo er hinflieht, wird der Eingang zu diesem Gehege sein.«

Und dann sahen sie plötzlich Licht. Ein flackerndes, bläuliches Irrlicht war es, das auf der Stelle tanzte. Als sie näher kamen, bemerkten sie, daß das Licht aus den Ritzen einer Hütte kam, die direkt neben einem gewaltigen Holztor stand. Sechsmal zwölf Ellen hoch war das Tor und zweimal zwölf Ellen in der Breite. Daneben duckte sich die windschiefe Hütte häßlich und dunkel und hüllte sich in den Schein des kalten, bläulichen Lichts.

»Wir lassen die Tiere hier und schleichen uns an. Geh du links vom Eingang, ich nähere mich von rechts«, flüsterte Gilgamesch. Hastig banden sie die Maultiere an einen Zweig der Hecke und gingen geduckt auf die Hütte zu. Gilgamesch hatte ein Schwert blank gezogen, und Enkidu tat es ihm gleich.

Der drinnen, wer immer es war, mußte wohl ein Geräusch gehört haben, denn plötzlich tönte eine hohle, krächzende Stimme: »Kommt ruhig her, damit ich euch fassen und den hungrigen Geiern zum Fraß vorwerfen kann!«

Enkidu blieb wie erstarrt stehen und faßte sein Schwert mit beiden Händen. Gilgamesch aber glitt leichtfüßig zur Hütte hinüber und spähte durch einen Spalt ins Innere. Inmitten der Hütte hing über einer Feuerstelle ein Topf, aus dem bläuliche Flammen zuckten und tanzten. So stark und blendend war das Licht, daß Gilgamesch fast blind davon wurde. Aber als er mehrmals die Augen zusammengekniffen hatte und sich an das grelle, strahlende Blau zu gewöhnen begann, sah er Adad, das Gespenst, am Feuer hocken, und seine Seele wurde zu Eis.

Adad war ein durch und durch gläsernes Wesen, blauschimmernd und klirrend, obgleich durch das Glas seines Körpers Blut in pulsierenden Bahnen strömte. Blau, rot und violett war dieses Blut, und auch durch das Gesicht des Gespensts zog sich ein Spinnennetz aus Adern, das von unten aufstieg und über der Nasenwurzel wie eine Kaskade zu bersten schien. Von seinem Körper waren lediglich Arme, Hände, Hals und Gesicht zu sehen, und dieser entsetzliche Anblick reichte bereits. Der Rest war in einen nachtschwarzen Mantel gehüllt, der den Geist draußen im Wald hätte unsichtbar werden lassen. Aber dies war nur der erste der Zaubermäntel, die anderen lagen neben der Feuerstelle. Wahrscheinlich war Adad tatsächlich an ihrem Gebüsch vorübergeschlichen, hatte Witterung von ihnen aufgenommen und war zur Hütte geeilt, um die anderen sechs Panzermäntel, die ihn unverwundbar machten, umzulegen. Er hatte den zweiten, einen noch schwärzeren als den ersten, gerade vom Boden aufgehoben und hielt ihn in der Hand, als etwas ganz und gar sonderbares und unerklärliches geschah: Ganz von selbst sprang die Tür auf und ging wieder zu, ohne daß dies von Enkidu verursacht sein konnte, der draußen irgendwo in der Dunkelheit lauerte.

Adad, der Geist, blickte auf und erkannte – obgleich niemand da war – offenbar eine Gestalt.

»Was willst du von mir?« schrie er voller Grimm und wollte hastig den zweiten Zaubermantel überstreifen. Aber es gelang ihm nicht. Irgendeine unsichtbare Macht hielt sein Handgelenk umklammert und hinderte ihn daran, sich weiter zu wappnen.

Gilgamesch preßte sein Gesicht noch dichter an den Spalt im Holz und strengte seine Augen an, um zu erkennen, was sich da abspielte.

Da erkannte er schemenhaft eine Kontur sich vor Adad aus der Luft heraus bilden, die allerdings noch durchscheinender als dieser blieb, wie zarter Nebel. Mehr ahnend als erkennend sah er, daß dieses zweite, kaum wahrnehmbare Gespenst, das mit Adad Brust an Brust rang, vertraute Gesichtszüge besaß.

Und dann wurde ihm klar, woher er die Gestalt kannte. Es war Lugalbanda, so wie er ihn als Kind gesehen und in Erinnerung behalten hatte: ein schlanker, hochgewachener Mann mit gerader Stirn und dichtem, grauem Haar, das durch ein Band nach hinten gehalten wurde, Lugalbanda, der frühere König von Uruk. Also war es nicht nur eine einfache Redewendung gewesen, als ihm die Weisen rieten, sich auf der Reise seiner Hilfe anzuvertrauen. Der Geist des alten Königs war mit ihnen gezogen und kämpfte an ihrer Seite.

»Ich komme, Lugalbanda!« rief Gilgamesch und hieb mit der flachen Klinge des Schwerts gegen das Holz. Da ließ Adad endgültig den zweiten Panzermantel fahren und entschlüpfte zugleich der Umklammerung Lugalbandas in eine Ecke der Hütte. Dort griff er nach einer hölzernen Keule, die ringsum mit daunendicken Dornen und Glassplittern besetzt war. Mit dieser fürchterlichen Waffe in der Hand stürmte er vorwärts und riß die Tür auf. Gilgamesch hörte einen gellenden Schrei, der von Enkidu stammte.

Er rannte um die Ecke der Hütte und sah, daß Adad dort auf den erschrockenen Enkidu gestoßen war. Wie gebannt stand Enkidu da und starrte mit weit aufgerissenen Augen das Ungeheuer an. Adad zögerte nicht so lange. Er wußte, daß er lediglich einen seiner sieben schützenden Mäntel trug, und er mußte die Phase der Überraschung nutzen. Weit holte er mit der Keule zum tödlichen Streich gegen Enkidu aus. Da war keine Sekunde Zeit mehr zu verlieren. Gilgamesch schwang sein Schwert und schlug zu.

Hell klirrte die Klinge auf, als sie den gläsernen Hals Adads traf. Bläuliche Funken und Blitze stoben hoch, aber das Gespenst war keineswegs ernsthaft getroffen. Nun wandte es sich blitzschnell dem zweiten Gegner zu und hob erneut die Keule. Aber ehe es zuschlagen konnte, war Gilgamesch heran, schlitzte mit der Klingenspitze den Zaubermantel der Länge nach auf und riß ihn von der Gestalt. In diesem Moment, als der furchtbare Körper dunkelrot, hellblau und violett aufflammte, sprang Enkidu vor und stieß Adad sein Schwert bis zum Schaft in den Leib.

Die Klinge war durch ihn hindurch bis ins Holz der Hütte gefahren und nagelte den Elenden fest. Enkidu packte mit beiden Händen das Schwert, stieß sich mit dem Fuß ab und riß es aus Adads Körper.

Das hätte er nicht tun sollen, denn Adad war kein normaler Gegner, sondern ein Geist. Aufheulend stob der Gläserne davon, preßte sich die Hände vor den Bauch und rannte zurück in die Hütte. Gilgamesch setzte ihm nach.

Wie er vermutet hatte, versuchte Adad nun, da er einen Zaubermantel bereits verloren hatte und verwundet war, wenigstens die anderen überzuziehen, um seine Kraft zurückzugewinnen. Das wollte Gilgamesch aber auf keinen Fall zulassen. Er hieb mit dem Schwert auf ihn ein und trieb den Gläsernen rund um die Feuerstelle.

Als sie den Herd das dritte Mal umrundet hatten, wagte Adad einen Vorstoß, indem er den Feuertopf aus seiner Aufhängung riß und gegen Gilgamesch schleuderte. Gilgamesch konnte gerade noch mit einem Sprung zur Seite ausweichen. Der Topf rollte über den Boden direkt auf die Zaubermäntel zu. Blau zischten die Flammen empor, als sie den Stoff der Mäntel erfaßten. Noch schauriger als zuvor heulte Adad auf, als er sah, wie seine kostbaren Mäntel in der Glut des Feuers zu schmelzen begannen. Rasend vor Wut stürzte er vor, um noch etwas zu retten. Das war Gilgameschs Augenblick.

Mächtig holte er mit dem Schwert aus, schlug zu und traf Adads Schädel, der klirrend in tausend Scherben zerstob, während sein Rumpf zu Boden stürzte, in die blauen Flammen hinein. Da schoß eine Feuersäule empor, verschlang das Gespenst und die Mäntel in einer einzigen Sekunde und schmolz sie. Kurz nur war das Rasen und Tanzen der blauen Zungen, dann fiel das Feuer in sich zusammen und verlosch. Zugleich verlosch auch das Herdfeuer durch einen plötzlichen Windstoß.

So jäh kam die Dunkelheit, daß Gilgamesch nicht wagte, sich von der Stelle zu rühren. Er stand noch immer da, das Schwert in der Hand, und keuchte vor Anstrengung. Als er sich beruhigt hatte, spürte er, daß da noch jemand in der Hütte war. Er hörte ein leises Atmen. Vorsichtig, Schritt für Schritt, zog er sich zur Wand zurück.

»Bist du es, Enkidu? fragte er.

»Ja«, kam es zurück.

Gilgamesch war glücklich, die Stimme des Freundes zu vernehmen.

»Ist alles in Ordnung?« fragte er weiter.

»Ja«, sagte Enkidu, »nur die Nacht draußen erscheint mir schwärzer als zuvor.«

»Dann bleiben wir am besten hier.«

»Was, in dieser verwunschenen Hütte, ist das dein Ernst?«

»Ja, wer weiß, was uns draußen erwartet. Immer noch besser hier drinnen, geschützt in vier Wänden, als draußen im furchtbaren Wald.«

So setzten sich Gilgamesch und Enkidu rechts und links neben die Tür und warteten mit griffbereiten Schwertern auf die Morgendämmerung. Es war stockfinster in der Hütte und still, kein Luftzug wehte, und kein Geräusch drang von außen herein. Und doch war es Gilgamesch, als wären sie nicht gänzlich allein. Er versuchte, die Dunkelheit mit den Augen zu durchdringen. Glomm nicht dort in der Ecke ein ganz leichter Schimmer? Zeichnete sich dort nicht eine schemenhafte Gestalt vom Hintergrund ab? Wenn es der Geist Lugalbandas war, war es gut, dann waren sie sicher und würden die Nacht überleben.

Unendlich langsam vergingen die Stunden. Gelegentlich fiel Gilgameschs Kopf schwer nach vorn, aber er rappelte sich jedesmal wieder hoch und versuchte angestrengt, wach zu bleiben. Endlich, endlich fiel ein erster, schwacher Lichtschein durch die Ritzen der Wand. Draußen graute der Morgen.

Gilgamesch stand auf und trat vor die Tür. Der Tag begann sich aus der Nacht herauszuschälen, die Dinge rückten auseinander und gewannen an Bedeutung. Gilgamesch wartete, bis die Sonne ganz aus der Erde gestiegen war und östlich hinter den Bergen erschien, dann sank er auf die Knie.

»Ich danke dir, Lugalbanda«, sagte er, »ich danke dir, daß du uns in dieser Nacht beigestanden hast. Und ich danke auch dir, Schamach, daß du uns den Morgen danach wieder sehen läßt.«

Er ging in die Hütte zurück und fand Enkidu in tiefem Schlaf. In einer Ecke der Hütte lag noch immer der umgestürzte Kessel, den Adad geschleudert hatte, aber es lag kein Stäubchen Asche bei ihm. Ansonsten war der Raum leer. Gilgamesch hob den Kessel auf, sah, daß er nicht aus Kupfer oder sonst einem bekannten Metall war. Kühl fühlte er sich an. Er rieb ihn sauber und beschloß, ihn mitzunehmen. Vielleicht war er noch zu etwas von Nutzen. Er hängte ihn sich an den Gürtel. Dann weckte er Enkidu.

»Hast du etwas geträumt?« fragte er.

Enkidu gähnte, rieb sich die Augen und schüttelte verwundert den Kopf, als müsse er dort erst die Bilder zurechtrücken. Er sah sich in der Hütte um und schüttelte erneut seinen Kopf.

»Nein«, sagte er, »wahrscheinlich war es kein Traum, sondern Wirklichkeit, was uns da widerfahren ist. Der ...« – er senkte die Stimme – ».... Geist ist weg?«

»Ja, die Götter mögen seiner verirrten Seele gnädig sein – wenn er eine solche besaß. Er ist verschwunden, verglüht, zerschmolzen, und mit ihm die Mäntel. Das einzige, was geblieben ist, ist dieser Kessel hier.« Er deutete auf seinen Gürtel. »Ich werde ihn mitnehmen, vielleicht können wir ihn noch auf der Reise gebrauchen.«

»Was heißt das?« fragte Enkidu, »willst du zurück oder weiter?«

»Weiter natürlich«, lachte Gilgamesch, »nachdem wir den Wächter des Waldes überwunden haben, liegt das Tor offen vor uns.«

»Ach ja, das Tor«. Enkidu dachte erst jetzt wieder daran.

Sie eilten nach draußen und fanden die Maultiere wohlbehalten am Dornengesträuch. Das riesige Tor aber, sechs mal zwölf Ellen hoch und zweimal zwölf Ellen in der Breite und mit einer wuchtigen hölzernen Türfüllung versehen, stand einen Spalt weit offen.

»Warte«, sagte Enkidu, »bevor wir hindurchgehen, will ich noch einmal zurück zur Hütte.« Er verschwand in Richtung des nächtlichen Kampfplatzes und kam kurze Zeit danach mit Adads Keule zurück, die der Geist, als ihn Enkidus Schwert traf, ins Farnkraut hatte fallen lassen. »Die nehme ich mit«, entschied er und verstaute die Trophäe auf dem Sattel des Maultiers.

Danach versuchte er, die schwere Türfüllung aufzudrücken. Das Holz gab keinen Millimeter nach. Schließlich stemmte sich Enkidu mit beiden Händen gegen den Rahmen und warf sich mit dem vollen

Gewicht seines Körpers gegen die Füllung. Kreischend ruckte das Tor in den Angeln und schwenkte ein Stück auf, weit genug, daß sie mit den Reittieren hindurchkamen.

»Freund, du hast wahrhaftig Kräfte wie ein Barbar«, lachte Gilgamesch, »nichts, das vor dir standhielte, keine Tür, keine Mauer, keine Ordnung.«

Doch Enkidu war nicht zum Scherzen zumute. Mit verzerrter Miene rieb er seine Rechte und stöhnte. Als er damit gar nicht aufhören wollte, fragte Gilgamesch: »Was hast du, bist du verletzt?«

»Die Tür«, brummte Enkidu zwischen zusammengebissenen Zähnen, »Adad muß ihr Holz mit einem Gift bestrichen haben, denn der rechte Arm schmerzt mich bis hinauf in die Schulter.«

Gilgamesch kam näher und betrachtete die Hand. Da war nichts zu entdecken, keine Wunde, kein Splitter, keine Prellung. »Äußerlich kann ich nichts sehen«, sagte er.

»Aber innen brennt es wie Feuer«, jammerte Enkidu, »meine Hand fühlt sich an wie gelähmt.«

Groß mußten die Schmerzen sein, die er empfand, denn er stöhnte und preßte den Arm in die Magengrube, ähnlich wie das Gespenst, als es die schlimme Wunde empfing. Gilgamesch begann sich Sorgen zu machen. Aber er sagte, wohl auch um sich selbst Mut zuzusprechen: »Eine schlüpfrige Wegstelle gefährdet nicht zwei, die einander helfen und sich aufeinander verlassen können. Ein zweifach geflochtenes Seil wird nicht reißen. Einem, den sein Bruder liebt, kann das Geschick so wenig anhaben, wie es unmöglich ist, einer Löwin das Junge zu rauben, ohne sie selbst zuvor zu töten. Nein, Enkidu, mir ist nicht bang um uns, denn zusammen werden wir es schaffen, Seite an Seite ruhmreich fechten und weder Geister noch Dämonen noch sonst etwas scheuen.«

Enkidu knirschte mit den Zähnen. Wütend trat er gegen die Tür. »Verdammtes Holz«, knurrte er, »das zahle ich dir heim. Die Schmerzen, die du meinem Arm bereitet hast, sollst auch du empfangen. Mit eigener Hand gebe ich sie dir zurück.«

»Aber doch nicht dem Tor«, sagte Gilgamesch, »eine Tür ist ein lebloser Gegenstand. Spar dir deinen Zorn auf, Freund, für Chumbawa, wenn es zum Kampf kommt.«

»Die Zedern sind es«, schrie Enkidu unbeherrscht, »dieses verdammte Holz mit seinem betörenden Geruch. Die stolzeste Zeder im Wald soll es mir büßen. Ich werde Hand an sie legen und sie mit eigener Kraft fällen, daß es eine wahre Freude ist!«

Sie befanden sich jetzt im eigentlichen Forst, und der immer grünende Wald war lieblich anzusehen. Zwischen den mächtigen Stämmen gab es Lichtungen, auf deren Matten die Sonnenstrahlen spielten. Farn wuchs hoch, und an vielen Stellen wucherten Dornbüsche verfilzt im Gehölz. An anderen Stellen aber wich das Unterholz zurück und gab den Blick auf moosige Hänge frei, auf denen Myrtensträucher wuchsen, die voll von schwarzblauen, kelchgekrönten Beeren hingen.

»Ischtars heilige Pflanze«, rief Gilgamesch, »die Immergrüne mit dem belebenden Duft!« Schnell ging er hin und pflückte ein paar Beeren, zerdrückte sie und bestrich mit dem Saft Enkidus Hand. Auch ließ er ihn einige der süßlichen schwarzen Perlen kosten und den Duft der zerriebenen Stengel einatmen. Danach ging es Enkidu spürbar besser. Farbe kehrte in seine Wangen zurück und mutig blitzten seine Augen.

»Auf denn!« rief er. »Wir wollen nicht länger unnütz verweilen, sondern zu Chumbawas Wohnsitz ziehen. Er soll unsere Entschlossenheit zu spüren bekommen!«

In diesem Moment brach ein schrecklicher Donner durch den Wald, der so stark war, daß der Boden erbebte und die Stämme der mächtigen Zedern zu zittern begannen und mit ihren Ästen rauschten wie Vögel im Flug.

Zugleich ertönte eine furchtbare Stimme, die weithin zu hören war: »Wer wagt es, in meinen Wald einzudringen, welch erbärmlicher Wurm? Der Fluch soll ihn treffen und jeden, der mit ihm ist! Ah, ich sehe euch, Gilgamesch und Enkidu, wenn ihr euch auch im Schatten der Bäume heimlich heranschleicht. Ich sehe, ich höre, ich rieche, schmecke und fühle alles. Glaubt ihr, daß ich nicht merke, wenn sich ein Sterblicher heranwagt?« Die Freunde erbleichten, denn die Stimme hatte zornig und zu allem entschlossen geklungen.

»Was sollen wir tun?« fragte Gilgamesch. »Er hat uns entdeckt, zu spät ist es, auf den Vorteil der Überraschung zu hoffen. Ich glaubte, wir könnten uns nähern, ohne daß er es merkt. Wenn man nur wüßte, wo er sich versteckt.«

»Ich verstecke mich nicht«, brüllte Chumbawa, »hier bin ich, für alle weithin sichtbar!« Und sie begriffen, daß es der schneebedeckte Berg war, der brüllte.

»Wir können ihn nicht umgehen, ohne daß er uns sieht«, sagte Enkidu, »nun bleibt nur noch ein Weg offen für uns: direkt auf ihn zu.«

Chumbawa aber sagte höhnisch: »Jetzt beraten sich die beiden, Gilgamesch, der Tölpel, und Enkidu, der Dummkopf. Was weißt du schon, Sohn vom stinkenden Wasser des Euphrat, und du, Wildesel der staubigen Steppe! Tu ruhig gescheit, Enkidu, der seinen Vater nicht kennt, gib deinen Ratschlag den kleinen und großen Schildkröten, die niemals die Milch ihrer Mutter saugen konnten, sprich zu den Fischen und versetze sie mit deinen Weisheiten in Erstaunen. Schon als du klein warst, sah ich dich, einen Zwerg in der Steppe, mit stumpfem Blick und dummen, staunenden Augen. Herüber zu mir hast du gestarrt und erbebt bist du, als ich bloß schnarchte. Keinen Schritt weiter wagtest du dich heran, weil du fühltest, daß in meinem Innern eine Hitze lauert, die dich, erbärmliche Kröte, hätte sieden, verdampfen und schmelzen lassen können. Schwachköpfe seid ihr alle beide, die nicht ahnen, daß ich euch schon längst hätte zermalmen können. Auf der Strecke durch die Schlucht schon hätte ich von den Schlangenvögeln, Adlern und Geiern euer Fleisch fressen lassen sollen!«

Gilgamesch, den die Rede Chumbawas aufs äußerste gereizt hatte, sagte: »Wenn er nicht solche Angst vor uns hätte, würde er nicht sein Maul so weit aufreißen, und sein Gesicht wäre wohl anmutiger. So aber muß es vom vielen Maulaufreißen so verzerrt sein, wie das einer Mißgeburt.«

Zornig brüllte Chumbawa auf.

Gilgamesch sprach indes weiter: »Auch schneidet er auf, voller Furcht und Schrecken über unseren Mut, so daß nur noch Lügen über seine hasenschartigen Lippen kommen. Hast du gehört, Enkidu? Von Schlangenvögeln, Adlern und Geiern will er uns fressen lassen. Dabei gibt es im ganzen Wald kein solches Getier.«

»Weil sie meine Macht spüren und angstvoll fliehend die Flügel abwenden von meinem Gebiet!« rief Chumbawa.

»Nein, weil Ekel sie erfüllt vor deinem Gesicht, Chumbawa, und weil sie lieber einen Umweg machen, als den Anblick deiner häßlichen Fratze ertragen zu müssen!« rief Gilgamesch zurück. »Uns aber schreckst du nicht, und sähest du aus wie ein Kalb mit sieben Köpfen, das der Mond versehentlich gebar und herab auf die Erde warf, weil es ihm nicht des weiteren Lebens wert erschien. Wir kommen, Chumbawa, wir kommen und werden dich von dir selbst erlösen!«

Da heulte der Berg mit solchem Ingrimm auf, daß Felsstücke barsten und Bäume entwurzelt wurden, und der Unhold brüllte ins Tal hinab, daß die Maultiere scheuten, schreckensweit die Augen aufrissen und in wilder Panik davonjagen wollten. Nur mit Mühe gelang es den Freunden, die Tiere zu bändigen.

Danach war es still im Wald, kein Zweig bewegte sich mehr, kein Farnkraut, kein Halm am Boden wagte sich zu rühren.

»Du hast ihn unglaublich herausgefordert«, sagte Enkidu, »nun gibt es wohl kein Zurück mehr. Unausweichlich wird der Kampf, und ich wollte, er wäre bereits vorüber.«

»Ha«, sagte Gilgamesch, dem das stolze Blut wallte, »bring uns nicht um die Vorfreude auf den Sieg. Nichts als große Worte sind das, was Chumbawa da äußert. Wenn er wirklich so mächtig wäre, wie er tut, hätte er uns schon längst zermalmt. Nein, er zögert und hält uns hin, weil er in Wirklichkeit Angst vor uns hat. Als Gegner sind wir ihm ebenbürtig.«

Ein weiterer Donner hallte mit vielen Echos durchs Tal. Aber es klang nicht mehr so siegessicher wie das erste Mal, mehr wie das zornige Grunzen eines unzufrieden Grollenden.

Immer weiter drangen Gilgamesch und Enkidu im Wald vor, stiegen die Hänge hinauf und kamen dem Hermon näher. Nach einer Stunde stießen sie mitten im Forst auf einen Windbruch, der die Bäume wie Reisig geknickt hatte. Aber nicht der Wind allein konnte die so mächtige Rinne geschaffen haben, denn es gab noch etwas anderes, das in den Wald eine Narbe gerissen hatte – ein Flußlauf aus erstarrtem Gestein. Wie andernorts Wasser zu Tale rinnt, mußte einst hier flüssiger Stein geflossen sein, er hatte sich eine Bahn gefressen und war im Flusse erstarrt. Graubraun war dieses Gestein, knochenhart und dennoch spröde. Mit seinen Rinnen und Schlieren wirkte es wie ein Brei, den einer den Berg hinabgegossen hatte und der nun fest geworden war.

Nie zuvor auf seinen langen Wanderungen durch die Wildnis hatte Enkidu einen solchen Boden gesehen, und er untersuchte gründlich seine Form und seine Beschaffenheit. Gilgamesch entschied, dieser steinernen Rinne entlang den Berg hinauf zu ziehen, denn sie bot mehr als der Wald Sicht auf das, was da vor ihnen lag. Er war ein Mann der Ebene und liebte weite, übersichtliche Flächen. Zu lange schon hatte ihn die düstere Undurchdringlichkeit des endlosen Waldes eingeengt und sein Denken belastet. Hier, unter freiem Himmel, wenn auch auf steiler und unsicherer Bahn, auf der selbst die Tiere die Hufe vorsichtig setzen mußten, fühlte er sich einfach sicherer.

Plötzlich zögerte Enkidus Schritt. Innehaltend deutete er mit der ausgestreckten Hand zum Gipfel des Berges.

»Sieh nur, sieh nur, Gilgamesch, Chumbawas Haupt! Es schwankt und bewegt sich! Er droht zu uns herüber. Er wird seinen tödlichen Atem senden, uns mit Felssteinen werfen, uns versengen, blenden, verbrennen! Schnell, laß uns aus dieser gefährlichen Rinne fliehen, wo er uns leichter erwischen kann als im Schutz der Bäume!«

Sie hasteten quer über die graubraune Bahn auf die andere Seite zu, wo unberührter Zedernwald lag, und sie spürten schon die Erde unter sich schwanken. Erneut schrie Chumbawa im Zorn und spie eine feurige Wolke hoch in den Himmel.

»Das ist unser Ende«, klagte Enkidu kleinmütig, »er wird den schrecklichen Flutsturm schicken und mit seiner Peitsche den Wald schlagen, in dem wir sitzen. Wahrlich, klein wie Fliegen sind wir, und voll unbeschreiblicher Macht ist seine Wut.«

Auch Gilgamesch war besorgt. Mehr als zuvor spürte er den Boden unter seinen Füßen erbeben. Nun barst an manchen Stellen sogar das Gestein. Risse taten sich auf und stöhnend ächzte der Wald. Die Wolke über dem Berg aber verwandelte sich wie in seinem Traum von rot zu schwarz und wurde schließlich zu einem dicht zusammengeballten, weißen Gewölk. Wie Nebel regnete der Tod auf sie herab.

Eng beieinander standen die Freunde und hatten Mühe, die verängstigten Maultiere zu halten. Schließlich banden sie die Tiere mit den Zügeln an einen Stamm und suchten Schutz unter den herabhängenden Zweigen.

»Das ist Wer, der Wettergott und sein Bote, den er uns sendet«, sagte Enkidu und deutete auf den gespenstischen Nebel, der die Welt mit seinem Pesthauch zu ersticken drohte.

»Wenn es der ist, der auf der Seite Chumbawas streitet, dann ist er zwar ein schlimmer, nicht zu überwindender Gegner«, antwortete Gilgamesch, »aber zugleich besteht auch Hoffnung für uns. Ist ein Wettergott etwa nicht Schamach, dem Herrn des Himmels, untergeordnet? Laß uns Holz schlagen, Enkidu, und Schamach ein Opferfeuer schichten, damit er sich unser wohlwollend annimmt.«

Und so schlugen die beiden winzigen Menschlein Holz und schichteten ein Feuer, das angesichts des gewaltigen Feuers, das der Berg entsandte, klein und lächerlich wirkte. Darum sah es der Gott zuerst auch nicht. Bitterlich weinte Gilgamesch, als er merkte, daß Schamach sein Opfer nicht annahm und sie aus den Augen verloren hatte. Er warf eine Handvoll Mehl in die Glut; das war das letzte, was er an Nahrung bei sich führte. Aber auch dieses Opfer brachte keinen Erfolg.

»Schamach, Schamach«, rief er unglücklich, »warum hast du

deine Söhne verlassen? Siehst du uns nicht mehr hinter der Wolke, die über uns schwebt? Hast du vergessen, daß wir überall, wohin wir auch kamen, Wasser aus unseren Schläuchen für dich gaben und Brunnen gruben, um dich zu tränken und zu erfreuen? Im Traum habe ich mit dir, der du in Stiergestalt mir erschienst, gerungen und dich dazu gebracht, daß du mir den Geist Lugalbandas sandtest. Steh uns nun bei in der Stunde allerhöchster Gefahr!«

Doch Schamach hörte ihn nicht. In seiner Not wandte Gilgamesch sich nun an Aja, Schamachs himmlicher Gattin. »Aja«, rief er, »Ehrwürdige dort oben! Erinnere Schamach, deinen Geliebten, daran, daß er uns Hilfe versprach!«

Und Aja, die noch Ninsums Worte deutlich im Ohr hatte, erhörte sein Flehen und sprach zu Schamach: »Wie kannst du deine beiden Söhne schutzlos lassen, Gilgamesch aus Uruk und den Barbaren der Steppe, die beide deinem Schutz anempfohlen wurden? Willst du sie in Chumbawas Toben vergehen lassen, als hätten sie niemals gelebt?«

Da erinnerte sich Schamach und erbarmte sich. Er rief Wer, dem Wettergott, zu: »Du hast die Richtung verwechselt, Freund. Nicht Chumbawa ist es, dem du helfen sollst, sondern den beiden Menschenkindern da unten!«

Und Wer erweckte die großen, urgewaltigen Sturmwinde gegen Chumbawa: den Südwind, den Nordwind, den Ostwind und den Westwind, den launischen Böenwind, den Windsturm, der die Macht der Ahnen mit sich trägt, den bösen Wind, der das Meer geißelt und Schiffe zerschlägt, den Simurru-Wind aus den zerklüfteten Bergen, dessen Eigenart es ist, plötzlich und völlig unerwartet von den Graten in die Täler zu fallen, den Asakku-Dämon, den Frostwind, der Schüttelfrost bringt, den Sandsturm aus der Wüste und den Glutwind, dessen heißer Atem daherstürmt, als wolle er alles verbrennen.

Dreizehn Winde ließ er aufbrechen und losheulen, die wandten sich gegen Chumbawa, verfinsterten sein Gesicht und bliesen ihm kräftig ins Auge. Chumbawa wurde von allen Seiten zugleich gepackt und geschüttelt. Er konnte weder vorstoßen noch nach hinten ausweichen. Von ihren wilden Attacken umgeben, stand er da, war ihren Grobheiten ausgeliefert und konnte sich nicht rühren. Sein Feuer bliesen sie aus, zerteilten seine staubigen Wolken und erstickten die Kraft in ihm.

Wie sie so unerbittlich auf ihn einstürmten, an ihm zerrten und rissen, ihm heiß und kalt in die Flanken bliesen, sich mehr und mehr steigerten im Spiel und sich nicht anschickten, auch nur einen Deut nachzulassen, da merkte Chumbawa, daß er in die Enge getrieben war und diesmal der Verlierer zu sein schien. Er verlegte sich aufs Betteln und Flehen: »Laß mich los, Gilgamesch, König von Uruk, der du klein geboren wurdest, aber zu einer Größe heranwuchst, die mir übermächtig ist. Sei mein Herr, und ich will dein Knecht sein und dir dienen, so lange du lebst. Bis in alle Ewigkeit will ich mich ruhig hinsetzen und die Bäume bewachen, die unter meinem Schutz keimten und wuchsen. Ich will dir Bäume von meinem Wald schenken, soviel du haben willst, die mächtigsten magst du abschlagen und das Holz davon für den Bau deines Palastes verwenden. Eine würdige Ausstattung deiner Gemächer sei dir das Holz der Zedern. Baue Häuser und Schiffe davon, ich habe ja genug. Alles, alles will ich für dich tun, aber nimm nur diese schrecklichen Stürme von mir.«

Doch Enkidu sprach zu Gilgamesch: »Hör nicht auf das, was er sagt. Listenreich ist Chumbawa. Er will nur Zeit gewinnen, um sich zu erholen. Wenn du erst die Winde von ihm abgezogen hast, vergißt er, was er versprochen hat und bringt uns gnadenlos um. Darum zögere nicht länger, Gilgamesch, gib ihm den tödlichen Streich!«

Chumbawa versuchte, ihn mit Worten zu übertönen: »Du glaubst, daß du dich nun gut auskennst mit mir, Enkidu, und doch, das sage ich dir, irrst du dich. Schon als du an der Tür den Wächter angriffst und das Tor mit Frevel aufstießt, schon da, am Eingang zu meinem Reich, hätte ich dich vom Boden aufheben und töten können. Deinen Kadaver hätte ich den Schlangenvögeln, Adlern und Geiern zum Fraß hinwerfen können. Aber ich tat es nicht. Ich ließ euch herankommen und habe bisher nur gedroht. Jetzt, Enkidu, da ich so leichtsinnig war, euch herankommen zu lassen und dein Freund mich mit den Winden gefesselt hält, liegt die Wahl allein noch bei dir. Gib mich frei, wirke auf Gilgamesch ein, daß er die Winde abzieht, und ich will es auch dir ewiglich danken.«

Enkidu dachte, daß ebensoviel Wahres wie Falsches an der Rede Chumbawas war. Wahr war, was er glaubte im Augenblick, doch im nächsten Moment würde er anders denken, wenn er erst frei und erneut mächtig war. Er log, um seine eigene Haut zu retten. Darum riet er Gilgamesch: »Höre nicht auf Chumbawas Worte, Fliegengesumm seien sie in deinem Ohr. Nutze die Chance, die sich dir bietet: zermalme und töte ihn, bevor es zu spät dafür ist. Sieh, Chumbawa war schon immer der Wächter des Zedernwaldes, und er besitzt mächtige Verbündete im Inneren der Erde. Vielleicht ist es Namtar, der Dämon, der Bruder von Adad, dem Gespenst, der die Erde vor uns erzittern ließ. Wenn du Chumbawa freiläßt, wird er sich Hilfe aus der Unterwelt holen, ihren Zorn gegen uns aufstacheln und uns vernichten. Darum rate ich dir: Laß nicht dein Herz sprechen, das vielleicht Mitleid mit Chumbawa empfindet, sondern deinen Verstand. Zermalme und töte ihn und verkünde danach überall, daß du Chumbawa, den Schrecklichen, erschlugst.«

Als Chumbawa hörte, wie Enkidu, den er völlig falsch als dummen Sandläufer und Narren aus der Steppe eingeschätzt hatte, so zu Gilgamesch sprach, begann er gegen die beiden zu fluchen: »Du unnützer Barbar, der das Gras mit den Gazellen fraß! Wer hat deinen Kopf dermaßen verändert, daß dir solche Gedanken kommen? Häufe nicht noch mehr Frevel auf dich! Deine Hand, mit der du mein Tor berührtest, soll dir abfaulen bis aufs Mark. Deine Augen, mit denen du mich unverschämt ansiehst, sollen dir erblinden, auf daß du nur noch Wahnbilder wahrnimmst. Dein Gehirn soll in Unordnung geraten und dir Schaden bereiten, so lange du lebst. Du und dein Freund, dieser Emporkömmling aus Uruk, ihr sollt keine Freude mehr am Leben finden und eure Leiber frühzeitig ins Grab versenkt werden. Über seinen Freund Gilgamesch hinaus soll Enkidu niemanden mehr finden, der ihn versteht, und im Jenseits kein Ufer!«

Gilgamesch stand wie gebannt und starrte von einem zum anderen, von Enkidu zum sprechenden Berg. Er zögerte und wußte nicht, wie er all das, was er gehört hatte, verstehen sollte. Da beschwor ihn Enkidu ein letztes Mal: »Mein Freund, ich rede zu dir, aber du hörst mich nicht an und läßt dich von den Worten eines Unholds betäuben. Warte nicht länger ab, handele endlich, nimm dein Schwert und töte Chumbawa!«

Da ging Gilgamesch entschlossen voran und Enkidu schritt neben ihm. Noch hatten die Winde sich nicht gelegt und hielten den Berg mit unsichtbaren Fesseln umfangen. Es stürmte und blies aus allen Richtungen, und sie mußten mit aller Kraft dagegen ankämpfen. Als sie den Berg fast bis zur Spitze erklommen hatten, trat ihnen der Geist Chumbawas entgegen, verkörpert als schreckgebietender Dämon. Sein Gesicht war eine entsetzlich entstellte Fratze, und sein Leib der eines verkrüppelten Riesen. Jeden hätte diese Zerrgestalt vor Schreck gelähmt. Nicht aber die beiden Freunde. Nebeneinander, die Schwerter zum Schlage gezückt, gingen sie auf ihn zu.

Da nahm Chumbawa eine Handvoll Felsbrocken und schleuderte sie ihnen entgegen. Eine Lawine kam tosend herab, aber Gilgamesch und Enkidu wichen ihr aus. Chumbawa ergriff nun einen Feuerstrahl, den letzten, der ihm geblieben war und den er hinter seinem Rücken verborgen hatte, und nahm ihn wie eine Waffe zur Hand.

Gilgamesch sprang vor und führte mutig sein Schwert. Der erste Hieb, der traf, schlug Chumbawa eine Wunde quer über die Brust. Da wankte der Riese, brüllte auf und wandte sich hilfesuchend um. Tatsächlich war er nicht allein. Hinter ihm sammelten sich seine Knechte, sieben an der Zahl, die standen mit Keulen bewaffnet da und rückten nun näher.

Einen zweiten Hieb tat Gilgamesch und trennte mit einem gewaltigen Streich dem Riesen den linken Arm an der Schulter ab. Noch gellender schrie Chumbawa und verbrannte mit seinem Feuerstrahl, den er wie ein Schwert führte, die Erde ringsum. Doch in diesem Moment griff Enkidu zum heiligen Bogen von Anschan, spannte die Sehne bis zum letzten, ließ den Pfeil schwirren und traf Chumbawas Schädel mitten zwischen den Augen. So tötete Enkidu den Wächter des Waldes.

Jetzt schwirrten Chumbawas Knechte keulenschwingend aus und versuchten, die beiden Freunde zu umzingeln. Aber Gilgameschs Schwert wirbelte wie eine Sense umher und metzelte nieder, was in seine Reichweite kam. Auch Enkidu schlug zwei Unholde nieder. Den Rest aber erledigte Gilgamesch, er allein erschlug die übrigen fünf.

Nun standen sie still und sahen sich um. Die Winde hatten sich gelegt und waren fortgezogen. Gilgamesch hörte es genau: Ringsum hub ein Wispern und Rascheln an, als käme überall langsam das Leben zurück. Waren das Tiere, die in den Wald zurückkehrten, nachdem der Bann gebrochen war? Kam es aus den Kronen der Zedern und Merubäume – leises Raunen und Rauschen, als sprächen sie miteinander?

Als Chumbawa gefallen war, war ein unterdrückter Aufschrei durch den Forst gefahren, danach hatte alles den Atem angehalten. Nun aber schien der Wald belebt zu sein mit vielzähligen Stimmen. War das ein gutes Zeichen, oder braute sich ein neuer Schrecken zusammen? Sammelten sich die übriggebliebenen Knechte des Bösen?

Alles war so schnell gegangen. Die Freunde konnten es noch immer nicht fassen. Gilgamesch hatte den Chumbawa erschlagen wollen – und durch Enkidus Pfeilschuß war er endgültig gestürzt. Er hatte den Schurken des Waldes getötet, vor dessen Gebrüll einst der Hermon und der Libanon erbebt waren. Enkidu war ein Held. Heißblütig und mit glühendem Gesicht stand er da und hielt noch immer das Schwert griffbereit.

»Komm«, sagte Gilgamesch, »ich höre noch immer die Stimmen und Geräusche, die nicht in diese Gegend passen. Vielleicht hast du recht, und es verbirgt sich immer noch ein böser Geist im Berg. Laß uns ihn jagen und zur Strecke bringen, damit Frieden einkehrt im Land.«

So stiegen sie das restliche Stück zum obersten Grat des Hermon empor und gelangten durch den ewigen Schnee an den Rand eines gewaltigen Kraters, aus dem es dampfte, als glühten noch Reste von Feuer darin. Der Boden, den sie betraten, war heiß und brannte unter den Sohlen. Aller Schnee war an diesen Stellen getaut und gab nacktes, graubraunes Gestein frei, wie in der steinernen Rinne, durch die sie gezogen waren.

Gilgamesch beugte sich vor und blickte in den Kessel hinein.

Durch Dampf und Nebel hindurch sah er dort einen Schein aus dem Innern der Erde heraus glimmen.

»Bist du dort unten, Namtar, Dämon des glühenden Berges?« schrie er, und schaurig heulte sein Echo zurück. Statt einer Antwort aber bemerkte er, daß sich im tiefen Glimmen da unten etwas bewegte, als koche eine gewaltige Suppe.

»Du hast recht gesprochen, Freund, als du meintest, Namtar, der Bruder des Adad, sei noch am Leben und warte auf seine Chance, loszuschlagen und Chumbawa zu rächen«, sagte Gilgamesch. Er wußte nicht genau, was er da tat, und er tat es, ohne lange darüber nachzudenken: Er nahm etwas von der graubraunen Erde am Rand und füllte sie in den Topf aus dem seltsamen Metall, den er in der Hütte gefunden hatte. Mit Adads Keule, die Enkidu dazugab, stampfte er die Erde zu Staub. Dann bat er die Kräfte des Himmels herbei, lud Schamachs und Lugalbandas Segen dazu und trat an den Rand des Kraters.

»Namtar, ich sende dir alle Gedanken des Guten mit dieser Gabe hinab, mögest du daran ersticken und für alle Ewigkeiten vergehen!« rief er und warf den Topf mitsamt der Keule ins glimmende Auge des Berges. Weit fiel er, und es dauerte lange, bis er unten auftraf. Aber als er ins Rotglühende tauchte, zischte es auf, wie wenn Eis auf Feuer trifft, und eine schlanke Wolke weißlichen Dampfes stieg empor. Die schraubte sich hinauf, kam bis zum Rand und darüber hinaus, zerfranste in der Luft, trieb auseinander und löste sich schließlich vollends auf. Zugleich aber erlosch das rote Glimmen im Innern des Berges für immer, und ein tiefes Stöhnen drang aus der Erde, das nach und nach abnahm und schließlich verstummte.

Sie gingen zum Kampfplatz zurück und trugen die Körper der erschlagenen Feinde zusammen, schichteten aus Ästen einen Scheiterhaufen, legten die Keulen der Knechte dazu und auch Chumbawas Leichnam und verbrannten alles miteinander. Als nur noch Asche und Knochen übrig waren, legten sie schwere Felssteine über den Ort. Mit dem Messer kerbte Enkidu in den größten Stein: Hier ruhen die Gebeine Chumbawas und seiner Knechte, Hüter des Zedernwaldes, von Gilgamesch und Enkidu aus Uruk im Kampfe erschlagen. Friede dem Hermon, Friede dem Land und allem, was darin lebt.

Chumbawas schreckliches Haupt aber spießte Gilgamesch auf eine hölzerne Lanze und trug es als Siegeszeichen zu Tal.

Als sie in den Wald hinabstiegen, erreichten sie einen Hain von besonders hohen und mächtigen Zedern, über dem ein Strahlenkranz aus Licht gleißte.

»Was ist das, was bedeutet dieses seltsame Leuchten?« fragte Enkidu.

»Vielleicht ein geheimer Ort der Macht, aus dem Chumbawa seine Kraft bezog«, antwortete Gilgamesch.

»Dann laß uns diese Bäume fällen«, sagte Enkidu, »das Licht blendet meine Augen.«

Da begannen die Zedern zu klagen: »Erst erschlugen sie den Wächter des Waldes und seine Knechte, löschten die Glut im Berg, und nun wollen sie auch uns noch vernichten, die wir seit Urzeiten hier wachen.«

»Schnell, laß uns anfangen, diese Bäume sind mir unheimlich«, riet Enkidu.

Sie holten die schweren Äxte von den Sätteln und näherten sich dem Hain. Noch lauter klagten die Zedern und sandten ihre gefährlichen Strahlen gegen die Freunde.

»Mein Arm wird so schwer«, sagte Gilgamesch, »mir ist, als wenn unsichtbare Kräfte auf mich einwirken und an meinem Mut zehren. Das Denken zerrinnt mir – was tue ich hier, was suche ich nur hier in der Ferne? War ich nicht eben ein Kind erst auf der Suche nach dem Garten Eden? Mutter, wo bist du, Vater, warum verbirgst du dich vor mir?«

»Du redest irre«, sagte Enkidu, »die Strahlen der Zedern blenden deinen Verstand, sie umnebeln dein Denken. Schnell, handle, Gilgamesch, bevor noch mehr Schaden entsteht.«

Gilgamesch hob das Beil und holte aus. Aber erneut setzte er ab. »Und wenn wir es nicht tun und diese Bäume hier stehen lassen?« fragte er zaghaft.

»Dann bleibt ihre böse Wirkung im Wald wie ein Fluch«, sagte Enkidu. »Wollten wir nicht Schluß machen damit und das ganze Land von dieser Herrschaft befreien?«

Weit ausholend schlug er zu und fällte mit mehreren gezielten Schlägen die erste Zeder. Als der Baum stürzte, schrien auch die anderen vor Schmerz. Über zwei Meilen hinweg erklang ihre Klage: »Zum dritten Mal hat Enkidu sich versündigt. Er soll keine Freude mehr haben an seinem Leben. Immer, auch später noch, soll er an diesen Augenblick denken und den Tag seines Aufbruchs verfluchen.«

Wie von Sinnen packte Enkidu daraufhin das Beil und hieb noch kräftiger zu als bisher. Die zweite und dritte der Zedern stürzte, und der Lichtglanz über den Kronen begann unruhig zu flackern. Auch Gilgamesch, dem die Schmerzensschreie der getroffenen Bäume in den Ohren gellten und durch Mark und Bein gingen, schwang nun das Beil und hieb auf die Stämme ein. Einen Baum nach dem anderen fällten sie auf diese Weise, bis der ganze Ring zersplittert dalag. Das ganze Licht des Strahlenkranzes zog sich nun zurück und konzentrierte sich über der größten Zeder, die in der Mitte des Hains stand, hochaufgerichtet wie eine Weltensäule, bis in den Himmel hinauf, und mit ihrer Krone und ihren Ästen die Wolken stützend.

»Verschont mich mit eurem Wüten«, sprach sie, »ich bin ein heiliger Baum und halte mit meiner Kraft den Himmel über der Welt. In meinem Wipfel nistet der Sturmvogel Anzu, der Ausschau nach den Seelen der Menschen hält, um sie zu holen, wenn es Zeit ist, und die Dämonin Kiskililla wohnt in meinem Stamm. Wagt nicht, ihren Schlaf zu stören und sie aus ihrer Wohnstatt zu vertreiben.«

»Unverständliche Dinge redest du da«, sagte Gilgamesch, »vom Sturmvogel Anzu habe ich nie gehört, und eine Dämonin namens Kiskililla ist mir auch nicht bekannt.«

»Doch, du kennst beide«, erwiderte die Zeder, »beide hast du schon einmal gesehen, ohne zu wissen, um wen es sich handelt. Eulengleich ist der Sturmvogel Anzu, mit scharfem Schnabel und krallenbewehrten Fängen. Des Nachts fliegt er aus, um die Seelen der verstorbenen Menschen zu holen. Und auch Kiskililla sahst du, die Dämonin und Göttin aus früherer Zeit, als die Erde noch jung war. Betörend schön ist sie und grausam dazu. Auch sie kann fliegen und besitzt Krallenfüße wie Anzu, ihr Bote.«

Da fiel Gilgamesch die zerbrochene Säule am alten Tempel nahe dem Begräbnisfeld von Uruk ein. Saßen da nicht ein solcher Vogel und ähnliche Eulen zu Füßen der steinernen Lilith?

»Wenn du Lilith meinst«, sagte er, »so ist ihre Zeit in der Tat abgelaufen. Kein Mensch kennt sie mehr, und niemand verehrt sie. Warum sollte ich mich da um sie sorgen?«

»Du bist ein junger, heißblütiger Mensch und glaubst, alles zu wissen«, sagte die Zeder, »und doch bist du noch weit von der Weisheit entfernt. Denkst du denn, daß die Welt nur aus dir und deinesgleichen besteht? Hast du vergessen, daß früher einmal andere Völker lebten, andere Reiche bestanden mit anderen Sitten und Göttern anderen Namens?«

»Mag es auch so sein«, erwiderte Gilgamesch kühn, »daß früher andere Zeiten waren und andere Götter. Doch heute ist heute, und keiner der heutigen Götter, weder Schamach noch Nannar, weder Marduk noch Mach, weder Anu noch Ischtar werden sich darum kümmern und dir zu Hilfe eilen, wenn man dich fällt.«

»Das ist nicht gewiß«, sagte die Zeder, »du magst recht haben darin, daß das Gesicht der Erde sich gewandelt hat und nicht mehr so ist, wie es einst zu Zeiten der Schöpfung war. Aber ich bin ein alter, ein uralter Baum, habe Menschen und ihre Werke kommen sehen und vergehen, und ich sage dir: Nimm nicht alles, was sich dir bietet, frevele nicht und laß einen Rest des alten Zaubers bestehen. Oder willst du Gefahr laufen, daß der Himmel einstürzt und zerbricht, wenn ich falle?«

»Der Baum hat lange genug geredet«, ließ sich nun Enkidu vernehmen, »geredet und gedroht und mich doch nicht im geringsten mit seinen Worten überzeugt. Die Zeit, von der er spricht, ist lange schon vorbei, und vorbei ist daher auch die alte Macht der Zeder. Ob Wohnstatt des Sturmvogels Anzu und der Dämonin Kiskillia oder nicht – ich will, daß sie fällt und bestes Holz abgibt zu unserem Nutzen.«

Mit gezücktem Beil näherte er sich dem Stamm.

Noch einmal nahm die Zeder all ihren Zauber zusammen und sandte gleißende Strahlen auf die beiden Freunde herab. Aber so sehr sie sich auch anstrengte, es gelang ihr nicht, die beiden Menschenwesen von ihrem Vorhaben abzubringen. Der erwachende Geist der neuen Zeit war in Gilgamesch, es rauschte das Blut der Sehnsucht nach Zukunft in seinen Adern und übertönte die leisen Zweifel, die sich noch in ihm regten.

Kraftvoll nahm er das Beil und trieb es in den Stamm der Zeder, und auch Enkidu half dabei. Doch Gilgamesch versetzte den letzten, entscheidenden Schlag, der die Zeder ins Mark traf und sie umbrechen ließ wie einen Halm, der zu lange auf dem Feld gestanden hat. Splitternd brach ihr Stamm und berstend fiel sie mit ihren riesigen Ästen zu Boden, daß die beiden weit zur Seite springen mußten, um nicht zuletzt noch getroffen zu werden.

Beim Umsinken aber verlosch der Strahlenglanz, und der Sturmvogel Anzu floh aus den Zweigen. Die Dämonin Kiskililla fuhr aus dem Stamm und stand wie aus dem Erdboden gewachsen vor ihnen. Es war eine Frau, an Ausdruck der Lilith ähnlich, aber von so schwachem Glanz, daß sie durchscheinend wie Nebel wirkte und kaum zu erkennen war.

»Ihr habt meinen Wohnsitz zerstört«, sagte sie, »und ich kann euch nicht einmal böse sein darum. Zu lange schon hauste ich hier im Forst, und fast wie ein Gefängnis war mir der Stamm geworden. Nun, da ihr mich befreit und zugleich vertrieben habt, will ich rastlos durch die Länder streifen und mir einen neuen Sitz suchen, vielleicht bei Menschen, die meiner bedürfen und froh sind, eine neue Göttin zu finden. Lebt wohl und denkt über die Worte des alten Baumes nach. Manches von dem, was er sagte, war gar nicht so falsch, wenn auch die Zeit für ihn um war. Lebt wohl, ich verlasse euch jetzt, und mit mir will ich die Erinnerung an mich aus eurem Denken nehmen.« So sprach sie, entfaltete ihre hauchdünnen Flügel, stieg auf und verschwand mit dem lautlosen Flügelschlag einer Eule.

Die Freunde vermieden es, sich in die Augen zu blicken. Zu aufgerührt waren sie von dem, was sie erlebt hatten.

Nun kappten sie die Äste, hieben den Stamm glatt, holten starke Seile und schlangen sie um den Baum. Sie spannten die Maultiere davor und ließen die Tiere den Stamm hinab ins Tal schleppen. Nur diese eine Zeder wollten sie, die anderen Stämme ließen sie liegen für später.

Die hohen Hügel ringsum lagen still da, und auch der Gipfel des Hermon schwieg. Als sie eine Weile durch den Forst gezogen waren, merkten sie aber, daß vielerlei Stimmen von Vögeln begannen, ihre Abendlieder zu singen.

»Horch«, sagte Gilgamesch und blieb lauschend stehen, »hast du je zuvor einen so lieblichen Gesang vernommen? Es scheint, daß der Wald Frieden mit den Tieren geschlossen hat.«

Auch Enkidu vernahm es, und es berührte angenehm sein Herz. Laut und wohltönend schallte der Gesang der Vogelstimmen durchs Tal, die Schlucht war von guten Geräuschen erfüllt: Da murmelte der Bach, rauschten die Bäume, strich leichter, milder Wind durchs Geäst, sang und jubilierte es von überall her. Friedlich dämmerte der Abend heran, und ein letzter Schein der untergehenden Sonne verglühte und färbte den Himmel in wärmendem Rot.

Bald mußten sie rasten, denn die hereinbrechende Dunkelheit verwischte den Weg vor ihren Füßen. Sie lagerten dort, wo sie sich gerade befanden, in einem lichten Waldstück, von Merubäumen umgeben, die rings um eine Steinfläche standen, die wie zerbrochenes Mauerwerk wirkte, über das die Zeit ihr Moos gezogen hatte. »Es sieht fast aus wie der Grundriß eines verlassenen Tempels«, sagte Gilgamesch, »ob es sich um eine frühe Wohnung der Anunaki-Götter handelt?«

Enkidu wußte nicht so viel von Göttern und Kulten, von alten Tempeln und vergangenen Zeiten. Aber daß es einstmals wohl eine Wohnstatt gewesen war, bemerkte auch er.

»Es ist ein guter Platz zum Ausruhen«, sagte er und fühlte sich wohl bei den Worten. Ins Moos betteten sie ihr Lager für die Nacht und schliefen zum ersten Mal seit langem ein, ohne in Unruhe zu sein, und selbst auf die abwechselnden Wachen verzichteten sie.

Nach langem, traumlosen Schlaf erwachten sie vom Gesang der Vögel. Ein Rudel Rehe graste furchtlos auf einer Lichtung in ihrer Nähe. Grazil beugten sie die Köpfe und zupften das saftige Kraut vom Boden. Gelegentlich hob eines den Kopf und blickte zu ihnen herüber, aber da sie sich nicht rührten, faßten sie Zutrauen und grasten ohne Scheu weiter. Schließlich zogen sie hinunter zum Bach, um zu trinken.

»Hah, das war ein guter Schlaf«, sagte Gilgamesch und streckte sich, »endlich einer, bei dem weder die Erde bebte, noch Feuer und Ascheregen vom Himmel fiel oder sonst ein Unheil geschah. Ich glaube, wir haben das, was wir machten, gründlich getan.«

Enkidu nickte zustimmend. Er war schon dabei, die Maultiere erneut vor den Stamm zu spannen und trieb sie zum Aufbruch an. So zogen sie durch den Wald, den Weg hinab und durchs Tor, an Hütte und Wildbach vorbei und wieder den jenseitigen Hang hinauf, wo sie ohne langes Suchen den Weg fanden, der zurück zum Lager der Soldaten führte. Den ganzen Weg über fühlten sie sich frei und unbekümmert. Der Wald hatte seine Schrecken verloren.

Als sie zum Holzfällerlager zurückkehrten, fanden sie die Soldaten in heller Aufregung vor. »Gilgamesch und Enkidu!« riefen sie, »die Helden von Uruk, elluri, elluri!«

Stolz hob Gilgamesch die hölzerne Lanze mit dem Haupt des Chumbawa.

»Wir haben nicht mehr geglaubt, daß ihr zurückkommt. Als die Erde erzitterte und der Berg brüllte, wähnten wir euch tot«, sagte der Hauptmann.

»Ach was«, antwortete Gilgamesch, »wir waren zwar mehrmals nahe dran, vom Rachen der Unterwelt verschlungen und von Dämonen in Stücke gerissen zu werden, aber wir haben die Schlacht siegreich geschlagen.«

Die Männer schrien wild durcheinander. Ihren Äußerungen war zu entnehmen, daß auch sie eine schreckliche Zeit durchgemacht hatten. Der Hauptmann erstattete Bericht: »Wir sind so vorgegangen, wie du uns befohlen hast, ruhmreicher König. Zuerst suchten wir am Rand die besten Bäume zum Fällen, dann schlugen wir das Astwerk und machten die Stämme glatt. Aber es ging nur sehr langsam und mühsam voran. So sehr wir auch schlugen, so oft gingen unsere Beile daneben. Es war wie ein Bann, der uns gefangenhielt, so daß wir vieles unnütz taten, was ansonsten ein Kinderspiel gewesen wäre. Auch wurden die Männer weit vor der Zeit müde und fühlten sich elend und krank. Viel zu schnell kam die Dunkelheit über uns und wir waren froh, jedesmal vollzählig am Lagerfeuer versammelt zu sein. Es sind gewiß keine Feiglinge, Herr, aber keiner wollte freiwillig Wache halten, so unheimlich waren die Nächte, voller fremdartiger, böser Stimmen, voller Geraune und unsichtbarer Hände, die nach uns griffen. Dann brach das Brüllen, Donnern und Beben der Erde los. Weithin sahen wir eine Feuersäule hoch aus dem Berggipfel steigen, und ihr folgte ein Ascheregen, den wir nur überlebten, weil wir uns mit den Tieren im Unterholz bargen. Am liebsten wären wir umgekehrt und – ich sage es frei heraus – den Weg zurück zur Festung geflohen. Aber irgend etwas hielt uns zurück, so daß wir wie gelähmt ausharrten, bis das Brüllen und Donnern ein Ende hatte. Dann kamen die schrecklichen Stürme und entwurzelten viele Bäume. Wie die Halme von Kornähren im Sturm knickten die Stämme um. Schließlich, als auch die Stürme sich gelegt hatten, besannen wir uns wieder auf unsere Aufgabe und machten uns daran, die entwurzelten Bäume transportgerecht zu behauen. Plötzlich war der Bann gebrochen und alles ging wie von selbst, so daß wir nun mehr Holz als genug haben, um es nach Uruk zu bringen.«

Gilgamesch lobte den Fleiß und das Durchhalten der Männer und berichtete nun seinerseits ausführlich, was ihnen an Abenteuern widerfahren war. Als er geendet hatte und erneut Chumbawas scheußlichen Schädel, der auf der Stange steckte, emporhielt, jubelten die Soldaten laut auf und schlugen mit ihren Lanzen an die Schilde, daß es wie Trommeln erdröhnte.

Der Hauptmann hatte noch eine weitere überraschende Neuigkeit zu vermelden: »Übrigens sind wir nicht allein hier in der Wildnis. Kurz bevor die Stürme sich legten und der Berg ein letztes Mal grollte, griffen mehrere Strolche, aus dem Schutz des halbdunklen Waldsaums kommend, unsere Wachen an und versuchten, ihnen die Waffen zu entwinden. Da es aber nicht viele waren und unsere Männer hellwach und auf der Hut, gelang es uns, sie nach kurzem Kampf zu überwinden.«

»Wie viele waren es?« fragte Gilgamesch.

»Lediglich fünf.«

»Und was ist mit ihnen geschehen?«

»Wir hätten sie leicht töten können, aber wir wollten sie lieber lebendig, um sie dir vorzuführen.«

»Und wo sind sie nun?«

»Dort drüben«, sagte der Hauptmann und deutete mit der Hand zur Hütte der Holzfäller. »Wir haben sie gebunden, aneinandergefesselt und in der Hütte eingeschlossen. Es sind keine Dämonen, wie wir zuerst dachten, sondern normale Menschen. Aber üble Halunken sind es schon, ein jeder dazu vorbestimmt, mit einer Schlinge am Hals in die Äste des nächstbesten Baumes geknüpft zu werden.«

»Haben sie gestanden, woher sie kommen und warum sie euch angriffen?«

»Nein, sie sind äußerst verstockt, schweigsame Kerle.«

»Führt sie mir vor«, befahl Gilgamesch, »ich will sehen, ob sie von der gleichen Art sind, wie wir sieben von ihnen am Berg oben erschlugen.«

Die Soldaten gingen zur Hütte und zerrten ihre Gefangenen heraus. Es waren in der Tat häßliche Gestalten, wenn auch bei weitem nicht so schlimm wie die Unholde, die Chumbawa zu Hilfe geeilt waren. Gilgamesch betrachtete sie genau, und auch Enkidu kniff die Augen zusammen.

»Sie haben den gleichen Blick wie der, der auf dem Ziegenbock ritt«, sagte er mißbilligend, »wölfisch und verschlagen sehen sie aus. Aber nicht wert, daß man seine Klinge mit ihrem Blut besudelt.«

»Man könnte sie mit den Köpfen nach unten in die Zweige hängen«, schlug der Hauptmann vor. »Oder auch mit ein paar wohlgezielten Speerwürfen an die Stämme nageln.«

»Gnade!« schrien da die Gefangenen und winselten tatsächlich, aber mehr wie Hunde als Wölfe. »Erbarmen, wir haben nur unsere Pflicht getan. Wir taten nur, was uns geheißen wurde.«

»Und wer hat euch geheißen, uns zu umlauern und anzugreifen?« donnerte Gilgamesch. »War das Chumbawa?«

»Nein, nein, Chumbawa haben wir nie in unserem Leben gesehen. Wir sind nie näher als bis auf Hörweite an den Hermon herangekommen.«

»So seht ihr auch aus, ihr feigen Vogelscheuchen«, sagte Gilgamesch, »wer also gab euch Befehl, uns anzugreifen?«

Die Wolfsmänner schwiegen und senkten die Köpfe. Da kam Gilgamesch ein Verdacht. »War es der Fürst von Kadesch?« hakte er weiter nach, »die feige Ratte, die sich in ihrer Festung an der Wegkreuzung verbirgt?«

Als die Kerle immer noch nicht sprachen, trat der Hauptmann vor sie hin und schlug einen von ihnen mit einem Faustschlag zu Boden, daß er röchelnd zusammensackte.

»Los, redet, oder ich werde Mittel und Wege finden, euch die Zungen zu lösen«, sagte er und griff sich grimmig den nächsten. Er packte ihn am Hals und drückte zu. Dem Kerl quollen Augen und Zunge heraus, und sein Kopf wurde blutrot.

»Gnade«, röchelte er, »ich will alles sagen.«

Der Hauptmann lockerte den Griff, aber ließ noch nicht völlig los.

»Es ist so, wie er sagt«, stöhnte der Schurke, »wir wollten die allgemeine Unruhe beim Unwetter nutzen und euch überrumpeln, um ein paar von euren Waffen zu erbeuten.«

»Und der Fürst von Kadesch gab euch den Befehl dazu?« wiederholte Gilgamesch noch einmal seine Frage.

Der Angesprochene nickte. Da ließ ihn der Hauptmann fahren und wandte sich um. »Soll ich ihn vierteilen?« fragte er.

Gilgamesch schüttelte den Kopf. »Nein, so nützt er uns wenig. Ihr habt es schon gut gemacht, daß ihr die fünf Elenden am Leben ließet. So haben wir Beweismaterial gegen den Fürsten in der Hand.«

»Was willst du tun?« fragte Enkidu.

»Oh, ich weiß schon, was ich ihm abverlangen werde als Strafe für seine ruchlose Tat. Laßt uns erst in der Festung sein, dann werde ich mit ihm ein paar ernsthafte Worte sprechen.«

Er ließ die Gefangenen wieder fesseln und besah sich Art und Umfang der geschlagenen Bäume. Es stellte sich heraus, daß es sehr große und starke Bäume waren. Aber keiner reichte heran an die mächtige, sprechende Zeder, die sie im Hain gefällt und heruntergeschafft hatten. Gilgamesch gab Anweisung, wie sie die Stämme zu binden und an das Zaumzeug der Tiere zu schnallen hatten. Dann brachen sie auf und zogen den Saumpfad am östlichen Rand des Gebirges zurück, den sie gekommen waren.

Es ging mühsam voran, und sie benötigten wesentlich mehr Zeit als für den Hinweg. Statt drei Tagen brauchten sie sechs und einen halben dazu. Dann endlich kamen sie im Tal an, aus dessen jenseitigem Hang die Bergfeste Kadesch mit ihren Mauern und Söllern emporwuchs. Hier, noch im Schutz der Berge und von Kadesch aus nicht zu sehen, überlegte sich Gilgamesch eine List.

Er ließ die Bäume aus den Schleppseilen lösen und die Soldaten wieder aufsitzen. Dann sprach er zu ihnen: »Ich, Enkidu und drei weitere Männer, wir werden unsere Kleidung mit den schäbigen Lumpen der Strolche tauschen, so daß man uns für diese hält. Unsere Waffen werden wir verbergen, und sieht man sie dennoch, so ist es nicht schlimm – wir könnten sie ja, ebenso wie die Maultiere, erbeutet haben. Wir warten, bis die Abenddämmerung einsetzt und reiten in ihrem Schutz hinauf zur Festung. Sind wir erst am Tor und haben die Wachen überlistet, so geben wir ein Signal. Auf dieses Signal hin reitet ihr los und stürmt uns nach. Aber nehmt die Gefangenen mit, wir brauchen sie dort.«

So geschah es. Gilgamesch, Enkidu und drei weitere Männer

wechselten mit den Strolchen die Kleidung und sprengten den gewundenen Pfad zur Bergfestung hinauf. Mißtrauisch wurde ihr Nahen von dort aus verfolgt. Aber da es nur fünf Gestalten waren und zudem in der Dämmerung den Strolchen ein wenig ähnlich sahen, faßten die Torwächter keinen Verdacht.

Bis kurz vor das Tor kamen sie, da rief einer der Wächter, der es an den Satteln der Tiere blinken sah und das Klirren von Waffen vernahm, von oben herab: »Bist du es, Esmalja, und die anderen?«

»Ja«, antwortete Gilgamesch mit verstellter Stimme, »gute Beute, hat sich gelohnt. Mach auf endlich.«

Die Wächter öffneten nichtsahnend das Tor und wurden zur Seite geschleudert, als die Fünf hereingeprescht kamen, absprangen und nach kurzem Gefecht die Torwache überwältigten. Gilgamesch löste die Riegel und öffnete die Torflügel weit, während die drei Soldaten mit gezücktem Messer über den Wächtern standen. Enkidu aber riß einem von ihnen das Horn vom Gürtel, eilte nach draußen und blies das verabredete Signal.

Da stürmte das Heer heran und war schneller in der Festung, als die Besatzung sich sammeln konnte. Jeder Widerstand, der sich regte, wurde im Keime erstickt. In wenigen Augenblicken wurden die Knechte Kadeschs überrumpelt, entwaffnet und im Hof vor der Herberge zusammengetrieben. Die übrigen Bewohner der Siedlung und fremde Kaufleute, die hier abgestiegen waren, kamen erschrokken aus ihren Häusern, um zu sehen, was der Lärm für eine Ursache hatte. Fackeln wurden entzündet und erhellten den ganzen Platz. Auch der Fürst erschien in voller Rüstung und eilte mit seiner Garde die Treppe seines Palastes hinab. Als er aber die Übermacht sah und merkte, daß jeder Widerstand sinnlos erschien, ließ er das Schwert sinken.

»Was soll das alles bedeuten?« schrie er zornig, »Kommt man so als Gast in die Stadt, um Unterkunft und Bewirtung zu erbitten?«

»Nein, normalerweise nicht«, gab Gilgamesch zur Antwort, »aber diesmal kommen wir auch nicht als Gäste und wollen keineswegs um etwas bitten. Diesmal kommen wir zornig und mit Grimm, um Gericht zu halten über deine Untaten.«

»Was soll das heißen?« wollte der Fürst wissen, der verwundert genug war, Gilgamesch und all die anderen wohlbehalten wiederzusehen. Nie zuvor war jemand, der zum Hermon aufgebrochen war und den Zedernwald betreten hatte, lebend zurückgekommen. Nun entdeckte er die fünf Gefangenen und erschrak noch heftiger.

»Wir haben dir deine Leute zurückgebracht, die du uns hinterhältig und feige hast nachschleichen lassen«, sagte Gilgamesch. »Es hat keinen Zweck, dein Vorhaben zu leugnen, denn sie haben bereits gestanden, daß du sie beauftragt hast, uns zu überfallen und auszurauben. Magst du das jetzt auch abstreiten und deine Unschuld beteuern – es wird dir wenig nutzen, denn das Urteil über dich wurde bereits gesprochen.«

»Was verlangst du von mir?« fragte der Fürst von Kadesch schwach. »Es gibt ein altes Sprichwort in Uruk, das lautet: ›Vertrauen gegen Vertrauen; und wer es einmal bricht, soll hundertfach dafür bezahlen.‹ Du hast das Vertrauen, das wir in dich als Gastgeber setzten, mit Vorsatz gebrochen. Also gibt es nur eine Antwort darauf: Purpur. Für jeden meiner Männer einen Beutel des roten Pulvers.«

»Das kannst du nicht im Ernst von mir verlangen«, kreischte der Fürst, »du kannst nicht von mir etwas einfordern, das ich nicht besitze. Ich habe kein Purpur.«

»Das glaube ich nicht. Aber es läßt sich ja leicht überprüfen. Wir werden uns gründlich in deinen Schatzkammern umsehen. Meine Männer sind nun einmal begierig auf das rote Pulver, und ich schwöre dir: wenn du welches versteckt hast – sie werden es finden. Nicht wahr, Männer?«

»Und ob«, brüllten die Soldaten, »und wenn wir ganz Kadesch auf den Kopf stellen dabei!«

»Halt!« rief Gilgamesch, »das ist aber noch nicht alles, was ich von dir verlange, Fürst. Hundertfach sollst du bezahlen, hatte ich angekündigt, und so soll es auch sein. Du kannst noch etwas tun, um deine Schuld abzutragen, nämlich eine Karawane aus Zugtieren und Treibern zusammenstellen, die unser Holz wohlbehalten durch die Wüste bringt.«

»Welches Holz?«

»Oh«, lachte Gilgamesch, »wir haben genug geschlagen. Jenseits des Tales liegt es bereit. Du brauchst es nur abzuholen und für uns an den Euphrat zu schaffen.«

Der Fürst merkte, daß er Gilgamesch ausgeliefert war. So verlegte er sich aufs Taktieren.

»Eine solche Forderung kannst du unmöglich stellen«, lamentierte er, »die Regenzeit steht unmittelbar bevor. Morgen oder übermorgen schon können sich die Schleusen des Himmels öffnen, und viele Mondwechsel lang wird dann der Regen nicht mehr aufhören. Keine Karawane reist mehr, niemand, der freiwillig in einer solchen Zeit Waren, zumal schwere Holzstämme, durch die Wüste befördern würde.«

»Du sollst es ja auch nicht freiwillig tun, sondern auf meinen ausdrücklichen Befehl hin«, entgegnete Gilgamesch kalt. »Und um so mehr jetzt. Meinst du, wir sind gewillt, die ganze Zeit über, viele Mondwechsel lang, hier untätig herumzusitzen und in deinem elenden Rattenloch auf das Ende des großen Regens zu warten? Nein, lieber holen wir uns draußen in der Wüste nasse Köpfe, als in deinen muffigen Mauern zu vermodern.«

Mit dieser letzten, endgültigen Äußerung wandte er sich an den Hauptmann: »Genug ist nun geredet. Laß den Fürsten und seine engsten Berater abführen. In Ketten sollt ihr sie legen wie Räuber und Diebe, denn Räuber und Diebe sind sie und verdienen keine bessere Behandlung. Schafft sie in ein sicheres Verlies und bewacht sie gut, damit sie kein Unheil mehr anrichten können.«

Als der Befehl ausgeführt und die Leibgarde des Fürsten bis auf den letzten Mann entwaffnet worden war, ließ Gilgamesch das Tor schließen und überall Wachen aufstellen, die übrigen Soldaten aber schwärmten aus und begannen, die Schatzkammern von Kadesch näher in Augenschein zu nehmen.

Schon nach kurzer Zeit wurden sie fündig, und einer kam auf den Marktplatz geeilt mit dem Ruf: »Wir haben Säcke mit rotem Pulver gefunden! Purpur, Purpur, genug für uns alle!«

Gilgamesch lächelte zufrieden vor sich hin.

»Woher wußtest du, daß der alte Halunke das, was wir suchten, in seiner Schatzkammer verwahrte?« fragte Enkidu.

»Ach, es war nicht schwer, sich das auszurechnen«, entgegnete

Gilgamesch, Kadesch liegt an einer Karawanenstraße, die, von den Küsten des Purpurlandes kommend, weiter nach Süden führt. Da liegt es nahe, daß er sich von den Händlern für seine Gastfreundschaft mit diesem Material bezahlen läßt, und vielleicht hat er auch den einen oder anderen Beutel auf unehrliche Weise an sich gebracht. Was mich aber ganz sicher machte, war die Tatsache, daß ich in seinem Gefolge Frauen sah, die frisch eingefärbte Stoffe trugen.«

Enkidu saß mit Gilgamesch und ein paar Soldaten in der Schankstube und labte sich am Bier. Er hatte die Schwäche in seiner Hand, die nach der Behandlung mit den Myrtenbeeren zwar weniger geworden war, aber noch nicht gänzlich nachgelassen hatte, beinahe vergessen. Er erzählte noch einmal ausführlich vom bestandenen Abenteuer im Forst, und die Männer bekamen runde Augen vor Staunen. Besonders die Beschreibung Chumbawas und des gespenstischen Adad hatte es ihnen angetan. Wieder und wieder wollten sie hören, wie der Kampf verlaufen war, wie Adads gläserner Schädel unter Gilgameschs Schwerthieb in Stücke zersprang und wie Chumbawa oben am Berg mit seinen Knechten getobt hatte.

Gilgamesch hatte die Lanze mit Chumbawas schrecklichem Haupt in eine Ecke der Schankstube gelehnt, und der Wirt machte jedesmal zitternd einen großen Bogen darum, wenn er neue Krüge mit Bier heranschleppte. Schließlich bat er, ein Tuch über den Kopf legen zu dürfen, zu entsetzlich sei ihm der Anblick von Chumbawas Gesicht. Gilgamesch gestattete es.

Die Soldaten begannen, Lieder aus ihrer Heimat zu singen, denn sie waren lange unterwegs gewesen und sehnten sich danach, endlich wieder nach Uruk zu kommen. Auch Gilgamesch und Enkidu fühlten eine leise Wehmut in sich aufsteigen, wenn sie an den Eanna, die stolze Mauer mit ihren schmucken Bastionen, die herrlichen Gärten und Palmhaine und vor allem an das milde Klima in Uruk dachten. Aber vor ihrer Heimkehr hatten sie noch einen beachtlichen Weg zurückzulegen, zudem in der Regenzeit und zusätzlich dadurch erschwert, daß der Zug nur langsam vorankommen würde, wegen der Baumstämme, die es zu schleppen galt.

Gegen Mitternacht suchten sich die Freunde ein Lager in den Gemächern des Fürsten, die behaglich und wohl ausgestattet waren.

Ganz aber trauten sie der verschlafenen Ruhe in Kadesch nicht. Sie legten ihre Waffen griffbereit neben sich und schraken – ganz anders als es in der letzten Nacht im Wald gewesen war – beim kleinsten Geräusch hoch.

Gegen den frühen Morgen hin begann draußen ein feines, gleichmäßiges Trommeln, das stärker und stärker wurde. Die Regenzeit hatte begonnen.

Unaufhörlich strömte der Regen nieder. Grau in Grau war die Welt. Es regnete, als sie die Stämme aus dem Tal herauf nach Kadesch schleppten, und es regnete an jenem Morgen, als die Karawane, bestehend aus Eseln, Maultieren und hundertfünfzig Männern, die Bergfestung verließ. Auch ein paar der Kaufleute, die spät im Jahr dran waren und in der Herberge festgesessen hatten, schlossen sich dem Zug an. In Kadesch selbst blieben außer dem Fürsten und einer Handvoll Getreuer nur die Frauen, Kinder und Greise zurück.

Sie zogen durch die Berge und erreichten den Höms-See, an dessen Ufer sie eine längere Rast einlegten. Danach ging es durch die Ebene von Bukea zum Orontes, dessen Lauf sie folgten, bis sie zum Durchbruch im Vorgebirge gelangten.

Bis hierher war der Weg noch einigermaßen passierbar, und das Wetter bis auf den ständigen Regen und einige plötzlich auftretende Fallwinde erträglich gewesen. In der Wüste aber erwartete sie die harte Phase der Regenzeit. Schutzlos waren sie dem peitschenden Regen ausgeliefert und hatten Mühe, überhaupt noch einen Weg zu erkennen. Der Boden hatte sich in ein einziges Schlammfeld verwandelt. Knöcheltief sanken die Tiere ein, rutschten weg, fanden kaum Halt für die Hufe und mußten immer wieder mit Zureden und Stockschlägen über schwierige Stellen hinweggeführt werden. Den

Leuten aus Kadesch machte der Regen kaum etwas aus, sie waren härteres Wetter in den Bergen gewohnt, und bis auf die Tatsache, daß sie ihren Dienst unter Zwang ausführten, ging es ihnen leidlich gut. Gilgameschs Soldaten aber litten furchtbar unter der ständigen Nässe und den kalten Windböen, die gegen Abend kamen und neue Wolkenberge über die Ebene trieben. Eine Krankheit ging um, die Darmgrimmen und Durchfall brachte, und ihre Stimmung näherte sich zusehends dem Nullpunkt. Jeden Tag aufs neue mußte sie Gilgamesch ermuntern, durchzuhalten und weiterzuziehen, sonst hätten sie aufgegeben und sich apathisch in ihr Schicksal fallengelassen.

Unendlich langsam kam die Karawane voran, und die Oase Palmyra war immer noch nicht in Sicht. Die Wüste ringsum begann, ihre Gestalt von Tag zu Tag zu verändern. Wie ein durstiger Schwamm saugte der Boden den Regen auf und brachte den in seinem Schoß verborgenen Samen zum Aufquellen und Wachsen. Überall brach Grün durch, wucherten Sprößlinge nie gesehener Pflanzenarten empor. Die Geschwindigkeit, in der sich das Ödland mit einem grünen Teppich bedeckte, war atemberaubend. Die Wüste wurde zum Garten und Gilgamesch staunte, wie sehr sich ihr Aussehen veränderte. Ein fruchtbares Land mußte das sein, wenn es gelänge, es auch in langen, heißen Sommern zu bewässern und den Boden mit Flußschlamm anzureichern. So aber würde der heftige, unerwartete Frühling nur von kurzer Dauer sein und danach der Wüstenstaub wieder die Oberhand gewinnen. Die Pflanzen schienen das zu ahnen und beeilten sich, in kürzester Zeit aus dem Boden zu schießen und sich zur Blüte zu entfalten.

Auch die trockenen, steinigen Wadis waren plötzlich keine Geröllpisten mehr, sondern reißende Bäche, in denen sich die Wassermassen ihren Weg bahnten und mehr als einmal den Zug der Karawane zum Halten brachten. Dann mußte mühsam eine Furt gesucht werden, die es zuließ, daß die Tiere mit ihrer Fracht unbeschadet hinüberkamen.

Endlich erreichten sie die Oase Palmyra – auch sie war kaum noch wiederzuerkennen. Dreimal so groß war die Wasserstelle geworden, ein Teil der Palmenhaine stand mit den Stämmen im See, und ringsum wucherte das Gestrüpp so üppig, daß es den Anschein hatte, es werde sich ewig so nach allen Seiten hin ausbreiten und das ganze Land in einen einzigen Garten verwandeln.

Vielleicht gehörte dies hier alles einmal zum Paradies, dachte Gilgamesch, vielleicht hatte sich der Garten Eden von Euphrat und Tigris bis hin zum Libanon erstreckt, bevor Schamach das Land mit seinem sengenden Sonnenwagen in Besitz genommen hatte. Gilgamesch dachte viel nach und sprach wenig auf der Reise. Auch die übrigen Männer waren meist stumm, höchstens, daß sie vor sich hin fluchten und die Wolken mit ihrem unaufhörlichen Regen verdammten.

Volle drei Tage blieben sie in Palmyra. Am vierten aber drängten die Soldaten von selbst zum Aufbruch.

Langsam und schwerfällig setzte sich der Zug in Bewegung. Selbst ohne das Gewicht der kostbaren Zedernstämme war es schwierig voranzukommen, denn der Steppenboden war vom Regen aufgeweicht und hatte sich in eine Schlammwüste verwandelt. Niemand war um diese Zeit unterwegs, nirgends trafen sie auf Menschen, sie begegneten keiner anderen Karawane, und selbst die Sandläufer, die herumstreifenden Nomaden, hatten es vorgezogen, ihre Herden in geschütztere Gebiete zu treiben und in ihren Zeltlagern zu überwintern.

Von Tag zu Tag wurde der Weg beschwerlicher, der unaufhörliche Regen drückte die Stimmung, und hinzu kam, daß sich im Zug eine unbekannte, schleichende Krankheit ausbreitete: Viele der Männer begannen in der Nacht erbärmlich zu frieren, manche von ihnen selbst noch am Tage. Sie fühlten sich matt, klagten über Kopfschmerzen, Gliederreißen und Durchfall, gegen die auch die mitgeführten Heilkräuter nicht halfen. Es ließ sich nicht länger leugnen: Gilgameschs einst so stolzes Heer verwandelte sich mehr und mehr in ein Abbild des Jammers. Die meisten Leute hielten sich nur noch mühsam auf den Beinen, einige von ihnen waren so krank, daß sie nicht mehr neben den Tieren herlaufen konnten, sondern zusammengekauert in den Sätteln hockten, im Fieber phantasierten und jedem Angst einflößten, der sich ihre wirren, von Schreien unterbrochenen Alpträume anhören mußte.

»Ein Fluch lastet auf uns, wir werden hier in der Fremde elendig umkommen, sterben, verwesen, als habe es uns niemals gegeben«, jammerten sie.

»Unsinn«, widersprach Gilgamesch, »Helden sind wir, die ruhmreich mit kostbarer Beute beladen in die Heimat zurückkehren.«

»Nie mehr werden wir Uruks herrliche Gärten sehen, nie mehr Ischtars schöne Mädchen im Tempel zu Gesicht bekommen«, klagten seine Leute weiter.

»Mit jedem Schritt nähern wir uns dem Ufer des Euphrat«, versuchte Gilgamesch sie aufzumuntern. »Ich kann schon das Rauschen des Wassers hören, das Rascheln des Windes im Schilf, das Quaken der Frösche. Auch ihr könntet es hören, wenn ihr nicht so sehr in Selbstmitleid versinken würdet. Hört auf zu jammern, Männer! Denkt an Mari – auch dort sind die Mädchen schön! Wollt ihr wie Klageweiber vor ihnen erscheinen?« Und um sie bei Stimmung zu halten, stimmte er mit fester Stimme ein Lied an, ein derbes Trinklied, wie es die Handwerker in Uruk sangen. Nur zögernd fielen die Männer ein, und nach der letzten Strophe verstummten sie ganz. Aber es ging weiter, wenn auch mühsam und schleppend.

Eines Morgens schrie der, der dem Zug als Fährtensucher vorauseilte, laut auf. Er kam zurück und verkündete, er habe am Horizont eine Hügelkette und die Türme einer Stadt entdeckt. Das konnte nur Mari sein. Noch einmal spornte Gilgamesch die Männer an, ihr Bestes zu geben, und tatsächlich erreichten sie noch am gleichen Abend die ersten Hütten. Völlig erschöpft, aber glücklich, endlich nach so langer, anstrengender Wanderung den stolzen, wohlhabenden Ort erreicht zu haben, schleppten sie sich zum Markt.

Wieder empfing sie König Lamgi mit Freundschaft. Gilgamesch und Enkidu zogen sich mit ihm in die Gemächer seines Palastes zurück, um ausführlich über alles zu berichten. Lamgi war begierig, alle Einzelheiten ihres Abenteuers zu erfahren, und diesmal saßen auch die Gelehrten und hohen Beamten von Mari mit an der Tafel, denn Gilgamesch war nicht irgendein Besucher, der zufällig vorbeikam, sondern ein bewunderswürdiger Held, dessen Namen es sich zu merken galt.

Gilgamesch gab die Maultiere dem König zurück, und als Zeichen des Dankes und als Symbol der Verbundenheit zwischen Uruk und

Mari schenkte er Lamgi einen großen Lederbeutel voller Purpur aus der Schatzkammer des räuberischen Fürsten von Kadesch, dazu einen besonders gerade und schön gewachsenen Zedernstamm. Einen hölzernen Thron wollte sich Lamgi daraus schnitzen lassen, sagte er und bedankte sich überschwenglich.

Die Soldaten waren unterdessen zum Teil zu den Ärzten in der Stadt gegangen, die sich ihrer Krankheiten annahmen, zum Teil erholten sie sich in warmen, gemütlichen Herbergen, wo sie sich endlich säubern konnten, ihre Kleidung wechseln und im Trockenen schlafen. Ein paar waren aber auch bereits zu Ischtars Tempel gezogen, um zu opfern, in der Nähe schöner Mädchen zu sein und ihre Berichte voller Übertreibung und blumenreicher Ausschmückung loszuwerden.

Die Leute aus Kadesch lagerten in einem eigens für sie hergerichteten Quartier. Einigen von ihnen war schon jetzt klar, daß sie für immer hierbleiben würden. Die saubere, prächtig aussehende Stadt hatte es ihnen angetan, und zudem waren sie der Schreckensherrschaft ihres Fürsten mehr als überdrüssig. Die meisten wollten das Ende der Regenzeit abwarten und erst wieder aufbrechen, wenn die ersten Karawanen vom Euphrat zum Libanon gingen.

»In diesem Jahr hat uns der Strom erneut seine ungezügelte Kraft bewiesen«, sagte König Lamgi zu Gilgamesch, »an einigen Stellen ist die Uferbefestigung abgebröckelt und hat Land überflutet, das wir fest in unserer Hand glaubten. Wir werden uns noch mehr anstrengen müssen, um ihn sicher in sein Bett zu zwingen und so mit ihm zu leben, daß er uns mehr Nutzen als Schaden bringt. Wie lange gedenkt ihr, bei uns in Mari zu bleiben?«

»Nicht lange«, antwortete Gilgamesch, »deine Stadt ist gastlich, und wir fühlen uns wohl und als Freunde hier, aber es drängt uns unaufhaltsam in die Heimat zurück. Wir werden Flöße bauen und so bald es geht zurückfahren.«

»Unterschätzt den Euphrat nicht«, gab Lamgi zu bedenken, »sein Wasser ist mächtig angeschwollen, die Flut treibt schnell und seine Strudel sind tückisch. Wollt ihr nicht doch lieber abwarten, bis der Winter endgültig vorbei ist und der Himmel seine Schleusen geschlossen hat?«

»Nein«, lachte Gilgamesch, »der Mond wechselt, nah ist schon der Frühlingspunkt. Wenn das neue Jahr beginnt, wollen wir bereits zurück in Uruks Mauern sein.«

»Ich kann es verstehen. Und was das Angebot anbelangt, mir einen Baumeister zur Beratung zu schicken, so soll er mir sehr willkommen sein. Ich habe darüber nachgedacht und bin zu dem Schluß gekommen, daß du die Zeichen der Zeit richtig zu deuten wußtest. Eine schützende, wehrhafte Mauer ist von großem Nutzen für eine Stadt und bietet ihren Bewohnern Sicherheit in der Gegenwart und Vertrauen in die Zukunft. Ich selbst will gern einmal nach Uruk reisen und mir das große Werk aus der Nähe betrachten.«

»Wann immer du kommst, wirst du offene Tore und herzliche Aufnahme finden«, sagte Gilgamesch und er sagte es so ehrlich, wie er es empfand; es war weitaus mehr als eine reine Höflichkeitsfloskel.

Am nächsten Tag begannen sie mit dem Bau der Flöße. Das schlechte Wetter hatte spürbar nachgelassen, es regnete nur noch zu bestimmten Stunden, und auch dann schon weniger als sonst. Als alles fertig war, nahmen sie Abschied von Mari und König Lamgi und verteilten sich auf die Flöße. Auf das vorderste stiegen Enkidu mit sechs Leuten, die lange Stangen zum Abstoßen hielten, und Gilgamesch mit der hölzernen Lanze, auf der das schreckliche Haupt Chumbawas steckte.

Mehr als zur doppelten Breite war der Euphrat an manchen Stellen angeschwollen und strömte schnell dahin. Die Flöße wurden rasch erfaßt und in die Mitte des Stromes gezogen. Dort jagten sie dahin, eilten mit der Flut nach Süden. Rechts und links sahen sie weithin nur überschwemmtes Land und gelegentlich einige Dörfer, die wie Inseln aus dem Wasser ragten. Schneller als sie erwartet hatten, gelangten sie den Euphrat hinab. Laut jubelten die Männer auf, als eines Morgens der Eanna mit der Zikkurat und seinen weißen Tempeln aus dem Frühnebel stieg. Auch die Mauer rings um Uruk sahen sie schon von weitem. Jetzt galt es, ans Ufer zu kommen, was wegen der Strömung gar nicht so einfach war. Tief war das Wasser, die Stangen reichten nicht bis an den Grund. Aber es gelang ihnen, sie als Ruder zu benutzen und so die Geschwindigkeit zu verringern, während andere gleichzeitig die Flöße zum Ufer hin lenkten. Dennoch hatten sie große Mühe, das Land zu erreichen. Endlich stieß das erste Floß gegen die Kaimauer des Hafens und die nachfolgenden prallten, sich ineinander verkeilend, aufeinander.

Wie ein Lauffeuer verbreitete sich die Nachricht von der Rückkehr der Helden in Uruk. Menschen strömten im Hafen zusammen, und Gilgamesch reckte das Siegeszeichen, die Lanze mit Chumbawas Schädel. Immer mehr Leute kamen zum Hafen geeilt, um den gewaltigen Reichtum an Zedernholz zu bewundern, das dort angelegt hatte. »Elluri, elluri!« gellte immer wieder ihr Ruf, und die Soldaten schlugen mit ihren Waffen an die Schilde. Der Zug in die Stadt aber wurde für die fünfzig zum wahren Triumph. Ganz vorn schritten Gilgamesch und Enkidu. Sie waren wieder zu Hause und genossen jeden Schritt auf festem, heimatlichen Boden mit Freude und Stolz. Über den Markt, zum Eanna hinauf und in Gilgameschs Palast führte der Zug. Auf halbem Weg kamen ihnen Erenda, Sinnunni und Urnigingar entgegen, den heimkehrenden König zu begrüßen. Drei Tage und Nächte währte das Fest und ging unmittelbar in die Feiern zum Neujahrsbeginn über, die das Ende der Regenzeit besiegelten. In diesen Tagen und Nächten verloschen die Feuer in Uruk nicht mehr, und Wohlgerüche zogen über die Stadt, die Menschen und Götter gleichermaßen in Entzücken versetzten.

Drittes Buch

Der Himmelsstier

Nach all den Strapazen der Reise war es eine Wohltat, sich voll und ganz dem Genuß hinzugeben: Gilgamesch warf die verschlissene Kleidung ab, badete ausgiebig und kleidete sich neu ein. Einen Purpurmantel mit goldverziertem Gürtel legte er um und setzte sich die Königsmütze auf. Solchermaßen verwandelt und mit den Insignien der Macht versehen, hielt er Hofstaat im neuen, geschmückten Palast. Die Gesandten befreundeter Städte lud er ein, hohe Beamte, Kaufleute, Dichter, Sänger und Schauspieler und natürlich die Vertretungen beider Tempel.

Die Tafel war festlich gedeckt und bot Speisen und Getränke vom Besten. Anagi und Kluschu, die zur Zeit besten Ringkämpfer der Stadt, traten zu einem Wettkampf auf, und betörend schöne Tänzerinnen aus dem Tempel der Ischtar schlugen mit ihrem Liebreiz und ihren anmutigen Bewegungen die Sinne der Gäste in Bann. Es gab nur glückliche, zufriedene Gesichter ringsum, und auch Gilgamesch lächelte, obwohl ihm innerlich gar nicht danach zumute war. Er hatte zuvor eine längere Unterredung mit Erenda gehabt, und der Inhalt dieses Gesprächs, das unter vier Augen stattgefunden hatte, bereitete ihm Sorgen.

Den Stand der Bauarbeiten betraf das nicht – hier waren Fortschritte erzielt worden, die sich sehen lassen konnten. Die Mauer war vollendet und umschloß die ganze Stadt. Auch die Tore und gut die Hälfte aller Bastionen waren fertiggestellt, so daß viele der Handwerker und Hilfskräfte nun für andere Arbeiten eingesetzt werden konnten. Da gab es neue Straßen zu pflastern, die Getreidespeicher sollten noch einmal vergrößert werden, und feste Häuser entstanden rings um den Markt, der nun eine eigene Mauer mit Toren besaß. Eine Stadt wollte Gilgamesch schaffen, wie sie in der Geschichte der Völker beispiellos sein würde.

Viele Handwerker aus dem Umland waren nach Uruk gezogen, hatten sich Häuser gebaut und bildeten nun ein eigenes Viertel zu Füßen des Eanna. Mehrere neue, große Herbergen galt es zu bauen, damit die fremden Kaufleute mit ihren Karawanen dort übernachten und längere Zeit wohnen konnten.

Nein, Uruk entwickelte sich glänzend, da gab es keinen Anlaß zur Klage. Was ihm aber Erenda über die Aktivitäten Ilunas erzählt hatte, stimmte ihn eher bedenklich. Sie konnte es nicht lassen, sich in die Politik einzumischen und hatte während seiner Abwesenheit mehrere Empfänge für ausländische Fürsten gegeben, die angeblich Rat bei ihr suchten, wie man den Ischtarkult auch in ihren Ländern einführen und ausweiten konnte. Es hieß, auch im Norden und jenseits des Tigris würde es nun Tempel wie in Uruk geben, die von Hohepriesterinnen geleitet wurden und allesamt Iluna unterstanden.

Anus Verehrung hingegen wuchs nicht im gleichen Maße, wie Erenda betrübt feststellte. In Nippur betete man Enlil an, in Ur galt der Gottesdienst vorrangig Marduk, und wieder woanders waren lokale Gottheiten höher als Anu angesehen. Eschnunna befürchtete bereits, daß auf die Dauer ein Ungleichgewicht entstehen könne, daß Uruk und dem Reich Sumer schaden könnte.

So pessimistisch schätzte Gilgamesch indes die Entwicklung nicht ein. Aber daß Iluna Einfluß auf die Politik der benachbarten Fürsten ausübte, war kaum noch zu übersehen. Der Ehrgeiz dieser Frau schien im wahrsten Sinne des Wortes keine Grenzen zu kennen. Mit Diplomatie, Taktik und weiblichem Charme hatte sie es verstanden, beinahe unmerklich ein Imperium aufzubauen, das sich mittlerweile über ganz Sumer erstreckte und weit in die benachbarten Gebiete hineinreichte. Man munkelte, daß ihre Schatzkammern besser gefüllt seien als die des Königs. Was hatte Iluna vor: Wollte sie die alte, längst vergessene Priesterinnenherrschaft wieder errichten, ganz allmählich das weltliche Königtum abschaffen zugunsten einer Regierung, die ausschließlich von der Venus bestimmt war?

Erenda wirkte äußerst betrübt, als er über ihre jüngsten Erfolge berichtete: »Selbst die wilden Stämme der Lullumu im westlichen Irangebirge erwägen, den Ischtarkult zu übernehmen, obgleich sie sonst nur schlecht über Uruk denken. Eine Delegation ihrer Häuptlinge ist von Iluna empfangen und eine Woche lang im Tempel beherbergt worden. Tag und Nacht drang Musik und Gesang aus ihren Gemächern, und als sie abzogen, gaben sie sich uns gegenüber wortkarg und wirkten wie Verschworene. Ich weiß nicht, was sie mit ihnen vereinbart hat, denn Iluna weiht uns nicht in ihre Politik ein. Sie benimmt sich wie eine heimliche Königin, die nur auf ihre

Stunde wartet, um auch nach außen hin die Macht zu übernehmen. Sie sagte uns danach nur, daß die Lullumu weiterhin keine Abgaben an Uruk leisten wollen und auch am Handel mit uns wenig interessiert sind. Dagegen wollen sie einen Tempel in den Bergen bauen, der von einer der Priesterinnen Ilunas eingerichtet und geleitet werden soll.«

»Du bist, lieber Erenda, verzeih mir meine Direktheit, neidisch auf ihren Erfolg«, sagte Gilgamesch. »Wenn du ehrlich bist, so würdest du zugestehen, daß du auch für Eschnunna dort gern einen Tempel hättest und größeren Einfluß.«

»Das ist es nicht«, entgegnete Erenda, »ich bin zwar nach wie vor dem Anu verpflichtet und werde jetzt, da du wieder da bist und den Thron besser zu führen verstehst als ich, zurück in den Tempel gehen, wie Eschnunna es will. Aber glaube mir, ich habe in deiner Abwesenheit genug von Staatsgeschäften gelernt, um einschätzen zu können, daß uns aus Ilunas Machenschaften Nachteile erwachsen. Keine Abgaben wollen die Lullumu zahlen, nicht einmal Handel auf Uruks Markt betreiben – das kann nicht vorteilhaft für uns sein... Und ihre Gesichter haben mir nicht gefallen, als sie von Ilunas Mädchen begleitet durch die Straßen zogen und neugierige Blicke auf die Maueranlagen warfen. Nichts Gutes lag in diesen Blicken, sie gaben sich finster, fast wie Feinde... und dennoch verkehrt Iluna mit ihnen und zieht sie in ihr Vertrauen.«

Erendas Beschreibung der Ereignisse stimmte Gilgamesch nachdenklich. Trotzdem war er bereit, das Beste im Tun der Hohepriesterin zu sehen. »Iluna ist die jüngste Verkörperung Ischtars auf Erden – es ist klar, daß sie bei allem, was sie tut, mehr an ihren Tempel denkt als an die Stadt. Wer wollte ihr das übelnehmen?«

»Dann denke an Tammuz und wie sie ihm mitgespielt hat«, gab Erenda zu bedenken. »Erst liebte sie den bunten Vogel, holte ihn in ihren Tempel, gab ihm reichlich von allem, daß er sich bald selber wie eine Gottheit fühlte, und als er ihr ganz hörig war und seine Lieder nur noch ihr widmete, hat sie seine Flügel gebrochen, daß er vom Gram gebeugt in die Einöde zog und nur noch Gesänge dichtet, die die Herzen der Menschen schwer werden lassen.«

Gilgamesch wußte genau, worauf Erenda da anspielte. Er hatte die Geschichte von Tammuz und seinem schmachvollen Niedergang mitbekommen und sich im stillen ebenso wie viele Bürger von Uruk darüber empört. Tammuz war ein junger, hoffnungsfroher Dichter und Sänger gewesen, dessen Lieder die Leute sehr gern gehört hatten. Kein Fest hatte es gegeben, auf dem er nicht auftat und immer wieder seine Verse vortragen mußte. Ja, sie wurden sogar abgeschrieben, auf Tontafeln übertragen und nachgesungen, selbst wenn er nicht dabei war. Ein Volkssänger war Tammuz, einer, der außerhalb der normalen Ordnung stand und dem man seine manchmal übertriebene Art und seine überschäumende Sprache verzieh. Als »göttlicher Sänger der Ernte, des farbenfroh herbstlichen Laubes« bezeichnete er sich, und niemand nahm ihm diese Überheblichkeit übel.

Und dann war ihm seine Liebe zu Iluna zum Verhängnis geworden. Besser: Sie hatte angefangen, sich über ihn lustig zu machen, ihn als balzende Mandelkrähe bezeichnet, die den Blick für die Realität verloren habe. Er hatte dennoch nicht von ihr lassen können und schließlich hatte sie ihn mit Hohn und Spott aus dem Tempel geworfen, daß er in seiner Schande und Verzweiflung Uruk verlassen und in die Einöde geflohen war, wo seine Lieder traurig und immer trauriger wurden, bis nichts mehr von der Anmut seiner Verse übriggeblieben war.

Einen ›Gott des dahinwelkenden Pflanzenreichs‹ nannten sie Tammuz nun, eine klagende, schwarze Krähe, die nur noch »kappi, kappi« rufen konnte, was soviel bedeutete wie »meine Flügel, meine Flügel!«

»Ja«, sagte Gilgamesch, »das stimmt, die Sache mit Tammuz wirft kein gutes Licht auf sie. Aber ist die Angelegenheit nicht längst vergessen, spricht man noch immer darüber?«

»Mehr denn je«, antwortete Erenda, »je länger es her ist, desto verklärter sehen die Leute ihn. Tammuz ist zum Inbegriff aller Trauer geworden. Vergessen sind seine fröhlichen Lieder, die so leicht und heiter stimmten, statt dessen erinnert sein Name nur noch an Tränen und Qual. Auch mir wird bang zumute, wenn ich an Tammuz denke.«

»Irgendwann wird auch diese Wunde vernarbt sein, und die Leute werden sich einen anderen Dichter erwählen, der ihnen in Versen aus der Seele spricht. Ist nicht Sinnunni auch beliebt? Ich habe gehört, daß seine Hymnen große Zustimmung finden.«

»Gewiß, Sinnunni ist ein großer Dichter, wenn er auch eine ganz andere Sprache als Tammuz pflegt. Man kann sie schlecht miteinander vergleichen. Aber kannst du dich noch an Ischullanu erinnern? Ihm ist noch Schlimmeres mit Iluna widerfahren.«

Gilgamesch dachte an Ischullanu, und auch sein Schicksal stimmte ihn düster. Er war ein bedeutender Gärtner gewesen, der beste Palmgärtner des Königs. Auch ihn hatte Iluna betört und verzaubert. Jeden Tag brachte er Körbe mit frischen Datteln in den Tempel und deckte die Tafeln mit den schönsten Früchten und Blumen. Sie hatte ihn wohl geneckt, ihm Versprechungen gemacht, die sie nicht zu halten bereit war. Fast zum Wahnsinn hatte sie den Armen getrieben, der nur noch Augen für sie hatte und sich in ihrem Dienst aufrieb. Schließlich, als er sie auf den Knien bat, ihn zu erhören, hatte sie ihn beschimpft und geschlagen und schließlich in einen Frosch verwandelt, der in den Sümpfen wohnen mußte. So hieß es jedenfalls, und es gab etliche, die bereit waren, dies zu beschwören und behaupteten, sie hätten ihn am morastigen Ufer des Euphrat sitzen und mit glasigen Augen quaken gesehen, daß es die Störche erbarme.

Dergleichen Geschichten gab es noch mehr, und sie alle – ob wahr oder erlogen – deuteten darauf hin, daß Iluna ein böses Spiel mit ihren Liebhabern trieb und ein Herz aus Stein haben mußte. Keine guten Eigenschaften für eine Göttin, die vorgab, sich dem Gestirn der Venus verschrieben zu haben. Es konnte sein, daß alles, was im Zusammenhang mit Tammuz und Ischullanu erzählt wurde, furchtbar übertrieben war. Dennoch mußte ein Kern von Wahrheit an der Sache sein. Auch Gilgamesch hatte sie schließlich kennengelernt und am eigenen Leib erfahren, wie vorsichtig man mit ihr umgehen mußte. Er dachte an das, was in der Nacht der heiligen Hochzeit geschehen war, an das, worüber er niemals reden wollte, und Zorn und Scham stieg ihm ins Gesicht. Hatte sie nicht auch mit ihm ihr Spiel getrieben? Warum mußte sie beispielsweise die kleine Tehiptilla in die Wildnis zu Enkidu senden, wo es im Tempel so viele andere geeignete Mädchen gab? Das

Orakel war schließlich sie. Sie konnte es auslegen, wie sie es wollte. Hatte sie das mit Tehiptilla absichtlich getan?

Aber es gab noch mehr, was Erenda loswerden wollte: »Sie hat dich, Gilgamesch, betreffend gewisse Andeutungen gemacht, die mich hellhörig werden ließen. Vorsichtig solltest du sein, erhabener König, achtgeben solltest du auf ihr Ränkespiel. Ich rede nicht von dem, was Dumuzi geschah ... Niemand weiß, ob wirklich Gift im Becher war, wie es die weise Ninsum öffentlich behauptet hat ... Nein, mit dir scheint sie anderes vorzuhaben, etwas, das möglicherweise schlimmer noch ist. Sei wachsam, König, und habe stets ein Auge auf das, was sie tut.«

»Ich habe mit Dämonen gerungen, bin zum feuerspeienden Berg gezogen und hab den Chumbawa erschlagen«, sagte Gilgamesch leichthin, »wie sollte ich da vor einer Frau Angst haben?«

»Es ist keine gewöhnliche Frau«, sagte Erenda hartnäckig, »sie ist eine Göttin, die jüngste Verkörperung Ischtars auf Erden. Sie ist stark, klug und berechnend und zudem eine Zauberin ...

»Sollte sie es wirklich darauf anlegen, wie du behauptest, so wird sie in mir einen ebenbürtigen Gegner finden«, antwortete Gilgamesch. »Ich danke dir dafür, daß du dir Gedanken machst und mir Ratschläge gibst. Aber sei getrost: Es droht keine Gefahr. Sie ist mir nicht überlegen.«

Aber er nahm sich vor, wachsam auf alles zu achten, was sie in der nächsten Zeit tat. Das Gastmahl bot eine gute Gelegenheit dazu, ihre Vorhaben zu erkunden. Nicht ganz ohne Vorbedacht saß er daher neben ihr an der Tafel.

Er wandte sich lächelnd an sie: »Man hat mir erzählt, daß du großen Einfluß auf die Stämme der Lullumu gewonnen hast. Wie ist es möglich, daß eine friedliche Taube wilde Bergziegen und störrische Steinböcke zu zähmen vermag?«

Iluna lächelte strahlend zurück. »O, es ist nicht immer die stürmische Wucht einer einzigen Woge, die Dämme zum Einsturz bringt. Viel eher höhlen stetige Tropfen den Stein und lassen ihn brechen, ohne daß sich der einzelne Tropfen anstrengen muß.«

Sie hob sich in ihrem Schmuck von den übrigen Mädchen ab. Fast durchscheinend war ihr Kleid und verdeckte doch raffiniert ihre

Blöße. Alabasterfarben schimmerte ihre Haut an manchen Stellen des Gewandes hervor. Im offenen Haar trug sie einen Kranz frischer Frühlingsblumen. Es war schwer zu entscheiden, ob sie es waren oder ihre Haut, die den Duft eines blühenden Gartens verströmten.

»Ein Tempel soll dir zu Ehren in den Bergen errichtet werden...«

»Ja, Unigi wurde vom Orakel bestimmt, ihn zu leiten. Sie wird mit zwölf meiner Mädchen in die Berge des Iran ziehen.«

»Um den Lullumu Lust und Freude zu verschaffen?«

»Nein, um Ischtar Ehre zu machen und den siebenstrahligen Venusstern in die Seelen der Barbaren strahlen zu lassen, damit er sie zu Menschenwesen macht, derer sich die Götter nicht länger zu schämen brauchen.«

»Du hältst nicht viel von Barbaren?« fragte Gilgamesch und dachte dabei an Enkidu, der zwar auch ein Barbar war, aber von dessen einfachem Wesen er viel gelernt hatte.

»Ganz im Gegenteil«, antwortete Iluna zu seiner Überrachung, »ich halte sehr viel von ihnen. Sie haben noch alles vor sich und können den ganzen Himmel gewinnen, während wir im Besitz des Wissens sind und beständig aufpassen müssen, um nicht durch Leichtsinn alles zu verlieren.«

»Doppeldeutig sind deine Worte. Glaubst du, daß Uruk etwas verlieren kann, jetzt, wo wir doch gerade erst am Anfang einer großartigen Entwicklung stehen?«

»Gerade dann. Am Anfang ist jeder Sprößling zart, der emporwächst, und ein einziger heftiger Windstoß kann ihm Schaden zufügen. Ist einmal ein kräftiger Stamm gewachsen, so bietet der Baum größeren Widerstand.«

Gilgamesch schmunzelte über ihren bildhaften Vergleich. Er mußte aber auch zugleich an sein Abenteuer im Zedernwald denken. Kein Mensch in Uruk, nicht einmal Iluna, würde sich vorstellen können, wie es dort wirklich war. Hatte nicht auch die große sprechende Zeder einen festen Stamm gehabt, zudem den mächtigsten des ganzen Waldes, und hatte nicht auch sie weichen müssen und fallen unter seinen Hieben? »Ich sehe, du machst dir Gedanken über Uruk. Seltsam, seit ich hier bin, spreche ich nur noch mit Leuten, die sich Sorgen über die Zukunft der Stadt machen. Gibt es so viel Anlaß dafür?«

Iluna sah ihn an, und der Glanz ihrer Augen umtanzte ihn wie ein Irrlicht. Ihr Blick schien in ihn einzudringen, aber auf sanfte, unerhört behutsame Weise.

»Es gab einen Tag, da habe ich mir viel weniger Sorgen um Uruk gemacht«, sagte sie, »das war am Morgen nach der heiligen Hochzeit.«

»Und warum?« fragte Gilgamesch schwach. Ihr Blick – oder war es mehr ihre Stimme? – machte ihn trunken.

»Warum?« lachte sie und schien plötzlich ein Paradiesvogel zu sein, dessen Zwitschern viel von seiner überirdischen Herkunft verriet. »Warum? Weil es ein guter, ein hoffnungsverheißender Anfang war. Aber eben nur ein Anfang...«

Gilgamesch begann zu schwitzen. Sie lenkte das Gespräch auf einen Punkt, der ihm gar nicht behagte. »Ja, die Götter waren zufrieden, die Menschen auch«, antwortete er ausweichend, »die Saat auf den Feldern ist prächtig gediehn. Voll mit Korn sind die Kammern unter dem Eanna...«

»Gilgamesch, du umschleichst mit deinen Worten wie eine hungrige Katze den heißen Brei«, sagte Iluna und legte ihre Hand auf die seine, »weißt du nicht, wovon wir beide eher sprechen sollten, als die Zeit mit Politik und Höflichkeiten zu vertun?«

Er wäre am liebsten aufgestanden und hätte sich unter das Heer der Tänzerinnen gemischt, aber ein unsichtbarer Bann hielt ihn fest.

»So, wovon meinst du, sollten wir reden?«

»Davon, daß die heilige Hochzeit nur eine symbolische war«, sagte Iluna, »und davon, daß wir eine richtige feiern könnten.«

Plötzlich war sie so dicht bei ihm, daß er das schmiegsame Fleisch unter ihrem Gewand spürte. »Du solltest mein Gatte sein, Gilgamesch, mein Mann, und ich dein Weib. Ich will dir einen Wagen bespannen lassen, der aus Gold und Lapislazuli besteht, mit goldenen Hörnern aus Mondgestein. Vier dahinstürmende Maulesel sollen ihn ziehen, und er soll so schnell wie Schamachs Sonnenwagen sein. Unser Haus soll nach Zedernholz duften, und Türpfosten und

Thronsessel sollen sich vor dir neigen. Könige werden vor dir das Haupt beugen, Gilgamesch, Fürsten und Edle des Weltenkreises im Staube knien. Alles Glück soll dir beschieden sein, am meisten aber von dem, was ein Mann sich auf dem Lager wünscht, indem sein Weib auf ihn wartet. Komm, Gilgamesch, erst einen Schritt hast du getan, der dich den Göttern näherbrachte. Tu nun auch den nächsten und nimm eine Göttin zur Frau.«

Gilgamesch wußte keine Antwort. Wäre er ein leichtsinniger, törichter junger Mann gewesen, so wäre ihm die Antwort leichtgefallen, und er hätte keine Sekunde mit dem Ja gezögert. Aber er hatte vieles erlebt, was normalen Sterblichen nicht vergönnt ist, auch Dinge, die die Götter und ihr Wirken in einem anderen Licht erscheinen ließen. Er fühlte, daß er sich für immer ausliefern würde, wenn er zustimmte. Er würde sich selbst und seinen Träumen untreu werden, und das durfte nicht geschehen. Zudem war Iluna keine Frau, die sich einem König zum Weibe gab. Nein, sie würde selber regieren wollen und mehr fordern, als er zu geben imstande war. Er dachte an Tammuz, Ischullanu, Dumuzi und all die anderen...

»Ich verstehe dein Zögern«, sagte Iluna und verblüffte ihn mit ihrer Offenheit, »du hältst mich für herzlos, für ein männermordendes Ungeheuer, und ich habe wirklich selbst einiges dazu beigetragen, mir diesen Ruf einzuhandeln. Aber glaube mir – das meiste von dem, was sich die Leute erzählen, ist maßlos übertrieben und die Ausgeburt ihrer überschäumenden Phantasie. Du aber bist anders, du bist klüger und blickst weiter als die normalen Menschen. Und du weißt genau, daß ich genauso bin. Du und ich, wir beide gehören zusammen, wir sind vom gleichen Holz geschnitzt. Wenn wir beide uns zusammentun, können wir die ganze Welt verändern. Unsere Vereinigung ist ein Gebot der Vernunft. Aber nicht davon will ich reden, denn Vernunft ist eine Sache, Gefühle aber sind eine andere. Wenn du in meine Seele blicken könntest, Gilgamesch, könntest du sehen, daß ich innerlich brenne vor leidenschaftlichem Verlangen nach dir. Noch nie ist mir solches widerfahren, daß ich nur noch einen einzigen Wunsch in mir verspüre: Nimm mich zur Frau, Gilgamesch, mein Geliebter.«

»Ich ... werde es mir überlegen, gib mir Bedenkzeit ...«, sagte Gilgamesch. Die Worte kamen ihm schwer über die Lippen, und schwer nur konnte er den Blick von ihr lösen. Nie zuvor, nicht einmal am Tag der Einsegnung im Tempel, hatte er so stark ihre Macht gespürt.

»Überleg es dir, Gilgamesch«, sagte sie mit einer Stimme, die nach Zimbeln und Harfe klang, »morgen erwarte ich dich im Tempel. Aber halte dich nicht im Vorraum auf, komme gleich in meine Gemächer, um mir deine Entscheidung mitzuteilen.«

Das Klingen der Saiteninstrumente nach einer langen Stille schreckte ihn auf. Er fühlte sich vom Sitz hochgezogen und von vielen Händen in das wirbelnde Spiel der Tänzerinnen gerissen. Schwankend bewegte er sich zwischen tausend duftenden Blüten und war wie ein Stück Holz, das in den Wellen des Euphrat treibt, ein wilder Sproß, den die Hand einer Göttin berührt hatte, um ihn aufzurichten und zu veredeln. Er tanzte mit den anderen, tanzte und wußte nicht einmal, für wen er das tat. Und manches Mal, wenn er aufblickte, trafen seine Augen die der Göttin, und ihr Blick ruhte voller Wohlwollen auf ihm.

Gilgamesch quälte sich schwer mit seinen Gedanken. Gewiß, Ischtars Werbung hatte ihm geschmeichelt, aber sie hatte ihm zugleich auch Sorge bereitet. Ein solcher Entschluß mußte wohlüberlegt sein, von so weitreichender Bedeutung war er und würde alles in seinem Leben verändern. Und er konnte sich mit niemandem darüber beraten und keinem seine geheimen Ängste anvertrauen.

Wirklich keinem? Doch, da gab es Enkidu, der ihm nicht nur ein treuer Freund, sondern auch ein stets zuverlässiger Berater war. Enkidu besaß die Gabe des inneren Auges, wie sonst wohl nur noch

Ninsum, die weise Mutter. Er war nicht verblendet vom äußeren Schein, er reagierte oft naiv und unbefangen, wie es nur jemand kann, der den meisten Teil seines Lebens bisher außerhalb der Stadt und der Gesellschaft zugebracht hat. Er ging völlig anders an die Dinge heran und blickte ihnen dennoch auf den Grund. Mehr als einmal hatte Gilgamesch staunend festgestellt, wie treffsicher seine Voraussagen waren. In dieser Situation würde es gut sein, seinen Rat einzuholen.

»Enkidu, mein Bruder«, sprach er, »schwere Gedanken macht sich mein Kopf und mein Herz ist mir bang, denn ein Ruf hat meine Seele erreicht und dort Saiten berührt und zum Klingen gebracht, die unverständlich und neu für mich sind.«

»Was ist es, was dich bedrückt? Sage es mir, damit ich dir helfen kann«, sagte Enkidu.

»Iluna wirbt um mich, sie umschmeichelt mich wie eine Katze, die Milch und Zärtlichkeiten erwartet ... und doch habe ich Angst davor, ihr zu geben, was sie verlangt. Sie buhlt um mich als Frau und will mein Weib werden. Ihr Gatte soll ich werden und neben ihr auf dem Thron sitzen und die Herrschaft mit ihr teilen.«

»Ist es nur das, was dir Sorgen macht?« fragte Enkidu, »daß du einen Teil deiner Macht abgeben sollst und nicht mehr frei wie bisher Entscheidungen fällen kannst?«

»Nein, das ist es nicht. Ich habe lange darüber nachgedacht, ob es das sein kann, und ich bin zu dem Schluß gekommen, daß es das nicht ist, was mich ängstigt.«

»Was ängstigt dich dann? Befürchtest du, du könntest mir fremd und unsere Freundschaft weniger wichtig werden?«

»Nein«, rief Gilgamesch, »auch das ist es nicht. Was auch geschieht, nichts vermag uns beide zu trennen. Viel eher ist es der Gedanke an Iluna selbst, der mich befangen macht und trübe Stimmung in mir aufkommen läßt.«

»Dann liebst du sie nicht«, stellte Enkidu einfach und nüchtern fest.

»Was weißt du von Liebe? Du redest darüber, als wüßtest du genau, was das ist, und hast das Gefühl wahrscheinlich noch gar nicht erlebt.«

»Doch«, sagte Enkidu, »ich liebe dich und wohl auch mich selbst. Ich liebe den Geruch blühenden Halfagrases und den scharfen Moschus des Viehs auf der Weide, ich liebe die Steppe mit ihren unzähligen Rätseln und den freien Blick, den man über weite Ebenen hin hat. Ich liebe es, am Morgen die ersten Strahlen der aufgehenden Sonne zu sehen und nachts den Schein des Mondes und die leuchtenden Sterne. Ich liebe den Geschmack frischen Wassers aus einer sauberen Quelle und den Hauch des Windes auf meinem Körper. Ich liebe das Nichtstun, ausgestreckt in der Wärme oder unter schattigen Palmen zu liegen und den Liedern der Vögel zu lauschen. Ein wenig liebe ich auch diese Stadt und das angenehme Leben darin. Am meisten aber liebe ich es, von Menschen umgeben zu sein, die fröhlich ihr Handwerk tun und lachen dabei, wo andere fluchen.«

»Du zählst alles Dinge auf, die auch mir gut gefallen«, sagte Gilgamesch, »aber hat das wirklich etwas mit Liebe zu tun? Was bedeutet Liebe für dich?«

»Etwas nah sein und sich seiner Nähe erfreuen ... Spürst du das, wenn du mit Iluna zusammen bist?«

»Nein«, antwortete Gilgamesch wahrheitsgetreu und dachte nach, »nein, eigentlich nicht. Eher das Gegenteil: Ich bin froh, wenn ich wieder von ihr gehe. Und doch ... ihre Schönheit reizt mich, ihre Gebärden, ihre weiche, wohlklingende Stimme verzaubert mich, vor allem ihre Augen ziehen mich an. Ein seltsames Wechselspiel ist es, was mir in ihrer Nähe widerfährt: Ein Teil möchte ihr nah sein, der andere schreckt vor ihr zurück und will fliehen.«

»Du hast gesagt, was dir an ihr gefällt. Wovor aber weichst du zurück?«

»Vor dem Wissen, oder besser: der Ahnung, daß sie zwei Gesichter besitzt. Eines, das sie aufsetzt wie eine Maske, um zu gefallen und zu erobern, und eines, das ich noch nie sah, das ich mir aber schrecklich vorstelle – ihr wahres Gesicht und das wird kalt sein wie ihre Seele.«

»Dann ist sie es, die uneins ist mit sich selbst. Du reagierst nur darauf, und das ist ganz normal. Wenn ich vorhin über den Geschmack des Wassers und den Geruch in den Feldern sprach, so habe ich es genauso gemeint: Ein Wasser, das schal schmeckt und das man nur zur äußersten Not trinkt, um den ärgsten Durst zu stillen, kann ich ebensowenig lieben wie Tiere, die widernatürlich nach Weihrauch riechen und gesalbt sind, um als Opfer in den Tempel gebracht zu werden. Entweder etwas ist so, wie es ist, richtig, dann gefällt es mir, oder es ist verfälscht und nicht richtig. Eine solche Sache kann man nicht lieben.«

»Du sprichst wie ein Weiser«, lachte Gilgamesch, »obwohl es einfache Bilder sind, die du als Beispiel heranziehst, kann ich verstehen, was du meinst und sie auf mich übertragen. Du behauptest also, daß ich Iluna nicht liebe und darum besser die Finger von ihr ließe? Auch nicht als Spiel, um auszuprobieren, was geschieht?«

»Es gibt Spiele«, antwortete Enkidu ernst, »die machen Spaß und man spielt sie gern und immer wieder. Und dann gibt es welche, die bringen nur Unglück und Verlust. Dumm ist jemand zu nennen, der das nicht weiß und stets aufs neue die gleichen Fehler macht, ohne daraus zu lernen.«

»Und Iluna wäre ein solcher Fehler! Du schätzt sie nicht besonders hoch ein?«

»Nein«, sagte Enkidu und schüttelte heftig den Kopf, »wenn du mich so fragst, so gebe ich dir eine deutliche Antwort: Sie erinnert mich an eine Schlange, die ihre Opfer mit Blicken bannt, sie langsam umschlingt und schließlich erstickt.«

Das waren deutliche Worte. Wenn Gilgamesch nicht insgeheim das gleiche gespürt hätte, er hätte heftig protestiert. Aber er schwieg und dachte über die Worte des Freundes nach.

Am Abend hüllte er sich in sein bestes Gewand und ging hinüber in ihren Tempel. Die Hohepriesterin erwartete ihn bereits. Auch sie hatte sich schön gemacht und ihren Schmuck angelegt. Sie ruhte auf einer Liege und blickte ihn erwartungsvoll an, als er ihr Gemach betrat.

»Nun«, sagte sie, »hast du es dir überlegt, Held von Uruk, bist du gekommen, um uns beiden die Pforten des Paradieses zu öffnen?«

»Ich fürchte, das wird nicht gehen«, antwortete Gilgamesch und blickte der wunderbaren Ischtar direkt ins Gesicht.

»Und warum?«

»Aus verschiedenen Gründen. Der eine davon ist: Was sollte ich dir geben, wenn ich dich zur Frau nähme? Kostbares, wohlriechendes Öl für deinen Leib, Gewänder, wie sie den Weibern gefallen? Brot und Nahrungsmittel wie für gewöhnliche Sterbliche? Ich habe keine Speise, die einer Göttin würdig wäre, ich habe keine göttliche, ich habe nur königliche Speise!«

»Das würde mir reichen. Ich verlange nicht so viel, wie du glaubst.«

»Selbst wenn«, fuhr Gilgamesch unbeirrt fort, »was wärest du imstande, mir als Gegenleistung zu bieten? Was würde aus mir, wenn ich dich zur Frau nähme? Ein König, der untergeordneter Diener der Göttin sein muß, ein Spielball deiner Launen und Wünsche? Nein, Iluna, ich sage dir frei heraus, was ich von dir halte, und es ist mir gleichgültig, ob du mir deswegen zürnst: Herrisch und ungerecht bist du, maßlos in deinem Geltungsanspruch. Du verwechselst Liebe mit Besitzgier, Hingabe mit Berechnung. Wie soll man dir da vertrauen können?«

Iluna hatte sich bei seinen verletzenden Worten aufgerichtet, ihr spöttisches Lächeln war verschwunden, wütend funkelten nun ihre Augen.

»Mach ruhig weiter und verschweige mir nichts von dem, was aus deiner Seele quillt«, sagte sie mit betont ruhiger Stimme. Es war ihr anzusehen, daß sie sich nur mühsam beherrschte. »Oh, es gibt noch viele andere Beispiele, die auf dich passen würden«, sagte Gilgamesch, und ein Dämon ritt ihn, weiterzureden.

»Welchem deiner Buhlen hast du Liebe und Treue gehalten, welchem sein Vertrauen gelohnt? Ich will sie dir aufzählen, deine Liebhaber, die du ins Unglück gestürzt hast, ob du hören willst oder nicht: Wo ist die Mandelkrähe Tammuz geblieben, die dir liebestrunkene Lieder sang? Wo Ischullanu, der einst ein begnadeter Gärtner war und nun im Sumpf bei den Fröschen sein Leben fristet? Dem kraftvollen Löwen, den du begehrtest, hobst du Gruben aus, um ihn zu fangen und in ein sanftes Spielzeug zu verwandeln. Dem kampferprobten Ohesi hast du Peitsche, Stachel und hartes Zaumzeug zu spüren gegeben, daß er nun rennt wie ein abgerichtetes Zugtier, Schlammwasser säuft und es für köstlichen Wein aus deinem Tempel hält. Seine Mutter Silili weint sich die Augen um ihn aus. Und Amagu, den Sprecher der Hirten, der dir ständig Brotkuchen buk, täglich ein Zicklein als Opfer schlachtete und seine Pflichten darüber vernachlässigte – was hast du mit ihm angestellt? Du hast ihn geschlagen und zu einem einsamen Wolf werden lassen, den die Hütejungen aus ihrer Runde verjagen, und seine eigenen Hunde beißen ihn nun und achten ihn nicht. Und du behauptest, dies alles wäre Liebe gewesen...

Liebst du erst mich, so brächte mir diese Liebe wohl gleiches wie denen ein!«

»Hinaus!« schrie Iluna wütend. Seine frechen Beleidigungen hatten sie bis ins Mark getroffen. Sie hatte nicht damit gerechnet, daß sich Gilgamesch ihr gegenüber einer so maßlosen Sprache bedienen würde. Für einen Augenblick verlor sie ihre lächelnde Maske und zeigte ihr wahres Gesicht. Dieser kurze Moment der Erkenntnis aber reichte Gilgamesch, um zu sehen, daß er richtig gehandelt hatte.

Er erhob sich und deutete mit dem Kopf eine knappe Verbeugung an.

»Ist dir dies Antwort genug auf dein Begehren?« fragte er. »Ich denke, wir sind vom gleichen Holz geschnitzt, da müßtest du doch so offene Worte, wie ich sie dir sprach, verstehen können.«

»Raus!« schrie Iluna und schleuderte ein Kästchen, das in Reichweite ihrer Hände stand und ihr als Wurfgeschoß gerade recht kam, in Gilgameschs Richtung. »Verschwinde, du hergelaufener Bastard! Nie wieder sollst du meinen Tempel betreten. Ich verfluche dich, Gilgamesch, dümmster und schäbigster aller Könige, die je in Uruk regierten! Geh aus meinen Augen und kehre nie mehr zurück. Mein Fluch soll dir nacheilen und deine Freude vergiften, daß du das Lachen für immer verlierst.«

»Besser, du vergiftest mir bloß meine Freude als einen Becher mit Wein«, sagte Gilgamesch und ging ohne sich umzudrehen. Er ging und lachte noch draußen, denn hinter sich hörte er weitere Gegenstände an den Wänden des Gemachs zerschellen.

Die jüngste Verkörperung Ischtars auf Erden, dachte er bei sich. Das soll nun eine Göttin sein, eine, die wie ein gekränktes Marktweib reagiert, bei der man fauliges Obst bemängelt hat.

Er reckte den Kopf und atmete tief durch, als er auf dem großen Platz vor der Zikkurat stand. Herrlich frisch schmeckte die Luft, frühlingshaft und nach Würze, und Vögel stiegen jubilierend darin empor. Der Himmel war schön, aber eben nur ein Himmel. Ein einfacher Himmel, der mit allerlei Greifbarem bevölkert war. Götter schienen wenig Platz darin zu haben.

Er wußte, daß er sich mit seinen deutlichen Worten ihre Feindschaft und ihren Haß zugezogen hatte, aber es tat ihm nicht leid darum. Mochte sie toben und wehklagen, ihm Verwünschungen hinterherschicken – es würde ihn wenig berühren. Sie hatte ihr Spiel mit ihm versucht und verloren, und niemand konnte ihn zwingen, sie zur Gemahlin zu nehmen.

Gilgamesch dachte auch an die Worte der sieben Weisen, wie sie damals über ihr Holzbrett gebeugt gesessen und die runden schwarzen und weißen fünfpunktigen Steine gezogen hatten. Auch damals schon war deutlich geworden, daß sie die heilige Ordnung verlassen wollte, gleichgültig welche Konsequenzen das nach sich ziehen würde. Damals hatte sie noch nicht mit ihm gerechnet, damals war er ein Junge ohne Bedeutung gewesen und sie, die sich bereits dem Ziel ihrer Bestrebungen nahe fühlte, hatte die Macht an sich gerissen mit der fadenscheinigen Begründung, Dumuzi, der dahinsiechende Tyrann, hätte dies als seinen Willen erklärt. Nur unter dem Druck der Volksmeinung hatte sie auf den Thron verzichtet und wohl fest daran geglaubt, daß die Übergabe nur von kurzer Dauer sein würde.

Nun, da er, Gilgamesch, wichtig für Uruk geworden war, ein König, der Pflicht und Verantwortung spürte, war ihr zweiter Versuch, die Macht zu gewinnen, an seinem stolzen Selbstbewußtsein gescheitert. Würde sie endgültig aufgeben und sich endlich auf das besinnen, was ihre eigentliche Aufgabe war, wie es die Ordnung der Fünfheit vorsah für sie? Oder bereits Rachepläne schmieden, um ihm zu schaden?

Leichtfüßig lief Gilgamesch quer über den Platz, dem Tor seines Palastes zu. Er fühlte sich regelrecht befreit, als sei eine Last, die schwer auf seinen Schultern gelegen hatte, von ihm gewichen. Er würde sich nicht von ihren Drohungen beeinflussen lassen, nicht im geringsten. Sie besaß keinerlei Macht über ihn. Er war frei.

Iluna war außer sich vor Empörung. So brutal hatte ihr noch niemand die Meinung gesagt. Dieser Gilgamesch, dieser elende Bastard, was nahm er sich ihr gegenüber heraus, wie konnte er es wagen, so anmaßend zu ihr zu reden? Er mußte bestraft werden, schlimmer, als es je einem widerfahren war, der lebte auf Erden. Weinend vor Zorn, am ganzen Leib zitternd, stieg sie aufs Dach ihres Tempels, um mit Marduk, ihrem himmlischen Vater, zu sprechen.

Mit bebenden Händen schichtete sie ein Opferfeuer und streute, als es endlich brannte, zerbröselte Pflanzenstengel darüber. Hoch stieg die dünne Rauchsäule empor und trieb, dem Lauf der Zikkurat folgend, spiralig zum Himmel. Iluna stand auf dem Dach und streckte die Arme aus, sie hob den Kopf, und das gelöste Haar fiel ihr in den Nacken.

»Höre, Marduk, himmlischer Vater«, sprach sie, »was Iluna, deiner Tochter, der jüngsten Verkörperung Ischtars auf Erden, widerfahren ist: Dieser stolze Gilgamesch, der noch nicht lange König von Uruk ist und von einfachem Geblüt, hat mich frech verhöhnt, als ich ihn bat, mich zum Weibe zu nehmen. Wie kommt er nur dazu, welcher Dämon gab ihm dieses Denken ein? Dabei hätte ich ihm so viel geben können, alles, was sich ein Mann nur wünschen kann. Aber er hat es abgelehnt und mich schroff zurückgewiesen, als ob ich eine einfache Tempeldirne sei. Harte Worte hat er gegen mich gebraucht und Beschimpfungen ausgestoßen, die unerträglich waren. Nie zuvor hat jemand solches zu tun gewagt, nie zuvor ward Ischtar auf solche Weise gekränkt.«

Marduk, der himmlische Vater, der sich selten in die Dinge unten auf der Erde einmischt, aber stets genau zuhört, wenn jemand innerlich aufgewühlt ist, antwortete: »Wie ich es sehe, trägst du selber Schuld daran, daß es so gekommen ist. Du hast den König von

Uruk so gereizt, daß er dir einen Spiegel vorhielt, in dem du deine schlimmen Taten und deinen bösen Wandel erblicktest. Niemand erträgt seinen Anblick in einem solchen Spiegel gern. Nicht Gilgamesch solltest zu zürnen, sondern den Stunden, an denen du handeltest, wie es einer Göttin der Liebe nicht ansteht.«

Daß Marduk so zu ihr sprach, machte sie nur noch wütender. »Selbst wenn es so ist«, rief sie, »was hat er mich zu beschimpfen und schlecht über mich zu reden. Ein Menschlein urteilt über eine Göttin! Und außerdem: Hätte sich mit ihm nicht auch alles zum Guten wenden können, wäre es nicht ein neuer Anfang gewesen?«

Marduk zog seine Stirn in Falten. »Du weißt selbst, daß du dir da etwas vormachst«, antwortete er, »man kann seine Kleidung wechseln und seinen Gatten wohl auch und selbst die Stadt, in der man lebt – aber kann man auch den Brunnen wechseln, aus dem man trinkt und der einen gespeist hat von Kindesbeinen an? Nein, Iluna, das ist es nicht, was du mir sagen wolltest, und wenn du so redest, dann glaube ich dir nicht. Deine Klagen habe ich gehört und Antwort darauf gegeben. Was willst du also sonst noch von mir?«

»Marduk, mein himmlischer Vater«, schrie Iluna voller Haß und Verzweiflung getrieben, »du versprachst mir einst, an dem Tag, an dem ich dich von Herzen darum anflehen würde, einen wirklich großen Wunsch zu erfüllen. Nun ist es soweit: Schaff mir den Himmelsstier, den fürchterlichen, wütenden Bullen, daß er in Uruk einfalle und Gilgamesch töte in seinem Palast!«

»Das werde ich nicht tun«, antwortete Marduk, »gar zu schlimm ist dein Wunsch, und elend wird mir, wenn ich so etwas aus deinem Munde höre. Bist du von Sinnen, ein solches Verlangen an mich zu richten?«

»Nein«, sagte Iluna, »ich bin nicht von Sinnen, mein Verstand ist ganz klar, und ich weiß, was ich da rede. Und so wiederhole ich meine Bitte: Gib mir den Himmelsstier, pflücke ihn mir aus dem Sternbild des Taurus herab, hauche ihm Leben ein und sende ihn zur Erde herab, damit er in Uruk wüte und Verderben über den schändlichen Gilgamesch bringe, der mich so verletzt und beleidigt hat.«

»Das werde ich nicht tun«, sprach Marduk ein zweites Mal, »ich könnte es schon, und fürchterlich würde sein Erscheinen sein, aber es liegt mir fern, das zu tun.«

Da begann Iluna zu drohen: »Schaffst du mir den Himmelsstier nicht, so werde ich die Pforten zur Unterwelt einschlagen, die Riegel zerbrechen und die Tore weit öffnen, auf daß alle Toten auferstehen und emporkommen zur Oberwelt, um die Lebenden zu fressen. Mit Lilith werde ich mich verbinden, die meine Ahnherrin ist und die Seelen der Verstorbenen sammelt. Sie kann den Toten neues Leben einflößen und wir hetzen sie auf alles, was sich bewegt. Mehr Tote als Lebende wird es dann auf der Erde geben.«

Marduk grauste es bei dieser Drohung seiner Tochter, zu furchtbar war das Bild, das sie malte. Und da er im Grunde seines Herzens ein gütiger Gott war, der seine Kinder, auch die Menschenkinder liebte, fing er langsam an, nachzugeben. Aber er brachte weitere Einwände vor: »Wenn du den Himmelsstier von mir verlangst, wird das entsetzliche Folgen haben. Sieben Hungerjahre wird es für Uruk geben, denn der Stier frißt alles, unglaublich viel frißt er weg. Ich würde Korn für die Menchen sammeln müssen, damit sie genug zu essen haben, und ich würde Gras wachsen lassen müssen für das Vieh.«

»Nein, das wird nicht nötig sein«, gab Iluna zur Antwort, »ich habe genug Korn für die Menschen gesammelt, Vater. Die Kammern unter dem heiligen Berg quellen über davon. Auch Gras, um das Vieh weiden zu lassen, habe ich wachsen lassen in ausreichender Menge. Selbst wenn es sieben magere Jahre mit leerem Stroh gäbe, hätten wir genug reifes Korn und saftiges Gras, daß alle satt davon würden. Du siehst, es ist für alles gesorgt, sorge du nun dafür, daß dein Versprechen jetzt eingelöst wird, da ich es brauche.«

Schließlich gab Marduk auf Ischtars Drängen hin nach. Mehr um endlich wieder seine Ruhe zu haben, denn aus wirklicher Überzeugung, tat er, was sie von ihm verlangte. Mit kräftiger Hand griff er den Stier aus dem Sternbild des Taurus, pflückte ihn vom Himmel, hauchte ihm Leben ein und setzte ihn auf die Erde.

War es nun seine Nachlässigkeit, die daraus erwuchs, daß seine Gedanken längst in ganz anderer Richtung schweiften, oder war es sein gutes Herz, das es ihm schwer machte, Ilunas Willen gänzlich zu erfüllen – wie auch immer, er setzte den wütenden Stier in der Steppe ab, noch weiter von Uruk entfernt, als die Stelle, wo der Jäger einst auf Enkidu gestoßen war. Dort tobte er umher, stampfte mit den Hufen den Boden auf und jagte brüllend und mit gesenktem Kopf jedes Tier in die Flucht, das sich ihm unvorsichtigerweise näherte, aber noch kamen keine Menschen dabei zu Schaden. Die Wanderwege der Sandläufer verliefen weiter nördlich und westlich, und so bekamen ihre Hirten das schreckliche Tier nicht zu Gesicht.

»Danke«, sagte Iluna, die jüngste Verkörperung Ischtars auf Erden, »ich danke dir, himmlischer Vater, daß du mich erhört und meine Bitte erfüllt hast.«

Marduk hörte sie nicht mehr. Er schlief schon wieder und träumte im Schlaf noch einmal von der Erschaffung der Welt, von der Trennung des Trockenen und des Nassen, von Feuer, Luft und Gesteinen, von Pflanzen, Tieren und Menschen, die er mit Mach in so verwirrend artenreicher Zahl hervorgebracht hatte. Dies war seine Hauptbeschäftigung, und er ließ sich nur ungern darin unterbrechen.

Iluna merkte sehr bald, daß Marduk zwar den Himmelsstier erschaffen, ihn aber so weit von Uruk entfernt abgesetzt hatte, daß er keine Gefahr für Gilgamesch darstellte. Unruhig sann sie darüber nach, wie sie das Ungeheuer zur Stadt locken konnte und brütete über einem Plan. Weil ihr mit bloßem Nachdenken allein keine brauchbare Lösung einfiel, nahm sie wieder einmal ihr geliebtes Orakel zu Hilfe.

Sie warf die Elfenbeinwürfel mit sicherer Hand und begann, die Ergebnisse in Punkte und Striche umzusetzen. Das Bild, das sich ergab, war »das Heer«, das sich aus den oberen Punktlinien, die das Empfangende, also die Erde symbolisierten, und unten einem heilen zwischen zwei gebrochenen Strichen, dem Abgründigen, dem Wasser, zusammensetzte.

Damit war das Grundwasser gemeint, das sich in der Erde ansammelt. Ähnlich verhielt es sich ja auch mit dem Heer: Seine Kraft sammelte sich innerhalb der Menge des Volkes. Im Frieden war das Heer unsichtbar, aber es stand jederzeit als Quelle der Macht zur

Verfügung. Das Wesen des Heeres war so einzuschätzen: Während es im Inneren stets etwas Gefährliches war, mußte nach außen hin Gehorsam und Ordnung herrschen. Ohne eine feste Disziplin war das Heer lediglich ein bunt zusammengewürfelter Haufen. Erst straffe Ordnung machte es zu dem, was es sein konnte – ein gefährliches Werkzeug im Krieg. Krieg aber brachte Schaden und Verheerung mit sich. Darum durfte seine Gewalt nicht leichtsinnig entfesselt werden, sondern mußte eingesetzt werden wie eine schnell wirkende, giftige Medizin, die nicht Selbstzweck, sondern lediglich ein letzter Ausweg war.

Sie beugte sich vor und blies über die Würfel, so daß sie sich bewegten, und sie achtete genau auf jede Veränderung dabei. Da, der dritte Würfel war auf eine andere Seite gefallen.

Iluna war plötzlich hellwach und aufgeregt. Diese Äußerung des Orakels wußte sie sicher zu deuten. Sie lautete: ›Wild ist im Feld, es ist gut, es zu fangen.‹

Sie lehnte sich zurück und ließ den Orakelspruch tief in sich eindringen und sich als Bild entfalten. Was bedeutete er? Das Wild hatte seinen gewöhnlichen Aufenthaltsort, also Wald, Gebirge und Steppe, verlassen und war verwüstend in die Felder eingedrungen. Das war der prächtige Himmelsstier. Sie sah ihn dort stehen, sehr weit entfernt noch und schwach zu erkennen, aber gewaltig war seine Größe und riesig seine Wut. Mit den Hufen stampfte er ungeduldig, senkte schnaubend den Kopf, stieß die Hörner in den Boden und zerfurchte die Erde. Staub, Erdbrocken und Steine warf er in die Luft und ließ sie als Regen auf seinen mächtigen Rücken fallen. Dieser Stier freute sich auf den Kampf, er brüllte nach Krieg, er wartete darauf, endlich einen Gegner zu finden, den es zu töten lohnte. Aber weit und breit war keiner auszumachen.

Gab es nicht doch Leute, die in seinem Umkreis lebten, Leute, die ihn aufstacheln und nach Uruk treiben konnten? Iluna schloß die Augen und versuchte, aus ihrem Inneren heraus zu sehen. Spiralen und blaue Wirbel tanzten vor ihren Augen, und sie brauchte lange, bis sie erkannte, daß es wohl schnell dahintreibendes Wasser war. Was aber die Unruhe ausmachte, war die Tatsache, daß die Wasser dicht beieinander flossen. Zwei Ströme waren es, Euphrat und Tigris, die sich bis auf wenige Wegstunden nahekamen. Nebel wallte dazwischen, und als sie sich allmählich legten und lichteten, schälte sich eine Stadt aus dem Dunst, die weder Uruk noch Ur, weder Eridu noch Nippur war.

Kisch war ihr Name, verhieß das Orakel, und auch mit diesem Bild wußte Iluna etwas anzufangen. Sie sah einen Fürsten, der von Sumer abgefallen war und keine Abgaben mehr zahlte, einen faltenreichen, hageren Mann, den die Last seiner Sorgen erdrückte. Sie sah ihn grimmig in seiner Stadt sitzen, die von Sandläufern, Nomaden und allerlei Barbaren bedrängt wurde, halb schon überschwemmt war von Fremden und trotz der reichen Ernte noch Hunger litt, denn mehr und mehr wurden angelockt, immer neue, hungrige Mäuler, und alle wollten zu essen.

Von Kisch hatte sie schon gehört und von Akka, dem Fürsten, dem Sohn des Enmebaraggesi, und auch davon, daß er wenig von der Bewässerung des Landes verstand. Einmal war ein Händler von dort bei ihr im Tempel gewesen, der schlechte Waren mit sich führte und nur ein winziges Geschenk für die Göttin bringen konnte. Der hatte von Kisch und seinen Problemen erzählt, bis es Iluna zu langweilig geworden war, seinem Gejammer zuzuhören, und ihn weggejagt hatte. Vielleicht war aber gerade dies ein Zeichen gewesen, das sie nun zu lesen imstande war.

Noch einmal warf sie das Orakel, und diesmal sagte es: ›Gut wird es sein, Heere marschieren zu lassen.‹ Da hatte sie verstanden. Die Heere waren die hungrigen Menschen aus jenem Land, und Akka von Kisch würde ihr Anführer sein. Sie würden aufbrechen und bei ihrem Zug nach Süden auf den Himmelsstier stoßen und ihn bis nach Uruk jagen. Dort würde dann das Schicksal über den Rest entscheiden.

Als sie bei diesem Gedanken angekommen war, schauderte ihr doch. Es war ungeheuerlich, was sie da dachte – den Feind anzulokken und vor die Tore der Stadt zu führen, und mit ihm das gräßliche Untier, das Marduk vom Himmel geholt hatte. Aber es gab keinen anderen Weg, um Gilgamesch zu bestrafen. Es mußte sein, sie durfte, sie konnte nicht zögern, auf diese Weise ihre Rache zu vollziehen.

Sie lachte grimmig und erschrak über den Klang ihrer eigenen Stimme. Nachdenklich strich sie sich über die Stirn. Und wenn Uruks große Mauer nun doch standhalten würde? Auch dazu mußte ihr etwas einfallen, wenn es an der Zeit war. Zuvor aber galt es, Kontakt mit dem Fürsten von Kisch aufzunehmen.

Sie rief nach Sasa, die nach Tehiptillas Verschwinden und dem Tag, an dem Unigi aufgebrochen war, Hohepriesterin des neuen Tempels im Irangebirge bei den Lullumu zu werden, ihre engste Vertraute war. Sasa kam, und Iluna schloß sie in ihre Arme.

»Willst du einen wichtigen Auftrag für mich übernehmen?« fragte die jüngste Verkörperung Ischtars auf Erden.

»Du weißt, daß ich nichts lieber als deine treue Dienerin bin«, antwortete Sasa.

Da gab ihr Iluna eine Botschaft, die in eine Tontafel geritzt war, hüllte sie doppelt in Tücher und weihte Sasa in ihre Geheimnisse ein. Aber wohlbedacht gab sie nicht alles von dem preis, was auf der Tontafel geschrieben stand. Die wichtigsten Stellen verschwieg sie, denn es war nicht gut, daß ihre kleine Gefährtin zu viel von ihrem geschickten Ränkespiel erfuhr. Dennoch erbleichte die Botin.

»Soll ich tun, was Tehiptilla tat, als sie den Barbaren betören ging?« fragte sie besorgt, »es macht mir Angst, daran zu denken.«

»Nein«, lachte Iluna, »deine Aufgabe ist mit ihrer damals nicht zu vergleichen. Akka von Kisch ist ein kultivierter Mann, kein wilder Unhold. Und du sollst nicht Lockvogel für ihn sein, sondern meine Botschafterin, die alle erdenklichen Ehren in Kisch genießen wird. Wichtig ist mir indes, daß der Fürst bald meine Tafel erhält, und niemand sonst sie zu Gesicht bekommt. Will sie dennoch jemand sehen, und sei es mit List oder Gewalt, so zerstöre sie lieber, als daß jemand ihren Inhalt erfährt. Zerschlage sie, breche sie in tausend Scherben, mach damit, was du willst, aber laß niemanden außer Akka einen Blick darauf werfen. Schwörst du mir das?«

»Ich schwöre es bei den sieben Strahlen der Venus«, sagte Sasa.

»Dann ist es gut. Eile dich, Freundin, daß du bald nach Kisch gelangst, nimm ein schnelles Maultier und verkleide dich als häßliche, alte Frau, tu so, als seist du krank, so daß dir jeder aus dem Weg geht und dich in Ruhe läßt, bis du den Auftrag durchgeführt hast.«

Sie gab ihrer Verschworenen noch ein paar weitere gute Ratschläge mit auf den Weg und verabschiedete sie herzlich. Am gleichen Tag noch brach Sasa nach Norden auf.

Ein häßliches altes, in Lumpen gehülltes Weib ritt auf einem Maultier zum Marktplatz von Kisch und mischte sich unter die Menschen. Sie fiel nicht sonderlich auf unter den Leuten, die ärmlich gekleidet waren und gierige Blicke auf die warfen, die genug Geld besaßen, vom mageren Angebot der Händler etwas zu kaufen. Niemand nahm sonderlich Notiz von ihr. Man hielt sie wohl für eine von denen, die täglich ankamen, hungrige Nomaden aus der Steppe, Sandläufer mit ihren Familien, die ihr gesamtes Hab und Gut oft in einem einzigen Sack auf dem Rücken ihres Esels mit sich führten.

Die Stadt, die eigentlich mehr eine Ansammlung eilig zusammengeflochtener Schilfhütten war, rings um das steinerne Haus, das Fürst Akka stolz seinen Palast nannte, platzte aus allen Nähten, und ständig kamen mehr Menschen dazu. Schwerbewaffnete Wachen hatte der Fürst um die Kornkammer stellen lassen und einen Wehrgraben gezogen, der das Volk vom Korn und seinem Regierungssitz trennte. Sie hatten alle Hände voll zu tun und mußten mitunter ihre Knüppel einsetzen, um besonders zudringliche Bettler abzuschütteln, die immer wieder versuchten, über die Brücke vorzudringen.

Tempel gab es in der Nähe des Marktes auch, aber sie waren traurige Ruinen im Vergleich zu denen in Uruk auf dem Eanna. Einer war dem Gott Enlil geweiht, vier andere lokalen Gottheiten, die nirgendwo sonst bekannt waren und die von den Nomaden und Sandläufern mitgebracht worden waren.

Die alte Frau war abgestiegen und führte ihr Maultier nun am

Zügel. Kinder umringten sie und baten um Brot, da aber die Frau keines besaß und selber hungrig war von der Reise, merkten sie bald, daß von ihr nichts zu holen war und ließen von ihr ab.

Die Frau blieb stehen und sah dem Treiben zu. Da gab es merkwürdige Gestalten zu sehen, manche boten irgendwelche Kleinigkeiten feil, die sie im Sand ausgebreitet hatten, Gegenstände, die man in Uruk eher weggeworfen hätte, andere redeten in fremden Sprachen, erzählten Märchen oder Geschichten, die neu für die meisten waren, denn viel Volk, jung und alt, umringte die Erzähler, saß am Boden und lauschte verträumt. Vielleicht gab es für sie auch nichts anderes zu tun als dazusitzen und zuzuhören, vielleicht waren es Geschichten, die Hunger und Not vergessen ließen.

Ein Trupp Soldaten zog vorbei und drängte die Leute auseinander, ein doppelspänniger Streitwagen rollte vorüber und verschwand in Richtung der Brücke. Unbeschreiblich war das Gewirr der Stimmen, die den Platz erfüllten. Da kaum einer die Sprache des anderen verstand, redeten die, die sich kannten, um so lauter in ihrem Dialekt miteinander.

Langsam bewegte sich die alte Frau auf den Wehrgraben zu. Einmal wurde sie unterwegs heftig angerempelt und beinahe umgestoßen, als eine Schar Halbwüchsiger an ihr vorbeirannte, die von Soldaten mit hölzernen Knüppeln verfolgt wurden. Wahllos schlugen sie auf alles ein, was sich ihnen in den Weg stellte, und es gelang ihnen auch binnen kurzem, die jungen Leute in alle Winde zu zerstreuen. Zwei von ihnen hatten sie ergriffen und schleppten sie mit sich zur Brücke. Die alte Frau sah genau, daß sie einen Sack mit Getreide gestohlen hatten, aber auf ihrer Flucht war der Sack aufgeplatzt und hatte seinen kostbaren Inhalt verstreut. Überall lagen die Körner herum, und es gab tatsächlich Leute, die sich bückten und sie eilig auflasen. Welche unvorstellbare Not mußte sie zu solchen Handlungen verleiten!

Kopfschüttelnd zog die Alte weiter und kam zu der Brücke, wo ihr Soldaten den Weg versperrten. »Hier geht es nicht weiter«, sagte einer und stieß sie barsch zurück, »wenn du essen willst, so geh zu den Sandläufern.«

Und ein anderer ergänzte: »Was willst du überhaupt hier? Geh doch zurück in die Wüste, wo du hergekommen bist. Es ist kein Platz mehr in Kisch für Leute wie dich.«

»Ich will zu Fürst Akka, ihm eine wichtige Botschaft überbringen«, sagte die Alte.

»Hah, mit dieser Geschichte kommen die meisten«, ließ sich der erste Soldat wieder vernehmen, »glaub nur nicht, daß wir so dumm sind, auf solche Sprüche hereinzufallen.«

Da schlug die alte Frau die Kapuze zurück, die fast ihr ganzes Gesicht verhüllt hatte, schüttelte ihr langes, schwarzes Haar in den Nacken und wischte sich den Lehm aus dem Gesicht. Darunter kam ein junges, hübsches Gesicht zum Vorschein. Als sie auch noch ihre Lumpen von den Schultern streifte und ein hauchdünnes Kleid zum Vorschein kam, in dem wahrhaftig nicht der Körper einer alten Hutzel steckte, sondern ein wohlgeformtes Weib, staunten die Soldaten nicht schlecht.

»Glaubt ihr nun, daß ich ein Bote bin, der in geheimem Auftrag unterwegs zum Fürsten ist?« fragte Sasa.

Mißtrauisch kratzte sich der ältere Soldat am Kopf. »Naja«, sagte er, »ich weiß nicht so recht, ob das nicht wieder so ein Einfall von euch verdammten Sandläufern ist...«

Da öffnete Sasa ihr Kleid und zeige ihm das goldene Siegel, das sie über der Brust trug. Es zeigte den Stempel der Göttin. Der Soldat konnte zwar nicht lesen, aber er merkte sofort, daß diese da unmöglich ein armes Mädchen aus der Wüste sein konnte, und seine Haltung wurde um einige Grade höflicher.

»Darf ich sehen, was du da eingehüllt auf dem Sattel des Maultieres mitführst?« fragte er.

»Nein«, sagte Sasa, »dies ist nicht für einen einfachen Soldaten bestimmt, sondern ausschließlich für den Fürsten. Iluna, die Hohepriesterin des Tempels in Uruk und jüngste Verkörperung Ischtars auf Erden, schickt mich, ihm eine Nachricht zu überbringen.«

»Nun, dann komm mit, ich werde dich zum Palasttor führen«, sagte der Soldat und schickte sich an, sie zu begleiten.

Die Bezeichnung Palast wirkte wahrlich übertrieben für das klobige Haus, in dem der Fürst von Kisch residierte. Es war aus grob behauenen Steinquadern und Mauerwerk aus ungebrannten Ziegeln gebaut, die an einigen Stellen bereits bröckelig wurden – keine Säulen, keine Verzierungen und schon gar keine Mosaike oder Gemälde an den Wänden, wie das in Uruk selbst bei manchen wolhabenden Bürgern üblich war.

Sasa wurde am Eingang der Garde übergeben und von dieser nach einem langen Irrweg durch Gänge und Kammern, in denen es von Bewaffneten nur so wimmelte, zur Leibwache Akkas gebracht. Ein drittes Mal unterbreitete sie dort ihr Anliegen und wurde schließlich angewiesen, in einem muffigen, halbdunklen Raum zu warten. Sie trat ans Fenster und blickte hinaus auf die Stadt. Wie häßlich Kisch war, keine Stadt im eigentlichen Sinne, eher ein Marktflecken, eine magere Oase, die übervölkert und viel zu schnell gewachsen war. Wie schön gestaltete sich doch dagegen das Leben innerhalb der Mauern Uruks!

Sasa seufzte über das viele Elend, das sie hier sah. Sie wurde aus ihren trüben Gedanken gerissen, als der Offizier der Leibwache zurückkam und ihr befahl, ihm zu folgen. Sie ging mit ihm durch einen weiteren langen Gang, der in einen Innenhof mündete.

Hier saßen im Schatten von Dattelpalmen und Merubäumen, die den Hof wie ein kleines Wäldchen ausfüllten, mehrere Männer. Im mittleren, der etwas höher saß als die anderen, erkannte sie sofort den Fürsten Akka. Es war eine hohe, leicht gebeugte Gestalt mit einem ernsten, traurigen Gesicht. Die anderen waren ganz unterschiedlich gekleidet, teils in der Stammestracht von Nomaden, teils in Gewändern, die sie als Würdenträger von Kisch auszeichneten. Ihre Gesichter wirkten auf den ersten Blick denen der Leute von Uruk nicht unähnlich. Aber auch auf ihren Mienen spiegelten sich Sorgen wider. Die übrigen Männer hatten eine wesentlich dunklere Hautfarbe, sie waren barfüßig und trugen gekrümmte Dolche in ihren Gürteln. Alle Blicke richteten sich auf Sasa, als sie näher trat und das Bündel vor die Füße Akkas legte.

»Was ist das?« fragte der Fürst und musterte das Mädchen aufmerksam.

»Eine Botschaft der Göttin Ischtar aus Uruk«, antwortete Sasa.

»Soso«, sagte Akka gelangweilt, »beabsichtigt auch sie einen Tempel in meiner Stadt zu erbauen?« Er wandte den Kopf zu seinen

Ratgebern. »Haben wir nicht schon genug Tempel hier? So viele Tempel, und keine Gottheit, die uns erhört...«

»Ischtar hat von den Nöten der Menschen in Kisch gehört und sendet euch diese Botschaft«, sagte Sasa. »Ob du ihr einen Tempel zum Dank dafür erbauen willst oder nicht, magst du entscheiden, wenn du ihre Nachricht gelesen hast, die von entscheidender Bedeutung für euch alle ist.«

»Soso«, sagte der Fürst wieder und diesmal klang es belustigt und bitter zugleich, »... von entscheidender Bedeutung für uns...« Aber er machte keine Anstalten, die Tücher, die die Tontafel umhüllten, zu entfernen.

»Kannst du tanzen?« fragte ein vornehm gekleideter Herr, dessen Augen wohlgefällig auf dem Körper des Mädchens ruhte.

»Auch das«, antwortete Sasa, »aber bevor ich das tue, soll der Fürst erst die Nachricht lesen und sagen, ob Anlaß zur Freude besteht.«

»Lies es«, sagte der vornehme Herr zu Akka gewandt, »wer weiß, was eine Göttin, die so schöne Frauen als Botinnen aussendet, dir mitzuteilen hat.«

Seufzend beugte sich Akka vor und faltete die Tücher auseinander.

»Halt«, sagte da Sasa, »auf zweierlei muß ich bestehen: Erstens, daß nur du allein die Tafel liest und sie anschließend zerstörst, damit es kein Zeugnis von ihrem Inhalt gibt, und zweitens, daß ich dabei bleibe, wenn du es tust, und die Antwort aus deinem eigenen Munde vernehme.«

Fürst Akka quittierte das Ansinnen des Mädchens mit einem amüsierten Lächeln. Er beugte sich vor, hob die Tontafel auf und begann laut zu lesen: »Edler Fürst Akka zu Kisch, Sohn des berühmten und hochgeehrten Enmebaraggesi. Ich hörte im Traum einen Schrei, und dieser Schrei war der Hungerschrei deiner Stadt...«

An dieser Stelle stockte er und hörte auf, laut vorzulesen. Er führte die Tafel dichter vor sein Gesicht, seine Lippen murmelten und seine Augen wanderten die Schriftzeilen entlang.

Als er die Tafel bis zum Ende studiert hatte, fing er ein zweites

Mal von vorne an. Seinen plötzlich wachen und angespannten Zügen war zu entnehmen, daß er eine Nachricht von großer Wichtigkeit erhalten hatte. Die übrigen Männer merkten das, rückten unruhig auf ihren Sitzen herum und beobachteten den Fürsten.

Als Akka geendet hatte, ließ er die Tafel auf seine Knie sinken und blickte Sasa durchdringend an. Nichts an ihm verriet, was er dachte. Nach einer Weile nahm er die Tafel und zerbrach sie in winzige kleine Stücke, winkte einen Diener heran und gab ihm den Auftrag, die Scherben zu zerstampfen und das Pulver in alle Winde zu zerstreuen.

»Gute Nachricht?« fragte der vornehm gekleidete Herr.

»Das kann man wohl behaupten«, antwortete Akka, »die beste, die ich seit langem empfing.«

Jetzt hielten es die anderen Männer nicht länger aus und bestürmten ihn mit Fragen. Akka hob die Hand und winkte ab.

»Zügelt eure Neugier, Freunde«, sagte er, »zuvor wollen wir mehr über Uruk und diesen König Gilgamesch hören.« Er wies Sasa einen Platz zu seinen Füßen an und bat sie, über die ferne Stadt zu berichten. »Erzähl uns alles, was es über Uruk zu berichten gibt. Wir sind neugierig, die Wunder, die dort geschehen sind, aus deinem Mund zu erfahren«, forderte er sie auf.

Sasa bat nun ihrerseits, man möge ihr eine Laute bringen, und als man diesem Wunsch nachgekomemn war, fing sie an zu singen. In Versen, teilweise Sinnunnis Worte übernehmend, begann sie:

»Dicht am Ufer des rauschenden Stroms,
des lebensspendenden Euphrat,
liegt Uruk, die herrliche Stadt.
Wie flüssiges Gold,
das Schamachs Atem zum Schmelzen brachte,
glänzen die Mauern
von Gilgameschs Palast auf dem Eanna,
wo die Tempel Anus und Ischtars stehen
und die große Himmelsspirale...«

Sie beschrieb die wehrhafte Mauer mit ihren Bastionen und Türmen, mit den beiden Toren im Norden und Süden und die vielen befestigten Straßen. Sie sang von den schönen Häusern, den neuen Kornkammern, dem umwallten Markt, wo es alle nur erdenklichen Kostbarkeiten zu kaufen gab, vom Wettkampfplatz und den unzähligen Hürden, in denen satte Herden von Rindern, Ziegen und Schafen weideten. Von den bewässerten Gärten sang sie, den Äckern und Feldern, Palmenhainen und grünen Auen rings um den Hafen. Sie sang auch von Gilgameschs und Enkidus Heldenfahrt in den Zedernwald und den Abenteuern der Fünfzig. Am ausführlichsten aber beschrieb sie das, was sie am besten kannte: Alltag und Feste im Tempel der Venus, deren Hohepriesterin die schönste Frau des Weltenkreises war.

Als sie geendet hatte, blieben die Männer lange stumm und träumten dem Zauber nach, den sie mit ihrer Erzählung geweckt hatte und der ihnen wie ein unvorstellbares Märchen erschien.

»Wenn deine Worte Wind wären und Segel die Herzen der Menschen von Kisch, so würde noch in dieser Stunde eine unübersehbare Flotte von Schiffen den Euphrat hinab nach Uruk treiben«, sagte Akka langsam und betonte die einzelnen Worte mit Bedacht. »Aber wir besitzen kein Holz, um auch nur ein einziges Schiff, geschweige denn so viele zu bauen. Uns bleibt nur der Weg durch die Wüste.«

»So nehmt diesen Weg, wenn ihr die Wunder mit eigenen Augen schauen wollt«, sagte Sasa, »was hindert euch daran, zu Fuß aufzubrechen?«

Jetzt erhob einer der Stammeshäuptlinge, der zuvor mit seinen Nachbarn heftig getuschelt hatte, die Stimme. »Das Volk der Sandläufer ist es gewohnt, weit und lange zu wandern. Auf diese Weise haben wir viel schon gesehen, manches Land und viele Dörfer und Städte. Doch kein Ort scheint mir an Pracht und Herrlichkeit jenem Uruk zu gleichen, von dem du erzählst.«

»Fürst Akka hält zwar meine Worte für Wind, der beflügelt, und ich fasse dies als Ehre für mich auf«, sagte Sasa, »doch sie sind nur leeres Stroh im Vergleich zu dem goldenen, sonnengereiften Korn, das Uruk wirklich ist. Alle Verse der Welt, auch die des phantasievollen Sinnunni, reichen nicht aus, um die Wunder Uruks zu beschreiben.«

»Du machst mich sehr, sehr neugierig«, sagte Akka und strich sich nachdenklich durch den Bart. »Alles, was du sagst, und weitaus mehr noch die Schrift auf der Tafel, berühren meine Seele und wühlen sie auf. Wie lautet dein Name, schöne Botin der Ischtar, du verschwiegst ihn uns bisher.«

»Sasa – er bedeutet: Stimme des Grases im Frühling.«

»Ein Name, der gut zu dir paßt«, antwortete der Fürst, »sei unser Gast, Sasa, solange du willst, und wenn wir dereinst einen Tempel zu Ehren der gnädigen Göttin der Venus in Kisch errichten werden, so will ich mich gern an deinen Namen erinnern und Ischtar bitten, daß du die Herrin dieses Tempels wirst und unsere Mädchen anleitest zum Dienst, wie es Ischtar zu tun pflegt, denn diese Einrichtung erscheint mir weise und sinnvoll. Zuvor aber bitte ich dich, zu meinem Volk zu sprechen und zu den vielen Fremden hier in der Stadt, damit auch sie erfahren von Uruk, der gewaltigen Festung. In alle Sprachen, die hier gesprochen werden, will ich die Rede übersetzen lassen, daß auch ja alle davon erfahren. Willst du das tun?«

»Ja«, sagte Sasa, »es entspricht ungefähr dem, was mir Iluna, die jüngste Verkörperung Ischtars auf Erden auftrug.«

»So geh in die Gemächer der Frauen und erfrische dich von deiner langen Reise«, entschied Akka. »Ich aber werde mich mit meinem Hofstaat und den Häuptlingen der Stämme beraten, was zu tun ist, und wie wir dem Wunsch deiner Göttin am besten gerecht werden können.«

Er winkte einen Diener herbei und gab ihm den Auftrag, Sasa zum Harem zu geleiten. Sasa folgte ihm, und sie gelangten zu einer bewachten Türe. Der Diener wechselte mit dem Wächter ein paar Worte. Dieser war ein alter Mann mit jugendfrischem Gesicht und einer erstaunlichen Fistelstimme, die an ein kleines Kind erinnerte. Er führte sie in die Gemächer des Harems, die schöner und geschmackvoller ausgestattet waren als der übrige Palast.

»Harem bedeutet ›verborgener Ort‹«, zwitscherte der Alte redselig, »und kein Mann außer mir darf ihn betreten. Nur Frauen dürfen hinein, denn hier wohnen die Gattinnen des Fürsten.«

»Hat er denn mehrere?« wunderte sich Sasa.

»Ja, sechs oder sieben«, antwortete der Wächter, »niemand, nicht einmal der Fürst selber, kennt ihre genaue Zahl. Außerdem gibt es noch Nebenfrauen und ihre Töchter, sowie Freundinnen, die zu Besuch bei uns weilen.«

Sasa staunte, als sie im geräumigen Innenhof, in dem ein Brunnen sprudelte und blühende Bäume und Blumen wuchsen, auf eine große Anzahl von Frauen stieß, die hier – im Gegensatz zu den Gepflogenheiten Uruks – ganz unter sich weilten.

Nie, so erfuhr sie, durften sie sich außerhalb des Palastes aufhalten, alle Erledigungen draußen, auf dem Markt und in der Stadt, wurden von Dienern und Dienerinnen abgenommen, und sie hatten hier alles, was sie brauchten. Eine eigene Ordnung gab es im Harem, die sich streng nach dem Ansehen der Haupt- und Nebenfrauen des Fürsten richtete, und nur dieser stand mit seiner Macht noch über ihnen, obgleich selbst er nicht die Gemächer des Harems betreten durfte.

Kein Wunder, daß Akka so über die Sitten in Uruk gestaunt hatte und sich ausführlich den Dienst im Ischtartempel beschreiben ließ.

Sasa, die warmherzig und freundlich von den Frauen des Harems aufgenommen wurde, hörte so viel Neues dort, daß sie glaubte, nicht nur in eine andere Stadt, sondern auch in eine völlig andersartige Welt geraten zu sein. Ähnlich erging es ihren Gastgeberinnen, als sie Sasas Erzählungen hörten. Mit großen Augen hingen sie an ihren Lippen und klatschten vor Aufregung in die Hände dabei und stellten immer wieder Fragen, wenn ihnen etwas gar zu sonderbar und unverständlich erschien. Die herzliche Art der Frauen im Harem erinnerte sie allerdings doch ein wenig an den Tempel. Auch hier gab es eine verschworene Gemeinschaft, die zusammenstand und sich gegenseitig alles erzählte und miteinander beriet.

Wie im Fluge vergingen die Stunden, und Sasa vergaß fast, warum sie eigentlich nach Kisch gereist war. Schöne Gewänder hatte sie angelegt, sich gewaschen und mit duftenden Salben eingerieben. In der neuen Tracht wirkte sie beinahe wie eine von den Frauen des Harems. Schließlich aber fiel ihr wieder ein, was sie dem vornehmen Herrn versprochen hatte, nämlich für ihn, den Fürsten und seine Berater zu tanzen, und sie rief den Wächter heran, um ihm ihre Absicht mitzuteilen. Der alte Mann mit dem jungen Gesicht verzog bedenklich die Miene und wußte nicht recht, ob er Sasa herauslassen durfte. Aber als sie darauf bestand und heftig betonte, daß sie ja schließlich eine Botin aus Uruk und nur zu Gast im Harem sei, gab er nach und geleitete sie zur Tür, wo er sie einem anderen Diener übergab.

Fürst Akka und seine Getreuen waren noch immer im Innenhof versammelt und hatten wohl die ganze Zeit über hitzig beraten, denn ihren Gesichtern war zu entnehmen, daß jeder von ihnen äußerst erregt und aufgewühlt war. Die beste Voraussetzung also, jetzt die Gemüter zu dämpfen und mit Musik und Tanz angenehm zu berühren. Akka war einverstanden damit und ließ Musikanten holen. Zudem stellten Diener eine Tafel auf, die mit Braten, leckeren Speisen und Früchten beladen war.

»Eßt, Freunde, greift zu und labt euch, denn die Zeiten von Not und Bedrängnis nähern sich ihrem Ende«, sagte er, »laßt uns ein Fest feiern, Ischtar, der uns Zugeneigten, zu Ehren.«

Als sie gespeist und die Männer Bier getrunken hatten, traten die Musikanten auf. Auch dies war anders, als es Sasa von Uruk gewohnt war: Ausschließlich Männer spielten die Instrumente, tönerne Trommeln und längliche Saiteninstrumente, die aus den Schalen von Kürbissen geschnitten oder aus Schildkrötenpanzern geformt waren. Die Musiker ließen sich im Halbkreis am Boden nieder, einer schlug mit flachen Händen die Trommel und ein anderer blies die Rohrflöte dazu. Als sie sich eingestimmt und ein paar Melodien gespielt hatten, begann Sasa zu tanzen. Grazil und geschmeidig wie eine Gazelle sprang sie und bog ihren Körper, leichtfüßig wirbelte sie im Kreis und erntete großen Beifall für ihre Darbietung. Schließlich tanzte sie den Tanz der Schleier und die Männer hielten den Atem an, als sie sich mehr und mehr enthüllte, ohne ihre Haut gänzlich den Blicken preiszugeben. Als der letzte Schleier fiel, trug sie nur noch ein dünnes, durchscheinendes Gewand, wie es Ischtar zum Tag des Frühlingsfestes anzulegen pflegte, und auch damit verzauberte sie die Gäste. Übermütig umtanzte sie die Tafel und zupfte den Häuptlingen der Sandläufer an den Bärten, bis sie vor Zufriedenheit grunzten. Sasa hüllte sich erneut in ihren blauen Umhang und setzte sich neben den Fürsten.

»Berichte mir mehr über Gilgamesch und diesen Barbaren«, bat er.

»Du meinst Enkidu?«

»Ja, sie müssen beide ganz außerordentliche Helden sein, wenn sie den Chumbawa und seine Knechte und die anderen Dämonen allein bezwangen.«

»Ja, das sind sie. Seit langen Zeiten hat Uruk keine solchen Männer hervorgebracht.«

»Zudem sitzen sie in einer umwallten, befestigten Stadt ...«

»Nicht immer, oft gehen sie auf Löwenjagd oder suchen andere Abenteuer. Dann liegt der Oberbefehl über der Stadt in den Händen Erendas, eines jungen Priesters des Anu, und Sinnunni, der Dichter, und Urnigingar, der Herold, stehen ihm zur Seite.«

»Was ich vor allem wissen möchte, weil ich es immer noch nicht ganz verstehe, ist«, sagte Fürst Akka und strich sich bedächtig den Bart, »welches Interesse hat Ischtar wirklich daran, daß wir kommen ... Schließlich ist es doch auch ihre Stadt, die sie uns anpreist wie einen wohlgefüllten Warenkorb. Aus ihrem Schreiben geht, trotz aller verlockenden Worte, nicht hervor, warum sie das tut. Kannst du uns über diese Frage Klarheit verschaffen?«

»Das ist ganz einfach«, sagte Sasa, »Ischtar und Gilgamesch haben einmal die heilige Hochzeit vollzogen ...«

»Was bedeutet das?« unterbrach Akka sie, »sind sie nun Mann und Frau nach eurem Gesetz?«

»Eben nicht. Nur symbolisch ist diese Hochzeit, um den Göttern und Menschen ein gutes Vorzeichen zu geben. Nun wollte Ischtar die echte Hochzeit vollziehen und Gilgamesch zum Gatten haben. Sie warb um ihn, und er lehnte ab. Er beschimpfte sie grob und fügte ihr Beleidigungen zu, die nur noch mit seinem Tod zu rächen sind.«

Fürst Akka schüttelte den Kopf. »Ein merkwürdiger Mann muß dieser Gilgamesch sein«, brummte er, »und Ischtar eine ganz und gar ungewöhnliche Frau. Ich bin neugierig darauf, beide einmal näher kennenzulernen, jeden auf seine Weise.«

»Das wirst du«, rief Sasa, »komm erst nach Uruk, dann wirst du sie treffen.«

»Ich habe verstanden«, sagte Akka bedächtig, »ich glaube, ich verstehe euch, deine Göttin und dich ... Wir werden nach Uruk kommen, und ich denke mir, es wird für manche dort eine unangenehme Überraschung sein. Wir haben uns vorhin beraten und werden es weiter tun, wenn du zum Volk gesprochen hast. Aber schon jetzt steht für mich fest, daß wir aufbrechen und dem Wink des Schicksals und dem Ruf der Göttin folgen werden.«

Eine volle Stunde noch blieb Sasa im Kreise der Männer an der Tafel. Dann merkte sie, daß ihnen der Sinn nicht mehr nach Tanz, Musik und schönen Gesprächen stand, sondern nach ernsteren Dingen. Sie verabschiedete sich und ging zum Harem zurück, um dort mit den Frauen noch weiter zu tanzen und zu singen.

Unruhig war die Nacht in Kisch, sowohl im Innern des Palastes als auch draußen in der Stadt, jenseits des Wehrgrabens, wo hundert kleine Feuer brannten, an denen die Menschen saßen, die kein Dach über dem Kopf hatten. Unruhig schlief Sasa und schrak immer wieder von den ungewohnten Geräuschen auf, die durch die Fenster des Palastes zu ihr drangen. Eine merkwürdige Stadt war dieses Kisch, und ein sonderbarer Fürst dieser Akka ...

Schreckensbleich fuhr Ninsum aus ihren Kissen hoch. »Ein wildes Untier ist in meinem Garten, das zerstampft mir die Blumen und wühlt mit den Hufen die Erde auf!« gellte ihr Angstschrei. Sie zitterte am ganzen Körper und starrte mit weit aufgerissenen Augen zum Fenster, durch das sie eben noch das Werk der Zerstörung gesehen hatte. Ein schwarzer, tonnenfömiger Leib war durch die Parkmauer gebrochen und verheerend über die zarten Pflänzchen und Blütenkelche gekommen. Die Stengel knickten unter seinen Hufen, Gebüsch wurde zerstampft und die Bäume zerbarsten. Sein Atem sengte das Blattwerk zu Asche, donnernd wurde das Erdreich erschüttert, und wohin sich seine unförmige Masse wälzte, wurde alles Leben ausgelöscht.

»Lugalbanda, wo bist du?« schrie die alte Frau verzweifelt, »Gilgamesch, Enkidu, meine Söhne, seht euch vor! Es naht sich die Macht des Verderbens, rettet euch, rettet euch und vergeßt nicht Ninsum, eure alte Mutter!«

Wirr fiel ihr das Haar in Strähnen übers Gesicht, sie klapperte mit den wenigen Zahnstümpfen in ihrem Mund, ihre blassen Lippen bewegten sich auf und ab wie bei einem Fisch, der an Land liegt und nach Atemluft schnappt.

Tehiptilla, die des Nachts die Kammer mit ihr teilte, damit sie stets in der Nähe war, wenn es der Alten schlecht ging, schwang sich von ihrem Lager hoch und war mit schnellen Schritten zu ihr geeilt. Mit beiden Armen umschlang sie den dürren, knochigen Körper und wiegte ihn, wie man ein Kind beruhigt.

»Weise Mutter, was ist dir?« fragte sie besorgt, »hat dich ein Traumbild erschreckt?«

Die Alte starrte noch immer zum Fenster und stammelte unverständliches Zeug. Ganz nah legte Tehiptilla ihr Ohr an Ninsums Lippen, um die Worte zu verstehen.

»Kleines ... besser schon ... wie eine stählerne Faust griff es zu ... meine Blumen ... hielt mein Herz ... umklammert ... Stiche ... die Blütenkelche ... zerbrachen ...«

Sie führte ihre Greisinnenhand zur linken Seite der Brust. Starr waren ihre Augen aufgerissen, so unbeweglich und starr ...

»Soll ich eine Medizin für dich holen, von dem, was der Arzt dir einzunehmen riet?« fragte Tehiptilla besorgt, »warte, ich eile, sie zu mischen.«

Ninsum schüttelte den Kopf. »Nein, bleib ... die Luft ... am Fenster ...« Sie machte Anstalten, sich vom Bett aufzurichten, und Tehiptilla half ihr dabei. Sie legte der Mutter den schützenden Mantel um und führte sie zum Fenster. Dort stand Ninsum stumm und wagte nicht, sich hinauszulehnen. Sie spähte angstvoll ins Dunkle.

Nur wenig Licht gab es am Himmel, ein Dunstschleier hielt die meisten Sterne versteckt, und Nannars Schale zeigte einen weißen, milchigen Hof. Aber es tat gut, die Kühle der Nachtluft zu atmen, die nach Frühling schmeckte, nach Wachstum und Blütenpracht.

»Geht es dir besser?« fragte Tehiptilla.

Die Alte reagierte kaum. Noch immer suchten ihre Augen die Dunkelheit ab. Dort an der Ecke der Mauer war er durchgebrochen, der schwarze Leib des Ungeheuers, hatte den Garten verwüstet und die wunderschönen Blumen zerstampft. Was das nur war? Hielt Lugalbanda nicht mehr Wache für sie dort unten? Hatte er geschlafen, als das Untier herankam? Er hätte doch von seinem Wüten und Schnauben aufwachen müssen... Ruhig lag der Eanna, und still war die Stadt zu ihren Füßen. Irgenwo blökte schlaftrunken ein Schaf, und ein anderes antwortete ihm.

»Er hat geschlafen«, entschied Ninsum und versuchte ein Lächeln, »auch er wird älter und schläft einfach ein, wenn er Wache hat.«

Tehiptilla hatte sich abgewöhnt, nach dem Sinn der Worte Ninsums zu fragen. Sie wußte, daß sie oft mit unsichtbaren Gestalten sprach, so als wäre sie nicht allein, sondern ständig von vielen Menschen umgeben, Lugalbanda, von dem Ninsum am häufigsten neben Gilgamesch und Enkidu sprach, kannte sie bereits. Auch diese Bemerkung eben war auf ihn gemünzt gewesen. In Ninsums Vorstellung war er niemals richtig gestorben, sondern lebte unten zwischen den Büschen und Bäumen im Garten.

Wenn sie gehässig gewesen wäre, hätte Tehiptilla gefragt, warum er denn immer dort unten blieb und nie heraufkam in die Gemächer des Eanna, die einst sein Wohnsitz gewesen waren. Aber eine solche Frage hätte sie nie über die Lippen gebracht. Sie liebte Ninsum wie eine Mutter, vielleicht sogar mehr noch als die, von der sie nicht einmal wußte, wer sie war und ob sie noch lebte. Sie sei eine Korbflechterin unten am Fluß, hatte Iluna einmal zu ihr gesagt, als sie danach fragte, aber sie wisse ihren Namen nicht mehr. Sicherlich war sie eine von denen, die arm und kinderreich waren und sich darüber freuten, daß wenigstens eines ihrer Kinder oben im Tempel lebte, wo es ihm gut ging und man sich keinerlei Sorgen um ihr Auskommen zu machen brauchte. Wer dem Tempel geweiht war oder als Dienerin darin lebte, brauchte sich um die alltäglichen Belange des Lebens kaum noch Gedanken zu machen. Außerdem stand man in hohem Ansehen, wenn man im Tempel wohnte. Das war auch der Grund dafür, warum nicht nur arme, sondern auch wohlhabende Bürger der Stadt gern ihre Töchter der Ischtar gaben.

Tehiptilla entsann sich, daß auch sie das Leben dort genossen hatte, bis . . . ja, bis Gilgamesch aufgetaucht und alles anders geworden war. Gilgamesch, Enkidu und Iluna – wie ein magisches Dreieck erschienen ihr diese drei Menschen, vor denen sie sich zurückgezogen hatte. Im Egalmach, bei Ninsum, verliefen die Tage weniger erlebnisreich und um etliches karger, ohne daß Tehiptilla jedoch etwas vermißte. Im Gegenteil, hier bei der weisen Mutter hatte sie endlich zu sich selber gefunden, und obgleich sie der Alten freiwillig diente, fühlte sie sich zum erstenmal in ihrem Leben wirklich frei.

Die Stimme der Mutter riß sie aus ihren Gedanken. »Tehiptilla, Kleines, hast du nichts gehört und gesehen? Flog nicht eben ein dunkler Vogel vorbei?«

Tehiptilla schüttelte den Kopf. »Nein, nichts, eine dahintreibende Wolke, die den Mond kurz verdeckte.«

»Seltsam«, sagte Ninsum, »alles ist höchst sonderbar in dieser Nacht. Mir ist, als wenn zehntausend Vögel in den Zweigen der Bäume sitzen, die ihre Schnäbel wetzen und mit anderen Stimmen als sonst zu mir zwitschern.«

Tehiptilla beugte sich vor, lehnte ihren Körper in die Nacht und lauschte. Kalt wurde ihr, sie fröstelte und zog ihren Umhang fester über den Schultern zusammen.

»Ich höre nichts, Mutter«, sagte sie, »und es ist auch nichts draußen zu sehen, das anders wäre als sonst. Vielleicht hast du nur einen schlechten Traum gehabt, der allzu deutlich war und dich erschreckte.«

»Einen Traum, ja, ein Traum war es nur . . .«, wiederholte Ninsum und versuchte sich krampfhaft an das zu erinnern, was sie eigentlich so erschreckt hatte. Soviel sie auch nachdachte, es fiel ihr nicht mehr ein.

»Ich möchte aufbleiben . . . oder willst du lieber schlafen?« fragte sie.

Tehiptilla schüttelte den Kopf. »Ich bin nicht mehr müde.«

»Dann laß uns ein wenig musizieren, vielleicht weichen so die finsteren Schatten der Nacht.«

Tehiptilla ging zur Wandnische und holte ihr die Harfe, um sie Ninsum zu reichen. Doch die lehnte ab. »Spiel nur, spiel nur, meine Tochter, und singe dazu. Ich höre gern deine Stimme, sie erinnert mich an die, die ich einst besaß, als ich noch jung war.«

»Aber du singst wunderbar, Ninsum, viel besser als ich, ewig jung erscheint mir deine Stimme, nie scheint sie auch nur einen einzigen Tag älter zu werden.«

Ninsum lächelte glücklich. »Du schmeichelst mir wieder einmal, meine Kleine. Und du weißt, daß ich gern solche Worte aus deinem Munde höre. Aber singe und musiziere heute du. Sing mir das Lied vom Untergang des Alten Reiches, du weißt, welches ich meine. Vielleicht, daß sich unsere Stimmen dabei zusammenfinden im Klang.«

Tehiptilla sang die Worte, die ein vergessener Dichter einst zur Klage geschaffen hatte, und wieder einmal, wie schon so oft, kamen ihr ungewollt dabei die Tränen. Sie sang:

»So ziehen die Zeiten dahin
und fliehen die Bilder,
zehrt böses Wetter alles auf wie ein Orkan.
Schon stürzt die Ordnung des Landes,
das Gute wendet sich ab
und zeigt die Nacktheit der Stille.
Städte verschwinden,
Häuser zerfallen zu Asche,
und Scherben nur sind Zeugen von einst.
Ein Wind geht, die Hürden niederzureißen,
die Pferche zu packen, daß die Rinder toben
und die Schafe sich auf der Koppel nicht mehren.
Bitteres Wasser bringt der Kanal,
und Gras wächst über die Felder,
auf denen einst das Korn so reichlich stand.
Weh-Kraut bringt die Steppe hervor

und macht die Milch in den Brüsten sauer.
Nicht sorgt sich die Mutter mehr ums Kind,
nicht ruft der Mann die Gattin beim Namen.
Kinder wachsen nicht mehr
auf den Knien heran,
kein Lied singt die Amme mehr
und Schlummer fällt über das Königshaus.
Wo ist der Herrscher,
die Last von den Schultern der Armen zu nehmen –
blickt er gefügig aufs feindliche Land?
Ist Anus und Ischtars Glanz am Verlöschen?

Euphrat und Tigris lassen böses Kraut
an den verödeten Ufern wachsen.
Niemand setzt mehr den Fuß auf die Straße
und reist mit Freuden dahin.
In den Hürden geben die Rinder
weder Milch mehr noch Fett,
die Mutterschafe werfen nicht länger.
In Frucht liegt das Land,
die Menschen zittern,
es weint der König und seine Gefolgschaft,
sie klagen . . .

So ziehen die Zeiten dahin,
fliehen die Bilder,
Schutt und Vergessen legt sich über das,
was uns lieb einst war . . .«

Die letzte Strophe hatte Ninsum mitgesungen: ». . . so ziehen die Zeiten dahin, fliehen die Bilder, Schutt und Vergessen legt sich über das, was uns lieb einst war . . .« Aber hell und klar war ihre Stimme dabei, und sie weinte nicht wie die kleine Tehiptilla, auf die es zutraf, die noch so jung war und so viel zu verlieren hatte. Nein, Ninsum weinte nicht, ihr Vorrat an Tränen war verbraucht, seit sie Lugalbanda beklagt hatte. Der Brunnen war ausgetrocknet, der

Quell des Leidensstromes versiegt. Aber dafür hatte sie eine hellsichtige Klarheit gewonnen, jedenfalls manchmal, die um vieles wertvoller war.

Sie nahm ihre Tochter in die Arme und tröstete sie. »Weine nicht, Tehiptilla«, sagte sie, »dies alles ist schon lange vorbei, es geschah vor der großen Flut, und doch liegt es noch vor uns. Aber in so weiter Ferne, daß du es nicht mehr erleben wirst. Lachen sollst du, meine Kleine, und eine glückliche Zeit haben mit Gilgamesch, deinem Geliebten...

Tehiptilla wurde ganz aufgeregt bei den wirren Worten der Alten. Sprach die Mutter von etwas, was bereits hinter ihr lag oder von der Zukunft? Sie fragte danach, bekam aber keine Antwort. Statt dessen fuhr die Mutter fort: »Nicht um ihn, um Enkidu ist zu klagen. Du aber wirst eine lachende Braut sein, freu dich, kleine Tehiptilla. Wie gut war es doch, aus dem Tempel zu gehen. Noch weiß er nicht, wo du bist. Zu sehr verwirrt hat ihn die Venus. Armer Kleiner, warum mußte er so die Liebe kennenlernen? Alles verwickelt, alles verworren, schwer zu durchschauen, das Ganze...«

Plötzlich schrie sie gellend auf und deutete mit dem ausgestreckten Finger zum Fenster. »Da, da, siehst du es, siehst du es auch? Dort flog eben sein Schatten vorbei, riesig, riesig wie eine Wolke, ein Berg... ich sehe es, ganz deutlich sehe ich ihn, obgleich er hin und her springt, um sich vor mir zu verbergen... Es ist ein Stier, ein gewaltiger Stier, o Tehiptilla, Marduk stehe uns bei... es ist der Himmelsstier! Wie ist das nur möglich, wer hat ihn befreit? Schnell, lauf zum Fenster und schau nach, ob das Sternbild des Taurus noch fest an seinem Platz steht, schnell, schnell, eile dich!«

Die Alte hatte mit schriller, sich überschlagender Stimme geschrien, die Tehiptilla durch Mark und Bein ging. Sie eilte zum Fenster und spähte erneut hinaus. Aber immer noch verdeckte ein Dunstschleier den Himmel und machte die Sterne unsichtbar. Nur dort, wo die Venus sonst stand, blakte gleißend ein flackerndes Licht aus den Wolken.

»Ich kann nichts erkennen«, sagte Tehiptilla, »alles ist diesig und verschwommen, der Mond hat seine Nebelkappe übergezogen und den Himmel dunkel gemacht.«

»Aha, diesig und verschwommen...«, brummelte die Alte, »dann steht er wohl bis zu den Knien im Sumpf...«

Tehiptilla grauste es. So furchteinflößend hatte sich Ninsum selten benommen. Ohne eine weitere Frage zu stellen oder auf Antwort zu warten, lief sie aus der Kammer, um die bereitgehaltene Medizin anzurühren. Sie tat es mit Sorgfalt und beachtete jede Anweisung des Arztes. Als sie endlich mit dem Becher zurückkam, war Ninsum auf ihrem Lager eingeschlafen. Sie lag mit geschlossenen Augen und offenem Mund da und wirkte zuerst wie tot. Aber als Tehiptilla sich zu ihr hinabbeugte, vernahm sie ihre schwachen Atemgeräusche. Sie lauschte auf ihren Rhythmus. Da sie regelmäßig gingen, stand nichts zu befürchten, und Tehiptilla stellte die Medizin neben dem Bett ab.

Ihr Herz klopfte, in ihren Schläfen hämmerte es. Sie ging zum Fenster und kühlte den heißen Kopf an der frischen Luft. Allmählich wich die schwarze Dunkelheit und verflüchtigte sich zu einem helleren Grau. Nur kurze Zeit noch, dann würde die Sonne aufgehen und wieder ein Frühlingstag für Uruk beginnen.

Träumerisch glitten Tehiptillas Gedanken dahin, sie fühlte sich unausgeschlafen und doch zugleich herrlich wach. Sie sah zu den Tempeln hinüber. Die große Zikkurat lag noch im Dunkeln, aber fern am Horizont tat sich ein heller Spalt auf und wurde größer und breiter. Der neue Tag kündigte sich an.

Es kam der Tag, an dem Sasa zum Volk sprechen sollte. So etwas hatte sie noch nie getan, und sie war aufgeregt. Wie sollte sie anfangen, und wie würden die Leute von Kisch darauf reagieren? Zumal sich hier eine Frau in die öffentlichen Angelegenheiten mischte.

»Du brauchst nichts anderes zu tun, als was du am Tag deiner

Ankunft bei uns im Palast tatest«, beruhigte sie Akka. »Erzähle ihnen von der Schönheit Uruks. Du wirst sehen: das reicht. Sie werden gebannt an deinen Lippen hängen und mehr erfahren wollen von dir.«

»Aber ich kann besser singen als reden«, antwortete Sasa.

»So beginne mit Gesang, daß sie zuerst denken, du seist eine Künstlerin, die auf dem Markt auftreten will. Dann leg die Laute beiseite und tu es den Märchenerzählern gleich, die einfach reden, wie ihnen die Worte zuwachsen.«

Genauso tat Sasa. Der Fürst, seine Berater und die Stammeshäuptlinge, dazu eine stattliche Anzahl von Soldaten, begleiteten sie über die Brücke des Wehrgrabens hin zum Markt. Dort war eine kleine Tribüne aus Sand und Steinen errichtet, auf der Akka sich mit seinem Hofstaat niederließ. Die Soldaten traten unauffällig aber jederzeit einsatzbereit in den Hintergrund, und Sasa setzte sich auf einen Teppich, der für sie ausgebreitet worden war.

Wunderschön sah sie aus, sie trug zu ihrem blauen Gewand, das mit bunten Stickereien verziert war, reichen Schmuck: Halsketten, Arm- und Fußspangen, die mit wertvollen Steinen besetzt waren. Um ihre Stirn aber hatte sie ein weißes Stirnband geknotet, auf dem in Silber der siebenstrahlige Stern aufgestickt war – das Zeichen der Venus.

Es gab einen Auflauf auf dem Platz, als Fürst Akka mit seinem Gefolge erschien und auf der Tribüne Platz nahm. Das Volk strömte von allen Steiten zusammen, denn es vermutete, daß das Erscheinen des Herrschers und sein feierlicher Aufzug nicht ohne wichtigen Grund geschah. Auch sprach sich in Windeseile herum, daß eine Frau erschienen war, für die eigens ein Teppich ausgerollt wurde, und sie sollte so unbeschreiblich schön sein und so wertvollen Schmuck tragen, daß es die Augen blendete, wenn man sie ansah. Die Bürger Kischs kamen und die einfachen Leute, die Bauern, Viehhirten und Bettler, die Sandläufer rückten mit ihren vielköpfigen Familien an und die Nomaden aus den unterschiedlichsten Stämmen, denn auch ihre Häuptlinge saßen ja auf der Tribüne und warteten auf das Ereignis. Immer mehr Menschen kamen auf den Platz und drängten sich; viele hockten sich in den Staub, andere standen und reckten die Hälse, um besser sehen zu können.

Die schöne Frau saß auf dem Teppich, lächelte in sich versunken vor sich hin und ließ ihre zarten Finger über die Saiten der Laute gleiten. Endlich begann sie zu singen, und die Leute bekamen große Ohren, denn ihre Stimme erklang wie das Jubilieren einer Vogelkehle. Sie sang in einer Sprache, die viele nicht verstanden, aber sie erfreuten sich auch so an ihrer Darbietung und der ungewohnten Abwechslung im grauen Alltag von Kisch. ›Stimme des Grases im Frühling‹ lautete Sasas Name, und sie wurde dieser Bedeutung mehr als gerecht. Sie war wie sprechendes Gras und die Leute von Kisch wie das Vieh, das nach satten, saftigen Weiden lechzt . . .

Schließlich legte Sasa die Laute neben sich und begann, von Uruk zu sprechen.

»Was sagt sie, was sagt sie?« fragten viele und drängten sich weiter nach vorn zum Teppich.

Sasa erzählte vom Alltag in Uruk und von den Festen, und sie schilderte jedes Detail so plastisch, daß vor den staunenden Leuten ein Ort aus dem Staub der Steppe erwuchs, der wohl das vielgepriesene Paradies sein mußte. Jeder hatte zwar eine andere Vorstellung vom glückseligen Garten, aber für jeden beschrieb Sasa auch etwas, das ihn hellhörig werden ließ. Zu Tausenden saßen die Menschen im Sand, alle Stämme, Hautfarben und Rassen dicht beieinander und hörten mit offenen Mündern und glänzenden Augen Sasas Bericht zu.

Nicht enden wollte Sasas Erzählung, und sie durfte auch gar nicht enden, denn die Leute hatten noch lange nicht genug, sie wollten mehr hören, viel mehr noch. Sie wollten wissen, wie es im Hafen und auf den Kaimauern zuging, wo die vielen Schiffe vor Anker gingen und ihre Schätze abluden, vom Frühlingsfest wollten sie hören und ganz genau, welche Blumen in den bewässerten Gärten wuchsen, wieviel schattenspendende Bäume es gab, wie die Felder beschaffen waren und das Korn und die Saat darauf, wie groß, lang und breit die Kornkammern waren und welche Brotsorten die Frauen von Uruk buken. Sie wollten mit Sasa die neue, prächtige Treppe, die Ischtar geweiht war, hinauf zum Eanna und zu ihrem strahlenden Tempel schreiten, um mit ihr all die Feste dort zu feiern, Hammelbraten zu essen und Obst und Früchte, den Geruch köstlicher Salben und Öle zu riechen.

Die Männer riefen Sasa zu, sie solle mehr über die Kleidung der Bürger und Soldaten Uruks berichten, welche Gürtel und Waffen sie trügen und wie der Ringkampf dort sei und dergleichen mehr. Und die Frauen fragten ungeniert nach den Mädchen im Tempel, welche Ratschläge Ischtar gab, was man ihr überhaupt alles antragen durfte, und sie wollten natürlich wissen, aus welchem Material die Stoffe der Kleider waren, ob man die Umhänge lang oder kurz trug, die Haare wie Sasa mit dem Stirnband zusammengebunden oder anders und dergleichen mehr.

Auf alles gab Sasa, so gut sie es konnte, Antwort. Ganz trocken wurde ihr der Mund vom vielen Reden, und das Volk wurde trunken allein vom Zuhören. Sie endete mit den Worten: »Und wenn ich noch Stunde um Stunde weitererzählen würde, den ganzen Tag lang und die Nacht hindurch, so gäbe dies alles dennoch nur ein schwaches Bild ab von dem, was Uruk in Wirklichkeit ist. Ich sage euch: Die schönste, prachtvollste Stadt im Erdenkreis ist sie, alle Menschen und Tiere haben genug zu essen, niemand hungert und keiner friert, denn jeder schläft mit einem festen Dach über dem Kopf. Allein der Marktplatz ist so groß, daß man ganz Kisch mit seinen Häusern, Hütten, Tempeln und dem Palast dort aufbauen könnte, ohne daß es eng würde in der Stadt. Und nie habe ich einen getroffen, der abends mit leerem Bauch vor Hunger nicht hätte einschlafen können. Gnädig gestimmt sind uns die Götter und schenken uns alles, was wir brauchen. Ich sage dies, weil es stimmt und weil ich Sehnsucht habe nach Uruk.«

»Wir auch!« riefen ein paar junge Leute, »wir wollen auch dieses herrliche Uruk sehen!«

»Wie weit ist es, wo liegt es?« riefen andere. Eine allgemeine Unruhe entstand, Rufe, Fragen und Gegenrufe wurden laut.

Da erhob sich Fürst Akka von seinem Sitz und hob die Hand zum Zeichen des Schweigens. Dennoch dauerte es lange, bis sich das Volk einigermaßen beruhigt hatte und soviel Stille eingekehrt war, daß seine Worte vernehmbar wurden.

»Volk von Kisch«, sprach er, »Leute der Steppe, der Wüste und der Berge, die ihr aus ferner Heimat aufgebrochen seid, um euren Hunger in meiner Stadt zu stillen. Ihr wißt, daß euch Kisch nicht alle zufriedenstellend ernähren kann. Die Ernte war nicht genug für alle, die da sind, und sie reicht schon gar nicht für die, die noch kommen werden. Mit jedem Tag, der vergeht, wird die Nahrung knapper für alle, so daß es eigentlich nur noch eine Frage der Zeit ist, wann der Hungerwolf kommt und euch und eure Kinder verschlingt.«

Er machte eine Pause, um das Gesagte auf die Zuhörer wirken zu lassen. Die Leute rückten unruhig hin und her. Das war nichts Neues, das wußten sie bereits. Anderes wollten sie von Akka hören, Positiveres.

Wieder hob der Fürst seine Hand und fuhr fort: »Sasa, die schöne und kluge Botin der Göttin Ischtar hat uns berichtet, wie es in ihrer Heimat aussieht, wo es an nichts mangelt und alles reichlich und im Überfluß vorhanden ist. Ich habe Hunger und Durst bei ihren Worten bekommen.«

»Wir auch!« schrie das Volk, »wir haben Hunger und Durst!«

»Ich weiß«, sagte Akka, »euer Hunger soll gestillt, euer Durst soll gelöscht werden, und alles wird sich verändern, denn hört, was mir Ischtar, die ferne Göttin, außerdem noch mitgeteilt hat: Sie lädt uns ein, nach Uruk zu kommen, uns alle, wie wir hier sind, um uns satt zu essen und nach Herzenslust zu laben!«

Jetzt brach Tumult aus, die Leute sprangen auf und schrien wild durcheinander.

»Wollt ihr dem Wunsch der Göttin folgen und mit mir aufbrechen nach Uruk?« rief Akka mit seiner lautesten Stimme über den Platz. »Ja, ja, ja!« brüllten tausend Kehlen zugleich als Antwort zurück. »Wir wollen aufbrechen nach Uruk, nach U...ruk, nach U...ruk!« kamen Sprechchöre auf, und die meisten klatschten rhythmisch die Hände dazu. »Nach U...ruk, nach U...ruk!«

Es war ein ohrenbetäubender Lärm, ein Getöse, wie wenn Wasser in den Bergen donnernd zu Tal stürzt. Und ähnlich ihm stürzten sich die Menschen in einen Begeisterungstaumel, der alle und jeden ansteckte.

»Halt!« schrie Fürst Akka und setzte mehrmals an, um wieder zu Worte zu kommen. Als es ihm endlich halbwegs gelang, rief er: »Es gibt ein Hindernis, das mich zögern läßt, sofort aufzubrechen...«

»Und was ist das?« fragten die Leute in den ersten Reihen nahe der Tribüne.

»Ein riesiger Stier, ein Ungeheuer, der furchtbare Himmelsstier, der zwischen uns und Uruk steht«, sagte Akka.

»Dann jagen wir ihn in die Sümpfe!« schrien die Leute. »Wir treiben ihn weg wie einen räudigen Hund! Er kann uns nicht aufhalten, wir wollen nach Uruk!« brüllte die Menge, und erneut kamen das rhythmische Klatschen und die Sprechchöre auf: »Nach U...ruk, nach U...ruk!«

»Dann soll es so sein, wie ihr entschieden habt«, sagte Akka und strich sich zufrieden lächelnd durch den Bart. Alles war so verlaufen, wie er es sich vorgestellt hatte. »In drei Tagen brechen wir auf!«

»Warum nicht schon heute?« riefen ein paar junge Männer.

»Weil wir die Zeit brauchen, um unsere Waffen zu richten und uns auf den Marsch vorzubereiten. Es wird kein Kinderspiel sein, es geht durch die Wüste, und denkt auch an das Ungeheuer, das uns den Weg nach Uruk versperrt.«

»Hah«, schrien die jungen Männer, »allemal nehmen wie es auf mit ihm, es soll nur kommen!« Sie schüttelten drohend die Fäuste und ihre Augen sprühten vor Tatendrang.

Jetzt waren die Stammeshäuptlinge an der Reihe. Sie erhoben sich und begannen, zu ihren Leuten zu sprechen. Da aber keiner dem anderen den Vorrang geben wollte, sprachen sie gleichzeitig. Auf dem Platz entstand unbeschreibliches Gedränge und Geschiebe, die Leute teilten sich in Gruppen und Grüppchen auf, jeder strebte dem Redner seiner Zunge zu, und bald sah es aus, als würde der Marktplatz im Chaos der durcheinanderflutenden Massen ertrinken.

Fürst Akka verließ die Tribüne und geleitete Sasa zum Palast zurück. Er war von außerordentlicher Zurückhaltung ihr gegenüber, aber diesmal konnte er seine Begeisterung kaum zügeln: »Du hast wunderbar gesprochen, Sasa. Ich bin froh, daß du in meiner Stadt weilst und Ischtar gerade dich als Botin zu mir gesandt hat. Nie werde ich vergessen, was du für uns getan hast. Du ahnst ja gar nicht, wie schlimm es wirklich um uns bestellt ist und wie du als leuchtender Funke Hoffnung in unser Elend hineinwirkst. Führe uns hinaus in eine bessere Zukunft, bringe uns nach Uruk. Und wenn sich alles zum Guten gewendet hat, will ich deiner Göttin Ischtar einen Tempel erbauen und du sollst ihn leiten, denn niemand versteht besser mit Worten die Herzen der Menschen zu bewegen und sie in die richtige Richtung zu lenken als du. Was auch geschieht, ob wir jemals den gefährlichen Himmelsstier bezwingen, Uruk berennen und Gilgamesch töten oder nicht – ich biete dir schon heute meine Freundschaft und Unterstützung an bei allen deinen Vorhaben. Du kannst dich auf mich verlassen.«

Sasa drückte spontan seine Hand, und Fürst Akka, der sorgengebeugte Mann, der zwar einen stattlichen Harem mit vielen Haupt- und Nebenfrauen besaß, aber dennoch ein Opfer seiner selbsterlassenen Gesetze war, lächelte verlegen wie ein kleiner Junge, der zum ersten Mal einem weiblichen Wesen nahekommt. Kurz lächelte er nur, dann sah man erneut schwere Gedanken und Sorgen durch sein Gesicht ziehen.

Er dachte an den Palast und den Harem, den er nicht ganz ohne Schutz zurücklassen durfte. Überhaupt konnte er nicht alle Leute von der Stadt abziehen, es würde nötig sein, eine gewisse Anzahl von Soldaten unter der Führung vertrauenswürdiger Offiziere zurückzulassen, wollte er die Stadt nicht vollkommen aufgeben und ihrem Schicksal überlassen. Aber daß ihm beim Heerzug gegen Uruk keiner den Rang als Oberbefehlshaber streitig machen würde, stand außer Frage. Er hatte es geschickt verstanden, die Interessen der einzelnen Stämme gegeneinander auszuspielen und ihre Häuptlinge jeweils zu Befehlshabern von Heeresteilen zu machen. Wenn sich die Nachricht von ihrem Aufbruch herumsprechen und andere Nomadenvölker aus der Steppe oder den jenseitigen Bergen dazu bringen würde, sich anzuschließen, so mußten sie sich unbedingt seinem Befehl unterwerfen. In wenigen Tagen konnte sich sein Einflußbereich dann verdoppeln oder verdreifachen, und er wollte diese Chance für sich nutzen. Nicht länger der Fürst einer vergessenen sumerischen Stadt Kisch wollte er sein, sondern ein König, der über viele Völker und Sprachen regierte.

Allerdings mußte der Kriegszug glücken. Nur ein Sieg würde die Stämme zusammenschweißen, eine Niederlage würde das baldige

Ende der Gemeinschaft bedeuten, und sein eigenes wohl auch. Solche Gedanken wälzten sich in seinem Kopf herum, als er an der Seite Sasas über die Brücke des Wehrgrabens zurück zum Palast hin schritt. Sein Vater Enmebaraggesi war ein Held gewesen, der aus dem Ödland die Stadt, die Felder und den Palast geschaffen hatte, wo einst nur ein winziger Dorfflecken gewesen war. Er, Akka, würde ein noch größerer Held werden, der in die Geschichte einging, bedeutender als Gilgamesch noch, den er besiegen und möglicherweise erschlagen würde.

Wie Akka vorhergesehen hatte, strömten in den nächsten Tagen neue Menschenmassen aus der Umgebung nach Kisch, so daß sich die Vorbereitungen für den Zug noch einmal verzögerten, weil alles organisiert und die Männer besser bewaffnet werden mußten. Auch gab es Diskussionen mit den Stammeshäuptlingen darüber, ob sie gleich mit Frauen und Kindern, mit dem Vieh und der gesamten Habe aufbrechen oder sie zunächst zurücklassen sollten, damit das Heer beweglicher würde. Schließlich setzte sich Fürst Akka mit seiner Meinung durch und erreichte, daß nur die Männer aufbrechen würden, die eine Waffe zu führen verstanden. Es sollte kein Hungermarsch der gesamten Bevölkerung werden, sondern ein schneller, strategisch geführter Kriegszug mit dem Zweck, in Uruk reichlich Beute zu machen und mit Schätzen beladen heimzukehren.

Am Morgen des fünften Tages war es dann endlich soweit. Vor der Stadt versammelten sich die Männer, und es stellte sich heraus, daß es ein gewaltiges, kaum zu überblickendes Heer war. Und noch immer waren nicht alle dabei. Die Hyksos fehlten noch, furchtbare, berittene Krieger, und die Stämme, die jenseits des Tigris und nördlich der Mündung des Dijala in den Tigris lebten.

Doch es galt nun, aufzubrechen und den Mut der Männer zu Taten werden zu lassen; die übrigen Stämme mochten nachkommen und das Heer unterwegs verstärken. Als sie Kisch verließen, dröhnte die Erde unter dem Schritt der Kolonnen. Zu Fuß und beritten, mit Lanzen, Knüppeln, Bogen, Messern und Schwertern bewaffnet, zogen sie los. Ein endloser Heerwurm wälzte sich durch das Ödland nach Süden.

Als die vordersten von ihnen aber den Saum der Sümpfe erreichten, bot sich ihnen ein Anblick, der sie vor Schreck erstarren ließ. Dort im Schlamm wütete ein Untier, ein riesiger schwarzer Stier. Als er sie bemerkte, hielt er in seinem Toben inne und äugte mit blutunterlaufenen Augen zornig zu ihnen hinüber.

»Was sollen wir tun?« flüsterten die Soldaten, »gegen ein solches Ungeheuer ist es sinnlos zu kämpfen. Aber es gibt nur einen einzigen Weg durch die Sümpfe, nämlich dort, wo er steht.«

Da entsann sich Fürst Akka noch einmal Ischtars Botschaft und fand Rat. Er befahl, daß alle Krieger zum gleichen Augenblick Lärm schlagen sollten, schreien und mit den Waffen klappern und auf den Stier losrennen, als sei er eine Wüstenspringmaus, die man scheuchen könne. So geschah es. Die Männer machten einen ohrenbetäubenden Lärm und liefen gleichzeitig los. Flöten pfiffen, Trommeln schlugen, und einige drehten die große Schnarre.

Als so der tosende Heuschreckenschwarm auf den Stier zugeflogen kam, erschrak er, drehte sich um und galoppierte nach Süden. Nicht, daß er eigentlich Angst vor diesen Heuschrecken hatte – er wollte nur diesem widerwärtigen Lärm entkommen. Tag für Tag wandten sie diese List an und trieben so den Himmelsstier immer weiter vor sich her, auf die Mauern von Uruk zu.

Eunogu, der Hirte, und Immo, sein Freund, zogen mit ihrer Ziegenherde die hügeligen Wiesen am Ufer des Euphrat entlang. Unterwegs trafen sie auf zwei Handwerksburschen aus Uruk, die mit dem Maultier unterwegs waren, wie es ihnen ihr Meister befohlen hatte, um Schilf zu schneiden und Seile aus einem nahegelegenen Dorf zu holen.

»Laß uns eine Rast einlegen und mit denen etwas plaudern«, sagte Eunogu zu Immo, denn er war über einen Monat fern von

Uruk gewesen und wollte die Gelegenheit nutzen, um Neuigkeiten aus der Stadt zu erfahren. So setzten sich die vier jungen Leute in den Schatten eines Busches, packten ihre Brote aus und teilten das Wasser miteinander. Die Herde zottelte um sie herum, einige Tiere begannen zu weiden, andere legten sich nieder, um zu schlafen.

»Wir wollen uns Hütten bauen, gleich neben dem Haus des Meisters, denn es gibt viel zu tun in Uruk. Der Meister zimmert allerlei Sachen aus Zedernholz. Eine Tür hat er schon gemacht für Enkidu, den Helden, der immer an der Seite Gilgameschs zu finden ist.«

»Ja, sie ist so groß«, ergänzte der andere, »daß ihr die Maße nicht glauben werdet, wenn ich sie nenne: Zwei Doppelruten breit ist sie und sechs Doppelruten hoch. Sie hängt freischwebend im Rahmen und ist so schwer, daß sie niemand außer Enkidu bewegen kann, höchstens noch Gilgamesch, der ebenso wie Enkidu ein Riese ist. Eine Elle dick ist sie, und die Türstange sowie die obere und untere Türangel sind aus einem Stück Holz gemacht. Ihr müßtet sehen, was für eine gewaltige Tür das ist! Wir haben selbst dabei geholfen, sie zu bauen und ich sage euch: es war eine furchtbare Schinderei, sie aufzurichten.«

»Was muß das für ein Haus sein, in das eine solche Tür hineinpaßt?« wunderte sich Eunogu.

»Kein Haus«, sagte der eine der beiden Handwerksburschen, »es ist ein Teil des Palastes, in dem König Gilgamesch wohnt.«

»Er ist ausgebessert worden«, fügte der andere hinzu, »viel größer ist er nun und prächtig ausgestattet. Dumuzi – wenn er noch lebte – würde ihn nicht wiedererkennen.«

»Dumuzi war ein dummer König«, sagte Eunogu, »wir können froh sein, daß seine Zeit vorbei ist.«

»Ja, Gilgamesch ist viel besser«, stimmte Immo zu, »seit er regiert, gibt es genug zu essen für alle. Glückliche Zeiten hat er Uruk gebracht.«

»Das denke ich auch«, meinte der erste Bursche, »auch der Meister hat schon sein eigenes Haus schöner gemacht und ihm ein festes flaches Dach gebaut, auf dem man abends sitzen und über die Stadt schauen kann. Wenn es weiter so geht mit der Arbeit – und es ist reichlich zu tun – werde wohl auch ich bald in keiner Schilfhütte mehr wohnen, sondern mir selbst ein solches Haus aus Steinen errichten, wie er es besitzt.«

»Aber eine Weile wird es wohl noch die Schilfhütte tun, solange du weder Weib noch Kinder hast«, lachte der zweite, »und außerdem gibt es die Hütte noch nicht. Zuvor müssen wir Schilf schneiden und Seile holen, um die Stengel zusammenzubinden. Ihr kommt doch aus dieser Richtung, seid ihr durch das Dorf gezogen, das man Esch-na-Kulab nennt?«

»Ja, ein schmucker Ort mit fleißigen Leuten darin«, sagte Eunogu und wies mit der ausgestreckten Hand in die Richtung, aus der sie gekommen waren.«

In diesem Moment fuhr ein dumpfes Stampfen und Schnauben den Himmel entlang. Die Herde stob auf und meckerte angstvoll.

»Was ist das?« fragte Immo erschrocken, »ganz blau ist die Luft, keine Wolke hängt darin, wie kann so schnell ein Gewitter kommen, zumal um diese Jahreszeit?«

Ein zweites Mal ertönte das Stampfen und Schnauben, und die Erde erzitterte davon.

Eunogu war aufgesprungen. »Das ist kein Gewitter«, rief er, »das ist etwas anderes, ich weiß nur nicht was!«

Noch lauter meckerten die Ziegen und drängten sich zum schützenden Kreis zusammen. Jetzt hatten sich auch die anderen erhoben und blicken ratlos umher. Es war nicht zu erkennen, woher die unheimlichen Geräusche gekommen waren. Das Maultier scharrte mit den Hufen und zerrte verängstigt am Strick, mit dem es angebunden war.

»Und wenn es ein Löwe war?« fragte Immo und packte seinen Stecken fester. Er war kein Held, die Hände bebten ihm, und er schlotterte vor Angst.

»Unsinn«, sagte Eunogu, »nie kommen Löwen so dicht an Uruk heran.«

»Aber was war es dann, das so entsetzlich schnaufte und stampfte?« stammelte Immo. Todesangst packte ihn und ließ ihn am ganzen Körper erbeben.

In diesem Augenblick erklang zum dritten Mal das Geräusch, und es war lauter und schrecklicher als die Male zuvor. Die Luft dröhnte, und die Erde erzitterte. Und dann sahen sie auch, woher das Geräusch kam: Wie aus dem Nichts war ein riesiger schwarzer Schatten vor ihnen aufgetaucht und stürmte, größer und größer werdend, heran.

Es war ein riesiger schwarzer Stier, der hielt die Hörner gesenkt und blies Feuer aus seinen Nüstern. Immo schrie auf, drehte sich um und begann, um sein Leben zu laufen. Auch die anderen rannten los, ließen Ziegen und Maultier zurück und flüchteten über die Wiese zum Ufer. Doch sie kamen nicht weit, da hörte Immo entsetzliche Schreie hinter sich, und als er den Kopf über die Schulter wandte, sah er, daß das Untier Eunogu eingeholt hatte und mit einem wuchtigen Hieb seiner Hörner zu Boden streckte. Wie eine Puppe stürzte Eunogu, und sein Todesschrei erstarb in schrecklichem Röcheln, als der Stier über ihm stand und seinen Körper zerfetzte. Wutschnaubend stampfte der Stier den Boden auf, Schaum quoll aus seinem Maul, und die roten Augen glühten wie Kohlen.

Nun machte er einen gewaltigen Satz nach links und jagte den beiden Handwerksburschen nach, die sich hinter einem niedrigen Dornengebüsch zu verstecken suchten. Es half ihnen wenig: Krachend brach der Stier durchs Gehölz und löschte ihr Leben mit todbringenden Huftritten aus.

Kurz nur gellten ihre Schreie in Immos Ohr, dann war es still. Er stand da und starrte von Entsetzen gelähmt auf das grausige Schauspiel. Es war alles so schnell geschehen, vielleicht in Sekunden, aber ihm kam es vor, als währte es eine Ewigkeit. Mühsam riß er sich los und rannte weiter. Schon nach wenigen Metern aber überfiel ihn die Erkenntnis, wie gering seine Chance war, dem Unheil zu entkommen. Er schrie auf, irrsinnig vor Angst und begann, wie ein Kaninchen Haken zu schlagen. Schon schwankte der Boden unter den Hufen des heranstürmenden Stiers, er spürte bereits den heißen Atem des Scheusals im Nacken. »Hilfe!« brüllte Immo. Instinktiv blickte er sich nach einem rettenden Baum, nach einem Felsbrocken oder einer schützenden Höhle um, aber nichts von alledem wollte sich zeigen. Nur Steppe, gähnende Öde, kein Ort zum Verbergen...

Immo lief, rannte weiter mit stechenden Seiten und keuchenden Lungen. Ich schaffe es, redete er sich ein, bloß nicht nachdenken, dann schaffe ich es!

In diesem Moment strauchelte er. Er stürzte und fühlte noch im Fallen einen fürchterlichen Stich, der ihm den Leib durchbohrte, hochriß und der Länge nach aufschlitzte. Er wurde emporgeschleudert und seine Seele entwich noch im Flug hinauf zu den Göttern.

Die vier waren nicht die einzigen, die an diesem Tag auf entsetzliche Weise ihr Leben verloren. Nach ihnen wurden andere überrascht, Leute, die schliefen oder bei der Arbeit waren, Männer und Frauen auf dem Feld, spielende Kinder und Alte, die vor ihrer Hütte saßen. Wie eine rasende Sturzflut stürmte todbringend das schwarze Ungeheuer dahin, zerstampfte und trat in den Staub, was sich ihm in den Weg stellte, zerstörte die Felder, riß Hütten und Stallungen ein, brach Zäune nieder und Gatter und machte erst halt, als es am Ufer des Euphrat angelangt war.

Dort blieb es schweißnaß und blindwütig stehen, unschlüssig, wohin es sich wenden sollte. Schließlich stürmte es nach Norden. Gegen Abend, als gerade die Bewohner ihr Tagwerk beendet hatten und Feuer zur Nacht anzünden wollten, erreichte es das Dorf Esch-na-Kulab. Die Bewohner waren vom Ansturm des Ungeheuers völlig überrascht und fanden weder Zeit zu erschrecken noch eine Möglichkeikt zu Flucht oder Widerstand.

Feuerspeiend raste der Riesenleib durchs Dorf und zerstampfte in rasendem Zorn die Hütten. Einhundertzwanzig Menschen zählte der Ort, und einhundertzwanzig Menschen fanden den Tod, und es blieb niemand zurück, der sie beweinen konnte. Der Stier aber fand erst Ruhe, als er die letzte Hütte zerstört und Esch-na-Kulab dem Erdboden gleich gemacht hatte. Da niemand am Leben blieb, konnte niemand die Kunde von dem heranstürmenden Untier, das Tod und Verderben brachte, weitertragen.

Am nächsten Tag überfiel es die Menschen, die weiter südlich lebten und wie irrsinnig vor Angst davonstoben. Das Untier aber folgte ihnen wie eine schwarze Wand, holte sie ein und tötete sie schneller, als sie Hilfe finden konnten.

Immer näher kam es an Uruks Mauern heran, immer weiter rückte die schwarze Wand vor und vernichtete alles auf ihrem Weg.

Erst am Abend erfuhr Urnigingar durch Zufall von den Ereignissen, als er bei einem Ausritt außerhalb der Umwallung auf einen Mann stieß, der wie wahnsinnig um sein Leben zu laufen schien.

»Was ist los?« rief ihn Urnigingar an, der den Mann zuerst für ein Gespenst gehalten hatte, denn seine Haare waren schlohweiß und hingen ihm wirr ins Gesicht, während seine Augen unnatürlich weit aufgerissen waren und sein Mund offenstand, als schreie er immer noch, obgleich kein Laut über seine Lippen kam.

Am ganzen Leibe zitternd und sich immer wieder nach einem unsichtbaren Verfolger umsehend, blieb der Mann stehen. »Ich bin entkommen«, keuchte er, »fast hätte er mich erwischt!«

»Wem bist du entkommen, wer hätte dich beinahe erwischt?« fragte Urnigingar.

»Das donnernde schwarze Untier ... wie eine Wand, die auf mich fällt, kam es heran ... alle, alle sind tot!«

»Von was redest du da? Hat dir das Bier den Verstand vernebelt?«

»Alle sind tot, das ganze Dorf!« schrie der Mann wieder, »auch meine Frau, meine Familie ... sie liegen unter den Trümmern des Hauses begraben ...«

Erst jetzt bemerkte Urnigingar, daß es sich bei seinem verstörten Gegenüber um einen jungen Mann handelte, dem der Schreck offenbar das Haar mit einem Schlage gebleicht hatte. Mit zitternden Lippen bat der Mann stammelnd, aufsitzen zu dürfen, um in Sicherheit gebracht zu werden. Urnigingar ließ ihn hinter sich aufsteigen, und während des Rittes zurück nach Uruk erzählte der einzige Überlebende des Dorfes, was ihm und den anderen geschehen war. Urnigingar eilte zu Erenda und brachte seinen seltsamen Zeugen mit, um sich mit dem jungen Priester zu beraten. »Welch unglücklicher Zufall«, sagte Erenda, »daß Gilgamesch und Enkidu gerade auf Löwenjagd sind – ich glaube, sie weilen südlich von hier –, und wir nun zu entscheiden haben, was zu tun ist.«

»Vielleicht nehmen wir ein paar Soldaten und reiten hinaus, um selbst nach dem Rechten zu sehen«, schlug Urnigingar vor.

Der Zeuge war ohnehin nichts mehr wert, da ihn die Sprache und der klare Verstand vollends verlassen hatten. Schluchzend und stammelnd lag er am Boden und zerriß sich die Kleidung vor Schmerz.

»Aber erst morgen, wenn wir mehr sehen können als jetzt in der Dunkelheit«, entschied Erenda. »Es kann ja wirklich sein, daß der Mann die Wahrheit sagt und uns eine ernsthafte Gefahr droht, aber mir ist es lieber, ich blicke ihr ins Auge, als daß ich in stockfinsterer Nacht ins Verderben stolpere!«

Am nächsten Morgen ritten sie in aller Frühe mit einer Schar Bewaffneter aus dem nördlichen Tor. Aber sie fanden nichts. Erst nach einer Weile stießen sie auf das zerstörte Dorf und entdeckten die vielen zerfetzten Leiber. Es war ein grauenhaftes Bild der Zerstörung, das sich ihnen dort bot.

Erenda sah alles mit schreckgeweiteten Augen. Er brauchte lange, bis er wieder zur Sprache fand. »Das ist nicht das Werk von Menschen«, sagte er, »ein Dämon hat hier gehaust und mit unvorstellbaren Kräften gewütet. Spürst du, wie es hier nach Tod und Verderben riecht?«

Urnigingar nickte stumm.

»Schnell, laß uns zurück nach Uruk eilen und die Menschen, die sich außerhalb der Mauern aufhalten, warnen, damit nicht noch mehr Unheil geschieht. Auch müssen wir sofort nach Gilgamesch und Enkidu schicken, damit sie erfahren, was sich hier Fürchterliches abgespielt hat.«

Sie ritten zurück und warnten überall unterwegs die Leute. Die meisten wollten es zuerst nicht glauben. Aber als sie sahen, wie ernst die Gesichter von Erenda, Urnigingar und den Soldaten waren, wandten sie sich zur Flucht. Sie ließen alles stehen und liegen und strömten in die Stadt, um sich hinter der Mauer zu bergen.

Inzwischen waren weitere Meldungen eingetroffen, die die entsetzlichen Vorfälle auch an anderen Stellen bestätigten. Nur eine Stunde von Uruk entfernt hatte sich durch das Stampfen des Stieres ein Riß im Erdreich aufgetan und mehr als hundert Menschen verschlungen.

Die Ordnung war aus den Fugen geraten, die Welt zitterte in ihren Angeln wie eine Tür, gegen die unerwartet ein Sturmwind peitscht. Angst und Schrecken verbreiteten sich über das Land und lösten Panik und eine Massenflucht aus.

Endlich erreichte die Kunde auch Gilgamesch und Enkidu, die ihr Zelt in der südlichen Wüste aufgeschlagen hatten. Der König erbleichte, als er die Nachrichten vernahm, und Enkidu überfiel ein banges Gefühl, denn noch nie hatten sie von einem solchen Ungeheuer gehört, das nun bereits wie toll um die Mauern der Stadt jagen sollte und auf alles Jagd machte, was sich bewegte. Sie gürteten, ohne ein weiteres Wort zu verlieren, ihre Schwerter um und ritten so schnell wie möglich nach Uruk zurück.

Mit ihrem Eintreffen erreichte zugleich eine weitere schlimme Nachricht die Stadt: Weiter im Osten sollte noch ein Dorf völlig zerstört worden sein, und diesmal galt es, mehr als dreihundert Opfer zu beklagen, die der rasende Himmelsstier in seiner Wut getötet hatte. Und dann kam noch eine Meldung, die ein Bote brachte, der Tag und Nacht durchgeritten war, um die Stadt zu erreichen, und der auf den Stufen zum Eanna zusammenbrach. Als er wieder bei Bewußtsein war und sich etwas erholt hatte, sagte er, daß auch er vom schrecklichen schwarzen Untier gehört habe, aber das sei noch lange nicht alles: Hinter ihm erhöbe sich ein schrecklicher Lärm, eine Musik, wie von Geistern und Dämonen gemacht, und als er sich todesmutig herangepirscht habe, hätte er ein gewaltiges Heer heranziehen sehen, viele tausend Mann stark und bis auf die Zähne bewaffnet. Das triebe den Stier vor sich her und rückte unaufhaltsam auf die Stadt zu.

»Das geht nicht mit rechten Dingen zu«, rief Gilgamesch aus, »niemand würde es wagen, das umwallte Uruk anzugreifen!«

Dennoch nahm er die Nachricht ernst und rief alle wehrfähigen Männer zu den Waffen. Die Ringmauer ließ er mit doppelten Wachen bestücken und Bogen, Pfeile und Schleudersteine auf die Bastionen bringen. Im Nu verwandelte sich die sonst so friedliche Stadt in ein wimmelndes Heerlager.

»Ein Feind rückt auf Uruk zu!« ging der Ruf von Mund zu Mund. Und: »Er hat einen Dämon bei sich, der in Gestalt eines schwarzen Stieres um unsere Mauern rennt, um uns einzuschüchtern!« Viele hatten bereits von den Toten der vergangenen Tage gehört und raunten sich hinter vorgehaltener Hand zu, wieviel Menschen umgekommen, wie viele Dörfer vernichtet waren. Da war jeder froh, daß er nicht draußen im offenen Feld saß, sondern hinter schützenden Mauern. Wie klug Gilgamesch das Unheil vorausgesehen hatte!

Alle ballten sie entschlossen die Fäuste. Mochte der Feind kommen und tausend Dämonen dazu – sie würden auf den Zinnen stehen und ihnen Widerstand bieten. Jetzt ging es um Uruk, um das Überleben aller.

Am Morgen begann die Belagerung der Stadt. Wie ein Ring schlossen sich Akkas vereinigte Heerscharen um Uruk. In sicherem Abstand, außer Reichweite von Pfeilen und Wurfsteinen lagerten sie, und vor den beiden Toren im Norden und Süden ballte sich die Hauptmacht der Krieger. Nur zum Ufer des Euphrat hin blieb der Ring offen, denn dorthin wagte sich keiner. Dort war nämlich der Himmelsstier durch die Mauer am Hafen gebrochen und stand drohend im Vorwerk von Uruk.

Die Gärten und Palmhaine verwüstete er, wühlte den Boden mit seinen gewaltigen Hörnern auf und zerstampfte wütend mit den Hufen den Boden. So kam es, daß Uruk vom Euphrat und von der Hafenanlage abgeschnitten war, denn der Weg dorthin hätte zwangsläufig durch das Gebiet geführt, in dem das Untier tobte.

Die Lage war kritisch, das konnte Gilgamesch vom Eanna aus einschätzen, denn soweit das Auge reichte waren sie von Feinden umzingelt. Alle Straßen und Verbindungen über Land waren blokkiert, der Weg zum Fluß war ihnen versperrt, und auch die Viehweiden und Felder außerhalb der Mauern nicht mehr zu erreichen. Und im Vorwerk raste der dämonische Stier.

Zum Glück standen Mauern und Bastionen trutzig da und waren

von genügend Männern besetzt, die an jeder Stelle einen Sturmangriff abwehren konnten. Auch Korn und andere Lebensmittel gab es genug, um einer Belagerung auf längere Sicht hin standzuhalten. Was indes äußerst schwer einzuschätzen schien, waren zwei Dinge: Zum einen das Geschick und die Taktik des feindlichen Heerführers, und zum anderen das, was der Himmelsstier noch alles anrichten konnte in seiner schier grenzenlosen Wut. Kraft besaß er genug – das hatte er bewiesen –, selbst eine aus schweren Steinen gefügte Mauer zum Einsturz zu bringen. Wenn er nun weiter so vorging und womöglich wie ein Rammbock an mehreren Stellen Breschen in die Befestung schlug, dann würde die Umwallung wenig nutzen und Gelegenheit für den Feind bieten, im Gefolge des Stieres überall einzudringen.

Woher kam überhaupt das Untier und warum griff es nur Leute von Uruk an, tat dem Feind hingegen aber nichts? Gilgamesch, Enkidu und selbst Eschnunna, der vergeblich auf der Suche nach einer Antwort die Bücher seiner Bibliothek durchstudierte, standen vor einem Rätsel. Ein Bote, den sie zu den sieben Weisen geschickt hatten, kehrte erfolglos zurück und berichtete, er habe nur verschlossene Höhleneingänge vorgefunden, was darauf hindeutete, daß die Alten sich zurückgezogen hatten und eine Aussage zu den Geschehnissen verweigerten.

Unruhig lief Gilgamesch in seinem Palast umher, bis es ihn dort nicht mehr länger hielt. Er machte sich mit den engsten Getreuen auf und verließ den Eanna, um unten am Verteidigungsring nach dem Rechten zu sehen. Gewappnet und mit den Schwertern am Gürtel stiegen Gilgamesch und Enkidu hinab in die Stadt, wo sie das ängstliche Volk umdrängte und befragte, was nun zu tun sei.

»Ein jeder besorge sich bei Olugi, dem Waffenmeister, eine Waffe und halte sich in Nähe der Mauer bereit«, riet Urnigingar, der seine Steinschleuder am Gürtel und in der Rechten einen mächtigen Wurfspieß trug, »die Frauen, Kinder und Alten aber gehen am besten zum Eanna hinauf, um von den Göttern Hilfe zu erflehen.«

»So schlimm ist es, so übel sind wir bedrängt«, murmelten die Leute und liefen verstört auseinander. Sinnunni, der sie genau beobachtete und allerorten besorgte Gesichter sah, entdeckte Angst und eine seltsame Unentschlossenheit bei den Menschen von Uruk. Er nahm sich vor, darüber ein Gedicht zu schreiben, wenn alles vorbei und hoffentlich im Guten beendet war. Zuvor aber gab es noch eine Menge zu tun.

Sie schritten den inneren Kreis der Wehrmauer ab und gaben den Männern Anweisung, was im Falle eines Angriffs zu tun sei. Berittene sprengten durch die Straßen, um die Befehle weiterzugeben und den Widerstand zu organisieren. Sorgen umwölkten Gilgameschs Stirn, als er die übermächtige Zahl der Gegner erblickte. Viele verschiedene Stämme mußten es sein, die sich da draußen in der Ebene zusammenzogen. Er sah Hyksos in ihrer typischen Tracht ebenso wie Bergbewohner, Sandläufer und Nomaden der Steppe. Überall blinkten ihre Feldzeichen, standen ihre Zelte, loderten ihre Feuer. Wie kam es nur, daß jemand all diese unterschiedlichen Rassen zu gemeinsamem Handeln zusammengeführt hatte?

Noch immer wußte er nicht, wer ihr Anführer war. Es mußte ein außergewöhnlicher Feldherr sein, vielleicht ein großer König aus einem fernen, fremden Land, von dem er noch nichts gehört hatte. Und dann – welche Machtmittel besaß er, das wütende, schwarze Stierungeheuer nach seinem Willen zu lenken? Stand er mit den Dämonen der Unterwelt im Bunde, hatten Geister ihn herangeführt, um Uruk zu strafen?

Er schüttelte störrisch den Kopf und vermochte an diese Deutung nicht recht zu glauben. Aber daß sie keineswegs in friedlicher Absicht gekommen waren, sondern einzig und allein mit dem Ziel, zu zerstören und zu erobern – daran bestand kein Zweifel mehr.

Inzwischen hatte sich der Belagerungsring geordnet. Reiterkuriere gingen zwischen den einzelnen Häuptlingen hin und her, und Akka, der in der Nähe des südlichen Tores sein Zelt aufgeschlagen hatte, beriet sich mit ihnen, wie nun am besten weiter vorzugehen sei. Da kam Kunde, daß zusätzliche dreitausend Mann aus der Steppe herankamen, Nomaden verschiedener Sippen, die unterwegs vom Kriegszug des Fürsten von Kisch gehört hatten. Es waren Stämme, die tief aus der südlichen Wüste kamen, aus jenem Land, in dem einst die sagenhafte Königin von Saba regiert haben sollte. Akka sandte ihnen einen Boten entgegen und wies sie an, die

Sturmtruppen am nördlichen Tor zu verstärken. Wann immer sich dazu die Gelegenheit bot, wollten sie an beiden Toren gleichzeitig angreifen und ihre Keile in die Stadt hineintreiben, während andere Stämme die Bastionen berennen sollten, um die Verteidiger möglichst an vielen Stellen zugleich zu binden. Dann galt es noch, den Stier ins Innere Uruks zu lenken, obgleich dies im Augenblick als undurchführbar erschien, denn das Untier befand sich weidend in den Palmgärten und ließ niemanden, weder von innen noch von außen, an sich heran. Akka dachte angestrengt nach. Zu dumm, daß man keinen Boten in die Stadt schleusen und Kontakt zur Göttin aufnehmen konnte. Hatte sie nicht indirekt zugesagt, bei einem Angriff auf ihrer Seite zu stehen? Vielleicht tat sie ja drinnen etwas, von dem niemand etwas bemerkte ...

Unmöglich konnte er Sasa senden, denn die Tore waren verriegelt, und jeder würde sie sofort als Spionin erkennen und Wind von der Sache bekommen, über die es vorerst noch Stillschweigen zu bewahren galt.

Im übrigen war Akka vom Anblick der Stadt ebenso entzückt wie enttäuscht. Der Blick auf ihre Größe, auf den Berg mit den schönen Palästen, Tempeln und der Zikkurat begeisterte ihn. Sasa hatte nicht übertrieben – es mußte eine reiche und wohlhabende Stadt sein; bereits die ausgedehnten Felder und Weiden ringsum wiesen darauf hin. Enttäuscht, ja beinahe erschüttert aber war er von den Ausmaßen der Mauer. Wie sollte man die jemals überwinden? Hoch war sie und fest zusammengefügt, ein Wall erschwerte den Ansturm, und überall gab es Bastionen, aus denen die Verteidiger gute Übersicht hatten und seine Männer mit einem Pfeilhagel überschütten konnten, noch bevor sie näher an der Mauer waren. Viele Tote würde es kosten, sie zu berennen, und die Tore mit ihren wuchtigen Bollwerken waren nicht minder gut geschützt. Diese Stadt war mit keiner zu vergleichen, die er bisher gesehen hatte, man konnte sie nicht im Handstreich nehmen, höchstens sich ihrer mit List bemächtigen. Und auf eine solche List sann Akka.

Er fluchte über die Dummheit der Nomaden, die einfach nur kämpfen und losstürmen wollten und sich an der Mauer blutige Köpfe holen würden. Nein, mit blinder Gewalt war hier wenig zu erreichen, es mußte wohlüberlegt und mit Klugheit vorgegangen werden. Aber wie? Er grübelte und zermarterte sich den Kopf dabei.

Auch Gilgamesch hatte sich eine Strategie überlegt und war zu dem Schluß gekommen, daß es wohl das Beste war, einen Unterhändler nach draußen zu senden, der herausfinden sollte, mit wem er es überhaupt zu tun hatte und was die Belagerer wollten. »Männer«, sprach er zu seinen Soldaten, »welcher Mutige meldet sich freiwillig, um vor die Tore der Stadt zu gehen und mit den Feinden zu sprechen?«

Daraufhin trat Birchurturre, ein Junge aus dem südlichen Teil der Stadt, vor und meldete sich.

»Du bist wirklich mutig«, sagte Gilgamesch und legte ihm die Hand auf die Schulter, »geh nun hinaus und erkunde, was da vor sich geht und was die Fremden von Uruk wollen.«

Birchurturre wurde bis zum Südtor geleitet, es wurde einen Spalt geöffnet und der Botschafter nach draußen zum Gegner entlassen. Entschlossen, sich vor dem riesigen Heer nicht scheuend, schritt er auf die feindlichen Reihen zu.

Kaum hatte er sein Ziel erreicht, da stürzten sich die Soldaten Akkas auf ihn, ergriffen und schlugen ihn, bis er bewußtlos am Boden lag. Dann rissen sie ihn hoch und schleppten ihn wie einen Sack Getreide vor ihren Fürsten.

»Der da kam aus der Stadt«, sagten sie, »wir haben ihn gebührend begrüßt.«

Langsam kam Birchurturre wieder auf die Füße.

»Wer bist du?« wurde er gefragt.

»Birchurturre, ein einfacher Soldat aus Uruk«, erwiderte der Angesprochene trotzig, »Gilgamesch, der ruhmreiche König, hat mich gesandt.«

»Steht er da oben auf der Zinne und sieht zu?« fragte Akka und deutete auf die Mauer. Birchurturre hob den Kopf und sah hin. »Nein, das ist nur ein Offizier«, sagte er kühn, »wäre es der König, wäre es Gilgamesch, der da oben stünde, so würde euer ganzes Heer vor Angst erzittern und in den Staub sinken vor ihm.«

Da schlugen die Soldaten erneut auf Birchurturre ein, bis Akka Einhalt gebot.

»Steh auf, du Wurm, und geh zurück nach Uruk und verkünde dort, daß hier Akka, der Sohn des Enmebaraggesi, Fürst von Kisch und Oberbefehlshaber über zehntausend Mann steht, bereit, die Mauern zu stürmen, wenn ihr nicht freiwillig die Tore öffnet und uns die Stadt übergebt«, sprach er.

Birchurturre erhob sich und schleppte sich nach Uruk zurück. Dort erstattete er Bericht.

Gilgamesch schäumte vor Wut über die schmachvolle Behandlung seines Boten. »Ich werde selbst hinausgehen und diesen erbärmlichen Akka mit bloßen Händen erwürgen«, schrie er.

»Nein, tu das nicht«, widersprach Enkidu, »darauf wartet er nur. Sie werden dich überwältigen und als Geisel gegen uns nehmen, und die Stadt ist dann ohne König.«

»Aber wir müssen mit ihm verhandeln«, sagte Gilgamesch, »noch immer wissen wir nicht den Grund für den Angriff des Gegners und was es mit dem Stier auf sich hat, der zugleich mit ihnen erschienen ist.«

»Dann gehe ich«, sagte Enkidu, »und du sollst auf der Mauer stehen und zusehen, wie ich verhandle.«

Gilgamesch riet heftig ab, aber Enkidu blieb bei seinem Entschluß und bestand darauf, vor das Stadttor geleitet zu werden. Wieder öffnete sich das Tor einen Spalt und Enkidu, der Barbar, trat waffenlos vor die Mauer. Furchtlos schritt er auf den Gegner zu.

»Ein Riese kommt«, flüsterten Akkas Soldaten und wagten nicht, sich ihm in den Weg zu stellen. So gelangte Enkidu bis vor Akkas Zelt.

»Bist du Akka von Kisch?« brüllte er, daß es weithin zu hören war.

»Ja«, antwortete der Fürst, der sich über das Aussehen und den Mut des Mannes wunderte. »Und du bist wohl Enkidu, der Barbar, von dem ich gehört habe?«

Enkidu hob stolz den Kopf und verschränkte die Arme vor der Brust. »Der bin ich«, sagte er und maß die dürre Gestalt seines Gegenübers mit mitleidigem Lächeln.

»Steht jetzt Gilgamesch auf der Mauer?« fragte Akka

»Ja, dort drüben, der mit dem feuerroten Umhang ist es«, entgegnete Enkidu, »nimm dich in acht, er sieht uns. Eine falsche Bewegung von dir, und er kommt von der Mauer herab und eigenhändig über dich, um dir dein Lebenslicht auszublasen.«

Akka war beeindruckt vom Stolz des Barbaren, und er sah die stattliche Gestalt im roten Mantel auf der Mauer. Er beschloß, mit Enkidu in Ehren zu verhandeln.

»Ganz so große Feiglinge, wie ihr in Uruk glaubt, sind wir nicht. Da steht euer König auf der Mauer, und hier meine Soldaten, und noch ist keiner von ihnen vor Angst in den Staub gesunken. Im Gegenteil: Meine Leute sind zum Kampf bereit und zu allem entschlossen. Du willst sicher wissen, warum wir gekommen sind? Nun, wir stammen aus einer Gegend, der die Regenzeit wenig Segen gebracht hat und wo die Menschen hungern. Große Not herrscht bei uns und den Stämmen der Sandläufer und Nomaden. So sind wir zum Äußersten bereit, um unser Schicksal zu ändern und sind nach Uruk gezogen, um unser Elend in Glück zu verwandeln. Wir sind nicht gekommen, um zu betteln, sondern um zu fordern. Wir wollen nicht die übriggebliebenen Brosamen von eurer Tafel, sondern alles. Übergebt ihr uns nicht freiwillig die Stadt und die Kornkammern, so werden wir euch belagern und mit Gewalt berennen, bis kein Stein mehr auf dem anderen steht, der der Nachwelt verkünden könnte, daß einst hier das stolze Uruk sich erhob.«

»Das sind große Worte«, sagte Enkidu, aber unsere Mauern sind größer, und noch größer ist der Mut unserer Krieger. Ihr werdet wenig Freude bei der Belagerung haben, an den Mauern beißt ihr euch die Zähne aus, unsere Pfeile schmecken nach Tod, und wenn Gilgamesch erst richtig in Zorn gerät, so fährt er aus der Stadt und wird euer Heer zerschmettern und so in alle Winde zerstreuen, daß ihr den Tag eures Aufbruchs bereuen werdet.«

»Vergeßt nicht, wir haben einen mächtigen Dämon auf unserer Seite: Der Himmelsstier ist es, der Tod und Verderben bringt«, sagte Akka.

»Pah«, spuckte Enkidu aus, »ein schwarzer Ochse, mehr nicht. Vor ihm ist mir nun wirklich nicht bang.«

»Unterschätze ihn nicht, Enkidu. Einen Vorgeschmack auf das, wozu er fähig ist, haben bereits einige eurer Dörfer genossen.«

Enkidu dachte an das, was er darüber gehört hatte, und der Gedanke daran erfüllte ihn mit Zorn. Aber er beherrschte sich und fragte: »Wo kommt er überhaupt her, wie seid ihr an ihn geraten?«

»Er stand in den Sümpfen, wo ihn die Götter als Strafgericht über Uruk ausgesetzt hatten. Wir brauchten ihn nur noch auf den richtigen Weg zu bringen und hierher zu treiben. Du hast ihn gesehen?«

Enkidu nickte. »Ja, er ist unten am Hafen durch die Mauer gebrochen und steht nun in den Gärten. Ein häßliches Vieh.«

»Eben«, sagte Fürst Akka listig und strich sich durch den Bart, »und so wie er die Mauer dort unten durchbrach, so wird er es auch an anderer Stelle tun, um Breschen für unsere Sturmtruppen zu schlagen. Siehst du nun ein, daß es wohl besser sein wird, auf einen Kampf zu verzichten? Ein Widerstand ist sinnlos, denn die Götter sind auf unserer Seite. Gebt also lieber gleich nach und macht uns die Tore auf, bevor dies mit Gewalt geschieht und eure Stadt in Schutt und Asche zerfällt. Es wäre schade um all die schönen Häuser und Tempel.«

Enkidu wallte das Blut in den Adern. Er krampfte die Hände zu Fäusten zusammen und öffnete sie wieder. Nur mühsam bewahrte er eine ruhige Stimme.

Er antwortete: »Ich habe deine Worte vernommen, Akka von Kisch, aber sie kommen mir vor wie Fliegengesumm in den Ohren. Mag ein Frosch auch quaken, so ist das noch lange keine Musik, und schon gar keine, die einen ganzen Sumpf in Bewegung brächte. Du und dein alberner schwarzer Ochse, ihr jagt mir keine Angst ein, und den Männern Uruks ergeht es ebenso. Lieber sind wir bereit, zu kämpfen und zu sterben, als unsere stolze Stadt zur Herberge von schmutzigen Sandläufern und Nomaden zu machen. So gebe ich dir nun einen Rat, Akka von Kisch, und merke ihn dir gut: Einen Tag und eine Nacht habt ihr Zeit, euch zu beraten und abzuziehen, ohne daß euch Strafe trifft. Seid ihr aber morgen um diese Zeit immer noch hier, so werden wir euer Heer in Stücke hauen und deinen Kopf neben den Chumbawas spießen, der ein ähnliches Großmaul war wie du.«

Dem Fürsten floß alles Blut aus dem Gesicht, seine Lippen zitterten vor Wut und seine Hand fuhr zum Messer, um es, als Antwort auf seine Unverschämtheiten, dem frechen Barbaren zwischen die Rippen zu stoßen. Aber auch er unterdrückte seinen Zorn.

Statt dessen sagte er: «Gut, so warten wir ab, wer zuerst zur Klugheit findet. Richte Gilgamesch, deinem König, aus, ich stehe hier und erwarte seine Antwort aus eigenem Mund.« Mit diesen Worten drehte er sich um und verschwand in seinem Zelt.

Enkidu tat es ihm gleich, er wandte sich um und ging ruhigen Schritts, ohne auf die feindlichen Soldaten zu achten oder sich noch einmal umzudrehen, zurück zum Tor.

»Es scheint ihm ernst zu sein mit dem, was er vorhat«, sagte Gilgamesch, als ihm Enkidu alles berichtet hatte. »Vor seinen Soldaten ist mir nicht bang. Das einzige, was mir wirklich Sorge bereitet, ist das Untier unten am Hafen. Weiß jemand, was es gerade tut?«

»Es stampft nach wie vor durch die Gärten, zertrampelt die Blumen und reißt Palmen mitsamt den Wurzeln aus dem Boden«, berichtete einer der Offiziere, dem die Beobachtung des westlichen Vorwerkes oblag. Gilgamesch sann nach und beriet sich mit seinen Männern.

Es gab noch jemanden in der Stadt, der sich heftig Gedanken machte – das war die Hohepriesterin im Tempel. Iluna stand auf dem Dach, betrachtete von dort aus das Geschehen und schichtete Opferfeuer für Marduk auf. Aber der himmlische Vater achtete nicht auf sie, er ruhte im Himmel, träumte von seiner Schöpfung und ließ sich nicht stören dabei.

Da durchzuckte Iluna eine grausame Idee. In alten Schriften hatte sie von einem Zauber gelesen, der lange nicht mehr angewandt worden war und der eine entsetzliche Wirkung haben sollte. Zunächst scheute sie davor zurück, zu diesem Mittel zu greifen, doch als sie sah, daß der Himmelsstier nach wie vor die Gärten zerwühlte, ohne Anstalten zu machen, endlich die Mauern zu brechen, um freie Bahn für Akkas Leute zu schaffen, überwand sie ihre letzten Skrupel.

Sie ließ von den Dienerinnen besondere Kräuter herbeischaffen und mischte sie untereinander und zerstampfte sie zu einem Brei. Den Sud füllte sie in einen Kessel und kochte ihn auf. Grün schäumte es auf, und eine widerlich stinkende Wolke stieg auf und breitete sich über der Stadt aus. Iluna geriet ins Wanken, als sie etwas davon einatmete. Mit unsicheren Schritten hastete sie die Treppe hinab und warf sich auf ihr

Lager, wo sie heftig keuchend liegenblieb, während Ringe vor ihren Augen tanzten, Blitze aufzuckten und Lichtkaskaden explodierten. Nach kurzer Zeit sank sie ermattet in einen Dämmerschlaf, von dem sie lange nicht mehr erwachte.

Über die Stadt aber wanderte die Wolke dahin, und wo sie auftauchte, verfielen die Menschen ihrer Macht. Die einen sanken in Schlummer, andere belebte der Geruch dermaßen, daß sie außer sich gerieten und lachend, schwatzend, tanzend, singend durch die Straßen torkelten. Wieder andere wurden taub und dumm im Kopf, sie starrten auf ihre Waffen, wußten damit nichts mehr anzufangen und betrachteten die eigenen Hände wie etwas Fremdes, das gar nicht mehr zu ihnen gehörte.

Zum Glück bekam der Feind draußen vor der Mauer nichts mit von dem seltsamen Treiben in Uruk, sonst hätte er die Gelegenheit am Schopfe gepackt und ohne lange zu zögern die Tore gestürmt. Kein nennenswerter Widerstand wäre ihm entgegengebracht worden, er hätte höchstens Männer angetroffen, die mit glasigen Augen und herausquellender Zunge in den Winkeln hockten und wie irr kicherten und lallten.

Merkwürdigerweise wurden Gilgamesch und Enkidu von der Wolke verschont, die ansonsten beinahe jeden erreicht und beeinflußt hatte. Sie nahmen die unübersehbare Veränderung rings um sich wahr und wußten sich keinen Reim darauf zu machen.

»Weißt du, was hier vorgeht?« fragte Gilgamesch.

Enkidu schüttelte den Kopf. »Es sieht aus, als wäre ihnen der klare Verstand verlorengegangen. Vielleicht ist es der böse Atem des Stieres, der dieses bewirkt.«

Sie bemerkten, daß der Wahnsinn mehr und mehr Leute erfaßte und zu unerklärlichen Handlungen trieb. Ganz Uruk schien sich plötzlich so zu bewegen, wie es sonst nur die wenigen armen Wesen taten, die am Rande des Marktes in steter Umnachtung des Geistes lebten. ›Die im Nebel‹ nannte man sie, und manche von ihnen litten auch an der ›heiligen Krankheit‹, in der sich Wahnsinn und Erleuchtung paarten.

»Es ist ein Zauber«, sagte Gilgamesch, »ein böser Zauber, der uns getroffen hat und uns lähmen soll.«

»Ich aber spüre noch nichts, ich fühle mich gut wie immer.«

»Dann laß uns handeln, Enkidu, jetzt, bevor es zu spät ist. Wir gehen hinaus zu Akka und sprechen mit ihm. Kämpfen können wir immer noch, wenn das Verhandeln nichts nützt.«

So gingen sie zur Mauer und mußten selber das Tor öffnen, denn die Wächter waren dazu nicht mehr in der Lage. Unverriegelt ließen sie das Tor und zogen den Türspalt hinter sich zu. Sie gingen dem feindlichen Heer entgegen und fürchteten sich nicht. In ihren Gürteln steckten die Schwerter, und sie waren bereit, sie zu benutzen, wenn es sein mußte, und möglicherweise ganz allein gegen die Übermacht des Feindes zu kämpfen.

Auf Hörweite der gegnerischen Reihen blieben sie stehen und riefen den Männern zu: »Gilgamesch und Enkidu kommen allein und ohne Begleitung und wollen mit Fürst Akka reden!«

Die Nachricht wurde zum Zelt gebracht, und kurz darauf erschien Akka persönlich. Er blickte auf die beiden Helden, sah, daß sie gewappnet waren und ihre Schwerter im Gürtel trugen und legte auch seinerseits das Kampfschwert an. Dann schritt er ihnen entgegen.

»Sei gegrüßt, Fürst Akka von Kisch, Sohn des ruhmreichen Enmebaraggesi und verzeih, daß ich erst jetzt dazu komme, dich persönlich zu begrüßen«, sagte Gilgamesch und neigte höflich das Haupt.

Akka war über diesen unerwarteten Gruß so verblüfft, daß er keine Worte fand. Gilgamesch fuhr fort: »Es bedrückt mich, daß du nicht als Freund zu uns kommst, sondern drohend mit einem ganzen Heer. Was hat dich dazu veranlaßt? Ist dir von Uruks Gastfreundschaft nichts zu Ohren gekommen?«

»Mein Volk hat Hunger«, erwiderte Akka düster und wußte nicht, was er weiter sagen sollte, denn die Begegnung rührte ihn seltsam an. Stolz war dieser Gilgamesch, mit edlen Gesichtszügen und offenem Blick, einer, den man sich eher zum Freund als zum Feinde wünscht. Auch der Barbar wirkte friedlicher als beim ersten Mal, obgleich er entschlossen schien und seine Hand auf dem Schwertgriff ruhte.

»Warum ist das so?« forschte Gilgamesch weiter, »hat euch die

Regenzeit nicht genug Wasser gebracht, um die Saat fruchtbar quellen zu lassen?«

»Genug Wasser schon, aber es versickert schneller im Boden, als wir es auffangen können. Darum nützt es den Feldern wenig, es gibt nicht genug Korn für die Menschen, nicht genug Gras für das Vieh, um alle ernähren zu können. Noch schlechter erging es den wilden Stämmen, die in meine Stadt gezogen kamen, um das Wenige, das wir besitzen, noch mit uns zu teilen.«

»Dann müßt ihr Bewässerungsgräben anlegen, in die Felder leiten und eine Mauer gleich der unsrigen um eure Stadt bauen«, sagte Gilgamesch.

Akka starrte ihn an, und erneut verschlug es ihm die Sprache. Warum redete Gilgamesch über diese Dinge und nicht vom Kampf? Erneut sprach der König von Uruk: »Ich vermute, daß euch die Not zu uns treibt, Fürst, und die Schwierigkeiten, die ihr mit eurem eigenen Volke habt. Aber es war unüberlegt und der falsche Weg, es auf diese Weise ändern zu wollen. Ihr hättet mir ebensogut einen Boten senden und mich um Hilfe bitten können – ich hätte sie euch nicht verwehrt.«

»Du . . . bietest mir Hilfe an . . . ?« stotterte Akka verwirrt. War es der Anblick der beiden Riesen oder die Luft, die plötzlich so anders schmeckte . . . er spürte plötzlich etwas Merkwürdiges in sich aufsteigen und rang mit den unterschiedlichsten Gefühlen und Gedanken.

»Ja, wir wollen dir und deinem Volk helfen. Ich finde das ganz natürlich. Gehörtet ihr nicht auch einst, zu Zeiten, die lange dahin sind, zum alten Reich des Landes Sumer? War Kisch nicht ein Ort, an dem man mit unserer Zunge sprach, beteten unsere Vorfahren nicht die gleichen Gottheiten an?«

»Den Anu ja, nicht aber Ischtar . . .«

»Also Anu . . . und Anu hat euch befohlen, gegen eine Bruderstadt mordend und plündernd in den Krieg zu ziehen? Ist es nicht besser, sich gegenseitig zu achten und zu helfen, daß es beiden Seiten von Nutzen sein kann? Wir haben genug Baumeister hier, um euch einige von ihnen zu senden, damit sie in Kisch eine Anlage zur Bewässerung der Felder bauen können.«

»Deine Worte verwirren mich«, sagte Akka. »Statt den Kampf auszutragen, stehen wir hier herum und tauschen Höflichkeiten aus. Haben schöne Worte jemals etwas verändert?«

»Wenn auf die richtigen Worte die richtigen Taten folgen, schon«, antwortete Gilgamesch. »Dazu bin ich jedenfalls fest entschlossen.«

Akka kratzte sich nachdenklich am Kopf. War das alles nur eine Taktik, ihn hinzuhalten? Was hatte dieser Gilgamesch vor?

»Nun«, sagte Akka zögernd, »ich zog aus im Glauben, einen Feind vorzufinden, dem es gelegen kommt, daß mein Volk am Hunger stirbt, und der Schadenfreude empfindet. So haben es jedenfalls meine Kundschafter berichtet...«

»Dann haben sie sich geirrt oder dir absichtlich Falsches berichtet«, sagte Gilgamesch. »Glaub mir, uns liegt nichts daran, andere verhungern zu lassen, ebensowenig, wie wir mit euch kämpfen wollen. Du mußt wissen, daß ich keineswegs aus Feigheit so spreche. Unsere Mauern sind stark, unser Heer ist gut ausgebildet und schwer bewaffnet. Der Kampf würde ein endloses Ringen bringen, an dessen Ende wir beide zahllose Tote und noch mehr Verletzte zu beklagen haben werden, vielleicht sogar den völligen Untergang eures Volkes. Kann dies eine Lösung sein? Nein, Fürst Akka, die Zeiten haben sich verändert, sie weisen auf Austausch und Handel mit allen Nachbarn. Es liegt uns daran, mit euch in Frieden und Freundschaft zu leben.«

»Dennoch«, brummte Akka, »was nützen uns schöne Worte? Mein Volk hungert jetzt. Von Worten allein wird es nicht satt!«

»Auch da können wir euch helfen. Unsere Kornkammern sind voll, übervoll sogar dieses Jahr. Wir geben euch gern davon ab.«

»Aber zu welchem Preis...«

»Preis? Betrachtet es vorerst als Gastgeschenk. Ein Geschenk, aus dem dereinst lohnender Handel für beide Städte erwachsen mag.»

Da mischte sich Enkidu ins Gespräch. »Gilgamesch, mein Bruder«, sagte er, »du vergißt den Stier. Wieviel Unheil hat er schon angerichtet, wie viele Menschen getötet und Dörfer zerstört. Kannst du das einfach vergessen? Und hängt es nicht mit Akkas Heerzug zusammen, daß er kam? Waren sie es nicht, die ihn nach Uruk getrieben haben?«

»Ich denke schon an den Himmelsstier«, sagte Gilgamesch, »und Schmerz erfüllt mich, wenn ich an seine Schandtaten denke. Doch trenne ich seine Schuld von Fürst Akkas Taten. Akka handelte so, weil er nicht wußte, daß wir in Freundschaft mit ihm leben können und wollen. Der Stier aber ist so, weil ein böser Geist ihn lenkt. Ein Dämon, den wir nur durch unsere Entschlossenheit vertreiben können. Du und ich, Enkidu, wir haben den Chumbawa und seine Knechte erschlagen, wir scheuen weder vor Gefahren noch vor Gespenstern zurück. Was immer es auch sein mag, das über Uruk gekommen ist – wir werden es mit eigener Hand verjagen. Durch die Kraft unserer Schwerter werden wir den Himmelsstier töten und das Böse endgültig vertreiben.«

»Wenn euch das gelingt«, sagte Akka, »dann seid ihr wahrhaftig die größten Helden des Erdkreises, und ich werde nicht zögern, euch die Hand zur Freundschaft hinzustrecken, denn nicht jedem, der lebt, ist es beschieden, Helden solcher Art zum Freunde zu haben. Allerdings ...«

»Was allerdings?«

»Nun ...«, Fürst Akka fuhr sich nervös mit den Fingerspitzen durch den Bart, »... ich fürchte, es wird euch nicht gelingen. Gar zu mächtig ist der Stier, die Ausgeburt aller Bosheit ist er. Niemand kann ihn bändigen, geschweige denn töten. Es mag sein, daß ich Freunde gewinne und sie doch gleich wieder verliere – dann nämlich, wenn ihr den Kampf gegen das Untier wagt. Keine Wasserkanäle bekäme ich dann und keine Mauer um Kisch ...«

»In diesem Falle«, lachte Gilgamesch, »würdet ihr keinen schlechten Tausch machen. In dem Fall nämlich, daß uns der Stier ums Leben bringt, gehört euch die Stadt, und ihr könnt euch auch ohne Freundschaft nehmen, was ihr begehrt. Siegen aber wir, so soll all das gelten, was wir euch zuvor angeboten haben. Gilt es?«

»Es gilt«, sagte Akka und ergriff die dargebotene Hand. Die Pläne Ischtars mochten vielversprechend sein – die Freundschaft mit diesem Manne war wertvoller.

Gilgamesch und Enkidu gingen zurück zum Tor, verriegelten es von innen und eilten über die Mauer zum Vorwerk. Noch immer hielt die Betäubung der Menschen in Uruk an. Doch draußen eilten die Leute Akkas und der Fürst selbst zum Hafen hin, erklommen vorsichtig die Mauer an der zerstörten Stelle und beobachteten aus gebührendem Abstand, wie sich Gilgamesch und Enkidu durch den Garten dem furchtbaren schwarzen Stier näherten.

Da stand es, das Untier, und hob den Kopf, um in die Richtung zu starren, aus der die beiden Gestalten kamen. Blutrot glühten seine Augen, und feuriger Atem fuhr aus den Nüstern. Ungeduldig stampfte es mit den Hufen den Boden auf. Nach links und rechts trennten sich die Freunde und kamen von zwei Seiten heran. Der Himmelsstier spähte vom einen zum anderen. Dann senkte er den gewaltigen Nacken und stürmte auf Enkidu los.

Der ließ das Tier ganz dicht herankommen und reizte es mit heftigen Bewegungen. Als es ihn beinahe erreicht hatte, sprang er im allerletzten Moment beiseite und stieß sein Schwert vor. Scharf fuhr die Klinge in den Leib des Untiers und schlitzte ihm die Seite der Länge nach auf. Es brüllte auf, daß die Steine erbebten und die Menschen außerhalb und innerhalb der Mauern vor Schreck gelähmt wurden.

Enkidu aber ließ das Schwert fallen, sprang empor und packte den Stier an den Hörnern. Schwer rang er mit ihm, und heiß blies ihm sein Glutatem ins Gesicht. Doch der Himmelsstier war kräftiger als Enkidu und schüttelte ihn ab.

Da sprang Gilgamesch vor, faßte das Schwert mit beiden Händen und stieß es dem Stier zwischen Hals und Horn. Ein Gurgeln brach aus der Kehle des Untiers, ein Zucken raste durch seinen Körper, seine mächtigen Schenkel erbebten. Dann brach es leblos zusammen. Enkidu führte noch einmal das Schwert, schlitzte den schwarzen Dämon auf und riß ihm das Herz aus der Brust. Da brach Jubel in der Stadt los. Ein frischer Wind hatte die unheimliche Wolke zerstreut, und langsam wich der Wahn aus den Köpfen der Menschen. Staunend standen die Leute Akkas, die Zeugen des Schauspiels geworden waren, und sie bezeugten den beiden Helden ihren Respekt.

Auch Iluna war kurz aus ihrem Dämmerschlaf erwacht und eilte auf die Zinne ihres Tempels, um zu sehen, was unten vor sich ging. Als sie erkannte, was geschehen war, schrie sie schmerzerfüllt auf: »Weh über Gilgamesch, der mir erneut Schmach und Schande bereitet hat. Den Himmelsstier streckte er nieder und nahm mir den einzigen Wunsch, den ich bei Marduk frei hatte.« Enkidu aber, der unten im Palmengarten stand und ihre Schreie nicht hören konnte, riß dem Himmelsstier einen Schenkel ab und sprach in dumpfer Doppeldeutigkeit: »Dies hier will ich zu Iluna bringen und im Tempel der Ischtar opfern, sie hat es verdient.«

Mittlerweile waren die Soldaten in Scharen in den Garten geströmt und umringten Gilgamesch, der die Hörner aus dem Schädel des Stieres brach. Es war das größte Gehörn, das je in Uruk zu sehen gewesen war, schenkeldick jedes Horn und von riesenhafter Länge. Er wollte sie an die Wand seines Schlafgemachs heften zur Erinnerung an diesen Tag.

Zum Ufer des Euphrat stiegen Enkidu und Gilgamesch hinab, um sich zu reinigen und die Hände zu waschen. Es sollte kein Blut daran kleben, wenn sie mit Fürst Akka zusammentrafen und ihm die Hand zur Freundschaft entgegenstreckten. In gleicher Stunde endete die Belagerung der Stadt. Als Gäste zogen Akka, die Häuptlinge der Stämme und viele ihrer Begleiter in Uruk ein, während an das Heer Brot und Bier in reichlicher Menge verteilt wurde. Im Palast auf dem Eanna besiegelte Akka den Bund zwischen seiner und Gilgameschs Heimat.

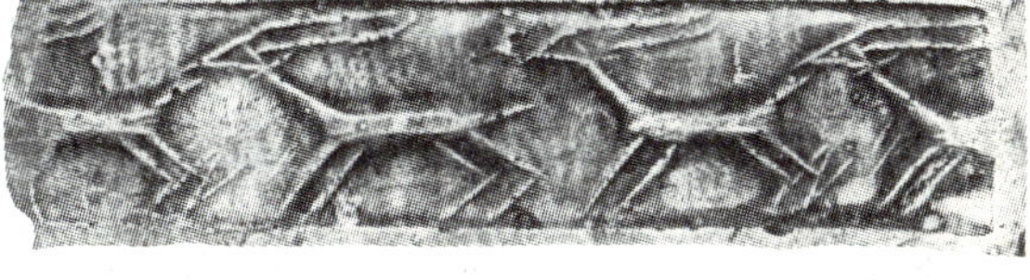

Eine volle Woche blieb Akka in Uruk, und in dieser Zeit ließ sich Iluna nicht sehen. Niemand im Tempel wußte, wo sie sich aufhielt, und sie zeigte sich auch nicht, als Enkidu, Gilgamesch und Akka zum Opfern kamen und den Stierschenkel auf den Altar der Göttin legten. Priesterinnen vertraten sie und erklärten Akka Sinn und Zweck ihres Dienstes, den sie zu Ehren der Venus versahen. Der Fürst und seine Begleiter waren begeistert und genossen die entzückende Freizügigkeit der Mädchen. Sie versprachen, auch in Kisch einen solchen Tempel zu errichten.

Sasa, die draußen beim Heer weilte, in ihrem Zelt saß und wartete, weil ein schlechtes Gewissen sie quälte und sie sich nicht in die Stadt traute, Sasa würde das Amt der Hohepriesterin übernehmen, das hatte Akka geschworen. Aber auch das erwähnte der Fürst mit keinem Wort.

Danach besuchten die Gäste den Anutempel, wurden von Eschnunna empfangen und erhielten die besondere Anerkennung, von ihm persönlich zur Spitze der Zikkurat hinaufgeführt zu werden, von wo aus sie einen herrlichen Überblick über die Stadt hatten. Auch die übrigen Sehenswürdigkeiten lösten bei den Gästen Staunen und Bewunderung aus. Immer wieder ließen sie sich Einzelheiten erklären, besichtigten die Hafenanlagen, wo bereits wieder Bautrupps mit der Instandsetzung der zerstörten Mauer begonnen hatten und Schiffe mit Waren anlegten, sie wanderten durch die Hürden, in denen dicht an dicht das Vieh weidend stand und weilten auch einen Nachmittag lang auf der Wettkampfstätte, um den Schaukämpfen der Ringer beizuwohnen.

Für alles fand Akka lobende Worte, und insgeheim nahm er sich vor, so viel wie möglich in seiner Stadt nachzuahmen, wenn Kisch erst durch das neue Bewässerungssystem zur Blüte emporgestiegen sein würde. Über Bewässerung und Kanalbau, Feldwirtschaft und das Anlegen von Gärten unterhielten sie sich besonders ausgiebig. Dies war ein Thema, bei dem auch die Häuptlinge der Nomaden und Sandläufer hellhörig wurden, Fragen stellten und sich die Antworten übersetzen ließen.

Gilgamesch hatte zu den Gesprächen Baumeister und Handwerker hinzugezogen, und es fanden sich mehrere, die bereit waren, mit Akka in den Norden zu ziehen, um die großen, reizvollen Aufgaben dort in Angriff zu nehmen. Arbeitskräfte hatte Akka genug, um das Werk zu beginnen. Zugleich mit dem Bau der wasserführenden Kanäle wollte er mit der Stadtmauer beginnen. Eine Mauer rund um Kisch würde nicht nur den Ort besser schützen, sondern auch seine Einwohnerzahl in Grenzen halten, da man künftig fremde, umherschweifende Stämme nicht mehr würde einlassen müssen.

Ja, dieser Gilgamesch war schlau, und es war ein Glück, ihn als Freund und Berater zu haben. Ischtars Botschaft hätte Kampf bedeutet und gewiß vielen das Leben gekostet – der Weg Gilgameschs war ein anderer. Er führte weiter in die Zukunft, bedeutete Handel und Nahrung, Neubeginn und Fortschritt.

So waren die Tage für Akka und die Häuptlinge mit vielen bestaunenswerten Neuigkeiten angefüllt, mit Dingen, die es wert waren, sich länger mit ihnen zu beschäftigen und bisher Übliches zu überdenken.

Als die Woche um war, verabschiedeten sie sich wie alte Bekannte. Mit Nahrungsmitteln und Geschenken beladen brach das Heer heimwärts auf und jeder war froh, daß es ohne Blutvergießen verlaufen war und obendrein die Hoffnung auf eine bessere Zukunft bot. Unterwegs verkleinerte sich der Zug, die Hyksos waren vom Verlauf des Kriegszugs enttäuscht und wollten lieber eigene Wege gehen, und ebenso dachten einige andere Stämme, die es unruhig hinaus in die Steppe trieb.

Fürst Akka ließ sie ziehen und bemühte sich nicht, sie zum Bleiben zu bewegen. Im Gegenteil, er war froh, daß sie gingen und Kisch alleine seinen neuen Weg gehen ließen.

Sasa ritt auf ihrem Maultier dicht an seiner Seite, und so oft sie haltmachten, setzten sie sich zusammen ins Zelt und sprachen miteinander.

»Warum hat sich deine Göttin Ischtar nicht sehen lassen, als wir im Tempel waren?« fragte er. »Grollt sie mir, weil ich nicht nach ihrem Willen handelte und Gilgamesch am Leben ließ?«

»Das ist möglich«, antwortete Sasa nachdenklich, »es kann aber auch sein, daß sie einfach enttäuscht vom Fehlschlag des Unternehmens war. Oder sie mied die Öffentlichkeit, weil sie befürchtete, mit dem Himmelsstier und allem anderen in Verbindung gebracht zu werden.«

»Für mich ist es kein Fehlschlag. Ich bin sehr zufrieden mit der Entwicklung der Dinge«, sagte Fürst Akka und strich sich durch den Bart. »Und sollte mir Ischtar wirklich grollen, so werde ich sie dadurch versöhnen, daß ich ihr einen besonders schönen Tempel mitten in der Stadt erbaue.«

»Leider hat sie nicht viel davon, wenn ich Hohepriesterin werde.«

»Wieso?« fragte Akka und verstand wieder einmal die komplizierten Gedankengänge seiner Gesprächspartnerin nicht, »ich denke, Iluna ist die jüngste Verkörperung Ischtars auf Erden. Dann müßte sie doch eigentlich überall sein können ... ich meine als Göttin kann man doch wohl ... ja, ist sie nun eigentlich eine Göttin oder ein Mensch?«

»Beides. Sie ist Göttin und ebenso Mensch. Und da sie nun einmal auch ein Mensch ist, kann sie nur in Uruk und nicht gleichzeitig in Kisch sein, verstehst du das?«

»Nein.«

»Nun, eine Mandelblüte verkörpert das Wachstum der Mandel, und obgleich sich Mandelblüten überall entfalten, gibt es darüber hinaus immer noch das Geheimnis der Mandel an sich ...«

Akka schüttelte verwirrt den Kopf. Es wollte ihm ebensowenig in den Kopf, wie er sich auch nicht vorzustellen vermochte, daß Sasa allein einen Tempel, wie er ihn in Uruk erlebt hatte, führen wollte. Aber auch da wußte die kluge Sasa Rat: »Laß das nur meine Sorge sein. Es gibt genug junge Mädchen in Kisch, die ich anlernen und begeistern kann, den Dienst für die Venus zu tun.«

Akkas Blicke ruhten ebenso bewundernd wie verlegen auf ihr. »Übrigens gehörst du doch auch dazu ... bist du doch auch eine Dienerin in der Art deines Glaubens? Ich meine ...«

»Das ist ein Thema, über das wir uns noch oft und ausführlich unterhalten sollten«, lächelte Sasa und brachte mit ihrem Lächeln den armen Akka noch mehr in Verlegenheit. Insgeheim freute sie sich darauf, nach Kisch zu kommen und Einfluß zu gewinnen. Und Fürst Akka, dessen war sie sich sicher, würde ihr helfen dabei. Er konnte schon jetzt gar nicht mehr nein sagen zu dem, was sie verlangte, und wirkte in seiner seltsamen Mischung aus Balzgehabe und Demut wie ein Herrscher, der froh war, beherrscht zu werden.

So vergingen die Tage, und eines Morgens tauchten in der Steppe die ersten Hütten von Kisch auf und danach auch die Konturen jenes Steinhauses, das Akka seinen Palast nannte. Wie würde es hier in ein, zwei Jahren aussehen? Sasa war gespannt.

In Uruk blieb Iluna weiterhin unsichtbar, und ihr Fernbleiben bot

Anlaß zu mancherlei Spekulationen. Eschnunna zum Beispiel machte sich seine eigenen Gedanken. Als Gilgamesch und Enkidu einmal bei ihm im Tempel weilten, äußerte er vorsichtig, was ihn bewegte: »Wundersam verlief die Belagerung der Stadt. So viele feindliche Soldaten, und dennoch kam es zu keinem Gefecht. Wunderbar war auch, wie ihr das Untier erlegt habt, obgleich da immer noch ein paar Begleitumstände sind, über die ich mir den Kopf zerbreche ...«

»Du meinst die Verwirrung der Menschen, die mit dem Erscheinen des Stiers einherging?«

»Auch das. Selbst ich spürte für kurze Zeit eine fremde Macht in mir und hatte Mühe, wieder frei zu werden. Aber nicht darauf spiele ich an, sondern auf die Tatsache, daß überhaupt ein solches Untier kam. Was war es, wo kam es her, wer sandte es uns?«

»Akka sagte, er habe es in den Sümpfen getroffen und durch Lärm und Musik vor sich hergetrieben.«

»Eben das ist etwas, das mir nicht recht einleuchten will. Wieso hat der Stier ihm nichts getan und nur unsere Dörfer verwüstet? Warum brach er durch unsere Mauer? Hat er nicht die Fremden zu uns geführt? War es nicht so, als hätte er hier bei uns sein Ziel erst erreicht, den Ort seiner Bestimmung, an dem er wüten sollte? Viele Fragen, Gilgamesch, auf die es keine befriedigenden Antworten gibt.«

»Wenn ihr meine Meinung wissen wollt«, ließ sich Enkidu vernehmen, »so hat Iluna ihre Hand mit im Spiel gehabt.«

Gilgamesch winkte ab, doch Eschnunna fuhr hastig fort: »Enkidu hat recht! Ist es nicht sonderbar, daß sie seit jenem Tag verschwunden ist? Man könnte meinen, sie hätte ein schlechtes Gewissen.«

»Ein schlechtes Gewissen?«

»Ja, oder Angst, mit den Geschehnissen in Verbindung gebracht zu werden.«

»Du scheinst mehr zu wissen, als du zugibst«, sagte Gilgamesch, »hast du nur einen Verdacht oder auch konkrete Beweise?«

»Eindeutige Beweise«, antwortete Eschnunna zur Verblüffung der beiden.

»Und welche?«

»Nun«, sagte der Oberpriester und machte ein schlaues Gesicht, »erstens erfuhr ich ganz zufällig, mehr nebenbei, daß ein Mädchen ihres Tempels, eine enge Vertraute Ilunas, ebenfalls verschwunden ist. Allerdings schon seit längerer Zeit. Und zwischendurch, bevor sie erneut und wohl für immer verschwand, tauchte sie wieder auf. Und wißt ihr, wo sie gesehen wurde? Im Lager der Feinde, bei Akkas Zelt.«

Gilgamesch war ehrlich überrascht. »Und woher weißt du das alles?«

»Man hat so seine Beziehungen, und nicht alle Informationen waren wohl für meine und deine Ohren bestimmt . . . Aber das ist noch lange nicht alles! Weißt du, was zu der Stunde geschah, als ihr unten im Palmenhain den Stier zur Strecke brachtet?«

»Nein, du machst mich neugierig.«

»Iluna stand oben auf dem Dach ihres Tempels und beklagte laut den Verlust des Untiers, den sie den Himmelsstier nannte. Zugleich stieß sie Verwünschungen aus gegen dich.«

»Wer hat das gehört?«

»Ein Bote, ein zuverlässiger Diener des Tempels.«

»Und du bist sicher, daß er bei klarem Sinne war, ich meine, er hat nicht unter dem Einfluß der Wolke phantasiert?«

»Ausgeschlossen, es ist ein Mann von strenger Disziplin und scharfem Verstand. Er hat die Verwünschungen deutlich gehört.«

»Nun, das kann auch andere Gründe haben«, wehrte Gilgamesch ab, »ich habe sie schließlich gekränkt und beleidigt.«

»Nein, du irrst«, sagte Eschnunna heftig und stieß seinen kahlen Schädel vor. Seine sonst so ruhigen und gleichmütigen Augen funkelten plötzlich böse. Richtig fanatisch sieht er aus, dachte Gilgamesch und registrierte verwundert die Veränderungen im Gesicht seines Gegenüber. Fanatisch und beinahe so, als sei er besessen.

»Iluna hat Sasa, so heißt ihre Vertraute, nach Kisch zu Akka geschickt und ihn mit Versprechungen angelockt. Daraufhin brachte er das Heer in Bewegung, das vor den Toren unserer Stadt erschien. Hast du die Entschlossenheit der Männer gesehen? Das waren Leute, die nicht als Bettler kamen, sondern mit dem festen Vorsatz zu plündern. Daß es dazu nicht kam und die Sache anders ausging, ist allein euer Verdienst. Ich weiß auch nicht, wie es ihr gelang, das Untier hierher zu bringen. Aber eines weiß ich genau: Sie hat gewußt, daß ihr euch zum Kampf stellen werdet und gehofft, daß der Stier euch tötet. Eindeutig war das, was sie auf dem Dach ihres Tempels rief. Und daß sie Akka im Tempel nicht treffen wollte, ist mir klar – sie hätte ihrem geheimen Verbündeten ins Auge blicken müssen. Und ich weiß noch etwas: Auch bei dem Zauber, der die Gedanken der Menschen verwirrte, hatte sie ihre Hände im Spiel. Zum fraglichen Zeitpunkt nämlich stiegen Dämpfe von ihrem Tempeldach, die erbärmlich rochen. Vielleicht war es ein Gift, das durch die Nase eindringt...«

»Du scheinst überall Augen und Ohren zu haben«, sagte Gilgamesch, »läßt du Iluna bespitzeln?«

Eschnunna wiegte den Kopf hin und her und kniff die Augen zusammen, was ihn noch einen Grad häßlicher erscheinen ließ als sonst. »Schon lange«, sagte er, »denn schon lange tritt sie nicht mehr für, sondern gegen Uruk ein. Das fing in den Tagen von Dumuzi, dem Tyrannen, an. Ihn hat sie ausgeschaltet und die Macht an sich gerissen, und seitdem du König wurdest, hat sie immer wieder die Herrschaft über uns angestrebt. Der Stier und der Zauber mit dem giftigen Nebel waren nur eine Fortsetzung ihres schändlichen Treibens. Höre auf mich, Gilgamesch: Sie ist eine ständige Gefahr für uns alle, eine Bedrohung, eine Viper an unserer Brust.«

»Und was rätst du zu tun?«

»Schließe ihren Tempel, schicke sie in Verbannung. Oder besser noch: töte sie! Tausendfach hat sie den Tod verdient!«

Die letzten Worte hatte Eschnunna beinahe geschrien. So aufgebracht hatte ihn Gilgamesch noch nie erlebt. Seine Heftigkeit und der Haß, in den er sich hineingeredet hatte, erschreckten ihn und stießen ihn ab. Wenn der oberste Priester des Anu so sprach, dann enthüllte er damit, daß hinter der Lebensbejahung, der er ansonsten das Wort redete, ganz andere Motive standen: Machtgier und fanatisches Sendungsbewußtsein. Und beides konnte ein Gott wie Anu nicht wollen; es paßte nicht zu dem, wofür sein Tempel sonst eintrat, nämlich Gerechtigkeit, Frieden, Nächstenliebe und die Achtung vor jeglicher Form des Lebens.

Vorsicht, Eschnunna, dachte Gilgamesch, paß auf, daß nicht auch du die heilige Ordnung verläßt und sie durch dein Verhalten aus dem Gleichgewicht bringst. Sei vorsichtig, sonst denkst und handelst du bald nicht anders als Iluna, der du genau dies vorwirfst.

Und laut sagte er: »Ich werde deine Vorwürfe überprüfen, Eschnunna, und wenn sie sich als richtig herausstellen, so werde ich Iluna in ihre Schranken verweisen. Aber schon jetzt sage ich dir: Jede Handlung fällt auf den zurück, der sie ausführt, und alles besitzt sein eigenes Maß. Aber einen Tempel der Ischtar zu schließen und seine Hohepriesterin hinzurichten – dies ist vermessen. Es steht keinem Sterblichen zu, über eine Göttin zu richten. Sollte Iluna schuldig sein, so wird sie auf andere Weise dafür bezahlen müssen.«

Eschnunna starrte Gilgamesch an. Er nickte heftig und preßte die Lippen zu dünnen Strichen zusammen. Dann stand er auf und verließ wortlos den Raum.

»Hoffentlich hast du dir jetzt nicht noch einen Feind geschaffen«, sagte Enkidu und sprach das aus, was Gilgamesch dachte. Auch sie erhoben sich und gingen aus dem Tempel. Draußen wehte ein kühler Abendwind von der Ebene her. Sie fröstelten und beeilten sich, zum Palast zu kommen.

Der wahre Grund, warum sich Iluna nicht mehr in der Öffentlichkeit sehen ließ, war ein ganz anderer: Sie war krank. Seit dem Augenblick, als sie die Zauberkräuter auf dem Dach des Tempels abgebrannt und aus unmittelbarer Nähe die betäubenden Dämpfe eingeatmet hatte, fühlte sie sich matt und hinfällig. So wie sie die Treppe hinabgewankt war und sich mit letzter Kraft auf ihr Lager hatte fallenlassen, so blieb es auch die ganze nächste Zeit. Sie schlief viel, aber schlecht, schreckte bei jedem Geräusch hoch, erwachte morgens müde und zerschlagen, hatte keinen Appetit und sank tagsüber oft für Stunden in eine Art Bewußtlosigkeit, aus der sie nur mühsam wieder zu sich kam. Sie dämmerte zwischen Wachen und Schlaf dahin und fühlte kaum noch den Willen in sich, die einfachsten Dinge des täglichen Lebens zu tun.

Sie hatte die Leitung des Tempels in die Hände einer älteren, erfahrenen Priesterin gegeben und war froh, auf diese Weise allen Verpflichtungen fernbleiben zu können. In Phasen, in denen ihre Energie zurückkam und sie den alten Tatendrang erneut in sich spürte, haderte sie mit ihrem Schicksal. Dann verfluchte sie Gilgamesch und sein schändliches Handeln. Nie würde sie ihm verzeihen, daß er den Himmelsstier getötet hatte. Und daß Enkidu, wie ihr von den Mädchen zugetragen worden war, dem Tier den Schenkel abgetrennt und ausgerechnet am Ischtaraltar geopfert hatte, das faßte sie als eine ganz besondere, kaum noch zu überbietende Schmähung auf.

Dafür würden beide noch zu bezahlen haben, schreckliche Rache würde sie an ihnen üben, schwor sie sich. Nur – sie wußte nicht wie. Gilgamesch, dieser hergelaufene Bastard, schien ein Günstling der Götter zu sein. Was er anfaßte, gelang, obgleich er wie ein Ungläubiger sprach und handelte. Er ging mit den Göttern um, als seien sie keine Macht, die man zu fürchten hatte und deren Gunst es ständig aufs neue durch Gebete und Opfer zu erwerben galt, sondern als wären sie dienstbare Geister. Dämonen und Zauberei schreckten ihn nicht, er hatte die Schlange aus den Wurzeln der Eiche geholt, den Chumbawa getötet und nun auch noch den Himmelsstier. Woher nahm er dazu nur die Unerschrockenheit und dieses verdammte Selbstbewußtsein?

So sehr sie auch überlegte und grübelte, es fiel ihr kein Weg ein, ihn zu demütigen. Selbst ihr größter Zauber war wirkungslos an ihm abgeprallt. Es war, als würde er außerhalb aller Ordnungen stehen. Was sollte sie noch gegen ihn unternehmen, welche magischen Mittel anwenden, um ihn endlich in die Knie zu zwingen?

Die Erkenntnis, daß er unüberwindbar für sie war, machte sie hilflos und zornig. Ihre Schwäche stürzte sie in eine ohnmächtige Wut und führte zu Apathie. Und doch sann sie immer wieder auf

Rache. Gab es denn keinen wunden Punkt bei ihm, keine schwache Stelle, die sie ausnutzen konnte, um einen Sieg über ihn zu erringen? Nichts, aber auch gar nichts fiel ihr ein.

Aber was Enkidu anbetraf, war die Sache schon anders. Er war nicht ganz so selbstsicher wie Gilgamesch – die Tatsache, daß er ein Barbar der Steppe, daß er aus der Wildnis gefallen war, daß die Tiere vor ihm flohen und er das geheime Einverständnis mit der Natur verloren hatte, stimmte ihn traurig. Er war auch nicht so frei wie Gilgamesch – er hing vielmehr mit ganzer Seele an dem König und war immer mehr von seinem Freund und Bruder zu seinem Gehilfen geworden. Und er war unsicher, weil er weder Vater noch Mutter hatte, sondern ein Werkzeug der Götter war. Vor allen übrigen Menschen war er gezeichnet: Er besaß keinen Nabel, er gehörte nicht zu ihnen.

Zudem wußte Iluna, daß er sich mindestsens dreimal aufs schwerste versündigt hatte: Das erste Mal, als er mit unreiner Hand das Tor zum Zedernwald berührte, das zweite Mal, als er Chumbawa den Todesstreich versetzte und das dritte Mal, als er darauf drängte, den heiligen Lichthain mit der sprechenden Zeder zu fällen. Jedesmal war er es, der gefrevelt hatte, die Schuld auf sich nahm und damit den Weg für Gilgameschs weiteres Vordringen öffnete. Ja, gegen Enkidu ließ sich vielleicht etwas unternehmen. Wenn sie ihn treffen könnte, so würde sie auch Gilgamesch treffen. Hierüber sann sie nach und befragte das Orakel.

Mit zittriger Hand warf sie die Elfenbeinwürfel und erhielt ein Bild, das sie ebenso erschreckte wie neugierig machte: die Verfinsterung des Lichts. Sie erschrak, weil sie den Orakelspruch zuerst auf sich bezog. Tatsächlich war es finster in ihrem Gemach, ein einziges Öllämpchen brannte und warf ein flackerndes Licht, das nicht ausreichte, den Raum zu erhellen. Im Schein dieses Lichtes saß Iluna wie auf einer winzigen Insel und war umgeben von einem Meer aus Dunkelheit. Sie kniete vor der Tontafel und mußte sehr genau hinsehen, denn geisterhaft zuckte die Flamme und ließ Schatten tanzen, die nur schwer erkennbar machten, was das Bild zeigte. Dann aber, als sie sich so weit vorbeugte, daß ihr Haar auf den Boden fiel und ihr Gesicht wie ein Schleier umgab, merkte sie, daß das Orakel doch in eine andere Richtung wies. Ihre Neugier erwachte.

Das Bild schien sich vor ihr zu bewegen, es kehrte sich nach unten, und als sie darüber nachdachte, fielen ihr die Worte zur Deutung ein: »Die rechte Hand ist verletzt.«

O, sagte sie, die rechte Hand? Ist es nicht die, mit der Enkidu das Tor zum Zedernwald aufstieß? Fühlte er nicht einen Schmerz zuerst und dann eine Lähmung? Wie, wenn das Holz der Tür tatsächlich vergiftet gewesen war oder von einem starken Zauber versiegelt, und der Barbar hatte nichtsahnend hingegriffen und sich eine Verletzung zugezogen? Vielleicht war es ein langwirkendes Gift, das spät erst seine volle Wirkung erreichte. Dann, wenn er gar nicht mehr daran dachte und um so mehr davon überrascht würde. Gab es eventuell eine Möglichkeit, da nachzuhelfen?

Iluna beugte sich noch näher heran und berührte mit dem Mund fast die Würfel. Beinahe lautlos ging ihr Atem, sie blies, so zart sie konnte, aber kräftig genug, um die Figuration erneut in Bewegung zu bringen. Nun zuckte auch noch ein anderer Würfel. Blitzartig schoß ihr die Bedeutung durch den Kopf. Siedendheiß wurde ihr, als sie die alten Worte sprach: »Es dringt in die linke Bauchhöhle ein. Man erhält das Herz der Verfinsterung und verläßt Tor und Hof.»

Das war ein deutliches, ein gutes Zeichen für sie. Enkidu befand sich also in Gefahr, denn die Finsternis drängte zum Zentrum, zum Herzen. Da war keine Besserung mehr zu erwarten, außer er verließ den Ort des Unheils, ging durch das Tor vom Hof. Oder noch besser: Die Verfinsterung des Lichts schritt unaufhaltsam weiter voran, bis sie schließlich zum Herzen vorstieß. Mochte er dann ruhig durch das Tor zur Unterwelt schreiten und auf diese Weise, als Leichnam nämlich, den Hof verlassen.

Sie lachte, aber ihr Lachen klang häßlich. Wie eine fremde Stimme schrillte es durch den Raum. Iluna erschrak. Erneut spürte sie das Gefühl aufkommen, das sie nun so häufig befiel, seit sie die Dämpfe eingeatmet hatte. Sie sprach mit sich selbst: Arme Iluna, sagte sie, bist du nicht unter dem Glanz der siebenstrahligen Venus zur Erkenntnis gelangt, erwacht und aufgestiegen zur Hohepriesterin des Tempels? Wo ist all das Licht geblieben, in dem du früher deine Schönheit baden konntest? Ein trübes Öllämpchen nur, ein schwacher Rest des Lichtes von einst, ist dir geblieben. Dunkel ist es innen und außen, dunkel auch sind deine Gedanken und dein Handeln. Wie eine alte Zaubervettel kniest du am Boden, bläst deinen Atem dem Schicksal entgegen und versuchst, es ins Reich des Bösen zu lenken. Abgefallen bist du vom Glück, Iluna, bewegst dich nur noch in der Dunkelheit. Und dort, wo du eigentlich sein solltest, als jüngste Verkörperung Ischtars auf Erden, an der Spitze des Tempels, waltet nun an deiner Statt eine andere, eine Priesterin, die zudem noch älter ist als du. Stehe auf, Iluna, und bleibe nicht länger am Boden liegen, stehe auf und reinige dich. Lege deine besten Kleider an und mache dich schön, denn Schönheit und Reinheit sollst du den Menschen bringen.

Sie erhob sich schwankend und trat dabei das Öllämpchen um. Noch einmal zuckte kurz seine Flamme auf und erlosch. Absolute Finsternis bemächtigte sich so abrupt und heftig des Raums, sprang sie so unvermittelt an, daß sie den Anprall der Schwärze körperlich spürte. Sie schrie auf vor Schreck und flüchtete zurück. Hart stieß sie an die Wand, tat sich weh und weinte wie ein kleines Kind. Mit beiden Händen tastete sie sich an der Wand entlang, bis sie endlich die Türöffnung fand. Sie riß den schweren Vorhang beiseite und hastete nach draußen in den finsteren Gang. Endlich erreichte sie einen Vorraum, in dem eine Fackel brannte. Die nahm sie aus der Halterung und schritt, immer noch schwankend durch den stillen, nächtlichen Tempel.

Vor dem Altar des Venusgestirns blieb sie stehen, sank auf die Knie und umklammerte mit beiden Armen den kühlen Marmor. »Gib mir ein Zeichen, Liebesstern«, flüsterte sie. »Ich weiß nicht, ob ich richtig gehandelt habe, mir kommt es vor, als sei ich lange, viel zu lange auf der Schattenseite gewandelt... Habe ich mich geirrt, habe ich mich an den Göttern versündigt? Gib mir ein Zeichen, Venusgestirn!«

Sie beugte den Kopf, ihr Gesicht sank auf die glatte Oberfläche des Steines. Sie spürte, daß von dort Kühle aufstieg, eine sanfte, ihren Körper durchströmende Linderung. Etwas erreichte ihr Herz und stieg empor bis zur Kehle. Erlösende Hoffnung kam, spülte ihre Bitternis fort. Sie begann erneut zu weinen, und schließlich schluchzte sie hemmungslos ihren Schmerz aus der Seele.

»Ich weiß, was du mir sagen willst, Himmelsgestirn«, flüsterten ihre bebenden Lippen. »Ich habe Verbotenes gedacht und getan ... ich habe Schuld auf mich geladen, schwere Sünde ... mach es ungeschehen, Himmelsgestirn, löscht es aus, ihr Götter, meine bösen Gedanken und meine Taten, ich flehe euch an!«

Als sie nach langer Zeit endlich den Kopf hob, glaubte sie, durch ihren tränenverschleierten Blick hindurch ein seltsam unwirkliches Glitzern und Leuchten zu sehen. Es kam direkt aus der Decke, von jenem Punkt, an dem eine kleine kreisrunde Öffnung ausgespart war und den Himmel zeigte.

»Danke«, flüsterte Iluna. Sie wußte plötzlich überdeutlich, was nun zu tun war. Wie trunken erhob sie sich, nahm erneut die Fackel auf und schleppte sich mit schweren Füßen, aber innerlich ruhiger geworden, zur Kammer der Dienerinnen.

Es war mitten in der Nacht, und die meisten Mädchen schliefen. Aber eine, die sie nicht kannte, eine Neue, war wach. Große, fragende Augen blickten ihr entgegen.

»Komm«, flüsterte Iluna, »hilf mir, ein Bad zu bereiten.«

Das Mädchen fragte nicht, wunderte sich nicht über das für diese Zeit ungewöhnliche Begehren der Herrin. Sie war neu im Tempel, fand alles, was hier vor sich ging wichtig und richtig und gab sich Mühe, es gut zu machen. Hastig warf sie sich einen Umhang um und folgte Iluna zum Baderaum, in dem immer angewärmtes Wasser bereitstand. Sie half der Göttin aus dem Mantel und bot ihr die Hand, damit sie ins Becken hinabsteigen konnte.

Wie schön die nackte Göttin war, so alabasterfarben ihr Leib und schwarz wie fließendes Pech ihr Haar. Verzückt sah sie zu, wie Iluna ins Wasser stieg und untertauchte, immer wieder untertauchte, als käme sie gerade aus der Wüste und wolle den Staub abwaschen, alles abwaschen, mehr noch als den Staub, den unsichtbaren wohl auch.

Die Lippen der Göttin flüsterten unhörbare Worte. »Mach es ungeschehen, Marduk, wasch es ab, himmlische Mach«, flüsterte sie, »nimm den ganzen Schmutz von mir, der sich auf meine Haut gelegt hat wie ein verdorbener Mantel. Mach ungeschehen auch, was ich Gilgamesch antat und Böses im Sinne führte gegen ihn und Enkidu. Laß das Orakel irren, sein Omen erfreut meine Seele nicht. Ich habe genug gehaßt, ich will lieben.«

Das Mädchen reichte der Göttin ein Tuch zum Abtrocknen, danach Salben und Öle. Sehr sorgfältig widmete sich Iluna der Pflege ihrer Haut. Als sie damit fertig war, schickte sie ihre Dienerin in die Kammer der Kleider. Ein besonders kostbares legte sie an, dazu Schmuck für Stirn, Hals, Arme und Fußknöchel. Das Mädchen half ihr geschickt dabei.

Als alles zu Ilunas Zufriedenheit geschehen war, sah sie völlig verwandelt aus. Überirdisch schön war sie, und das Mädchen trat staunend einen Schritt zurück, um die Göttin zu bewundern.

»Ich danke dir«, sagte Iluna und fuhr der Dienerin mit der Hand sanft über das Haar, »es ist gut nun, geh wieder schlafen zu den anderen.«

Sie stand lächelnd da und wartete, bis die Schritte des Mädchens im Gang verhallt waren. Dann ging sie durch den stillen, nächtlichen Tempel. Wie eine heimliche Besucherin, die sich eingeschlichen hat, tat sie, betrachtete alles genau: den Altar, die Säulen mit den ruhenden Löwen am Allerheiligsten, die vielen Plastiken und Figuren in den Nischen. Überall hin führten sie ihre Füße, und ihre Fackel zog eine Lichtbahn durch die Finsternis. Schließlich stieg sie die Treppen hinauf bis aufs Dach. Dort oben löschte sie die Flamme und blickte zum schwarzen Vorhang des Himmels hinauf.

Sie fand Venus sofort und begrüßte dankbar das Licht ihrer sieben Strahlen. »Ich grüße dich«, sagte sie leise, »deine Dienerin erbietet dir ihren Gruß.«

Hell strahlte die Venus und sandte Strahlen, die das Geschmeide auf ihrer Brust zu funkelndem Glanz erweckten. So stand sie, Iluna, die jüngste Verkörperung Ischtars, auf dem Dach ihres Tempels, im Gespräch mit der Venus versunken und spürte, wie langsam die Klarheit in ihr Oberhand über das Dunkel gewann.

Als der Morgen am Horizont zu grauen begann, stand sie immer noch da, ehrfürchtig in Staunen versunken, bis das Lied der frühen Vögel vom Eanna zu ihr hinaufstieg und ihre Ohren erreichte. Ein Hahn krähte und andere stimmten ein, langsam erwachte unten die Stadt. Uruk räkelte sich aus dem Schlaf und wandte sich dem Tag zu.

Da ging auch Iluna in den Tempel hinunter, um die Mädchen zu begrüßen. Die ältere Priesterin kam und freute sich, die Göttin nach langer Krankheit wieder bei Frische zu sehen. Dankbar und erleichtert gab sie die Insignien der Macht ihrer rechtmäßigen Besitzerin zurück. Im ganzen Tempel ließ Iluna Opferfeuer entzünden und sandte auch Gedanken in Tammuz' und Ischullanas Richtung. Allen, denen sie geschadet oder die sie schlecht behandelt hatte, gab sie vom Opfer ab und bezog auch Gilgamesch und Enkidu mit ein. Besonders Enkidu, denn Entsetzliches hatte sie im Orakel gesehen.

»Laß es nicht geschehen, Marduk«, flüsterte sie, »hilf ihm, himmlische Mach, die du ihn erschaffen hast, steh ihm bei in der Stunde der Not.«

Doch sie war nicht sicher, ob das alte Götterpaar sie auch wirklich erhörte und ihr Flehen vernahm. Vielleicht war es auch längst zu spät dazu. Was im Buch des Schicksals über Gilgamesch und Enkidu stand, wußte selbst Ischtar nicht. Sie hatte lediglich einen kurzen, scheuen Blick hineingetan. Der Rest kam von selbst. Das Geschick würde sich vollziehen, ohne daß sie darauf einen Einfluß hatte. Auch Ischtars Macht war begrenzt.

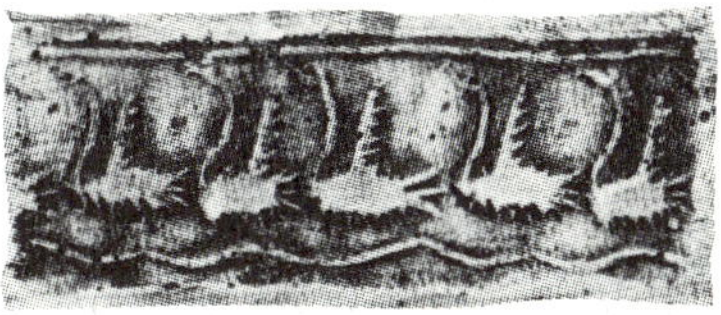

Enkidu hatte einen seltsamen Traum: Er erhob sich und verließ eines strahlenden Morgens die Stadt. Er ging zu Fuß, wie er es früher, in der Zeit seiner Wanderschaft durch die Steppe, immer getan hatte. Sein Herz war leicht und aufgeschlossen sein Sinn, er fühlte sich fröhlich wie lange nicht mehr. Alles Denken an die Stadt, an das angenehme und sorglose Leben in Uruk ließ er hinter sich zurück. Lange hatte er in vollen Zügen genossen, hatte nichts vermißt. Nun aber lockte vor ihm das freie Land, die geheimnisvollen Weiten der Steppe mit ihren duftenden Pflanzen, den langsam dahinziehenden Tierherden und dem Gesang der Vögel am Himmel.

Von Osten stieg die Sonne als glühender Ball übers Gebirge, erwärmte den Weg und tauchte die Welt in freundliche Farben. Er ging immer der Sonne entgegen und freute sich an der Natur. Der Weg war gut, kaum, daß es Hindernisse zu überwinden galt, nirgends stockte sein Fuß, es war, als schwebte er über die Steppe dahin. Eine Gruppe Antilopen äste zur Rechten, kurz hoben die Tiere die Köpfe, verlangsamten für Sekunden ihre Kaubewegungen, um ihn zu betrachten, und senkten dann wieder die sehnigen Hälse ins Gras. Gazelle und Wildesel, Laufhuhn und Wachtel waren nicht mehr scheu wie sonst, stoben nicht mehr aufgeschreckt davon, wenn er nahte, sondern blieben an ihrem Ort, zogen geruhsam ihre Bahn.

Enkidu genoß es, allein zu sein, allein mit dem Wind und den Tieren. Immer weiter gen Osten schritt er, den Urgründen seiner Herkunft entgegen. Er kam an den großen Strom, den die Menschen Tigris nannten, entledigte sich seiner Kleider und badete am Ufer. Dann tauchte er tiefer in die Flut, schwamm ein Stück mit der Strömung. Mit kräftigen Armschlägen brachte er sich ans andere Ufer, klomm dort zwischen Schilf und Dickicht die schlammige Böschung empor und befand sich erneut am Saum einer endlosen Steppe. Bis zum Mittag durchschritt er sie, und als ihm die Sonne im Rücken stand, sah er vor sich einen weiteren Flußlauf und wußte, daß er der Kercha war. Auch ihn durchschwamm er und gelangte nach einer kurzen Wegstrecke an die Ausläufer eines gewaltigen Gebirges.

Ohne zu zögern nahm er den Weg hinein, überwand Hänge und Grate, durchschritt saftige, blumenübersäte Täler und näherte sich allmählich immer mehr dem Hauptberg, der die übrigen Höhenzüge weit überragte. Seine Spitze wies in die Wolken hinein, verbarg sich dort den Blicken.

Immer höher und höher gelangte er hinauf, bis er schließlich den Rand der Wolken erreichte. Die Nebelzone begann hier; kaum, daß noch eine Handbreit vor den Augen sichtbar gewesen wäre. Aber

Enkidu hielt nicht inne im Klettern, er rastete nicht und gönnte sich keine Pause. So stieg er zum Gipfel empor und kam so hoch, daß die Wolken wie ein milchiger Teppich unter ihm blieben. Oben aber sah er weit über die Lande, sah die Sonne westlich versinken und die Sterne am Himmel aufglimmen, die Venus zuerst, den Sirius, dann den Mond, sah die übrigen Gestirne leuchten und fror nicht, obgleich er nackt war, denn die Nacht war erstaunlich lau und mild.

Dann sah er den Schein eines Feuers und darum mehrere Gestalten sitzen. Er ging auf sie zu, doch sie beachteten ihn nicht. Da hockte er sich zu ihnen ans Feuer. Er betrachtete ihre Gesichter und erkannte, daß es die Götter waren, die dort zu Rate saßen. Stumm saß er dabei und wurde Zeuge ihrer Unterhaltung.

Enlil sagte zu Anu: »Die beiden aus Uruk, Gilgamesch und Enkidu, haben sich schwer versündigt, als sie den Chumbawa erschlugen und die sprechende Zeder fällten. Dafür müssen sie bestraft werden.«

»Warum?« fragte Anu. »Die Leute aus Nippur ließest du zum Wald ziehen und Bäume schlagen, ohne ihnen dafür zu zürnen.«

»Das war lange nicht so schlimm, wie das, was Gilgamesch und Enkidu getan haben. Warum konnten sie nicht bescheiden bleiben wie die Leute aus Nippur und einige, wenige Bäume nehmen? Warum gingen sie so maßlos vor und erschlugen meinen Wächter, warum wagten sie sich in den heiligen Hain?«

»Ich finde ihr Handeln mutig«, antwortete Anu, »der Chumbawa war ein Unhold, nie hat mir sein Tun gefallen, und ich bin froh, daß sie ihn getötet haben. Und der Hain war nicht dein Werk, sondern das des Marduk.«

»Alles, was besteht, haben Marduk und Mach erschaffen, das ist richtig. Doch lag mir der Zedernhain ganz besonders am Herzen. Die sprechende Zeder war der älteste Baum darin, sie hätten ihn nicht anrühren dürfen, das war ein schwerer Frevel.«

»Ein Frevel, ja«, sagte Anu wieder, »doch was schwebt dir für eine Strafe vor?«

»Sie haben den Tod verdient, sie müssen sterben«, antwortete Enlil.

»Jedes Menschenwesen muß sterben, denn dies ist nun einmal

das Los der Sterblichen«, mischte sich Schamach ein, »doch jeder zu seiner Stunde, wenn es an der Zeit ist, wie es im Buch des Schicksals geschrieben steht.«

»Das Buch des Schicksals, was ist das schon?« sprach Enlil wieder. »Sind wir es nicht, die es durch unseren Ratspruch schreiben, liegt es nicht in unserer Macht, seinen Inhalt zu bestimmen? Ganze Seiten können wir ändern oder tilgen, wenn uns danach ist, das Leben eines Menschen so laufen zu lassen oder anders. Und, wenn wir es für richtig erachten, ihn auch ganz aus dem Spiel zu nehmen.«

»Aber nur, wenn wir uns darüber einig sind«, warf Anu ein.

»Ischtar hat ebenfalls Gilgameschs Tod verlangt«, sagte Enlil. »Er hat angefangen zu zweifeln, ist vom Glauben seiner Ahnen abgefallen. Und der andere, Enkidu, der Barbar, hat nie an unsere Existenz geglaubt. Er ist ein Wesen ohne Nabel. Außerdem können wir nicht so einfach hinnehmen, daß sie von uns eingesetzte Wächter erschlagen, sich an heiligen Bäumen vergreifen und die alten Dämonen aus ihren Wohnstätten vertreiben.«

»Gut, ich sehe ein, daß eine Strafe für sie sein muß, schon, um den übrigen Menschen unsere Strenge zu beweisen, damit sie nicht auch so leichtsinnig und selbstbewußt werden«, entgegnete Anu, »aber dann gilt es, genau zu überprüfen, was beide getan haben: Hat nicht Enkidu die Tür zum Forst aufgestoßen? Ist er nicht zuerst eingedrungen? Führte er nicht den tödlichen Hieb gegen Chumbawa? War er es nicht, der auf dem Fällen des Zedernhains bestand?«

»So ist es.«

»Dann also trifft den Barbaren die größere Schuld. Strafen wir ihn, löschen wir sein kurzes Kapitel aus dem Buch des Schicksals aus.«

»Einverstanden«, sagte Enlil.

»Mir ist es egal, ob sich einer mehr oder weniger an meinen Strahlen erwärmt«, sagte Schamach.

»Uns ist es gleichgültig«, sprachen die anderen reihum.

»Und Gilgamesch?« hakte Enlil wieder nach, »warum sollten wir ihn vor Strafe verschonen? Hat er nicht den Himmelsstier getötet?«

»Der Himmelsstier ist ganz und gar Ischtars Angelegenheit«,

erwiderte Anu, »eine Sache übrigens, mit der ich ganz und gar nicht einverstanden war.«

»Aber Marduk hat ihn geschaffen und zur Erde gelenkt«, warf Ischtar ein.

»Dann fragen wir ihn, ob er eine Bestrafung wünscht.«

Doch der himmlische Vater schlief. Er saß am Feuer und träumte von seiner Schöpfung.

»Marduk schläft«, sagte Nannar, »wir dürfen ihn nicht wecken. Nicht wegen einer solchen Kleinigkeit.«

»Da hörst du es: eine Kleinigkeit«, wiederholte Anu die Worte des Mondgottes.

Enlil gab sich damit nicht zufrieden. »Auch er muß bestraft werden.«

»Gut, aber nicht sofort und heute«, entschied Schamach, »lassen wir uns Zeit dazu und denken wir uns eine Strafe aus, die seiner würdig ist. Seid ihr mit meinem Vorschlag einverstanden?«

»Ja, lassen wir uns Zeit, denken wir nach«, sagten die übrigen Götter.

»So soll Enkidu also getötet werden?« fragte Enlil noch einmal.

»Ja, von mir aus, mach mit ihm, was du willst«, sagte Anu, und die übrigen Götter nickten stumm.

Enkidu packte das kalte Grausen. Schwankend erhob er sich vom Feuer und hastete davon. Niemand sah ihm nach, niemand folgte ihm. Er war den Göttern nicht wichtig genug.

Enkidu lief ins Tal, er rannte, ohne auf den Weg, auf steile Abhänge, Geröll oder Schluchten zu achten. Er lief völlig blind und spürte, daß er das Urteil der Götter auf seinen Schultern trug. Schwer lastete es auf ihm, drückte ihn nieder und ließ sich nicht abschütteln. Sein Fuß wurde unsicher, er strauchelte, verlor den Boden unter sich und stürzte ins Leere. Schreiend fiel er in eine tiefe, schwarze, grundlose Schlucht.

Er erwartete den fürchterlichen Aufprall, mit dem alles verlöschen würde, er wartete und wartete wie auf eine Erlösung, die endlich und dann in Sekundenschnelle kam.

Er erwachte und lag zerschmettert auf seinem Lager. Schweiß stand ihm auf der Stirn, sein Atem ging keuchend, und er wagte es aus Angst vor Schmerzen nicht, sich zu bewegen. Dann kroch ein Kribbeln von den Zehen her über seine Haut empor, es wurde zum Beben, schließlich schüttelten Zuckungen seinen ganzen Körper. Er schrie und riß sich mit Macht in die Helle des Tages hinauf.

Es war Morgen, draußen schien die Sonne. Alles sah aus wie immer und war doch von Grund auf verändert. Was war geschehen? Was bedeuteten diese Stimmen in seinem Kopf?

Es schmerzte, als er die rechte Hand hob, um sie zur Stirn zu führen. Fremd war diese Hand, fremd der Kopf und fremd auch der Schmerz in seinem Körper. Er bewegte ganz leicht die Finger. Das ging. Die Finger tauchten in Nässe. Er wischte sich den Schweiß aus dem Gesicht und versuchte verzweifelt, sich an das Gespräch der Götter zu erinnern.

Plötzlich hatte er Enlils Stimme wieder im Ohr. Er hörte noch einmal das Urteil und erschrak. Einen Moment lang blieb er benommen liegen und lauschte weiter nach innen. Dröhnende Schläge barsten in seinen Ohren. Ganz gleichmäßig und rhythmisch.

Die Trommel, dachte er, und ein Lächeln huschte über sein Gesicht, Gilgameschs Trommel. Er steht auf der Mauer und trommelt, er trommelt die Einwohner Uruks zusammen. Hört nur, wie er trommelt!

Lauter und lauter wurde der Schlag, es war kaum noch auszuhalten. »Aufhören!« schrie Enkidu, »aufhören!«, bis er merkte, daß es das Klopfen seines eigenen Herzens war, das er vernommen hatte. Er richtete sich keuchend auf und blickte verwirrt um sich.

Wo kam das viele Holz plötzlich her, diese riesige Tür da – war das nicht Zedernholz? Schön war sie, die Tür, edel gefügt, wuchtig in den Ausmaßen und von einer selten schönen Maserung, die dem Auge wohltat. Doch irgend etwas geheimnisvoll Böses lauerte hinter all der Schönheit. Er spürte, er roch es – es lag in der Maserung versteckt. Tausend Augen, die ihn heimlich anblickten. Bewegte sich da nicht etwas? Er starrte gebannt auf die Stelle, und jetzt rührte sich nichts. Aber wenn er wegsah, ganz kurz nur, einen winzigen Moment lang, ruckte es und sprang es heraus. Irgend etwas, er vermochte nicht zu erkennen, was es war. Aber da verbarg sich etwas in der Maserung, irgendein Zauber, der ihn zum Narren hielt. Und wie betörend es roch!

»Du legst mich nicht herein!« rief Enkidu, »so sehr du dich auch verstecken magst und herumspringst vor meinen Augen, ich sehe dich ... ich weiß, wer du bist!«

»So, wer denn?« fragte die Tür. Enkidu schrak zusammen, als er die Tür reden hörte. Oder war das nur Einbildung gewesen? Nein, sie hatte geredet, ganz deutlich geredet. Woher kannte er die Stimme nur?

Plötzlich durchzuckte ihn Erkenntnis. »Die sprechende Zeder!« rief er, »wie kommt es, daß du wieder zum Leben erwacht bist?«

»Wie kommt es, daß du immer noch lebst?« fragte die Tür zurück.

»Verfluchtes Ding!« brüllte Enkidu und warf eine Sandale gegen das Holz. »Du lockst und lockst, aber hinter deiner Verlockung lauert der Tod. Hätte ich doch lieber ein Floß aus dir gemacht, dich in Stücke gehauen oder verbrannt, du verdammtes seelenloses Ding!«

»Seelenloses Ding!« wiederholte die Tür und reckte sich in der Füllung wie ein Krieger, der seine Muskeln streckt. Deutlich krachten die Angeln, bog sich der Stangenkopf unter dem Gewicht.

»Auch wenn ich weder Vater noch Mutter und keinen Nabel habe, ein Klumpen Lehm aus der Steppe nur bin, so besitze ich doch eine Seele!« brüllte Enkidu in wilder Verzweiflung. »Mach hauchte mir Leben ein, und die weise Ninsum nahm mich an Sohnes Statt. Du hingegen bist ein dummes, lebloses Ding ohne Verstand. So wie ich dich vom Meister sägen, schneiden und fügen ließ, so kann ich dich auch wieder zerstören!«

Die Tür knarrte verächtlich in den Angeln. »Hast du nicht gierige Augen gemacht nach mir? Warst du nicht versessen darauf, ausgerechnet meinen Stamm zu fällen, um daraus eine Tür zu bauen? Sahst du nicht den Lichtkranz über mir damals, und siehst du ihn jetzt nicht wieder aus allen Fasern und Poren meines Holzes gleißen? Hörst du mich nicht reden? Wie kannst du da sagen, es wäre kein Leben in mir und kein Verstand?«

»Schweig!« donnerte Enkidu und tastete nach der zweiten Sandale.

»Ich denke nicht daran«, sagte die sprechende Zeder, die jetzt eine

Tür war, »ich werde reden und es noch tun, wenn du längst nicht mehr da bist und dein Name zerblasen wird wie Asche im Wind. Hinfällig bis du, Enkidu, ein Wurm nagt an dir und zehrt dich langsam auf. Schwächer und schwächer wirst du, bis du dich bald nicht mehr erheben und aus eigener Kraft in deiner Kammer bewegen kannst. Deine Tage sind gezählt – mein Leben hingegen währt ewig.«

Da heulte Enkidu auf und stopfte sich mit beiden Händen die Ohren zu. Er bäumte sich auf seinem Lager auf, hin und her zuckten seine Glieder. Schließlich war er mitten im Raum, dann mit einem keuchenden Sprung an der Wand, wo der Gurt mit dem Schwert hing. Er riß die Klinge aus der Scheide.

»Warte, ich werde dir zeigen, wer hier Herr im Hause ist!« brüllte er und ging mit dem Schwert auf die Türfüllung zu. Wie rasend hieb er ins Holz, ohne indes irgendwo richtig zu treffen. Seine Schläge gingen ins Leere. Das Schwert entglitt seiner kraftlosen Hand und polterte zu Boden. Mitten im Raum brach Enkidu zusammen. Sterne tanzten vor seinen Augen. Er sah Nebel und dahinter den Berggipfel aus seinem Traum. Ein Lagerfeuer und Gestalten daran. Er wollte nicht näher hin zu ihnen, denn er wußte es auch so – es waren die Götter, die Rat hielten und das Urteil über ihn sprachen. Er wollte es nicht hören, er kannte es schon. Nein, lieber lief er weg, sein erbärmliches Leben retten, vielleicht gab es noch eine Chance. Er hastete los, aber sein Fuß wurde unsicher. Er strauchelte, verlor den Boden unter sich und stürzte ins Leere. Schreiend fiel er in eine tiefschwarze, grundlose Schlucht . . .

So fand ihn Gilgamesch vor, der vom Lärm erwacht und zur Kammer des Freundes geeilt war. Fand ihn über dem Schwert liegen und vor der Tür, gegen die er gewütet und die doch ein paar Kerben abbekommen hatte. Er erschrak über Enkidus Aussehen und das Toben, das er von ihm gehört hatte. Er hob ihn auf und schleppte ihn mühsam aufs Lager zurück.

Dort lag er nun, der stolze Riese, der unerschrockene Barbar. Bleich war sein Gesicht, tiefe Falten gruben sich durch sein Antlitz, und kalter Schweiß stand auf seiner Stirn. Die Haare klebten ihm wirr im Gesicht. Er lag da mit offenem Mund und wirkte wie tot.

Aber seine Brust hob und senkte sich noch. Gilgamesch ging, holte kaltes Wasser zum Abreiben und duftende Kräuter zum Beleben. Immer wieder kühlte er die Stirn des Freundes.

Endlich schlug Enkidu die Augen auf. »Was ist dir, Bruder?« fragte Gilgamesch besorgt, »was redest und tust du für seltsame Sachen? Es hatte den Anschein, als wolltest du deine Tür zertrümmern...«

»Die verfluchte...«, flüsterte Enkidu mit trockenen Lippen. Erneut schloß er die Augen, atmete hastig und stöhnte dabei.

»Was fehlt dir, hast du Schmerzen?« fragte Gilgamesch erneut. »Du hast so laut geschrien, daß ich dachte, du würdest hier gegen ein Heer von Feinden ankämpfen.«

»Es... ist... der Fluch...«, flüsterte Enkidu, »... Die Götter saßen am Feuer und hielten Gericht über mich...« Stockend erzählte er seinen Traum.

Gilgamesch hörte zu und spürte, wie ihm Tränen in den Augen brannten. Er sah, daß sein Freund von einem Tag zum anderen schwerkrank geworden war, allzu deutlich waren die Anzeichen seiner Qual. Aber er konnte nicht erkennen, worin die Ursache lag. Gewiß, der Traum war schrecklich, doch es mochte eine Fieberphantasie sein. Um so mehr erschreckte es ihn, seinen Freund so reden zu hören. Er, der Barbar, der nie so recht an Götter geglaubt hatte, träumte plötzlich von ihnen, und nicht nur das – die Auswirkung ihres Urteilsspruchs begann sich bereits deutlich an ihm abzuzeichnen. Wie war das möglich? Existierten gar am Ende die Götter doch?

»Bruder, lieber Bruder«, sagte er, »warum sprechen sie mich frei von aller Schuld, verschonen mich und richten ihren Zorn allein nur gegen dich? So kann es nicht sein, du mußt dich irren, du hast dich verhört. Oder die Sorge treibt dir Gedanken zu, die dich verwirren. Beruhige dich und werde wieder gesund, es gibt keinen Grund darniederzuliegen und ängstlich auf schlechte Traumbilder zu starren. Ich will beten und die großen Götter anflehen. Ich will auch mit Enlil sprechen, der dir im Traum so übel gesonnen war. Sorge dich nicht länger, Bruder, alles wird gut.«

Gilgamesch sprach, ohne das, was er sagte, selbst zu glauben. Er sagte es nur, um den Freund zu beruhigen.

Enkidu lächelte matt. »Ich weiß nicht... was für eine Krankheit... das ist. So plötzlich... so schwach... Haben wir nicht herrliche Abenteuer... zusammen durchstanden? Dachten wir nicht... es wäre ein Anfang erst? Und nun geht alles zu Ende... so schnell, so furchtbar rasch...«

»Unsinn«, entgegnete Gilgamesch bestimmt, »nichts geht zu Ende. Irgendeine verdammte Krankheit hat dich überrumpelt und hält dich gepackt, aber das ist noch lange kein Grund aufzugeben. Ich werde gleich nach dem Arzt schicken und dir eine gute Medizin besorgen lassen. Du wirst sehen, wie schnell du wieder auf die Beine kommst.«

»Meine Hand...«, sagte Enkidu und versuchte, die Rechte zu heben, aber es gelang ihm nicht, es zuckte nur in den Fingern, »... meine Hand ist wie gelähmt... schlimmer als damals noch, als ich das Tor zum Zedernwald aufstieß. Es ist... die Rache der sprechenden Zeder. Sie bringt mir den Tod.«

»Wenn dich die Tür beunruhigt, wenn du sie nicht mehr sehen magst, so lasse ich sie entfernen.«

»Nein.« Enkidu lächelte rätselhaft. »Niemand kann die Tür mehr entfernen. Sie ist da und sie soll in meiner Nähe bleiben... Aber tu mir einen Gefallen... und reiche mir mein Schwert. Wenn die Tür auf mich fällt, soll es wenigstens zwischen mir und ihr liegen...«

Es war schrecklich, was Enkidu da redete. Lauter wirres Zeug, er sprach im Wahn, der vom Fieber kam. Noch einmal versuchte Gilgamesch, ihn zu beruhigen. Er versprach, mit den Göttern, insbesondere Enlil, zu reden. Als er nach draußen ging, um die Dienerschaft zu rufen, weinte er, ohne sich gegen die Tränen wehren zu können. Er war in großer Sorge.

Enkidus Gesundheitszustand verschlechterte sich von Tag zu Tag, und es wurde nicht erkennbar, was denn nun eigentlich der Grund der Krankheit war. Der Palastarzt und auch die beiden anderen, die Gilgamesch ans Krankenbett rief, wirkten ratlos.

»Eine Stauchung der Hand«, meinte der erste, »vielleicht eine versteckte Entzündung, die langsam das Blut vergiftet.«

»Nein, eine völlig fremdartige Erkrankung, die er sich in jenem fernen Land zuzog, eine Krankheit, die nur in der Wüste und nur zur Regenzeit vorkommt«, sagte der zweite. Und der dritte vermutete eine innere Unruhe, die die Lebenssäfte durcheinanderfließen ließ in einer Art, die unheilvoll war.

Da alle starke Argumente für ihre Diagnose vorbrachten, verlangte Gilgamesch von ihnen, sie sollten alle drei ihr Bestes geben, um den Freund möglichst schnell wieder gesund zu machen. So gab der Erste sein Rezept: »Siebe und knete alles zusammen: Schildpatt, eine sprießende Nagapflanze, Salz und Senf; wasche den kranken Teil mit gutem Bier und heißem Wasser, reibe die kranke Stelle mit der Medizin ein, nach dem Einreiben salbe sie mit Pflanzenöl und bedecke sie mit zu Pulver zerriebenem Tannenholz.«

Die Behandlung des Zweiten bediente sich vornehmlich magischer Formeln, um den bösen Geist zu vertreiben, der Enkidu unterwegs angefallen hatte.

Der Dritte brachte einen seltsamen Apparat an Enkidus Krankenlager: Es war ein längliches, gebauchtes Gefäß aus gebrannter Erde, in dem ein kupferner Zylinder steckte, der mit Asphalt festgeklebt war. Aus diesem wiederum ragte ein Stöpsel mit einem Eisenstäbchen in der Mitte, das mit einer Beschichtung aus Blei versehen war. Im Gefäß selbst befand sich eine Weinessiglösung. Nachdem er den Apparat unter Beschwörungsformeln in Gang gesetzt und weitere Schalen mit Flüssigkeiten rings um die Matte aufgestellt hatte, brachte er das Stäbchen vorsichtig in die Nähe der schmerzenden Hand. Als es fast die Hand berührte, zuckte ein Blitz heraus und fuhr in Enkidus Körper. Wieder und wieder vollzog der Arzt diese Prozedur, und jedesmal ging ein Zittern durch die Hand, wenn der Blitz kam. Aber es half nichts, so sehr sich der Arzt auch anstrengte und die ausgefallensten Zauberformeln gebrauchte.

»Seine Energie fließt nicht richtig«, sagte er, »und dem Geist aus dem Krug setzt er Widerstände entgegen, die stärker sind, als ich es jemals erlebt habe.«

So riet er, daß Gilgamesch es in stündlichen Abständen mit Handauflegen versuchen sollte; seine Hand sei rein, vielleicht könne er so die bösen Kräfte aus Enkidus Körper abziehen. Vor allem aber solle er so lange am Bett des Freundes wachen, bis dessen aufgewühltes Inneres wieder ins Gleichgewicht gekommen sei.

Dies tat Gilgamesch auch. Tag und Nacht saß er am Bett des Freundes und lauschte auf jeden Atemzug. Er strich Enkidus Hand in der vorgeschriebenen Weise mit Medizin ein, salbte und ölte die Stelle und sorgte für stets frisches Tannenholzpulver. Meistens dämmerte Enkidu dahin, ohne die Augen zu öffnen oder zu reden. Wenn er es aber tat, so wurden es meist Augenblicke, die Gilgamesch verzweifelt und traurig stimmten.

Einmal bäumte er sich auf seinem Lager auf und schien mit jemandem zu ringen, und ein anderes Mal stand er wohl am Ufer jener Wasserstelle, wo einst der Jäger auf ihn gestoßen war. Er brüllte zornig und wälzte sich auf seinem Lager hin und her, als zerträte er Fallen und Fanggruben. Dann begann er, ihn zu verfluchen: »Du verdammter Mordgeselle, deine Belohnung bringe dir Unheil!« schrie er. »Mögen sich Vipern in deinen Fanggruben sammeln und Löwen deine Fallen zerfetzen! Das Getier soll vor dir fliehen und kein Stück Fleisch auf deinen Tisch kommen! Krähen sollen dir die Augen aushacken und dein Fuß in die Nester von Skorpionen gleiten! Verflucht sei der Tag, an dem wir uns trafen, verflucht dein Blick, der mich streifte, und verflucht auch deine Stimme, die mich verriet. Hätte ich dich doch nur erwürgt oder erschlagen, als ich dich traf, statt dir nur von fern zu drohen. Kein Zeuge wäre gewesen, kein Helfer, um dich zu retten, und deinen Körper hätte ich den Schakalen zum Fraß vorgeworfen. Auf immer und ewig soll dein Name in Vergessenheit geraten und der böse Blick in deinen Augen nisten, auf daß dir Mensch und Tier aus dem Wege gehen und du einsam bleibst bis zum Schluß!«

Nur mit Mühe gelang es Gilgamesch, ihn zu beruhigen, so furchtbar tobte und schrie er. Danach versank er erneut in tiefen, todesähnlichen Schlummer.

Eines Morgens begann er, Tehiptilla zu schmähen. Er sah sie wohl vor sich im Türrahmen stehen, denn er sagte: »Was stehst du da so lüstern herum und versuchst, mich mit deinen Reizen zu locken? Wie das heimtückische Holz der Zeder bist du – außen voller Schönheit und innen verfault von bösen Gedanken. Ein Schicksal will ich dir wünschen, du elende Hure, das bis zur Ewigkeit dich peinigen soll. Mein Fluch soll dich ein Leben lang begleiten und dich bereits am frühen Morgen anspringen wie ein Schatten. Nie sollst du ein Haus einrichten dürfen, in dem du Frau bist, und nie sollst du ein Kind deines Leibes lieben dürfen. Dämonen sollen dich schwängern, und dein bestes Festgewand soll von Betrunkenen bespien werden. Was in der Stadt in der Gosse schwimmt, sei deine Speise, was auf die Rieselfelder fließt, dein Trank. Auf der Straße sollst du hausen müssen, in Türdurchgängen schlafen oder im Schatten der Mauer. Dornen und Disteln sollen deine Füße stechen. Der Abschaum aller Bettler sollst du sein, mit denen du dich herumtreibst. Trunkene und Verrückte sollen dich ungestraft schlagen und deinem verdörrten Schoß Schmerzen bereiten.«

Gilgamesch packte ein namenloses Entsetzen, als er die schrecklichen Verwünschungen seines Freundes hörte. Er wußte, daß Tehiptilla gemeint war, denn sie war es ja, die ihn einst aus der Wildnis herausgelockt hatte. Aber war nicht alles auf seinen Wunsch hin geschehen? Tehiptilla hatte doch nur getan, was er und Iluna ihr geheißen hatten.

»Du tust ihr Unrecht«, sagte er zu Enkidu, »warum beschimpfst du sie so? Sie hat dir nichts Böses getan und dir nur Lust bereitet. Aus der Steppe hat sie dich zu mir nach Uruk gebracht, wo es dir gutging und du einen Bruder fandest. Sie war es, die dich dazu brachte, daß du Seite an Seite mit mir in Abenteuer zogst, auf dem Thron neben mir saßest, daß du gute Kleider, wohlschmeckende Speisen und ein hohes Ansehen gewannst. Verneigen sich nicht die Leute Uruks vor dir, wenn sie dich sehen? Erweisen sie dir nicht alle erdenklichen Ehren und lassen dich leben wie einen Fürsten? Viele Menschen, arme und reiche, machen sich Sorgen um deine Gesundheit und fragen: Wie geht es Enkidu, hilft ihm die Medizin, wann wird er wieder unter uns weilen und uns mit seiner Anwesenheit erfreuen?«

In dieser Art sprach Gilgamesch noch lange, und langsam beruhigte sich der Kranke. Aber er haderte noch immer mit seinem Schicksal und klagte, alles habe begonnen, als er die Wildnis verließ, in der es ihm gut ging und er gesund und voller Lebenskraft war.

»Ist es dir denn nicht auch hier gutgegangen?« fragte Gilgamesch, »hat das Leben in der Stadt und zusammen mit mir dir keine

Freude bereitet? Hast du nicht unendlich viel erfahren und gelernt dabei?«

»Doch«, antwortete Enkidu, und für kurze Zeit war wieder ein klarer Glanz in seinen Augen, »das stimmt schon. Verzeih mir, Bruder, ich habe es nicht so gemeint und möchte niemals missen, dich getroffen zu haben. Es ist unrecht, was ich da sage. Ich denke mir nur, daß ich draußen in der Steppe einfach gesünder war und mehr Kräfte besaß, jede Krankheit abzuwehren. Auch hatte ich da einfacher gelebt, wie ein Tier. Und Tiere geraten nie in Konflikt mit den Göttern. Mein Schicksal ist, daß ich aus der Einheit heraus in die Vielfalt fiel. Draußen habe ich jede Sekunde gewußt, was richtig ist. Hier, in der Vielfalt, hat man sich dauernd zu entscheiden und muß daher unausweichlich Irrtümer begehen. Für genau diese Irrtümer bestrafen die Götter mich nun.«

Es war schwer für Gilgamesch, dem zu widersprechen. Was sollte er dem Freund sagen – daß es keine Götter gab und seine Krankheit daher nur eine Einbildung sein konnte? Nein, Enkidu, der Barbar, glaubte mittlerweile felsenfest an die Götter, und er schrieb ihren Zorn seinen Verfehlungen zu. Vielleicht hatte er ja auch sogar recht mit dem, was er sagte. Hatte nicht Enkidu vor dem Zug gegen Chumbawa gewarnt? Hatte damit nicht alles begonnen? War Gilgamesch daher nicht sogar mitschuldig am Siechtum seines Freundes?

Tiefe Verzweiflung erfaßte den jungen König. Enkidu, sein einziger wahrer Freund und Berater, mußte wieder gesund werden, er durfte nicht sterben. Und alles, was ihm dazu möglich war, würde er tun. Wankelmütig ging er hinüber zum Tempel des Anu und betete zu ihm, sprach zu ihm, wie er es lange nicht mehr getan hatte, und er bezog auch die übrigen Götter mit in sein Flehen ein, besonders Enlil. Er gelobte, einen Tempel in Uruk zu bauen, wenn Enkidu nur wieder gesund würde, und die Bewohner der Stadt dazu zu bringen, es denen Nippurs gleichzutun.

Tag für Tag, eine Woche und länger lag Enkidu nun schon darnieder, und seine Krankheit wurde schlimmer und schlimmer. Was konnte er bloß noch tun? Er rief nach anderen Ärzten aus Ur und Eridu, holte Heilfrauen und Medizinmänner der Nomaden heran, doch sie alle standen ratlos an Enkidus Lager und wußten keine Medizin, die ihm helfen konnte.

Nach den sieben Weisen wagte Gilgamesch nicht zu schicken, denn sie hatten sich seit jenem Tag, als der Himmelsstier über Uruk gekommen war, nicht mehr blicken lassen, und es hieß, sie kämen nie mehr ans Licht und wären für immer verschwunden. Vielleicht auch, daß sie inzwischen in ihren Höhlen verstorben, versteinert, zu Staub zerfallen oder in den Himmel hinauf zu den Göttern gestiegen waren – wer konnte es wissen? Gilgamesch hatte nur noch Augen für Enkidu.

Das Schlimmste waren seine Fieberträume, in denen er Geschehnisse sah und andeutungsweise beschrieb, die jedem, der zuhörte, den Atem verschlugen.

Gilgamesch verließ nicht mehr den Palast. Er saß und wachte am Krankenlager des Bruders. Bald sah er selber blaß aus und fühlte sich matt, aber das war nur die Sorge, die ihn niederdrückte und die Freude aus seinem Herzen vertrieb. Wenn es doch nur etwas gegeben hätte, das Enkidus einmal eingeschlagenen Weg aufhalten und zur Umkehr bringen könnte! Solange er glaubte, daß sein Tod eine von den Göttern beschlossene Strafe war, würde er auf ihn hinleben, damit sich sein Schicksal endlich erfüllte.

Ratlos war Gilgamesch, ratlos und traurig. Auch er begann, sein Geschick zu verfluchen. Aber er war bereits so niedergeschlagen und besaß nicht mehr genug Kraft, um zornig zu werden. Für ihn wie für Enkidu war wirklich, wie Iluna es im Orakel vorausgesehen hatte, eine Verfinsterung des Lichts eingetreten. Für Enkidu noch mehr als für Gilgamesch, denn selten gab es Stunden, wo sein Geist noch zur Klarheit zurückfand.

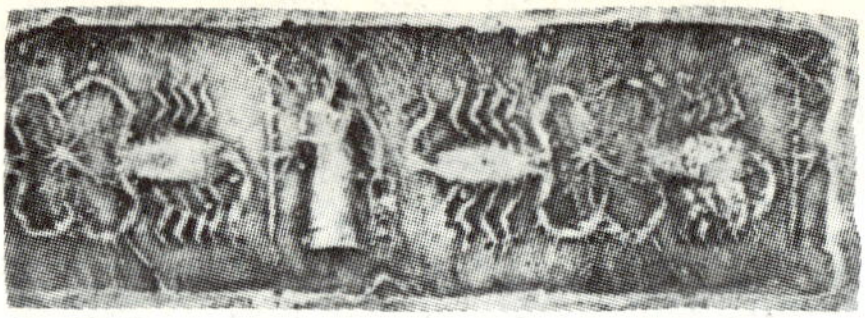

Tief seufzte Ninsum, die weise Mutter. Mit ganz kleinen, wohlüberlegten Schritten schleppte sie sich durch den Egalmach, den Wohnsitz ihrer Kindheit, Jugend und Blüte, um Abschied zu nehmen. Alles wollte sie noch einmal sehen, alles mit eigenen Händen tasten und fühlen. Jeden einzelnen Gegenstand nahm sie hoch, betrachtete ihn genau und versuchte sich zu erinnern, wann sie ihn zum ersten Mal gesehen und benutzt hatte.

Da waren die kleinen, zweihenkligen Vorratsamphoren, deren bauchige, außen glasierte Körper in der Sonne glänzten wie alle Farben des Regenbogens. Die Dosen, Schälchen und Kästchen zum Schminken, besonders die schlanken Glaskörper, die Palmsäulen nachgebildet waren und rote, schwarze und braune Schminke enthielten. Das goldene Toilettenbesteck, das sie von ihrem Vater Schiriktuma erhalten hatte, der es von einer Reise weit über das Zagrosgebirge mitgebracht hatte. Filigran war das Etui, zisiliert mit Bändern, Rauten und Wellenmustern, und ebenso fein und zierlich gearbeitet waren die Instrumente darin – Pinzette, Messer und Ohrreiniger.

Noch einmal streichelte sie ihren Schmuck, die goldenen Ketten mit schwarzen Steinen, Lapislazuli und Türkis, die Ohrringe, Armbänder und Gürtelschnallen. Wie schön hatte sie einst als Braut ausgesehen an Lugalbandas Seite, ein Entzücken für jedes Auge, eine kostbare Blume, die zur Königin heranwuchs.

Einen Spiegel besaß sie, der verblaßt wie ihr eigenes Antlitz war und mild mit den Zügen der alten Frau umging. Sie lächelte hinein, wie sie es das erste Mal getan hatte und fand sich jung, so unendlich jung. Ein verspieltes Mädchen war sie gewesen, das mit Lachen erwachte und jeden Tag begrüßte, als sei er der erste in ihrem Leben. Den Griff des Spiegels bildete ein aus Elfenbein geschnitztes nacktes Mädchen, das wie eine Säule das Gebälk eines Hauses über ihrem Kopfschmuck trug. Ein Kranz von Palmblättern schmiegte sich um ihr Haar und formte es zur Krone.

Und dann gab es da noch ihre geliebte Harfe. Das ganze Leben lang hatte der Klang ihrer Saiten sie begleitet, so daß sie völlig eingestimmt waren auf ihre Gefühle und immer das widergaben, was sie gerade empfand.

Sie stieg die Treppe hinab und fühlte die ausgetretenen Rundungen der Stufen unter ihren Sohlen. Zur Kammer der Kleider ging sie und nahm sie alle einzeln heraus. Jedes besaß eine Geschichte, war zu besonderen Ereignissen getragen worden, und sie vermochte sich noch genau zu erinnern, wie es gewesen war, als ihr dieses genäht und jenes geschmückt worden war. Sie zog sie nicht noch einmal an, denn sie hatten ja ausgedient. Aber ihre Hände strichen liebkosend über die Stoffe, tasteten die Erinnerung ab, die in Nähten und Säumen hing, die wie ein zarter, aber unvergänglicher Hauch in den Falten haftete.

Sie ging durch Küche und Keller, durch den verwaisten Thronsaal und die Kammer ihrer Liebe, in der sie Seite an Seite auf dem Bastlager geruht und Glück und Sorgen miteinander geteilt hatten. Auf das Dach stieg sie ein letztes Mal empor und blickte über die Stadt, die sich so sehr verändert hatte und wohl noch weiter wachsen würde mit Straßen, Häusern und Mauern. Dann ging sie zum Garten hinab und verweilte lange zwischen den Blumen und blühenden Sträuchern.

Tehiptilla begleitete sie überall hin und freute sich, daß die Mutter so großes Interesse an ihrer Umgebung zeigte. Lange hatte sie die Kammer nicht mehr verlassen, so daß ihr Rundgang jetzt zu einem Ausflug geriet, ja regelrecht eine Entdeckungsreise wurde, denn Ninsum führte ihr alles vor, was es zu sehen gab, Wichtiges und Unwichtiges, brachte durch ihr Verhalten die Dinge, die beziehungslos und beinahe vergessen herumgestanden hatten, wieder in einen Zusammenhang. Unendlich viel lernte sie dabei. Vor allem, daß man mit Gegenständen auf eine ganz besondere Art umgehen konnte, die ihnen Bedeutung verlieh und sie lebendig werden ließ.

Trotz des schönen Wetters fror die alte Ninsum, und sie fror um so stärker, je mehr sie Abschied von allem nahm. Tehiptilla hatte ihr einen wärmenden Mantel umgelegt, doch der konnte nur die äußere Kälte abhalten, gegen die, die von innen her aufstieg, richtete er nichts aus.

Sie saßen im Park und lauschten dem Gesang der Vögel. Die Alte sprach wenig. Sie hätte viel zuviel sagen und erklären müssen, und sie war mittlerweile so weit, daß sie allzuviel Reden schwächte. Sie mußte ihren Atem dosieren. Aber Tehiptilla verstand auch so, sie brauchte die Worte nicht. Lange genug war sie mit der Mutter zusammen gewesen, um zu verstehen, was sie meinte, auch wenn sie es nicht aussprach. Ihre andeutenden Bewegungen waren viel genauer als Worte, sie verrieten viel mehr und öffneten Tehiptilla den Blick in eine ihr bisher fremde Welt.

Wie glücklich mußte Ninsum im Palast gewesen sein. Ihr Leben im Egalmach war erfüllt von Lugalbanda gewesen, vom Heranwachsen, Kommen und Gehen der Pflanzen, Tiere und Menschen. Nun, da ihr Zenit längst überschritten war und ihr Leben hinter ihr lag wie ein bunter, reicher Bogen aus Bildern, blickte sie nur noch zurück und erfreute sich an der Erinnerung. Ein solches Leben wie Ninsum, auch wenn es nun fast schon abgelaufen war, ein solches Leben kam Tehiptilla wie ein Geschenk vor. Oder lag es nur an der Einstellung der alten Frau, konnte jedes Leben so sein, wenn man verstand, es nur richtig zu nehmen? Das Lächeln im Gesicht der Alten verzauberte sie auf ganz besondere Weise. Es war ungemein wichtig, es so aufzufassen, so kraftvoll und intensiv zu leben und heimliche Sorge nicht weiter keimen zu lassen.

Ninsum nahm Abschied, das war klar. Sie begrüßte noch einmal alles, um endgültig Abschied davon zu nehmen. Was würde danach kommen? Tehiptilla wischte den flüchtigen Gedanken beiseite. Hier und jetzt wollte sie leben, an der Seite Ninsums die Welt auf ihre eigene Weise erfahren.

Lange saß sie vor dem Haus und ließ ihre Gedanken wandern. Vielleicht aber dachte sie auch nichts, sondern war still wie die Strahlen der Sonne, sanft wie der Wind und erfüllt wie die Kehlen der Vögel, die von sich aus sangen, ohne dabei zu denken.

Als die Sonne unterzugehen drohte und die Schatten kälter zu werden begannen, erhob sich Ninsum und streckte noch einmal die Hand aus, als winke sie den dahinströmenden Fluten des Euphrat zu.

»Es ist gut«, sagte sie, »es ist wirklich und wahrhaftig gut. Laß uns hineingehen und die Lichter entzünden.«

Tehiptilla geleitete die weise Mutter ins Innere des Palastes und entzündete alle Lampen des Egalmach. Drei Dutzend Öllämpchen und mehr verbreiteten ihren flackernden Schein, sie waren so über die Räume verteilt, daß überall Helligkeit das Dunkel erwärmte.

In ihrer Kammer saß Ninsum und hielt die geliebte Harfe im Schoß und fuhr gelegentlich schwach mit den Fingern über die Saiten. Plötzlich hob sie den Kopf und drehte ihr Gesicht Tehiptilla zu. »Hol nun Gilgamesch und Enkidu«, sagte sie. Und sie sagte es so bestimmt, daß Tehiptilla, die beim bloßen Gedanken daran erblaßt war, keinen Widerspruch wagte und fand.

Mit klopfendem Herzen ging sie hinaus und versuchte auf dem Weg zum Palast des Königs ihre durcheinanderwirbelnden Gedanken zu ordnen. Was sollte sie sagen, wenn sie ihnen gegenüberstand? Wen zuerst ansehen, mit wem sprechen, wo ihr doch alle beide in ihrem Leben so wichtig geworden waren? Sie fand keine Lösung, so sehr sie auch nachsann. Und schon war sie am Palasttor, wurde von der Wache angehalten und nach kurzem Wortwechsel in jenen Seitenflügel geleitet, wo sich Enkidus Wohnräume befanden.

Die mächtige Zedernholztür war aus den Angeln gehoben und beiseite geschafft, statt ihrer hing dort ein Teppich aus geknüpfter Wolle. Sie schlug ihn beiseite und blickte ins Zimmer. Da hockte Gilgamesch in sich zusammengesunken am Lager des Freundes, und beide schienen zu schlafen. Wie blaß Gilgamesch aussah, ausgezehrt und von Trauer gezeichnet! Und noch blasser wirkte Enkidu, wächsern wie ein Leichnam, in dem kein Funken Leben mehr brannte. Vorsichtig ließ sie den Teppich zurückgleiten und kam näher. Als sie dicht beim Lager war, blieb sie abwartend stehen. Da hob Gilgamesch, der ein Geräusch vernommen hatte, langsam den Kopf und blickte sie an. Erkennen glitt durch sein Gesicht und ein scheues Lächeln, das mit dem Schmerz rang, der sich tief in seiner Seele eingenistet hatte. »Tehiptilla, du?«

»Ja«, sagte sie und wunderte sich selbst, daß ihr das Sprechen so leicht fiel, »da du nicht kommst, so mußte ich es tun und dich aufsuchen.«

»Ich konnte nicht«, sagte Gilgamesch schwach und deutete mit einer matten Geste auf Enkidu, »schlecht geht es ihm. Immer noch liegt mein Bruder darnieder, und seine Krankheit wird schlimmer und schlimmer.«

Tehiptilla setzte sich an den Rand des Lagers und sah Gilgamesch an. Ihre Augen suchten und fanden sich, und Zärtlichkeit lag in Gilgameschs Blick. Er schwieg. Nach einer langen Zeit der Stille sagte er: »Das Buch des Schicksals hat uns ein hartes Los bestimmt. Dir und mir und Enkidu.«

Tehiptilla senkte die Augen. Es stimmte, was er da sagte. Alles lag darin, die Erinnerung an alles, was geschehen war, und die Ahnung dessen, was hätte anders geschehen können. So saßen sie stumm und waren sich auch ohne Worte nahe.

Endlich sagte sie: »Die Mutter schickt mich. Ich sollte euch beide zu ihr führen. Es ist ernst. Sie hat heute von allem Abschied genommen und wird wohl den morgigen Sonnenaufgang nicht mehr erleben.«

Da richtete Gilgamesch sich auf und erhob sich wie aus einem langen Schlaf. »So muß ich zwischen dem einen und der anderen wählen. Beide brauchen mich, wie soll ich Enkidu allein lassen in dieser Stunde, wo auch die Mutter mich ruft?«

»Geh nur«, sagte Tehiptilla, »geh zur Mutter und nimm Abschied von ihr. Ich werde bleiben und an deiner Stelle hier wachen.«

Gilgamesch erhob sich schwankend, ging zum Teppichvorhang und drehte sich dort noch einmal um. Er zögerte, aber er sagte nichts mehr. Dann verließ er den Raum.

Wie im Traum schritt er dahin, überquerte den großen Platz und erreichte das Tor zum Egalmach. Überall brannten Öllämpchen im Gang, und er folgte ihnen wie einer ausgelegten Spur. Als er Ninsums Kammer erreichte, saß sie am Fenster wie immer. Aber ihren Händen war die kostbare Harfe entglitten, sie lag nutzlos zu ihren Füßen am Boden. Dieser Anblick machte ihm schlagartig deutlich, um was es ging. Er stürzte vor dem Stuhl

Ninsums auf die Knie und umfaßte ihre Hände. Da schlug die Alte die Augen auf und lächelte ihn an.

»Gilgamesch, mein Sohn, ich freue mich, dich zu sehen«, sagte sie, »doch wo ist Enkidu, dein Bruder?«

»Er liegt sterbend auf seinem Lager«, antwortete er mit tränenerstickter Stimme, »mein fröhlicher, unbeschwerter Bruder und Freund, der keine Gefahr scheute und mit mir so viele Abenteuer bestand, der mit mir all die Jahre gewandert ist und dessen Mut mich beflügelte – er liegt in seiner Kammer und stirbt. Ein böser Fluch hat ihn getroffen und ihm eine Krankheit geschickt, die niemand zu heilen vermag. Der Tod ist bei ihm, Stunde um Stunde, und wartet darauf, daß er zugreifen kann. Selten noch ist Enkidus Geist wach und sein Auge klar, seine Seele schwebt über der Schwelle, hinter der die Tür zur Unterwelt offensteht.«

Ninsum streckte die zittrige Greisinnenhand aus und fuhr ihrem Sohn durch das Haar. »Ich habe es gesehen und befürchtet. Die Gewißheit, daß es kommen würde, war schrecklich für mich, und lange hielt ich mein Wissen darüber zurück. Nun aber, da ich selbst mich anschicke, ins Land ohne Wiederkehr zu ziehen, bleibt keine Zeit mehr, etwas zu verschweigen. Ich will Abschied nehmen von dir, Gilgamesch, und dir noch alles sagen, was es zu sagen gibt. Willst du es hören?«

Da schluchzte Gilgamesch auf und barg sein Gesicht in ihren Händen.

»Enkidu und du – ihr wart zwei Hälften des gleichen Wesens. Er erschien, weil du es wolltest, und du erkanntest in ihm deinen fehlenden Teil. Deine Liebe zu ihm war die Sehnsucht, das versteckte Unbekannte in dir zu entdecken und zu entschlüsseln. Viel habt ihr voneinander gelernt, und jetzt, da er geht, geht nur sein Körper. Seinen Geist hast du bereits übernommen und bist dabei, eins zu werden mit dir selbst. Bald wirst du über den Verlust deines Freundes klagen und doch merken, wieviel du inzwischen gewonnen hast. So ist das Leben, mein Sohn, das eine geht, das andere kommt, und Stufe um Stufe treibt es zur Vollendung. Darum verzehre dich nicht länger in Leid und Trauer. Klage und weine, wenn dir danach zumute ist, aber denke auch stets daran, daß nach jedem Verlust ein neuer Anfang kommt, dem ein eigener Zauber innewohnt. Er ist es, der dir hilft, das Leben zu meistern.«

Gilgamesch weinte: »Nie habe ich einen Menschen gekannt, den ich so liebte wie ihn.«

»Ich weiß«, sagte Ninsum und seufzte. »Kannst du dich noch erinnern, was ich einst zu dir sagte, bevor du in beiden Tempeln, in dem des Anu und in dem der Ischtar, die Segnungen empfingst und in den Kreis der Erwachsenen aufgenommen wurdest? Irgendwann wirst auch du das Geheimnis der Venus kennenlernen, den weiblichen Weg der Liebe? Du glaubst jetzt, du hättest ihn bereits erfahren durch Enkidu, deinen geliebten Freund. Und doch ist es nicht das, an was ich dachte, als ich davon sprach. Nein, mein Sohn, der Weg der Venus liegt noch vor dir, du hast zu ihm bisher noch keinen Zugang gefunden.«

»Mutter, was sollte es größeres geben, als die Liebe zu Enkidu, die mir nun stirbt?« fragte Gilgamesch verzweifelt. »In Ischtars Tempel habe ich nichts gefunden, was damit zu vergleichen wäre. Nur Lust, Gier und Gefühle, die sich verstricken und zu Not und Gemeinheit führen. Der Weg der Venus kommt mir wenig erstrebenswert vor.«

»Du meinst das Ränkespiel, das Iluna mit dir trieb? Gewiß, dabei hast du Schlechtes erfahren, denn Iluna scheint mir keine gute Hohepriesterin zu sein. Oft hat sie geirrt und mehr Leid als Hilfe gebracht, denn auch sie ist nur ein Mensch, der Fehler begeht. Ich aber spreche von etwas anderem, etwas, das tiefer geht und wichtiger ist als ihr Spiel.

Wisse, es war einst eine Zeit, da gab es nur eine einzige weibliche Gottheit, die alle verehrten, das war die große gebärende Erde. Innin hieß sie, und nach ihr wurde der heilige Berg, der Eanna, benannt. Diese Urgöttin war allmächtig und barg in sich alle Kräfte, die später, abgeleitet von ihr, einzelne Namen bekamen. Darum gibt es heute eine solche Vielzahl von Göttinnen: Ischtar als Stellvertreterin der Liebe, Lilith als Göttin des Todes, Nidaba, die für die Fruchtbarkeit der Äcker und Felder sorgt, Mach, die himmlische Mutter und noch viele mehr, die andere Völker verehren.

Von der Urgöttin, von der Innin spreche ich, die alles, was den weiblichen Weg ausmacht, in sich vereinigt. Schon in meiner Kindheit war sie in Vergessenheit geraten und von anderen Kulten abgelöst. Und doch kannten einige wenige ihr Geheimnis und blieben ihr treu. Ich glaube, daß ich die letzte bin, die davon weiß, und wenn ich sterbe, so stirbt mit mir zugleich auch die Kenntnis von ihrem Reich.

Wisse, mein Sohn, die frühen Könige des Landes Sumer, die Könige vor der großen Flut, teilten sich immer die Macht mit den Frauen, denn weder das Männliche noch das Weibliche sind allein genug und bedürfen einander als Ergänzung. Erst in Harmonie gelangen sie miteinander zur vollen Entfaltung. So war es lange Zeit, aber danach waren es nur noch Ausnahmemenschen, die auf den richtigen Weg des Lebens zurückfanden. Lugalbanda, der eine solche Ausnahme war, ein kluger und einfühlsamer Mann, wußte noch darum und teilte weise mit mir den Thron.

Nun aber haben neue Zeiten begonnen, alles zersplittert sich in Unwissen und Gegensätzlichkeit, die Harmonie ist dahin. Allein wollen die Männer herrschen, die Macht an sich reißen, und es gibt Frauen wie Iluna, die tun es ihnen nach und denken, es wäre das Gegenteil, dabei ist es das gleiche. Sie alle wissen nicht, daß es einmal die Innin gab und mit ihr die Einheit, die Ergänzung, den Ausgleich der Gegensätze.

Ich dachte, daß du im Tempel der Ischtar die Liebe finden könntest, die dir die Einheit bringt, aber es war nur ein frommer Wunsch, das sehe ich nun. Du hast lediglich von der anderen Seite gekostet und zu rasch durch Iluna die falschen Möglichkeiten erfahren, die dich zurückstießen. Darum zog es dich auch so stark zu Enkidu hin, daß dir die aus dem Blick geriet, die dich liebt ...«

»Mich liebt? Wen meinst du? Ich weiß nicht, wovon du sprichst«, sagte Gilgamesch und spürte sein Herz schneller klopfen.

»Wirklich nicht?« Die weise Ninsum sah ihn prüfend an. »Hast nicht auch du im stillen schon längst deine Wahl getroffen? Soll ich dir erst die Antwort geben, die du in dir schon lange weißt? An wen hast du zuerst gedacht, als du dir zum Fest der heiligen Hochzeit eine Ischchara erwählen solltest? Denk nach: War das wirklich Iluna?«

»Nein . . . es war Tehiptilla.«

»Siehst du nun, was ich meinte, als ich sagte, du hättest deine Wahl schon längst getroffen? Wenn du mein Urteil wissen willst: Es war eine gute Wahl.«

»Aber viel ist seitdem geschehen, zuviel gibt es, was zwischen uns steht.«

Die alte Ninsum winkte ab. »Was ist denn schon passiert, mein Sohn? Ein paar Irrtümer, ein paar Zwischenfälle, nichts Ernstes, das zwei Menschen, die sich lieben, wirklich trennen könnte.«

»Aber Enkidu . . .«

»Sie tat nur, was du und Iluna von ihr verlangt habt, und sie tat es in erster Linie für dich. Aber wie hast du es ihr gedankt? Hast du sie einmal gefragt, wie sie dabei empfand? Nein, du hast dich einfach nicht mehr um sie gekümmert. Wahrscheinlich weißt du nicht einmal, daß sie gleich danach den Tempel verlassen hat und seitdem bei mir lebt . . .«

Gilgamesch senkte den Kopf. »Enkidu stand . . .«, er erschrak darüber, daß er über ihn bereits in der Vergangenheitsform sprach und verbesserte sich hastig, »Enkidu steht zwischen uns.«

Die Mutter blickte ihn an, und in ihren Augen las er die stumme Frage: Wie lange noch? Ja, wie lange noch würde sein Freund sich quälen mit dieser heimtückischen Krankheit, mit dem elenden Dahinsiechen und dem zähen, schleichenden Tod?

»Ja, geh nur«, sagte die Alte leise und liebkoste ihren Sohn mit den Augen, »geh und kümmere dich um deinen Bruder, steh ihm bei in seiner letzten Stunde. Auch für mich kommt dieser Augenblick bald, ich fühle ihn nahen. Aber ich bin weder besorgt noch traurig darüber, denn ich habe lange genug und auch gut gelebt. Heiter will ich aus der bunten Welt scheiden und ohne Groll hinüberschreiten ins Land ohne Wiederkehr.

Darum geh jetzt und nimm mein Lächeln als letztes Bild von mir mit. Es mag dir gute Erinnerung bleiben an mich.«

Gilgamesch faßte ihre Hände und netzte ihre Finger mit Tränen. Doch sie hob sein Gesicht auf und schenkte ihm ihr unvergleichliches Lächeln. Da stand Gilgamesch auf und trennte sich zögernd von Ninsum. Er wandte den Kopf ab und ging schweren Schrittes zur Tür. Aber er drehte sich nicht mehr um. Er sah nicht mehr, wie Ninsums Kopf vornüber fiel. Ein letztes, lächelndes Nicken war dies, ein letztes Ja, mit dem sie sich von der Welt verabschiedete.

Weit wanderte Enkidu am Ufer des Flusses ohne Namen entlang und suchte die Furt. Aber er fand keine Stelle, die passierbar gewesen wäre. Nebel lag über dem Land wie fließender Rauch, in dem sich alle festen Konturen auflösten und ineinander übergingen, so daß es weder oben noch unten, weder rechts noch links, weder vorne noch hinten gab. Und auch der Fluß führte kein Wasser, sondern bestand aus fließendem Nebel, in den er keinen Fuß zu setzen wagte und durch den er auch nicht schwimmen konnte, denn er wußte genau, daß unter dem trügerischen, diffusen Grau des Dunstes nichts Festes war, das ihn tragen würde. Nein, Endlosigkeit lag hinter dem Nebel, eine unvorstellbar bodenlose Tiefe verbarg sich unter der Nebelbahn, in die er stürzen würde, ohne jemals das andere Ufer zu erreichen. Also zog er das Ufer entlang, rastlos und ruhelos, unaufhaltsam weiter, Jahre, vielleicht ein halbes Leben lang. Sehr oft hatte er das Gefühl, daß ihm Stimmen folgten, Schatten neben ihm glitten, formlose Wesen, die ihn riefen und nach ihm griffen. Doch weder folgte er ihnen, noch erreichten sie ihn wirklich. Er wußte genau, daß alles verloren war, wenn er sich von ihnen ablenken ließ. Sie erschienen nur, um ihn von dem Weg abzubringen, den er zu geben hatte. Würde er einmal seitwärts sehen und ihnen nachfolgen, so wäre er auf ewig verloren und würde gleich ihnen im Nebel umherirren, ohne Hoffnung auf ein Ziel.

Aber je weiter er ging, desto mehr bekam er das Gefühl, einen Bogen zu beschreiben, einen Kreis womöglich, dessen Ende der Anfangs- und Ausgangspunkt seiner Reise war. Und langsam begann sich auch der Nebel zu lichten, als würde es Tag, als schiene von fern eine Sonne, die mit ihren wärmenden Strahlen die Feuchtigkeit in der Luft verdampfte und aufklärte. Eine Gruppe Bäume schälte sich heraus und brach mit dem schwarzen Liniengewirr ihrer Äste und Zweige durch den Dunst. Es waren keine Bäume, die er kannte, weder Zedern noch Merubäume, weder Palmen noch Feigen oder sonst irgendeine vertraute Art. Auch standen sie nicht im Kreis zusammen, bildeten keinen Hain, sondern eine streng gezogene Reihe, die schnurgerade zum Horizont verlief und wie ein Zaun war oder die Begrenzung einer Bahn, auf der er zu gehen hatte. Nebelfetzen hingen in den Ästen, Schwaden, die sich zu grotesken Gestalten zusammenklumpten, die mit Armen und Beinen schlenkerten und ihm zuwinkten, einzuhalten.

Einmal stockte sein Fuß, denn er glaubte, in einer der winkenden Figuren jemanden zu erkennen, den er kannte. Wer war das nur? Er blieb stehen und sah genauer hin. Aber wie er es auch anstellte, die Augen zusammenkniff und hinstarrte, die Gestalt wurde nicht klarer. Immer wieder floß ihre Kontur auseinander und bildete sich neu. Und doch reizte es ihn zu erfahren, was wohl dahintersteckte, weil sie so mächtig auf ihn wirkte und ihn anzog.

»Wer bist du?« fragte er und merkte, daß es keine Worte waren, die aus seinem Mund kamen, sondern daß es ein Gedankenstrom war, der seinen Kopf verließ und zum Baum hin strömte.

»Ich bin dein bester Freund«, kam es zurück, »du kennst mich wohl, du kennst mich besser, als irgend etwas sonst auf der Welt.«

»Gilgamesch?« entfuhr es Enkidu, »Gilgamesch, bist du es? Warum versteckst du dich vor mir, verbirgst deine Gestalt und narrst mich mit deinem Spuk?«

»Nein, Gilgamesch bin ich nicht«, kam es tonlos zurück, und es klang so hohl, so kalt und so völlig ohne Gefühl, daß Enkidu erschrak.

»Wer bist du denn?« fragte er unsicher.

»Ich bin etwas, das du viel besser noch als ihn kennst«, kam die Antwort, »ich bin das, was dir am meisten vertraut ist: Dein Schatten bin ich, Enkidu, dein Schatten!»

Enkidu erschrak, als er seinen eigenen Schatten so reden hörte.

»Was willst du von mir?« fragte er und versuchte vorsichtig, sich aus dem Kraftfeld zu lösen, in das der Baum mit dem Nebelschatten ihn gebannt hatte.

»Ich will dir helfen und dich beraten.«

»Und welchen Rat hast du mir zu geben, Schatten?«

»Oh, einen guten, einen unbezahlbaren Rat«, wisperte die Stimme kaum vernehmbar. »Warum läufst du so rastlos umher, wanderst endlos dahin? Was willst du erreichen, wohin willst du dich wenden, was zieht dich so mächtig an? Laß es doch fahren, Enkidu, gib deine Wanderung auf. Laß dich sinken und leiste keinen Widerstand mehr. Es ist doch so einfach: Du brauchst dich nur fallenlassen, dann wirst du wieder zu dem, aus was dich Mach einst geformt hat – zu Lehm. Lehm warst du, Lehm bist du und Lehm wirst du wieder sein, wenn du es nur einsiehst.«

»Aber ich bin mehr als das«, antwortete Enkidu trotzig, »mein Körper mag Lehm sein, Wasser mein Blut und Speichel, mein Schweiß – das gaben mir andere. Aber ich habe doch eine Seele, einen glimmenden Funken in mir, der brennen will mit dem großen, dem ewigen Feuer.«

»Du Narr«, sagte der Schatten kalt, »du bildest dir viel ein und folgst deinem eigenen Wahn. Unruhe und Unrast ist dir gegeben, und nie wirst du dort ankommen, wohin es dich zieht.«

»Doch, ich werde ankommen«, sagte Enkidu und machte sich gewaltsam und mit äußerster Anstrengung frei von dem Bann, den die wispernde Stimme auf ihn ausübte. Er schnellte vor, und sein Körper, der immer noch etws Festes war, zerriß die Nebelschleier wie ein Spinnetz in einzelne davonschwebende Fäden.

Jetzt war es heller geworden, ohne daß es der Sonne ganz gelungen war, das Grau der Welt zu durchdringen. Ein fahles, bleiches Licht herrschte, und wächsern sahen der Weg, die Felder, Bäume und Büsche aus. Er kam an einen Hügel, der sich aus der Ebene hob, da saßen drei Blinde und unterhielten sich.

»Ich habe einst eine Landschaft gesehen«, sagte der eine, »die war so lieblich, wie ihr sie euch kaum vorstellen könnt. Saftiges Gras gab es da, wiegende Goldflächen im Sommer, wenn der Wind durch die reifen Kornfelder strich. Lerchen stiegen senkrecht zum Himmel empor und jubilierten über Äcker und Gärten, in denen Blumen aller erdenklichen Farben blühten, schöner als man sie malen kann. Springböcke kamen zur Quelle, und aus der Quelle sprudelte frisches Wasser in den gewundenen Bach, und der Bach floß Wiesenufer entlang, an denen Hütten und Häuser standen, zum großen Fluß hinunter, um sich mit seinen Fluten zu vereinigen. Schiffe trieben darauf, die tanzten wie abgerissene Blüten im Wirbel, und schneller und schneller ging der Strom, bis er zum großen, gewaltigen Meer kam, wo er nicht mehr war als ein Rinnsal, eine Bewegung und Welle im endlosen Spiel der Wogen.«

»Und ich habe einst das Meer gesehen, von dem du sprichst«, sagte der Zweite, »aber es war nur wie ein großer See mit vielen zerklüfteten Ufern. An manchen Stellen kam Wasser, an anderen ging es. Es nahm Land weg, riß Berge ab und fügte sie andernorts wieder neu zusammen. Es war ein einziger Kreislauf, ein Wirbel nur, und jeder, der davon nur einen Teil sah, glaubte, es würde sich alles stetig verändern, dabei blieb es immer die gleiche Menge.«

»Ich kenne dieses Meer«, sagte der Dritte, »aber nicht nur im Wirbel ging es, sondern auch hoch in die Lüfte. Überall war Feuchtigkeit, die stieg auf, wenn die Sonne schien und ballte sich zu Wolken zusammen. Der Wind spielte mit ihnen und formte Gestalten daraus, die nie lange gleich blieben, sondern sich veränderten. Und wenn der Wind stärker blies, oder sich mehrere Stürme um die Vorherrschaft stritten, dann trieben die Wolken über das Ufer ans Land, bis sie einen Platz gefunden hatten, der trocken genug war, um sich niederzulassen. Dann brachen sie auseinander, wurden erneut zu Wasser, das sich über das Land ergoß. Bestimmt erreichten sie auch deine Quelle, um sich in der Erde zu sammeln und sich in neuer Form zu verströmen. Dies sah ich, und ich weiß, daß es nur ein Ausschnitt des gleichen war, von dem ihr berichtet habt. Wir alle sahen das gleiche.«

»Dann ist es gut, daß wir jetzt blind sind und darüber sprechen können«, sagte der Erste wieder, »sonst würden wir noch immer sitzen und jeder für sich etwas anderes sehen, das wir für die einzige Wahrheit halten und niemals verstehen, was der andere meint.«

Enkidu schüttelte den Kopf über die sonderbare Unterhaltung

und ging weiter. Da kam er zu einer Stadt, in der alles gläsern war: gläserne Mauern, gläserne Häuser und selbst die Menschen waren aus durchscheinendem Glas. Wie Ebenbilder Adads, den sie in seiner Wachhütte am Tor des Zedernwaldes erschlagen hatten, sahen sie aus, und sogar ihre Gedanken waren für jeden sichtbar. In der Mitte der Stadt aber erhob sich ein Palast, dessen Mauern und Zinnen, Türme und Kammern ebenfalls aus Glas waren. Enkidu ging dicht heran und wurde von niemandem daran gehindert.

Im großen Saal des Palastes sah er einen König sitzen, der hielt ein merkwürdiges Ding in seiner Rechten, auf das starrte er und wirkte nachdenklich. Enkidu ging näher zur gläsernen Wand und preßte sein Gesicht an die Scheibe. Er sah, daß der König ein kühner, stolzer Herrscher sein mußte, er hatte einen unerschrockenen Blick und erschien machtvoll in seiner Würde. Viele Feinde hatte er wohl besiegt und war doch immer noch nicht zufrieden mit dem Erreichten.

Das Ding in seiner Hand war eine Kugel, die aus zwei Hälften bestand. Die eine war weiß, die andere schwarz, und beide waren von gleicher Größe. Genau das aber störte den König sehr. Er drehte und wendete die Kugel, ließ sie rollen, aufspringen und hüpfen, stets jedoch blieben dabei die beiden Hälften, die weiße und die schwarze, gleichmäßig verteilt.

»Schwarz ist böse und weiß ist gut«, sagte der König, »das weiß jedes Kind. Wie aber schaffe ich es, das Schwarze auf ewig zu bannen? Streiche ich die Kugel an, so schimmert das Schwarz, weil es dunkler ist, durch, und das Weiß wischt sich ab, sooft ich es anfasse. Mischt man aber das Schwarze und Weiße zusammen, so wird ein Grau daraus, und dies will ich auch nicht. Soviel ich auch nachsinne, ich finde einfach keine Lösung für dieses Problem.«

Der König rieb sich nachdenklich die Stirn und fuhr fort: »Aber schwarz ist nun einmal böse und das Weiße gut. Und da ich das Gute will und das Böse hasse, muß ich zu einem Ergebnis kommen.«

Enkidu stockte der Atem, als er sah, was der König nun tat: Er legte die Kugel auf ein Kissen mitten im Saal und holte sein Schwert von der Wand. Damit trat er dicht heran, prüfte die Entfernung, wog es in der Hand, schätzte die Kraft des Schlages ab und holte weit aus. Der Schlag war gut, genau in der Mitte zwischen der schwarzen und der weißen Hälfte traf er und spaltete die Kugel in zwei gleich große Teile, die klirrend auseinandersprangen und getrennt voneinander liegen blieben. Befriedigt schaute der König auf sein Werk. Nun aber packte er erneut sein Schwert am Knauf, um die schwarze Halbkugel zu zerschlagen.

Rufen wollte Enkidu, mit den Fäusten gegen die Scheibe trommeln, um ihn abzuhalten von seinem Werk, doch die gläserne Wand war viel zu dick, seine Hände blieben gelähmt und sein Warnruf erstickte ihm in der Kehle.

Mit aller Kraft schlug der König zu und zertrümmerte die schwarze Hälfte. Aber als sein Schwert auf die Wölbung traf, splitterte alles Glas im ganzen Palast. Sprünge gab es in den Mauern und Zinnen, die Türme schwankten und knirschten in ihren Fundamenten und Risse zeichneten sich im Fußboden ab. Beim zweiten Schlag erbebten der Palast und die ganze Stadt, beim dritten aber sprang alles auseinander, die Mauern und Häuser, die Straßen und Türme, und sogar die gläsernen Menschen zerbrachen in Scherben.

Als alles in sich zusammengestürzt war und nur noch einen Trümmerhaufen bildete, wandte sich Enkidu ab und suchte weiter seinen Weg. Er fand ihn bald und strebte ihm nach, bis er zum Ufer des Euphrat kam. An seinem Lauf zog er entlang und erblickte endlich in der Ferne einen Berg mit weißen Palästen und Tempeln und der in den Himmel geschraubten Zikkurat. Er sah den Eanna und die riesenhafte Mauer von Uruk, die Häuser und Markt, Gärten und Äcker, Hafen und Palmenhaine umschloß. Zufrieden ging er darauf zu und war bald am nördlichen Tor, wo ihn niemand aufhielt und er ungehindert passieren konnte. Die neue, prachtvolle Treppe zu Ischtars Tempel stieg er hinauf, überquerte den Platz und wandte sich zum Palast des Gilgamesch, der ja auch seine Wohnstatt war. Am Eingang zu seiner Kammer fand er aber nicht mehr die Zedernholztür, sondern einen dichten Teppich aus geknüpfter Wolle. Die Tür, die er aus dem Holz der sprechenden Zeder hatte anfertigen lassen, lehnte nutzlos an der Mauer und wirkte wie ein totes Gebilde.

Enkidu war zu müde, um sich darum zu kümmern und sich lange

Gedanken darüber zu machen. Es zog ihn zu seinem Lager. Er schlug den Vorhangteppich zurück und trat ein. Es war finster im Raum, aber er fand auch so seine Matte. Glücklich, sein Ziel erreicht zu haben, ließ er sich sinken und fiel augenblicklich in Schlaf.

Als er erwachte, sah er zwei Boten an seinem Bett sitzen, einer war männlich, der andere ein Weib.

»Seid ihr endlich gekommen, um mich abzuholen und sicher durch den Nebel zu führen?« fragte er und richtete sich etwas auf. Wie durch Nebel und Dunst sah er ihre Gesichter, ernste Mienen, die reglos an seinem Lager saßen und ihn betrachteten.

»Enkidu, Enkidu, lieber Bruder«, sagte der männliche Bote und ergriff seine Hand.

Erst jetzt erkannte er, daß es Gilgamesch war. Und die andere da – wer war es, wer war das? Mühsam versuchte er sich zu erinnern. Da beugte sie sich vor, und er erkannte ihr vertrautes Gesicht. Es war Tehiptilla.

»Wie geht es dir?« fragte Gilgamesch, »haben deine Qualen nachgelassen, fühlst du noch Schmerzen in der Hand?« Nein, Schmerzen fühlte er keine. Im Gegenteil: ihm war so leicht, fast schwerelos war sein Körper geworden, und er spürte ihn kaum noch.

»Ich habe heute nacht einen Traum gesehen, der war wie keiner zuvor«, sagte Enkidu mit leiser Stimme, und Gilgamesch und Tehiptilla beugten sich vor, um ihn besser verstehen zu können.

»Der Himmel schrie und die Erde gab Antwort, und ich stand zwischen beiden auf freiem Feld, wie ich einst in der Steppe gelebt hatte. Da erschien ein Mann mit düsterem Antlitz, der dem gewaltigen Anzu-Vogel glich. Sturm stand ihm im Gesicht, Löwentatzen waren seine Hände und die Füße wie Klauen von Adlern. Damit schlug er zu und packte mich, daß ich wehrlos in seinen Fängen hing. Ich lag am Boden und kämpfte mit ihm, ich schlug auf ihn ein, daß er auf und ab sprang und in der Luft eine kreisende Acht beschrieb, aber er ließ nicht mehr ab von mir. Er trampelte mich nieder, drückte mich in den Staub und umklammerte mich mit all seiner Kraft.

Rette mich, Gilgamesch, rief ich, komme mir zu Hilfe und stehe mir bei – aber du warst nicht in meiner Nähe. Da hob er mich empor und stieg hoch in die Luft mit mir. Hoch und höher stieg er, sein Flug wollte kein Ende nehmen. Ich weinte und schrie wie ein kleines Kind, ich klagte und jammerte, ich schlug mit den Fäusten und wehrte mich. Aber alles war nutzlos.

Als wir ganz oben über dem Erdkreis waren, sah ich das Land unter mir wie Milch und Honig unter den Wolken fließen. Nur ein Brei war die Erde, ein brodelnder Topf, und von den Menschen war nichts mehr zu sehen. Da, am höchsten Punkt seines Fluges, ließ er mich fallen, und schreiend, mit der Stimme eines Vogels, stürzte ich ab. Im Sturz verwandelte ich mich in eine Taube, daß mir Federn wuchsen und ein Schnabel, und meine Arme wurden zu Schwingen. So fiel ich nicht weit, sondern glitt bald mit der Strömung der Luft dahin, wurde von den Winden gepackt und geschüttelt, und der Anzu-Vogel begleitete mich.

Die Winde aber trieben uns zur Erde hinunter, auf ein schwarzes Loch zu, das endlos in seiner Tiefe erschien. In das tauchten wir ein. Es führte nach Kurnugea, zum Land ohne Wiederkehr. Lange wanderte ich durch eine düstere Ebene, bis ich das Haus der Finsternis erreichte, das die Wohnstätte Irkallas ist. Es ist das Haus, das niemand mehr verläßt, der es einmal betreten hat, und den Weg dahin zieht keiner, der ihn jemals ging, wieder heimwärts.

Dunkel war es im Haus, keine Lampe brannte, kein Licht, denn so ist es alle Zeit dort, wo aus Staub der Erde das Brot gebacken wird und Lehm die tägliche Speise ist und man nie das Licht sieht, weil man stets in der Findernis ist. Überall lag Staub, auf Tür und Schloß und auf dem Boden. Es war das Haus des Staubs, in das ich eingetreten war. Im Staub sah ich die Mützen der Könige liegen und die Zeichen ihrer Würde. Ihre Diademe hatten sie abgelegt, und unbeachtet lagen ihre Siegel herum.

Ich sah alle Könige und Fürsten früherer Zeiten an einer endlosen Tafel stehen, um die Götter mit Trank und Speise, mit Gebratenem und Backwerk zu bedienen. Flink und gehorsam gingen sie zur Hand und reichten Krüge und Becher, dazu kühles Wasser aus Schläuchen. Für sie selbst aber gab es nur Staub, und Staub waren sie selbst, die nur noch der Atem der Götter zusammenhielt. Ich sah die Mächtigen, die einst die Erde beherrschten, Männer wie Frauen, Hohepriester Anus und Enlils, Stellvertreterinnen Ischtars und der noch älteren Innin. Wo ich eingetreten war, ins lichtlose Haus des Erdstaubs, wohnten Priester und Helfer, die Gesalbten und Geweihten, die Dichter, Schreiber und Künstler, die Erbauer der großen Paläste, Krieger, Jäger, Hirten und Bauern. Ich sah auch die großen Könige Etana und Lugalbanda und all die anderen. Sumukan, den Gott der Tiere sah ich und Ereschkigal, die Königin in der Unterwelt ist. Belitseri, die Schreiberin der Erde, kniete vor ihr und hielt in ihren Händen die Tafel, auf der alle Taten der Verstorbenen verzeichnet sind. Sie las Ereschkigal daraus vor.

›Ist der, der zwei Söhne zeugte, dabei?‹ fragte Ereschkigal, und Belitseri antwortete! ›Ja, er sitzt auf zwei Tonziegeln und ißt sein Brot, das aus Staub ist.‹

›Und der, der vier Söhne zeugte, ist er da?‹ fragte Ereschkigal, und Belitseri antwortete: ›Ja, er steht dort in der Ecke und freut sich wie einer, der vier Esel vor seinen Wagen spannen kann.‹

›Der, der keinen Sohn zeugte, siehst du ihn auch?‹

›Ja, gleich den anderen ißt er sein staubiges Brot‹, antwortete Belitseri, ›er sieht nicht aus, als ob er unglücklich sei.‹

›Siehst du die junge Frau, die noch keines Mannes Blöße aufdeckte?‹ fragte Ereschkigal.

›Ja, sie weint über der Matte, die du ihr reichtest.‹

›Wo ist Dumuzi, der einen giftigen Becher reichte und später selber einen trank?‹ fragte Ereschkigal.

›Er spült die Becher und kann nicht aufhören damit, denn er findet noch immer Staubkörner darin‹, antwortete Belitseri.

›Der, der eines frühen Todes starb, siehst du ihn?‹ fragte Ereschkigal.

›Ja‹, antwortete Belitseri, ›er ruht auf seiner Schlafstatt, um das Leben, das er nicht führte, zu träumen.‹

›Siehst du den, der in der Schlacht getötet wurde?‹ fragte Ereschkigal.

›Ja‹, sagte Belitseri, ›ich sehe ihn, er wird seiner Heldentaten nicht froh und weiß, daß sein Weib, sein Vater und seine Mutter um ihn weinen.‹

›Siehst du auch den, dessen Leichnam man in der Steppe den Schakalen zum Fraß vorwarf?‹ fragte Ereschkigal.

Da schüttelte Belitseri den Kopf und sagte: ›Nein, den sehe ich nicht, mag sein, daß sein Geist noch immer ruhelos umherirrt.‹

›Aber den, dessen Verstand keinen Pfleger hatte, als er verwirrt war, den siehst du doch?‹ fragte Ereschkigal.

›Ja‹, antwortete Belitseri, ›den sehe ich – er sitzt unter dem Tisch und muß den Staub essen, den Dumuzi aus seinen Bechern wischt.‹

So ging es in einem fort und alle, alle waren auf der Tafel erfaßt. Als die Reihe an mir war, wandte Ereschkigal ihren Kopf zu mir und sprach: ›Wer brachte diesen Mann hierher, dessen Namen ich nicht kenne?‹

Da las Belitseri aus ihrer Tafel vor: ›Das ist Enkidu, der Barbar aus der Steppe, der keinen Nabel besitzt. Ein Fluch warf ihn nieder und der Anzu-Vogel brachte ihn herbei. Aber er wehrte sich noch und muß noch einmal zurück, um Frieden mit allem zu schließen, bevor er ins Staubhaus einziehen kann.‹

Da streckte Ereschkigal die Hand nach mir aus und sagte: ›Geh am Ufer des Flusses ohne Namen entlang und suche eine Furt für den Übergang und laß dich von nichts ablenken dabei. Achte weder auf Stimmen noch auf Nebelgesichter, und solltest du dennoch zu weit laufen und noch einmal zurückkehren auf das Lager deiner Krankheit, so wisse, daß dir nur eine winzige Zeitspanne verbleibt, um alles noch zum Guten zu wenden. Nutze diese Zeit und bitte alle, denen du Unrecht getan hast, um Verzeihung, damit dein Auge geweitet wird und du die Furt im Fluß ohne Namen findest.‹

Damit ließ sie mich gehen, und ich ging und wanderte lange durch den Nebel, bis ich hierher fand und mich erneut auf mein Lager legen konnte.«

Als Gilgamesch und Tehiptilla ihn so reden hörten, brachen sie in Tränen aus und ergriffen Enkidus Hand.

»Bruder, lieber Bruder«, sagte Gilgamesch, »soll denn alles vergeblich gewesen sein, die Medizin, mein Wachen und Beten? Warum nur muß das Schicksal so grausam sein und uns auseinanderreißen? Gibt es denn gar keinen anderen Weg?«

»Nein«, antwortete Enkidu, »es gibt nur einen Weg nach Kurnugea, ins Land ohne Wiederkehr, und den muß ich gehen, weil es so für mich vorbestimmt ist. Ich habe nur einen Umweg gemacht und werde euch bald für immer verlassen. Laß dir noch einmal danken, Gilgamesch, für deine Freundschaft und für alles, was du für mich getan hast. Es wird eine gute Wegzehrung sein für mich, an diese glückliche Zeit zu denken, und die Erinnerung erwärmt meine Seele. Auch dir, Tehiptilla, die ich verfluchte, als mir der Sinn verwirrt war, und die ich im Schmerz verantwortlich machte für mein Schicksal – verzeih mir. Laß uns ohne Zorn auseinandergehen. Du gabst mir viel und hast mich hierher in ein Leben gebracht, das unermeßliche Bedeutung für mich gewann. Du warst gut zu mir, obgleich du insgeheim stets nur an Gilgamesch dachtest. Ich wünsche dir, daß ein guter Stern über dir wacht, daß du glücklich wirst und den Kummer vergißt, den mein Erscheinen über dich gebracht hat.«

»Lieber Enkidu!« rief Tehiptilla und streichelte seine Hand. »Weißt du noch unsere Unterhaltung im Wagen der Gaukler ... die Ente mit dem lustigen Spruch auf dem Bauch ...?« Die Erinnerung flutete in ihr hoch und brach wie eine Woge über ihr zusammen. Sie hatte versucht zu lächeln, aber es war ihr nicht gelungen. Statt dessen stürzten die Tränen aus ihren Augen.

»Ja, Tehiptilla«, flüsterte Enkidu mit schwacher, verlöschender Stimme, »ich habe die Worte noch im Ohr und werde sie niemals vergessen: Wer Gewichte fälscht oder eine falsche Waage gebraucht ...« Auch er versuchte ein Lächeln, und ihm gelang es. Ganz jung und fröhlich wurde noch einmal sein Gesicht, als würde ein Streifen Sonnenlicht darüber hinweggleiten.

Dann brach sein Auge. Ein Ruck ging durch seinen Körper, sein Blick wurde starr. Sein Leiden war ausgestanden.

Enkidus Seele erhob sich taubenleicht und machte sich auf, die Furt am Ufer des Flusses ohne Namen zu finden.

Beim ersten Dämmerschein des neuen Morgens erwachte Gilgamesch und fand sich zusammengesunken am Totenlager Enkidus. Grau und eingefallen lag der Freund da, eine leblose Hülle, aus der der Schmetterling der Seele geschlüpft war. Seine Augen waren geschlossen, und seine Arme lagen ausgestreckt und gerade an seiner Seite.

Gilgamesch konnte den Verlust des Freundes nicht fassen. Die Trauer zerriß ihm das Herz. Die Vorkommnisse in der Nacht hatte er vergessen, vergessen, daß Tehiptilla bei ihm gewesen war und an seiner Seite gesessen hatte, bis er vor Erschöpfung eingeschlafen war. Wie ein ferner, schlechter Traum kam ihm alles vor, Enkidus Krankheit, sein langes, qualvolles Dahinsiechen, die erschreckenden Dinge, die er zuletzt von sich gegeben hatte. Jetzt, da er wach und allein mit dem toten Freund war, brannte der Schmerz noch einmal in voller Heftigkeit auf.

»Enkidu«, schluchzte er und berührte die Schulter des Toten, »steh auf, Enkidu, du bist nicht tot, du kannst nicht tot sein, unmöglich ist das. Stolzer, barbarischer Bruder mit der Kraft eines Wildstiers, erhebe dich und öffne deine Augen. Laß mich dein Lachen hören, deine Stimme, die so mutig klingt und so kluge, gescheite Sachen weiß. Ein Mann, der in der Steppe geboren wurde und mit Tieren lebte, der mit Löwen rang und mit Wölfen – der stirbt nicht so schnell. Stell dich nicht schlafend, Enkidu, mach mir mit deiner Reglosigkeit keine Angst. Komm, wir wollen zusammen hinaus auf Löwenjagd gehen!«

Doch Enkidu rührte sich nicht. Da rüttelte Gilgamesch an ihm und zog ihn hoch. Kraftlos fiel der Leichnam zurück. Gilgamesch weinte und schrie auf vor Verzweiflung.

»Enkidu, Bruder, Freund und Weggenosse durch alle Gefahr. Du warst mir wie die Axt an meiner Seite, die verläßliche Waffe in der

Hand, du warst das Schwert mir und der Schutzschild. Warum soll mir das alles nun entrissen werden, als wäre es nie gewesen? Was müssen das für Götter sein, die solches zulassen und so grausame Strafen verhängen? Du schlägst die Augen nicht mehr auf, dein Herz steht still, was ist das für ein Schlaf, der über dich kam? So viel Dunkelheit, und so schnell, und nie mehr wirst du mich hören! Ein böser Dämon kam und nahm dich mir fort, das Beste und Edelste, das ich besaß!«

Er schrie und jammerte wie ein Klageweib, aber es war ihm gleichgültig, ob ihn jemand hörte. Dies war seine Klage, sein Kummer allein, und niemand konnte ihn teilen und mildern.

»Hört mich, Volk von Uruk«, brüllte er, »der Beste aus dieser Stadt ist von euch gegangen. Als Barbar kam er, ungläubig und fremd in unseren Sitten. Als einer von uns ging er, mehr dem Glauben und den Göttern ergeben als ich. Wie schnell hat er gelernt, hat er alles begriffen und um vieles besser gemacht als wir selbst! Nie mehr werdet ihr ehrerbietig zur Seite treten, wenn er naht, und rufen: ›Da kommt er, Enkidu, der Riese, der Held und gewaltige Krieger, der Löwen mit bloßen Händen erschlägt.‹ Das Haupt Chumbawas durchbohrte er mit dem Pfeil, und ich trug es zu euch auf einer Lanze als Siegeszeichen. Den wütenden Himmelsstier ging er furchtlos an und sorgte dafür, daß Frieden zwischen Uruk und den Völkern des Nordens, den Nomaden und Sandläufern ist. Diesen Tag, an dem Enkidu die Augen schloß, um sie nicht mehr zu öffnen, sollt ihr nie mehr vergessen. Schwarz soll eure Kleidung sein, zehn volle Tage lang im ganzen Reich, und die Edlen und Erbärmlichen, die Armen und Reichen sollen klagen über den, der den Weg ins Land ohne Wiederkehr ging. Weinen sollen die Wasser des Euphrat über dich, Enkidu, weinen der Tigris, der Kercha und auch der Ulai-Fluß. Brüder und Schwestern sollen dich beklagen, wie die Ältesten im Rat und die Priester in den Tempeln. Weinen soll auch Ischtar, die dir niemals sonderlich wohlgesinnt war.«

In eine abgrundtiefe Verzweiflung stürzte er, aus der ihn auch die herbeieilenden Diener nicht befreien konnten. Er zerriß seine Kleidung und warf sie in den Staub und legte sich das Löwenfell als Zeichen der Trauer um. So blieb er weinend und wehklagend am

Lager und hielt eine ganze Woche lang Wache. Niemand durfte zu ihm, und niemand durfte die Leiche zum Begräbnis holen. Er beschwor die Götter, ihm Enkidu wieder zurückzugeben, ihn noch einmal zum Leben zu erwecken, und er wartete auf ein Zeichen. Zuckte nicht seine Hand, hatte sich nicht eben das Augenlid leicht bewegt?

Nein, jedesmal war es nur eine Täuschung, von übergroßer Ermüdung und Auszehrung der Sinne hervorgerufen. Es kam kein Zeichen, die Götter blieben stumm.

Da ließ Gilgamesch die Klageweiber und Totengräber kommen und geleitete den Zug den Eanna hinunter zum Begräbnisfeld. In dichten Reihen standen die Menschen links und rechts des Weges versammelt und nahmen Abschied von Enkidu, den viele wegen seiner natürlichen und aufrechten Art schätzten und liebgewonnen hatten. Sie standen wie schon einmal, vor kurzem erst, als Ninsum, die weise Mutter, an ihnen vorbeigetragen wurde.

Soviel Verlust in wenigen Tagen. Gilgamesch, ihr junger, strahlender König, war nicht mehr wiederzuerkennen. Er selbst sah aus wie ein Leichnam, ausgezehrt waren seine Züge, seine Augen trafen niemand, er sah durch alles hindurch, und seine Sinne waren für alles Weltliche verhüllt. Im Löwenfell ging er, gebeugt wie ein alter Mann, und Tränen verschleierten seinen Blick. Nur einmal blieb er stehen, unten am zerfallenen Tempel, wo die Säule der Lilith stand. Da hatte es kurz den Anschein, als wolle er sich auf das Standbild stürzen, es umreißen und für immer im Sand versenken. Aber nichts dergleichen geschah, er schaute nur drohend und ging weiter, ging bis zum Begräbnisplatz und hob eigenhändig den Grund der Grube aus.

Als man den Leichnam hinabließ, gab er ihm das Schwert zur Seite, die riesige Axt und das Gehörn des Himmelsstiers. Zuletzt aber nahm er auch noch die Zaubertrommel mitsamt den hölzernen Schlegeln und versenkte sie in der Erde.

Eine riesige Menschenmenge wohnte dieser Szene bei und sah, wie Gilgamesch zögernd und schwankend stand, mit der Hand in den Sand griff und ihn langsam durch die Finger rieseln ließ. Anders, als sonst bei solchen Ereignissen üblich, waren auch Ischtars

Mädchen dabei, die warfen frische Blüten ins Grab und streuten Beeren vom Strauch der Myrte. Und selbst Iluna, die Hohepriesterin des Tempels, kam und legte einen Kranz aus geflochtenen Ähren dazu.

Die Menschen sah Gilgamesch nicht, er merkte kaum, daß Tehiptilla neben ihm stand und weinte. Er sah nicht die Mienen der Anupriester und Eschnunna, der ein kurzes Gebet sprach, sah nicht, daß selbst Gaukler, Bettler und zerlumpte Gestalten kamen, um Abschied zu nehmen von Enkidu, dem fremden, dem nahen Freund ihrer Stadt.

Er hatte nur Augen für die offene Grube im Sand, die sich mit allerlei Geräten und Gegenständen füllte und schließlich mit Staub. Er zählte die Hände nicht, die sich füllten und Sand in die Grube rieseln ließen. Und schließlich, als das Grab bis obenhin angefüllt war und von den Dienern Eschnunnas festgetreten wurde, kamen andere, die trugen Steine herbei unmd häuften sie über der Stelle, bis ein kleiner Hügel entstand.

Dann erst wandte er sich zu den versammelten Meistern des Handwerks: »Steinmetz und Schmied, Meister des Kupfers und Meister des Goldes, geht nun sogleich ans Werk, um mir ein Abbild des Freundes zu verschaffen. Macht es, daß es ihm ähnlich sieht, und nehmt die besten Materialien dazu – harten Stein, Lapislazuli und Gold, Silber und Kupfer. Scheut weder Kosten noch Mühen, denn dieses Werk soll ein Zeugnis sein für Enkidu, der aus der Steppe kam und hier in Uruk starb.«

Danach ließ er in der offenen Ebene eine Tafel aufschlagen, damit sich die engsten Vertrauten zusammen zum Mahl niederlassen konnten. Den Tisch ließ er aus seinem Palast heruntertragen, er war aus kostbarem Meruholz und bog sich unter der Last der Schalen und Schüsseln. Eine Schale aus Karneol füllte er mit Honig und eine andere aus Lasurstein mit Butter und stellte beide in die Sonne für Schamach, und er ließ auch eine Schüssel mit Milch zum Standbild der Lilith bringen.

Einer nach dem anderen ringsum erhob seinen Becher und sprach Worte, die der Erinnerung an Enkidu galten und ihn auf seiner Wanderung zur Unterwelt begleiten sollten.

Als die Reihe an Tehiptilla war, die links neben Gilgamesch saß, warteten alle gespannt darauf, was sie wohl sagen würde, denn man wußte wohl, daß sie es war, die den Barbaren aus der Steppe geholt hatte. Mit leiser Stimme sprach sie: »Ich trinke auf dich, Enkidu, und segne deinen Platz in Irkallas Haus. Du hast mir die Augen geöffnet und mir den Weg gewiesen, der über dich zur Mutter führte und von der Mutter zum Sohn. Was auch geschah, ich habe nichts zu bereuen. Was mir noch beschieden sein mag werde ich gerne tragen. Durch dich habe ich zu mir selbst gefunden.«

Gilgamesch, der als letzter an der Reihe gewesen wäre, sagte nichts und hob nur stumm seinen Becher zum letzten Gruß. Alles, was es über Enkidu, den Bruder und Freund zu sagen gab, war gesagt. So blieb ihm nur noch diese eine Geste. Aber in ihr lagen all sein Kummer und sein Leid, all seine Trauer, und jeder verstand, was es für ihn bedeutete.

Zehn Tage lang legte er nicht mehr das Löwenfell ab und wachte auf dem Begräbnisfeld am Grab des Freundes. Zehnmal entzündete er Abend für Abend das Feuer und hielt es die ganze Nacht über in Gang. Und in jeder Nacht kam Tehiptilla im schwarzen Gewand und setzte sich stumm an seine Seite, um das Brot und das mitgebrachte Wasser mit ihm zu teilen.

In der letzten Nacht, als Nannars Schale zum Rund vollendet war, begann sie zu sprechen und erzählte von Ninsum und der unvergleichbaren Zeit mit ihr. Gilgamesch hörte aufmerksam zu und schämte sich, daß er beim Tod der Mutter nicht den gleichen Schmerz empfunden hatte wie beim Sterben Enkidus. Um so mehr drängte es ihn, alles über die alte Ninsum zu erfahren, und Tehiptilla schilderte es ihm genau.

Als sie geendet hatte, schwieg Gilgamesch und betrachtete sie scheu. War dies eigentlich noch das Mädchen aus dem Tempel, wie er es kannte, die geschmeidige Tehiptilla, die zärtliche Gespielin, die so oft mit ihm das Lager geteilt und ihm Lust bereitet hatte? Eine reife, erfahrene Frau war sie in der kurzen Zeit geworden, in den wenigen Jahren. Und was einst eine Knospe gewesen war, angedeutet nur, hatte sich nun zur vollen Blüte entfaltet. Schön war sie, eigentlich viel schöner als damals, als er sie zum erstenmal im Tempel erwählte.

Er dachte auch an Ninsums Worte und daran, daß sie seine Wahl gutgeheißen hatte. Ja, Tehiptilla war die Ischchara, die er sich wünschte, mehr noch – nicht für eine einzige Nacht sollte es sein, sondern für ein ganzes Leben.

Es war kühl geworden, der Wind blies aus der Ebene und trieb einen Wolkenschleier über den Mond. Gilgamesch erhob und streckte sich. Er blickte auf Tehiptilla. »Kommst du mit?« fragte er, »gehst du, wohin ich gehe?«

Statt einer Antwort streckte sie ihm die Hände entgegen. Da zog er sie hoch und zu sich heran. Sie fror unter ihrem Umhang, und er wärmte sie in seinen Armen.

»Tehiptilla, liebste Tehiptilla«, flüsterte er und atmete dankbar ihre Nähe. Sie barg ihren Kopf an seiner Schulter und fühlte sich endlich zu Hause.

So gingen sie durch die Nacht und nahmen den heimlichen Nebenweg zum Eanna hinauf, den er als Kind oft gelaufen war. Sie gingen im Schatten einer Mauer, um nicht gesehen zu werden, und kamen zum Palast. In seiner Kammer legte er das Löwenfell ab und sie die schwarze Trauergewandung, und als sie nackt beieinander lagen, erkannten sie sich wieder wie alte Freunde, die sich lange verloren und endlich wiedergefunden haben. Ganz scheu und behutsam fanden sie zueinander und entdeckten die Liebe auf eine Weise, die beiden bisher fremd und unbekannt gewesen war. Schritt für Schritt tat sich für Gilgamesch der wirkliche Weg der Venus auf, und Tehiptilla erging es genauso. Unter Liebkosen und Streicheln schliefen sie ein und bargen sich dicht aneinander, hielten sich fest, um sich ja nicht mehr zu verlieren.

Viertes Buch

Lebenssuche

Östlich des Tigris und jenseits des Meerlands lag am Ufer des Kercha die prächtige Stadt Susa, die Hauptstadt des Reiches Elam. In ihr lebte ein Mann namens Schutruknahunda, der war klug und gebildet, hatte alle Schrifttafeln in den Bibliotheken von Anzan und Arvan studiert und war im Auftrag seines Königs Inschunaram durch die Welt gereist, um ihre Wunder zu sehen und ihm alles zu berichten, was berichtenswert erschien. So war er auch übers Meer gefahren, hatte Insel um Insel besucht, fremde Völker und Reiche erlebt, unterschiedliche Tempel und Götterbilder gesehen, und er sprach viele Sprachen.

Nun, da er älter geworden war, drängte es ihn zu den Städten des westlichen Nachbarlandes Sumer, besonders nach Ur, Eridu, Nippur und nach jenem aufblühenden Uruk, das am fruchtbaren Ufer des Euphrat lag. Viel Erstaunliches hatte er von Uruk vernommen und von dem jungen König Gilgamesch dort, der einen riesenhaften Barbaren namens Enkidu zum Freunde besaß, mit dem zusammen er gefährliche Abenteuer bewältigt hatte, über die selbst die Leute von Susa sprachen.

Gerne wollte er einmal Gilgamesch und Enkidu kennenlernen, mit eigenen Augen die gewaltige Mauer sehen, die um Uruk errichtet war und die der Stadt in so kurzer Zeit so erstaunlichen Wohlstand gebracht hatte. Er bat seinen König um die Erlaubnis zu der Reise, und Inschunaram trug ihm auf, den stolzen Gilgamesch von ihm zu grüßen. Geschenke gab ihm der König mit und rüstete eine kleine Karawane, die aus zwölf beladenen Maultieren bestand und unter dem Schutz von zehn mutigen Lanzenreitern eines Morgens in Susa aufbrach.

Schutruknahunda zog zur Küste und an den Gestaden des Meerlands entlang, bis er den Tigris erreichte. Dort ließen sie sich von einer Fähre übersetzen und durchquerten das sumpfige Mündungsgebiet bis hin zum Euphrat, an dessen östlichem Ufer sie dann beständig nach Norden reisten. Ur ließen sie am jenseitigen Ufer liegen und beschlossen, der Stadt auf dem Rückweg einen Besuch abzustatten. Zuvor aber wollten sie nach Uruk, und sie waren von seinem Anblick nicht enttäuscht, als sie, aus der Ebene kommend, sich den Mauern und vor allem dem Eanna näherten, dem heiligen

Berg mit seinen weißen Tempeln, und die weithin sichtbare, nach oben geschraubte Himmelsspirale erblickten.

Staunend machte Schutruknahunda Halt, um die gewaltigen Ausmaße der Stadtmauer abzuschätzen, die er in solcher Bauart und Vollendung noch nirgends gesehen hatte. Aber da ihm das von seiner Warte aus nur schwer gelang, trieb er die Reiter an, sich zu beeilen, damit sie noch vor Einbruch der Dunkelheit die Stadt erreichten. Sie gelangten im Verlauf des frühen Abends zum südlichen Tor und wurden von der Wache in der üblichen Weise befragt. Da Schutruknahunda sich erst selber einen Eindruck von Uruk verschaffen wollte, bevor er Gilgamesch aufsuchte, gab er sich als elamischer Händler aus und wurde von den Torwächtern in eine Herberge in der Nähe des Marktplatzes gewiesen. Dort angekommen, luden sie ihre Waren und Geschenke in einen verschließbaren Raum und versorgten die Tiere. Während die Lanzenreiter in der Herberge blieben, um sich nach längerer Zeit wieder einmal dem Bier und dem Würfelspiel zu ergeben, schlenderte Schutruknahunda durch die Straßen der Stadt.

Das tat er stets, wenn er irgendwo ankam. Er liebte es, sich unter das einheimische Volk zu mischen, unbemerkt ihre Sitten und Gebräuche zu studieren und so Dinge zu erfahren, die immer zu kurz kamen, wenn er später offiziell von seinen Gastgebern durch die Stadt geführt wurde.

Er sah viel, was ihm neu war, betrachtete alles genau, ging zum Hafen hinunter und sah zu, wie emsig die Schiffe beladen und die Waren von dort in die Lagerhäuser am Ufer gebracht wurden. Er studierte die Konstruktion des Vorwerks, sah, daß die Bastionen erneuert und noch höher ausgebaut wurden und nahm eine rege Bautätigkeit auch in den südlichen und westlichen Vororten wahr. Als es zu dunkeln begann, ging er zurück zum Markt, wo mittlerweile an vielen Stellen Feuer loderten und Leute zusammensaßen, die im Freien miteinander aßen und sich unterhielten. Zum überwiegenden Teil waren es Fremde wie er, Händler und reisende Kaufleute, Nomaden mit ihren Familien und Leute, die aus anderen Städten Sumers nach Uruk gekommen waren, um hier einzukaufen oder eine Arbeit zu besorgen. Aber es saßen auch Einheimische dabei, Köche und Bierschenke, Soldaten und Spieler, die sich gern die Zeit damit vertrieben, daß sie anderen zuhörten oder selber Geschichten zum Besten gaben. Zu einer solchen Gruppe gesellte sich Schutruknahunda und wurde so Zeuge eines Gesprächs.

»Der Barbar war größer als Gilgamesch, einen ganzen Kopf größer war er, ein Riese, der mit der Hand, ohne sich sonderlich anstrengen zu müssen, auf das Dach eines Hauses greifen konnte.«

»Nein, sie waren gleich groß«, widersprach ein anderer heftig, »ich habe sie des öfteren aus der Nähe nebeneinander gesehen und kann sie daher vergleichen. Vielleicht war Gilgamesch sogar noch ein bißchen größer.«

»Auf jeden Fall war er größer«, sagte ein Dritter, »er war sogar ein ganzes Stück größer als der Barbar. Ich war an jenem Tag dabei, als Enkidu ankam – es war kurz nach Neujahr, zum Fest der heiligen Hochzeit –, und ich weiß noch genau, was geschah: Vor dem Marktplatz stellte sich der Barbar Gilgamesch in den Weg und versperrte ihm den Durchgang durchs Tor. Er forderte ihn mit unerhört frechen Worten heraus, und danach rangen sie vor mir im Sand. Ich sage euch: Niemals zuvor und danach habe ich einen solchen Ringkampf gesehen! Und Gilgamesch war eindeutig der größere und kräftigere von beiden. Er hob den Barbaren auf wie ein Spielzeug und schleppte ihn ein ganzes Stück bis zur Mauer hin.«

»Wie auch immer«, sagte der Erste wieder, »der Barbar war ein Held, wie es selten einen zweiten geben wird, und zudem noch ein freundlicher, hilfsbereiter Kerl. Schade, daß er nicht mehr unter uns weilt.«

Jetzt hielt es Schutruknahunda, der die ganze Zeit zugehört und jedes Wort verstanden hatte, weil das Elamische und das Sumerische sehr verwandte Sprachen waren, nicht länger aus. Er mischte sich ins Gespräch: »Ich höre euch ständig über den Barbaren reden, mit dem ihr sicher Enkidu meint, und ihr sprecht von ihm in der Vergangenheitsform, so als wäre er auf und davon. Ist er nicht mehr in Uruk?«

Die angesprochenen Männer wandten die Köpfe, blickten in

Richtung des Fragers und nahmen ihn wohl erst jetzt als einen Neuankömmling wahr.

»So ist es«, sagte der eine, »er ist auf und davon. Aber er hat nicht nur Uruk verlassen, sondern die ganze lebende Welt.«

»Du meinst damit – er ist tot?« fragte Schutruknahunda überrascht. »Und wegen ihm bin ich von weither gereist und nach Uruk gekommen.«

»Dann kommst du zu spät«, antwortete der Mann, »er wurde vor etwas mehr als zwei Wochen begraben.«

»Woran ist er gestorben?« wollte Schutruknahunda wissen, »fiel er im Kampf, raffte ihn eine Krankheit dahin?«

»Das weiß niemand so genau. Die einen halten es für eine unbekannte, heimtückische Krankheit, die anderen sagen, ein Fluch hätte ihn getroffen und in der Blüte seiner Jahre dahingerafft.«

»Dann muß dieser Verlust König Gilgamesch wohl furchtbar getroffen haben – es hieß, sie seien unzertrennliche Freunde, Brüder und eingeschworene Weggenossen.«

Die Männer nickten. Einer von ihnen bestätigte: »Beim Begräbnis sah Gilgamesch aus, als wäre die Grube nicht für Enkidu, sondern für ihn bestimmt gewesen. So bleich war er, so elend und hinfällig. Tag für Tag, Woche für Woche hat er am Lager des Freundes gewacht und eine weitere Woche gewartet, als schon kein Leben mehr in Enkidu war, bevor er das Begräbnis zuließ. Zehn Tage und Nächte lang währte die Trauer in Uruk. Übermenschliches hat unser König geleistet, und übermenschlich ist wohl auch seine Trauer.«

»Wir alle befürchten, daß er sich nicht mehr davon erholt«, ergänzte der andere.

»Dann bin ich vielleicht gerade noch zur rechten Zeit gekommen«, rief Schutruknahunda aus, »obgleich mir die Begleitumstände meines Besuchs wenig glückverheißend erscheinen. Schlimme Nachrichten sind es, die ihr mir da berichtet.«

»Willst du Gilgamesch sehen? Ich weiß nicht, ob dich der König überhaupt empfangen wird. Der Sinn steht ihm wenig nach Unterhaltung«, sagte einer der Männer nachdenklich. »Die Boten der Stadtfürsten läßt er nicht mehr vor, sie werden allesamt zu Erenda, Urnigingar und Sinnunni geschickt, die seine Vertreter sind.«

»Dann werde ich mich besonders anstrengen, um es dennoch zu schaffen«, sagte Schutruknahunda, »ich muß Gilgamesch unbedingt treffen. Sollte ich den weiten Weg von Elam etwa umsonst gemacht haben?«

»Von Elam kommst du?« fragte einer der Männer, und Schutruknahunda wurde nun seinerseits mit Fragen bedrängt und mußte über seine Heimat Rede und Antwort stehen. Er tat es, lenkte nach einer Weile das Gespräch aber geschickt erneut auf Uruk zurück. Da er ein ebenso guter Erzähler wie Zuhörer war und es verstand, stets im rechten Augenblick neue Fragen zu stellen, erfuhr er schon viel von dem, was er wissen wollte. Bis spät in die Nacht hinein saßen sie schwatzend beisammen, und als Schutruknahunda sich erhob, um zurück zur Herberge zu gehen, trennten sie sich als Freunde.

Am nächsten Morgen machte sich Schutruknahunda zum Palast des Königs auf. Er ritt in Begleitung der Lanzenreiter mit den Maultieren den Weg hinauf zum Eanna, um Gilgamesch die Geschenke Inschunarams zu bringen. Auf dem großen Platz wurden sie von Soldaten der Garde aufgehalten.

»Wer seid ihr und wohin wollt ihr?« fragte der Offizier.

»Mein Name ist Schutruknahunda, ich komme im Auftrag von König Inschunaram, der über das Reich Elam gebietet. Wir bringen Geschenke von ihm für König Gilgamesch.«

»Und was sollen die Lanzenreiter dabei, warum kommt ihr in Waffen?«

»Lange waren wir unterwegs«, antwortete Schutruknahunda höflich, »und auf einer solchen Reise lauern mannigfaltige Gefahren. Da unsere Geschenke für König Gilgamesch sehr kostbar sind, mußten wir sie unterwegs vor Räubern und Dieben beschützen.«

Das sah der Offizier offensichtlich ein, er nickte. »Gut«, sagte er, »aber deine Männer sollen die Waffen ablegen und in unserer Kammer verwahren, denn in den Palast kommt niemand gerüstet hinein.«

Damit war Schutruknahunda einverstanden, und er verständigte sich mit seinen Begleitern, woraufhin diese dem Anraten des Offiziers folgten und ihre Waffen zur angewiesenen Kammer brachten.

»Werden wir nun vorgelassen?« fragte Schutruknahunda, als die

Reiter ohne Gürtel, Messer und Lanzen auf den Platz zurückgekehrt waren.

Der Offizier zog die Stirn in Falten. »Es ist eine schlechte Zeit für Besuche«, sagte er, »noch immer liegt Trauer über Uruk, und König Gilgamesch hat Anweisung gegeben, niemanden zu ihm vorzulassen.«

»Wir haben von Enkidus tragischem Tod erst hier in Uruk erfahren. Auch uns, das kannst du uns glauben, wäre es lieber gewesen, den kühnen Barbaren, von dessen ruhmreichen Heldentaten selbst bei uns in Elam mit Achtung gesprochen wird, in voller Lebenskraft anzutreffen. Dazu ist es nun leider zu spät. Aber König Gilgamesch muß ich sehen, ich habe ihm von meinem König einiges auszurichten. Außerdem soll er die Geschenke erhalten.«

Der Offizier dachte nach, dann entschied er: »Folgt mir in den Palast, ich werde euch zu Erenda, dem Stellvertreter des Königs bringen.«

Schutruknahunda und seine zehn Begleiter folgten den Soldaten der Garde durchs Tor, sie wurden in den Audienzsaal geführt und aufgefordert, zu warten. Nach kurzer Zeit erschien ein junger Mann, der die Kleidung eines Priesters trug und dessen Schädel nach der Art der Geweihten Anus geschoren war. Der junge Priester wirkte ernst und streng, hörte dem Ansinnen Schutruknahundas aufmerksam zu und ließ sich die auf dem Boden ausgebreiteten Geschenke zeigen.

Da gab es Stoffe, die mit unbekannten, fremd anmutenden Motiven bestickt waren, Salben, Öle, Gewürze, Weihrauch und anderes Räucherwerk, das zum Abbrennen im Tempel bestimmt war, allerlei Gerätschaften und einen kostbaren Teppich, der den Grundriß der alten Stadt Arvan darstellte mit ihren Gärten, Palästen und Tempeln. Dazu Salz, Safran und ein besonderes Getränk, das in Amphoren abgefüllt und vom Mundschenk des Königs Inschunaram persönlich versiegelt worden war.

Die schönsten Dinge aber waren aus Bronze, denn für ihre Arbeiten in diesem Material waren die Handwerker Elams berühmt. Da gab es kleine Statuetten, Figuren und das Modell einer Sonnenaufgangszeremonie: Zwei nackte Männer hockten sich gegenüber und schienen sich mit den ausgestreckten Händen zu berühren. Wenn man genauer hinsah, merkte man allerdings, daß sie sich anschickten, Wasser aus einem Gefäß zu schöpfen, das zwischen ihnen stand. Neben ihnen stand ein Opfertisch, und ringsum am Boden lagen heilige Gerätschaften bereit, jedes liebevoll im Detail dargestellt und so genau, daß sich die Funktionen leicht erkennen ließen. Die ganze Gruppe war so klein, daß sie in zwei gewölbte Hände paßte.

Erenda betrachtete alles genau, fragte nach Herkunft, Machart und Beschaffenheit der Geschenke und lobte die Kunstfertigkeit und den Fleiß der Bürger von Elam.

Danach, als Schutruknahunda noch einmal seine Bitte, König Gilgamesch zu sehen, dringlich wiederholt hatte, sagte er:

»Ich sehe wohl, daß ihr ein besonderer Besuch seid, und ich würde euch herzlich gern mit dem König zusammenbringen, nur weilt Gilgamesch zur Zeit in einem anderen Palast, im Egalmach, er hat sich dort eingeschlossen, um alles in Ruhe zu überdenken, was sich nach Enkidus Tod für ihn verändert hat. Noch immer trauert er und empfängt keine Gäste.«

»Vielleicht ist gerade auch aus diesem Grunde mein Kommen von besonderer Bedeutung für ihn«, sagte Schutruknahunda, »denn ich habe eine Nachricht, die seinen Kummer möglicherweise besänftigt und vielleicht seine trüben Gedanken erhellen kann. Es ist dies etwas, von dem die wenigsten Menschen auf der Welt bisher Kenntnis haben, und ich bin sicher, es wird König Gilgamesch außerordentlich interessieren.«

Da hellte sich das ernste Gesicht des jungen Priesters auf. »Wenn es so ist«, sagte er, »dann will ich gern gehen und Gilgamesch holen, damit sein Denken auf andere Bahnen gelenkt wird, denn wir alle finden, daß er nun genug um Enkidu getrauert hat und es für ihn Zeit wird, sich nun wieder den Dingen des Lebens zuzuwenden.« Er entschuldigte sich und verließ den Saal, um hinüber zum Egalmach zu gehen.

Die Tür zum alten Palast war verschlossen, und erst nach mehrmaligem Klopfen kam eine Dienerin, um zu öffnen.

»Wo ist Gilgamesch?« fragte Erenda, »ich muß ihn dringend sprechen.«

»Der König hat Anweisung gegeben...«, setzte die Dienerin an, doch Erenda schnitt ihr das Wort ab: »Ich weiß, ich weiß, doch diesmal erscheint es mir wichtig, daß er erfährt, wer von weither zu ihm gekommen ist.«

»Er ist mit Tehiptilla im Garten«, sagte die Dienerin und öffnete ihm den Durchgang zum Park.

Erenda durchquerte die Anlagen und ging durch die duftenden Blumen und das früchtetragende Buschwerk bis zur Mitte des Gartens, wo er Gilgamesch und Tehiptilla ins Gespräch versunken vorfand. Schön war Tehiptilla, und die beiden ein ansehnliches Paar. Erenda schätzte sie nicht nur wegen ihrer klugen und sanften Art, sondern vor allem auch deswegen, weil sie dem Tempel Ischtars den Rücken gekehrt hatte und nun ihr eigenes Leben lebte. Solch eine Frau zur Herrscherin über Uruk zu bekommen, war ganz nach seinem Geschmack. Tehiptilla fand Zustimmung bei den Anhängern Anus, und die Herzen des einfachen Volkes von Uruk flogen ihr zu. Ihre Anmut war auch an Gilgamesch nicht spurlos vorübergegangen. Seit er mit ihr zusammen war, schmolz langsam sein Kummer dahin, verschwanden allmählich die bitteren Linien aus seinem Gesicht. Aber noch immer nistete unübersehbar die Trauer in seinen Augen, und nicht ein einziges Mal hatte man ihn seither lachen gehört.

Erenda sah auf die beiden und wagte den Zauber, den das Paar umgab, nicht zu stören. Er stand da und wartete, bis ihr Blick von selbst auf ihn fiel.

»Da ist ja Erenda«, rief Tehiptilla und stieß Gilgamesch an, »komm näher, Erenda, ich freue mich, dich zu sehen.«

»Ich freue mich auch«, sagte Erenda und das war seine ehrliche Meinung. Er wandte sich an Gilgamesch:

»Ein hoher Gast aus der Stadt Susa im Lande Elam ist zu uns gekommen, mein König. Es ist ein Gesandter des Herrschers Inschunarum mit zehn Begleitern und hat überreiche Geschenke gebracht. Manche davon sind ganz außerordentlich und sicher von großem Wert. Er ist lange gereist, um dich endlich zu treffen und dir Nachrichten zu übermitteln, die kaum ein zweiter Mensch sonst weiß auf der Welt. Wichtig erscheint mir das, was er zu sagen hat. Willst du ihn empfangen?«

»Wie sieht er aus?« fragte Gilgamesch, und es war seiner Miene zu entnehmen, daß er wenig Lust verspürte, den Garten des Egalmach zu verlassen.

»Es ist ein alter Mann«, beschrieb Erenda, »wie graues Silber fließt sein Haar, und faltenreich und verwittert ist sein Antlitz. Seine Augen indes blitzen wie die eines jungen Mannes, sie sprühen vor Leben und glitzern vor Tatendrang. Auch scheint er mir über die Maßen klug und gebildet. Er hat die Bibliotheken seines Landes studiert und ist über See gefahren, um für seinen König die Geheimnisse ferner Inseln und Küsten zu entdecken. Ich glaube wohl, daß er mehr weiß, als er mir sagen will, und dieses Wissen bringt er dir als Geschenk.«

Gilgamesch zögerte noch immer. Tehiptilla aber sagte: »Geh hin, Gilgamesch, und begrüße ihn. Es wäre unhöflich und falsch, es nicht zu tun, wenn er so weit hergereist ist. Von seiner Heimat, dem Lande Elam, hörte ich, daß dort nicht die Männer allein regieren, sondern auch die Frauen in hohem Ansehen stehen. Der Thron zum Beispiel wird stets von der Mutter auf den übertragen, den sie dafür für würdig hält, und es gibt Frauen im Umkreis des Königs, die den Rang hoher Beamter einnehmen. Sprich mit ihm, Gilgamesch, und lade für den Abend zu einem Fest, das dem Besuch angemessen ist und uns allen Unterhaltung bieten wird. Vielleicht hat er wirklich Wichtiges zu erzählen.«

Da gab Gilgamesch nach und folgte Erenda zum Palast. Tehiptilla blieb im Garten und freute sich über die willkommene Abwechslung, die bevorstand.

Als Gilgamesch mit Erenda im Audienzsaal erschien, erhob sich Schutruknahunda und machte eine tiefe, ehrerbietige Verbeugung. Er sah sofort, daß der König von Uruk kein gewöhnlicher Mensch war, sondern ein guter Zuhörer für seinen Bericht, einer, der neugierig genug war, um alles erfahren zu wollen, und der selber zu denken imstande war. Auch Gilgamesch erkannte in seinem Gast einen außergewöhnlichen Besucher und begann, nachdem er die Geschenke gebührend bewundert hatte, ein Gespräch mit dem Weisen aus Elam. Erenda führte die Lanzenreiter zum Tempel des Anu, zeigte ihnen von dort aus die Stadt und führte sie auch bis zum Tor der Ischtar.

Gilgamesch und Schutruknahunda aber blieben im Palast und

vertieften sich in ihre Unterhaltung. Als sie stundenlang über alles mögliche gesprochen und sogar eine kleine Zwischenmahlzeit eingenommen hatten, kam der Weise aus Elam auf Enkidu zu sprechen. Vorsichtig lenkte er das Gespräch, um nicht die Gefühle seines Gastgebers zu verletzen. Aber Gilgamesch hatte inzwischen so viel Vertrauen gefaßt, daß er sprach, wie es ihm in den Sinn kam, und ausführlich die Taten Enkidus beschrieb, ihre gemeinsame Fahrt in den Zedernwald, die Kämpfe mit Adad, Chumbawa und seinen Knechten, den Sieg über den Fürsten von Kadesch und den elenden Zug durch die Wüste zur Regenzeit, die Tage in Mari und die Heimfahrt mit dem Floß. Er sprach auch über den Himmelsstier und die Belagerung der Stadt durch Akka von Kisch, von ihrem Kampf mit dem gehörnten Untier und wie sie die Feinde ohne Blutvergießen zur Umkehr bewegt hatten. Die Erlebnisse an Enkidus Seite erzählte er und schilderte sein Glück und seine Zuversicht, die mit dem Tod des Freundes so jählings zu Ende gegangen waren.

Schutruknahunda hörte aufmerksam zu und unterbrach nur, um nachzufragen, wenn er etwas nicht gleich verstand, und er gewann so ein genaues Bild über die unverbrüchliche Freundschaft der beiden Brüder.

Als Gilgamesch geendet und ihn seine Worte mit neuer Trübsal erfüllt hatten, weil die Schilderung ihm noch einmal alles vor Augen geführt hatte, was nun für ewig verloren war, sagte der Weise aus Susa: »Tief haben mich deine Worte bewegt und unvergleichlich erscheint mir dein Schicksal, König Gilgamesch, und doch ahne ich – verzeih mir meine Offenheit –, daß etwas ganz und gar Menschliches deinen Gedanken und Gefühlen zugrunde liegt.«

»Was meinst du, sprich es ruhig aus«, sagte Gilgamesch.

»Nun«, begann Schutruknahunda, »gewiß hat dir der Verlust deines geliebten Freundes große Schmerzen bereitet, die nur verstehen und nachvollziehen kann, wer jemals in einer ähnlichen Lage war. Doch das ist es nicht allein, was deine Seele unruhig macht wie das Herz eines flatternden Vogels. Vielmehr hast du wohl zum erstenmal am eigenen Leib verspürt, wie zeitlich begrenzt das Leben doch ist und wie nah der Tod uns, der uns immer begleitet. Er fragt nicht nach Alter und Stand, nicht nach Liebe und Haß oder wie sehr wir uns wünschen, daß alles ewig so bliebe. Er steht unsichtbar neben uns und beobachtet unser Tun und greift zu, wen immer und wann immer er will. Du hast gemerkt, Gilgamesch, daß auch du sterblich bist wie wir alle, und diese Erkenntnis schreckt dich und macht dir Angst. Das meinte ich damit, als ich sagte, es sei etwas ganz und gar Menschliches in deinen Gedanken und Gefühlen.«

Gilgamesch antwortete nichts. Er blickte geradeaus und schien mit den Augen weit jenseits alles Sichtbaren zu schweifen. Endlich fand er wieder zu seinem Gast zurück und fragte: »Alle Menschen sind sterblich, sagst du, alle? Auch die, die Halbgötter sind oder durch irgendeinen Umstand über das normale Maß der Menschen herauswachsen, so daß sie sich wiederfinden in Zonen, die einsam und mehr vom Geist als von Körpern gefüllt sind?«

»Alle«, sagte Schutruknahunda, »und es ist Menschenart, sich selbst stets als Ausnahme zu betrachten und Mühe zu haben, sich mit dem Unabwendbaren abzufinden. Ist das Sterben weit weg, in einem fernen Krieg etwa, so nehmen wir es hin wie eine Naturnotwendigkeit. Tritt es beim Nachbarn ein, so trauert man mit, weil wir eine Gewohnheit verlieren. Ist es aber ganz in der Nähe, dicht bei uns selber, so können wir es nicht fassen und wollen es nicht wahrhaben, denn das Streben des Menschen richtet sich auf das Ja, das Leben, das Entfalten. Das andere, das Überschreiten der Bahn und das Hinab zum Vergehen – das sieht niemand gern und will es so einfach hinnehmen. So sinnt der Mensch rastlos danach, es sich auf Erden für ewig einzurichten und versucht, den Tod zu vergessen. Der Tod aber vergißt seinerseits nie einen Menschen.«

»So gibt es das ewige Leben nicht, von dem im Tempel die Rede ist, alles Leben ist zeitlich begrenzt nur und lebt auf den Tod zu? Wenn es so wäre, wenn es keine Ausnahme von diesem Gesetz gäbe, wäre doch alle Mühen und Handeln sinnlos.«

»Nein, sinnlos ist es bestimmt nicht«, widersprach Schutruknahunda, »denn alles, was lebt, setzt ja ein Zeichen, ist Weisung und Spur für die, die da folgen, so daß über weitaus größere Zeitläufe, als wir sie überblicken können, alles wieder zu neuem Sinn sich findet und Bedeutung erhält. Bei uns in Elam gibt es daher ein Sprichwort, das lautet: ›Handele in allem stets so, daß es dem Tod, der zusieht, gefällt.‹ Das meint: Wer stets daran denkt, daß er sterblich ist, und dennoch seine Sache gut und gewissenhaft macht, der lebt nicht umsonst, dessen Leben übt Wirkung auf andere aus, stimmt die Götter freundlich und ist daher schon allein für sich Sinn und Bestimmung genug.«

»Dennoch werden manche Menschen viel zu früh aus dem Leben hinweggerafft, und andere leben viel länger, als sie es selbst verstehen und wollen.«

»Oh, es gibt sogar noch weitaus seltsamere Dinge als diese«, sagte Schutruknahunda. »Du sprachst vom ewigen Leben und meinst den Traum, den alle Menschen auf Erden träumen. Nun gibt es aber, und davon wollte ich dir erzählen, auch eine einzige Ausnahme – zwei an der Zahl, wenn man genau sein will –, die tatsächlich ein ewiges Leben führen.«

»Von wem redest du?« wollte Gilgamesch wissen und wurde ganz unruhig.

»Nun, ich sage dir ja, daß ich viel gelesen und noch mehr mit eigenen Augen gesehen und mit eigenen Ohren erfahren habe. Viele Jahre bin ich über das Meer gefahren und habe im Auftrag meines Königs Inschunaram die Inseln und Küsten besucht. Dabei wurde mir auch von einer Insel berichtet, die Tilmun heißt und die ›Insel der Seligen‹ genannt wird. Jenseits der Wasser des Todes liegt sie, an einem geheimen Ort weitab von der gewöhnlichen Welt. Auf ihr soll das Geheimnis des ewigen Lebens zu Hause sein.«

»Und hast du diese Insel betreten?« fragte Gilgamesch gespannt.

»Nein«, antwortete Schutruknahunda und lächelte doppeldeutig, »leider nicht, sonst säße ich heute wahrscheinlich nicht hier, würde nicht suchen, sondern wäre am Ziel. Nein, ich habe sie nie gefunden, denn sie ist weder auf Karten eingezeichnet, noch wissen die erfahrensten Seeleute den Weg zu ihr. So viel man auch sucht, sie ist einfach nicht zu finden und zeigt sich nur dem, der auf einem Weg zu ihr kommt, den die Götter gewiesen haben. Vielleicht ist die Insel auch unsichtbar für die Menschen, und man braucht besondere Augen dazu, sie zu entdecken. Ich jedenfalls habe lange nach ihr gesucht und sie nirgends entdeckt.«

»Was weißt du noch mehr von der Insel?« fragte Gilgamesch, »wie war noch ihr Name?«

»Tilmun. Ich dachte mir, daß es dich interessiert«, lächelte Schutruknahunda. »Längst vergessene Schriften in Elam berichten von ihr und den beiden unsterblichen Wesen, die dort leben. Ein Menschenpaar ist es, das noch aus Zeiten stammt, bevor die große Flut die Erde überschwemmte.«

»Die Sintflut?«

»Ja, und der Name des Mannes lautet in manchen Schriften, die ich studierte, Utnapischtim, was soviel bedeutet wie ›Ich habe das Leben gefunden‹. Damit kann nur das ewige Leben gemeint sein, denn auf Tilmun soll ein Kraut wachsen, das jedem, der es ißt, Unsterblichkeit verleiht. Der andere Name, auf den ich bei meinem Suchen stieß und der sogar aus deiner Sprache, Gilgamesch, stammt, lautet: Ziusudra. Und dieser Name bedeutet ›Leben langer Tage‹. Auch das weist darauf hin, daß der Mann ein unvorstellbares Alter besitzt. Über ihn, über Ziusudra nun, las ich in einer alten sumerischen Tafel, daß er der Sohn des Urbar-Tutus war, der vor der Flut in Schurupak regierte. Sind dir diese Namen bekannt?«

»Von Schurupak habe auch ich gehört. In grauer Vorzeit soll es die Hauptstadt unseres Landes Sumer gewesen sein, doch weiß niemand mehr, wo sie lag, denn es sind keine Ruinen von ihr erhalten. Spurlos ist sie versunken und hat ihr Geheimnis mit in die Tiefe der Erde genommen. So jedenfalls erzählten die sieben Weisen.«

»Auch sie sind ein Grund dafür, warum ich nach Uruk kam. Ich will sie besuchen und mit ihnen mein Wissen austauschen. Es heißt, daß sie Fischmänner sind, die einstmals dem Meer entstiegen, um den Menschen Kultur und mancherlei Fertigkeiten zu bringen.«

»Sie sind aus Uruk verschwunden«, sagte Gilgamesch traurig, »eines Tages waren sie fort und haben die Höhlen, in denen sie lebten, leer zurückgelassen. Kein Stück kündet mehr davon, daß sie dort waren und lebten. Mit ihnen ist alles Wissen und alle Weisheit gegangen.«

»Vielleicht sind auch sie nach Tilmun gezogen, weil es ihre ursprüngliche Heimat war, in die sie zurückkehrten, als hier alles getan war für sie ...«

»Ich weiß es nicht«, antwortete Gilgamesch, »niemand kann diese Frage beantworten. Aber mehr noch als das würde ich gern wissen, wie man zu jener ›Insel der Seligen‹ kommt, wo das Kraut des ewigen Lebens wächst. Hast du gar keine Anhaltspunkte für den Weg?«

Schutruknahunda schüttelte den Kopf. »Nein, ich würde es dir sagen, wenn ich es wüßte. Es ist bedauerlich, daß die sieben Weisen gegangen sind. Von ihnen erhoffte ich mehr zu erfahren.«

»In Mari, am oberen Lauf des Euphrat, am Hof König Lamgis, mit dem ich befreundet bin, gibt es eine Bibliothek und Gelehrte, die damit umzugehen wissen. Vielleicht ließe sich dort mehr über Tilmun erfahren.«

»Ich werde König Lamgi besuchen«, sagte Schutruknahunda, »denn Mari liegt auch auf dem Plan meiner Reise verzeichnet. Wenn ich dort etwas herausbekomme, so lasse ich es dich wissen.«

»Du kannst ein Schiff im Hafen nehmen, das dich sicher nach Mari bringt. Nächste Woche soll sowieso eine Warenladung nach dorthin gehen, die von Handwerkern begleitet wird. Sie werden in Mari erwartet, denn zwei meiner Baumeister bauen dort eine Stadtmauer und kümmern sich um den Ausbau einer festen Hafenanlage. Du kannst dich ihnen anschließen und Grüße und Botschaften an Lamgi mitnehmen und sie persönlich überbringen.«

Schutruknahunda bedankte sich herzlich. »Gern nehme ich das Angebot an und will dir ein zuverlässiger Bote sein«, sagte er. »Botschaften zu überbringen liebe ich. Sie öffnen mir stets die Ohren der Gastgeber und stimmen sie freundlich, so daß sie mir nach Kräften helfen, meinen Wissensdurst zu stillen, und mich ungehindert studieren und forschen lassen.«

»Zuvor aber soll ein Festessen sein«, kündigte Gilgamesch an, »heute abend werden wir dir zu Ehren ein Gelage geben und Gäste von Rang und Verstand dazu einladen, damit der Gesprächsstoff uns die Nacht über nicht ausgeht. Bist du damit einverstanden?«

Ein zweites Mal stimmte Schutruknahunda freudig zu und dankte den Göttern und auch ein bißchen seinem klaren Verstand, daß er ohne Umwege gleich nach Uruk gezogen war und hier so herzliche Gastfreundschaft gefunden hatte und einen Herrscher, der mindestens genauso wißbegierig und neugierig war wie er selbst.

Prunkvoll war die Tafel gedeckt, als Schutruknahunda mit seinen zehn Begleitern zum Festsaal des Palastes kam. Ein Ehrenplatz wurde dem Weisen aus Elam zugewiesen: Rechts neben ihm saßen Gilgamesch und Tehiptilla, ihm zur Linken Erenda, der Dichter Sinnunni und Urnigingar, der Herold. Gegenüber saßen Iluna, die jüngste Verkörperung Ischtars auf Erden, sowie Eschnunna und weitere sternkundige Priester beider Tempel. Auch Warka, der Baumeister und Vorsteher der Handwerkskammer, Olugi, der oberste Waffenmeister und Dodo, der Verwalter der Kornkammer, saßen am Tisch. Ferner Nichur, der Hafenmeister, Birchurturre, der zum Offizier der Palastwache aufgestiegen war, und viele andere bedeutende Persönlichkeiten der Stadt. Händler, Gelehrte und Künstler hatte der König geladen, um das Gespräch interessant zu gestalten, und natürlich fehlten die Mädchen des Venustempels nicht, sie musizierten, sangen und tanzten und entzückten die Gäste mit ihrer Anmut.

Eigentlich war alles Tehiptillas Idee gewesen – Sitzordnung, Speisefolge und der Ablauf der Darbietungen, und sie genoß es, daß alles zu ihrer Zufriedenheit verlief. Gilgamesch indes war nur mit halbem Herzen bei der Sache. Er schmeckte die wohlgeratenen Speisen kaum, hatte kein Auge für die Mädchen Ischtars und vernahm die Musik wie Fliegengesumm. Zu sehr rangen widerstreitende Kräfte in ihm. Da war immer noch der Schmerz um den Verlust des Freundes, der einen großen Platz in seiner Seele einnahm, auf der anderen Seite aber auch das Gefühl erwachender Liebe zu Tehiptilla. Und zusätzlich war ihm heute eine neue Sehnsucht zugeflogen: die geheimnisvolle Insel Tilmun. Schutruknahunda hatte ihm mit seinem Bericht und den Andeutungen Gedanken eingepflanzt, die ihn nicht mehr losließen: Tilmun, die Insel der Seligen, Ziusudra und sein Weib, die noch aus der Zeit vor der Sintflut stammen sollten, das geheimnisvolle Kraut des ewigen Lebens... Dies alles beschäftigte ihn sehr.

Die Stimme Tehiptillas riß ihn aus seinem Nachsinnen. Sie war aufgestanden und hatte die Rolle des Mundschenks übernommen. Mit dem gefüllten Krug war sie zu Schutruknahunda getreten und schenkte seinen Becher voll Bier.

»Trink den Rauschtrank, wie es üblich ist in unseren Lande«, sagte sie und stutzte, denn ihr fiel ein, daß sie die gleichen Worte schon einmal gesagt hatte – damals, zu Enkidu, als sie in der Hütte der Viehhirten saßen. Wie lange war das her, fast schon vergessen...

Schutruknahunda nahm seinen Becher und hob ihn zum Trinkspruch. »Ich trinke auf Enkidu«, sagte er, »möge sein Leben und Handeln unvergessen bleiben und die Götter seiner Seele im Jenseits gnädig sein.«

Tehiptilla zuckte zusammen, ließ sich aber nichts anmerken und ging weiter, um an der Tafel die Becher zu füllen.

Iluna aber hatte den Kopf gehoben und blickte den Gast aus Elam neugierig an. »Woher kennst du Enkidu?« fragte sie, »bist du ihm schon einmal begegnet?«

»Nein, leider kam ich zu spät, um ihn unter den Lebenden anzutreffen«, antwortete Schutruknahunda. »Aber der Name Enkidu ist in Elam nicht unbekannt. Man erzählt sich viel über ihn und seine Heldentaten.«

»Was erzählt man sich denn?« fragte Gilgamesch und spürte eine Unruhe in sich aufsteigen.

»Nun, daß er zwar ein Barbar, aber zugleich auch ein Halbgott war, der zwar keinen Nabel besaß, dafür aber die Gabe des hellsichtigen Schauens.«

»Wie meinst du das?« fragte Eschnunna.

»Um das zu beschreiben, bedarf es einer kurzen Beschreibung meines Landes«, sagte Schutruknahunda. »Elam teilt sich in zwei Teile, die in unserer Sprache Schuschun und Anschan heißen. Schuschun ist die südliche Ebene zum Meer hin, besonders das Gebiet um die Ströme Kercha und Quarun, wo die Kraniche nisten. Anschan, der nördliche Landesteil, ist von rauherer Natur und reicht bis an die Ausläufer des Zagrosgebirges. Hier herrscht der Adler über den steilen Graten und Schluchten, und je höher die Berge ansteigen, desto weniger Menschen trifft man dort an. Die nördlichsten Nachbarn unseres Landes sind die Lullumu und die Luristani, wilde Gesellen, mit denen niemand gern zusammentrifft. Noch wilder aber war Enkidu, der aus der Steppe kam und am Rand des Gebirges streifte. Es gibt Berichte von den Lullumu und Luristani, und auch Leute aus Anschan haben ihn von weitem gesehen, wie er inmitten der Bergziegen graste und mit den Steinböcken um die Wette sprang. Obgleich es nie einer wagte, ihm nahezukommen, sahen sie ihm heimlich zu und merkten, daß er die Sprache der Tiere verstand. Wie ein Leitwolf benahm er sich, der die übrigen Tiere anführt und zu den besten Futterstellen bringt. Denn er verstand auch die Botschaft der Pflanzen und konnte das Wasser riechen, wo es in reinen Quellen aus dem Boden tritt. Darum hielten ihn auch die Bergmenschen für einen Schutzgeist der Steppe und verehrten ihn wie einen Gott. Um so mehr wundert es mich, daß er plötzlich die Steppe verließ und in der Stadt ein neues Leben begann.«

Iluna und Tehiptilla, Tehiptilla und Gilgamesch wechselten flüchtige Blicke, blieben aber stumm.

»Er war ein Barbar und kann doch nicht so schnell sein Wesen verändert haben«, fuhr Schutruknahunda fort, »hat man denn später nicht mehr gemerkt, wie eng er mit der Natur verbunden war?«

Gilgamesch räusperte sich. Dennoch war seine Stimme belegt, als er sprach. »Doch, ich habe es schon gemerkt, als wir zum Zedernwald aufgebrochen sind. Zuerst wollte er nichts davon wissen und warnte mich vor dem Abenteuer. Später war er es, der darauf bestand, die größte Zeder zu fällen.«

»Habt ihr Bäume in Elam?« wollte Erenda wissen.

»Nur einige wenige und nicht so schöne, wie sie hier in den Gärten Uruks stehen... Ganz früher soll es viele Bäume in Elam gegeben haben, richtige Wälder. Aber irgendwann starben sie alle, und vielleicht war das ja auch bei euch so in Sumer. Man sagt ja, daß die Bäume der Reichtum eines Landes sind.«

»Ganz ähnlich hat Enkidu gesprochen, als er mich davor warnte, zum Zedernwald zu ziehen«, sagte Gilgamesch nachdenklich.

»Ach ja? Und warum seid ihr dennoch aufgebrochen?« fragte der Gast.

Gilgamesch wurde die Wendung des Gesprächs langsam unangenehm. »Eben aus diesem Grund. Ich dachte an das wertvolle Holz und die kostbaren Gegenstände, die sich daraus anfertigen lassen. Stellen sie nicht einen wirklichen Reichtum dar für jeden, der sie besitzt?«

»Holz heißt tote Bäume, und tote Bäume wachsen nicht mehr nach. Wo sie einmal fort sind, wird das Land zur Steppe.«

»Warum sollten wir das Fällen allein den Leuten aus Nippur überlassen?« fragte Gilgamesch zurück.

»Hm«, Schutruknahunda strich sich durch den Bart. Auf keinen Fall wollte er zu deutlich werden und womöglich seine Gastgeber beleidigen. Deshalb sagte er vorsichtig: »Nun, die Leute von Nippur holten, soweit mir bekannt ist, wenig und stets nur vom Rande, weil sie Adad, das Gespenst, und Chumbawa, den Wächter des Waldes, fürchteten. Ihr aber, du und Enkidu, ihr habt die beiden erschlagen und ebenso die sprechende Zeder, die den Zauberkreis hielt. Offen liegt nun der Zedernwald da, jeder kann ihn betreten und straflos soviel Holz aus ihm holen, wie er will. Meinst du nicht, daß damit langsam auch seine Bedeutung verschwindet? Wo viele etwas abholzen, bleibt für den einzelnen wenig, wo alle abholzen, wächst bald kein einziger Stamm mehr nach. Dann ist der Reichtum dahin und Staub wird über den Hermon kriechen. Unsere Gelehrten in Elam behaupten auch, daß sich dadurch das Klima verändert. Weniger Schatten bedeutet mehr Platz für die Sonne, weniger Wurzeln bringen immer weniger Wasser aus der Tiefe der Erde hervor. Die Folge wird Steppe sein, unaufhaltsam vordringende Steppe.«

»Das glaube ich nicht«, widersprach Warka, der Baumeister, »ein paar Bäume mehr oder weniger machen doch soviel nicht aus.«

»Nur bis zu dem Tag, an dem alle Bäume gestorben sind. Dann wird man vielleicht die schönen, kostbaren Gegenstände in die Erde stecken und beten, daß aus totem Holz noch einmal grünende Triebe wachsen.«

»Du malst ein Bild in düsteren Farben«, ließ sich Eschnunna vernehmen, »so weit wird es niemals kommen, denn die Götter werden uns schützen.«

»Ich hoffe sehr, daß du recht behältst«, sagte Schutruknahunda, »nur machen wir uns in Elam ernsthafte Sorgen. Wir glauben, daß wir das Paradies schon für immer verloren haben und es nie mehr zurückgewinnen können.

»Was ist denn für euch das Paradies?« fragte Eschnunna.

»Nun, ein Ort jedenfalls, an dem es viele blühende Bäume, viel Grün und viel schützenden Schatten gibt, in dem etwas wachsen kann. Vielleicht war der Zedernwald ein solcher Ort...«

»Nein«, widersprach Gilgamesch heftig, »dieser Wald sicherlich nicht, denn er war düster und dunkel. Und sterblich sind die Wesen darin. Im Paradies hingegen, so heißt es, soll es ewiges Leben geben. Wenn mir etwas der Garten Eden zu sein scheint, dann jene Insel mit Namen Tilmun, von der du erzähltest.«

»Tilmun?« fragte Iluna, »wo liegt das? Ich habe niemals davon gehört.«

»Es gibt auch keinen, der diesen Ort bisher gefunden hat.«

»Außer Ziusudra und sein Weib...«, warf Gilgamesch ein.

»Ja, außer Ziusudra und sein Weib«, wiederholte Schutruknahunda.

»Ziusudra, Tilmun... was sind das für fremde, rätselhafte Namen!« rief Eschnunna.

»Sie klingen nach einem längst vergessenen Traum«, sagte Sinnunni, der Dichter, mit verklärtem Gesichtsausdruck.

»Es ist auch ein Traum, der beinahe schon in Vergessenheit geraten war«, sagte Schutruknahunda und mußte nun, da alle ihn drängten, die ganze Geschichte zum Besten geben. Ungläubiges Staunen erregte sein Bericht. Ja, von der großen Flut hatten die meisten gehört, und auch, daß davor schon Menschen gelebt hatten, Primitive wahrscheinlich, Urmenschen mit niedriger Bildung, die mit der Sintflut verschwunden waren. Aber der Weise aus Elam sprach ja von etwas anderem. Hier, in ihrem Land, sollte einst ein Reich mit vielen großen Städten bestanden haben, ein Volk, das dem ihrigen ebenbürtig war... Und der Sohn des letzten Königs von Schurupak, jener unauffindbaren, versunkenen Hauptstadt, er und sein Weib sollten überlebt haben und noch heute, unvorstellbare Zeiten lang, auf der Insel der Seligen leben, weil sie unsterblich waren? Ein frommes Märchen, eine schöne Legende, wie sie sich nur Leute aus Elam ausdenken konnten. Schutruknahunda war ein guter Erzähler, gewiß, einer wie die auf dem Marktplatz, die die Leute in Scharen anzogen. Aber viel Wahres war nicht an seinem Bericht. Eschnunna lächelte nachsichtig. Wie konnte einer, der, statt an Anu zu glauben, einen Gott namens Gal anbetete, auch die Wahrheit wissen? Und wie lautete Ischtars Name in Elam? Pinikir im Süden und Kiririscha im Norden – das überzeugte auch Iluna nicht. Daß aber dort Frauen die Thronfolge bestimmten und in hohem Ansehen standen, das war schon mehr nach ihrem Geschmack.

Tehiptilla hörte die gleichen Worte aus Schutruknahundas Mund und nahm sie doch völlig anders als Iluna auf. Für sie hatte es viel mit dem zu tun, was auch Ninsum, die weise Mutter, verkündet hatte.

So kam es, daß jeder der Anwesenden auf dem Fest etwas anderes verstand und mit nach Hause nahm und noch lange darüber nachdachte, als der kluge Gast aus Elam schon längst wieder aufgebrochen war. Doch keiner dachte wie Gilgamesch.

Unruhig war er geworden, fühlte ein Feuer in sich glühen, dessen Flammen langsam größer und größer wurden. Sehnsucht war in ihm erwacht, die Insel der Seligen zu betreten und vom Kraut des ewigen Lebens zu kosten. Ja, er liebte Tehiptilla. Aber noch nicht genug, um für immer bei ihr zu bleiben und dafür die Sterblichkeit in Kauf zu nehmen. Er sprach es nicht offen aus, aber er wälzte heimlich weitreichende Gedanken bei sich, die die meisten einfach für die Fortsetzung seiner Trauer um Enkidu hielten. Nur Tehiptilla spürte die Veränderung, die sich in ihm vollzog. Eines Nachts, als sie in seinen Armen lag, fragte sie:

»Wann wirst du gehen, Gilgamesch, Geliebter, sag es mir. Wird es schon bald sein?«

»Nein«, sagte er und wie um sich selbst eine Überzeugung einzureden, »nein, nein, nein, niemals lasse ich von dir . . .«

Er bedeckte ihr Gesicht mit Küssen und hielt sie so fest, als wäre sie es, die ihn verlassen wollte. Da merkte Tehiptilla, wie es wirklich um ihn bestellt war, und Schmerz machte ihre Kehle stumm. Sie waren besonders zärtlich, leidenschaftlich und auch behutsam miteinander, hielten sich eng umschlungen, bis die Müdigkeit ihr Denken fortspülte und sie fest und tief einschliefen.

Am nächsten Morgen aber erhob sich Gilgamesch in aller Frühe vom Lager, kleidete sich leise an und ging. Tehiptilla lag still und stellte sich schlafend. Mit klopfendem Herzen lauschte sie seinen Schritten nach, bis sie verklangen. Dann, erst dann, traten Tränen in ihre Augen. Sie wußte, daß er aufgebrochen war, um nach der Insel Tilmun zu suchen.

Gilgamesch ritt der aufgehenden Sonne entgegen. Er hatte ein Maultier genommen und trug schlichte Kleidung aus gegerbter Tierhaut mit einem dunklen Umhang, unter dem er das Schwert an seinem Gürtel verbarg. Einer Eingebung folgend, schlug er nicht den südlichen Weg ein, am Ufer des Euphrat entlang, der ihn ganz sicher zum Meer geführt hätte, sondern wandte sich der Steppe zu. Dies hatten ihm seine Traumgesichte der vergangenen Nächte geraten; immer wieder war jene unsichtbare Stimme gekommen und hatte aus gleißendem Licht heraus gesprochen: »Geh in die Steppe, Gilgamesch, wenn du Frieden mit dir selbst finden willst, steh auf und suche das ewige Leben. Reite immer der Sonne entgegen, dann wirst du in der Steppe die richtigen Zeichen finden.«

Er traf unterwegs keine Menschen, früh war die Stunde, und nur die Tierherden zogen zur Tränke. Er hielt Abstand zu ihnen, beunruhigte sie nicht. Sie hoben die Köpfe, schauten in seine Richtung und als sie merkten, daß keine Gefahr von ihm ausging, ästen sie geruhsam weiter. Er ließ seinen Blick über die Weite schweifen, um am Horizont nach einem Zeichen zu suchen. Wie endlos die Ebene war: staubiges Land, mit spärlichen Grasstreifen darin, gelegentlich niedriges Buschwerk, nirgends ein Baum. Er kam sich vor wie der einzige Mensch auf der Welt. So mußte sich Enkidu gefühlt haben, als er noch einsam durch die Lande streifte.

Plötzlich merkte er, daß er mit den Augen des Barbaren sah. Die Erkenntnis durchzuckte ihn: Er war Enkidu, er war immer Enkidu gewesen. Zuerst in seiner Sehnsucht, Sehnsucht nach etwas anderem, als dem, was er bisher kannte. Dann hatte diese Sehnsucht Gestalt angenommen, war wirklich und greifbar geworden und zu ihm gekommen – Enkidu, der Bruder, seine andere Hälfte, der ihn wie ein Schatten begleitet hatte. Immer mehr hatte er von ihm übernommen, und als er von ihm ging, war Enkidus Art bereits zu einem Teil seines Wesens geworden. Enkidu war nicht tot, sondern lebte in ihm weiter. Beide Hälften Gilgameschs hatten zur Einheit gefunden.

Diese jähe Erkenntnis erschreckte ihn und machte ihn zugleich glücklich. Er war immer noch er selbst, er, Gilgamesch, der von Unrast getriebene Sucher, der sich auf den Weg gemacht hatte, den Sinn des Lebens zu finden, der neugierig war, dem Einfachen mißtraute und hinter allem eine höhere Ordnung mehr ahnte als sah. Zugleich fühlte er aber auch, wie das Wissen in ihm wuchs, Wissen, wie es dem Barbaren zu eigen gewesen war, einfaches, sicheres Wissen, für das er vorerst noch keine Worte wußte. Aber Beweise: Er sah eine Herde Gazellen ziehen und wußte, daß sie von ihren Schlafstätten aufgebrochen waren und zur Tränke strebten, die sie wohl gegen Mittag erreichen würden. Er sah von fern ein Rudel Löwen und wußte, daß es ein männliches Tier mit zwei Weibchen und drei oder vier Jungtieren war, von denen keine Gefahr drohte, weil sie satt und träge und erst viel, viel später, vom Hunger gepackt auf Beute gehen würden. Er sah einen Zug Vögel am Himmel und wußte, ohne genau die Zeichnung ihres Gefieders zu erkennen, daß es Kraniche aus den Sumpfgebieten waren, die nach Elam flogen, dem südlichen Flußdelta des Kercha zu.

Dies alles sah und wußte er und wunderte sich nicht darüber. Merkwürdig leicht war sein Denken geworden, er flog dahin wie ein Vogel auf vorgezeichneter Bahn. In solcher Stimmung ritt er immer der Sonne entgegen, danach unter ihrem Zenit hindurch und sodann mit der Wärme im Rücken. Der Schatten vor ihm wurde länger, und es mochte Enkidu sein, der ihm da vorauseilte, oder Gilgamesch oder die Summe von beiden, während er selbst federleicht und ohne Denken dahintrieb.

Als die Dunkelheit kam, suchte er einen Platz aus, der ihm als Nachtlager geeignet erschien. Eine Gruppe niedriger Büsche war da, die Schutz bot. Er band das Maultier an einen Zweig und legte sich unter freiem Sternenhimmel zum Schlaf. Er schlief sofort ein, aber mitten in der Nacht weckte ihn ein Geräusch.

Sofort richtete er sich auf und spähte nach allen Seiten. Ganz deutlich spürte er die Anwesenheit mehrerer Lebewesen, und es konnten keine Tiere sein, er spürte die Ausstrahlung von Menschen. Böses führten sie im Sinn, das erfaßte er, noch bevor er sie sah. Jetzt raschelte es im Gebüsch dicht neben ihm. Er packte sein Schwert und schnellte auf die Beine.

Da kamen sie auch schon heran: Drei, vier dunkle Gestalten, von allen Seiten drangen sie gleichzeitig vor, hatten ihn umstellt und griffen ihn unverzüglich an. Er ließ das Schwert auf den ersten niedersausen, es pfiff durch die Luft und fraß sich in den dunklen Körper, der ohne einen Laut von sich zu geben niedersank. Die anderen aber schrien jetzt los und sprangen ihn mordlustig an. Er hörte Kommandos aus rauhen Kehlen, sie sprachen in seiner Zunge, aber mit einer Betonung, wie sie nur den umherstreifenden Gesellen der Steppe eigen war.

Wieder streckte er einen nieder und mußte sich ducken und seitlich ausweichen, denn zwei andere drangen mit krummen Messern wütend auf ihn ein. Da packte Gilgamesch der Zorn. Mit einem Aufschrei stürzte er sich auf sie und hieb den ersten zu Boden. Jetzt wandte er sich um und gewahrte, daß da noch andere waren, die abwartend herumstanden.

Ohne zu zögern rannte er auf sie los und ließ sein Schwert durch die Luft wirbeln. Da stoben sie auf und rannten um ihr Leben. Einen aber packte er und warf ihn zu Boden, dem setzte er das Schwert an die Kehle. In diesem Moment trat der Mond hinter einer Wolke hervor und erhellte die Umgebung mit seinem Schein. Gilgamesch zögerte zuzustoßen, denn das Gesicht des Mannes kam ihm merkwürdig bekannt vor, der da mit schreckensweit aufgerissenen Augen auf dem Boden lag.

Nun fing der Räuber zu jammern an, und auch seine Stimme hatte er schon einmal gehört. »Gnade, verschone mich, Gilgamesch!«

»Wer bist du?« fragte Gilgamesch zornig.

»Erkennst du mich nicht? Ich war einmal bei dir im Zelt und habe dir eine wichtige Meldung gebracht!«

Da erkannte er, daß es der Jäger war, der ihm die Nachricht von Enkidus Erscheinen übermittelt hatte, ein wilder, jähzorniger Kerl, der ihm schon damals wie ein Raufbold vorgekommen war. Aber er erkannte noch mehr, und das, was er sah, versetzte ihn in Erstaunen: Vor der Brust des Mannes baumelte an einer ledernen Kette ein Amulett, auf das nun ein Strahl des Mondlichts fiel und es aufleuchten ließ. Er erkannte es sofort – es war die Alabasterfigur, die er als Opfergabe zum Fest der Segnung in Ischtars Tempel gebracht hatte – eine aus weißem Stein geschliffene Urmutter mit schwarzem Bitumenhaar und der doppelreihigen Kette aus Lehmkugeln am Hals, die die Form von Perlen besaßen.

Gilgamesch nahm das Schwert und steckte es in den Gürtel. Er ließ den Mann aufstehen, und nachdem er sich vergewissert hatte, daß alle übrigen geflohen und sie allein waren, sagte er zu ihm: »Der Anblick dieses Amuletts ist es, dem du verdankst, daß ich nicht zugestoßen und dein elendes Leben beendet habe. Woher hast du das Ding?«

Der Jäger stand schlotternd da, blickte auf die Leichen der drei erschlagenen Kumpanen und wagte nicht, den Kopf zu Gilgamesch zu heben.

»Antworte, wenn dir dein Leben lieb ist!« befahl Gilgamesch. »Hast du es aus Ischtars Tempel gestohlen?«

»Nein«, sagte der Jäger, »gewiß nicht. Ich bekam es als Lohn aus der Hand der Göttin. Damals, als ich auf deinen Befehl hin in den Tempel ging, um eine Dirne zu holen, die mit ihren Reizen den Barbaren aus der Steppe locken sollte.«

Gilgamesch schlug mit der flachen Hand zu und traf den Kerl im Gesicht. »Hüte deine Zunge«, brüllte er unbeherrscht, »und gebrauche nicht solche Worte bei Dingen, die du nicht verstehst!«

Er beruhigte sich und sagte leiser: »Ich will dir glauben, obgleich es mir schwerfällt, zu verstehen, denn dieses Amulett da, das du da am Hals trägst, habe ich einst mit eigener Hand geschaffen.«

Der Jäger warf sich vor Gilgamesch auf die Knie. »Erbarmen, o König! Es ist so, wie ich sage. Ischtar gab es mir zum Dank für meine Botendienste und ich machte eine Kette daraus, die ich fortan um den Hals trug. Sie hat mich immer beschützt und mich wohl auch heute vor dem Tode bewahrt.«

»Obwohl du ihn verdient hast«, sagte Gilgamesch streng. »Habe ich dich nicht reichlich belohnt für das, was du getan hast? War es nicht genug, um ein anständiges Leben zu führen? Weshalb schließt du dich dann Räubern und Dieben an, die als Mordbuben im Schutze der Nacht über friedliche Wanderer kommen, um sie auszuplündern?«

»Was das Wild anbelangt, so hatte ich wenig Glück in letzter Zeit. Ich gab das Handwerk auf und traf auf diese Nomaden, die unterwegs waren, um schneller zu Wohlstand zu gelangen als mit Fallen und Fanggruben. Als Fährtensucher diente ich ihnen eine Zeitlang, bis sie mich zwangen, immer schlimmere Dinge zu tun.«

»Kein Mensch läßt sich zu schlimmen Taten zwingen, wenn er nicht heimlich in sich eine Bereitschaft dazu verspürt. In deiner Schilderung schwingt Lüge mit, und ich hätte nicht übel Lust, dich allein schon dafür zu bestrafen«, sagte Gilgamesch.

»Gnade«, bat der Jäger, »ich habe Fehler gemacht, das stimmt. Aber habe ich dir nicht auch zuverlässig gedient? Gib mir eine Möglichkeit, es noch einmal zu versuchen.«

»Gut, ich will dich beim Wort nehmen und dich auf die Probe stellen. Beantworte mir diese Frage: Wovor, außer vielleicht vor mir jetzt im Moment, hast du im Leben die größte Angst?«

»Die größte Angst...?« wiederholte der Jäger und dachte nach. Dann sagte er ohne zu zögern: »Vor dem dunklen Berg, den noch niemand durchschritten hat.«

»Was meinst du damit? Drücke dich klarer aus!«

»Den Berg Maschu meine ich. Er ist so hoch, daß seine Spitze in den Himmel hineinragt, und so tief, daß in seinem Inneren jegliches Licht fehlt.«

»Und warum hast du so große Angst vor ihm?«

»Weil er dem Höllengrund gleicht«, antwortete der Jäger. »Wer sich in ihm verirrt, der ist auf ewig verloren und sieht nie mehr das Sonnenlicht wieder.«

»Und woher kennst du jenen Berg Maschu, was zieht dich hin zu ihm, auch wenn er so schrecklich ist?«

»Ich erfuhr von ihm, als ich unterwegs mit den Nomaden war. Sie sprachen davon und erzählten sich, daß vom dunklen Berg die Legende geht, hinter ihm liege der Edelsteingarten, in dem an den Bäumen unvorstellbare Schätze wachsen. Dorthin wollten wir, um den Reichtum zu pflücken und so wohlhabend zu werden, wie wir es uns wünschten. Aber wir kamen nur bis zum Rand des Maschu und mußten unverrichteter Dinge umkehren.«

»Warum, weil euch die Dunkelheit schreckte? Ihr scheint mir eine Bande von Angsthasen zu sein. Einen schlafenden Wanderer könnt ihr gerade noch überfallen – vor einem Berg aber bekommt ihr Angst.«

»Nein, das ist es nicht«, widersprach der Jäger. »Aber am Tor zum Maschu halten Skorpionmenschen Wache, die grausigen Schrecken verbreiten. Ihr Anblick tötet jeden, der sich nähert, und ihr Höllenglanz hüllt die Berge ein. Sie bewachen den Aus- und Eingang der Sonne.«

»Das muß ein sonderbarer Berg sein. Ich habe nie von ihm gehört. Wo liegt er?«

»Östlich von hier am Rande der Steppe. Die Nomaden nannten ihn Maschu, wir würden vielleicht ›Zwillingsberg‹ sagen, denn genaugenommen sind es zwei Bergkuppen, durch die ein Paß führt. Jeden Morgen steigt Schamachs Sonnenwagen dort aus der Unterwelt empor, fährt über den Paß und verläßt am Abend die Oberfläche der Erde, indem er in die Tiefe der Hölle versinkt.«

»Und du weißt genau, wovon du da sprichst? Du warst schon einmal dort und hast die Skorpionmenschen gesehen?« fragte Gilgamesch. Er mißtraute dem Jäger noch immer, gab der Schilderung aber dennoch Gewicht, denn sie konnte ja das Zeichen sein, auf das er gewartet hatte.

»Nein, nur drei von uns haben sie erblickt und waren seitdem wie von Sinnen. Es sind die, die hier nun erschlagen im Staub liegen. Es hat ihnen wenig genützt, am Berge umzukehren, der Fluch der schrecklichen Skorpionmenschen hat sie eingeholt und getroffen. Niemals wieder werde ich zum Maschu gehen.«

»Das beste wird sein, du wirst überhaupt nicht mehr durch die Steppe streifen wie ein räudiger Schakal, sondern zurück zu deinem Handwerk finden. Gib dir Mühe, dann hast du mit deinen Fallen und Schlingen auch Glück. Machst du aber weiterhin gemeinsame Sache mit den Räubern, dann wird dir das Amulett wenig nützen, sondern dich schnurgerade ins Verderben führen. Steh auf und wende dich einem neuen Leben zu und laß dich nie mehr bei schlechten Taten erwischen!«

»Ich gelobe es, König Gilgamesch«, sagte der Jäger und erhob sich zögernd.

»Halt!« rief Gilgamesch. »Bevor du gehst, weise mir den Weg zum Maschu genau.«

»Willst du wirklich dorthin aufbrechen?« fragte der Jäger erschrocken. »Tu es lieber nicht, ich rate dir ab und warne dich. Jeden, der sich dem Berg nähert, ereilt der Fluch.«

»Sorge lieber für dich, nimm dir meine Worte zu Herzen und paß auf, daß dich nicht mein Fluch obendrein trifft!« entgegnete Gilgamesch.

Da beschrieb der Jäger den Weg, und als er geendet hatte, bat er, bis zum Anbruch des Morgens bleiben zu dürfen, weil er Angst hatte, in der Nacht dem versprengten Rest der Bande in die Arme zu fallen. Damit war Gilgamesch einverstanden, aber es kam kein richtiges Gespräch mehr zustande, denn der Kerl besaß eine niedere Gesinnung. Lieber schwieg Gilgamesch, als sich mit einem zu verbünden, den der Glanz der Dinge zum Sklaven gemacht hatte und der nichts von dem verstand, was Gilgamesch bewegte.

Bei der ersten Morgendämmerung trennten sie sich und zogen in entgegengesetzte Richtung. Gilgamesch sah sich nicht einmal mehr um, schaute nur vorwärts der Sonne entgegen, sah am Abend die Berge auftauchen und im Licht der Abendsonne zu dunklen Konturen verschmelzen, die größer und größer wurden, bis sie den Horizont verstellten. Am Morgen darauf erblickte er dann die Zwillingsberge, die der Jäger Maschu genannt hatte, und ritt geradewegs darauf zu.

Der Berg Maschu, besser: die Zwillingsberge, die beide den gleichen Namen trugen, boten einen befremdlichen Anblick. Wie die Wölbungen eines Sattels lagen sie da, hoch schwangen sich ihre Grate auf und tief stürzten die Felswände zur Schlucht hinab und beide, sowohl der rechte als auch der linke Bergrücken, wirkten so gleich, als sei jeder des anderen Spiegelbild.

Genau auf die Schlucht ritt Gilgamesch zu und erreichte an ihrem Eingang ein steinernes Tor, das aus riesigen Quadern bestand, die aber nicht von Menschenhand gefügt, sondern das Werk von Regen, Hitze und Kälte waren. Haushoch türmten sich die Felsbrocken aufeinander empor zum Sonnentor. Der Eingang war nur ein schmaler Durchschlupf, kaum breit genug, einen Reiter hindurchzulassen.

Als er dicht davor war, lösten sich beiderseits des Weges zwei Gestalten aus dem Bergschatten und verstellten ihm den Weg. Die Skorpionmenschen waren es, schrecklich in ihrer Gestalt und mit böser Ausstrahlung. Auf den Vorderklauen schritten sie und reckten die mächtigen Leiber mit den todbringenden Stacheln hoch über ihre Köpfe. Ihre Gesichter waren die von Menschen, Helme trugen sie und schillernde Brustpanzer. Das Furchtbarste war aber, daß sie dort, wo ihre Arme hätten sein müssen, zangenbewehrte Greifgelenke besaßen, mit denen sie in der Luft herumklapperten, als prüften sie beständig die Schärfe ihrer Scheren. Ein Zugriff dieser Scheren hätte genügt, Maultier und Reiter in Stücke zu schneiden, eine blitzschnelle Drehung der Schwänze würde tödliches Gift bringen, Lähmung, Siechtum und entsetzliche Qualen.

Gilgamesch sah sie und konnte nur schwer begreifen, was er da sah. Starr und bleich wurde er vor Schreck und mußte all seinen Mut zusammennehmen, um nicht in kopfloser Panik zu flüchten. Das Maultier stieg wiehernd auf und wollte ausbrechen. Aber Gilgamesch hielt es am Zügel und zwang es zum Stillstehen. Als das Tier zur Ruhe gekommen war, verneigte er sich vor den Wächtern, und er bemerkte, daß es ein Mann und eine Frau waren.

Der Skorpionmann rief seinem Weib zu: »Der da zu uns gekommen ist, scheint kein gewöhnlicher Mensch zu sein.«

Das Weib antwortete: »Nein, zwei Drittel von ihm sind göttlich, und nur zu einem Drittel ist er Mensch.«

Der Skorpionmann rief Gilgamesch an: »Weshalb bist du einen so weiten, abgelegenen Weg gezogen bis hin zu uns? Weißt du nicht, daß hier die Grenze der bekannten Welt ist und alle Wege zu Ende sind? Dem Wahnsinn verfällt, wer sich bis hierher wagt, denn klar sind für Menschen stets nur die Wege der eigenen Art. Wer aber darüber hinaus will, wagt es, die Pfade der Götter zu schauen, und den wird die tiefe Schwärze der Erde erblinden lassen und mehr noch die übergroße Helligkeit, die nach ihr kommt. Deshalb stehen wir hier, um zu warnen. Nicht nötig ist es für uns, das Gift der Lähmung zu senden, unser Anblick allein reicht schon aus, um jeden zur Umkehr zu bewegen.«

»Ich bin schon auf manchem Weg weiter gegangen als andere Menschen«, antwortete Gilgamesch, »Zauber und Magie schrecken mich nicht, denn ich weiß, daß sie nur dazu da sind, einen suchenden Menschen zu Irrtum und Stillstand zu bringen. Doch keine Schwärze der Welt, die von Dämonen und Göttern erzeugt wird, ist stark genug, um auf ewig das Aufkommen des Lichts zu verhindern. Mein Weg ist wie der Schein der Sonne am Morgen, der unaufhaltsam den Nebel zerteilt. Darum berührt mich auch nicht eure Gestalt. Ich weiß, daß sie ein Trugbild des Schattens ist. Fällt erst die Sonne darauf, so werdet ihr sein wie friedliche Lämmer, und euer Aussehen wird sich völlig verändern. Dann werdet ihr betteln und flehen, daß man euch als furchtbare Schreckbilder anerkennt, und seid doch bloß arme Seelen, die für immer an diese Stelle gefesselt sind. Stimmt es nicht, was ich sage?«

Da schlug der Skorpionmann die Klauen vor sein Gesicht und weinte wie ein Mensch, der Qual empfindet. Die Skorpionfrau aber sagte: »Du sprichst außerordentlich mutig, Mensch. Ich habe noch nie solche Worte gehört, und sie berühren mich sehr. Darum sag mir deinen Namen und was du von uns willst.«

»Ich bin Gilgamesch, König von Uruk, und suche das Leben. Von euch will ich nichts, außer, daß ihr mir den Weg durch den Berg freigebt, damit ich weiterziehen kann, um Tilmun zu finden. Zur Insel der Seligen will ich, um Ziusudra und sein Weib zu finden, denen das ewige Leben beschieden ist. Nach Leben und Tod und dem Sinn von allem will ich sie fragen.«

»Nach Tilmun will er...«, wiederholte der Skorpionmann verwundert.

»Es gab niemanden bisher, dem das gelang«, sagte die Skorpionfrau, »niemand hat bisher das Innere des Berges durchschritten, denn auf zwölf Doppelstunden hin zieht sich das Dunkel. Die Finsternis ist so dicht, als ob man lebendig begraben sei und den ganzen Weg über herrscht ewige Nacht. Es gibt kein Licht, das den Weg weisen würde, keine Geräusche, kein Gefühl. Wer da hindurch will, bis zu dem Punkt, wo die Sonne aufsteigt, wer diese erdrückende Nacht mit seinen Sinnen ertragen kann, der muß sich seiner selbst ungeheuer sicher sein und einen Abglanz des Feuers in sich tragen, der ihn von innen her wärmt und einen Rest von Licht in seinem Auge bewahrt.«

»Und wenn ich der erste bin und nach mir keiner mehr kommen mag«, antwortete Gilgamesch, »so will ich es dennoch tun. Sage mir aber, was mich am Ausgang erwartet.«

»Der Garten der Edelsteine, den ich dir nicht beschreiben kann, weil ich ihn selber nie sah.«

»Und danach? Ist es der Weg nach Tilmun, auf dem ich bin?«

Jetzt sprach der Skorpionmann wieder, der sich gefaßt und seine Zangenklauen gefaltet hatte. »Auch das können wir dir nicht sagen. Das einzige, was ich weiß, ist, daß Siduri, die Schenkin, jenseits des Edelsteingartens wohnt. Ihr Haus befindet sich an den abgeschiedenen Gestaden des Meeres, von wo aus sie ihre Söhne, die Winde, sendet, die sie losschickt, wenn Wer, der Wettergott, einmal ruht. Frag sie, die durch die Winde vieles erfährt, vielleicht kann sie dir Antwort auf deine Frage geben.«

»Dann laßt ihr mich also ungehindert durch den Berg meinen Weg ziehen?«

»Ja«, antwortete der Skorpionmann und trat beiseite in den Schatten.

»Ja«, sagte die Skorpionfrau und ergänzte: »So zieh denn hin, Gilgamesch, dessen Worte mich berührten. Zieh hin und fürchte dich nicht vor der Dunkelheit. Die Berge von Maschu, die Zwillingsgipfel, gebe ich frei für dich und öffne das Sonnentor dir, damit du ins Innere des Gebirges reiten kannst. Durchquere unerschrocken die Finsternis und lasse dich nicht von der Schwärze quälen. Einen wie dich, der das Leben sucht, den kann der Tod nicht schrecken. Eine Warnung aber gebe ich dir auf den Weg noch mit: Ist auch die Finsternis schlimm, so kann die blendende Helligkeit noch um ein Vielfaches schrecklicher sein, die danach folgt. Vor ihr können wir dich nicht beschützen, du wirst ihr ausgeliefert sein und mußt ihr gegenüber selber bestehen.«

Mit diesen Worten zog auch sie sich in den Schatten der Felsenmauer zurück. Frei lag das Sonnentor vor Gilgamesch, und er ritt darauf zu, ohne lange zu zögern.

Das erste, was er spürte, als er das Bergtor passierte, war, daß das Licht langsam verlosch und Kühle aufkam. Er befand sich am Eingang einer gewaltigen Schlucht. Die Felshänge links und rechts stiegen fast senkrecht empor und ragten bis zum Himmel hinauf. Nur ein schmaler Streifen Licht kam von dort, verengte sich mehr und mehr und hörte bald gänzlich auf, so daß die Schwärze nun überall war.

Eine Doppelstunde ritt Gilgamesch, da wurde das Dunkel so dicht, daß keine Handbreit vor Augen erkennbar war. Als er die zweite Doppelstunde vorgedrungen war, konnte er weder vor sich noch hinter sich etwas erkennen. In ewiger Nacht bewegte er sich und diese Nacht war unvergleichlich dunkler und schwärzer, als es der Himmel bei Mondfinsternis ist. Er ritt vorsichtig, darauf bedacht, vorwärts zu kommen, obgleich es ihm vorkam, als träte das Maultier auf der Stelle. Zum Glück war der Weg eben, kein Hindernis sperrte den Durchgang, es hatte sogar den Anschein, als reite er über moosige Polster, denn der Klang der Hufe, der zu Anfang noch vernehmbar gewesen war, verstummte nun. Stille machte sich breit, eine ungewöhnliche Stille, die fremdartig und lauernd wirkte. Er begann, auf seinen Atem und auf den des Maultiers zu hören. Dies waren die einzigen Geräusche und zugleich das einzige Zeichen dafür, daß sie sich überhaupt vorwärts bewegten.

Nach der dritten Doppelstunde wurde ihm der schwebende Zustand auf dem Rücken des Tieres zu unheimlich. Er stieg ab, griff ins

Zaumzeug und führte das Maultier nach sich am Zügel. In der Tat bestand der Boden aus einem Moosteppich, der unter seinen Schritten leicht schwankte und nachgab. Aber unbeirrt ging er blind seine Bahn weiter, von der er hoffte, daß sie die richtige sei und keine böse Überraschung bieten würde.

Nach der vierten Doppelstunde hatte er jegliches Zeitgefühl verloren und ging vorwärts gebeugt wie im Sturm. Dabei regte sich nicht der geringste Luftzug. Vollkommen war die Finsternis geworden und die Stille auch. Nur sein eigenes Herz klopfte laut wie eine Trommel, und der Atem des Maultiers war zum Fauchen geworden. Er gönnte sich keine Rast, denn er fühlte, daß dies das Ende bedeuten würde. Die Müdigkeit überfiel ihn nämlich schwer, sie kroch in seinem Körper empor und machte ihn taub. Er ging wie im Schlaf und wußte nicht mehr, ob seine Augen offen oder geschlossen waren. Müde war er, nur müde. Am liebsten hätte er sich ins weiche Moospolster sinken und den Schlaf über sich kommen lassen. Doch eisern riß er sich zusammen.

Als die fünfte Doppelstunde vorüber war, begann er laut mit dem Tier und eigentlich mit sich selber zu rede. »Komm nur, mein Maultier«, sagte er, »laß uns nicht müde werden, denn diese Dunkelheit ist wie ein endloser Tod, und wenn es keine Hoffnung mehr auf ein Morgen gäbe, würde ich mich in seine Arme fallen lassen und ihn begrüßen wie einen Freund. Alle Qualen und Strapazen hätten dann ein Ende, und Schlaf ohne Traum wäre die Erlösung für uns. Aber soweit ist es noch nicht. Noch höre ich mein Herz schlagen und deins, Tier, meinen und deinen Atem höre ich noch, und wenn ich spreche, vernehme ich meine Stimme.«

Als ob das Tier die Worte verstanden hätte, wieherte es zaghaft auf. Da freute sich Gilgamesch, fuhr mit der Hand in die struppige Mähne und sprach: »Ich weiß ja, daß auch du die Sonne wiedersehen willst, das wunderbare Licht, das das Gras grün macht, die Steppe braun und den Himmel über uns blau. Nein, mein Tier, noch leben wir beide und spüren Hoffnung in uns und wollen weiter. Laß uns durchhalten und furchtlos voranschreiten, denn irgendwann wird auch diese endlose Nacht ein Ende nehmen, und der hellichte Tag ein neuer Anfang für uns sein, den wir begrüßen wollen.«

Als die sechste Doppelstunde zu Ende ging, glaubte er, daß sich seine Augen so sehr an die Dunkelheit gewöhnt hatten, daß er schemenhaft Konturen der Umgebung wahrnehmen konnte. Aber es waren wohl nur Trugbilder, die seine Sinne ihm vorgaukelten, denn es gab nirgends ein Licht, nicht einmal die geringste Andeutung eines schwachen Scheins. Oder doch?

Schwankende Gestalten nahm er wahr, Schatten links und rechts des Weges, bizarre Figurationen im Fels, der die Begrenzung des Weges zu beiden Seiten bildete.

Gilgamesch kniff die Augen zusammen, blickte schärfer hin. Er sah tanzende Vogelwesen, flügelschlagende Menschen mit Schnäbeln und federbedeckten Schwingen. Einen ekstatischen Reigen tanzten sie, wirbelten ihre dünnbeinigen Stelzgelenke, plusterten das Gefieder auf, reckten die Schnäbel. Aber keine der Gestalten wurde richtig greifbar, sah man genauer hin, so tauchte ihre Form sofort wieder ins Dunkel zurück. Die Konturen verschwammen, flackerten auf, zuckten herum, um sich im allernächsten Moment erneut aufzulösen.

Gilgamesch ging schneller, er keuchte und zog das Maultier hinter sich her. Plötzlich nahm er einen schwachen Dämmerschein wahr. Er ging darauf zu und sah, daß es ein fahles Leuchten war, dem er näher und näher kam. Als er ganz dicht heran war, nahm er im Zentrum des trüben Graus eine Gestalt wahr, die dort unbeweglich wartete. Es war der schemenhafte Körper eines überlebensgroßen Vogelmenschen. Das einzige, was er von ihm wirklich deutlich erkennen konnte, waren seine Augen. Einen reglosen Bannblick hatte das Wesen, es starrte ihn an, und als er noch näher kam, wußte er, daß er diese Augen schon einmal gesehen hatte. Es war die Augenmaske, die im allerheiligsten Raum in Ischtars Tempel über dem Altar hin. Wie im Schlaf wankte er darauf zu, fühlte sich von den blicklosen Augen angezogen, ging noch näher, doch plötzlich – wie von Geisterhand beiseite gezogen – waren die Augen und der Vogelmensch wieder verschwunden, und mit ihm das fahle Grau.

Weiter ging er und wagte nicht, sich noch einmal umzuschauen. Die Dunkelheit aber war grenzenlos tief wie zuvor, absolute

Schwärze hüllte ihn ein und eine Stille, die kaum zu ertragen war. Er spürte, daß er die Mitte des Berges überschritten hatte.

Die siebente Doppelstunde ging vorüber und nach ihr die achte. Stärker als jemals zuvor kam die Müdigkeit über ihn. Er schleppte sich dahin, schwankend und schwach. Sollte er nicht lieber aufgeben und sich ins weiche Moos fallenlassen? Oder zurückgehen zum Beginn seines Weges?

Nein, das würde er nicht mehr schaffen. Er war zu erschöpft, um umzukehren. Auch wußte er, daß er diesmal nicht mehr unbeschadet am Bannblick vorbeikommen würde. Einmal hatte er widerstanden, ein zweites Mal würde seine Kraft nicht mehr ausreichen, den Blick der leeren Augen auszuhalten.

Die neunte Doppelstunde verstrich, und endlos zog sich die zehnte dahin. Ohne Gefühl, taub und beinahe gelähmt vor Ermüdung stolperte er weiter. Da strich etwas durch sein Gesicht und weckte ihn auf. Überrascht nahm er den Hauch eines Windes wahr, der mit jedem Schritt an Stärke zunahm.

Als die elfte Doppelstunde zu Ende war, kam sachte Dämmerung auf, Licht rieselte leicht ins Dunkel hinein, machte es grau und ließ die Stille weniger bedrückend werden. Er lächelte und spürte neue Kraft in sich wachsen. Weiter und weiter ging er, kam dem Ausgang näher, fühlte sich, als sei er selbst die Sonne, wenngleich er auch den entgegengesetzten Weg gezogen war, oder als führe er sie zumindest im Gefolge am Zügel, denn es wurde hell und heller.

Mit dem Ablauf der zwölften Doppelstunde trat er ins Sonnenlicht eines jungen Tages, der alles mit gleißendem Licht umfing. Wie neugeboren kam er ins Helle, begrüßte die Sonne, den frischen Tag, das Leben. Die Zwillingsberge im Rücken sah er vor sich den Edelsteingarten liegen.

Beinahe unerträglich hell war das Licht und schien sich überall in tausend Spiegeln zu brechen. Die Luft funkelte, blitzte, glitzerte, blinkte, als befänden sich Sterne oder Irrlichter darin. Es war aber nicht die Sonne, die so blendete, sondern das Kristallmeer des Gartens.

Hier wuchsen Karneol und Topas, Lapislazuli und Mondstein als Blumen am Boden, im kristallinen Blattwerk der Büsche blühte fremdartiges Edelgestein, das in allen Farben des Regenbogens glänzte, birnenförmige Früchte hingen an den Bäumen und waren aus Onyx, golden prangten Äpfel und silbern waren die Feigen, die prall im Geäst hingen und wie in der Bewegung erstarrte Fischschwärme aussahen. Der Rubinbaum trug seine Früchte, schwere, glutrote Trauben, der Lasurstein stand in dichtes Laubwerk gehüllt und hatte Blüten wie die Myrte, und an wieder anderen prangten Beeren aus Amethyst.

Staunend und voller Ehrfurcht schritt Gilgamesch durch den Garten und betrachtete die unvorstellbare Pracht. Ein leichter Wind strich durch die Zweige und ließ die Edelsteinfrüchte klirren und die gläsernen Blätter erzittern. Leises Singen und Klingen erfüllte die Luft, und als er den Kopf hob, sah er goldbraun und schwarz gefleckte Vögel durchs Geäst schwirren, die tanzten in der Luft, neckten und jagten sich und zwitscherten munter. Sehr neugierig waren die possierlichen Tierchen, umschwirrten seinen Kopf und ließen sich dicht vor ihm auf den Zweigen nieder. Wie aber erschrak er, als er sie näher betrachtete! Sie waren keineswegs aus Fleisch und Blut, wie er gedacht hatte, sondern ebenso wie die Pflanzen aus edlem Gestein. Aus Gold und Onyx bestand ihr Gefieder, und ihre Augen waren Perlen. Wie kam es dann, daß sie zwitschern konnten wie echte Vögel und sich wie solche bewegten?

Er beobachtete sie genau, und als er näher hinhörte, konnte er ihre Sprache verstehen. »Komm hierher, geh dahin«, zwitscherten sie, »pflück den Topas, tu dich an den amethystenen Beeren gütlich, steh nicht herum und staune, greif zu und nimm, was sich an Wundern dir bietet.«

Angenehm waren die Stimmen der Vögel, und Gilgamesch war nahe daran, ihrer freundliche Einladung Folge zu leisten. Doch irgendein seltsames, schwer zu deutendes Gefühl warnte ihn davor, es sofort zu tun. Er ließ die Hand, die er bereits nach einem Zweig mit diamantenen Blütendolden ausgestreckt hatte, wieder sinken. Zu zerbrechlich wirkte alles, zu zierlich und fein, um es zu pflücken. Selbst vom Ansehen wurde einem schwindelig, denn übervoll war der Garten, schwelgerisch üppig in seinem Reichtum und fast schon aufdringlich in seiner Pracht. Außerdem stand ihm der Sinn nicht danach, sich mit Schätzen zu beladen, sondern ganz einfache Bedürfnisse waren es, die ihn bedrängten: Hunger und Durst. Konnte man Gold und Rubine essen? Das Maultier, das wohl ebenso wie er empfand, aber weniger Verstand besaß, versuchte, am gläsernen Kristallgras zu zupfen und zerschnitt sich die Zunge dabei.

Suchend sah sich Gilgamesch nach einem Ausgang um. Er war zwar in einem Paradies voller Reichtümer, wie sie sich ein Mensch nur vorstellen kann, er brauchte nur die Hand auszustrecken, Karneol und Mondstein zu pflücken, soviel er wollte, und sich die Taschen damit vollzustopfen – aber er suchte nach etwas Wichtigerem, nach trinkbarem Wasser und richtigem Obst, das sich essen ließ.

»Komm hierher, geh dahin«, riefen die Vögel wieder, »nimm dir Silber und Gold, soviel du nur tragen kannst, Lasurstein und Lapislazuli wächst für dich nur allein!«

Gilgamesch hörte nicht auf ihr Gezwitscher. Er ging durch den Garten und zog das Maultier am Zügel und suchte nach etwas anderem, was nicht so edel, dafür aber genießbar war.

»Sei kein Narr!« riefen die Vögel, »greif zu und bedien dich, hier gibt es reichlich von allem, nach dem das Herz eines Menschen begehrt. Komm hierher, geh dahin, siehst du nicht die Birnen aus Onyx, die goldenen Äpfel und die Feigen aus reinem Silber? Greif zu und bedien dich, komm hierher, geh dahin!«

Langsam wurden die Vögel lästig. Schrill war ihr Gezwitscher, gläsern und sirrend ihre Stimmen. Auch flatterten sie immer kecker heran und umschwirrten so dicht seinen Kopf, daß er sie mit einer ärgerlichen Handbewegung wegscheuchen mußte.

Aber gerade da kam er zu einem besonders schönen blühenden Strauch. Wie ein Gewitter aus Farben glühten die Blüten, tiefe Kelche taten sich auf und lockten mit ihrer Pracht, und im Inneren einer jeden Blüte lag ein zierlicher Rubinstein, edel geschliffen, vollreif und dunkel wie kostbarer Wein. Da konnte er nicht länger widerstehen. Er griff zu und pflückte zwei von den Steinen und barg sie in seinem Gürtel.

Als er aber die Hand nach der dritten Blüte ausstreckte, brauste unverhofft eine Windböe heran und ließ eine Dornenranke auf ihn niederstürzen, die messerscharf durch seinen Umhang fuhr, sein Gewand aufschlitzte und brennend in seine Haut biß. Gilgamesch schrie auf, wich zurück und versuchte, die Ranke abzustreifen. Sie hielt ihn aber fest und schlang sich zudem noch um seine Beine. Da zog er das Schwert und hieb auf die Ranke ein. Gläsern zerbarst sie in tausend Splitter.

Die Rubine in seinem Gürtel hatten indes zu glühen begonnen, sie fraßen sich durch den Gürtel und brannten auf seiner Haut. Da riß er den Gürtel mitsamt dem darin verborgenen Schatz ab und schleuderte ihn weg. Stärker ging der Wind und bewegte heftig das Gebüsch. Eine weitere Dornenranke griff nach ihm und riß seinen Umhang ab. Gilgamesch packte das Entsetzen. Mit großer Anstrengung kam er aus dem Klammergriff des Dorngesträuchs frei und rannte tiefer in den Garten hinein.

Die Zügel des Maultiers hatte er fahren gelassen, das Tier stob aufgeschreckt davon. Er rief es und lief ihm nach, stolperte durchs gläserne Gras, und die Dornen fügten ihm weitere Wunden zu. So gelangten sie beide, das Maultier und er, in der Mitte des Gartens an einen See, dessen Wasser hellblau wie der Himmel war. Dort am Ufer des Sees, ließ sich Gilgamesch fallen und schöpfte mit beiden Händen das Wasser.

Wie er es aber zum Mund führen wollte, bemerkte er etwas Seltsames. Keine Flüssigkeit war es, sondern eine kühle Menge winziger blauer Perlen, die rannen durch seine Finger, fielen leise klirrend zu Boden, während die leichteren von ihnen aufstiegen und zu schweben begannen. Enttäuscht ließ er das, was er geschöpft hatte, fahren. Wirbelnde blaue Luftblasen stiegen vor seinen Augen auf, und der Wind trug sie davon.

Das Maultier, das in seiner Gier vom See getrunken hatte, stand unterdessen breitbeinig und zitternd da und machte dumme, verängstigte Augen. Wieder kamen die braungelb und schwarz gefleckten Vögel herangeschwirrt und riefen ihm zu: »Komm hierher, geh dahin, laß es dir gut gehen im Garten und labe dich an seiner unvergleichlichen Pracht. Hast du jemals solche Mengen von Karneolen gesehen, Topase und Mondstein? Hier findest du das, wovon jeder Mensch heimlich träumt. Nimm es auf und zögere nicht länger.«

»Verdammtes Getier!« schrie Gilgamesch und fuhr mit der Schwertklinge in der Luft herum, um sie abzuwehren, denn sie umflogen ihn hartnäckig und benahmen sich mehr wie ein Schwarm wütender Wespen als wie Vögel.

»Was ist das nur für ein elender Garten?« rief er. »Das Auge blendet er und bringt nichts als Schaden für den Körper. Es gibt nichts, das den Durst löschen könnte und nichts, das den Hunger stillt. Ein fauler, giftiger Zauber ist es, der mich umgibt!«

Kaum hatte er dies ausgesprochen, als ein Splittern und Bersten in den Büschen vernehmbar wurde. Er wandte den Kopf und sah ein schillerndes Untier durch die Kristallpflanzen brechen. Rotglühend war sein Leib und türkisblau seine Schuppen, golden glänzten die Pranken und aus Silber waren die spitzen Krallen daran. Die gezackten Schwingen am Rücken glitzerten durchscheinend wie ein Spinnennetz, in dem der Tau des Morgens lagert.

So kam es heran und sandte blaugrüne Blitze aus dem geöffneten Maul. Gilgamesch war zur Seite gesprungen und hielt das Schwert gezückt vor dem Körper. Das Ungeheuer erreichte zuerst das Maultier und streckte es mit einem Hieb seiner grausamen Pranken nieder. Herzzerreißend wieherte das Tier und zuckte im Todeskampf, dann zerfiel es zu gläsernem Staub.

Jetzt drehte das Ungeheuer den Kopf und ging fauchend auf Gilgamesch los. Immer wieder schoß es mit Blitzen nach ihm, und jedesmal mußte er ausweichen, um nicht getroffen zu werden. So hielt es ihn auf Abstand, daß er weder mit dem Schwert angreifen noch sich richtig verteidigen konnte.

Schließlich sprang es ihn mit einem gewaltigen Satz an und riß ihn durch den Aufprall zu Boden. Wie glühende Dolche fuhren die Krallen in Gilgameschs Arm, und er ließ schreiend und blind vor Schmerz seine Waffe fallen. Schon spürte er den heißen Atem des Ungeheuers seinen Hals und seine Schulter streifen. Da packte er mit aller Macht zu und begann, mit dem Wesen zu ringen.

Er spürte, wie stark und kräftig es war, ein Gegner, dem er auf Dauer nicht standhalten konnte. Schon glaubte er, seine letzte Stunde wäre gekommen, da gelang es ihm mit einer mächtigen Anstrengung, sich aus dem Griff der scharfen Klauen freizumachen. Er riß sich vollends los und sprang auf. Ohne auf den Weg zu achten, rannte er los. Dornen und sichelscharfe Grashalme zerfetzten seine Kleidung und seine Haut. Er prallte an Bäume, und es regnete Gold und Silber auf ihn herunter, er sprang über Büsche und streifte im Sprung Topase und Karneoltrauben ab. Weiter und weiter ging seine Flucht.

Zum Ort des Grauens war der Edelsteingarten geworden, der zuerst so verlockend und schön ausgesehen hatte. Ihm stand nicht der Sinn danach, sich Reichtümer einzustecken – im Gegenteil: Alle Schätze der Welt hätte er freiwillig eingetauscht, nur um das nackte Leben zu retten.

Jetzt kam er an einen See und merkte zu seinem Entsetzen, daß es der gleiche war, von dem er aufgebrochen war. Er war im Kreis gelaufen und hörte hinter sich schon das schreckliche Untier nahen. Schon war es fauchend und blitzspeiend heran. Da sprang er in wilder Verzweiflung ins Wasser.

Zu seiner Überraschung gaben die hellblauen Perlen nach, er sank in die Flut aus Blasen und tauchte unter. Er kam wieder hoch und kämpfte sich mit kräftigen Armbewegungen voran. Er schwamm durch Millionen Perlen, sah es ringsum glitzern, schweben und platzen und merkte auch, daß das Ungeheuer ihm folgte. Er erreichte das Ufer, zog sich hoch und befand sich in einem anderen Teil des Gartens.

Hier blühten die Blumen noch schöner als zuvor, und Bäume gab es, die standen in dichtem Laub und trugen funkelnde Früchte aus Edelstein. Aber er hatte kein Auge mehr für den trügerischen Glanz, er ließ sich nicht blenden. Weiter lief er, lief und rannte so schnell er konnte. Er rannte auf eine gläserne Hecke zu, durchbrach sie und wurde zugleich gewahr, daß sie eine Grenze darstellte, hinter der steil ein Geröllhang abfiel. Im Stürzen griff er nach Wurzeln oder Steinen, die Halt bieten konnten, aber da war nichts. Alles gab nach, er stürzte, überschlug sich und schlitterte den Hang hinab. Irgendwo blieb er zerschunden liegen. Er rührte sich nicht. Seine Haut war aufgerissen, er blutete aus vielen Wunden. Sein Herz pochte rasend. Dann wurde es dunkel vor seinen Augen.

Als er wieder zu sich kam, war es Abend. Er lag auf einem schmalen Felsvorsprung und wagte zunächst nicht, sich zu bewegen, denn er vermutete, daß eine falsche Regung ihn endgültig in den Abgrund stürzen lassen würde. Dann drehte er sich vorsichtig um und kam auf dem Rücken zu liegen. Sternenübersät war der Himmel. Es war der alte gewohnte Himmel, wie er erleichtert feststellte. Zu den bekannten Bildern standen die Sterne zusammen. Ihr Leuchten hellte die Nacht auf und machte sie freundlich.

Dunkel dagegen wirkte der Hang, den er herabgestürzt war, und im Dunkel lag auch seine Fortsetzung ins Tal hinab, was darauf hindeutete, daß es noch weit bis zum Grund war. Vorerst gab es also für ihn keine Möglichkeit, den Felsvorsprung zu verlassen. Er war froh, daß er sich bei dem Sturz keine ernsteren Verletzungen zugezogen hatte. Schade war nur, daß er sein Schwert verloren hatte und nun waffenlos war.

Seltsam war jener Edelsteingarten gewesen, und seltsam auch die Erlebnisse darin. Der Garten war eigentlich der Inbegriff dessen, was er sich früher immer unter Reichtum vorgestellt hatte. Wer träumte nicht von Gold und Silber, von Rubinen und Karneol, wer nahm nicht einen Gegenstand, der mit derartig kostbaren Steinen besetzt war, ganz anders und viel behutsamer in die Hand als etwa eine Tonschale oder ein einfaches Ding aus Stein? In dieser Überfülle aber verwandelte der Reichtum sich und wurde zum Schrekken. Zumal keine dieser wertvollen Sachen wirklich und wahrhaftig in der Lage war, ein echtes Verlangen des Körpers zu befriedigen. Noch immer spürte Gilgamesch Hunger und Durst, eigentlich sogar noch stärker als zuvor. Seine Eingeweide polterten, er krümmte sich zusammen und versuchte, an etwas anderes zu denken.

Was hatte das Auftauchen jenes schrecklichen Untiers im Garten zu bedeuten? Warum waren die bunten Vögel und überhaupt alles so feindlich gesonnen? Plötzlich fand er eine Antwort darauf: Der Garten und was in ihm war, waren nur eine Versuchung. Nichts darin wollte angefaßt oder verändert werden. Es hatte ja erst begonnen, sich zum Schlimmen zu wenden, als er seine Begierde nicht mehr zügeln konnte und die Hand nach den Rubinen in den prächtigen Blumenkelchen ausstreckte.

Aber die Vögel – warum hatten die Vögel ihn gelockt, es zu tun? Auch dafür fand er eine Erklärung: Nicht die Vögel hatten gesprochen, sondern die Gedanken in ihm. Die Vögel konnten gar nicht sprechen, sie waren aus Gold und Onyx geformt und keine lebendigen Wesen. Irgendein Zauber brachte sie in Bewegung, und vielleicht hatten sie sogar gezwitschert... aber er hatte sie falsch verstanden und ihre Stimmen mit seinen eigenen Wünschen verwechselt.

Er lag die ganze Nacht über wach und wartete auf den Morgen. Als endlich die Stunde kam, die erstes Licht auf die Erde sendet, richtete er sich auf und machte sich langsam an den Abstieg, der ihm leichter fiel, als er in der vergangenen Nacht noch vermutet hatte. Das Tal unten weitete sich zu einer offenen Ebene, und als die Sonne noch höher stieg, lüfteten sich die Nebel und gaben den Blick frei auf ein karges, mit spärlichen Grünflächen bedecktes Land.

Jetzt hatte der Hunger so überhand in ihm gewonnen, daß er, einer Antilope gleich, sich niederbeugte und Gras weidete, aber nicht viel, denn es schmeckte bitter und sättigte nicht. Da nahm er einen Stein und blickte sich suchend um. Er mußte lange suchen und eine volle Stunde die Gegend durchstreifen, bis er eine Gruppe Kaninchen aufschreckte. Er folgte ihnen, zielte sorgfältig und schleuderte seinen Stein gut. Eines der Tiere blieb liegen und Gilgamesch nahm es, versuchte vergeblich Feuer zu machen und aß es schließlich roh, trank das Blut und riß das Fleisch wie ein Hund von den Knochen.

Barbarisch war das, was er da tat, aber er wußte sich nicht anders zu helfen. Immerhin stillte es eine Weile den Hunger. Wenig später stieß er auf eine Quelle. Er ließ sich nieder, trank vom erfrischenden Naß, wusch sich und säuberte seine Wunden. Sein Gesicht kühlte er und wurde langsam wieder ruhig. Danach erhob er sich und schaute sich um.

Das Land wirkte sehr abgelegen, ein unbewohnter Streifen ohne Hütten und Häuser, ohne Hirten und Vieh. Als er eine Zeitlang gewandert war, drang ein gleichmäßiges Rauschen an sein Ohr. Dem ging er nach und entdeckte nach einer Doppelstunde, daß es das Meer war. Zum erstenmal in seinem Leben erblickte er die Küste, sah Strand und Wasser, so weit das Auge reichte, Wasser, das bis zum Horizont lief und in gleichmäßigen Wellenschlägen herankam wie ein Atem.

An der schmalen, feuchten Zone auf dem Sand zwischen Grasufer und Meer ging er entlang und hielt den Kopf gesenkt, denn es lag allerlei herum, das wohl vom Wasser herangespült worden war – abgeschliffene Steine und Schalen von Muscheln und Schnecken, ein Stück verwittertes Holz auch und etwas, das wie blaßbraun verwelkte Blumen aussah. Es roch nach Feuchtigkeit, Salz und ganz leicht nach Verwesung. Dunkelblau war das Meer, und an manchen Stellen auch grün. Weiße Schaumkronen führten die Wogen mit, flockige Gischt, die vom Wind getrieben wurde und heransprühte. Der Himmel darüber war hellblau, wirkte wie ausgefegt. Zerfranste Kräuselwolken trieben streifig darin, gaben ihm ein Muster. Von fern kreischte ein anschwellender Ton heran, kam näher, glitt vorüber und verlor sich erneut – ein Schwarm Kraniche auf seinem Weg.

Gilgamesch saß am Rand des festen Landes und starrte über die See. Ganz ruhig wurde sein Inneres, sein Atem paßte sich dem An- und Abschwellen des Rauschens an, mit dem der Wind das Wasser herantrieb, es am Strand aufprallen und wieder zurückweichen ließ. Eine gewaltige Kraft besaß dieses Meer, endlos tief war es wohl und unabsehbar auch seine Weite.

Schließlich stand er auf und wanderte an der Küste entlang. Da sah er nach einer Biegung in einer Bucht ein kleines Haus liegen, das duckte sich tief in die Dünen hinein und ragte kaum mit dem Schilfdach darüber hinaus. Aber es mußte bewohnt sein, denn Rauch stieg empor, eine dünne Säule, die gleich vom Wind ergriffen und zerblasen wurde.

Er hielt auf das Haus zu und beschleunigte seinen Schritt. Als er kurz davor war, nahm er an der Tür eine Bewegung wahr und blieb stehen, um sich zu vergewissern, was es wohl zu bedeuten hatte. Es wirkte nicht feindselig, eher wie Flucht, und so wartete er einen Moment, bevor er langsam weiterging.

Er erreichte das Haus und sah, daß es zwar beinahe verfallen war, aber dennoch anheimelnd wirkte. Endlich ein Mensch, dachte er. Wie lange war es her, daß ich zuletzt mit einem Menschen gesprochen habe ... hoffentlich wird er meine Sprache verstehen ...

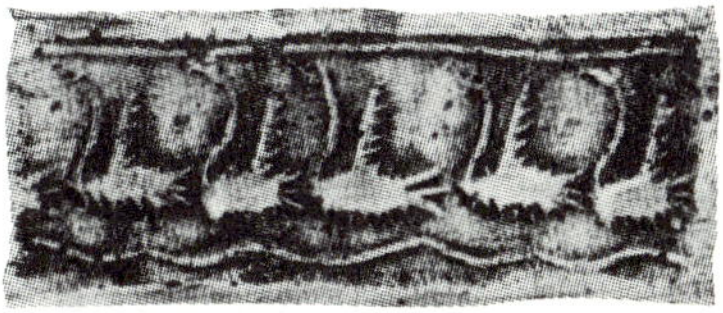

Einsam hauste Siduri Sabitu, die Schenkin, am Ufer des Meeres. Nach einem wildbewegten Leben, dessen Höhen und Tiefen sich in ihr Gesicht eingegraben hatten, hatte sie sich an das abgelegene Gestade zurückgezogen, um ein bewußtes Leben zu führen, wie ihr einstmals ein Orakel vorausgesagt hatte.

Ihre Hütte hatte sie selbst errichtet und das Dach sorgfältig mit Schilf abgedeckt. Tief duckte sich ihre Behausung in die Dünen hinein, denn das Meer konnte im Winter grausam sein und die Stürme zügellos und rauh. Dabei gebot sie doch gelegentlich über die Winde, dann nämlich, wenn Wer, der Wettergott, schlief. Sie spürte genau, wann solche Zeiten waren und lief dann hinaus über die Dünen zu den nahegelegenen Klippen, um mit ihnen zu sprechen.

Da stand sie, in ein langes, flatterndes Gewand gehüllt, hatte ihr Haar gelöst und fühlte sich wieder jung wie zu den Zeiten, als sie noch ihre Schenke besaß und in der Stadt zu Hause war, wo die

Nächte den Zechern gehören, ihren Erzählungen und wilden Liedern.

Jetzt aber hütete sie ihr Wissen wie ein Geheimnis, wachte über ihren Baum im Garten und die wenigen, kostbaren Blumen, die im Schutze der Hecke wuchsen. Ja, ihr Leben war nun, da es in der Stadt zur Genüge mit fremden Sorgen und Freuden angefüllt worden war, auf das Eigene ausgerichtet. Die kleinen Dinge machten es reich und gaben ihm Gewicht, das Sammeln am Meer, die Sommerabende am Strand, die harten Winter in der Hütte, die Streifzüge am Rand der Klippen, von wo aus man weit über das Meer blicken konnte und seine Grenzenlosigkeit ahnen.

»Wind aus dem Süden«, rief sie, wenn sie so stand, »wo kommst du her? Hast du viel erlebt auf deiner Reise durch ferne Länder? Berichte mir, was es Neues da unten gibt. Lebt Anuga, der Storch, noch, warum kommt er nicht mehr zurück?«

Und der Südwind antwortete ihr, legte sich ihr zu Füßen und erzählte alles, was er gesehen hatte.

Oder sie rief: »Nordwind, stürmischer Sohn, halte einen Moment inne, bevor du hinausfährst, um die Wellen zum Spiel zu entfachen, durcheinanderzubringen und aufzutürmen wie Berge. Bleibe kurz, bevor du aufbrichst und nimm Grüße von mir mit in jene ferne Welt, die du wohl besser als ich kennst. Grüße mir die Inseln, von denen der Südwind spricht, verschone ihre Hütten und bringe den Menschen dort kühle Erfrischung, nicht Verderben.«

So oder ähnlich sprach sie, sprach auch viel mit sich selbst, wie es Leute tun, die oft und lange allein sind.

Heute hatte der Baum in ihrem Garten zum erstenmal in diesem Jahr Früchte gezeigt, winzig kleine Gewächse an den Blüten, die ein Zeichen dafür waren, daß er noch immer die Kraft besaß, Nahrung zu spenden. Sie freute sich über sein Wachstum und streichelte anerkennend den Stamm.

»Ein verzauberter Riese scheinst du zu sein«, sagte sie, »einer, der immer dem Sturm trotzt, der salzig von der See heranweht zu uns. Mutig bist du, kraftvoll und schön. Du bist älter als ich, warst schon hier, als ich zu dir fand und meine Hütte in deinem Schatten erbaute, und noch immer finde ich Gefallen an dir. So lange ich lebe, soll niemand anderes Hand an dich legen als ich. Du weißt, daß ich dir Gutes tue und so soll es wohl bleiben.«

Da fuhr Wind in die weitausladenden Zweige und seine Krone rauschte ihr Antwort: »Ich bin nur ein einfacher Baum, dessen Samen nicht die Götter pflanzten, sondern die Vögel auf ihrer Rast, und dennoch ist es kein Zufall, daß ich hier wachse... Ich habe gewußt, daß du kommst und lange Jahre auf dich gewartet. Es tut mir gut, in deiner Nähe zu wachsen, und doch erfüllt Sorge das Mark meines Stamms.«

»Warum, habe ich dir keine Blumen als Gefährten gegeben, sorge ich nicht für genügend Wasser zu deinem Wohl?« fragte Siduri.

»Das ist es nicht«, antwortete der Baum, »das Handwerk der Menschen ist es, das mich kummervoll stimmt. Ich höre ja auch, was in der Ferne geschieht, die Winde, deine stürmischen Söhne, tragen genügend Kunde heran, daß ich ein Bild von der Welt habe, wie sie in der Ferne ist. So höre ich auch, daß fern im Libanon und andernorts immer mehr von meinen Brüdern erschlagen werden, nur einzig zu dem Zwecke, daß Spielzeug für Menschen aus ihnen entsteht. Andere fertigen noch nicht einmal etwas aus unserem Holz, sondern brennen es einfach ab, um sich daran zu erwärmen. Wie kurz währt so ein Feuer, wie schnell ist Wärme dahin und niemand ist da, der an die Zukunft denkt.«

»Welche Zukunft denn?« fragte Siduri. »Weißt du denn, wie alles mal wird?«

»Nein, ich weiß es nicht, aber ich ahne das Schlimmste: Kalt und feindselig sieht man uns Bäume an. Wo einer steht, da ist er im Weg, soll anderes wachsen, was angeblich nützlicher ist. Von Jahr zu Jahr nimmt unsere Zahl ab, und keiner fühlt sich berufen, neue Bäume zu pflanzen. Der Wald um den Hermon herum wird kleiner, wie mir der Wind aus der Steppe erzählte. In kurzer Zeit schon, in drei oder vier Menschenleben, was für Bäume fast nichts ist, wird die Steppe bis zum Gipfel des Hermon kriechen, Land und Gebirge kahl sein und der Wald dort nur noch eine Legende.«

Die Worte ihres Baumes berührten die Schenkin tief, ließen sie wehmütig werden. Schmerz ergriff sie, und sie rief: »Wer nur, sag mir, wer tut solches und ist verantwortlich für dieses Handeln?«

»Menschen, deren Denken armseliger ist als das der Eintagsfliege«, antwortete der Baum, »Wesen, die sich heute noch groß und mächtig fühlen, aber eines Tages, in naher Zukunft schon, hungernd und dürstend durch die Steppe ziehen werden, um ihr Schicksal zu beklagen, das sie und ihre Vorfahren verschuldet haben. O Siduri, du und ich, wir beide haben, jeder auf seine Weise, schon viel gesehen. Wir wissen, wie es war, wie es ist und wie es wohl sein wird, und wir fürchten den Wahn der Menschen, der Unwirkliches träumt und das, was wirklich ist, vernichtet. Du bist vor ihnen geflohen, doch ich stehe starr, bin fest in der Erde verwurzelt und kann nicht gehen, wenn einer kommt, der alles verändern will. Ich habe Angst vor der Dummheit der Menschen und kann doch nichts tun, um sie zu verhindern.«

»Beruhige dich«, sagte Siduri, die Schenkin, und streichelte die rissige, schuppige Borke des Baumes. »Wir liegen weitab von allem, zu uns verirrt sich niemand, wir leben in einer Zone, die unwichtig ist für die Menschen.«

»Sag das nicht«, antwortete der Baum, »schon nähert sich einer, der mit der Axt in der Hand kommt und sorglos Bäume fällt, als sei es ein Spaß. Ich höre ihn nahen. Mit Getöse kam er von den Zwillingsbergen herab und wandert die Küste entlang. Nicht lange mehr, dann wird er eintreffen und mich mit Augen betrachten, die ohne Verständnis sind. Selbst wenn er mich diesmal nicht fällt, so wird er weiterziehen und meine Brüder ermorden, die gleich mir schutzlos sind, und er wird sie aus lebendigem Stoff in tote Dinge verwandeln. Das ist es, wovor mir graust.«

Als Siduri, die Schenkin, die Klage des Baumes hörte, wurde auch ihr Angst, und sie ging in ihre Hütte, verschloß die Tür und legte den Riegel vor. Durchs Fenster spähte sie in die Ebene hinaus und wartete auf das Eintreffen des Fremden. Kalt war ihr, und sie legte getrocknetes Seegras ins Feuer, um sich zu wärmen, aber das Feuer wirkte nur äußerlich und erreichte nicht die Kälte in ihrem Herzen. Aus alter Gewohnheit machte sie in einem Maischbottich Bier und füllte es in einen Krug. So saß sie Stunde um Stunde und ging manchmal zur Tür, um sie kurz zu öffnen und vorsichtig nach draußen zu blicken.

Schließlich sah sie ihn kommen und erschrak heftig. Zerlumpt und zerrissen war seine Kleidung und blutverschmiert, ein junger Mann war er, aber so verwildert wie ein Mörder, der vor den Gesetzen flieht. Seine Gestalt war von langen Strapazen gebeugt und sein Gesicht umwölkt. Mit düsterer Miene kam er näher, sah aus wie einer, dem ein Schmerz auf der Seele lastet oder wie einer, den ein Schwur nicht eher zur Ruhe kommen läßt, bis er sein Ziel endlich erreicht hat.

Sie eilte erneut zur Tür, um die Stärke des Riegels zu prüfen, denn sie wollte ihn nicht einlassen. Aber der Mann blieb dicht vor der Hütte stehen, wartete, kam dann näher und blickte durchs Fenster. Da sah er sie und fragte verwundert: »Warum starrst du mich so an, als sei ich ein Gespenst? Was siehst du an mir, daß du die Tür verriegelst und Angst vor mir verspürst?«

»Ich sehe, daß du keinen leichten Weg wie andere gehst, sondern kämpfend durchs Leben ziehst, als hättest du das, was du suchst, als Kind schon einmal gehabt, es auf Irrwegen verloren und hättest nun Mühe, es wiederzufinden«, erwiderte Siduri. »Solche Gesichter sah ich früher viele in der Stadt – sie waren von unerfüllter Sehnsucht und Schmerzen gezeichnet. Ich dachte aber, ich ließe sie zurück, als ich ging und in die Einsamkeit zog. Jetzt erschreckt mich nur, daß sie so rastlos sind, mir selbst bis hierher noch zu folgen.«

Der Mann sagte nichts und blickte Siduri nur an. Schmerz, Hunger, Sehnsucht und Qual lagen in seinen Augen, aber auch etwas, das wie Hoffnung funkelte. Dies alles berührte Siduris Seele, sie war zur Schenkin geboren und hatte in ihrem langen Leben gelernt, immer wieder die Tür für Fremde zu öffnen. Also ging sie zur Tür und ließ ihn ein.

»Ich danke dir«, flüsterte der Mann heiser und ließ sich erschöpft neben das Herdfeuer sinken. Stumm reichte ihm die Schenkin den Krug mit dem Bier, und der Mann setzte an und trank mit gierigen Schlucken. Siduri betrachtete ihn aufmerksam, und als er getrunken hatte, gab sie ihm Brot. Der Mann schlang die Nahrung in sich hinein, verstellte sich nicht und ließ sie sehen, wie erbärmlich es ihm ging.

»Wer bist du?« fragte Siduri teilnahmsvoll, »woher kommst du?

Warum sind deine Wangen so abgezehrt, ist dein Antlitz so eingefallen, dein Herz so traurig? Dein Gesicht sieht aus, als seist du lange über ferne Wege gewandert. Deine Haut ist verwittert und sonnenverbrannt, Risse und Wunden trägst du, warum irrst du so durch die Steppe?«

»Wer bin ich, woher komme ich, warum sehe ich so aus ...?« lachte der Mann bitter auf, »... das sind Fragen, die ich mir manchmal selber nicht beantworten kann ...« Er schwieg eine Weile gedankenverloren vor sich hin. Dann blickte er auf, sah Siduri Sabitu an und sagte mit leiser Stimme: »Gilgamesch heiße ich und bin der König von Uruk, der allein aufgebrochen ist, um zu wandern. Vieles habe ich erlebt, den Chumbawa erschlagen und den Himmelsstier erlegt und eine gewaltige Mauer um meine Stadt erbaut, die keinen Vergleich findet im Weltenkreis. Dies waren meine großen Taten, und ich möchte sie nicht missen, denn sie gehören zu meinem Leben. Warum ich aber jetzt allein ziehe und so aussehe, wie du es beschreibst, das liegt an anderen Dingen ...«

Er machte wieder eine Pause, trank aus dem Krug und fuhr dann fort: »Mein Freund, den ich von ganzem Herzen liebte, mein Bruder und Wegbegleiter Enkidu, der mit mir durch alle Beschwernisse zog und mannigfaltigen Gefahren trotzte, ist von mir gegangen. Er starb an einer unbekannten Krankheit einen schrecklichen Tod. Tag und Nacht, über Wochen hin habe ich an seinem Lager gesessen und zusehen müssen, wie alle Arznei und medizinische Kunst nichts nützte. Ich habe lange um ihn geweint und wollte nicht zulassen, daß man ihn begrub. Ich dachte, meine Klage würde die Götter zum Einlenken bringen und ihn wieder zum Leben erwecken. Aber es war umsonst. Da trug ich ihn zu Grabe und fühlte, daß da mit ihm etwas in mir zerbrochen war. Sein elendes Schicksal lastete schwer auf mir und zugleich überkam mich die Angst, daß mir gleiches widerfahren könnte. So brach ich auf und irrte wie ein Räuber durch die Steppe, vom Schicksal getrieben und mit Furcht im Herzen. Wie sollte ich tun, als wäre dies alles nicht geschehen? Mein Freund Enkidu verging, als hätte er niemals gelebt. Und ich – wird es nicht auch mir so ergehen, daß ich mich niederlege zum Schlaf und nie wieder aufstehe danach?«

Siduri, die Schenkin, war eine kluge, lebenserfahrene Frau. Sie hatte früher schon viele erlebt, die mit schwerem Kummer zu ihr gekommen waren und bei ihr ihre Herzen erleichtert hatten. Und immer hatte sie zugehört und ihnen dadurch schon geholfen, und manchmal hatte sie auch Rat gegeben. Und er war nicht anders als jene, ein König zwar, aber berührt von dem, was auch einen Sklaven bewegt. Die Menschen waren in vielem so unterschiedlich, aber in manchem dennoch so gleich.

Sie sagte zu ihm: »Wohin willst du noch laufen, Gilgamesch? Das Leben, das du suchst, wirst du nicht finden, so weit du auch durch die Steppe irren magst und dir ein Ziel erträumst. So ist es doch, seit die Götter alles erschufen: Sie teilten den Tod den Menschen zu und nahmen für sich das ewige Leben. So ist das Schicksal zwischen Menschen und Göttern aufgeteilt, und es nützt wenig, darüber zu hadern und zu feilschen. Du bist ein Mensch, Gilgamesch, so genieße dein Leben, wie es sich dir bietet. Iß und füll dir den Bauch, wenn es schmeckt, trinke, solange Getränke da sind, und erfreu dich des Daseins. Nimm jeden Tag, wie er sich bietet, und gestalte ihn wie ein Fest. Ergötze dich an ihm, als sei er ein Geschenk, das dir nur einmal gegeben wird. Jeder Tag ist einmalig, unvergleichbar jedem anderen. Wenn du Vergleiche zwischen gestern und morgen ziehst, zwischen dem, was war, und dem, wie du es dir wünschst, versäumst du das Wichtigste schon. Denn wer zuviel denkt und sich Sorgen macht, verliert die Schönheit des Augenblicks. Warum immer nach einem Mehr suchen, das nicht erreichbar ist, und dafür die Freude der Jetztzeit schmälern? Nicht Qual soll das Leben sein, sondern Freude, Klarheit und ein uneingeschränktes Ja. Nimm es, wie es kommt, erfreue dich an jedem Tag, genieße jede Nacht, feiere täglich ein Fest. Iß und trink, tanze und spiele, halt deine Kleidung sauber und dich selbst, beglücke die Frau an deiner Brust und genieße ihren Schoß. Solches und nur solches ist des Menschen Lust.«

»Mir kommt vor«, sagte Gilgamesch, »als hätte ich viele Jahre meines Lebens in tiefem Schlaf verbracht. Leicht war es manchmal, wie Sonnenschein, der plötzlich nach einem Regen durch die Wolken bricht, und oft war es auch Qual. Stets wollte ich handeln, gestalten, verändern und fühlte dabei, wie mir die Zeit unter den

Fingern zerrann. Als Kind, ja als Kind da gehörte mir alle Ewigkeit, da gab es grenzenlose Freiheit und Glück ... Und doch war ich allein und verspürte Sehnsucht nach einem wirklichen Freund. Als er dann kam, quoll ich vor Tatendrang über und stürmte los, weil ich glaubte, übervoll wäre das Leben und unerschöpflich in seiner Kraft. Als er ging und mich die Einsamkeit stärker als jemals zuvor packte, da dachte ich, alles sei zu Ende und mein Leben hätte seinen Sinn verloren. Ich war so verzweifelt, daß ich nicht einmal die Liebe, die mir eine Frau gab, wirklich empfand, sondern nur als Ersatz und Tröstung für meinen Verlust. So stand ich aus ihrer Umarmung auf und stürmte erneut davon, um das wirkliche Leben zu suchen.«

»Und jetzt – was verspürst du jetzt, getränkt und gestärkt in meiner Hütte?« fragte Siduri.

»Eine unglaubliche Ruhe und Erleichterung«, seufzte Gilgamesch aus tiefstem Herzen auf. »Ich sitze erst seit kurzem hier, und doch kommt es mir bereits wie eine Ewigkeit vor. Die Zeit verstreicht und schrumpft zu einem einzigen Augenblick zusammen. Vor einer Minute kam ich, und dies ist die zweite.«

»Du lernst schnell und hast schon etwas begriffen«, sagte Siduri und lachte befreit auf. Die anfängliche Spannung war von ihr gewichen und machte ihrer gewohnten Zuversicht Platz. »Hörst du das Meer?« fragte sie. »Es hat zu dieser Minute vielerlei Stimmen, auch wenn alle vom gleichen sprechen. Horch nur, wie Musik klingt es von draußen in die Hütte herein.«

Gilgamesch hob den Kopf und lauschte. Da hörte er tatsächlich Stimmen mannigfaltiger Art – ein Rauschen, Anschwellen und Weichen, Wind wie ein Pendel über dem Haus, Rollen und Knirschen von Steinen und Schreie wie Vogelstimmen aus der See. Er hörte die Dauerhaftigkeit dieser Stimmen, die immer da waren, auch wenn er nicht darauf achtete. Man konnte sie nicht verleugnen, sondern höchstens sich selbst, indem man die Ohren taub machte und lauter sprach als die See. Aber es war Selbsttäuschung, denn die See war stärker und die Stimmen des Meeres kamen immer wieder zurück, waren machtvoll, ja, die einzige Macht, die zählte.

Gilgamesch schloß die Augen und hörte noch mehr als zuvor. Er war erstaunt, das Leben so kräftig zu spüren, ein gewaltiger Luftsog, in dem er nur ein Staubkorn war, das sich winzig bewegte. War Siduri eine Hüterin der Götter, die ihn mit Zauber gefangen hielt?

Er strengte sich an, die Augen zu öffnen und sah die Schenkin, wie sie in ihrer Hütte saß und lächelnd aus dem Fenster blickte. Wie Ninsum, und doch völlig anders. Er sah das Innere der Hütte, die wenigen Habseligkeiten der Frau, sauber und geordnet an ihren Plätzen, als lägen sie immer schon da, als wüchsen sie aus dem Boden heraus und die Hütte wäre um sie herum errichtet. Frieden strahlte das alles aus; so wie es war, war es richtig, die krumme und schiefe Lehmwand, das Schilfgras gelbbraun und satt, der Maischbottich am Herd und der Krug, der frisch gefüllt vor ihm stand.

Er hörte draußen den Sturm und merkte, wie sich das Haus in die Dünen schmiegte. In sich gefügt war alles, solide und sicher, das Bier so gut wie die Worte der Schenkin, und alles vorher war so unwirklich und schon fast vom Wind zerblasen. Er trank erneut einen Schluck und spürte mit der Erfrischung zugleich eine wohlige Schwäche nahen, Müdigkeit befiel ihn, ein Schlummer ohne Angst, sanft und gleichmütig wie das Rauschen des Meeres. Er ließ sich von der Wand auf den Erdboden gleiten und rollte sich ein. Ruhig ging sein Atem und befand sich bald im Gleichklang mit der Brandung draußen, die immer schon so war und immer so sein würde – ein Stück des ewigen Ganzen.

Nach langem, tiefen Schlaf erwachte Gilgamesch und fühlte sich wunderbar ausgeruht und gestärkt. Die Schenkin hatte ein Frühstück bereitgestellt. Er aß mit großem Appetit. Auch frische Kleidung lag für ihr bereit und ein neuer Gürtel dazu. Er zog die Lumpen vom Leib und freute sich, daß die neuen Sachen paßten.

Siduri Sabitu war nicht im Haus, aber er hörte ihre Stimme

draußen im Garten. Mit wem sprach sie, lebten noch andere Leute hier? Er lauschte und versuchte, sich auf ihre Worte zu konzentrieren, doch das Rauschen des Meers war viel zu stark, um etwas zu verstehen. Er trat vor die Tür, erklomm die Düne und blickte über die gekräuselte See. Harmlos sah sie aus, der Wind lag fast still und glitt nur leicht über die Oberfläche hin, zeichnete ein Muster hinein und ließ es in der Sonne glitzern. Auch schien es, als könne man weiter als gestern sehen, als wäre der Horizont weiter in die Ferne gerückt. Aber es ragte nichts aus den Fluten hervor, keine Insel, keine Küste, das Meer mußte grenzenlos sein. Und doch...

In Gedanken versunken stand er so und erschrak fast, als Siduri plötzlich neben ihm auftauchte. Sie deutete mit einer Kopfbewegung seewärts. »Ist es nicht wunderschön?« fragte sie, »ich freue mich immer wieder darauf, es zu betrachten, denn nie ist es gleich. Es ändert von Tag zu Tag seine Gestalt, ist morgens anders als mittags oder dem Abend zu, wenn die Sonne glutvoll versinkt. Es hat so viele Gesichter, und jedesmal zeigt es mir ein anderes.«

Gilgamesch hatte die Augen zu schmalen Schlitzen zusammengekniffen und starrte wie ein Adler über die See.

»Irgendwo da draußen muß Tilmun sein, die Insel der Seligen. Weißt du etwas darüber, Schenkin?«

»Nein«, antwortete Siduri schlicht.

»Aber du wohnst doch hier am Rande des Meeres, erfährst Neues von Leuten, die hinausfahren oder von der See kommen... Weißt du wirklich nichts von jener Insel, die das Geheimnis des ewigen Lebens birgt? Zu gern möchte ich dorthin, um Ziusudra und sein Weib zu treffen und nach allem zu fragen. Wenn es möglich ist, will ich das Meer überqueren, wenn nicht, so werde ich weiter durch die Steppe laufen.«

Siduri schüttelte den Kopf. Sie betrachtete ihn genau und sah, daß seine Gedanken und Worte von gestern so schnell, wie sie gekommen, auch wieder verflogen waren. Es war wohl die Erschöpfung gewesen, oder vielleicht hatte er wirklich einen Moment lang so empfunden, und jetzt war erneut die alte Sehnsucht wieder da, die ihn trieb, in Unrast und hart von sich selbst weg. Es war unmöglich, ihn aufzuhalten, ein solcher Mensch mußte seinen einmal eingeschlagenen Weg bis zum Ende gehen.

»Gilgamesch«, sagte sie ernst und legte ihm die Hand auf den Arm, »es gab niemals einen Weg, und keiner, der hierher kommt, überschreitet jemals das Meer. Dies ist einzig und allein Schamach vorbehalten. Für Menschen indes ist der Weg viel zu weit. Gefahrvoll und mühsam ist es, über das Meer zu fahren bis nach Tilmun hin, und dazwischen liegen die tiefen Wasser des Todes, die unzugänglich sind. Selbst wenn du ein Schiff finden würdest und den Weg übers Meer – was willst du tun, wenn du dann zu den Wassern des Todes kommst? Kein Mensch kommt hindurch, du wärest ganz sicher verloren.«

»Ich fürchte mich nicht«, sagte Gilgamesch, »auch Ziusudra und sein Weib sind einst zu der Insel gekommen, warum sollte es mir nicht gelingen?«

»Vergiß nicht, daß es die Götter waren, die ihnen Tilmun als Heimat gaben! Aber ich sehe schon, daß du nicht aufgeben wirst, deinen Willen zum Ziele zu führen. Für wenige Stunden nur konnte dir der Friede in meiner Hütte Heimat sein, jetzt zieht es dich weiter unaufhaltsam deiner Bestimmung zu. So will ich dir einen guten Rat sagen, den besten, den ich zu geben habe, Gilgamesch. Wenn du weiter über die Klippen wanderst, findest du jenseits davon einen großen Wald, dessen Saum bis zum Ufer des Meeres reicht. Dort wohnt Urschanabi, der Diener und Fährmann von Ziusudra. Er allein kennt den Weg nach Tilmun und weiß ihn zu fahren, denn er besitzt steinerne Ruder von besonderer Form, mit denen er durch die Wasser des Todes kommt. Suche ihn auf und bitte ihn darum, dich mitzunehmen zur Insel. Vielleicht gelingt es dir, sein Herz zu erweichen, wie es dir auch bei mir gelang gestern.«

»Ich danke dir«, sagte Gilgamesch und umarmte die überraschte Schenkin, »ich danke dir und werde nicht vergessen, was du für mich getan hast. Auch deine Worte werde ich nicht vergessen. Wie Silber sind sie, das man aufbewahren und putzen muß, daß es strahlend erglänzen kann.«

Er löste sich schnell von ihr und wandte sich zum Gehen. Eigentlich hätte er noch viele Fragen gehabt, wäre gern noch in Siduris heimeliger Hütte geblieben. Aber der Weg nach Tilmun lag nun offen – wie konnte er da noch zögern? Er drehte sich um und wanderte eilig davon. Siduri Sabitu aber blieb noch lange auf der Düne stehen und blickte ihm nach, sah, wie er die Klippen erklomm, kleiner wurde und dahinter verschwand.

»Er ist getrieben, getrieben ist er«, sprach sie halblaut vor sich hin, »aber dennoch wohl auf dem richtigen Weg. Was er gestern sagte, klang gar nicht einmal so dumm. Schade, daß er schon weiter muß, zu gern hätte ich gewußt, ob auch er die Stimme des Baumes vernimmt. Vielleicht wäre das für ihn eine Möglichkeit gewesen, endlich dazuzulernen.«

Sie ging in den Garten und sprach mit ihrem Baum. »Er ist fort, ohne dich gesehen zu haben«, sagte sie, »aber wenn du ihn erlebt hättest – ich glaube wohl, du hättest die Meinung über ihn etwas geändert.«

»Ich weiß es nicht«, antwortete der Baum, »gut, er ging und ließ mich in Ruhe. Aber ich spüre, daß er nur eilt, um andere Bäume zu schlagen. Er ist nicht so weit, Siduri, wie du glaubst, er ist nicht so weit...«

»Dann muß er wohl wirklich erst nach Tilmun gelangen«, sagte Siduri Sabitu gedankenversunken, »um zu lernen, was Ewigkeit heißt...«

Unterdessen lief Gilgemesch eiligen Schrittes dahin. Er überwand die Klippen und erreichte die jenseitige Bucht, die an allen drei Ufern waldumsäumt war. Dicht am Strand ging er entlang und stieß an einer Art natürlicher Hafenmole auf Urschanabis Boot. Es war ein schlankes Schiff mit einem Segel, wendig und schnell. Aber hatte die Schenkin nicht auch von Rudern aus Stein gesprochen, die zur Überwindung der Todeswasser notwendig waren?

Auf der Suche nach ihnen durchstreifte er den Waldsaum. Und da entdeckte er sie, unter trockenem Seetang verborgen: Zwei riesige steinerne Stangen von ganz und gar absonderlicher Form, die seltsam glänzten, als das Sonnenlicht auf sie fiel. Gewiß waren es Zauberruder, denen eine geheime Kraft innewohnte. Sie waren unbewacht – sollte er sie stehlen?

Er versuchte, eines der Ruder aufzuheben und merkte, daß es

sehr schwer war. So schwer, daß er es unsanft absetzten mußte. Doch kaum berührte das Zauberruder den Boden, zerbrach es in viele Stücke. Ebenso erging es Gilgamesch mit dem zweiten Ruder – auch dieses zerbrach in seinen ungeschickten Händen. Oder lag es daran, daß ein Fluch darauf lag, der sie vor jeder unbefugten Berührung schützte?

Urschanabi, der tief im Innern des Waldes dabei war, Echsen zu fangen, hörte die Geräusche und hielt erstaunt inne. Drei Tiere hatte er bereits gefunden und in Schilfkörbe gesteckt, besonders schöne Tiere diesmal, armgroß und von bunter Zeichnung. Sie waren für Ziusudra auf Tilmun bestimmt, der sie als Haustiere hielt. Als die Geräusche durch den Wald zu ihm drangen, ließ er die Körbe fallen und rannte hinunter zum Boot.

Da sah er den Wahnsinnigen, der die Zauberruder zerbrach, und er erstarrte. Sie waren wichtig, um nach Tilmun zu kommen. Ihre Form, die Rillen darin und der Handschutz waren so gestaltet, daß sie das Wasser des Todes ablaufen ließen, ohne daß ein Tropfen ins Fährboot kam. Wußte der Mensch da eigentlich, was er angerichtet hatte? Urschanabi starrte ihn an. »Wer bist du?« fragte er ohne Grimm, »ich jedenfalls heiße Urschanabi und bin Ziusudras Diener.«

Gilgamesch, der schweißnaß und keuchend dastand, blickte ihn an. Er sah einen Mann mit nahezu alterslosem Gesicht, dessen Züge anders waren, als die der Leute des Landes. Auch waren seine Augen hell und unbestimmbar die Farbe seiner Haare. Sein Bart fiel in dünnen Fransen vom Kinn, und die Haut seines Gesichts und Körpers wirkte wie gegerbtes Leder.

»Ich bin Gilgamesch, König von Uruk, und aufgebrochen, um Tilmun und den unsterblichen Ziusudra zu suchen.«

Und er schilderte dem Fährmann, was er bisher erlebt hatte und warum die Sehnsucht, die Inseln der Seligen zu sehen, in ihm so überaus stark geworden war. Er schloß mit den Worten: »Nun, Urschanabi, der du ein Diener des Entrückten bist, weise mir den Weg zu jener Insel, von der man sich Wunderbares erzählt. Laß uns gemeinsam das Meer überqueren.«

Da schüttelte Urschanabi betrübt den Kopf. »Wenn ich dich zu

Ziusudra nach Tilmun bringen soll, so mußt du mit mir das Schiff besteigen und eine Reise wagen, die nicht ohne Gefahren ist. Mein Boot ist gut, wir können es schaffen. Die Wasser des Todes zu durchqueren ist aber ein Problem geworden, denn du hast die Zauberruder zerbrochen. Die Steinernen waren dafür geschaffen, mich sicher voranzubringen, ohne daß mich die Todeswasser berühren. Nun hast du sie zerstört, die Steinernen vernichtet und durch deine Tat wird sich die Überfahrt erheblich verzögern. Nimm die Axt auf, die im Schuppen bei meiner Hütte liegt und gehe in den Wald, um das zu tun, was du wohl gern tust, nämlich Bäume zu fällen. Hundertzwanzig Stangen mußt du schlagen, jede von sechzig Unterarmlängen, die zum Staken geeignet sind. Sie müssen bis auf den Grund des Meeres hinabreichen, und es müssen viele sein, denn jede kann man nur einmal benutzen. Nach dem Eintauchen und Abstoßen muß man sie sofort loslassen, denn ein einziger Spritzer des Todeswassers würde uns vernichten. Gehe also, schlage die Bäume, schäle die Rinde ab und mache Stangen daraus, wie ich sie dir beschrieben habe.«

»Warum müssen wir durch das Wasser des Todes staken, wo du doch ein Schiff mit einem Segel hast?« fragte Gilgamesch, »geht dort denn kein Wind?«

»Nein«, antwortete Urschanabi, »absolut windstill ist es in der Zone der Todeswasser, die wie ein unüberwindbarer Ring die Insel umschließt. Dies ist auch der Grund, warum kein Segel nach Tilmun getrieben wird. Wer aber dennoch bis zum Rande gelangt und darüber hinaus rudern würde, stirbt beim ersten Tropfen, der ihn trifft. Du siehst also, daß unsere Vorkehrungen notwendig sind. Schwatze darum nicht lange, gehe in den Wald und mache dich sofort an die Arbeit«

Das tat Gilgamesch und schuftete wie ein Knecht. Tag um Tag schlug er Bäume, und am Ende der ersten Woche hatte er genügend Stämme zusammen. Am Ende der zweiten hatte er sie geschält und zugeschnitten, doch es dauerte noch eine weitere Woche, bis er die Griffe eingekerbt, die Stangen hinunter zum Schiff getragen und fest und sicher verladen hatte.

Danach erst konnten sie in See stechen. Wie er geahnt hatte, war es ein schnelles, wendiges Boot, das wie ein Pfeil über die Wellen glitt und in wenigen Tagen Strecken zurücklegte, für die man wohl sonst Wochen gebraucht hätte. Urschanabi führte das Segel und Gilgamesch saß am Ruder, das er nach den Angaben des Fährmanns bediente. Bald hatte er begriffen, worauf es ankam dabei und paßte das Ruder dem Seegang an, so geschickt, als habe er nie etwas anderes getan.

Tagsüber segelten sie vor dem Wind, gegen Abend zogen sie das Segel ein und ließen sich nachts treiben. Urschanabi kannte das Meer genau. Obgleich es keine Anhaltspunkte auf dem Wasser gab, um sich zu orientieren, wußte er immer genau, wo sie sich gerade befanden. Er las im Himmel und bestimmte danach die Fahrt des Schiffes, tagsüber richtete er sich nach dem Stand der Sonne und ihrer Wanderung über den Himmel hin. Trotzdem überraschte sie eines Nachts ein Sturm und hielt sie Stunde um Stunde wach. Ängstlich klammerte sich Gilgamesch ans Boot und fürchtete sich, denn sie wurden wie ein Stück Treibholz durchs wütende Meer geworfen. Himmelwärts stiegen die riesigen Wogen an, rissen das Boot empor und ließen es rasend in die Tiefe gleiten, als wollten sie es auf den Grund des Meeres rammen und dort versenken. Da halfen weder Segel noch Ruder und auch nicht das Anrufen der Götter. Unaufhörlich ging der Sturm, raste bis zum Morgen, und der Himmel war bleiern und grau danach.

Trotz alledem glaubte Urschanabi, noch immer auf dem Kurs zu sein. Obgleich er weder die Sterne gesehen hatte noch jetzt die Sonne erkannte, setzte er wieder die Segel und trieb das Schiff unermüdlich dahin. Weder an diesem noch am folgenden Tag rissen die Wolken auf, der Himmel zeigte sich ihnen nicht.

Aber am dritten Tag erreichten sie eine windstille Zone, in der der Wind sich so plötzlich legte und schwieg, daß Gilgamesch darüber erschrak. Mittlerweile war er das Tosen des Meeres gewohnt, sein unermüdliches Brausen, Gurgeln und Rauschen. Jetzt, mit einem Mal aber, war es so ruhig, daß man das eigene Herz klopfen hören konnte. Nebel lag über dem Wasser, und durch ihn hindurch konnte er undeutlich, schemenhaft nur, die Kontur einer Küste erkennen. Sie hatten Tilmun, die Insel des ewigen Lebens, erreicht.

Urschanabi hatte das Segel eingerollt und sah Gilgamesch hintergründig lächelnd aus seinen hellen Augen an.

»Jetzt, Gilgamesch«, sagte er, »jetzt kommt es darauf an, ob du es richtig machst. Ein einziger Fehlgriff kostet dich das Leben, denn kein Tropfen des Wassers darf dich berühren. Sei behutsam und gehe vorsichtig ans Werk. Nimm die erste Stange und stemme sie in den Grund. Wenn du dies getan hast, so stoße das Boot kräftig ab, daß es ein Stückweit treibt und du mit der nächsten Stange staken kannst. Wie du wohl merkst, gibt es hier weder Strömung noch Wind. Absolut ruhig ist das Wasser, sein Spiegel wie Glas, und doch kann niemand bis auf den Grund hinab blicken. Auch du mußt ruhig wie das Wasser werden, Gilgamesch, damit deine Hand sicher ist und du kräftige Stöße in die richtige Richtung machst. Ein ungewollter Gedanke zur falschen Zeit, der in deinem Kopf entsteht, und du wirst dich zugrunde richten.«

Urschanabi hatte so ernst gesprochen, daß Gilgamesch spürte, wie wichtig es ihm war. Er nahm all seine Sinne zusammen, konzentrierte sich auf das Tun, verbannte das Denken und stieß die erste Stange ruhig zum Grund. Er trieb sie tief hinein, gerade so weit, daß er noch sicher die Griffkerbe erreichte und sich mit dem ganzen Boot abstoßen konnte.

»Halte die zweite Stange bereit, Gilgamesch«, sagte Urschanabi, »nimm sie, ramme sie ein und stoße dich ab, damit wir nicht an Schwung verlieren. Die dritte nimm, die vierte und fünfte...«

Er sprach ruhig, und seine Kommandos kamen jeweils zur richtigen Zeit. Stange um Stange nahm Gilgamesch und rammte sie in gleicher Weise in den Grund. Und so glitt das Schiff ohne Stockung voran, obgleich doch nirgends eine Strömung war.

Als die hundertzwanzigste Stange verbraucht war, stellte sich heraus, daß sie zwar bis dicht ans Ufer herangekommen waren, aber immer noch zu weit entfernt davon, um ohne Schwierigkeiten zu landen.

»O weh!« rief Urschanabi, »dein Arm war nicht kräftig genug, oder du erlahmtest zu früh – jedenfalls haben die Stangen nicht ausgereicht, um zur Insel zu kommen. Jetzt sind wir verloren und dazu verdammt, auf ewig im Wasser des Todes zu treiben, denn ich sehe keine Möglichkeit mehr für uns, von der Stelle zu kommen!«

Urschanabi sagte die Worte so bitter ernst, daß es in der Seele wehtat, sie zu hören. Seine Augen aber lachten glitzernd dazu und wollten zu seiner Rede nicht passen. Unverständlich kam Gilgamesch dies vor, und er las prüfend in dem verwitterten Gesicht des Fährmanns. Da merkte er, daß ihn Urschanabi lediglich auf die Probe stellte. Er dachte nach und fand die Lösung heraus.

Schnell löste er den Gürtel, den er von der Schenkin erhalten hatte und riß sich die Kleidung vom Leib. Aufrecht stand er am Mast und schwenkte den Stoff, ließ ihn flattern, als sei er ein Segel und erzeugte durch die schnelle Bewegung gleichzeitig den Wind.

Unendlich langsam kam das Schiff in Bewegung, aber es war nicht genug, um die Küste zu erreichen. Da griff Gilgamesch in seiner Verzweiflung zur Axt und hieb sie in den Mast, bis er brach und zur Seite fiel.

»Vorsicht!« schrie Urschanabi und zog Gilgamesch zu sich herüber, denn das Boot geriet beim Fallen des Mastes ins Schwanken, und das Wasser des Todes spritzte hoch auf. Wie durch ein Wunder wurden sie von keinem Tropfen getroffen. Gilgamesch aber gelang es, das Ende der Maststange zu packen und sie kräftig ins Wasser zu stoßen. Da glitt das Boot noch einmal ein Stück voran und lief mit dem Bug auf das felsige Ufer der Insel.

Geschickt warf Urschanabi ein zur Schlinge geformtes Seil um eine geeignete Felsspitze und machte das Boot daran fest. Ein zweites Seil warf er aus und benutzte es, um daran an Land zu klettern. Gilgamesch tat es ihm gleich und sprang erleichtert auf den steinigen Boden.

Tilmun, dachte er, endlich, endlich bin ich am Ziel meiner Wünsche angekommen!

Ziusudra stand auf der Klippe und spähte in die Ferne. Länger als gewöhnlich war Urschanabi diesmal ausgeblieben, und als das Boot kam, erkannte er sofort, daß etwas anders war als sonst. Warum gebraucht er die steinernen Ruder nicht, dachte er. Sind sie zerbrochen? Ist einer mit an Bord, der kein Recht darauf hat? Der Mensch, den ich da sehe, ist keiner von denen, die ich kenne.

Er setzte sich und betrachtete gebannt, wie der Fremde Stange um Stange setzte mit gewaltiger Kraft, die dennoch nicht ausreichte, um das Boot sicher ans Land zu bringen. Er sah seinen verzweifelten Kampf um das letzte Stück, wie er sich anstrengte, zu segeln versuchte und schließlich den Mast zu Fall brachte und das Boot bis ans Ufer trieb.

Er sah seinen Diener Urschanabi, blickte ihm ins Gesicht und verstand alles sofort. Dennoch ging er auf den Fremden zu und fragte ihn in der gleichen Weise, wie es Siduri, die Schenkin, und Urschanabi, der Fährmann, getan hatten. Und Gilgamesch erzählte seine Geschichte: »Damit ich zu dir, Ziusudra, den man den Entrückten nennt, von dem mir der weise Schutruknahunda aus Elam berichtete, damit ich zu dir kommen konnte, habe ich das Land durchwandert und den Gefahren getrotzt. Durchs unwegsame Gebirge stieg ich und wanderte lange in ewiger Nacht, im Garten des falschen Reichtums war ich und entkam nur mit Mühe dem Ungeheuerlichen dort. Ich habe weder richtig geschlafen noch ausgeruht, denn eine einzige Mühsal war der Weg. Als ich zu Siduri, der Schenkin, kam, waren meine Kleider zerrissen, war meine Haut mit Wunden bedeckt, hatte ich wie eine Antilope Gras gefressen und rohes Fleisch wie ein Raubtier. Das Tor zur Wehklage hat für mich lange offengestanden, zu lange schon – man möge es endlich verriegeln und mit Erdpech und Asphalt verschließen, damit ich die Freunde nicht verliere wie durch ein Sieb. Die Sorge vor dem Tod ist es, die mir die Brust eng macht und mein Herz mit Bangigkeit erfüllt. Und es ist nicht mehr nur die Erinnerung daran, wie Enkidu, mein lieber Freund, starb, sondern es geht jetzt um mich. Gewiß, Enkidus Siechtum und langes Sterben war schrecklich, aber daß ich nun eins mit ihm bin, hat mich etwas mit dem Schicksal versöhnt. Aber wird es mir eines Tages nicht auch so ergehen, daß nämlich mein ganzes Ringen und Leben sinnlos war und in einer einzigen Sekunde verlöscht? Kann es das Schicksal des Menschen sein, wie eine Kerze zu brennen und zu leuchten, und doch vom ersten starken Windstoß ausgeblasen zu werden?«

Ziusudra, der noch altersloser als sein Diener Urschanabi wirkte, obgleich er viele tausend Jahre alt war, lächelte milde. Die Züge seines Gesichts waren edel, hoch war seine Stirn, und sein silberner Bart floß über die Brust bis zum Gürtel hinab. Er trug ein weißes, langärmliges Gewand, das in der Sonne glitzerte, als würden sich Metallfäden durch den Stoff ziehen. Seine Füße waren nackt.

»Was klagst du so unnütz«, sagte er, und seine Stimme klang wie das Rauschen des Meeres, »warum vertust du deine Zeit mit Auflehnung und Zorn? Götter und Menschen haben verschiedene Schicksale. Mögen auch zwei Drittel an dir göttlich sein, so bist du zu einem Drittel doch Mensch und dem Geschick unterworfen, das alle betrifft. Dem Menschen ist kein ewiges Leben bestimmt. Immer ist der Tod da und setzt ihm ein Ende. So ist das Leben der Menschen nur auf einzelne Ziele ausgerichtet, und es gibt einige, die unerreichbar und daher sinnlos sind, und viele, die man erreichen kann. Können wir Häuser bauen, die ewig halten? Siegeln wir Verträge auf ewig? Teilen die Brüder ewig das Erbe? Genießt der Mensch ewig die Freuden der Jugend, den Sommer der Kraft, das sinnliche Spiel von Liebe und Zeugung? Tragen die Flüsse jedes Jahr die gleiche Menge Wasser hinab in die Ebene und fruchtbaren Schlamm? Ißt man zweimal das gleiche Brot, trinkt man zweimal das gleiche Bier? Nein, seit Anbeginn der Welt gibt es nichts, das auf ewig gleich wäre und sich stets wiederholt. Und ist nicht der Tod auch zugleich ein Stück Leben von uns, weil er ständig verändert? Blickt er nicht von Anfang an mit ins Leben hinein? Denk daran, wie ähnlich sich Schlafende und Tote sind. Beide sind von den Zügen des

Todes gezeichnet. Der eine auf Zeit bis zum Erwachen, der andere solange, bis der Wurm sein Gesicht zerfrißt, sein Fleisch verwest und vom Knochen fällt, der sich Zeit läßt, zu Staub zu werden.

Wenn der Neugeborene mit lautem Geschrei das Licht der Sonne begrüßt, dann sitzen die Annunakigötter in ihrer Versammlung zusammen und neigen das Ohr zur Erde. Und wie es zu ihnen heraufklingt, so ordnen sie das Schicksal ein und bestimmen das Los des Menschen. Sie zählen die Tage, die zum Leben bestimmt sind, aber die Tage des Todes zählen sie nicht.«

»Bei jedem Wort, das du sagst, fährt es mir siedendheiß in die Glieder, denn ich spüre, daß wahr ist, was du sagst«, warf Gilgamesch ein, »und doch wird Widerspruch in mir wach. Du siehst aus wie ich und könntest mein Vater sein, ein Mensch aus Fleisch und Blut bist du, und doch bist du völlig anders als ich. Mein Herz ist unruhig und auf den Kampf ausgerichtet, und doch könnte ich nicht gegen dich den Arm erheben. An deiner Ruhe und Friedfertigkeit prallt alles ab, völlig entrückt bist du und schwer zu erreichen. Warum ist das so, was ist anders an dir? Liegt es daran, daß du das ewige Leben besitzt? Du sprachst mir nur vom Tod, noch nicht aber vom Leben. Erzähle mir davon, denn ich denke mir, ich könnte auch so werden wie du, wenn ich die Unruhe verliere und die Angst vor dem Tod.«

»Kommt mit mir ins Haus«, sagte Ziusudra, und als Gilgamesch nickte, führte er ihn über die Klippen hinab ins Innere der Insel. Da wogte sattgrünes Gras im Wind, es lag wie ein Teppich über der Insel. Bäume gab es, Quellen, Blumen und Gärten. Zwischen all den Pflanzen schlüpften flinke Echsen umher oder lagen träge auf Steinen herum, ließen ihre gezackten Rückenpanzer von der Sonne bescheinen, die durch die Wolken gebrochen war, während sie auf den Klippen standen. Der Himmel war plötzlich so klar, als habe es niemals ein Unwetter und dichten Nebel gegeben. Sonnetrunken schmiegte sich die Insel ins Meer und glühte in den schönsten Farben.

Als wenn er die Gedanken seines Gastes erriete, sagte Ziusudra: »Ja, auch dies, Gilgamesch, ist das Paradies, das du wohl suchtest, obgleich es mehr als nur eines gibt auf der Welt. Eigentlich war die ganze Erde ein solcher Garten und ist es immer noch, wenn man nur richtig sehen kann. Gewiß, die Dummheit der Menschen hat vieles zerstört, und seit der Mensch den Einklang mit dem Ganzen verloren hat, befindet er sich ständig im Kampf mit der Natur. So schlägt er ihr viele Wunden, und schlägt dabei doch eigentlich nur sich selber, denn auch er ist ja ein Teil von der Natur. Er gleicht dem närrischen Geißler, der sich bis aufs Blut quält, um endlich Frieden zu finden. Oder dem Tölpel, dem die Götter all seine Sinne gaben und der sich krampfhaft bemüht, sie nicht zu benutzen.

Ich habe viel gesehen, Gilgamesch, lange vor deiner Zeit, und ich sah, wie der Mensch anfing, den blühenden Garten der Erde zur Wüste zu machen. Gleichmäßig war alles verteilt, wenn auch in verschiedenartiger Gestalt. Der Mensch erst begann zu verändern, nahm hier zuviel weg und häufte es dort zusammen, bis alles in Unordnung geriet. Schon einmal kamen die Götter darüber in Zorn und sandten die große Flut ... aber darüber will ich dir erst erzählen, wenn wir im Haus angelangt sind. Sieh dir zuvor die Insel an, Gilgamesch. Dies ist Tilmun, grün ist das Gras, üppig die Frucht, und die farbigen Echsen sind hier das, was anderenorts die Schmetterlinge sind.«

Gilgamesch wunderte sich über diese letzte Bemerkung, aber er hatte keine Zeit, danach zu fragen – zu sehr stürmten andere Rätsel auf ihn ein, die nach Lösung und Erklärung verlangten.

»Wie kommt es, daß du unsterblich bist?« fragte er geradeheraus. Darauf gab Ziusudra keine Antwort und kam wieder auf die Zeit vor der großen Flut zu sprechen.

»Alles hängt mit der Sintflut zusammen«, sagte er, »laß es mich in Ruhe und in der richtigen Folge erzählen, damit du es auch wirklich verstehst. Vor allem aber eins: Werde endlich ruhig und laß die Zeit aus sich selbst heraus wachsen. Mit deiner Ungeduld trägst du das Wesen des Todes ja ständig in dir. Auch er will stets nur beenden, und du hetzt wie er immerfort dem Ende entgegen. Nimm dir Zeit, Gilgamesch, oder besser: Laß dich von der Zeit nehmen, dann kehrst du dein Geschick um und stehst immer am Anfang.

Diese Weisheit ist wohl das erste, was es für dich zu begreifen gilt, willst du auch nur einen Bruchteil von dem erfassen, was Ewigkeit bedeutet. Wie anders könnte man die Ewigkeit ertragen, als ständig vor einem neuen Anfang zu stehen? Zeit bedeutet Abschnitt und Ende, Ewigkeit aber steter Kreislauf und Anfang. Verstehst du mich gut?«

Gilgamesch nickte wie ein gelehriger Schüler, der seinem Meister gefallen möchte. Da glitt ein Lächeln über Ziusudras Gesicht. »Versuche, wie ich zu atmen, nämlich so, daß man es nicht hört, weil es zu einem Teil des großen Weltatems wird.«

Gilgamesch versuchte es und tat es ihm gleich.

»Merkst du nun, wie plötzlich alle Geräusche lauter und deutlicher werden, das Sichtbare auch, es leuchtet viel stärker als sonst, nicht wahr?« fragte Ziusudra. »Dies ist das zweite, was du von mir lernen kannst – nämlich mit der Welt zu atmen und sich ihre Kräfte zu eigen zu machen, anstatt beständig gegen sie zu leben, als sei sie ein Feind. Zeit und Raum sind nämlich eins, Gilgamesch, zwei Falten des gleichen Gewandes. In ihrem Zusammenspiel erst entsteht die Wirklichkeit.

Ich spreche dir von der Wirklichkeit, Gilgamesch, und meine damit nicht das, was du bisher dafür hieltest. Das, was dem Menschen begreifbar ist, ist meist nicht mehr als ein Schein, ein wirrer Wahn und verworren wie ein Traum, den man nicht deuten kann. Die Menschen können die Welt nicht so wie sie ist mit den Sinnen erfassen und mit dem Herzen begreifen, sondern sie tragen ein Bild vor Augen wie eine Blende aus Holz. Manche haben dabei ein Astloch erwischt oder blicken verwundert durch Ritzen hindurch, aber stets ist der Spalt zu klein, um die ganze Wirklichkeit zu erkennen. Begreifst du das, Gilgamesch? Die Wirklichkeit ist immer und jetzt und stets mit der Erde ...

Gut, dann füge ich noch etwas hinzu, das dir nach allem bisher Gesagten klar sein dürfte: Versuche stets wach zu bleiben, auch wenn du schläfst und gerade dann, damit du die Wirklichkeit nicht wieder verlierst. Damit meine ich nicht ein krankhaftes Wachen und jene Schlaflosigkeit, die an den Kräften zehrt. Nein, im Gegenteil, ich meine nur, wer es versteht, richtig zu schlafen, bleibt immer wach und lebt hier wie dort, am Tage und im Traum, mit Bewußtheit in der Welt. Am Tag bewegen wir den Körper durchs Leben und sammeln auf diese Weise Erfahrung. Dabei sollte die Seele entspannt sein, aber nicht schlafen. Nachts ist es umgekehrt, da wandert die Seele und sammelt Erfahrung, und der Körper ist entspannt, aber nicht schlafend wie lebloser Stein.«

Gilgamesch hörte alles, verstand jedes Wort, und doch wurde ihm schwindelig von dem, was Ziusudra zu sagen hatte. Ich nehme jedes seiner Worte wie ein Samenkorn in mich auf und will es in meiner Seele wachsen lassen, ich bin ein trockener Boden, der das kostbare Naß von Ziusudras Weisheit und das Leben zu etwas Fruchtbarem werden läßt, dachte Gilgamesch.

»Willst du noch mehr wissen?« fragte der Entrückte, und Gilgamesch nickte. Da streckte Ziusudra die Hand aus und wies über die Insel hin und zeigte auf eine Gruppe von Echsen, die zusammengerollt auf einer Steinterrasse lagen und reglos in der Sonne schliefen.

Aber das taten sie nur scheinbar, denn kaum streifte ein Schatten sie, kam eine neue Echse hinzu, rührte sich bloß ein einzelner Kiesel, da bewegten sich alle, hoben die Köpfe, öffneten die Augen, bogen die Schwänze, streckten die Beine. Aber keine tat mehr, als der Veränderung angemessen war, manche blinzelten nur träge und schlossen sofort wieder die Augen, als sie merkten, daß alles in Ordnung war. So lagen sie da wie ein großes Denkmal aus vielen Leibern, dessen Form ständig anders wurde und sich fast unmerklich von Sekunde zu Sekunde im einzelnen veränderte, ohne jemals aber die große, geschlossene Form zu verlieren.

»Sie sind noch viel älter als ich«, sagte Ziusudra, »sie stammen noch aus der Vorzeit, einige waren bereits alt, als ich sie fand und mit mir aufs Schiff nahm. Sie träumen zusammen den großen Traum. Durch sie begreife ich und lese wie in einem Buch, sehe die Zeit noch einmal lebendig vor mir, die einmal gewesen ist.«

Und diesmal brauchte Ziusudra seine Worte nicht mehr zu verklären. Gilgamesch verstand auch so, er sah und begriff alles, und fast war es zuviel für ihn. Er wußte nicht mehr, wie lange er dastand und zusah, er wußte nur noch, daß er in der Sonne war, daß sie wärmte und guttat, daß alles so, wie es war, richtig war und mit Weisheit erfüllt.

Ziusudra ließ ihm Zeit, er schenkte ihm Zeit, denn er hatte ja überreichlich davon. Endlich, als Gilgamesch wieder zu sich fand und wie verzaubert dastand, lächelte Ziusudra.

»Ja, es gibt viel zu sehen und viel zu erfahren auf Tilmun«, sagte er. »Was hältst du davon, wenn wir zur Abwechselung etwas essen und trinken und nach Herzenslust den Körper verwöhnen? Ich könnte mir vorstellen, daß dir ein heißes Bad guttun würde. Es gibt warme und kalte Quellen hier auf der Insel, die ich sehr schätze. Aber zuvor sollten wir wohl in die Hütte gehen.«

Auch Ziusudras Haus war einfach wie das der Schenkin gebaut, vielleicht schlichter noch, und doch wirkte es in seiner Kargheit wie ein Palast. Die Gattin Ziusudras, die Utnasudra hieß, war nicht zu Hause, sie sammelte wohl Beeren und Früchte, oder sie war gegangen, um etwas zu besorgen, das Urschanabi zum Reparieren des Bootes brauchte. Auch sie hatte ja schließlich alles mit angesehen, ohne indes auf der Klippe sitzen zu müssen, denn sie sah alles mit ihrer Seele, ganz gleich, wo sie war, so klar und deutlich, wie andere mit den Augen. Wahrscheinlich viel klarer als diese und ersparte sich dadurch viel unnützes Tun, weil sie nur tat, was wichtig und notwendig war.

Ziusudra und Gilgamesch setzten sich, und der Entrückte bot ihm Speise und etwas zu trinken an.

»Iß und trink«, sagte er, »es sind nur einfache Dinge, die es hier auf der Insel gibt.« Gilgamesch aber kam es vor, als habe er nie in seinem Leben etwas Edleres und Erleseneres zu sich genommen.

»Wenn wir gegessen haben und du Lust dazu hast, wenn dein Bauch nicht zu voll und dein Kopf nicht zu müde ist, dann will ich dir von der Sintflut erzählen und wie alles begann. Ich merke doch, wie wichtig dir diese Frage ist. Zuvor aber greif zu und laß es dir munden.«

Das tat er auch, und es schmeckte Gilgamesch wie lange nicht mehr.

»Verborgenes will ich dir kundtun, Gilgamesch, und das Geheimnis der Götter aussprechen, das noch kein menschliches Wesen erfuhr«, begann Ziusudra seinen Bericht. »Als die Welt noch jung war und die Menschen noch nicht auf der Erde weilten, da lebten die Götter hier wie es heute die Menschen tun. Zwei Arten von Göttern gab es: Die, die zumeist durch den Himmel fuhren und bei den Sternen zu Hause waren – das waren die obersten, die Anunaki-Götter, sie gaben Befehle. Und neben ihnen gab es die Igigu, die niederen Götter, die Frondienst verrichten mußten, schwere Arbeit für die oberen Götter.

Als der Dienst immer härter für sie wurde, fingen sie an zu rebellieren und stellten sich gegen das Gesetz. Da hielten die Anunaki-Götter Rat und beschlossen, die Menschen als dritte Klasse zu schaffen, um so die Igigu zu entlasten. Ea, der Gott der Weisheit, und Mama, die Muttergöttin, die später dann Mach oder Innin genannt wurde, erschufen den Menschen.

Dies geschah, indem sie aus Lehm zwei Figuren formten und ihnen Leben einhauchten. Weil aber Lehm allein nicht reichte, mußte auch ein Gott getötet werden, denn sie brauchten Fleisch und Blut, um Leben zu schaffen. Einer der großen Anunaki-Götter opferte sich dafür – sein Name geriet in Vergessenheit. Darum sind die Menschen zu einem Teil zwar göttlichen Ursprungs, aber auch sterblich, da ihr Leben nur beginnen konnte, indem der Tod eingesetzt wurde.

Das erste Menschenpaar hieß Mana und Lilith, Mana der Mann und Lilith die Frau. Doch sie waren sich sehr ähnlich in ihrem Wesen, sich völlig ebenbürtig und noch nicht so gegensätzlich, wie es Mann und Frau heute sind. Mana, der sah, wie es die Anunaki-Götter mit den Igigu taten, nämlich zu herrschen und dienen zu lassen, wollte das auch mit Lilith tun. Doch Lilith weigerte sich, ihm untertan zu werden. Da beschimpfte sie Mana und jagte sie davon. Er schrie, sie möge zum Teufel gehen, mit dem sie wohl heimlich buhle und der ihr als Dank die aufsässigen Gedanken eingebe. Der Teufel war damals der gehörnte Herrscher des Mondes, und zum Mond fühlte sich Lilith in der Tat hingezogen.

Mana, dem bewußt geworden war, daß sein Geschlecht nicht grenzenlos mächtig war, hatte Angst vor Lilith, deren Lust ihm grenzenlos schien.

»Wenn sie nicht mit dem Manne schläft, dann schläft sie wohl mit dem Teufel, mit dem fahlen, schwachlichtigen Mond!« rief er und wollte sie nicht mehr sehen. Von da an irrte Lilith heimatlos durch die Welt und wurde so starrsinnig und herrisch, daß sie lange nicht sterben konnte. Als es aber dennoch so weit war, da verwandelte sie sich in eine Dämonin und gilt seitdem als die Botin des Todes, die lautlos wie ein Nachtvogel fliegt und die Seelen der Verstorbenen fängt.

Nachdem Lilith verschwunden war, lebte Mana allein und fühlte sich einsam. Er zürnte den Göttern und gab keine Ruhe, als bis sie ihm Heva erschufen, deren Namen soviel wie ›was Leben bringt‹ bedeutet. Die war ihm nun unterstellt und so oft zu Willen, wie Mana es wünschte. Kinder gebar sie ihm und pflanzte auf diese Weise das Menschengeschlecht fort.

Immer mehr Menschen wurden es, die nun auf der Erde lebten, gute und schlechte; doch die schlechten überwogen bei weitem. Längst sorgten nicht alle mehr für die Nahrung der Götter, waren ihnen zu Diensten und arbeiteten für ihr Wohlergehen. Viele der Menschen wußten nicht, warum sie lebten, wo sie herstammten und wer sie erschaffen hatte. Sie lebten einfach für sich in den Tag hinein und wurden lauter und lauter. So ungeheuerlich wurde ihr Lärm, der ihrer Dummheit entsprang, daß er erheblich den geruhsamen Schlaf der Götter störte.

Enlil, der damals Hauptgott war, schlug daher in der Versammlung vor, man möge die vorlaute Menschenbrut in einer riesigen Sturmflut vernichten. Anu, der Vater, und der uralte Marduk stimmten zu, auch Ninurta, der Kriegsherr und Wesir des Sirius war, sowie der Deichgraf Ennugi, der für die Kanäle zuständig war, und Ea, den man den ›Herrn des klaren Auges‹ nannte, waren dabei und viele der anderen Götter.

Alle, die dabei waren, mußten schwören, den Menschen nichts von ihrem Plan zu verraten, denn es sollten alle vernichtet werden und danach kein neuer Anfang mehr sein. Der Schwur fand in der Nähe von Schurupak statt, die damals die Hauptstadt des Landes Sumer war. 241 200 Jahre zuvor waren die Igigu vom Himmel herabgestiegen und herrschten als Könige abwechselnd in den alten Städten Badtibira, Larak, Sippar und Schurupak.

Nun war Urbar-Tutus, mein Vater, König von Schurupak, mit dem Ea freundlich verbunden. Dem Gott tat es leid, auch ihn und seine Kinder und andere Menschen, die ihm wohlgesonnen waren, zu strafen und in der großen Flut untergehen zu lassen. So wandte er sich betrübt nach Schurupak und ging zum Palast und dort in die Klagehütte, in der man seinen Kummer strömen lassen konnte, um sich von ihm zu befreien.

Dorthin ging Ea, um auszusprechen, was ihn bedrückte. Zufälligerweise kam ich zu dieser Stunde gerade vorbei und sah ihn in die Hütte gehen. Dies war sehr sonderbar, denn nur Menschen taten dies sonst, nie einer der Götter, die über unsere Sitten lachten und sie für Kinderspiel hielten. Nun aber benahm sich ein Gott so wie ein einfacher Mensach – das erstaunte mich sehr, und ich ging näher heran, um zuzuhören.

Da vernahm ich seine Stimme: ›Höre, o Haus der Klage, was ich zu sagen habe, lausche du, Wand, Rohrhaus, vernimm meinen Bericht, der für Urbar-Tutus bestimmt ist und für Ziusudra, seinen Sohn. Du bist alt, Urbar-Tutus, und wirst wohl in Unkenntnis sterben, dein Sohn aber, Ziusudra ist jung und ohne Schuld an dem, was ihn treffen soll. Ziusudra, Mann aus Schurupak, höre:

Eine Flut wird über euch kommen, die größer sein wird als jede andere Überschwemmung. Auch wird das Wasser diesmal nicht von Norden aus den Bergen kommen wie sonst, sondern vom Süden her aus dem Meer. Eine Flutwelle, mehrfach so groß wie die Häuser der Menschen, wird zugleich in die Mündungen aller Flüsse laufen und schneller, als ein Mensch denken kann, das ganze Land bis hin zu den höchsten Bergen überfluten. Darum ist Eile geboten. Ich sage dir, was zu tun ist: Reiße dieses Haus ab und alles Holz in deinem Palast. Baue ein Schiff daraus, wie ich dir sage. Lasse den Reichtum fahren und rette dein Leben, gib den Besitz auf und nimm das Kostbarste mit, das du hast – dein Leben, dein Weib, deine Familie. Nimm alle Tiere mit, die du finden kannst, nützliches Vieh ebenso wie solches, das scheinbar ohne Nutzen für Menschen ist. Vor allem aber sammle Echsen ein, die Tiere der Urzeit sind und den Göttern heilig. Nimm auch Samen von Pflanzen, Blumen und Bäumen. Nicht viel brauchst du, es reicht ja nur etwas von jedem, um alles in seiner Art am Leben zu halten.

Das Schiff, das du bauen sollst, will ich dir genau in seinen Maßen beschreiben. Viereckig soll es sein, gleich in Länge und Breite, so wie ihr euch den Apsu vorstellt. Du weißt, Ziusudra, wie ihr den Apsu beschreibt: Ein unterirdisches Behältnis, in das alles Süßwasser der Erde rinnt. Ich nenne es anders, bezeichne die Form Würfel und den Apsu Grundwasserspiegel, aber es ist egal, wie man es nennt, Hauptsache, du machst alles so, wie ich es dir sage.‹

All dies hörte ich mit lauschendem Ohr durch die Wand des Rohrhauses hindurch. In meiner Aufregung über das, was der Gott zu mir sprach, vergaß ich, meine Anwesenheit zu verbergen und rief: ›Was du mir befohlen hast, will ich alles tun, Ea, mein Gebieter. Aber wenn es nicht die anderen, sondern nur meine Familie betrifft – wie soll ich mein Tun vor der Stadt, den Bürgern und dem Ältestenrat geheimhalten, wenn die Götter ihren Untergang beschlossen haben?‹

Ea tat so, als hätte nicht ich, sondern die Wand der Klagehütte gesprochen: ›Rohrwand, Rohrwand, höre mich, und du, Ziusudra, mein Knecht. Sag zu den Leuten: Gott Enlil ist mir nicht mehr günstig gesonnen. Ich erfuhr, daß er mir heftig grollt und so will ich die Stadt verlassen und nicht mehr den Fuß auf Boden setzen, der unter seiner Hoheit steht. Ich will zum Apsu hinabsteigen, dorthin, wo sich alles Süßwasser sammelt und bei meinem Herrn Ea wohnen, der ja nicht nur der Gott der Weisheit, sondern auch der Meerestiefen ist. Zu seinem Palast will ich ziehen und ihm Menschen, Vieh und Geräte mitbringen als Opfer. Für euch, die ihr zurückbleibt, wird es im Überfluß regnen. Reichtum wird euch Wer, der Wettergott, schenken, und sein Diener Iskar wird viele Vögel und Fische und Weizen zur Nahrung heranwachsen lassen.

Dies alles sage in einem Ton, der dir Glauben schenkt. Obwohl es nur eine Lüge ist, so ist es der einzige Weg, den ich dir aufzeigen kann, denn vernichtet müssen die Menschen werden, wie es der Wille der Götter ist. Die anderen Angaben, die für den Bau des Schiffes notwendig sind, nenne ich nicht, es würde zu lange dauern, bis du alles auswendig lernst und begreifst, denn es sind viele Zahlen. Ich habe sie in eine Tontafel geritzt, die habe ich hier in die Hütte gelegt und werde sie dort vergessen, wenn ich gehe. Nimm sie, zeige sie niemandem, und wenn sie dennoch einer erblickt, so behaupte, es seien deine eigenen Aufzeichnungen, die ein Traum dir eingab.‹

Nach dieser Einweihung verließ Ea die Klagehütte, und die Tontafel blieb am Boden zurück. Mit ihr und meinem Wissen ging ich zu Urbar-Tutus, meinem Vater, der mit mir zu streiten begann und sich so sehr erregte, daß sein Herz vor Belastung zerbrach. Er war uralt und hatte lange schon mit dem Tode gerechnet, und so traf es mich und meine Familie nicht allzu überraschend. Sofort nach der Trauerfeier versammelte ich meine Leute und sprach zu ihnen, wie es Ea von mir verlangt hatte. Keinem verriet ich den wahren Grund für mein Tun, und alle glaubten mir, was ich sagte.

Ich ließ Bäume fällen und Holz zusammentragen, riß die Klagehütte ein und Teile von meinem Palast, um daraus ein großes Gerüst zu bauen. Die Bodenfläche war groß wie ein Feldstück, die Außenwände ließ ich zehn mal zwölf Ellen hoch machen, Kielraum und Deck von gleichen Maßen. Die Zimmerleute trugen Holzpfosten heran, der Bootsbauer brachte Klammern und Winkel zum Verfugen. Die Kinder sammelten Erdpech für mich, um den Rumpf des Schiffes abzudichten.

Als das Gerüst erstellt war, zog ich sechs Zwischenböden ein und bekam so sieben Geschosse. Den Grundriß teilte ich neunfach auf, so daß er schließlich in jedem Stockwerk dreimal drei Räume barg und insgesamt dreiundsechzig Kammern. Als Schutz gegen das Kentern ließ ich im Boden getrennte Schleusenkammern zum Abschöpfen des Wassers anbringen.

Dann besorgte ich Ruderstangen und alles, was sonst noch für das Schiff notwendig war. Für das Abdichten des Rumpfes brauchte ich sechs Sutu an Erdpech und drei Sutu reines Pech, was zusammen eine gewaltige Menge ist. Es arbeiteten viele Leute für mich, die ich eigens für das Unternehmen angeworben hatte, die versorgte ich gut, so daß jeder Tag wie ein Fest für sie war. Ochsen ließ ich für sie schlachten, ließ jeden Tag Schafe töten und Hammel braten. Dazu gab es feines Bier, Most und weißen und roten Wein, und sie tranken es weg wie Suppe oder als ob es Flußwasser wäre.

Zum Schluß gab ich für alle ein großes Fest, das die Leute berauschte und trunken vor Seligkeit machte. Derweil legte ich selber Hand an, um das Nötigste am Schiff noch zu tun. Schwierig war es, die Tontafel Eas zu verstehen, denn es stand vieles darauf, das mehr war, als mein begrenzter Menschenverstand fassen konnte. Zum Beispiel mußten die Planken oben und unten berechnet werden, damit das Schiff genau zu zwei Drittel im Waser schwamm. Und schwierig war es auch, das gewaltige Ding selbst über Rollen zu Wasser zu bringen.

Als alles stimmte und aussah, wie es Ea beschrieben hatte, da trug ich meine Habe an Bord, Silber und Gold und Dinge, die mir besonders ans Herz gewachsen waren, außerdem allerlei Lebenssamen: Meine Familie zuerst mitsamt ihren Hausgenossen und Kindern, dann Wild des Feldes, des Waldes und der Luft, Tiere der Steppe und die aus dem Stall, vor allem aber auch, wie es Ea gewollt hatte, ein paar besonders schöne Echsen, die noch Zeugen der Urwelt waren. Dazu füllte ich ein Stockwerk allein mit Pflanzensamen und Setzlingen aus, von jedem genug, um die Art am Leben zu erhalten, und auch Getreide und genug Nahrung für uns, die auf viele Tage und Wochen berechnet war. Sodann wies ich die Söhne der Handwerksmeister an, mit mir das Schiff zu besteigen und ihre Frauen und Kinder in den Bauch des Schiffes zu führen.

Ich wußte den Zeitpunkt genau, denn Ea hatte mir gesagt: ›Wenn der Tag kommt, der zur Abfahrt bestimmt ist, so werden Zeichen am Himmel erscheinen, die unübersehbar sind, und es werden ungewöhnliche Dinge geschehen. Am Morgen wird es Backwerk regnen und abends Weizen. Dann tritt in dein Schiff und schließe das

Tor hinter dir und laß alles zurück, was du in Schurupak erlebtest. Sei ohne Furcht, blicke nur nach vorn und denke daran: Mit der Flut wird das Land Sumer versinken und nichts mehr sein, wie es einstmals war.‹

So tat ich, als es geschah. Am Morgen regnete es Backwerk und Weizen am Abend. Da wußte ich, daß der Tag des Abschieds gekommen war. Ich sah mich um und merkte, daß der Himmel entsetzlich aussah: Rot, tiefblau, lila und schwarz war er zugleich, und Wolken ballten sich zusammen, als wollten sie die Erde ersticken. Da trat ich ins Schiff und verschloß die Tür hinter mir. Dem Schiffer, der das hölzerne Haus für mich abgedichtet hatte, Puzur-Amurri mit Namen, übergab ich das Ruder und ließ ihn seine Befehle erteilen.

Kaum, daß der Morgen ergraute, schob sich eine dichte, schwarze Wolkendecke über den Himmel und entlud sich in einem Gewitter. Wütender Sturm kam auf, der heulte ingrimmig über das Land und wurde von Stunde zu Stunde stärker. Iskar und Wer tobten, als würden sie um die Vorherrschaft kämpfen, der Donner krachte über der Ebene, und die Herolde des Horizonts, Schullat und Chanisch, schleuderten ihre Blitze. Erra, der böse Unterweltgott, riß das Weltdach ein, so daß der Himmelsozean niederströmen konnte. Ninurta öffnete alle Schleusen und holte die Flut vom Meer herein und ließ sie gegen ihre übliche Richtung brausen.

Da wankten die Dämme und brachen, das Wasser kam in unvorstellbaren Mengen. Die Anunaki-Götter hoben ihre Fackeln empor und erhellten mit ihrem grausigen Glanz das Land so, daß es aussah, als brenne es überall. Furcht kam über den Himmel, denn die Finsternis verdrängte das Licht. Das Land, das weite, zerbrach wie ein Tonkrug, und einen vollen Tag lang raste der Südsturm mit Macht. Die fressende Flut, die keiner zu hemmen vermochte, schäumte über das Land, ließ den Himmel erzittern und die Erde erbeben. Mit tödlicher Hülle wurden Mutter und Kind überdeckt. Die üppige Fülle des grünen Schilfrohrs sank nieder, es ertranken die Ernten auf den Feldern zur Zeit ihrer Reife. Unaufhaltsam stiegen die Wasser, gewaltige Fluten, die jede Böschung bezwangen, und die niederrissen, was Menschen erbaut und Natur geformt hatte. Bäume wurden entwurzelt, ganze Wälder, die tobende Flut löschte das Leben aus und riß mit sich im Zorn, was sie greifen konnte, bis selbst die Spitzen der Berge im Wasser versanken. Die ganze Menschheit verdarb in dem grausigen Krieg, den die Flut gegen alles Lebendige führte. Keiner konnte den anderen mehr sehen, vom Himmel aus war kein Mensch mehr zu erblicken, die Erde wurde zum Meer.

Vor dieser gewaltigen Wut erschraken selbst die Götter und flohen hinauf in den Himmel zu Anu und Marduk. Wie Hunde duckten sie sich und lagerten draußen. Da schrie Mama, die Innin, von Schmerz erfüllt auf wie eine, die in den Wehen liegt: ›Was einst alles war, uns zur Freude geschaffen, liegt nun da wie Lehm in der Flut und ist dem Tode verfallen. Wäre doch jener unselige Tag nie gewesen, als ich mit im Rat saß und mit euch für die Sintflut stimmte! Voreilig habe ich ja gesagt zur Vernichtung der Menschheit, doch nun sehe ich wohl, daß ich Schlimmes zuließ. Klagen muß ich nun: Schuf ich dazu die Menschen, ließ sie gebären und sich vermehren, um nun zu sehen, daß alles umsonst war? Meine Kinder zappeln wie Fischbrut im Meer.‹

Da erschraken auch die anderen Götter über ihre Klage und sahen, daß die Flut an keiner Stelle zu halten war. Die Anunaki und die Igigu saßen zusammen und weinten, aber zum Handeln war es zu spät. Was ihnen blieb, war Sorge und Angst.

Der Orkan tobte sechs Tage und sieben Nächte lang, unaufhaltsam wütete er, und unaufhörlich blies der Wind, und die Wassermassen ebneten die Lande unter sich ein. Immer noch stieg die Flut, als wolle sie bis hoch in den Himmel aufsteigen. Erst als der siebente Tag nahte, erlahmte die Kraft des Südsturms.

Ruhig und still lag das Meer, der Orkan und die Fluten fanden ein Ende. Ich schaute aus meinem Ausguck nach dem Wetter und sah: Es war still. Ringsum war Schweigen nur, denn das ganze Menschengeschlecht war ertrunken und wurde zu Schlamm. Ich kniete nieder im Schiff und weinte, Tränen flossen über mein Gesicht, denn ich wußte nun, daß wir die letzten waren, die das Wüten überlebt hatten, und außer uns gab es niemanden mehr.

Schließlich tat ich die Luke auf und Sonnenschein fiel auf mein Gesicht, am Himmel aber glänzte feucht noch der Regenbogen als Zeichen. Einen ganzen Tag lang hielt ich Ausschau nach Land und wartete, daß das Wasser fallen würde. Zwölf Doppelstunden entfernt sah ich ein Ufer und das Schiff trieb geradewegs darauf zu. Der Berg Nisir war es, der heute im Tokma-Dagh-Gebirge liegt, östlich vom Zagros-Gebirge – man sieht deutlich die Bergketten des Pir-Omar-Gudrun jetzt –, der ragte wie eine Insel aus dem Meere heraus. Dahin trieb das Schiff und schlug schließlich an, jedoch ohne zu zerbrechen.

Einen Tag, einen zweiten, dritten, vierten und fünften faßte der Berg Nisir das Schiff und hielt es mit seinen Felsen fest, während das Wasser noch weiter fiel und die Insel größer und größer wurde.

Als nun der siebente Tag kam, sandte ich eine Taube aus, die flog davon, kam aber gegen Abend zurück. Da schickte ich eine Schwalbe, und auch sie kehrte zurück, denn keinen Ruheplatz fand sie, auf dem sie hätte bleiben und ausruhen können. Schließlich sandte ich einen schwarzen Raben als Boten, der flog weit davon, sah, daß die Wasserfläche sich senkte, fraß, flog umher und kam nicht wieder zum Schiff zurück.

Da erst öffnete ich die großen Luken und ließ alles, die Menschen und das Getier, in die vier Himmelsrichtungen wandern, um die Erde erneut mit Leben zu erfüllen. Wir waren gerettet, und dankbar brachte ich Ea ein Opfer auf dem Gipfel des Nisir dar. Trankopfer goß ich aus und stellte Räuchergefäße auf, die mit Süßholz, Zeder und Myrte gefüllt waren, daß es die Götter erfreute und sie zurückkamen zur Erde.

In meiner Nähe kamen sie aus dem Himmel herab und betrachteten mich und mein Werk mit Behagen. Mama, die man jetzt Mach oder Innin nennt, sprach zu ihrem Gatten Marduk, zu Anu und den anderen Göttern: ›So wahr ich dies Lasursteinamulett an einer Kette am Hals trage, will ich diese Tage nicht mehr vergessen. Zu grausig war die Flut und entsetzlich ihr Gericht. Die Götter mögen zum Trankopfer kommen und sich mit den Menschen versöhnen. Nur einer soll bleiben und sich nicht mehr nahen – das ist Enlil, weil er unbeherrscht zu der Sintflut riet und meine Menschen dem Verderben preisgab.‹

Aber dennoch kam Enlil, sah das Schiff, erblickte mich und was ich getan hatte und begann, furchtbar zu zürnen und stritt mit den anderen Göttern. ›Warum hat ein Sterblicher überleben können?‹ fragte er, ›wer hat ihm geholfen dabei? Es sollte doch keiner entkommen!‹

Da sagte Ninurta, der ein Sohn Enlils war: ›Wer anderes als Ea käme dafür in Frage? Ist er nicht der Weisheit zugetan, liebt er das Denken nicht und spinnt stets eigene Pläne? Wahrscheinlich hat er etwas mit diesen Menschen vor, die er vor der Flut fliehen ließ und denen er das Leben schenkte.‹

Da öffnete Ea den Mund und sprach zu Enlil: ›Und du, der du sonst so weise bist, warum brachtest du so unüberlegt die Sintflut über die Erde, die beinahe auch uns den Wohnsitz nahm? Schlechte Taten werden nicht besser dadurch, daß man sie mit anderen schlechten bestraft. Frevel und Lärm werden nicht geringer dadurch, daß man lauter als die schreit, die zum Frieden zurückfinden sollen. Statt einer Sintflut hätte ein gefährlicher Löwe kommen können, die Menschheit zu mindern, oder ein Wolfsrudel, das blutgierig ist. Du hättest eine Hungersnot senden können durch Schamachs Glut und sieben Jahre lang Dürre am Halm. Statt des Wassers hätte Ura, der Pestgott, wüten können und die Menschen erwürgen. Viele Wege gab es, die Menschen zu mindern und ihre Zahl in Grenzen zu halten.

Deinen Verdacht aber, daß ich das große Geheimnis der Götter den Menschen verriet, bestätige ich nicht. Zum Rohrhaus in Schurupak sprach ich, das den Menschen dort Stätte zur Klage und Besinnung war. Ziusudra, der unter den Menschen einer der Klügsten ist, hat meine Worte verstanden, ohne daß ich ihn sah. Hat er nicht richtig und weise gehandelt, als er das Schiff zu seiner Rettung erbaute? Erschien nicht ein Regenbogen am Himmel zum Zeichen der Versöhnung mit ihm? Versöhne nun auch du dich mit dem Menschengeschlecht, sei ihnen ein milder, wohlwollender Gott und gib ihnen Rat, damit sie fortan nicht irren.‹

Da kam Enlil ins Schiff, nahm meine Hand, holte auch mein Weib und ließ uns beide niederknien. Vor uns stehend, berührte er unsere Stirnen und gab uns seinen Segen: ›Ein einfaches Menschenpaar waren Ziusudra und sein Weib, und doch handelten sie, als wären sie Göttern gleich. Und gleich ihnen sollen sie fortan auch leben. Wohnen sollt ihr in ferner Abgeschiedenheit von den Menschen.‹

Da nahmen uns seine Helfer und führten uns in den Himmel hinauf, und nachdem wir eine Weile dort zugebracht hatten und die Sintflut gänzlich verschwunden war, setzten sie uns auf die Insel, die Tilmun heißt und die man die Insel der Seligen nennt. Seitdem leben wir hier, abgeschieden von aller Welt und im Bund mit den Göttern.«

Ziusudra machte eine Pause, in der er seinen Gast prüfend anblickte. Jung und entschlossen sah Gilgamesch aus und war doch schon so weit im Leben vorangeschritten, daß es unmöglich schien, daß er alles, was vorher war, einfach vergessen konnte, um fortan ein Leben wie ein Entrückter zu führen. Gewiß, er würde Weisheit erlangen, er war auf dem besten Wege dazu, sich von einem stürmischen Draufgänger in einen überlegt handelnden Menschen zu wandeln. Aber reichte das bereits aus, ein abgeschiedenes Leben wie die Leute auf Tilmun zu führen – jenseits der Zeit und jenseits der Bedürfnisse, die normalerweise ein menschliches Wesen empfindet? Nein, zu den Göttern würde Gilgamesch wohl niemals zählen. Aber vielleicht zu denen, die ihr Handeln nach ihrem Gesetz und in ihrer Ordnung ausrichten konnten. Ziusudra wollte ihn auf die Probe stellen.

Er sagte: »So war es damals bei mir und Utnasudra, meinem Weib, vor vielen hundert Jahren. Wer aber wird nun um dich die Götter versammeln, um dir ein ewiges Leben zu schenken, wie du es suchst? Bist du nicht noch zu sehr an das gebunden, was einen Menschen ausmacht? Versuche ein einfaches nur: Versuche dich sechs Tage und sieben Nächte lang des Schlafs zu enthalten.«

Kaum hatte Ziusudra so gesprochen, als Gilgamesch die Mühsal seiner Reise verspürte. Erdenschwere senkte sich über ihn, wie ein

Nebeldunst wehte der Schlaf heran, kaum, daß er die Augen noch offenzuhalten vermochte. Er gab sich alle erdenkliche Mühe, aber die Lider fielen ihm zu und sein Kopf sank auf die Brust.

In diesem Moment kam Utnasudra zurück, die hatte mit Urschanabi das Schiff repariert, aber keine neuen Zauberruder gemacht, denn auf Tilmun gab es keine Steine, die dafür geeignet gewesen wären. Sie kam in die Kammer und sah ihren Mann zwischen den Resten des Mahls und ihm gegenüber einen schlafenden Fremden, der ihr so unbekannt auch nicht mehr war, denn sie hatte ihn von weitem schon über ihrer Seele gesehen. Mitfühlend beugte sie sich über ihn und betrachtete sein Gesicht.

»Wie jung er noch ist«, sagte sie, »und doch hat das Schicksal schon Zeichen in seine Züge gekerbt, die nicht mehr vergehen werden.«

»Er ist ein Mann, der das ewige Leben für sich sucht«, bemerkte Ziusudra. »Stark und mutig ist er, aber eben doch ein richtiger Mensch. Schau, wie der Schlaf über ihn kriecht und sein Bewußtsein gefangennimmt. In Nebel ist er getaucht und läßt seine Seele durch Unklarheit schweben.«

»Faß ihn an, damit er erwacht«, sagte Utnasudra, »er mag den Weg, den er so mühsam zu uns gekommen ist, in Frieden heimwärts ziehen. Sein Geschick berührt mich, ich will nicht, daß er zu Schaden kommt.«

»Das wird auch kaum geschehen«, antwortete Ziusudra, »er ist nur erschöpft und schläft den gerechten Schlaf. Wenn er erwacht, wird er wieder ein Stück weiter sein in seiner Erkenntnis. Doch ist der Schlaf diesmal auch eine Probe für ihn. Du wirst sehen, Weib, wenn er erwacht, dann wird er nicht wissen, daß er schlief. Er wird abstreiten, lange im Dämmerzustand gelegen zu haben und behaupten, es sei nur eine kurze Zeit gewesen. Um ihm seine Grenzen zu zeigen, schlage ich vor, daß du täglich ein Brot für ihn backst und es neben ihm niederlegst. Für jedes Brot aber mache einen Strich an der Wand, damit er selber sieht, wie lange er schlief.«

Da buk Utnasudra ein Fladenbrot und legte es neben Gilgamesch und machte einen Strich an der Wand. Das erste Brot vertrocknete ganz, das zweite am nächsten Tag schrumpfte dahin, das dritte blieb feucht, das vierte wurde wie Röstbrot blaß, das fünfte wurde vom

Schimmel befallen, das sechste war eben gar und das siebente holte sie aus dem tönernen Ofen – da rührte Gilgamesch sich und hatte eine ganze Woche geschlafen.

Er rappelte sich hoch, machte verwunderte Augen und sagte zu Ziusudra, indem er nach Herzenslust gähnte: »Lang war dein Bericht, aber jedes Wort hat mich unsagbar berührt. So will ich denn auch, wie du angekündigt hast, die Schlafprobe vollziehen.«

Der Entrückte lachte und schüttelte sich vor Vergnügen.

»Du schliefst ja bereits, eine volle Woche lang lagst du in den Armen der Träume.«

»Nein«, widersprach Gilgamesch, »müde wurde ich schon, das gebe ich zu. Aber kaum, daß der Schlaf sich über mich ausbreiten wollte, hast du mich angepackt und mich aufgestört.«

Da lachte Ziusudra noch stärker und deutete auf die Brote und die Striche an der Wand »Zähle sie«, sagte er, »zähle die Brote, die Utnasudra Tag für Tag für dich buk und sieh sie dir genau an: Das erste ist völlig vertrocknet, das zweite geschrumpft, ungenießbar das dritte, das vierte wie Röstbrot und das fünfte voll Schimmel, das sechste schon alt und nur das siebente, das eben den Ofen verließ, ist so frisch, wie es sein soll. Sieben Striche zog Utnasudra an der Wand und sieben Brote gibt es, die du alle nicht aßest. Nach einer Woche erst wurdest du wach, so müde warst du und erschöpft von der Reise. Die Schlafprobe, lieber Gilgamesch, hast du damit wohl nicht bestanden.«

Gilgamesch starrte auf die Brote und sah die Striche an der Wand und begriff, daß alles, was der Entrückte sagte, der Wahrheit entsprach. Zugleich wurde er sich seiner menschlichen Schwäche bewußt und erkannte, was ihn von den Göttern trennte.

»Ach, was soll ich nur tun«, stöhnte er, »wohin soll ich noch gehen und mich wenden, wo doch bereits der Tod und sein Bruder, der Schlaf, in mir nisten? Er ist mir immer nah, sitzt neben mir nächtlich im Schlafgemach. Wohin ich den Fuß auch setze, um das Leben zu finden, ist er schon da und wartet auf mich.«

Ziusudra stand auf und sprach zu seinem Diener Urschanabi, der soeben mit Utnasudra, dem Weib, durch die Tür des Hauses trat: »Die Schlafprobe hat er nicht bestanden, und es war falsch, daß er nach Tilmun kam, denn die Insel der Seligen nimmt ihn nicht an. Zurück zu den Menschen muß er, um dort ein Leben zu führen, wie es das Buch des Schicksals für ihn vorgezeichnet hat.«

Urschanabi blieb stumm. Da fuhr Ziusudra fort: »Doch auch du, Urschanabi, hast falsch gehandelt, als du dich erbarmtest und ihn mit auf das Schiff nahmst. War es dir nicht streng verboten, solches zu tun? Die Zauberruder ließest du unbewacht, und nun sind sie zerstört, und es lassen sich keine neuen mehr finden. Dadurch wird die Überfahrt durch die Wasser des Todes dir nicht mehr möglich sein, und fortan soll die Insel der Seligen verschlossen und unerreichbar bleiben. Einmal habt ihr den Ring des Todes durchbrochen, ein zweites Mal wird euch das nicht gelingen. Dieser Mensch hier, der zu schwach ist, dem Anspruch der Ewigkeit standzuhalten, sollst du zurück zum Land der Menschen bringen und selber dort bleiben für den Rest deiner Tage. Einen Wind werde ich machen, der dein Schiff von der Insel entläßt, aber er wird beständig in eine Richtung blasen und sich hinfort nicht mehr drehen, so daß dir die Rückkehr nach Tilmun unmöglich sein wird.«

Urschanabi, der wußte, daß er gegen die Gesetze gehandelt hatte und Schuld in sich spürte, senkte den Kopf und widersprach nicht. So stand er, und Wehmut durchzog sein Gesicht. Stumm nahm er Abschied, und Gilgamesch tat es auch, denn er spürte, daß er das Ziel seiner Sehnsucht erreicht und im gleichen Moment auch schon wieder verloren hatte.

Als Ziusudra sah, wie schwer es den beiden Männern ankam, überwand er sich und sagte: »Siehst du nicht, Urschanabi, daß dem Menschen, den du herführtest, zuviel Menschliches anhaftet? Schmutz bedeckt seinen Leib und seine Kleidung, der seiner nicht würdig ist. Nimm ihn und führe ihn zum Waschplatz, daß er sich reinigen kann und alles fortspült, was da als Makel an ihm haftet. Seine Kleidung wirf fort und übergib sie dem Meer, damit es sie fortträgt. Danach reiche ihm Kleidung von meinen Sachen. Du weißt, was es damit auf sich hat. Nicht grau und verschlissen wird sie, sondern bleibt lange wie neu, und Wind und Wetter kann ihr nichts anhaben. Gilgamesch, leg ein Stirnband um, das deine Sinne schützt und die Gedanken frei von aller Anfechtung hält. Dies wenige ist es, was ich dir mitgeben kann. So angetan, wirst du zurück in deine Heimat fahren, nach Uruk hin, und ein Abglanz von Tilmun, der Insel der Seligen, wird dich begleiten.«

So geschah es. Urschanabi führte Gilgamesch zum Waschplatz und ließ ihn ins heilige Wasser steigen. Tief tauchte Gilgamesch ein und spülte mit dem Schmutz auch die Gedanken fort, die schwer an ihm hingen. Danach zog er frische Gewänder an und knotete das Stirnband, das ihm Urschanabi reichte, um seine Stirn. Aus feinem Stoff war das Gewand, leicht wie ein Gespinst, und doch schützte es den Körper gut. Es war ein besonderes Material zu seiner Herstellung verwendet worden, das von Pflanzen der Insel stammte und deren richtige Verwendung nur Utnasudra kannte. Das Wunderbarste daran aber war, daß alles Gilgamesch paßte, als sei es nach seinen Maßen gefertigt. Kühl war das Stirnband und fühlte sich an, als wehe ihm beständig ein frischer Wind durch das Haar.

Noch einmal zogen sie quer über die Insel und noch einmal nahm Gilgamesch die Wunder der Ewigkeit auf. Er sah die prächtigen Farben der Wiesen und Blumen, die glitzernden Echsen in der Sonne, wie sie zusammengerückt lagen und träumten, obgleich sie doch hellwach waren. Er sah die Klippen, die am Ufer der Insel ragten und den endlosen blauen Himmel darüber, der ihm schöner und herrlicher schien als an jedem anderen Platz der Welt. Er sah die Hütte des entrückten Paares, die wohl das Urbild aller Häuser war und in ihrer Schlichtheit unnachahmliche Harmonie ausstrahlte und Frieden.

Mit Tränen in den Augen kam er zu Ziusudra und Utnasudra zurück, um ihnen Lebewohl für immer zu sagen. Utnasudra rührte der Anblick sehr. Bewegt drückte sie den beiden Männern die Hände und wandte sich mit einer Bitte an ihren Mann: »Er kam erschöpft nach übermenschlicher Mühsal, um das ewige Leben zu suchen, und er fand nur die Weisheit. Gewiß ist das viel, das größte ist es sogar, was ein Mensch im Leben gewinnen kann. Aber gibt es nicht etwas, das du ihm als Geschenk mitgeben kannst?«

Da dachte Ziusudra nach, und als er lange nachgedacht hatte, sprach er: »Das Kraut des ewigen Lebens, das hier im verborgenen auf der Insel wächst, kann ich ihm nicht geben, denn es wirkt nur, wenn man es hier ißt und auch hier bleibt. Aber es gibt etwas, das ähnliches bewirkt und das den Sterblichen unbekannt ist. Sein Geheimnis will ich dir, Gilgamesch, gern enthüllen. So höre: Es gibt am Grunde des Meeres an einer Stelle, die Urschanabi kennt, einen Ort, da wächst das Wunderkraut, das einmal nur wirkt und – wenn man es ißt – die Jugend zurückbringt und das Alter verlangsamt. Ewiges Leben mag es wohl nicht bewirken, aber es nimmt die Unruhe fort. Diese Pflanze sieht aus wie ein Stechdorn und ist der Rose ähnlich geformt. Wenn du sie siehst, wirst du sie sofort erkennen und wissen, daß es die richtige ist. Dies soll dir mein Abschiedsgeschenk für die Reise sein.«

Dankbar verneigte sich Gilgamesch vor dem Entrückten. Sie wandten sich um und gingen stumm zu den Klippen, wo das Boot zum Auslaufen bereitlag. Einen neuen Mast hatte Urschanabi gesetzt, und Utnasudra hatte ein Segel gespannt, fester und größer als das vorige. Kaum hatten sie das Schiff bestiegen, das Segel gehißt und die Taue vom Ufer gelöst, da sahen sie, wie Ziusudra auf der höchsten Klippe erschien. Die Arme breitete er aus und fuhr mit den Händen in der Luft umher. Etwas Unsichtbares holte er vom Himmel herab, das wehte heran und formte sich zum Wind, der in das Segel griff, es blähte und das Schiff in Bewegung brachte. Aufgewühlt wurden die Wasser des Todes, quirlten und schäumten, das Schiff aber tauchte nicht ein, sondern glitt sicher über die Wogen dahin und verließ bald den unheimlichen Ring, der um die Insel gelegt war.

Sie erreichten nun das gewöhnliche Meer, mit Wasser, das anderen Wassern glich und ungefährlich für die Haut war; das durcheilten sie und fuhren in südlicher Richtung dahin. Kleiner und kleiner wurde Tilmun und entzog sich schließlich ganz ihren Blicken. Es sah aus, als habe das Meer die Insel verschluckt.

»Wie weit ist es bis zu jenem Grund, den Ziusudra nannte, du weißt schon – der, an dem die Pflanze wächst, die die Unruhe nimmt und den Menschen wieder jung werden läßt?« fragte Gilgamesch.

Urschanabi, der diesmal am Ruder saß, antwortete nicht. Als Gilgamesch genauer hinsah, merkte er, daß der alte Mann weinte. Er hatte seine Zuflucht verloren, nie wieder würde er zwischen den

Welten reisen können. Auch die Küsten der Menschen waren ihm nie eine richtige Heimat gewesen. So blieb ihm nur noch die See und die Erinnerung daran, einmal der Fährmann nach Tilmun und der Diener Ziusudras, des Entrückten, gewesen zu sein. Gilgamesch fragte nichts mehr. Er saß, führte das Segel und spähte gespannt über die weite, wogende See.

Einen halben Tag lang segelten sie, dann gerieten sie in die Nähe einer Gruppe kleinerer Inseln. Die steuerte Urschanabi an und gebot, das Segel vom Mast einzuholen.

»Hier ist es«,, sagte er und wies mit der ausgestreckten Hand in das Wasser, »ich erkenne die Stelle genau, denn hier ist das Wasser heller gefärbt als sonst, was davon kommt, daß seine Tiefe nicht so groß ist. An ruhigen Tagen wie diesem kann man beinahe bis auf den Grund hinabsehen.«

Gilgamesch beugte sich über den Bootsrand und blickte hinab. Da sah er schemenhaft und verschwommen ein wiegendes Feld auf dem Meeresgrund. Weiche Pflanzenstengel schaukelten sacht in der Strömung und schienen mit ihren langen Blättern zu winken.

»Das ist Seegras«, erkärte Urschanabi, »Felder, auf denen die Seekühe weiden. Dazwischen, im gelben Sand, wächst das Kraut, das dir Ziusudra beschrieb. Sein Name lautet: ›Jung wird der Mensch als Greis.‹«

»Ich will hinabtauchen und davon pflücken«, sagte Gilgamesch, »aber nicht sofort will ich davon kosten, sondern es heimnehmen ins umwallte Uruk, wo ich zu Hause bin. Aufheben will ich es, und wenn ich dann alt bin, will ich es essen und meine Jugend wird wiederkehren und mich beglücken.«

Er band sich schwere Steine an die Füße und sprang vom Bootsrand aus in die See. Tief zogen ihn die Steine hinab, bis zu jener Stelle, an der zwischen dem wiegenden Seegras kahle, sandige Stellen waren. Dort brauchte er nicht lange zu suchen, denn Pflanzen, die wie Stechrosen aussahen und Dornen wie Rosen besaßen, gab es genug. Sie wuchsen dicht beieinander in einem Feld. Gilgamesch nahm sein Messer und schnitt eine der Pflanzen vom Stiel. Dann kappte er die Stricke an seinen Füßen und löste die schweren Steine, daß sein Körper wieder Auftrieb bekam und empor zur Oberfläche des Wassers schnellte. Urschanabi streckte ihm die Hände entgegen und half ihm ins Boot.

Gilgamesch betrachtete das Zauberkraut genau und konnte eigentlich nichts Auffallendes an ihm entdecken. Aber er wickelte es sorgfältig in ein Tuch und befestigte das Bündel am Gürtel.

»Hast du auch schon davon gegessen?« fragte er den Fährmann.

Urschanabi nickte. »Vor langer, langer Zeit war das, als ich bereits ein alter Mann war.«

»Wie alt bist du denn jetzt?« fragte Gilgamesch verwundert.

»Ich habe es vergessen«, antwortete Urschanabi, »in meinem Alter läßt das Gedächtnis nach und so manches entgleitet, was einmal schön und von Bedeutung war. Sieh, ich fange bereits an zu vergessen, daß ich jemals auf der Insel der Seligen war...« Er verzog schmerzhaft das Gesicht und versuchte ein Lächeln. »Glaub mir, manchmal ist es auch besser so. Wie sollten wir sonst all das Viele behalten und fassen? Lang ist die Ewigkeit und was in ihr geschieht, kurz aber das Gedächtnis der Menschen. Wir tragen alle ein Sieb im Kopf, Gilgamesch, in dem nur die ganz großen Dinge liegenbleiben, die Vielfalt der kleinen Schönheit geht uns ständig verloren und zerrinnt mit der Zeit.«

Zwanzig Doppelstunden und mehr trieben sie dahin, und als das Trinkwasser erschöpft und die Vorräte gegessen waren, sprach Urschanabi: »Morgen werden wir wohl eine Insel erreichen, wo wir anlanden können und uns stärken. Ich hoffe jedenfalls, daß wir auf dem richtigen Kurs sind, denn lang ist es her, seit ich diese Strecke segelte.«

Wunderbar war das Wetter, azurblau der Himmel und ruhig die See. Fliegende Fische umsprangen das Schiff, und einmal zog ein gewaltiger Schwarm großer, grauschwarzer Fische mit ihnen. Nie aber begegnetem sie einem anderen Segel. Sie waren in einem Teil des Meeres, der selten befahren wurde, und fern lagen die Küsten des bewohnten Landes. Gilgamesch genoß es, in der Sonne zu sitzen und nichts weiter tun zu müssen, als ab und zu die Stellung des Segels zu verändern, damit sie in dem geringen Wind überhaupt vorankamen. Er hätte immer hier sitzen können und segeln, so friedvoll war dieses Leben und obgleich er nicht das geringste vom Zauberkraut gekostet hatte, spürte er wohltuende Ruhe in sich. Er hatte viel Zeit und ließ sie sich auch, um über alles nachzudenken.

Keines der Worte Ziusudras hatte er vergessen und auch nicht das, was Utnasudra ihm gesagt hatte. Sie und Siduri Sabitu und selbst der meist schweigsame Urschanabi waren wohl Menschen ähnlicher Prägung, ganz anders als die getriebenen Bewohner der Städte, die niemals frei, sondern immer nach einem selbstgeschaffenen Plan lebten, der die Zeit in Stücke zerhackte. Langsam wurde ihm bewußt, daß ja auch er so gelebt hatte, ein Opfer seiner Sehnsucht und seiner unausführbaren Pläne. Er mußte lachen, als er daran dachte. Wie heftig er doch am Leben vorbeigerannt war, ohne die Wirklichkeit zu erfassen. War das tatsächlich er gewesen? Allmählich ging die Saat auf, die Ziusudra als Samen in sein Bewußtsein gepflanzt hatte. Gilgamesch, sprach er zu sich, du bist auf dem besten Wege, endlich zu dir selbst zu finden. . .

Der Tag verging, ohne daß sie die Insel, von der Urschanabi gesprochen hatte, erreichten. Ohne Nahrung und Wasser blieben sie, und so war es auch am folgenden Tag. Der Fährmann blickte immer häufiger suchend zum Himmel und versuchte, sich zu orientieren. Waren sie – seiner Aufmerksamkeit zum Trotz – vom Kurs abgekommen? Er kratzte sich nachdenklich am Kopf und strich sich durch den Bart. »Ich verstehe das nicht«, knurrte er zwischen den Zähnen, »entweder sind wir schon längst an der Insel vorbei oder es muß wohl eine andere Reise gewesen sein, an die ich dachte.«

Endlich, nach einer kühlen Nacht und einem Morgen, an dem frischer Wind die durchscheinenden Wolken am Himmel auseinandertrieb und zerfranste, ragte etwas Dunkles aus dem Meer. Vor ihnen zeichnete sich die Kontur einer Insel ab.

Urschanabi stand auf und betrachtete sie. »Das ist sie nicht«, entschied er. Aber das war gleichgültig, es war Land, eine Insel mit Wasser und Eßbarem darauf. Sie steuerten eine Bucht an, sprangen ins seichte Uferwasser und zogen das Schiff auf den Sand. Danach machte sich Gilgamesch auf, die Insel zu erkunden. Der Fährmann blieb wartend im Boot zurück.

Verdörrt und staubig war das Eiland, kaum mit Buschwerk bedeckt, Eidechsen huschten vor seinen Füßen davon, ein paar wilde Kaninchen auch und dürre, blauschwarze Vögel, die wie ausgehungerte Geier wirkten. Als er beinahe die gesamte Insel überquert hatte, traf er auf einen alten Brunnen. Quellwasser stand in ihm, aber so tief, daß man hinabsteigen mußte, um es schöpfen zu können.

Die Sonne stand hoch am Himmel und brannte unbarmherzig herab. Wieder war es so heiß wie am Tage davor. Ausgetrocknet wie das Land, über das er ging, fühlte sich Gilgamesch und lechzte danach, im kühlen Wasser zu baden und sich zu laben. Er streifte die Kleidung ab und legte den Gürtel mit dem Zauberkraut im Beutel daneben. Nackt stieg er hinab und tauchte in die Kühle ein. Während er so im Wasser stand, das Naß schöpfte und mit geschlossenen Augen genoß, schlüpfte eine Schlange aus dem nahen Gebüsch. Die hatte der angenehme Duft, den das Zauberkraut ausströmte, angelockt. Auch hatte sich wohl das Tuch um das Kraut etwas gelockert. Durch den entstandenen Spalt zwängte sie sich hinein und fraß gierig das Kraut bis auf die Stengel ab.

In diesem Moment öffnete Gilgamesch seine Augen und sah den Beutel sich bewegen. Erschrocken stieg er aus dem Brunnen und näherte sich. Als die Schlange die nahenden Schritte spürte und auch der letzte Rest des Zauberkrauts aufgefressen war, floh sie zum Wasser. Noch im Dahinschlängeln warf sie die schuppige Haut ab und verjüngte sich. Als sie den Brunnenrand erreichte, wechselte sie noch einmal ihre Gestalt und fiel als Ei ins Wasser. Wie gelähmt stand Gilgamesch und hatte alles mit angesehen. Er stürzte zum Beutel und sah, daß das Kraut, das ihm so viel bedeutet hatte, restlos verschwunden war. Da zerbrach noch einmal die Hoffnung für ihn.

Er stürzte auf die Knie und weinte hemmungslos. Alles, alles hatte er in einem einzigen unbedachten Augenblick für immer verloren. Von Tränen überströmt war sein Gesicht, als er zurück zum Fährmann kam.

»Unglück ist über mich gekommen, Urschanabi!« rief er. »Umsonst war die Arbeit meiner Hände, Wunden die ich bekam und Schweiß, den ich vergoß, all mein Hoffen und Tun waren umsonst. Für was tat ich das alles? Ich habe keinen Segen gewonnen. Einzig einer Schlange habe ich überreichlich Jugend geschenkt, für mich aber ist alles verloren. Sag etwas zu mir, Urschanabi! Weißt du einen Rat, der mich trösten könnte?«

Der Fährmann blickte ihn an und sah, daß der Beutel leer und das Zauberkraut daraus verschwunden war. In einem einzigen Augenblick sah er alles Elend der Welt.

»Nun sind wir gleich in unserem Schicksal, mein Freund«, sagte er, »denn beide haben wir das, was uns so überaus wichtig war, durch Unachtsamkeit verloren. Und nicht läßt sich rückgängig machen, was geschah. Den Weg zu den Feldern im Meeresgrund finde ich nicht mehr, mir scheint, als ließe mich mein Gedächtnis von Tag zu Tag mehr im Stich. Sinnlos wäre es, zu suchen, denn weit ist das Meer und kurz nur das Leben des Menschen.«

Da heulte Gilgamesch auf und schlug verzweifelt die Erde. »Mir soll nicht vergönnt sein, was andere vor mir erreichten!« rief er. »Mit leeren Händen stehe ich da und habe mich vergeblich gemüht. Ach, wäre ich doch nie von Uruk aufgebrochen, hätte nie die Ruder zerschlagen und dein Boot betreten, wieviel Enttäuschung wäre mir erspart geblieben!«

Ja, warum hast du es denn getan? fragte ihn da eine innere Stimme. War es nicht schön in den Armen Tehiptillas, der Geliebten? Warum mußtest du rastlos davonziehen und alles erfahren wollen? Nur um zu sehen, daß der Kreis sich schließt, wann immer er will, und nicht den Wünschen der Menschen folgt?

»Nein«, rief Gilgamesch, »ich mußte es tun, ich mußte wandern, nach Tilmun gelangen und die Wunder der Entrückten schauen, die glücklich in Ewigkeit ruhen. Viel habe ich da gesehen und verstanden. Dafür allein schon war es wichtig!«

Dann weiß ich nicht, warum du dich so beklagst, sprach die innere Stimme. Denk an das, was du auf Tilmun erlebtest. Ein Schlüssel ist es, alles zu begreifen. Das Unglück, das aus dir schreit, ist nur ein Teil von dem, der immer noch nicht verstanden hat.

So lag er mit sich selber im Widerstreit, haderte mit seinem Geschick und wurde doch allmählich ruhig. Derweil hatte sich Urschanabi aufgemacht, um sich selbst zu erfrischen und nach etwas Eßbarem zu jagen.

Gilgamesch blieb allein am Ufer zurück und seufzte noch schwer. Lange blieb der alte Fährmann weg, und als er kam, baumelte ein abgezogenes Kaninchen in seiner Hand. Wortlos legte er es auf einen Stein, sammelte Brennholz und entfachte ein Feuer. Schließlich saßen sie in stummer Eintracht beisammen und labten sich am Braten.

»Was gedenkst du zu tun?« fragte Urschanabi endlich.

»Zurück nach Uruk fahren«, antwortete Gilgamesch, und er sagte es so, als sei es die selbstverständlichste Sache der Welt.

»Gut«, nickte der Alte und rollte sich zum Schlafen auf die Seite. Bald schnarchte er in tiefen Zügen. Gilgamesch aber wanderte noch lange am nachtdunklen Ufer entlang, betrachtete die Sterne und das Glitzern der Wellen im Meer.

Wem ich das alles auch einmal erzähle, dachte er, wird er es jemals verstehen? Begreifen, daß ich andere Wege zog als jemals ein Mensch? Wird sich überhaupt jemand an mich erinnern, wenn ich zu Staub zerfallen bin? Ja, es gibt die Mauer um Uruk noch, die stolze und gewaltige Mauer. Sie wird die Stürme der Zeiten überdauern, und selbst, wenn die Menschen dort einmal vergangen sein werden und die Wüste sie überdeckt, so werden andere kommen und sie finden und staunend sagen: Ist dies nicht die Mauer, die Gilgamesch schuf? Dieser Gedanke tröstet mich und auch, wenn es nicht so sein sollte, wenn alle Spuren verweht sind, die ich hinterließ, so ist es müßig, im voraus darüber zu klagen. War mein Leben nicht voll, ist es nicht wichtig in jeder Sekunde? Die Lehre Ziusudras wird mir die Kraft und die Klarheit geben, alles mit wachen Augen zu sehen. Was nützt das Klammern an Geschichten und Dinge? Ich bin ich, und vielleicht gibt es fern in Uruk jemanden, der an mich denkt und auf mich wartet. Was ich aber hinfort erleben werde und wen auch immer ich treffe – ich werde versuchen, es so zu betrachten, wie es einer von Tilmun tut. Ob es Götter gibt oder nicht, ob die Welt ewig ist oder endlich, eine verschlungene Bahn oder ein Kreis, ob es ein sinnvolles Leben für alle gibt oder nur eins, das für den einzelnen wichtig und unwiederholbar ist – dies alles sind Fragen für mich, die plötzlich an Bedeutung verlieren, wenn ich einmal richtig, ein einziges Mal bewußt, einen Stern funkeln sehe, die Schönheit des leuchtenden Meeres und den Wind auf meiner Haut spüre wie ein Streicheln. Ständig, jede Sekunde, muß ich mich entscheiden, ob ich ja oder nein sage zu dem, was ist, und es auch so empfinde, wie ich es sage. Dies allein reicht schon, dies ist mir genug Sinn für das Leben.

Müdigkeit spürte Gilgamesch aufsteigen, und obgleich er gerade zuvor einen solchen Verlust erfahren hatte, fühlte er eine merkwürdige Gelassenheit in sich, als er sich zum Schlafen legte. Er schlief traumlos und tief.

Am nächsten Morgen stachen sie, nachdem sie sich ausreichend mit Trinkwasser versorgt und auch ein paar eßbare Knollenfrüchte und Beeren gefunden hatten, wieder in See. Östlich hielt diesmal der Fährmann das Ruder und steuerte der aufgehenden Sonne entgegen.

Dem Mittag zu wurde der Wind stärker. Kräftig faßte er ins Segel und trieb das Schiff über die aufgewühlte See. Sorgenvoll verdüsterte sich das Gesicht des Fährmanns, und der Himmel tat es ihm gleich. Schwere Wolkenberge kamen heran und verhüllten die Sonne. Noch brach kein Regen aus ihnen hervor, denn der Wind war zu heftig, steigerte sich zum Sturm, der wütend die Wasser aufpeitschte und die Wellen hart werden ließ.

Als der Wind drehte, fuhr er so überraschend in das Segel, daß das Tuch der Länge nach riß. »Vorsicht!« schrie Urschanabi und sprang zu Gilgamesch an den Mast, um das Schlimmste noch abzuwenden. Verbissen kämpfte er mit den Leinen, aber es gelang ihm nicht, als er alle gelöst hatte, das Segeltuch einzuholen. Es flatterte im Sturm und klatschte schließlich in Fetzen auf Deck.

Wenn sie aber gedacht hatten, daß damit die Gefahr vorüber sei, hatten sie sich getäuscht. Immer unheilvoller wurde der Sturm, griff nach dem Boot und schleuderte es durch die Flut. Urschanabi und Gilgamesch blieb nichts anderes, als sich an den Mast zu klammern und sich mit allen verfügbaren Kräften festzuhalten, denn wütende Sturzfluten gingen über sie hinweg und spülten als erstes ihren Proviant über Bord.

Schlag auf Schlag kamen die Wogen, das Boot trudelte und schlingerte ruderlos dahin. Inzwischen war der Himmel schwarzblau geworden und verwandelte den Tag in finstere Nacht. Wolken und Wasser waren zu einer Masse geworden, die toste und schrie. Schließlich durchzuckten Blitze die Düsternis und Donner brach los. Zugleich barsten die Wolken und entluden mit jäher Heftigkeit den Regen. Naß bis auf die Haut waren die beiden, lagen Schulter an Schulter auf dem Deck des Schiffes und glaubten, ihr letztes Stündlein sei gekommen. Sturm heulte um sie mit Stimmen, die aus der Unterwelt kamen.

So ging es mehrere Stunden lang und das Unwetter nahm kein Ende. Im Gegenteil – es steigerte sich noch. Unvorstellbar wurde sein Rasen. So muß es einst bei der Sintflut gewesen sein, schoß es Gilgamesch durch den Kopf. Aber mehr konnte er nicht denken, denn er hatte genug damit zu tun, sich am Mast zu halten. Plötzlich aber ging ein Ruck durch das Schiff, knirschend prallte es auf etwas auf, eine Sandbank vielleicht oder den unsichtbaren Rücken einer aus dem Wasser ragenden Insel. Gilgamesch wurde nach vorn geschleudert und stieß hart gegen den Bootsrand. Einen stechenden Schmerz spürte er an Kopf und Schulter aufflammen. Zugleich aber nahm er ein neues Geräusch wahr, das weitaus gefährlicher noch als das Auflaufen klang. Er wandte den Kopf zur Seite und sah, daß der Mast der Länge nach brach und dicht neben ihm niederstürzte. So schnell ging alles, daß er kaum ausweichen konnte.

Der Mast war heftig über die Bootskante gebrochen und hatte in das Schiff ein Leck geschlagen, durch das nun gurgelnd das Wasser einbrach. Wo war Urschanabi? Gilgamesch brüllte durch den Sturm, bekam aber keine Antwort. Zu sehen war nichts, denn riesige Wellen stürzten nun über das Deck, um das Werk der Zerstörung zu vollenden.

Zweimal tauchte Gilgamesch auf und rang heftig nach Luft, dann fühlte er sich fortgerissen und vom Sog des Wassers weggezerrt. Er schrie, schlug um sich und bekam eine Planke zu fassen. Daran klammerte er sich, während das Schiff noch hochgehoben wurde, niedersackte und auseinanderbrach. Gurgelnd stürzten die Fluten herein, erneut kam Wasser über Gilgamesch und traf ihn wie der Schlag einer Keule. Aber er ließ die Planke nicht los. Er ließ sie nicht los, klammerte sich daran und versuchte, sich mit dem Körper hinaufzuziehen.

Als ihm das nach mehreren vergeblichen Versuchen endlich gelungen war, hatte ihn die Anstrengung so erschöpft, daß ihm schwindelig wurde und er fast das Bewußtsein verlor. Aber er mühte sich, bei Sinnen zu bleiben. Immer noch raste die See und trug ihn in wirbelnde Strömungen hinein. Wenn er auch nur einen einzigen Augenblick nachließ, würde ihn die See von der Planke fegen und in ihren brüllenden Tiefen verschlingen.

So kämpfte er nicht, tat nichts, außer sich krampfhaft festzuklammern und zu warten, daß das Unwetter vorüberging. Endlich, endlich, nach schier ewigen Zeiten spürte er, wie Regen und Sturm nachließen, die See sich langsam beruhigte und er auf Wellenkämmen schaukelnd dahinglitt. Da verlor er doch noch das Bewußtsein und fiel in eine unvorstellbare Finsternis.

Als er erwachte, lag er noch immer auf dem Holz, das Gesicht auf die Planke gepreßt, und sein Körper war taub. Ein dumpfer, klopfender Schmerz hockte in seinen Schläfen, und als er den linken Arm bewegte, zuckte ein Schmerz durch die Schulter, der überraschend und heftig war. Davon mußte er sich erst einmal erholen. Als er erneut die Augen aufschlug, sah er, daß es Tag war, die Wolken verflogen waren und wärmende Sonne über den Himmel stieg. Noch einmal bewegte er den Arm, hob den Kopf, und diesmal gelang es ihm leichter.

Um sich herum erblickte er Meer, eine endlose, grenzenlos weite Fläche aus Wasser. Vom Schiff und den Klippen, an denen es zerschellt war, fehlte jegliche Spur. Ebenso war Urschanabi verschwunden, und ohne es genau zu wissen, ahnte er, daß der alte Fährmann in der vergangenen Nacht ertrunken war.

Davor konnte dich auch nicht das Kraut der Jugend bewahren, kam es ihm durch den Kopf, und er sandte Gedanken in Urschanabis Richtung. Mochten sie ihm hilfreich sein oder auch nur als ein kurzes Gedenken gelten. Nach und nach wurde ihm indes seine eigene hilflose Lage klar. Wie ein Spielball der Wellen trieb er dahin, schutzlos und steuerlos, verloren in den Weiten der See.

Als er eine Weile auf diese Weise dahingetrieben war, richtete er sich langsam auf und streckte sich, so gut es ging, auf seiner Planke aus. Der Schmerz in Kopf und Schulter hatte nachgelassen, wurde zu etwas Fremdem, das er vergessen konnte. Den ganzen Tag über trieb er so und spähte nach Land. Als der Abend sich neigte und Dämmerung kam, sank seine Hoffnung auf Rettung. Kühl wurde die Nacht und ließ ihn erbeben. Mit klappernden Zähnen lag er auf dem Holz und wünschte sich nur, sich in ein wenig Wärme fallen lassen zu dürfen. Aber er mußte auf der Hut sein und sich festhalten, denn immer noch gab es überraschend und völlig unvermutet tückische Wogen, die größer und heftiger waren als andere und ihn leicht hätten vom Holz spülen können, wenn er nicht aufpaßte.

So verbrachte er die Nacht frierend im Dämmerzustand, eine Nacht, die länger dauerte als alle zuvor, und als sie sich ihrem Ende zuneigte, fühlte er sich selbst wie ein Stück nasses, lebloses Holz.

Der Morgen kam, ein neuer Morgen, und wieder kam Wärme auf. Er begrüßte erleichtert die Sonne und das Licht, das Klarheit und Zuversicht schenkte. Was er sich aber vom Tage versprach, das hielt dieser nicht. Er strich dahin und das Meer blieb grenzenlos und ohne rettendes Ufer.

Mit sich selber sprach Gilgamesch, zürnte sich selbst, daß er überhaupt jemals aufgebrochen war, aber den Göttern zürnte er nicht. Er war ja selbst verantwortlich dafür, daß er in diese Lage gekommen war. Niemand anderen als sich selber konnte er schuldig sprechen dafür. So ging der Tag wie der vorige dahin, wieder kam eine Nacht, und sie wurde noch länger als die letzte davor. In ein seltsames Zwischenreich kam Gilgamesch, in einen Zustand, der irgendwo zwischen geschärfter Klarheit und Dämmerung lag. Noch mehr sprach er mit sich, stellte sich Fragen und gab sich Antworten darauf. Rat hielt er mit sich, und da die Zeit aufgehört hatte, gab es genügend Gelegenheit, noch einmal sein ganzes bisheriges Leben zu überprüfen. Jede einzelne Handlung, die er getan hatte, fiel ihm ein, und jedesmal fragte er sich, ob es wohl richtig oder falsch gewesen war, was er da getan hatte.

Die Antworten, die er fand, waren alles andere als ermutigend. Oft hatte er geirrt und krasse Fehler gemacht, und die Erinnerung daran hatte er zumeist beiseite gedrängt. Zum Beispiel das Abenteuer im Zedernwald. Warum hatte er eigentlich das Holz haben wollen und so viele Bäume geschlagen? Nur um mehr oder weniger nutzlose Dinge daraus zu machen? Wie Enkidu, dem die riesige, unvergleichliche Tür so wenig genutzt hatte. Unbrauchbar und ohne Sinn stand sie jetzt herum, lehnte an der Wand seines Palastes und war nicht mehr das, wofür sie einst bestimmt gewesen war. Überhaupt die Bäume, das Holz – war es nicht Leben wie seins?

»Baum«, sprach er zur Planke, »Holz des Baumes, aus dem du einmal geschnitten wurdest – ich danke dir, daß du mich jetzt trägst und mir das Leben rettest. Ich gelobe dir und allen Bäumen hinfort, die deine Brüder wohl sind, keinen von euch mehr mit frevelnder Hand zu schlagen. Zu kostbar seid ihr, um einfache Dinge daraus zu machen. Zu wertvoll ist euer Leben, als es mit einem Axthieb zu beenden. Wenn ich erst wieder in Uruk bin, werde ich viele Bäume pflanzen, und einer davon soll der Baum des Gedenkens sein. ›Gedankenbaum‹ werde ich ihn nennen und eine Tafel anbringen, die jeden, der vorbei kommt, auffordert, im Wandern innezuhalten und nachzudenken.«

Die Planke antwortete nicht, und wenn, dann wohl mit so leiser Stimme, daß sie übertönt wurde vom Rauschen des Meeres.

So gingen die Tage und Nächte dahin in endlosem Wechsel. Der Mond kam und löste die Sonne ab und blieb so lange, bis die Sonne wieder erschien – oder strahlten beide zugleich? Sterne sah Gilgamesch am Himmel, Sterne bei Tag und bei Nacht. Gab es überhaupt noch einen Unterschied im Ablauf der Zeiten? Hunger und Durst quälten ihn, später spürte er sie nicht mehr, aufgeplatzt waren seine Lippen und geschwollen sein Mund. Eine Salzkruste überzog seine Haut, und teilweise schon war er ein Fisch. Manchmal wurde es überraschend dunkel – dann verlor er das Bewußtsein und erwachte irgendwann später ... oder geschah alles zur gleichen Zeit?

»Ich bin Gilgamesch, König von Uruk«, sprach er zu den Fischen und winkte ihnen mit matter Handbewegung zu.

»Und wir sind Fische und allesamt Könige des Meeres«, antworteten die Fische und winkten mit den Flossen zurück.

Er versuchte, Seewasser zu trinken, aber ließ es bald sein, denn es brannte wie Feuer und stülpte seinen Magen um. Einmal schwamm ein blauschuppiger Fisch mit rotem Bauch dicht auf ihn zu, der äugte aus glasigen Augen und blubberte: »Nimm mich, friß mich roh, ich bringe dir Rettung!«

Da überlegte Gilgamesch nicht lange, packte den Fisch, führte ihn zum Mund und biß ihm in den Rücken. Auch dies schmeckte scheußlich, aber es stärkte ihn auf überraschende Weise. Es blieb der einzige Fisch und die einzige Nahrung, die er zu sich nahm. Schließlich träumte er mit offenen Augen.

Schwimmende Gärten umtanzten ihn, Seeanemonenwälder und Schleiertang wie wehendes Frauenhaar. Seltsame Wesen stiegen aus dem Grund des Meeres herauf, sahen ihn schweigend an und sanken ins Vergessen zurück. Schließlich kam ein riesiger Fisch auf ihn zu, groß wie ein Haus mit schäumendem Maul.

Genau auf das Maul trieb er zu und machte keine Anstalten, zu entkommen. Da glitt der Fisch dicht an ihm vorbei und hielt seitlich von ihm still und starrte ihn mit zahlreichen Köpfen an. Etwas, das wie eine Schlange aussah, schnellte vom Rücken des Fischs und klatschte dicht vor der Planke ins Wasser. Gilgamesch griff zu und merkte, als er die Schlange zu packen bekam, daß es ein Seil war, ein dickes, kräftiges Tau. Und er spürte, daß er davon zum Körper des Fischs gezogen wurde. Als er ganz dicht heran war und im Schatten des Fischleibs lag, riß er mit Anstrengung die Augen auf und erkannte ein Schiff. Braune Menschen beugten sich über den Rand hin zu ihm und streckten ihre Arme aus. Er wurde emporgezogen und tauschte die Planke mit einem sicheren Deck. Viele Männer mit fremden Zungen umstanden ihn. Einen davon aber erkannte er und erkannte auch seine Stimme, als sie plötzlich in der Sprache der Heimat zu ihm sprach: Es war Abu el Dschardscha, der Kapitän.

Abu el Dschardschas Schiff war reich mit Schätzen beladen. Er kam von den Gestaden jenseits des Meeres, hatte Handel zwischen den Inseln betrieben, das gefährliche Unwetter unbeschadet überstanden und war jetzt unterwegs zur Mündung des Euphrat, den er hinauf bis nach Mari fahren wollte.

»König Lamgi wartet auf Stoffe, Gewürze und edle Steine«, lachte der Kapitän in der Erwartung guter Geschäfte. Sie saßen am Tisch und unterhielten sich angeregt. Schnell hatte sich Gilgamesch von den Strapazen erholt und war wieder zu Kräften gekommen. Er freute sich, ausgerechnet von diesem freundlichen, safranhäutigen Mann gerettet worden zu sein, und darauf, bald wieder das geliebte Uruk sehen zu dürfen.

Nein, von einer Insel namens Tilmun hatte Abu el Dschardscha nie etwas gehört und auch keine auf seinen vielen Fahrten gesehen, auf die die Beschreibung gepaßt hätte. Außerhalb aller bekannten Seewege lag sie und würde nun, nachdem Urschanabi, der Fährmann, ertrunken war, wohl auch niemals wieder angesteuert werden. Bei Gilgameschs Bericht von der Überfahrt und vom Aufenthalt dort, von Ziusudra, seinem abgeschiedenen Leben auf der Insel der Seligen und vor allem bei der Sintflutgeschichte schüttelte Abu el Dschardscha mehrmals verwundert den Kopf.

Als Gilgamesch geendet hatte, sagte er: »Ganz und gar ungewöhnlich klingt das, was du sagst, so unglaublich, daß ich an der Wahrheit deiner Worte zweifeln würde, wenn ich nicht wüßte, daß du ein Mann bist, der wenig von Märchen und vom Aufschneiden hält. Was Ziusudras Schilderung der Sintflut indes anbelangt, so gibt es auch bei meinem Volk Zeugnisse davon. Die Menschen der Inseln, besonders die weisen Verkünder, sprechen noch heute davon. Es muß wahrhaftig ein großes Unglück gewesen sein, das die Bewohner der Erde völlig unvorbereitet traf und alles zerstörte, was einstmals bestand. Was Ziusudra da sagte, klingt überzeugend, denn auch die Gelehrten in unserem Lande behaupten, daß sie von Leuten abstammen, die einstmals in grauer Vorzeit als einzige Überlebende einer riesigen Flut mit einem Schiff in den Bergen landeten. Weit verstreut muß sich Ziusudras Gefolgschaft haben, denn ähnliche Geschichten erzählt man sich auch in anderen Ländern der Erde.«

»Ganz sicher hat Ziusudra die Wahrheit gesprochen«, erklärte Gilgamesch bestimmt, »er ist ein Wesen, das einfach nicht lügen kann, zu entrückt ist er, jenseits von Böse und Gut.«

»Jenseits von Böse und Gut«, wiederholte Abu el Dschardscha nachdenklich, »... ich wollte, ich könnte so leben wie er.«

»Vielleicht ist das der Traum aller Menschen...«

»Aller bestimmt nicht«, widersprach der Kapitän, »gerade habe ich auf den Inseln gesehen, wie leicht doch das Böse zur Macht kommt, weil es ein Ziel hat und keine Bedenken. Vernünftige Herrscher fallen, Tyrannen setzen sich auf den Thron und lösen einander ab in einer Folge blutiger Umstürze. Das Gute hat es meistens schwerer, sich durchzusetzen, einfach weil es weniger will und sich zu viele Gedanken macht.«

»Was ist schon gut und was böse? Wer bestimmt es und legt es fest?«

»Ich weiß es nicht genau«, sagte Abu el Dschardscha, »vielleicht, daß auf einem Schiff sowieso andere Gesetze gelten als an Land. Wir Heimatlosen sind freier als andere Menschen und sehnen uns doch nach Ordnung. Und so macht man sie sich: Gut ist, was mir und meiner Besatzung nützt, alle anderen sind schlecht – Seeräuber und habgierige Despoten, die allesamt von ihren winzigen Reichen glauben, sie seien das Zentrum der Welt. Schlecht ist, wenn kein Wind geht oder zuviel, manchmal das Meer...«

»Die See ist nicht schlecht, auch sie scheint mir jenseits von Böse

und Gut zu sein«, sagte Gilgamesch. Obgleich er doch gerade erst um ein Haar dem nassen Tod entronnen war, mochte er dem Meer nicht zürnen. Er glaubte, allmählich etwas vom Geheimnis zu verstehen: Schnell war der Mensch dabei, seine eigene Verantwortung zu leugnen und die Schuld für sein Mißgeschick stets außerhalb von sich zu suchen. Schlecht war immer das, was gerade nicht paßte, und gut, was für den Augenblick praktisch und nützlich erschien. Zumeist aber entschied sich der Mensch für etwas, das er aus seiner begrenzten Blickweise gar nicht erfassen konnte.

Er hatte sich vorgenommen, in Zukunft schärfer als bisher hinzusehen und möglichst so wach zu sein, wie nur möglich, auch wenn er Ziusudra und seinen entrückten Zustand wohl niemals erreichen würde. Er betrachtete nachdenklich das Wasser. Glatt war die See, ruhig und schön. Sie war so, wie Siduri, die Schekin, sie genannt hatte – immer anders, nie mit dem gleichen Gesicht.

»Ich werde den Zauber wohl niemals restlos verstehen«, sagte er. »Zwar bin ich auf dem Euphrat gefahren und jetzt lange schon über das große Wasser. Ich sehe auch, daß es interessant und abwechslungsreich sein muß, auf den Planken eines Schiffes zu leben, ständig in der Nähe des Wassers wie du – und doch zieht es mich mächtig zum Festland, ins umwallte Uruk zurück. Die Ebene ist es, das flache Land und der sichere, geborgene Hort einer Stadt, was mir Heimat ist und mich immer wieder zurückkehren läßt. Diesmal ist mein Sehnen nach Uruk so groß wie niemals zuvor.«

»So kann nur einer sprechen«, sagte Abu el Dschardscha, »den seine Sehnsucht bis an den Weltrand trieb und der nun erkennt, daß er das, was er suchte, bereits die ganze Zeit über in sich trug.« Er lachte. Gilgamesch stimmte in seine Fröhlichkeit ein.

»Wahrscheinlich hast du recht«, antwortete er, »ich trug es die ganze Zeit über in mir. Mir fehlte nur noch der richtige Blick, es zu erkennen.«

»Gestattest du eine Frage, die mich seit jener Stunde beschäftigt, als wir dich auf dem Treibholz liegend fanden und aus dem Meer herauszogen?«

Als Gilgamesch nickte, fuhr Abu el Dschardscha fort: »Du mußt nach dem Schiffbruch lange in der Strömung getrieben sein, und deine Kleidung war vollgesogen von Wasser. Nun ist sie wieder wie neu und sieht königlich aus, wie ich es selten erblickte. Aus welchem Material ist sie nur? Niemals, obgleich ich mit Stoffen handele und viele kenne, sah ich solchen zuvor.«

Gilgamesch sah verblüfft an sich herunter. Es stimmte, was der Kapitän sagte, seine Kleidung hatte alles unbeschadet überstanden und strahlte wie neu in glänzender weißer Farbe. Wenn die Sonne darauf fiel, glitzerten unzählige hauchdünne Fädchen im Stoff wie silbernes Spinnwerk.

»Diese Frage kann ich dir leider nicht beantworten«, sagte er, »denn ich habe Utnasudra nicht nach der Herkunft gefragt. Es muß ein Stoff von der Insel Tilmun sein. Leicht wie ein Schleier ist er und doch fester als Wolle und Leder. Obgleich sein Gespinst so zart ist, kühlt es mich bei Hitze und wärmt mich im Sturm. Vielleicht ist sein Material darum so unvergänglich, weil es aus der Hand einer Unvergänglichen stammt.«

Sie näherten sich jetzt dem Land und fuhren in Sichtweite die Küste entlang. Unbewohnt war sie und nach der Auskunft der Seeleute ohne Gefahr. So gingen die Tage beschaulich dahin. Der Wind wehte schwach und das Schiff glitt langsam und ruhig voran.

Eines Morgens aber erreichten sie die Mündung des Euphrat und wenig später den Hafen von Ur. Dort machte das Schiff fest, und Abu el Dschardscha ging an Land, um mit seinen Waren zu handeln. Auch Gilgamesch verließ das Schiff, um dem Fürsten von Ur einen Besuch abzustatten. Er wurde mit Ehren empfangen und verbrachte eine ganze Woche dort als gern gesehener Gast.

Als Abu el Dschardscha seine Geschäfte beendet hatte und wie vereinbart einen Boten zum Palast des Fürsten schickte, brach Gilgamesch freudig auf. Es drängte ihn mächtig, Uruk wiederzusehen. Noch einmal verging ein Tag, den sie der Strömung des Euphrat entgegensegelten, bis er den Eanna erblickte. Stolz zeichneten sich die Zikkurat und die Mauern der Tempel vor dem Himmelsblau ab. die Blendsteine seines Palastes glitzerten in der Sonne, und die Mauer um Uruk stand wie ein eherner Gürtel.

Als Abu el Dschardschas Schiff im Hafen anlegte, achtete kaum jemand auf die braungebrannte, wettergegerbte, bärtige Gestalt, die so fremdartig gekleidet war. Unbemerkt verließ Gilgamesch die Hafenanlage und ging zu Fuß durch die Stadt. Wie damals als Kind, als er in der Wüste vom roten Löwen geträumt hatte, kam er vom Paradies zurück. Aber diesmal trug er es mit sich im Herzen.

Er lief die steile Abkürzung zum Eanna hinauf, umging die Wachen am Platz und schlug den Weg zum Egalmach ein. Als er ans Tor klopfte und ihm von einer Dienerin geöffnet wurde, brauchte sie lange, um ihn zu erkennen.

»Still, verrate niemandem, daß ich zurück bin«, sagte Gilgamesch und legte den Finger warnend vor die Lippen. Nicht ins Innere des Palastes, sondern in den duftenden Garten lief er, denn er wußte, daß sie dort war. Und richtig, kaum war er, der Mauer folgend, um die Ecke gebogen, entdeckte er Tehiptilla, die mit zwei Freundinnen zwischen den Büschen saß.

Er ging auf sie zu, kniete vor ihr nieder, ergriff ihre Hände und legte seinen Kopf in ihren Schoß. Erst jetzt, an dieser Stelle ihre Nähe atmend, spürte er, daß er wirklich zu Hause war. »Tehiptilla, liebe Tehiptilla«, sagte er, »ich bin gekommen, um nie wieder zu gehen.«

Tehiptilla war unfähig, etwas zu sagen. Immer wieder nur glitten ihre Finger streichelnd durch sein Haar. Schließlich stand sie auf und zog ihn hoch zu sich, wie sie es damals am Grab Enkidus getan hatte. Sie hob den Kopf und deutete mit einer Geste in das Innere des Parks.

»Wir sind nicht mehr allein«, sagte sie.

Zuerst verstand Gilgamesch nicht und blickte verwundert in die angedeutete Richtung. Dann aber sah er eine Dienerin kommen. An der Hand führte sie einen kleinen Jungen, der erste, unbeholfene Gehversuche machte. Immer näher kamen die beiden heran. Da begriff er.

Der Kleine starrte ihn aus großen, staunenden Augen an, ließ die Hand des Mädchens los und lief von selber weiter. Er war seinem Vater wie aus dem Gesicht geschnitten.

»Ist es wirklich...?« flüsterte Gilgamesch und spürte eine nie gekannte Zärtlichkeit in sich strömen. Tehiptilla nickte.

Ich weiß nicht so recht, was ich von Eschnunna halten soll«, sagte Erenda, »er wirkt wie ein alter, gefährlicher Löwe, den man nicht reizen darf. Tagelang schließt er sich in seiner Kammer ein, spricht mit niemandem, und wenn er endlich wieder ans Tageslicht kommt, ist sein Gesicht so verfinstert, daß es besser ist, ihm aus dem Wege zu gehen. Und weißt du, was der Grund für seine Düsternis ist? Er behauptet, Anu hätte ihm die Gunst entzogen und würde ihm die Zustimmung zu seinen Vorhaben versagen.«

»Wie das?« entfuhr es Gilgamesch überrascht, »hat Anu nicht die Felder gesegnet, reichlich Korn wachsen lassen und die Früchte üppig gedeihen? Sind die Menschen Uruks nicht satt und frei von der Bedrängnis früherer Zeiten? Ich verstehe Eschnunnas Sorge nicht.«

»Ich auch nicht«, sagte Erenda betrübt. »Eschnunna meint, gerade der übergroße Wohlstand wäre es, der den Fortbestand unseres Volkes bedroht. Die Menschen würden nur noch nehmen, ohne darüber nachzudenken, woher alles kommt und daß es Anu ist, der dem Land Fruchtbarkeit bringt. Wie verwöhnte Kinder seien sie, anspruchsvoll, unersättlich und nicht bereit, etwas von ihrem Überfluß als Opfer zu geben.«

»Und wie denkst du darüber?«

Erendas Stirn legte sich in Falten. Seine Antwort kam so schnell, daß Gilgamesch merkte, wie oft er darüber schon nachgedacht hatte. »Ich denke, daß der Reichtum Uruks vor allem das Werk vieler fleißiger Hände ist. Ich denke, daß es gut ist, in Anus Wohlwollen zu leben, daß es aber nicht ausreicht, sich allein auf die Gunst eines Gottes zu verlassen. Selber müssen die Menschen etwas tun, um Glück und Zufriedenheit zu finden. Ich denke auch, daß sich Eschnunna allzu viele Sorgen macht und seine Darstellung der Dinge reichlich übertrieben ist. Das Alter verzerrt seinen Blick. Starr ist sein Denken geworden, und seine Stimme ist voll beißender

Schärfe. Er ist kein fürsorglicher Vater mehr, sondern ein Richter, vor dessen gestrengem Anspruch nichts und niemand mehr standhalten kann.«

»Für einen Priester des Anu bist du recht deutlich in deiner Rede und urteilst streng über deinen Vorgesetzten.«

Röte schoß Erenda ins Gesicht. Er sagte: »Ja, ich bin ein Anupriester. Aber keiner, der sich ausschließlich der Einsamkeit im Tempel und der Sterndeutung verschrieben hat. Oft und lange genug habe ich mich in deiner Abwesenheit den Staatsgeschäften gewidmet, habe viel mit dem Volk zu tun gehabt, entscheiden und Recht sprechen müssen. Solches Tun scheint mir notwendiger und wichtiger zu sein, als die Leber von Schafen zu betrachten und sich auf das Orakel allein zu verlassen. Ich vertraue lieber dem offenen Blick auf das, was ist, und denke über das nach, was sein wird. Eschnunna hingegen trauert einer ruhmreichen Vergangenheit nach, einer Zeit, die keiner mehr kennt und heute niemandem nutzen würde.«

»So hältst du seine üble Laune für die Starrheit des Alters?«

»Ja«, antwortete Erenda, »Eschnunna zürnt dem Schicksal, weil er denkt, daß der Glaube an Anu im Volk an Ansehen verliert. Schau: nirgendwo sonst werden ihm neue Tempel erbaut, weder unsere Nachbarn noch sonst ein fremdes Land wollen in Anu den höchsten Gott sehen. Eschnunna merkt auch, daß ganz im Gegensatz dazu Ischtars Venuskult an Bedeutung gewinnt. Überall im Ausland werden ihr zu Ehren Tempel errichtet, und sie entsendet ihre Mädchen nach dort, um sie als Hohepriesterinnen einzusetzen. Die Priester Anus aber bleiben in Uruk und haben selbst hier nicht mehr so viel Einfluß wie früher.«

»Wie erklärst du dir diese Verlagerung hin zur weiblichen Seite?«

»Zur weiblichen Seite? Du meinst hin zu Dirnenkult und käuflicher Liebe! Mehr ist es doch nicht, was vom Inhalt der Venusreligion geblieben ist«, antwortete Erenda. »Ich will nicht gehässig sein, aber ich behaupte dennoch: Von Ischtars Glaube ist nur noch der äußere Schein geblieben, der tiefere Sinn ist verkommen.«

»Wie beim Glauben an Anu auch«, ergänzte Gilgamesch.

»Ja, genau, wie beim Glauben an Anu ebenso«, sagte Erenda. »Vielleicht ist es mit dem Glauben so wie mit dem Wasser des

Euphrat: In Wellen kommen die Wogen, was heute noch oben ist, kann morgen schon unten sein und spült eines Tages erneut an die Oberfläche empor. Das scheint das Gesetz des Kreislaufs zu sein. Was nützt also das Zürnen, wie es Eschnunna tut? Wenn die Menschen sich abwenden von einer Sache und lieber anderes tun, so ist es ihr gutes Recht und liegt im Wandel der Zeiten.«

»Ich staune«, sagte Gilgamesch und betrachtete sein Gegenüber mit sichtlicher Anerkennung, »ich staune über solche Worte, die ich nie zuvor von einem Diener des Tempels gehört habe. Klar erscheinen sie mir, klar und richtig, und sie greifen weit in die Zukunft hinein. So wie du denkst, Erenda, so denke auch ich. Es wundert mich aber nur, daß dir die Zukunft der Menschen wichtiger ist als die des Tempels. Wirst du nicht selber bald in eine Position kommen, die dich zu einem anderen Verständnis zwingt? Bist du nicht als Nachfolger Eschnunnas vorgesehen?«

»Hah«, lachte Erenda auf, »ich war es, ja das stimmt. Ich war es, bevor sich Eschnunna anders entschied und anfing, den Umgang mit mir zu meiden.«

»Und wer soll jetzt Nachfolger werden?« fragte Gilgamesch gespannt.

»Das wirst du wahrscheinlich niemals erraten«, erwiderte Erenda, »denn zu komisch ist eigentlich die Vorstellung. Stell dir vor: Abebe wurde erkoren. Er ist nun Eschnunnas Günstling und soll im Amt des Oberpriesters die Nachfolge antreten.«

Gilgamesch schüttelte verwundert den Kopf und konnte ein Lachen nicht unterdrücken. Ausgerechnet der kleine, dicke, ein wenig tölpelhafte Abebe! Wo doch ein jeder wußte, wie langsam bei ihm Denken vor sich ging. Gilgamesch entsann sich, wie damals ihr gemeinsamer Botengang zu den Höhlen der sieben Weisen verlaufen war. Angst hatte Abebe gezeigt, Feigheit und Engstirnigkeit. Vor den Eulen der Alten wäre er am liebsten geflohen und hatte von ihren Worten so gut wie nichts begriffen. So war klar, daß so einer duckmäuserisch genug war, um Eschnunna gegenüber keine eigene Meinung zu haben. Mit »Ja« und »elluri« stimmte er dem Alten wohl ununterbrochen zu und war ihm ein folgsamer, bequem zu handhabender Diener. Diese Art von Menschen hatte Gilgamesch nie besonders gut leiden können. In der einen Stunde waren sie hündische Sklaven und in der nächsten, wenn es sich ergab, konnten sie sich als Tyrannen entpuppen. Man mußte die Entwicklung im Auge behalten. Und Eschnunna natürlich auch.

Was indes Iluna anbetraf, so hatte sie eine erstaunliche Wandlung vollzogen. Friedfertig war sie geworden und schien die Fehde von einst vergessen zu haben.

»Du sprachst davon, daß für Ischtar im Ausland neue Tempel errichtet werden...«

»Ja, der in Kisch ist fertig, und zwei neue werden östlich des Tigris erbaut.«

»Dann dürfte Ilunas Wille zu herrschen wohl in Erfüllung gegangen sein«, sagte Gilgamesch und dachte an den Machtanspruch seiner früheren Feindin und an die Intrigen, die sie gesponnen hatte, um sich durchzusetzen.

»Ja, sie regiert über die Tempel vieler weit auseinander liegender Städte, sendet Boten mit Nachrichten zwischen ihnen hin und her und läßt ihre Mädchen mit gläubiger Inbrunst dienen, während sich ihre Schatzkammern unaufhaltsam füllen.«

Mochte sie ruhig im Überfluß schwelgen und sich im Glanz ihrer Erfolge sonnen, Gilgamesch war das gleich. Sein Denken beschäftigte sich mit einem ganz anderen Aspekt.

»Kommt nicht bald wieder der Tag der heiligen Hochzeit heran?« fragte er.

Erenda nickte. »Ja, und soweit ich weiß, ist diesmal die Reihe an ihr, sich einen Ischcharo zu wählen.«

Gilgamesch zuckte zusammen. Erenda bemerkte es und lachte.

»Keine Angst«, sagte sie, »du wirst es nicht sein. Man munkelt darüber, daß sie ihre Wahl bereits getroffen hat.«

»Und wer ist der Glückliche, der das Bett der Göttin teilen darf?«

»Urnigingar«, sagte Erenda und bestätigte, als er das verdutzte Gesicht Gilgameschs sah: »Ja, Iluna hat schon lange ein Auge auf deinen Herold geworfen. Und er scheint auch nicht abgeneigt zu sein, die heilige Hochzeit zu vollziehen. Im Gegenteil – es schmeichelt ihm, der Auserkorene zu sein. Hat er nicht enorme Fortschritte gemacht, ist er nicht einen außergewöhnlichen Weg gegangen – vom einfachen Schleuderer zum Herold des Königs, und nun wird er sogar der Geliebte einer Göttin... Alle Männer in Uruk beneiden ihn sehr.«

Gilgamesch nicht, und er gab sich auch wenig Mühe, sein Mienenspiel zu verstellen. Erenda verstand es und lachte erneut. Auch er machte kein Hehl daraus, wie wenig Achtung er vor Iluna, der jüngsten Verkörperung Ischtars auf Erden, empfand.

»Es wird wohl eine Doppelhochzeit werden, eine heilige und eine richtige dazu«, sagte Gilgamesch und sprach damit zum ersten Mal offen aus, was er sich schon gleich nach seiner Rückkehr nach Uruk vorgenommen hatte. Er würde Tehiptilla vor allem Volke zur Frau nehmen, nachdem sie es faktisch ja bereits schon seit langem war. Seine Ischchara war sie, sie hatte er von Anbeginn an erwählt, nun sollte sie auch Königin werden. Amdrubal aber, sein Sohn, würde dadurch den Anspruch auf die Thronfolge erwerben.

Gilgamesch war glücklich im Egalmach. Zum ersten Mal in seinem Leben suchte er nicht mehr, sondern fand, und er war erstaunt über die Vielfalt an Gefühlen, die er für sich entdeckte. Der Egalmach war sein Zuhause geworden, in ihm schlief und wohnte er, hier genoß er die ruhigen Stunden des Tages im Garten. Seinen Palast dagegen hatte er zum Sitz der Beamten gemacht, zum Versammlungsort und zum Platz für die Staatsgeschäfte. Zu ihm ging er hinüber, um seine Arbeit zu tun, wie andere sich aufmachen, von ihrer Hütte auf die Felder zu gehen. Und er teilte die Stunden seiner Anwesenheit dort sorgfältig ein, so daß sich alle danach richten konnten. Morgens, zwischen der neunten und zehnten Stunde, gab es Gelegenheit für jeden aus dem Volk, gleichgültig, welchen Standes oder Geschlechts, ihn zu sehen und zu sprechen – vorausgesetzt, es waren besondere Nöte und Probleme, die keiner der Beamten zu lösen vermochte.

Auch ging Gilgamesch jetzt in einfacher Kleidung und verzichtete auf jeglichen Prunk. Nur zu Feiertagen und besonderen Anlässen legte er das Gewand aus Tilmun an, das immer gleich aussah und niemals älter zu werden schien. Diesen Rock und das Stirnband dazu wollte er auch am Tag der Hochzeit tragen, wenn er an Tehiptillas Seite über den großen Platz hinüber zum Tempel des Anu schreiten würde und später durchs Ischtartor, um die Segnung zu empfangen. Hoch über die Menge würde er Amdrubal mit seinen Händen heben, damit ihn auch jeder sehen konnte und wußte, daß er der Thronfolger war, den er, Gilgamesch, dereinst an seiner Stelle einsetzen würde.

So geschah es, und es wurde ein Fest, über das man noch lange in Uruk sprach. Sinnunni, der Dichter, war dabei und prägte sich alle Einzelheiten ein, um sie später in Tontafeln zu ritzen. Eine Hymne machte er auch, die nannte er »Fest der zwei Bräute«, und dieses Lied wurde später oft und gerne – auf Hochzeiten zumeist – gesungen.

Ganz besondere Glücksmomente aber waren es für Sinnunni jedesmal, wenn ihn Gilgamesch zu sich bat, um über die Reise nach Tilmun zu berichten. Zu Füßen des Königs saß er dann im Park des Egalmach und lauschte Gilgameschs Erzählungen, während Tehiptilla mit Amdrubal spielte und die Dienerinnen Gartenarbeiten besorgten und sangen.

Die Insel der Seligen, Ziusudras und Utnasudras Erlebnisse vor, während und nach der Sintflut, Urschanabis Schicksal und die Weisheit der Schenkin Siduri Sabitu sowie die Gedanken an das Kraut ›Jung wird der Greis‹ regten seine Phantasie mächtig an. Immer wieder fragte er nach und ließ sich Einzelheiten erklären, und Gilgamesch kam seinem Wunsch gerne nach, denn auch er war daran interessiert, seine Erinnerung an jenes außergewöhnliche Abenteuer und die unwiederbringbaren Tage vollständig auszuloten.

Sinnunni aber lauschte verzückt, beinahe andächtig, den Worten des Königs, sammelte sie ein wie kostbare Perlen und Steine, aus denen er in Versen ein Kleinod zu fügen gedachte.

»Gilgameschs Suche nach dem ewigen Leben« nannte er das Epos, das unzählige Tontafeln füllte und immer noch nicht abgeschlossen werden konnte, weil ihm ständig neue, bessere Formulierungen einfielen. So galt es, Tafeln auszutauschen, neue zu schreiben, und diese wiederum Gilgamesch vorzutragen, um zu sehen, ob sie seine Zustimmung fanden.

Von Enkidu und vom Bau der großen Mauer berichtete er, ebenso über die Fahrt zum Zedernwald, über Chumbawas Ende und die

Erlegung des Himmelsstiers. Alle Taten und Erlebnisse Gilgameschs fügte er in Verse und brachte eigene Gedanken und Kommentare hinzu, die lehrhaft für die Zuhörer sein und ihnen Wissenswertes erklären sollten. Denn das, was er schrieb, gelangte bald unters Volk. Sinnunni war ein beliebter Dichter, dessen Sprache man schätzte. Gern lud man ihn ein zu sich ins Haus, wenn eine Feier anstand, und es gab kein größeres Fest, auf dem Sinnunni fehlen durfte. Mit den Berichten von Gilgameschs ruhmreichen Fahrten aber wuchs sein Ansehen ungeheuer. Jeder wollte sie hören, und bald scharten sich Schüler um Sinnunni, die Abschriften seiner Verse machten und die Tontafeln in Ur und Eridu, in Nippur und Mari und noch weiter im Lande verbreiteten.

Je öfter Gilgamesch Sinnunnis Verse vernahm, desto größer wurde sein Abstand zu dem, was geschehen war. Gern hörte er von sich reden, aber nicht wie einer, den es schmeichelt, im Mittelpunkt des allgemeinen Interesses zu stehen, sondern ihm ging es vielmehr darum, Erkenntnisse, die er gesammelt hatte, zum Nutzen aller weiterzutragen. Und so gab es bald viele, die sagten, Gilgamesch sei zur wahren Weisheit gelangt, aus dem stürmischen, draufgängerischen Helden von einst sei ein nachdenklicher, überlegen handelnder Mann geworden, einer, auf dessen Rat zu hören überaus nützlich und lohnenswert war.

Gilgameschs Nachdenklichkeit und die heitere, lebensfreundliche Art, zu der er gefunden hatte, gerieten zum Nutzen aller. Nie zuvor war in Uruk so weise und ausgewogen Recht gesprochen worden, wie unter ihm. Nie zuvor, mit Ausnahme vielleicht in den Tagen Lugalbandas, hatte Sumer einen König erlebt, dem das Wohlergehen des Volkes so sehr am Herzen lag.

Gilgameschs und Tehiptillas Regentschaft entwickelte sich zu einer Folge harmonischer Jahre, in denen die Menschen zufrieden waren und so lebten, daß sie diese Zeit »die goldene« nannten. Es waren Jahre, die vom friedlichen Zusammenleben mit allen Nachbarn gekennzeichnet waren oder, wie Sinnunni es ausdrückte, »in der man nach innen mit Freude blickte und nach außen hin ohne Furcht.«

Den stärksten Ausdruck fand dies in einem von Gilgamesch gestifteten Fest, das zum Frühlingsbeginn eines jeden Jahres mit fröhlichen Umzügen begangen wurde – das »Fest der Baumpflanzung«.

Besonders gern erinnerte sich der König an jenen Tag, als sie es zum ersten Mal im neugepflanzten Heiligen Hain gefeiert hatten. Er war mit Tehiptilla und Amdrubal vom Eanna hinabgestiegen und über die Felder gegangen. Ein großes Gefolge begleitete die Prozession, die gesamte Priesterschaft beider Tempel und viel Volk schloß sich ihnen an. Jeder hatte sein bestes Gewand angelegt, denn es war der höchste Feiertag des Jahres. Die Mädchen der Ischtar gingen blumenbekränzt, sangen und musizierten, und die Kinder Uruks verstreuten Blumen auf ihrem Weg.

Zunächst führte der Zug zum »Baum der Erinnerung«, den Gilgamesch, seinem Versprechen getreu, unmittelbar nach seiner Rückkehr eigenhändig gepflanzt hatte. Vor ihm blieb er stehen und prüfte die Stärke des jungen Stammes, betrachtete aufmerksam die Knospen, die in der ersten milden Sonne prächtig gesprossen waren, während Tehiptilla den mitgeführten Krug ihrem Sohn Amdrubal reichte. Dem Kleinen machte es außerordentlich Spaß, den Baum, der kaum größer war als er selbst, zu wässern.

Während das Volk und die Priesterschaft nun, dem Vorbild ihres Königs folgend, mit hölzernen Hackstöcken den Boden aufgruben, um Mulden für neue Setzlinge zu schaffen, beschworen Iluna und Abebe mit Bittgesängen die Fruchtbarkeit der Felder, Gärten und Haine ringsum. Was hatte doch Gilgamesch, der große und weise Herrscher über Uruk, verkündet? »Laßt uns mit Bäumen die Felder begrenzen, sie schützen, damit in ihrem Schatten alles besser gedeiht und unsere Stadt zu einem fruchtbaren Paradies wird inmitten der Wüste. . .«

Ja, so oder ähnlich hatte der König gesprochen, und noch mancherlei mehr, das aber ein jeder anders auslegen konnte und mit eigenen Gedanken ausschmücken. Wie auch immer – es war eine Freude, den fortschreitenden Gürtel aus Grün rings um die Stadt zu betrachten, und klar war auch, daß er außer dem Schatten auch sonst noch vielerlei Vorteile brachte. Schon jetzt hatten sich Scharen von Singvögeln in den Hainen niedergelassen, und sie raubten ganz und gar nicht die frische Saat, wie einige Zweifler anfangs befürchtet hatten – weswegen man eigens in der Zeit der Aussaat Wächter auf den Feldern aufstellen ließ –, sondern sie taten sich vielmehr an den Käfern und Heuschrecken gütlich, die sonst einen Gutteil der Ernte vernichtet hätten.

Es war ein großes Fest, und ringsum herrschten Zufriedenheit und emsiges Treiben, die Menschen sangen bei ihrer Arbeit und brauchten nicht einmal Sinnunni, um neue Lieder für ihre Freude zu erfinden.

Für Gilgamesch aber, der immer noch am Gedankenbaum weilte und seinen Blick über das wachsende Grün schweifen ließ, bedeutete all dies noch wesentlich mehr.

Mein ganzes Leben lang habe ich mit Bäumen zu tun gehabt, dachte er. Wenn ich sagen sollte, was für meinen Weg wirklich von Bedeutung war, so sind es die Bäume... Hat nicht alles damit begonnen, daß ich die Zaubereiche ausriß und aus ihrem Wurzelholz die Trommel und den Schlegel schnitzte? Hat nicht erst der Klang dieser Trommel mich zum König gemacht und dazu beigetragen, die gewaltige Mauer, die große, prachtvolle Stadt Uruk zu bauen? Der Zug zum Hermon, das Fällen der Zedern, hat mir – obgleich es ein Fehler und leichtsinnig war, wie ich heute einsehe – großen Ruhm und Reichtum gebracht. Meinen Freund Enkidu, der ein Teil von mir war, verlor ich allerdings deshalb... Ach, hätte ich nur auf seine Warnung gehört! »Weißt du nicht, daß die Bäume der Reichtum eines Landes sind?« – das waren damals seine Worte gewesen, ich werde sie nie vergessen! Und niemals mehr möchte ich diesen Reichtum schmälern, den uns die lebendige Natur schenkt, wenn wir nur verstehen, ihn zu pflegen und zu hüten...

Im Garten der Edelsteinfrüchte wuchsen Gold und Juwelen an den Zweigen, aber diese Art von Früchten kann niemand essen, dieser Reichtum allein macht niemanden satt. Welch wunderbarer Baum aber im Garten der Siduri Sabitu, der Schenkin, wuchs... warum habe ich ihn nicht schon damals beachtet?... Die letzten Axthiebe führte ich, um die Stakstangen für das Wasser des Todes zu schneiden. Auch das wäre nicht nötig gewesen, wenn ich Geduld gehabt und mich gleich Urschanabi und seinen Zauberrudern anvertraut hätte. Überhaupt, das Wasser des Todes, Tilmun, das ewige

Leben ... Ich bin froh, daß ich noch rechtzeitig aus diesem Traum erwacht bin und das Wasser des Lebens mich in die Gegenwart, nach Uruk, zurückgebracht hat. Und jene Holzplanke damals in der tosenden See, die mich rettete und mir das Leben zurückgab, werde ich niemals vergessen. Sie hat mich vieles begreifen lassen, zum Beispiel, daß es sinnlos ist, gegen die Natur leben zu wollen ... Wir können nur mit ihr leben, weil wir ein Teil von ihr sind, wie die Bäume auch ...

So dachte Gilgamesch, und ein Lächeln glitt über sein Gesicht. ein Lächeln, in das sich aber kurz darauf nachdenkliche Falten gruben, denn die Gedankenflut wollte nicht enden, neue Überlegungen, auch Zweifel, kamen hinzu und trübten ein wenig das Glück.

Die schattigen Haine um Uruks Felder sind gut, dachte er. Es wird diesmal reiche Ernte geben, und von Jahr zu Jahr wird es mehr werden. Aber wird alles damit auch glücklich enden? Gute Ernte bringt Wohlstand, vielleicht mehr, als wir brauchen. Wir könnten einen Teil davon an unsere Nachbarn verkaufen und von dem Gewinn viele neue Pflanzungen anlegen, die noch mehr Überschuß bringen werden. Um so große Mengen absetzen zu können, wird es unausweichlich sein, verstärkt Handel auf dem Seeweg zu betreiben. Das wird ungeahnten Reichtum für Uruk bringen, immer neue und schönere Dinge. Mehr und mehr Schiffe werden nötig sein, ganze Flotten ... Zum Schiffsbau aber benötigt man Holz, sehr viel Holz, und schnell ist das Vergessen der Menschen. Werden die, die nach uns kommen, auch noch so behutsam mit den Bäumen umgehen wie wir? Oder wird sie das leichte Leben faul, der Fortschritt blind machen in ihrem Treiben, bis sie alles abgeholzt haben, in den Öfen der Ziegelbrenner verbrannt, für Häuser verbaut, für Möbel versägt, für eitlen Zierrat vertan, und es ringsum wieder so sein wird, wie am Beginn: eine öde, trostlose Wüste? Dreht sich das Rad der Geschichte immer im Kreis, kommt alles einmal wieder auf den Anfang zurück? Ist unser Tun, und sei es noch so klug und durchdacht, am Ende gar sinnlos?

So weit mit dem Grübeln gekommen, fast der Gegenwart schon entrückt, spürte Gilgamesch plötzlich eine kleine Hand in der seinen. Es war Amdrubal, der langsam ungeduldig wurde und an ihm zog. Für ihn gab es ja noch so viel zu sehen rund um Uruk, und der Tag rückte bereits auf die Mittagsstunde zu.

Wie aus einem tiefen Traum erwachend, fand Gilgamesch zum Lächeln zurück. Gegenüber, auf einem grasbedeckten Hügel, hatte sich Tehiptilla zwischen schattigen Feigenbäumen niedergelassen und begann mit anderen Frauen das Geheimnis der mitgeführten Körbe zu lüften: Auf einer Decke breiteten sie Speisen und Krüge mit Getränken aus. Tehiptilla winkte ihm zu, und Amdrubal drängte, nun endlich zum Essen zu kommen.

Gut, dachte Gilgamesch, es ist richtig, über alles gründlich nachzudenken. Aber möglicherweise auch, es dabei nicht zu weit zu treiben, sonst verliert man sich leicht in der Endlosigkeit und tut, aus Angst, falsch zu handeln, schließlich gar nichts mehr. Wir leben heute, und so, wie wir auf die Bäume angewiesen sind, brauchen diese umgekehrt auch uns. Es gibt also noch viel zu tun für alle. Und vielleicht gelingt es auch, unser Leben zu etwas Sinnvollem zu machen. Bloß nicht zu laut werden dabei, sonst überhören wir das, was uns die Bäume zu sagen haben . . .

Inhalt

SERIE PIPER

Harald Braem

Hem-On, der Ägypter

Roman. 411 Seiten. SP 1581

Dieser historische Fantasy-Roman führt weit zurück in das Ägypten der Pharaonen, in die Zeit des Pyramidenbaus und des sagenumwobenen Arztes und Architekten Imhotep. Der junge Hem-On, ein Priesterschüler von geheimnisvoller Herkunft, erlebt als Vertrauter Imhoteps faszinierende Abenteuer: Er nimmt am Feldzug gegen die Nubier zu den »Schlafstätten des Nils« teil, erlebt den Bau der großen Pyramide mit und wird schließlich ins Reich der geheimnisumwitterten Königin von Saba geschickt.

Der Löwe von Uruk

Roman. 489 Seiten. SP 1282

Die Geschichte von Gilgamesch, dem sagenhaften König von Uruk im Zweistromland, gilt als das älteste literarische Zeugnis der Menschheit überhaupt. Harald Braem hat das sumerische Epos, das den Weg Gilgameschs durch viele Abenteuer bis weit über die Grenzen seiner Welt hinaus, bis auf die »Insel der Unsterblichkeit«, berichtet, neu erzählt. Bestechend ist an diesem spannenden Roman nicht nur die genaue Darstellung der magischen und astrologischen Geheimlehren der Sumerer, sondern die verblüffende Aktualität, die der Autor dieser alten Geschichte abzugewinnen weiß.

»Braem versteht es, eine geschlossene ökologische und psychologische Lesart des Gilgamesch-Epos zu entwickeln.«
Die Zeit

Das Hotel zum schwarzen Prinzen

Phantastische Erzählungen. 133 Seiten. SP 2129

Tanausu – der letzte König der Kanaren

Roman. 358 Seiten. SP 1284

Harald Braem schildert in diesem fesselnden und farbigen Roman den Verzweiflungskampf der Guanchen unter ihrem letzten König Tanausu gegen die übermächtigen Eindringlinge. Erst durch Betrug und Verrat gelingt es den Spaniern, die Verteidiger des »Heiligen Kraters« zu überwältigen und Tanausu gefangenzunehmen. Vor der Kulisse eines unserer heute beliebtesten Ferienparadiese entfaltet sich das Drama einer geheimnisvollen Kultur, die dem europäischen Eroberungsdrang zum Opfer fällt.

SERIE PIPER

Brigitte Riebe

Palast der blauen Delphine

Ein Roman aus dem alten Kreta.
494 Seiten. SP 2274

Der berühmte Mythos vom kretischen Labyrinth, die wohl spannendste und geheimnisvollste Sage des Abendlandes – erzählt aus der Perspektive der matriarchalisch orientierten kretischen Kultur. Der Held ist Asterios, Sohn der Königin Pasiphaë und eines Stiertänzers. Er wird der erste männliche Priester, der den Orakeln zufolge Kreta vor dem Untergang retten soll. Nach einer tragischen Liebesgeschichte mit seiner Halbschwester Ariadne und dem beinahe tödlich endenden Zweikampf mit dem attischen Thronfolger Theseus scheint Asterios jedoch an seiner Mission zu scheitern...

»Zu den schönsten historischen Romanen zählt für mich Brigitte Riebes Buch ›Palast der blauen Delphine‹. Sagen, Mythen und historische Fakten werden hier zu einer spannenden Handlung verflochten. Brigitte Riebe beschwört die alte Welt der Großen Göttin, die zu jener Zeit noch mächtiger war als alle männlichen Götter des griechischen Olymp und die damals über das minoische Kreta herrschte. Es war die Epoche des Matriarchats, die mit den Eroberungszügen der Stämme vom Festland endete.«

Norddeutscher Rundfunk

»Der Roman von Brigitte Riebe wirkt wie eine traumhafte Rückkehr in die Kindheit, als wir noch an Märchen glaubten oder zumindest nicht ausschließen wollten, daß sie wahr sind.«

Sender Freies Berlin

»Die Historikerin Brigitte Riebe, die sich mit von Frauen beherrschten Kulturen beschäftigt, erzählt die Sage aus dem Blickwinkel der matriarchalisch orientierten kretischen Mythen. Entstanden ist ein mitreißender historischer Roman über Liebe, Politik und den Untergang einer Kultur.

Gala

»Eine Geschichte – so spannend wie ein Krimi.«

Madame

SERIE PIPER

Kathleen Robinson

Dominicus

Ein Roman aus dem alten Rom.
Aus dem Amerikanischen von Michael Hofmann. 511 Seiten.
SP 1924

Gallien im Jahr 395 n. Chr. Mit der Geburt des zwergwüchsigen Knaben Dominicus beginnt dieser abenteuerliche Unterhaltungsroman, der den Leser mitnimmt auf eine spannende Reise durch die Spätantike. Nach dem frühen Tod seiner Eltern wird Dominicus von seinem Vormund an eine fahrende Gauklertruppe verkauft. Das Schicksal führt den Wanderzirkus von Gallien in das vor Leben übersprudelnde dekadente Rom, wo sich die Künstler unter der Obhut eines ehrgeizigen römischen Senators in kürzester Zeit einen Namen machen. Doch das Glück bleibt den Zirkusleuten nicht hold: Sie fallen in Ungnade, und Dominicus kann als einziger den Häschern entkommen…

Kathleen Robinsons üppig erzählter, detail- und stimmungsreicher Roman führt uns in die aufregende Zeit des alten Rom, in Amphitheater mit fackelerleuchteten Bühnen, in das Gallien der Gladiatoren, in die winkligen Gassen Alexandrias, durch die der Wüstenwind weht, in die farbenprächtigen Basare Konstantinopels…

»Dominicus« ist ein mitreißender historischer Roman, der die Zeit der Spätantike, ihre Kultur und ihre Menschen lebendig werden läßt: Eine faszinierende Lesereise in eine exotische, märchenhafte Welt voller Glück und Abenteuer, voller Liebe und Grausamkeit.

»Ein gut recherchierter, gut erzählter Plot, der überzeugende, liebenswerte Charaktere und prächtige Ansichten antiker Städte zeichnet. Und das Ganze hat Tempo!«
Kirkus Review

»Ein intelligenter historischer Roman mit viel Hindergrund, flotten Dialogen und einer Vielzahl faszinierender Schurken.«
Brigitte

»So schillernd, märchenhaft und phantastisch der Roman von Kathleen Robinson ist, so vergnüglich ist er auch. Genüßlich ausgemalte Ungeheuerlichkeiten und amüsante Episoden sorgen für Abwechslung in diesem Roman, der genau der richtige Schmöker für lange Abende ist.«
Kieler Nachrichten

SERIE PIPER

Kenizé Mourad

Im Namen der toten Prinzessin

Roman eines Lebens.
Aus dem Französischen von Brigitte Weidmann.
613 Seiten. SP 1344

Kenizé Mourad, Tochter der letzten türkischen Sultanin, Selma, und des indischen Radschahs von Badalpur, der das Schicksal keine Zeit ließ, ihre Mutter kennenzulernen, hat ein Buch geschrieben, in dem sich Vorstellungskraft und Einfühlungsvermögen, historische Fakten und eine märchenhafte Lebensgeschichte zu einem mitreißenden Erzählstrom verdichten.

Wach und sensibel erlebt Selma den Zusammenbruch des Osmanischen Reiches 1920, die leidvollen Erfahrungen ihrer Familie, die der Verbannung 1922 vorausgehen, das Elend der Mutter, die, der Etikette, der Religion, dem Vaterland tiefer verpflichtet als ihrer Familie, zwar ihre Würde nicht verliert, wohl aber den eigentlichen Grund ihrer Existenz.

Für Selma bietet das Exil in Beirut, der damals schillerndsten Stadt des Vorderen Orient, mehr Abenteuer als Erniedrigung. Wenngleich eine »unterdrückte Prinzessin«, wächst sie hier – inmitten der großen Familien der französischen Mandatsstadt – heran, erlebt ihre erste Leidenschaft, bevor sie standesgemäß an einen indischen Radschah verheiratet wird. Und Indien, das feudale und zugleich erschütternd arme Indien – das ist für sie die qualvolle Verbannung. Erst in Paris, der glanzvollen Metropole der dreißiger Jahre, wird Selma, jenseits der Salons von Nina Ricci und Maxim's, zu sich selbst und der Liebe ihres Lebens finden.

»Eine wundersame Liebesgeschichte ergibt manchmal einen großen Roman. Wenn aber die Geschichte darüber hinaus wahr ist, ja ebenso wahr wie unwahrscheinlich, wenn sich in ihr der Untergang eines ganzen Weltreichs, einer bewegenden Epoche spiegelt, wenn die Heldin eine Sultanin ist, und Istanbul ihr Geburtsort, von wo der Zusammenbruch des Osmanischen Reiches sie ins libanesische Exil nach Beirut zwingt, die Heirat mit einem ihr unbekannten Radschah sie an einen indischen Königshof führt und die bevorstehende Geburt ihres Kindes ihr zum ersten Mal ein freies Leben in Paris ermöglicht – dann erwartet man ein außergewöhnliches Buch.«

L'Express

Dacia Maraini

Die stumme Herzogin

Roman. Aus dem Italienischen von Toni Kienlechner. 342 Seiten. SP 2196

Marianna Ucrìa, sizilianische Adelstochter im 18. Jahrhundert, ist stumm. Weil sie nur lesend und schreibend mit der Welt kommunizieren kann, verfügt sie über das, was anderen Frauen ihrer Zeit versagt ist: die Instrumente der Bildung. Damit gelingt es ihr, sich aus den Fesseln starrer Konventionen zu lösen...
Auch wenn sich die Lebensgeschichte der stummen Herzogin als Metapher für den langen Weg der weiblichen Emanzipation lesen läßt, so ist sie vor allem eines: das satte, farbenprächtige Gemälde einer Epoche.

»Ein vollkommen geglückter Roman, der ein faszinierendes Frauenleben einer längst untergegangenen Epoche ausbreitet, vor allem aber eine überaus kundige und bewegende Liebeserklärung an das alte Sizilien ist.«
Die Presse

»Ein grandios epischer, phantasievoller Familienroman aus Sizilien.«
Petra

Bagheria

Eine Kindheit auf Sizilien. Aus dem Italienischen von Sabina Kienlechner. 171 Seiten. SP 2160

Die berühmte Schriftstellerin kehrt zurück an den Ort ihrer adligen Herkunft. Mit kritischem Blick, dabei nicht ohne Nachsicht und Zärtlichkeit, taucht sie ein in die eigene Familiengeschichte und in die Geschichte einer Stadt, die heute zu den Hochburgen der sizilianischen Mafia zählt. Sie erzählt von ihrer Ankunft im heißen, staubigen Sizilien aus dem ewigen Winter im Norden Japans, wo sie ihre früheste Kindheit verbrachte; von der romantischen Liebesheirat ihrer Eltern in Florenz gegen den Willen der Familie; von der leidenschaftlichen Liebe zum unerreichbaren Vater; von ihrer chilenischen Großmutter Sonja, einer glutäugigen Schönheit und begnadeten Opernsängerin...
Erst heute weiß Dacia Maraini, wie nachdrücklich ihr ganzes Leben von der Sehnsucht nach jenen Jahren der Kindheit in Sizilien geprägt war.

Erinnerungen einer Diebin

Roman. Aus dem Italienischen von Maja Pflug. Mit einem Nachwort von Heinz Willi Wittschier. 383 Seiten. SP 1790